CHLOE GONG

WELCH TRÜGERISCHES GLÜCK

CHLOE GONG

WELCH TRÜGERISCHES GLÜCK

LAGO

Bibliografische Information der Deutschen Nationalbibliothek. Die Deutsche Nationalbibliothek verzeichnet diese Publikation in der Deutschen Nationalbibliografie. Detaillierte bibliografische Daten sind im Internet über http://dnb.d-nb.de abrufbar.

Für Fragen und Anregungen:
info@lago-verlag.de

1. Auflage 2023

© 2023 by LAGO, ein Imprint der Münchner Verlagsgruppe GmbH
Türkenstraße 89
80799 München
Tel.: 089 651285-0
Fax: 089 652096

Die amerikanische Originalausgabe erschien 2022 bei MARGARET K. McELDERRY BOOKS, einem Imprint von Simon & Schuster Children's Publishing Division unter dem Titel *Foul Lady Fortune*. © 2022 by Chloe Gong. All rights reserved. Published by Arrangement with TRIADA US LITERARY AGENCY, INC.
Dieses Werk wurde vermittelt durch die Literarische Agentur Thomas Schlück GmbH, 30161 Hannover.

Alle Rechte, insbesondere das Recht der Vervielfältigung und Verbreitung sowie der Übersetzung, vorbehalten. Kein Teil des Werkes darf in irgendeiner Form (durch Fotokopie, Mikrofilm oder ein anderes Verfahren) ohne schriftliche Genehmigung des Verlages reproduziert oder unter Verwendung elektronischer Systeme gespeichert, verarbeitet, vervielfältigt oder verbreitet werden.

Übersetzung: Carolin Moser
Redaktion: Sabrina Cremer
Umschlaggestaltung: Isabella Dorsch, dem Original nachempfunden
Umschlagabbildung: © 2022 by Skeeva
Satz: Christiane Schuster | www.kapazunder.de
Druck: GGP Media GmbH, Pößneck
Printed in Germany

ISBN Print 978-3-95761-223-6
ISBN E-Book (PDF) 978-3-95762-338-6
ISBN E-Book (EPUB, Mobi) 978-3-95762-339-3

Weitere Informationen zum Verlag finden Sie unter
www.lago-verlag.de
Beachten Sie auch unsere weiteren Verlage unter www.m-vg.de

Für meine Großmütter und Großtanten

谨此献给我的阿娘、外婆,
和我的小阿奶、二姨婆、小姨婆

*Die Zeit reiset in verschiednem Schritt mit
verschiednen Personen. Ich will euch sagen,
mit wem die Zeit den Paß geht, mit wem sie trabt,
mit wem sie galoppiert und mit wem sie still steht.*

William Shakespeare, *Wie es euch gefällt*

PROLOG

1928

Draußen auf dem Land ist es egal, wie laut man schreit.

Der Klang breitet sich in der Lagerhalle aus, wird einmal von den hohen Deckenbalken zurückgeworfen, dröhnt durch den Raum und in die dunkle Nacht hinaus. Als er nach draußen dringt, vermischt er sich mit dem heulenden Wind, bis er nur noch ein Teil des tobenden Sturms ist. Die Soldaten nähern sich nervös dem Eingang der Lagerhalle und ziehen an der schweren Schiebetür, bis sie schließt, obwohl der Regen stark genug fällt, dass er bereits den Fußboden durchweicht und den Beton mit einem dunklen Halbkreis befleckt hat. Das leiseste Pfeifen eines Zugs dringt aus weiter Ferne heran. Trotz der verschwindend geringen Wahrscheinlichkeit, dass jemand vorbeikommt und sie ertappt, waren die Anweisungen klar und deutlich: Bewacht die Umgebung. Niemand darf wissen, was hier passiert.

»Wie lautet die endgültige Einschätzung?«

»Erfolgreich. Ich glaube, es ist erfolgreich.«

Die Soldaten haben sich in der Lagerhalle verteilt, doch zwei Wissenschaftler stehen um einen Tisch in der Mitte. Sie starren teilnahmslos auf den Anblick vor ihnen, auf die Versuchsperson, die mit breiten Gurten festgeschnallt auf dem Tisch liegt, die Stirn mit Schweiß bedeckt. Ein weiterer Krampf durchzuckt die Versuchsperson von Kopf bis Fuß, doch ihre Stimme ist heiser vom Kreischen und dieses Mal reißt sie nur stumm den Mund auf.

»Dann funktioniert es.«

»Es funktioniert. Wir haben den ersten Teil jetzt abgeschlossen.«

Einer der Wissenschaftler zieht einen Stift hinter dem Ohr hervor und winkt einem Soldaten, der sich dem Tisch nähert und die Gurte löst: zuerst alle auf der linken Seite, dann alle auf der rechten.

Die Gurte fallen herab, Metall klappert auf den Boden. Die Testperson versucht, sich herumzurollen, doch dann gerät sie in Panik, reißt sich zu schnell herum und kippt stattdessen vom Tisch. Es ist ein furchtbarer Anblick. Die Person fällt den Wissenschaftlern lang ausgestreckt vor die Füße und schnappt nach Atem – keucht und keucht, als könnte sie ihre Lungen nicht richtig füllen. Vielleicht wird sie es nie wieder tun.

Eine Hand legt sich auf den Kopf der Versuchsperson. Die Berührung ist sanft, beinahe zärtlich. Als der Wissenschaftler seine Arbeit betrachtet und der Person die Haare glatt streicht, liegt ein Lächeln auf seinem Gesicht.

»Schon gut. Quäl dich nicht.«

Eine Spritze wird hervorgeholt. Die Nadel fängt kurz das Licht ein, bevor sie herabfährt, und nochmals, als eine rote Substanz unter weicher Haut verschwindet.

Der Schmerz tritt sofort ein: flüssiges Feuer, das auf seinem Weg jeden Nerv überrennt. Bald wird es sein Ziel erreichen und dann wird es sich anfühlen, als würde sie ausgelöscht.

Draußen strömt weiterhin der Regen herab. Er tropft durch Ritzen in die Lagerhalle, die Pfützen schwellen weiter an.

Der erste Wissenschaftler tätschelt die Versuchsperson nochmals liebevoll. »Du bist meine größte Errungenschaft und uns steht noch Größeres bevor. Doch bis dahin …«

Die Testperson kann die Augen nicht mehr offen halten. Schwäche beschwert jede Gliedmaße, jeder ihrer Gedanken ist flüchtig wie Schiffe im Nebel. Die Person will etwas sagen, etwas schreien, doch kein Ton kommt heraus. Dann lehnt der Wissenschaftler sich vor, um ihr ins Ohr zu flüstern, um den letzten Schlag auszuteilen und den Nebel zu durchdringen, so sauber wie eine Klinge.

»*Oubliez.*«

1

SEPTEMBER 1931

Der Gang im Zug war still, abgesehen von dem Rumpeln von unten. Die Abenddämmerung war bereits angebrochen, doch die Fenster leuchteten alle drei Sekunden auf – eine pulsierende Helligkeit von Lichtern, die entlang der Gleise angebracht waren, die wieder verschwand, verschluckt von der Geschwindigkeit des Zuges. Andere schmale Abteile waren erfüllt von Licht und Lärm: von sanft goldenen Kronleuchtern und dem Klappern des Essbestecks auf den Servicewagen, vom Klimpern eines Löffels gegen eine Teetasse und von strahlenden Kristalllampen.

Doch hier im Durchgang zur ersten Klasse hörte man nur das plötzliche Rauschen der Tür, als Rosalind Lang sie aufstieß und mit klappernden Absätzen ins Halbdunkel trat.

Die Gemälde an den Wänden starrten die Vorbeikommenden an, ihre glänzenden Augen leuchteten im Dunklen. Rosalind umklammerte die Schachtel in ihren Armen und achtete sorgfältig darauf, sie nur mit ihren Lederhandschuhen an den Kanten zu berühren, wobei sie zu beiden Seiten die Ellbogen abspreizte. Als sie vor der dritten Tür anhielt, klopfte sie mit dem Fuß behutsam unten dagegen.

Einen Augenblick lang passierte nichts und nur das Tuckern des Zugs war zu hören. Dann erklang ein leises Schlurfen auf der anderen Seite, die Tür schwang auf und der Gang wurde von neuem mit Licht durchflutet.

»Guten Abend«, sagte Rosalind höflich. »Störe ich Sie?«

Mr. Kuznetsow starrte sie an, die Brauen zusammengezogen, während er zu verstehen versuchte, was er sah. Rosalind versuchte seit Tagen, sich eine Audienz bei dem russischen Händler zu sichern. Sie hatte sich in Harbin eingenistet und unter den eisigen Temperaturen gelitten, doch erfolglos. Dann war sie ihm nach Changchun gefolgt, einer Stadt weiter südlich. Auch dort hatten seine Leute es versäumt, ihre Anfragen zu beantworten, und die Sache schien bereits verloren – sie würde zu gröberen Mitteln greifen müssen –, bis sie davon Wind bekam, dass er eine Zugreise in der ersten Klasse gebucht hatte, wo die Abteile groß waren und die Decken niedrig, wo kaum jemand zugegen war und Geräusche von dicken Wänden gedämpft wurden.

»Ich werde meine Wache rufen …«

»Oh, machen Sie sich nicht lächerlich.«

Rosalind trat unaufgefordert ein. Die Privatabteile in der ersten Klasse waren so breit, dass sie problemlos hätte vergessen können, dass sie sich an Bord eines Zugs befand – hätten die Wände nicht gebebt und das Blumenmuster der Tapete nicht gezittert, wenn die Gleise uneben wurden. Sie sah sich noch etwas länger um, beäugte die Luke, die zum Zugdach hinaufführte, und das Fenster auf der anderen Seite des Raums. Die Jalousien waren heruntergezogen, um die schnell vorbeiziehende Nacht auszuschließen. Zu ihrer Linken befanden sich ein Himmelbett und eine weitere Tür, die in einen Schrank oder eine Toilette führte.

Der Händler zog Rosalinds Aufmerksamkeit wieder auf sich, als er mit einem harten Knallen die Abteiltür schloss. Als er sich umdrehte, glitten seine Augen über sie und zu der Schachtel in ihren Händen, doch er betrachtete weder ihren *Qipao* noch die roten Blumen, die an der Pelzstola um ihre Schultern befestigt waren. Obwohl Mr. Kuznetsow es sich nicht anmerken lassen wollte, beschäftigte ihn die Schachtel in ihren Händen und er fragte sich, ob sie eine Waffe bei sich trug.

Rosalind zog vorsichtig den Deckel von der Schachtel und präsentierte ihren Inhalt mit einer ausladenden Geste.

»Ein Geschenk, Mr. Kuznetsow«, sagte sie freundlich. »Von der Scarlet Gang, die mich schickt, um Ihre Bekanntschaft zu machen. Könnten wir uns unterhalten?«

Sie schob die Schachtel mit einer schwungvollen Bewegung vor. Es war eine kleine chinesische Vase, blauweißes Porzellan auf einem Bett aus roter Seide. Angemessen teuer. Nicht teuer genug, um Empörung auszulösen.

Rosalind hielt den Atem an, bis Mr. Kuznetsow die Hand ausstreckte und die Vase hochhob. Er betrachtete sie in den Lichtern, die von der Decke hingen, drehte ihren Hals mal in diese, mal in jene Richtung und bewunderte die Schriftzeichen, die an der Seite eingeritzt waren. Nach einer ganzen Weile knurrte er etwas, das nach Zustimmung klang, ging zu einem Couchtisch und stellte die Vase ab. Zwei Teetassen warteten bereits auf dem Tisch. Ein Aschenbecher stand daneben, bestäubt mit einem Hauch Schwarz.

»Die Scarlet Gang«, murmelte Mr. Kuznetsow leise. Er ließ sich auf einem der Stühle nieder, den Rücken gegen die Lehne gedrückt. »Ich habe diesen Namen schon eine Weile nicht mehr gehört. Bitte, setz dich.«

Rosalind ging zu dem anderen Stuhl, legte den Deckel wieder auf die Schachtel und stellte sie neben sich. Als sie sich in den Stuhl fallen ließ, saß sie nur auf der Kante und warf erneut einen Blick auf die Schranktüren zu ihrer Linken. Der Boden ruckelte.

»Wie ich annehme, bist du dasselbe Mädchen, das mein Personal belästigt hat.« Mr. Kuznetsow wechselte von Russisch zu Englisch. »Janie Mead, nicht wahr?«

Nach vier Jahren hatte Rosalind sich noch immer nicht an ihren Decknamen gewöhnt. Früher oder später würde der Sekundenbruchteil eines Zögerns sie in Schwierigkeiten bringen. Der leere Blick in ihren Augen, bevor ihr wieder einfiel, dass ihr Name Janie Mead lauten sollte. Die Pause, bevor sie ihren französischen

Akzent unterdrückte, wenn sie Englisch sprach und vorgab, in Amerika aufgewachsen und eine der vielen neuen Rückkehrer in der Stadt zu sein, die sich für die Reihen der Kuomintang angemeldet hatten.

»Das ist richtig«, sagte Rosalind gelassen. Vielleicht hätte sie einen Witz machen, die Füßen unterschlagen und verkünden sollen, dass es weise wäre, sich an ihren Namen zu erinnern. Der Zug rumpelte über eine Unebenheit in den Gleisen und der ganze Raum wackelte, doch Rosalind sagte nichts weiter. Sie verschränkte nur die Hände und zerknitterte den kalten Druck des Leders.

Mr. Kuznetsows Blick verfinsterte sich. Die Furchen in seiner Stirn vertieften sich, genau wie die Krähenfüße um seine Augen.

»Und du bist hier wegen ... meiner Immobilien?«

»Richtig«, sagte Rosalind wieder. Das war der einfachste Weg, Zeit zu schinden. Sie ließ sie Vermutungen darüber anstellen, warum sie hier war, und spielte mit, anstatt sich eine seltsame Lüge auszudenken und zu früh ertappt zu werden. »Ich bin sicher, Sie haben gehört, dass die Scarlets nicht mehr viel mit Land handeln, seit wir mit den Nationalisten verschmolzen sind, doch dies ist ein besonderer Anlass. Die Mandschurei bietet enormes Potenzial.«

»Sie scheint mir recht weit von Shanghai entfernt, als dass die Scarlets daran interessiert wären.« Mr. Kuznetsow lehnte sich vor und spähte in die Teetassen auf dem Tisch. Er bemerkte, dass eine noch halb voll war, daher führte er sie an die Lippen und erlöste sich von seiner trockenen Kehle. »Und du wirkst etwas jung, um Erledigungen für die Scarlets zu machen.«

Rosalind beobachtete, wie er trank. Seine Kehle wippte. Ein Angriffspunkt. Ungeschützt. Doch sie griff nicht nach einer Waffe. Sie trug keine bei sich.

»Ich bin neunzehn«, erwiderte Rosalind und zog ihre Handschuhe aus.

»Sagen Sie die Wahrheit, Miss Mead. Das ist nicht Ihr echter Name, nicht wahr?«

Rosalind lächelte und legte die Handschuhe auf den Tisch. Natürlich war er misstrauisch. Mr. Kuznetsow war nicht einfach ein russischer Mogul mit Geschäften in der Mandschurei, sondern der letzte White Flower im Land. Das allein hätte ausgereicht, um ihn auf die Listen der Kuomintang zu bringen, doch er zapfte auch Geld für Kommunistenzellen ab und unterstützte ihre Kriegsanstrengungen im Süden. Und weil die Nationalisten die Kommunisten auslöschen mussten, so reibungslos wie möglich jede ihrer Geldquellen unterbinden mussten, war Rosalind geschickt worden, um … der Sache ein Ende zu bereiten.

»Natürlich ist das nicht mein echter Name«, sagte sie leichthin. »Mein richtiger Name ist chinesisch.«

»Das meinte ich nicht.« Mr. Kuznetsow hatte die Hände inzwischen an die Seiten gelegt. Sie fragte sich, ob er versuchen würde, eine versteckte Waffe zu ziehen. »Ich habe dich überprüfen lassen nach deiner letzten Anfrage für ein Treffen. Und du siehst Rosalind Lang furchtbar ähnlich.«

Rosalind schreckte nicht zurück. »Ich betrachte das als Kompliment. Ich weiß, dass Sie wohl nicht über die Geschehnisse in Shanghai auf dem Laufenden sind, aber Rosalind Lang wurde seit Jahren nicht mehr gesehen.«

Wenn jemand behauptete, sie gesichtet zu haben, sahen sie sicher Gespenster – fingen Überreste eines verblassten Traums ein, eine Erinnerung an die Vision, die Shanghai einst gewesen war. Rosalind Lang: aufgewachsen in Paris, bevor sie in die Stadt zurückkehrte und in die Verruchtheit der besten Varietétänzerinnen des Nachtlebens aufstieg. Rosalind Lang: ein Mädchen, dessen Aufenthaltsort derzeit unbekannt war, für tot gehalten.

»Davon habe ich gehört«, sagte Mr. Kuznetsow und lehnte sich wieder vor, um seine Teetasse zu betrachten. Sie fragte sich, warum er nicht aus der anderen trank, wenn er solchen Durst hatte; warum überhaupt eine zweite Tasse eingeschenkt war.

Nun, sie wusste es.

Mr. Kuznetsow sah plötzlich auf. »Allerdings gab es Gerüchte von den White Flowers, dass Rosalind Lang wegen Dimitri Voronins Tod verschwand.«

Rosalind erstarrte. Die Überraschung verursachte ihr Übelkeit und ein leises Zischen entkam ihr. Es war bereits zu spät, so zu tun, als ob er sie nicht erwischt hätte, daher dehnte sie die Stille aus, ließ die Wut in ihren Knochen zum Leben erwachen.

Mr. Kuznetsow nahm selbstgefällig einen winzigen Löffel zur Hand und klopfte damit gegen den Rand der Teetasse. Es klang viel zu laut für den Raum, wie ein Schuss, wie eine Explosion. Wie die Explosion, die vor vier Jahren die Stadt erschüttert hatte, die ihre eigene Cousine Juliette gelegt und in der sie ihr Leben gelassen hatte, um Dimitris Terrorherrschaft zu beenden.

Wenn Rosalind nicht gewesen wäre, wären Juliette Cai und Roma Montagow noch am Leben. Wenn Rosalinds Verrat an der Scarlet Gang nicht gewesen wäre, hätte Dimitri nie so viel Macht erlangt und vielleicht wären die White Flowers nie zerbrochen. Vielleicht wäre die Scarlet Gang nicht mit der Kuomintang verschmolzen und eins mit der Partei der Nationalisten geworden. *Vielleicht, vielleicht, vielleicht* – dies war ein Spiel, das Rosalind bis spät in ihre endlosen Nächte hinein verfolgte, eine nutzlose Übung im Katalogisieren von allem, das sie falsch gemacht hatte und das dort endete, wo sie heute war.

»Sie wissen alles über die White Flowers, nicht wahr?«

Der Vorhang war gefallen. Als Rosalind sprach, kam ihre echte Stimme hervor, schneidend und mit französischem Akzent.

Mr. Kuznetsow legte mit einer Grimasse seinen Löffel weg. »Lustigerweise haben die überlebenden White Flowers ebenfalls bestehende Verbindungen, die uns Warnungen zukommen lassen. Und ich war schon längst vorbereitet, Miss Lang.«

Die Tür zu ihrer Linken schwang auf. Ein weiterer Mann in einem westlichen Anzug trat heraus, der einen einfachen Dolch in der rechten Hand hielt. Bevor Rosalind sich bewegen konnte, war er hinter ihr in Position gegangen, hielt mit festem Griff ihre

Schulter, um sie in ihrem Stuhl zu halten, und hatte den Dolch an ihre Kehle gesetzt.

»Glauben Sie wirklich, dass ich ohne Leibwächter reisen würde?«, fragte Mr. Kuznetsow. »Wer schickt Sie?«

»Das habe ich Ihnen bereits gesagt.« Sie versuchte, den Hals wegzudrehen. Es war nicht möglich. Die Klinge stach ihr bereits in die Haut. »Die Scarlet Gang.«

»Die Blutfehde zwischen der Scarlet Gang und den White Flowers ist vorbei, Miss Lang. Warum würde man Sie schicken?«

»Um sich gut zu stellen. Gefiel Ihnen mein Geschenk nicht?«

Mr. Kuznetsow stand auf. Er legte die Hände hinter den Rücken und presste verärgert die Lippen zusammen. »Ich gebe Ihnen eine letzte Chance. Welche Partei hat Sie geschickt?«

Er versuchte, die zwei Seiten des durch das Land tobenden Bürgerkriegs einzuschätzen. Versuchte zu erkennen, ob er auf den Listen der Nationalisten gelandet war oder ob die Kommunisten ihn hintergingen.

»Sie werden mich ohnehin töten«, sagte Rosalind. Sie fühlte, wie ein Blutstropfen ihre Kehle hinabsickerte. Er rann ihren Kragen entlang und verfärbte den Stoff ihres *Qipao*. »Warum sollte ich Zeit mit Ihren Fragen verschwenden?«

»Auch gut.« Mr. Kuznetsow nickte seinem Leibwächter zu. Er zögerte nicht, bevor er zu Russisch wechselte und sagte: »Dann töte sie. *Bystree, poshalujsta.*«

Rosalind wappnete sich. Sie atmete ein, spürte die Klinge einen Segen auf ihre Haut flüstern.

Der Leibwächter schlitzte ihre Kehle auf.

Der erste Schock war immer das Schlimmste – der erste Sekundenbruchteil, wenn der Schmerz ihr kaum Raum zum Denken ließ. Ihre Hände flogen instinktiv an ihre Kehle, um auf die Wunde zu pressen. Heißes, strömendes Rot floss unter ihren Fingern hervor, rann ihre Arme hinab und tropfte auf den Boden des Zugabteils. Als sie aus dem Stuhl taumelte und auf die Knie fiel, gab es einen Moment der Unsicherheit, ein Flüstern in ihrem

Kopf, das ihr sagte, dass sie den Tod oft genug ausgetrickst hatte und es dieses Mal keine Genesung gab.

Dann beugte Rosalind den Kopf und spürte, wie die Blutung sich verlangsamte. Sie fühlte, wie ihre Haut sich wieder zusammenfügte, Zentimeter um Zentimeter um Zentimeter. Mr. Kuznetsow wartete darauf, dass sie zur Seite kippte und zusammenbrach, seine Augen starrten teilnahmslos an die Decke.

Stattdessen hob sie den Kopf und nahm die Hände weg.

Ihre Kehle war verheilt. Sie war noch mit Rot bedeckt, doch sah aus, als wäre sie nie durchtrennt worden.

Mr. Kuznetsow stieß einen erstickten Laut aus. Sein Leibwächter flüsterte etwas Unverständliches und kam auf sie zu, doch als Rosalind die Hand ausstreckte, gehorchte er, zu fassungslos, um etwas anderes zu tun.

»Ich nehme an, ich sollte es Ihnen jetzt sagen«, sagte Rosalind etwas außer Atem. Sie wischte sich das Blut vom Kinn und erhob sich auf einen Fuß, dann auf den anderen. »Haben Sie nicht von mir gehört? Die Nationalisten müssen mit ihrer Propaganda bessere Arbeit leisten.«

Nun ging dem Händler ein Licht auf. Sie konnte es in seinen Augen sehen, den ungläubigen Ausdruck, mit dem er etwas Unnatürliches mit eigenen Augen sah und es mit den Geschichten in Verbindung brachte, die vor ein paar Jahren die Runde gemacht hatten.

»Lady Fortuna«, flüsterte er.

»Ah.« Rosalind richtete sich auf, ihre Lungen erholten sich. »Das ist ein Namensirrtum. Es ist nur Fortuna. Fang!« In einer geschmeidigen Bewegung hob sie einen ihrer Handschuhe auf, um schnell den Rand der Vase zu ergreifen und sie vom Tisch zu wischen. Der Leibwächter fing die Vase schnell auf, die sie ihm entgegengeschleudert hatte. Wahrscheinlich bereitete er sich auf einen Angriff vor, doch die Vase landete nur weich in seinen Händen, eingebettet wie ein wildes Tier aus Porzellan.

Fortuna war der Deckname einer Nationalistenagentin, flüsterten die Gerüchte. Nicht irgendeiner Agentin: einer unsterblichen Agentin, die trotz mehrerer Anschläge nicht getötet werden konnte, die nicht schlief oder alterte, die sich nachts an ihre Zielpersonen heranschlich und in der Gestalt eines gewöhnlichen Mädchens erschien. Je nachdem, wie stark die Geschichten ausgeschmückt wurden, war sie besonders eine Gefahr für die überlebenden White Flowers und jagte sie mit einer Münze in der Hand. Wenn diese Kopf zeigte, wurden sie sofort getötet. Zeigte sie Zahl, bekamen sie eine Chance zur Flucht, doch bisher hatte ihr noch keine Zielperson entkommen können.

»Abscheuliche Kreatur«, zischte Mr. Kuznetsow. Er ging rückwärts, um möglichst viel Platz zwischen sie zu bringen – oder zumindest versuchte er es. Der Händler hatte noch keine drei Schritte getan, bevor er abrupt zu Boden fiel. Sein Leibwächter stand unter Schock, erstarrt mit der Vase in den Händen.

»Gift, Mr. Kuznetsow«, erklärte Rosalind. »Das ist keine so abscheuliche Art zu sterben, oder?«

Seine Gliedmaßen zuckten. Sein Nervensystem fuhr herunter – Arme wurden schlaff, Beine verwandelten sich in Papier. Sie genoss es nicht. Sie sah es nicht als Rache an. Doch sie müsste lügen, wenn sie behauptete, dass sie sich nicht bei jedem Treffer rechtschaffen fühlte, als wäre das ihre Art, ihre Sünden Schicht um Schicht abzustreifen, bis sie ihre Handlungen von vor vier Jahren vollständig abgegolten hatte.

»Du …« Mr. Kuznetsow sog den Atem ein. »Du hast … den Tee … nicht angerührt. Ich habe … Ich habe aufgepasst.«

»Ich habe den Tee nicht vergiftet, Mr. Kuznetsow«, erwiderte Rosalind. Sie wandte sich seinem Leibwächter zu. »Ich habe die Vase vergiftet, die Sie mit bloßen Händen berührten.«

Mit einer plötzlichen Heftigkeit warf der Leibwächter die Vase von sich, sodass sie am Himmelbett zerschellte. Es war zu spät; er hatte sie länger festgehalten als Mr. Kuznetsow. Er stürmte zur Tür, vielleicht auf der Suche nach Hilfe, vielleicht um das Gift von seinen Händen zu waschen, doch auch er stürzte zu Boden, bevor er es nach draußen schaffen konnte.

Rosalind beobachtete alles mit teilnahmsloser Härte. Sie hatte dies viele Male getan. Die Gerüchte stimmten: Sie trug manchmal eine Münze bei sich, um die Propaganda der Nationalisten anzufeuern. Doch Gift war die Waffe ihrer Wahl, da machte es keinen Unterschied, wie weit sie liefen. Gerade wenn ihre Zielpersonen glaubten, sie seinen davongekommen, hatte sie sie bereits erwischt.

»Du …«

Rosalind trat näher an den Händler heran und steckte die Handschuhe in ihre Tasche.

»Tun Sie mir einen Gefallen«, sagte sie tonlos. »Grüßen Sie Dimitri Voronin von mir, wenn Sie ihn in der Hölle sehen.«

Mr. Kuznetsow hörte auf zu keuchen, bewegte sich nicht mehr. Er war tot. Wieder ein erfüllter Auftrag und die Nationalisten waren einen Schritt näher daran, das Land an die Imperialisten zu verlieren, anstatt an die Kommunisten. Kurz darauf erlag auch der Leibwächter dem Gift und eine hohle Stille breitete sich im Raum aus.

Rosalind drehte sich zu dem Waschbecken an der Bar herum, drehte den Wasserhahn bis zum Anschlag auf und wusch sich die Hände. Das Blut war ihr eigenes, trotzdem lag bitterer Ekel auf ihrer Zunge, als sie sah, wie die Seiten des Waschbeckens sich verfärbten, während sie sich sauber machte, als würden Flecken eines anderen Gifts von ihrer Haut fallen, die Art, die ihre Seele verseuchte anstelle ihrer Organe.

»Es ist einfach, nicht darüber nachzudenken«, hatte ihre Cousine immer gesagt, als es damals in Shanghai eine Blutfehde zwischen zwei rivalisierenden Banden gegeben hatte; als Rosalind damals die rechte Hand der Erbin der Scarlet Gang gewesen war und zugesehen hatte, wie Juliette Tag für Tag im Namen ihrer Familie Menschen getötet hatte. »Erinnere dich an ihre Gesichter. Erinnere dich an die genommenen Leben. Doch wozu sich darüber den Kopf zerbrechen? Wenn es passiert ist, ist es passiert.«

Rosalind atmete langsam aus, drehte den Wasserhahn ab und ließ das rostfarbene Wasser den Abfluss hinabwirbeln. Seit dem Tod ihrer Cousine hatte sich an der Einstellung der Stadt hinsichtlich Blutvergießens wenig verändert. Wenig, abgesehen davon, dass Bandenmitglieder durch Politiker ersetzt wurden, die vorgaben, dass es nun so etwas wie Recht und Ordnung gäbe. Eine künstliche Veränderung, im Grunde war nichts anders.

Aus dem Gang drang das Rumpeln von Stimmen herein. Rosalind verkrampfte sich und suchte ihre Umgebung ab. Auch wenn sie nicht glaubte, dass man sie für die hier begangenen Verbrechen strafrechtlich verfolgen konnte, musste sie doch entkommen, bevor sie diese Theorie austesten konnte. Die Kuomintang hatte für das Land die Verantwortung übernommen und sich als Hüterin der Gerechtigkeit an die Spitze gesetzt. Um den Schein zu wahren, würden die Nationalisten sie den Wölfen zum Fraß vorwerfen und sie als Agentin verstoßen – obwohl ihre verdeckt arbeitende Geheimabteilung alle Befehle gab –, sollte man sie dabei erwischen, dass sie Leichen vor der Stadt hinterließ.

Rosalind hob das Kinn und dehnte die neue glatte Haut an ihrer Kehle, während sie die Decke des Abteils absuchte. Sie hatte die Blaupausen des Zugs studiert, bevor sie an Bord gekommen war, und als sie eine dünne, beinahe unsichtbare Schnur entdeckte, die nahe der Lampen herabbaumelte, zog sie ein Deckenpanel herab, das eine Metallluke freigab, die geradewegs zum Zugdach hinaufführte, damit man dort Wartungsarbeiten durchführen konnte.

Sobald sie die Luke heruntergeklappt hatte, rauschte der Wind brüllend herein. Sie nutzte günstig gelegene Schubladen als Leiter, um sich behände vom Tatort zu entfernen.

»Rutsch nicht aus«, sagte sie sich, während sie durch die Luke kletterte und in die Nacht hinausstieg. Ihre Zähne klapperten aufgrund der eisigen Temperaturen. »Rutsch nicht aus.«

Rosalind schloss die Luke. Sie hielt einen kurzen Moment inne und orientierte sich auf dem rasenden Zug. Einen schwindelerregenden Moment lang überkam sie Höhenangst und sie war überzeugt, dass sie umkippen und fallen würde. Dann fand sie genauso schnell ihre Balance wieder, die Füße fest auf dem Zugdach.

»Eine Tänzerin, eine Agentin«, flüsterte Rosalind, als sie über den Zug ging, die Augen auf das Waggonende gerichtet. Ihr Betreuer hatte ihr in den ersten Tagen ihrer Ausbildung dieses Mantra eingeprügelt, wenn sie sich darüber beschwert hatte, dass sie sich nicht schnell genug bewegen konnte, nicht so kämpfen konnte wie traditionelle Agenten – Ausrede über Ausrede, warum sie nicht gut genug war, um zu lernen.

Sie hatte jede Nacht auf einer hell erleuchteten Bühne verbracht. Die Stadt hatte sie zu ihrem strahlenden Star gemacht, die Tänzerin, die jeder sehen musste. Gerüchte verbreiteten sich schneller, als es die Realität jemals könnte. Es kam nicht darauf an, wer Rosalind war, tatsächlich nur ein in Glitter gekleidetes Kind. Sie beschwindelte Männer und strahlte sie an, als wären sie die Welt, bis sie das Trinkgeld herausrückten, das sie sehen wollte. Dann wechselte sie den Tisch, bevor auch nur das Lied wechseln konnte.

»Lass mich im Dunkeln herumschleichen und Leute vergiften«, beharrte sie bei ihrem ersten Treffen mit Dao Feng. Sie standen im Innenhof der Universität, wo Dao Feng verdeckt arbeitete – eher widerwillig, was Rosalind betraf, denn es war heiß und das Gras kitzelte ihre Knöchel, Schweiß sammelte sich unter ihren Achseln. »Sie können mich ohnehin nicht töten. Warum brauche ich noch etwas?«

Zur Antwort schlug ihr Dao Feng auf die Nase.

»Herrgott!« Sie fühlte den Knochen knacken. Sie fühlte, wie Blut über ihr Gesicht strömte und auch in die andere Richtung ausbrach, ihr heiß und metallisch die Kehle hinab und auf ihre Zunge lief. Wenn jemand sie in diesem Moment gesehen hätte, was für einen Anblick hätte das geboten. Glücklicherweise war es früh am Morgen und der Innenhof war leer – Zeit und Ort wurden über Monate hinweg ihr festgelegtes Übungsgelände.

»Darum«, antwortete er. »Wie wirst du dein Gift verabreichen, wenn du versuchst, einen gebrochenen Knochen zu heilen? Dieses

Land hat nicht wǔshù für dich erfunden, damit du es nicht lernst. Du warst eine Tänzerin. Jetzt bist du eine Agentin. Dein Körper weiß bereits, wie er sich drehen und biegen muss. Du musst ihm nur die Richtung und den Zweck weisen.«

Als er den nächsten Schlag auf ihr Gesicht zielte, duckte Rosalind sich empört. Die gebrochene Nase war bereits im üblichen schnellen Tempo geheilt, doch ihr Ego blieb angekratzt. Dao Fengs Faust traf Luft.

Und ihr Betreuer lächelte. »Gut. Das ist schon besser.«

Rosalind bewegte sich schneller im brüllenden Wind und murmelte ihr Mantra vor sich hin. Jeder Schritt war ein Zuspruch an sich selbst. Sie wusste, wie man nicht abrutschte; sie wusste, was sie tat. Niemand hatte sie gebeten, eine Attentäterin zu werden. Niemand hatte sie gebeten, das Varieté zu verlassen und mit dem Tanzen aufzuhören, doch sie war gestorben und als abscheuliche Kreatur wiedererwacht – wie Mr. Kuznetsow es so gütig ausgedrückt hatte – und sie brauchte ein Ziel in ihrem Leben. Eine Möglichkeit, jeden Tag und jede Nacht aufregender zu gestalten, damit sie nicht monoton ineinanderflossen.

Vielleicht log sie sich selbst an. Vielleicht hatte sie sich entschieden, zu töten, weil sie nicht wusste, wie sie ihren Wert sonst beweisen sollte. Mehr als alles andere auf der Welt wollte Rosalind Lang Wiedergutmachung und wenn sie sie so bekam, dann sollte es so sein.

Hustend wedelte Rosalind nach dem Rauch, der um sie waberte. Die Dampflok tuckerte laut und verteilte einen endlosen Strom aus Staub und Sand. Vor ihr verliefen die Schienen in weite Ferne, verschwanden am Horizont, weiter als das Auge sehen konnte.

Doch dann – eine Bewegung in der Ferne unterbrach das Standbild.

Rosalind hielt inne und lehnte sich neugierig vor. Sie war sich nicht sicher, was sie sah. Die Nacht war dunkel, der Mond nur eine dünne Sichel, die anmutig aus den Wolken hing. Doch die elektrischen Lichter, die entlang der Gleise angebracht waren, erfüllten ihre Aufgabe ausgezeichnet und erleuchteten zwei Gestalten, die von den Gleisen wegliefen und in den hohen Feldern verschwanden.

Der Zug war vielleicht zwanzig, dreißig Sekunden davon entfernt, die Stelle zu erreichen, wo die Gestalten an den Gleisen gelauert hatten. Als Rosalind das Waggonende erreichte, kniff sie ihre Augen zusammen und schärfte ihren Blick. Sie war sich sicher, dass sie sich nicht getäuscht hatte.

Darum bemerkte sie erst, dass Dynamit eine Explosion auf den Gleisen ausgelöst hatte, als das Geräusch durch die Nacht brüllte und die Hitze der Detonation ihr Gesicht traf.

2

Rosalind schnappte nach Luft und warf sich nach unten, um sich am Zugdach festzuhalten und ihr Gleichgewicht wiederzufinden. Sie dachte daran, eine Warnung zu rufen, doch weder würde jemand im Zug sie hören, noch könnten sie etwas unternehmen, wenn die Waggons mit solcher Geschwindigkeit dahinrasten und direkt auf die Detonationsstelle zuhielten.

Doch die Flammen auf den Gleisen verschwanden schnell. Als der Zug weiter und weiter auf den Punkt zuraste, wappnete Rosalind sich gegen ein plötzliches Entgleisen. Doch dann erreichte die Lock die erlöschenden Flammen und fuhr einfach weiter. Sie blickte über ihre Schulter und schnitt eine Grimasse gegen den Wind. Der Zug rumpelte über die Explosionsstelle. In Sekundenschnelle hatte er den Ort hinter sich gelassen. Die Detonation war zu schwach gewesen, um die Gleise ernsthaft zu beschädigen.

»Was war das?«, fragte sie die Nacht.

Wer waren die Leute gewesen, die in die Felder gerannt waren? Hatten sie Schaden anrichten wollen?

Die Nacht antwortete ihr nicht. Rosalind unterdrückte ein neuerliches Husten vom unablässigen Rauch des Zugs, rüttelte sich aus ihrer Erstarrung und glitt die Außenseite hinab, um im Durchgang zwischen zwei Waggons zu landen. Sobald sie sich die losen Haare aus dem Gesicht gestrichen hatte, öffnete sie die Tür und betrat den Zug, kehrte in die Wärme des Zweite-Klasse-Abteils zurück.

Es war geschäftig. Obwohl sie in eine Gruppe von drei Leuten in Kellneruniformen getreten war, schenkten sie ihr keinerlei Beachtung. Ein Junge schob einem anderen ein Tablett in die Hände, schnauzte ein paar Worte und eilte dann in ein Abteil. Bei seinem Abgang öffnete sich hinter ihr wieder eine Tür und fünf weitere Kellner traten hindurch.

Einer von ihnen schenkte Rosalind einen Seitenblick, als er vorbeieilte. Obwohl der Blickkontakt ausgesprochen kurz war, kribbelte ihr eine Warnung über die Haut. Sobald der Kellner ein Tischtuch von einem Regal genommen hatte, fuhr er herum, verließ das restliche Zugpersonal und ging weiter den Waggon entlang.

Rosalind folgte ihm. Sie wollte ohnehin zum Anfang des Zugs, obwohl sie noch nicht entschieden hatte, ob sie beim nächsten Halt – Shenyang – aussteigen oder weiter in Richtung Shanghai fahren wollte. Das kam wohl darauf an, wie schnell man die Leichen fand. Oder ob man sie überhaupt fand. Wenn sie Glück hatte, würden sie brav herumliegen, bis der Zug seine Endstation erreichte und jemand daran dachte, die Räume sauberzumachen.

Mit einer Grimasse griff Rosalind in ihren Ärmel, wohin sie ihre Fahrkarte gesteckt hatte. **JANIE MEAD** hatten sie darauf geschrieben. Ihr Deckname, in aller Öffentlichkeit dafür bekannt, zu den Scarlets zu gehören. Eine falsche Identität hielt man am besten aufrecht, indem man sie so nahe an die Wahrheit herankommen ließ wie möglich. Dann war es schwieriger, die Details durcheinanderzubringen oder die Vergangenheit zu vergessen, die beinahe parallel zur eigenen verlief. Nach ihrer erfundenen Geschichte war Janie Mead die Tochter eines früheren Mitglieds der Scarlet Gang, der zögerlich zum Geschäftspartner der Nationalisten geworden war. Forschte man genauer über ihre Eltern nach – über ihren chinesischen Geburtsnamen, der unter diesem Englischen lag, den sie aufgrund ihrer angeblichen Studienjahre in Amerika angenommen hatte –, zerfiel alles zu Staub.

Ein Schaffner kam an ihr vorbei. Wieder erntete sie einen Seitenblick, der einen Moment zu lange dauerte. Hatte Rosalind irgendwo einen Blutfleck übersehen? Sie hatte geglaubt, ihren Hals ordentlich sauber gemacht zu haben. Sie dachte, sie würde sich normal verhalten.

Rosalind zerknüllte ihre Fahrkarte und betrat dann den nächsten Waggon, wo die Fenster zeigten, dass die Umgebung langsamer vorbeizog. Der Zug näherte sich dem Bahnhof, grüne Felder verwandelten sich in kleine Stadthäuser und elektrisches Licht. Um sie herum wurde das Murmeln von Unterhaltungen lauter, einzelne Schnipsel schwebten von Sitz zu Sitz.

Jedes der feinen Haare in ihrem Nacken war aufgerichtet, obwohl alles in Ordnung zu sein schien. Andere Passagiere beeilten sich, ihr Gepäck herunterzuziehen und sich an den Ausgängen zu scharen, bevor der Zug hielt. Rosalind arbeitete inzwischen seit Jahren als Attentäterin. Sie hatte gelernt, zuerst ihrem Gefühl zu vertrauen und ihr Gehirn dann folgen zu lassen. Sie musste auf der Hut sein.

Zwei Bedienstete eilten vorüber und rafften Decken zusammen, die sie von aussteigenden Passagieren einsammelten. Rosalind lehnte sich vorsichtig zurück, um die Frau vorbeizulassen, die Schulter gegen die Wand gedrückt. Sie hätte beinahe einen Einlegeblattkalender von seinem Haken gestoßen, doch bevor er zu sehr aus dem Gleichgewicht kommen und auf den Teppichboden fallen konnte, richtete Rosalind ihn wieder aus, wobei sie über das oberste Blatt strich: 18. September.

Die Bediensteten eilten wieder vorbei, die Arme frei von den Decken, bereit, mehr einzusammeln. Eine schnalzte mit der Zunge, beide ignorierten Rosalind auf ihrem Weg – glücklicherweise.

»Wir halten in Fengtian?«, fragte eine die andere.

»Warum benutzt du den japanischen Namen? Sie sind noch nicht einmarschiert … wir müssen nicht den alten benutzen.«

Rosalind ging weiter und strich dabei mit der Hand über die verschachtelten Holzbalken, die die Wände entlang verliefen. *Feng-*

tian. Man hatte ihn vor beinahe zwei Jahrzehnten zu Shenyang geändert, nachdem die Chinesen das Land wieder übernommen hatten, doch als sie mit ihren Lehrern die Region studiert hatte, hatte sie Englisch benutzt, womit sie vertrauter war: Mukden.

Dieser neue Waggon war viel voller. Rosalind duckte sich näher an den Mittelgang heran und schlängelte sich durch die Passagiere. Mitten im dichten Gewühl war es ein Leichtes, den Gesprächen zu lauschen und aufzuschnappen, was ihr an die Ohren drang.

»Sind wir noch nicht da?«

»... *qīn'ài de,* komm her, bevor *Māma* dich nicht finden kann.«

»Du hast nicht gedacht, dass da ein Feuer ist, bei all dem Geschaukel ...«

»... meinen Schuh gesehen?«

»... Mitglied der Scarlet Gang an Bord. Vielleicht ist es sicherer, sie den Japanern zu übergeben, bis jemand weiter oben sie besänftigen kann.«

Rosalind wurde langsamer. Sie zeigte ihre Überraschung nicht offen, doch sie konnte sich nicht davon abhalten, nur einen Moment stehen zu bleiben, um sicherzustellen, dass sie richtig gehört hatte. Ah. Da war es. Sie hatte gewusst, dass etwas nicht stimmte, und die Instinkte, die man ihr während der Ausbildung eingebläut hatte, hatten bisher noch nie falsch gelegen. Manchmal identifizierte sie ihr Ziel, bevor sie es bewusst wahrnahm; zu anderen Zeiten spürte sie, dass sie selbst zum Ziel geworden war, bevor das tatsächliche Begreifen einsetzte.

Mich den Japanern übergeben?, dachte sie hektisch. *Wofür?* Sicherlich nicht für das Attentat an dem russischen Händler. Erstens waren keine Polizisten an Bord und selbst wenn, hätten sie nicht schnell genug gearbeitet, dass sie bereits ausländischen Abteilungen Rede und Antwort stehen müssten, mal ganz davon abgesehen, warum die Japaner involviert sein sollten.

Ihr Blick überflog die Sitze. Sie konnte nicht ausmachen, woher die Stimme gekommen war. Die meisten Gesichter im Umkreis wirkten alltäglich. Gewöhnliche Bürger in Stoffhemden und weichen Stoffschuhen, was ihr zeigte, dass sie auf dem Weg nach Hause in ihr Dorf waren und nicht in eine große Stadt.

Etwas Größeres als sie passierte hier. Das gefiel ihr nicht im Geringsten.

Als der Zug in Shenyang hielt, schloss Rosalind sich den Menschenmassen an, die ausstiegen. Sie ließ ihre Fahrkarte fallen, als sie aus dem Waggon stieg, und der kleine zusammengeknüllte Ball wurde zu Abfall auf dem Bahnsteig, so einfach, wie man eine Münze in einen Brunnen warf. Lärm umgab sie von allen Seiten. Das Pfeifen des Zugs sang in die Nacht und blies heißen Dampf um die Gleise, der Rosalind den Schweiß auf den Rücken trieb. Selbst als sie sich durch die Menge am Bahnsteig drängte und den Bahnhof betrat, blieb der Schweiß.

Rosalind überblickte den Bahnhof. Die Anzeige für Ankünfte und Abfahrten gab ein schnelles *Klick-Klick-Klick* von sich, als sie umschaltete, um die in Kürze einfahrenden Züge zu zeigen. Shanghai war ein beliebtes Ziel, doch der nächste Zug fuhr erst in einer Stunde ab. Sie wäre ein leichtes Ziel, wenn sie sich bei den Sitzen im Wartebereich aufhielt.

Zugleich wurde der Hauptausgang von einer Linie von Polizeibeamten bewacht, die alle Zivilisten anhielten, die die Türen passierten, um schnell ihre Fahrkarten zu kontrollieren.

Langsam zog Rosalind ihre Halskette unter ihrem *Qipao* hervor und ging mit gleichbleibenden Schritten weiter, während sie sich entschied und auf den Ausgang zuhielt. Wenn sie es hindurchschaffte, konnte sie fürs Erste in Shenyang bleiben und sich am Morgen aus der Affäre ziehen, um nach Shanghai zurückzukehren und dabei so wenig Aufmerksamkeit wie möglich zu erregen. Wenn nicht …

Sie steckte eine der Perlen ihrer Halskette in den Mund, öffnete den winzigen Verschluss und löste den Faden heraus. Sie hatte keine Zeit gehabt, sich umzuziehen. Vielleicht wäre sie weniger aufgefallen, wenn sie etwas anderes dabeigehabt hätte, doch nun war sie die am besten Gekleidete im Bahnhof und gehörte offensichtlich in eine Großstadt. Man brauchte keine Fahrkarte, um sie einzuordnen.

Sobald einer der Polizisten sie kommen sah, stieß er den Mann neben sich an, der ein anderes Abzeichen am Jackenaufschlag trug.

»Fahrkarte?«, verlangte dieser.

Rosalind zuckte mit den Schultern. »Ich habe sie verloren. Ich nehme nicht an, dass sie meine Fahrkarte sehen wollen, wenn ich gehen will, oder?«

Ein weiterer Mann lehnte sich vor, um ihm ins Ohr zu flüstern. Seine Stimme war zu leise, als dass sie etwas anderes verstanden hätte als »Passagierliste«, doch das verriet ihr schon genug.

»Janie Mead, richtig?«, bestätigte er, als er seine Aufmerksamkeit wieder ihr zuwandte. »Sie müssen mit uns kommen. Sie stehen im Verdacht, sich mit der Scarlet Gang verschworen zu haben, um großflächig Schaden anzurichten.«

Rosalind blinzelte. Sie schob die Perle im Mund herum, wälzte sie unter der Zunge von einer Seite zur anderen. Dies hatte also nichts mit ihrer Arbeit als Fortuna zu tun. Hier wurde die Scarlet Gang zum Sündenbock gemacht. Dies war ein weiterer Vorfall in einer langen Serie, die das ganze Land durchzog und in der die Bandenmitglieder aus der Großstadt für Vorfälle verantwortlich gemacht wurden, weil ausländische Imperialisten versuchten, die Schuld für versagende Infrastruktur und Aufständische von sich abzuwälzen. Die Bandenmitglieder hatten einstecken müssen, wenn die regierenden Kriegsherren mit dem Finger auf jemanden zeigen mussten, bevor die Imperialisten behaupten konnten, dass die Chinesen ihre eigenen Leute nicht unter Kontrolle hätten und stattdessen ausländische Regierungen im Land einsetzten.

Vielleicht ist es sicherer, sie den Japanern zu übergeben, bis jemand weiter oben sie besänftigen kann.

Sie hätte es wissen müssen. Inzwischen war das Routine: In der Stadt ging etwas schief und die Ausländer, die in der Gegend Rechtsanspruch erhoben, sahen das als Grund dafür, dass den Chinesen das Land abgenommen werden musste.

Die einzige Lösung war, das Problem eilig zu beseitigen, bevor die Imperialisten sich einschalten und mit ihren Waffen und Panzern einmarschieren konnten. Für die hier ansässigen chinesischen Behörden befand »Janie Mead« sich einfach zur rechten Zeit am rechten Ort.

Sie streckte die Hände vor, die Handgelenke zusammen, bereit, in Handschellen gelegt zu werden. »Okay.«

Die Männer blinzelten. Vielleicht hatten sie nicht erwartet, dass es so einfach sein würde. »Sie verstehen die Anklage?«

»Die schwache Explosion, ja?«, bot Rosalind an. »Wie auch immer ich das von drinnen aus dem Zug heraus gemacht habe, aber ich verstehe, dass es einfacher ist, die Passagierliste durchzugehen, als die Felder bei den Gleisen zu durchkämmen.«

Entweder bemerkten sie den Spott nicht oder sie gaben vor, ihn nicht zu hören. Dass sie von der Explosion wusste, war Beweis genug. Einer der Polizisten legte ihr kalte Handschellen um die Handgelenke und gab ihr einen Schubs, um sie aus dem Bahnhof zu führen. Er nahm einen Arm, ein anderer Polizist den anderen. Der Rest der Gruppe folgte dichtauf und ging als Vorsichtsmaßnahme im Kreis um sie herum.

Rosalind verschob nochmals die Perle auf ihrer Zunge. Sie ließ sie in ihrem Mund herumwirbeln. *Komm schon*, dachte sie.

Obwohl die Betriebsamkeit um diese Zeit nachließ, hatten immer noch genügend Zivilisten im Bahnhof zu tun. Einige hielten sich mit ihrer Neugier zurück, andere reckten ungeniert die Hälse, um zu sehen, wen die Polizisten festnahmen. Sie fragte sich, ob sie ihnen vertraut vorkäme, sollten sie Zeitungen aus Shanghai lesen und sich daran erinnern, dass man ein Jahr nach der Revolution skizzierte Portraits von ihr gedruckt und darüber spekuliert hatte, ob Rosalind Lang tot war.

»Hier entlang.«

Im Vorhof des Bahnhofs gab es nur eine Straßenlaterne, die in der Nähe eines Springbrunnens brannte. Auf der anderen Straßenseite parkten Autos, beinahe verdeckt nahe einer Gasse.

Die Polizisten trieben sie in diese Richtung. Rosalind fügte sich. Geduldig ging sie mit ihnen – ging weiter, bis sie sich dem Polizeiauto näherten und der Glanz der schwarzen Farbe und die Stäbe über den Fenstern schon fast in Reichweite waren.

Dann – endlich – schmolz die äußerste Schale der Perle auf ihrer Zunge. Flüssigkeit ergoss sich so plötzlich in ihren Mund, dass Rosalind bei dem Gefühl beinahe gehustet hätte und sich zusammenreißen musste, als der scharfe Geschmack über ihre Zunge floss. Ein Geräusch entkam ihrer Kehle. Der Polizist zu ihrer Linken wandte sich zu ihr um.

»Keine Mätzchen«, befahl er, hörbar genervt. »Xiǎo Gūniáng, du kannst froh sein, wenn ...«

Rosalind spuckte ihm die Flüssigkeit ins Gesicht. Er warf sich mit einem Schrei rückwärts und ließ sie los, damit er die Hände auf seine brennenden Augen legen konnte. Bevor der Polizist zu ihrer Rechten sich darüber klar werden konnte, was vorging, hatte sie bereits die Arme über seinen Kopf geschwungen und drückte ihm die Kette der Handschellen um den Hals. Er schrie eine Warnung, doch Rosalind zog fest genug, um ein Knacken zu hören, und er verstummte. Sie trat ihm mit dem Knie in den Rücken und befreite ihre Hände von seinem Hals.

Die anderen Polizisten warfen sich vor, um die Lücken zu beiden Seiten zu schließen, doch es war zu spät. Rosalind flitzte los und machte sich schnell die Straße hinab davon.

Eine Tänzerin, eine Agentin. Sie würde jeden Zentimeter der Bühne nutzen, jede Waffe, die ihr zur Verfügung stand. Die Perle war eine ihrer eigenen kleinen Erfindungen für Trickbetrüger. Sie war mit derselben Substanz überzogen, die Apotheken für ihre Tabletten verwendeten. Die Flüssigkeit darin war harmlos, wenn man sie aus Versehen schluckte, doch konnte jemanden für einen ganzen Tag blenden, wenn man sie in die Augen bekam.

Sie blickte nach hinten und sah, dass die Polizisten zurückfielen. Neben ihr reihten sich Wohngebäude aneinander, ein Wirbel aus halb verfallenen Eingangstreppen und zerbrochenen Fensterscheiben zog vorüber. Als Rosalind die Ecke erreichte, sprang sie hoch und hängte die Kette, die sich zwischen den Handschellen befand, an eine vorstehende Lampe an einem der Häuser. Ihre bloßen Hände hätten keinen festen Halt gefunden, doch die Kette war beinahe perfekt dafür und gab ihr die einmalige Gelegenheit, gegen einen der Fenstersimse zu treten und sich dann auf den Balkon zu ziehen. Die metallenen Handschellen klapperten gegen das Geländer. Mit einem unterdrückten Jaulen rollte Rosalind über das Geländer und krachte der Länge nach auf den Fliesenboden. Die abrupte Landung presste die Luft aus ihren Lungen. Unter ihr schwärmten die Polizisten bereits aus, um einen Weg nach oben zu finden.

»Ich bin nicht gut genug in Form hierfür«, keuchte Rosalind und rollte sich auf die Seite, bevor sie stolpernd auf die Füße kam und die Balkontüren aufstieß. Sie betrat ein dunkles und leeres Restaurant. Ihr Atem ging schwer, als sie sich einen Weg durch das Labyrinth aus Tischen suchte. Es klang nicht so, als hätten die Polizisten sie schon eingeholt, als sie aus dem Restaurant kam und die Galerie im ersten Stock entlanglief. Doch sie würden kommen und das Restaurant durchsuchen, denn sie hatten sie hineinklettern sehen, und sie würden um das Erdgeschoss herum Wache stehen, denn das war ihre einzige Fluchtmöglichkeit. Es gab nur sehr wenige brauchbare Auswege und sehr wenige Orte, an denen sie sich verstecken konnte.

»Umstellt den ersten Stock! Beeilt euch!«

Ihre Stimmen drangen in den Innenhof des Gebäudes. Rosalind suchte ihre Umgebung ab, dann fiel ihr Blick auf eine Tür, die schmaler war als die anderen Ladentüren und Wohnkorridore. Ein Wasserklosett.

Gerade als Schritte die Treppen heraufzutrampeln begannen, schlüpfte Rosalind durch die Tür und verharrte reglos auf der anderen Seite. Jemand hatte seine Reinigungspflichten in der Hocktoilette ernst genommen, daher roch es in dem kleinen Raum nur nach Bleiche. Rosalind versuchte, die Breite abzuschätzen. Sie betrachtete die Türscharniere und sah, dass sie nach innen öffneten.

Sie drückte sich gegen die Ecke des Wasserklosetts und hielt den Atem an, während sie zählte. Eins, zwei, drei.

Die Tür wurde nach innen aufgestoßen, bevor sie direkt vor ihrer Nase zum Stehen kam. Als er sah, dass das Wasserkloset leer war, ging der Polizist weiter und rief nach den anderen.

»Alles sauber!«

Langsam stieß Rosalind den Atem aus. Die Tür fiel von selbst knarzend zu, der Knauf klickte leise, während die Polizisten ausschwärmten und die Wohnungen durchsuchten. Sie rührte sich nicht. Sie kümmerte sich nicht einmal um das Jucken ihrer Nase, solange sie Bewegungen hören konnte.

»Wohin könnte das Mädchen verschwunden sein?«

»Diese Genossinnen sind gerissen. Sucht weiter.«

»Genossin? Gehört sie nicht zu Shanghais Scarlet Gang?«

»Wahrscheinlich auch Kommunistin. Du weißt ja, wie das in der Stadt ist.«

Rosalind hätte beinahe losgeprustet. Nichts läge ihr ferner, als Kommunistin zu sein. Ihre Schwester Celia war tatsächlich eine. Anders als Rosalind war es Celia leichtgefallen, die Scarlet-Villa eines Tages zu verlassen und vom Erdboden zu verschwinden. Man kannte sie als Kathleen Lang, solange sie zum Haushalt gehörte, da sie den Namen ihrer dritten Schwester angenommen hatte, als die echte Kathleen in Paris verstorben war. Sie hatte bei ihrer Rückkehr nach Shanghai eine Identität angenommen, die ihr Sicherheit bot, während sie authentisch leben konnte. Man hatte ihr bei der Geburt das männliche Geschlecht zugewiesen, und auch wenn ihr Vater ihr nicht erlaubt hatte, in der Öffentlichkeit Celia zu sein, hatte er ihr erlaubt, als Schutzmaßnahme Kathleens Platz einzunehmen und sich als jemand einzuschmuggeln, von der die Stadt glaubte, dass sie sie bereits kannte. Als die Revolution durch Shanghai gefegt war, als die Macht sich verschoben und die Loyalitäten sich verändert hatten und ihre einst so mächtige Familie auseinanderbrach, hatte Celia sich mit dem Namen in Kommunistenkreise begeben, den sie für sich gewählt hatte, anstatt zu ihrem Leben als Kathleen zurückzukehren. Wenn sie wollte, könnte sie vorgeben, nie ein Teil der Scarlet Gang gewesen zu sein. Immerhin hatte die Scarlet Gang stets nur ihre frühreife Erbin Juliette gekannt und ihre zwei lieben Cousinen Rosalind und Kathleen.

Während Celia nur ein paar Auserwählten in der Organisation von ihrer Vergangenheit bei der Scarlet Gang erzählte, wurde Rosalind ständig von den Nationalisten beobachtet wie eine Scarlet-Bombe, die jederzeit losgehen konnte. Immerhin gab es einen Grund dafür, dass sie sie White Flowers jagen ließen. Sie und die Nationalisten waren sich darüber einig, warum sie für sie arbeitete.

Rosalind drückte ein Ohr an die Tür und belauschte die Polizisten bei ihrer Suche. Die verärgerten Befehle, die sie einander zuriefen, wurden leiser und sie grummelten, dass sie unbemerkt entkommen sein musste. Erst als ihre Stimmen verklungen waren, wagte Rosalind, sich aus ihrer Ecke des Wasserklosetts zu schieben, die gefesselten Handgelenke zu heben und die Tür mit einem Finger einen Spalt weit aufzuschieben.

Die Umgebung des Gebäudes wurde still. Sie stieß den Atem aus und ließ endlich ihre verspannten Schultern fallen. Als sie die Tür ganz öffnete, lag alles ruhig da.

Sie konnte beinahe Dao Fengs Lob hören, seine dröhnende Stimme und seine Hand, die ihr herzlich auf die Schulter klopfte. Rosalind hatte noch mehr Gift in ihrem *Qipao* versteckt, Notfallpulver an der Taille, mit Gift überzogene Klingen in den Absätzen ihrer Schuhe. Doch für all das bestand kein Bedarf.

»Ich habe es gemacht, wie du immer sagst«, murmelte sie. »Weglaufen, wenn man nicht kämpfen muss. Greif niemals frontal an, wenn es hintenrum geht.«

Rosalind hatte bei ihrem allerersten Auftrag versagt. Das Messer in ihrer Hand hatte gezögert; die Klinge war ihr weggeschlagen worden. Ihre Zielperson war über ihr aufgeragt, Sekunden davon entfernt, mit dem Stiefel in ihr Gesicht zu treten und die Grenzen ihrer Heilkraft auszutesten.

Nur hatte Dao Feng gewusst, dass er sie beaufsichtigen musste. Er war ihr dichtauf gefolgt und eingeschritten; hatte einen Giftpfeil abgeschossen, bevor die Zielperson sich auch nur umgedreht hatte, wodurch sie wie ein Sack Steine zu Boden gegangen war. Rosalind hatte im Nachhinein nicht daran gedacht, sich zu bedanken. Während sie nach Atem gerungen und vor Adrenalin gebebt hatte, waren ihre einzigen Worte an Dao Feng eine Forderung gewesen, als er ihr aufgeholfen hatte: »Unterrichte mich.«

Nun testete Rosalind die Robustheit der Handschellen um ihre Handgelenke. Sie ließ sich keine Zeit, zusammenzuzucken, bevor sie das Knie hob und in die Kette rammte. Die Handschellen gingen ab, zusammen mit ihrer abgezogenen Haut. Ihre wunde Haut schrie, ganze Fetzen fielen mit den metallenen Handschellen zu Boden, doch es würde vergehen. Solange nur sie nicht schrie. Solange sie sich so fest wie möglich auf die Wangen biss, um sich unter Kontrolle zu haben und still zu bleiben.

Kleine Blutstropfen fielen auf den Holzboden, sickerten durch die Spalten und verfärbten, was auch immer im Erdgeschoss sein mochte. In weniger als einer Minute würde ihre Haut jedoch von rot zu pink wechseln, dann von pink zu leicht gebräunt.

Nach dieser ersten Mission hatte sie immer nur Gift gewollt. Gift war unwiderleglich. Wenn andere wie sie dort draußen waren, konnten sie eine Klinge in der Kehle überleben, eine Kugel in den Bauch, doch Gift würde sie von innen heraus verrotten lassen. Ihre Zellen waren so verändert worden, dass sie sich nach jeder Wunde wieder zusammenfügten; sie waren nicht so verändert, dass sie einem Totalausfall standhalten konnten. Mit der einzigen Waffe zu arbeiten, die sie töten konnte, war ihre Art, sich daran zu erinnern, dass sie nicht unsterblich war, egal was die Nationalisten sagten.

Auf eine eigene merkwürdige Art war das tröstlich.

Rosalind trat aus dem Wasserklosett und ging die Treppe hinunter, suchte sich lässig flanierend einen Weg zurück auf die Straße. Sie wollte keinen Verdacht erregen, sollte man sie entdecken, und sie schaffte es, ihren Weg zum Bahnhof zurückzuverfolgen und an derselben Gasse vorbeizukommen wie zuvor. Das schwarze Auto war verschwunden. Wie auch die Leiche des Polizisten, dem sie bei ihrer Flucht das Genick gebrochen hatte.

»Das ist deine Schuld«, murmelte Rosalind laut. »Du bist schuld, weil du gegen mich gekämpft hast. Du hättest mich in Ruhe lassen können.«

Sie wirbelte herum und überquerte die Straße. Der Springbrunnen war abgestellt, um nachts Strom zu sparen. Als sie daran vorbeiging, fuhren ihre Finger am Becken entlang und nahmen eine Schicht Staub auf, den sie abrieb, als sie den Bahnhof betrat und ihre Stöckelschuhe auf dem Fliesenboden klackerten. Wenn irgendjemand hier sie als das Mädchen erkannte, das man vor weniger als einer halben Stunde hinausgeführt hatte, ließen sie es sich nicht anmerken. Die Frau am Fahrkartenschalter sah kaum auf, bis Rosalind sich vorbeugte, eine Hand auf den Tresen gestützt, während sie mit der anderen ihre Haare glattstrich.

»Hallo.« Rosalinds Stimme war honigsüß. Weich. Vollkommen unschuldig. »Eine Fahrkarte für den nächsten Zug nach Shanghai, bitte.«

3

Als die Standuhr Mitternacht schlug, hallte ihr Echo hohl durch die Villa. Es mangelte nicht an Besitztümern, um das Geräusch zu schlucken – Plüschsofas säumten jede freie Fläche, umringt von großen Blumenvasen und antiken Gemälden an den Wänden. Doch die Hong-Familie hatte in den letzten Jahren ihr Personal reduziert und nun waren nur noch zwei Diener übrig, was dem Haus eine gespenstische Leere verlieh, der man unmöglich beikommen konnte.

Ah Dou stand in der Nähe und rückte seine Brille zurecht, während er die Visitenkarten ordnete, die sich auf dem Schrank in der Eingangshalle stapelten. Auf der Couch im Wohnzimmer, die Beine seitlich über die Armlehne geworfen, lag Orion Hong und sah aus wie der Inbegriff von Leichtfertigkeit und Gelassenheit.

»Es wird spät, *èr shàoyé*«, sagte Ah Dou und warf ihm einen Blick zu. »Wollen Sie sich bald zu Bett begeben?«

»Noch ein bisschen«, erwiderte Orion. Er erhob sich auf die Ellbogen und lehnte sich gegen die Sofakissen. Sein Hemd war für eine so zwanglose Haltung nicht gemacht und der weiße Stoff spannte an den Nähten. Wenn er es zerriss, würde er knallhart wirken – abgesehen davon, dass Orion die am wenigsten hart wirkende Person der Stadt war. Vielleicht könnte er jemanden mit seiner überheblichen Unordentlichkeit abschrecken. »Glaubst du, dass mein Vater heute nach Hause kommt?«

Ah Dou blickte auf die Uhr und machte ein übertriebenes Geräusch, während er den Rücken streckte. Vor wenigen Minuten hatte es geläutet, sie wussten also beide, wie spät es war. Trotzdem sah der alte Haushälter demonstrativ auf die Uhr. »Ich würde annehmen, dass er im Büro bleibt.«

Orion drückte seinen Kopf in eines der Kissen. »Bei seinen Arbeitszeiten könnte man meinen, er sei an der Front des Bürgerkriegs, anstatt hochrangige Verwaltungsarbeiten zu leiten.«

Es war nicht so, dass Orion oft zu Hause war. Wenn ihm keine Mission zugeteilt wurde, aalte er sich irgendwo in der Stadt im Luxus, vorzugsweise in einer lauten Tanzhalle, umgeben von schönen Menschen. Doch an den Abenden, an denen er nach Hause kam, war es seltsam, das Haus in diesem Zustand zu sehen. Er sollte sich inzwischen daran gewöhnt haben oder zumindest damit vertraut sein, wie es sich jedes Jahr Stück für Stück leerte. Doch jedes Mal, wenn er durch die Eingangshalle kam, geriet er aus dem Lot, hob das Kinn, um zu den Kronleuchtern aufzusehen, die vom Hauptatrium hingen, und fragte sich, wann sie das letzte Mal in voller Pracht erstrahlt hatten.

»Sie haben die Tatkraft Ihres Vaters«, antwortete Ah Dou monoton. »Ich bin mir sicher, Sie verstehen seine Hingabe für seine Arbeit.«

Orion ließ sein bestes Grinsen aufblitzen. »Bring mich nicht zum Lachen. Ich habe nur Hingabe für das Vergnügen.«

Der Haushälter schüttelte den Kopf, doch es lag keine echte Missbilligung darin. Dafür mochte Ah Dou ihn zu gern. Bevor man Orion nach England geschickt hatte, war er unter Ah Dous Blicken aufgewachsen, entweder um seinem Kindermädchen zu berichten, dass er seine Jacke getragen, oder um sicherzustellen, dass er genug gegessen hatte.

»Möchten Sie Tee?«, fragte Ah Dou nun und legte die Visitenkarten sorgfältig gestapelt weg. »Ich werde Ihnen Tee machen.«

Ohne eine Antwort abzuwarten, schlurfte Ah Dou davon, wobei seine Hausschuhe über den Marmorboden schleiften. Er schob den Perlenvorhang zum Wohnzimmer beiseite und verschwand in der Küche, wo er mit dem Wasserkocher klapperte. Orion richtete sich auf und strich mit der Hand durch seine gegelten Haare.

Eine einzelne Strähne fiel in seine Augen. Er machte sich nicht die Mühe, sie wegzuschieben. Er legte nur die Arme auf die Knie und beäugte die Haustür, obwohl er wusste, dass sie sich in nächster Zeit nicht öffnen würde. Wenn Orion gewollt hätte, dass sein Vater an den Abenden zu Hause war, an denen er zurückkehrte, hätte er vorher anrufen und sich mit ihm verabreden können. Doch diese Art von Familie waren sie nicht mehr. General Hong würde fragen, ob im Haus etwas Wichtiges besprochen werden musste, und auflegen, wenn Orion Nein sagte.

Es war nicht immer so gewesen. Das schien sein täglicher Kehrreim zu sein. Einst war sein Vater Punkt fünf Uhr nach Hause gekommen. Orion war ihm entgegengelaufen, und obwohl er mit neun Jahren zu groß dafür gewesen war, hochgehoben und herumgewirbelt zu werden, hatte sein Vater es trotzdem getan. Wie schrecklich war es, dass seine glücklichsten Erinnerungen aus einer so fernen Vergangenheit stammten? England in den darauffolgenden Jahren war eine Abfolge grauer Himmel und dann war nichts mehr so wie früher, als er nach Shanghai zurückgekehrt war.

Von oben kam ein plötzliches Rascheln. Orion blickte zur Treppe und konzentrierte seine ganze Aufmerksamkeit auf einen Punkt. Im ersten Stock links lag das Arbeitszimmer seines Vaters in einem offenen Raum: Eine große Buntglaskuppel warf Muster auf seinen Schreibtisch, wenn die Sonne im richtigen Winkel stand. Nachts warf das ganze Haus die lautesten Echos durch das Arbeitszimmer; die Regale über Regale an Büchern, die sich über dem Schreibtisch wanden, dämmten den Raum nicht im Geringsten. Während Orions Jugend war sein Vater besonders gern vor diesen Büchern auf und ab gegangen. Stets hatte er dabei auf das Geländer der Galerie getrommelt, die sich zu den Regalen hinaufwand. Die Schlafzimmer befanden sich rechts der Treppe. Manchmal hatte Orion das Metallklirren gehört und es zu seinem Schlaflied gemacht.

»Phoebe?«, rief er. Er hatte gedacht, seine jüngere Schwester wäre vor Stunden zu Bett gegangen. Das Geräusch kam nicht von rechts, wo Phoebes Schlafzimmer lag. Es kam aus dem Arbeitszimmer seines Vaters.

»*Èr shàoyé*, Ihr Tee …«

Orion riss den Arm hoch. Ah Dou erstarrte.

»Nicht bewegen. Ich bin gleich zurück.« Verschwunden war das gelassene Grinsen – diesen Platz nahm die Agentenmiene ein. Orion Hong war ein nationaler Spion. Egal wie leicht er die Welt nehmen wollte, die Welt kam jeden Tag mit halsbrecherischer Geschwindigkeit auf ihn zugerast.

Er eilte die Stufen hinauf, wobei er so leise auftrat wie nur möglich. Weil das Mondlicht durch die Seitenfenster hereinströmte, waren nur Teile des Arbeitszimmers sichtbar. Als Orion eintrat, machte er kein Geräusch, schlich sich näher an das heran, was er für eine Bewegung hinter dem Schreibtisch seines Vaters hielt. Wenn das Glück ihm geneigt war, würde er nur ein Nagetier finden, das sich durch die Trockenwand geknabbert hatte.

Doch das Glück war ihm nicht geneigt.

Eine Gestalt erhob sich hinter dem Tisch.

Orion sprang vor, die Fäuste zum Angriff geballt. Bei jedem anderen Eindringling wäre er zurückgewichen und hätte die Polizei gerufen – die effizienteste Lösung. Doch dieser Eindringling hatte nicht einmal seine Identität verschleiert, sodass die Grimasse ihm deutlich anzusehen war, als Orion ihn am Kragen packte und gegen die unteren Bücherregale knallte.

»Was zur Hölle machst du hier, Oliver?«, schnauzte Orion auf Englisch.

»Was?«, erwiderte Oliver und klang dabei vollkommen gelassen, trotz des Keuchens in seiner Kehle. »Kann ich nicht mein eigenes Zuhause betreten?«

Orion drückte fester zu. Sein älterer Bruder wirkte immer noch nicht, als fühlte er sich bedroht, obwohl sein Gesicht vor Anstrengung rot wurde.

»Dies ist nicht mehr dein Zuhause.«

Nicht seit Oliver zu den Kommunisten übergelaufen war. Nicht seit dem Vorfall vom 12. April vor vier Jahren, als die Nationalisten sich gegen die Kommunisten gewandt hatten, sie mit einer Massenabschlachtung aus der Kuomintang Partei geworfen und das Land in einen Bürgerkrieg gestürzt hatten.

»Schalt mal einen Gang runter«, brachte Oliver heraus. »Wann hast du angefangen, anstelle von Worten deine Fäuste zu benutzen?«

»Wann bist du so dumm geworden?«, schoss Orion zurück. »Kommst hierher zurück, obwohl du weißt, was passiert, wenn man dich erwischt.«

»Oh, bitte.« Selbst wenn er festgehalten wurde, klang Oliver selbstsicher und zuversichtlich. Er war immer so gewesen. Es gab wenig, das der älteste Sohn eines Nationalistengenerals nicht verlangen konnte, und er war damit aufgewachsen, dass seine Bitten auf ein Fingerschnipsen hin erfüllt wurden. »Halten wir die Politik aus unserer Familie heraus …«

Orion griff in seine Jacke und rammte seinem Bruder anschließend seine Pistole gegen die Schläfe.

»Du hast die Politik in unsere Familie geholt. Du hast in unserer Familie Gräben gezogen.«

»Du hättest dich mir anschließen können. Ich habe auch dich gebeten, mitzukommen. Ich wollte dich und Phoebe niemals zurücklassen.«

Orions Finger zuckte zum Abzug. Es wäre so einfach gewesen, abzudrücken. Shanghai stand kommunistischen Handlungen inzwischen nur noch feindlich gegenüber: Kein bekanntes Mitglied konnte die Straße entlanggehen, ohne festgenommen zu werden, entweder um sofort hingerichtet zu werden oder um für Informationen gefoltert und dann hingerichtet zu werden. Er würde Olivers endgültiges Schicksal nur beschleunigen.

Oliver beäugte die Pistole. In seinen Augen lag keine Angst, nur schwache Verärgerung.

»Steck die Waffe weg, *dìdì*. Ich weiß, dass du nicht schießen wirst.«

»*Qù nǐ de*«, schnauzte Orion. Er war der Angreifer und doch raste sein Herz mit schrecklicher Angst. Als wäre er derjenige gewesen, den man dabei erwischt hatte, herumzuschleichen, wo er nicht sein durfte. »Haben sie dich geschickt, um Informationen zu sammeln? Mich zu töten?«

Oliver seufzte und versuchte, seinen Hals aus dem gewaltsamen Griff, den Oliver um seinen Kragen hatte, zu lösen, wobei er den Stoff zerknitterte. Er trug einen westlichen Anzug, was bedeutete, dass er verdeckt arbeitete und mit seiner Kleidung vorgab, immer noch zur Elite zu gehören, anstatt zu der Politik, an die er jetzt glaubte.

»Ich bin an der Front schon buchstäblich in dich hineingelaufen«, erwiderte Oliver geradeheraus. »Hätten wir dich nicht schon früher geholt, wenn wir dich tot sehen wollten?«

Unabsichtlich sah Orion zur Galerie hinauf, wo er sich von seinem Bruder verabschiedet hatte, kurz vor Olivers Treuebruch.

Der Bürgerkrieg musste damals erst noch ausbrechen. Er kam und alle in der Stadt wussten es, doch sie heuchelten entschlossen, bis man ihn nicht länger ignorieren konnte. An jenem Abend hatte Oliver auf der Suche nach einem Tagebuch die Bücher durcheinandergebracht, weil er behauptete, dass ihre Mutter gegangen war, weil ihr Vater ein innerstaatlicher Verräter war – dass General Hong hanjian war, dass seine Treue bei den Falschen lag.

»*Er wurde freigesprochen*«, *beharrte Orion und streckte hektisch die Hände aus, um die Bücher aufzufangen, die sein Bruder von sich warf.* »*Oliver, bitte ...*«

»*Glaubst du das? Ich nicht.*« *Oliver hatte nicht finden können, wonach er suchte. Er hatte sich ohnehin schon entschieden und wenn Oliver sich entschieden hatte, konnte nichts und niemand ihn umstimmen.* »*Ich gehe. Du hast die gleiche Wahl.*«

»*Das würde ich niemals*«, *erwiderte Orion, der die Worte kaum herausbekam.*

Oliver fuhr herum. »Du kannst nicht so weitermachen. Du kannst nicht ständig die Fehler unseres Vaters wiedergutmachen.«

»Das tue ich nicht ...«

»Doch, tust du. Natürlich tust du das! Der Kuomintang beitreten? Dich als ihr Agent ausbilden lassen? Nichts davon interessiert dich. Du versuchst nur, ihnen etwas zu beweisen ...«

»Hör auf«, versuchte Orion, ihn zu unterbrechen. Er war derjenige gewesen, der sich freiwillig meldete. Als die Geheimabteilung gekommen war, um mit seinem Vater über Geschäfte zu sprechen, war er den hohen Tieren gefolgt und hatten ihnen sein Studienbuch auf den Schreibtisch geklatscht, um seine Jahre in Übersee und seinen vorgezogenen Abschluss von Shanghais weiterführender Akademie vorzuzeigen und eine Stelle zu fordern, die seiner Vorgeschichte entsprach. »Du weißt nicht, wovon du redest ...«

»Sie sind korrupt. Du wirst auf denselben Zug aufspringen ...«

»Werde ich nicht.« Orion riss Oliver das letzte Buch aus den Händen. »Verrat ist nicht erblich. Das werden sie sehen. Sie müssen es sehen.«

Nach einem langen Moment wurde Orion klar, was er gesagt hatte. Was ihm herausgerutscht war und was Oliver sofort aufschnappte.

»Also gibst du es zu«, sagte Oliver leise. »Du denkst, dass er Verrat begangen hat.«

Orion hielt inne. »Das habe ich nicht gesagt.«

Es brachte nichts, diesen Kampf auszufechten. Oliver war fest entschlossen, zu gehen. Orion bestand stur darauf, zu bleiben. Als die Haustür zuknallte, war das Echo so laut, dass einer der Glastropfen am Kronleuchter sich löste und mit Höchstgeschwindigkeit zu Boden stürzte, wo er mitten im Wohnzimmer zerschmetterte.

Orion riss seine Aufmerksamkeit von den Büchern los, von den Regalen, die er noch Stunden später aufgeräumt hatte. Man hatte seinen Vater angeklagt, entgegen nationaler Interessen japanisches Geld angenommen zu haben. Seine Mutter hatte sie ohne jegliche Erklärung verlassen. Sein Bruder war zum Feind übergelaufen. Orion war als sorgloses mittleres Kind aufgewachsen, dem nichts aufgebürdet wurde, und innerhalb der Wochen jenes schicksalhaften Sommers war er plötzlich zu dem einzigen noch bleibenden Werkzeug geworden, um den Nationalisten zu beweisen, dass der Name Hong etwas wert war.

»Du solltest nicht hier sein«, sagte Orion. Seine Worte waren leidenschaftlich, doch er zog die Pistole zurück und löste seinen Griff von Olivers Kragen. »Wenn du nicht mein Bruder wärst, würde ich meine Hand erst von deiner Kehle nehmen, nachdem ich dir mit der anderen die Zunge herausgerissen hätte.«

»Gut, dass ich dein Bruder bin.« Oliver zog seinen Kragen zurecht und schnaubte verärgert wegen der Falten. »Ich bin nicht hier, um Ärger zu machen.«

»Warum bist du dann hier?«

»Es wäre langweilig, wenn ich dir das sagen würde, oder?«

Orion presste seine Kiefer zusammen. Er zog es definitiv vor, gelassen durchs Leben zu gehen anstatt verärgert. Doch bei jedem zufälligen Treffen, jeder kurzen Begegnung in der Öffentlichkeit bei sich überschneidenden Missionen, war Oliver verdeckt unterwegs und Orion war gezwungen, vorzugeben, dass er keine Ahnung hatte, wer dieser Mann war. Selbst wenn sie dabei flüsternd dieselben alten Streitpunkte wiederkäuten – niemand konnte ihn besser zur Weißglut treiben als sein entfremdeter Bruder.

»Verschwinde, Oliver, bevor ich dich melde.« Orion kochte vor Wut.

Oliver durchdachte das Ganze. Er verschränkte die Arme und betrachtete Orion genauer. »Weißt du bereits von den Chemiemorden?«

Orion zog die Brauen zusammen. War irgendeines seiner Worte überhaupt angekommen? »Den was?«

»Ich nehme an, das wirst du bald. Meine Quellen sagen, dass sie dich auf die Sache ansetzen werden. Typisch für die Nationalisten, dass sie ihren Einsatzplan ausarbeiten, ohne zuvor unsere Zustimmung einzuholen.«

»Lass es …« Bevor Oliver sich vorlehnen und etwas vom Tisch ihres Vaters nehmen konnte, packte Orion sein Handgelenk. Als Orion sich dem Tisch zuwandte, konnte er nicht sehen, wonach Oliver gegriffen hatte. Vielleicht spielte sein Bruder Psychospielchen. »Entweder sagst du mir, weswegen du hier bist, oder du gehst.«

»Du bist zu vertrauensselig, Orion. Du solltest vorsichtiger sein. Du solltest dir die Leute, für die du arbeitest, genauer ansehen.« Oliver zog sein Handgelenk weg und zum ersten Mal an diesem Abend verkrampfte er sich und zeigte Unwohlsein.

»Ich bin nicht derjenige, der für eine abgesetzte Partei arbeitet«, sagte Orion matt. »Geh. Bitte.«

Geh nicht, bitte, hatte er vor Jahren gebettelt. Als es noch Hoffnung gegeben hatte, dass ihre Familie nicht in Stücke zerfiel. Als Oliver das Wunderkind gewesen war und Phoebe das Baby und Orion nur hatte sicherstellen müssen, dass er nicht erwischt wurde, wenn er leichtfertig Ärger machte.

Doch nichts davon hatte in die Gegenwart überdauert. Nun war Orion für die rechtmäßige Regierung des Landes tätig und Oliver arbeitete daran, sie zu stürzen, ohne Rücksicht auf andere Belange. Oliver glättete seine Ärmel. Die Gefühlsregung beim Zurückziehen seines Handgelenks mochte Einbildung gewesen sein. Da er nichts mehr zu sagen hatte, trat Oliver an ihm vorbei und ging, ohne einen Blick zurück, so wie er das Haus auch das erste Mal verlassen hatte. Augenblicke später hörte Orion, wie die Haustür ins Schloss fiel, wenn auch dieses Mal sehr viel leiser.

Orion atmete erleichtert aus. Obwohl seine Atmung gleichmäßig gewesen war, war er alles andere als entspannt. Wonach hatte Oliver gesucht?

Orion trat einen Schritt vom Schreibtisch zurück. Er versuchte, sich in seinen Bruder hineinzuversetzen, die Welt durch seine Augen zu sehen. Jede Kleinigkeit wurde tausendmal drängender, jede plötzliche Entscheidung wurde so viel schneller getroffen. Obwohl er den Schreibtisch seines Vaters sorgfältig absuchte und schließlich auch die Schubladen herauszog, um zu kontrollieren, was Oliver durchsucht haben könnte, fand er nichts außer Rechnungen und langweiliger Korrespondenz mit Assistenten.

»Shàoyé?« Ein Klopfen am Türrahmen. Ah Dou steckte den Kopf ins Arbeitszimmer, sein Gesichtsausdruck zeigte vorsichtige Neutralität. »Ist alles in Ordnung?«

»Du hast nichts gehört, oder?«, fragte Orion. Sein Ton deutete an, welche Antwort Ah Dou geben musste: *Nein, Sir, ich habe überhaupt nichts gehört.* In manipulativen Haushalten blendete das Personal entweder alles aus oder riskierte, beseitigt zu werden. Ah Dou war mit dem Prozedere vertraut.

»Nicht das Geringste. Suchen Sie nach etwas, das Ihrem Vater gehört?«

Orion überflog ein letztes Mal den Tisch. Er musste zugeben: Ja, er hatte erwartet, etwas Verdächtiges zu finden. Er lebte jeden Tag mit der Angst, dass sein Vater es wieder vermasseln würde und dass der Fall dieses Mal nicht vor einer Verurteilung in sich zusammenfallen würde. Dieses Mal würde er nicht freigesprochen, weil die Beweise sich als zu dürftig erwiesen. Er würde festgenommen und Orion würde sein letztes bisschen Hoffnung in sich zusammenfallen sehen. Er wusste nicht, was er glauben sollte. Verräter oder nicht, *hanjian* oder nicht. Er war sein Vater. Vielleicht machte das Orion zu einem schlechten Agenten, doch sollte er jemals in seinem Haus belastende Beweise finden, wäre sein erster Instinkt, sie zu verstecken.

Orion erlaubte sich ein zittriges Seufzen. Dann verwandelte er seinen Gesichtsausdruck in ein strahlendes Grinsen und als er einen Blick in den Spiegel warf, hätte er sich beinahe selbst ausgetrickst.

»Nur etwas zusätzliches Papier. Steht der Tee bereit?«

4

Da, bei der Bar: eine *Zielperson, stehend*.

Unter den Lichtern der Tanzhalle konnte man glauben, dass die Frauen dieser Stadt Seeschlangen ähnelten: leuchtende Farben und körperbetonte *Qipao*, die Kurve einer Hüfte und die Neigung einer Schulter, schlängeln sie sich von Wand zu Wand. Ein Blitzen, als eine Schuppe in den hell aufleuchtenden Lichtern glänzt, verschmelzen sie wieder mit den Schatten, wenn das Rampenlicht langsam erlischt. Tanzende Beine und importierte Schuhe gleiten über die klebrigen Böden.

Saxofon-Musik hallt durch jeden Winkel dieses Etablissements. Niemandem ist recht danach, sich daran zu erinnern, wo sie sind, den Namen des Lokals auf der Zunge zu haben und am Morgen davon berichten zu können, wenn die Ereignisse der vorangegangenen Nacht über einem Kartenspiel wiederaufgewärmt werden. Diese Tanzhalle ist keine der großen, nicht das »Bailemen« oder der »Peach Lily Palace« noch der Ballsaal des »Canidrome«, daher verschmilzt sie einfach mit Hunderten anderen, ein weiteres flackerndes Licht an einer Decke voll elektrischer Lampen. Vor ein paar Jahren hätte sie vielleicht nicht überlebt. Sie hätte gegen ein Monopol in den Händen zweier Banden ankämpfen müssen, doch diese Banden sind nun in sich zusammengefallen, während der Krieg draußen immer noch Ablenkung fordert. Jede Woche schießen neue Tanzhallen und Varietés aus dem Boden, als würden sie die Stadt heimsuchen – ein sich schnell ausbreitender Tumor, bei dem sich niemand die Mühe macht, ihn auszumerzen.

Da, vor der Tür: eine Zielperson, gehend.

Auch wenn sie der Mittelpunkt jedes Lokals sind, werden die Frauen dieser Stadt heute Abend, hier, jetzt, nicht beobachtet von den Augen in der Ecke. Zu jedem anderen Zeitpunkt folgt man jeder ihrer Bewegungen; an jeder Ecke bombardiert man sie mit Postern, die ewige Jugend und unerschütterliche Gesundheit versprechen. »Chesterfiel«-Zigaretten, »Nestlé«-Schokolade, »Tangee«-Kosmetika. Hollywoodsternchen, deren Röcke sich im mit Bleistiftstrichen angedeuteten Wind blähen. Dies ist das Zeitalter des Konsums, die Zeit rauscht vorüber, getragen von amerikanischen Düften und Jazz, französischer Literatur und einem Meer aus verlorener weltbürgerlicher Liebe. Wenn du nicht achtgibst, wird man dich verschlingen.

Da, bei den Tischen: ein Raubtier, sich erhebend.

Der Mörder folgt seiner Zielperson zur Tür hinaus. Der Mörder ist wie jeder andere Bewohner der Stadt, denn in dieser Stadt gibt es jede denkbare Persönlichkeit auf Erden. So gesehen ist vielleicht niemand wie jemand anders, doch das bedeutet nur, dass er ein weiterer Teil der Masse ist, ein weiteres Gesicht, das keine Aufmerksamkeit erregt, ein weiterer spätnächtlicher Streuner, der sich zum *dan, dan!* der auf ihren Gleisen tuckernden Tram die Straßen entlangschleppt. Er ist dein am Balkon lehnender Nachbar; ein Straßenhändler, der Pfirsiche verkauft; der Bankier, der die letzte Rikscha in der Gegend heranwinkt, um der Nacht in einen anderen Stadtteil zu folgen. Er ist, einfach gesagt, Shanghai.

Bis er den Mann packt, der aus der Tanzhalle kam, ihn gegen eine Gassenwand wirft, so lässig, wie jemand Kaugummi von sich werfen würde.

Der Mann schnappt nach Luft, kriecht umher. Seine Trunkenheit hat ihn angenehm berauscht. Er hat kaum zwei Schritte weit gesehen, hat seine Sinne nicht schnell genug beisammen, um diesen Angriff oder den verschwommenen Angreifer, der über ihm steht, als er zu Boden stolpert, zu erfassen.

»Bitte«, keucht er und versucht, wegzurutschen. »Sie wollen Geld? Ich habe Geld.«

Da, in der Gasse: ein weiteres Opfer, das er sich holen kann.

Das Glänzen einer Nadel blitzt im Laternenlicht. Dann seine tödliche Spitze, die sich in die weiche Stelle am Ellbogen des Mannes drückt. Er versucht, zu entkommen, doch der Griff um seine Schulter ist Eisen und hält ihn fest.

Es brennt. Wie Feuer, das anstelle von Blut durch seine Venen rauscht, durch sein Herz pulsiert und auf seinem Weg alles verwüstet. Obwohl er dagegen ankämpft, obwohl er schreit und schreit und schreit, ist das Geräusch für Shanghai nur eine weitere Unruhe, während die Stadt weiterschlägt.

Als die Nadel herausgezogen wird, spritzt ein einzelner Tropfen ihres Inhalts auf die Kleider des Mannes.

Doch dem Mann wird das egal sein.

Er ist bereits tot.

5

Der Morgen kam schwerfällig, die Dämmerung schleppte sich mit Mühe über den Horizont. Bis Rosalind es in die Französische Konzession Shanghais geschafft hatte, murmelte in den Straßen bereits das Geplauder der Frühaufsteher und eine leichte Brise wehte durch die weidengrünen Bäume, die die Straßen schmückten.

Sie hätte nie geglaubt, dass sie wieder hier enden und in der Französischen Konzession leben würde, wo ihre Erinnerungen wie eine Glasur über die Marmorsäulen-Häuser und Mosaikwege geschmiert waren. Wohin sie auch blickte, Stimmen folgten ihr, hüpften die gusseisernen Zäune entlang und schleppten sich über die kurzen Backsteinmauern.

Rosalind bog in eine schmalere Straße ein und wandte ihr Gesicht von zwei Schülerinnen ab, die Arm in Arm zur Schule gingen. Ihre Augen folgten ihr, die Schleifen um ihre Hälse flatterten im kalten Herbstwind, doch da betrat Rosalind bereits ihre Auffahrt. Ihr Apartment lag im ersten Stock dieses Blocks, eine kleine Zweizimmerwohnung, die im Winter knarzte. Sie fühlte sich stets leer an, auch wenn sie sich alle Mühe gegeben hatte, sie zu dekorieren, doch welche Wahl blieb ihr? Von jemandem wie ihr wurde das erwartet. Sie hatte nie eine Mutter gehabt. Sie war ihrem Vater nie nah gewesen – er hatte sie entweder den Lehrern übergeben oder bei den Cais gelassen, der Familie ihrer Cousine. Und obwohl sie sich in der Cai-Villa ein Zuhause geschaffen hatte, war die jetzt noch leerer als ihre eigene Wohnung.

Einst war die Cai-Villa der geschäftige Mittelpunkt der Scarlet Gang gewesen. Einst war die Scarlet Gang ein beeindruckendes Netzwerk im Untergrund gewesen, das die halbe Stadt regiert hatte. Nun war sie nur ein weiterer politischer Ausläufer der Nationalisten und Rosalinds Schlafzimmer im Haus war eine Abstellkammer geworden für zufällige Gegenstände, für die die Hausangestellten keinen besseren Ort wussten. Wenn Rosalind nicht gegangen wäre, wäre sie ein weiterer eigentümlicher Gegenstand geworden, vergessen unter der Unordnung und dem Gerümpel in jenem Zimmer.

»Ich wollte gerade Dao Feng kontaktieren und ihm sagen, dass du bei deinem Auftrag umgekommen bist.«

Lao Laos Stimme dröhnte aus Rosalinds Wohnungstür. Dann lehnte die alte Dame sich über das Geländer im ersten Stock, um in den Hof hinunterzuschielen und zuzusehen, wie Rosalind hereinkam.

»Dao Feng weiß, dass es sehr viel mehr braucht als einen Auftrag, um mich umzubringen«, konterte Rosalind.

»Ach du meine Güte. Mein schwaches Herz verträgt den Schock nicht, weißt du.«

Mit einem amüsierten Schnauben zog Rosalind die Nadeln aus ihren Haaren und schüttelte die zerzausten Locken aus, während sie über den grasbedeckten Hof ging. Während sie die Außentreppe hinaufstieg, griff sie nach ihrer Schulter und massierte ein kleines verspanntes Ziehen, das dort aufblühte. Selbst durch den Stoff ihres *Qipao* konnte sie die Ränder ihrer Narben spüren, die knapp unter dem Schulterblatt endeten. Der Großteil davon schmückte ihren Rücken wie der Mittelpunkt eines Blitzeinschlags. Sie hatte sie sich zugezogen, bevor ihr Körper fähig war, sich im Nu wieder zusammenzufügen, daher blieben sie und pochten jedes Mal, wenn sie an die Scarlet Gang dachte.

Rosalind erreichte die Galerie im ersten Stock und pustete sich eine Locke aus dem Gesicht. Als ihr Blick Lao Laos trüben Augen begegnete, schnalzte die alte Dame nur mit der Zunge, drehte sich um und verschwand wieder in Rosalinds Wohnung.

»Komm essen. Der Reis wird kalt.«

Lao Lao war die Vermieterin des Gebäudes. Rosalind kannte ihren Namen nicht und Lao Lao weigerte sich, ihn ihr zu nennen, also blieb sie bei einer respektvollen Anrede für eine Verwandte einer Großmutter. Sie lebte in der unteren Wohnung, wo im Wohnzimmer ein Telefon mit Wählscheibe angeschlossen war, damit sie für Rosalind Nachrichten entgegennehmen konnte. Anfangs war Lao Lao mit ihren Schlüsseln in Rosalinds Wohnung gelangt und hatte Notizzettel auf den Küchentisch geklebt, wenn eine Nachricht gekommen war. Doch vor etwa zwei Jahren war ihr klar geworden, wie dürftig Rosalinds Essensregale aussahen und dass ihre Kleider immer gefaltet waren wie der Versuch einer Siebenjährigen, den Haushalt zu führen. Seither hatte Lao Lao Rosalinds Heimkehr trotz ihrer Proteste immer perfekt abgepasst und stand bereits in ihrer Küche und deckte den Tisch.

»Ich mache mir Sorgen darüber, wie früh du am Morgen aufwachst«, sagte Rosalind, setzte sich und beäugte die Schüsseln mit Essen: *yóutiáo* und Rühreier mit Tomate, Tausendjähriges-Ei-Congee und *jiānbǐng*. Es musste mindestens eine Stunde gedauert haben, das vorzubereiten.

»Ich muss nicht ruhen wie die Jugend«, erwiderte Lao Lao.

Rosalind nahm eine *yóutiáo*-Stange, brach sie der Länge nach entzwei und biss hinein.

»Ich muss nicht ruhen.«

Lao Lao schlurfte zum Küchentresen und sah genau hin, bevor sie eine Zeitung hochhob. Die alte Frau brauchte definitiv irgendeine Art von Brille, doch aus irgendeinem Grund bestand sie darauf, keine zu tragen. Als sie die Zeitung an den Tisch brachte und sie vor Rosalind ablegte, war ein Notizzettel auf die Titelseite geklebt, von dessen Rand die Handschrift rutschte.

Treffen mit Dao Feng, 17 Uhr. Restaurant »Golden Phoenix«.

»Ja, ich weiß, Herzchen. Ich höre, wie du nachts zu den seltsamsten Uhrzeiten auf und ab gehst.« Lao Lao schüttelte verzweifelt den Kopf. »Ich nehme an, das ist besser, als auf den Straßen herumzupirschen.«

»Auf den Straßen herumzupirschen ist ein essenzieller Teil meiner Stellenbeschreibung«, sagte Rosalind, lehnte sich in ihrem Stuhl zurück und nahm einen herzhaften Bissen von der *yóutiáo*-Stange. Sie zog das Schmierpapier von der Zeitung und wollte es wegwerfen. Doch bevor sie aufstehen konnte, zog die darunter verborgene Überschrift ihre Aufmerksamkeit auf sich. »Lao Lao … hast du mir diese Zeitung absichtlich gegeben?«

Lao Lao war wieder in die Küche geschlendert und ordnete Rosalinds Sojasaucensammlung, als sie herübersah. Tatsächlich handelte es sich um Lao Laos Sojasaucensammlung, immerhin war sie diejenige gewesen, die sie hergebracht hatte. Und sie war die Einzige, die sie benutzte.

»Hätte ich sie dir absichtlich geben sollen?«

Rosalind schob sich den letzten Happen *yóutiáo* in den Mund und drehte die Zeitung um. »Mord in Chenghuangmiao«, las sie vor, gedämpft durch den Teig. Sie schluckte und räusperte sich. »Ich dachte, dass wir uns nahe genug stehen, dass du mich geradeheraus des Mordes beschuldigen würdest.«

»Oh, das.« Lao Lao schauderte. Die Sojasaucenflaschen klimperten. »Das ist der zweite diese Woche. Drogenbedingte Tode, sagen sie. Bemitleidenswerte Art zu gehen. Ich bin sicher, du würdest es viel mehr ausschmücken.«

»Ich bin eine Meisterin des Ausschmückens«, murmelte Rosalind. Sie drehte die Zeitung um und las genauer nach. »Warum nennen sie es einen Mord, wenn es drogenbedingt ist, dass die Menschen sterben?«

Es gab viele Opiumsüchtige in der Stadt. Zudem wandelten reichlich Süchtige im Allgemeinen durch die ärmeren Teile dieser Straßen und fielen ohne ein Wort tot um.

»Ich hörte, dass das erste Opfer Anzeichen für einen Kampf zeigte. Sie haben ein … Wie nennt man diese neumodischen Leichenschneiderei-Prozeduren?«

Rosalind rümpfte die Nase. »Eine Autopsie? Lao Lao, das ist nicht neumodisch. Die Westländer machen das seit Jahrhunderten.«

Lao Lao brachte sie mit einer Handbewegung zum Schweigen, die Jadearmreifen um ihr Handgelenk blitzten im Morgenlicht. »Welche Wissenschaft sie auch verwendet haben, laut der war es jedenfalls Mord.«

»Wer tötet jemanden mit Drogen?«

»Machst du das nicht auch?«

Rosalind schenkte ihr einen gespielt wütenden Blick, griff nach einem Löffel und nahm sich Rührei. Das Tomatenmus überflutete ihre Zunge mit so viel Aroma, dass sie sofort die Kontrolle über ihren Gesichtsausdruck verlor, die Augen schloss und die Finger aufeinanderpresste.

»Erstens hast du dich mit diesen Tomaten selbst übertroffen. Zweitens verwende ich Gift, um Anzeichen für einen Kampf zu vermeiden. Wenn jemand in der Stadt herumrennt und diese Schlagzeilen anzettelt«, sie stach mit dem Finger auf die Zeitung ein, »macht die Person ihre Arbeit beim Vergiften nicht besonders gut, oder?«

»Du machst mir Angst, Lang Shalin.« Lao Lao kam aus der Küche geeilt, um die Stühle am Tisch herumzuschieben, bis sie gerade an jeder Kante standen. »Ich muss wieder nach unten, weil meine Tochter bald ihre ganze Horde Kinder bringt, aber erstatte am Nachmittag deinem Betreuer Bericht, *hǎo ma?*«

Rosalind nickte. »Verstanden.«

Mit einem zufriedenen Laut klopfte Lao Lao ihr im Vorbeigehen auf die Schulter, bevor sie die Wohnung verließ und die Tür zuschob. Das Apartment wurde augenblicklich still, die Wände waren dick genug, um das Rumpeln und das Chaos der Stadt auszusperren. Die Französische Konzession war ohnehin leise, ihre Straßen waren zu vollgestopft mit den Reichen und Wohlhabenden und Ausländern, um das Geschrei zu tolerieren, das die chinesischen Stadtteile erfüllte.

Rosalind nahm sich noch einen Löffel voll und blätterte geistesabwesend durch die Zeitung. Die Geschehnisse in der Stadt huschten vorbei: Handelsberichte, Beschwerden über den Verkehr, neue Ladeneröffnungen. Vor vier Jahren wäre sie vielleicht mit Berichten über die Blutfehde zwischen der Scarlet Gang und den White Flowers gefüllt gewesen. Heutzutage war da nichts. Keine Erwähnung der White Flowers, denn die paar, die überlebt hatten, beseitigte sie mit ihren eigenen zwei Händen. Die Montagows waren alle tot oder verschwunden. Alle, die in dem Haushalt gelebt hatten, waren geflohen, das Hauptquartier hatte man in einen Stützpunkt der Nationalisten verwandelt.

Rosalind blätterte zur letzten Seite und erstarrte, ihre Hand über dem Papier. Das Universum hatte also beschlossen, sich einen grausamen Scherz mit ihr zu erlauben. Es hatte einen Blick in ihre Gedanken geworfen und beschlossen, ihr eine Zeichnung des lächelnden Gesichts ihrer Cousine zu zeigen, ihr Portrait gleich neben dem Roma Montagows.

```
In Gedenken an die unglück-
lich Liebenden von Shanghai

Juliette Cai & Roma Montagow

      1907 - 1927
```

Rosalind schloss sanft die Zeitung. Sie atmete ein. Atmete aus.

Hätten sie überlebt, wären sie jetzt vierundzwanzig. Doch die verfeindeten Liebenden der Stadt waren tot. Zurück blieben nur die Straßenratten und das Scheitern der Stadt, die Sünden und die Schrecklichkeit der Stadt – fleischgeworden in einem Mädchen namens Rosalind. Von all den Menschen, die hatten überleben dürfen, war es warum gerade ihr erlaubt gewesen?

Erst hatte sie die Revolution und die Machtübernahme überlebt. Dann erneut, als der Tod ein zweites Mal angeklopft hatte. Es war eine Sommernacht mit drückenden Temperaturen gewesen, Monate nach der Explosion, die im April Juliettes Leben genommen hatte.

Sie erinnerte sich an das besorgte Gesicht ihrer Schwester, das über ihr geschwebt war, während die Zimmerdecke ein blendend weißer Strudel gewesen war, nicht zu unterscheiden von der Grelle einer eingebildeten Sonne.

»Rosalind, du musst auf die Beine kommen«, hatte Celia verlangt.

»Lass mich«, bettelte Rosalind. »Du wirst dich anstecken.«

Ihre Zähne klapperten, doch ihre Haut war glühend heiß. »Scharlach«, sagten die Ärzte im Haus der Scarlets. Rosalind hätte gelacht, hätte sie dafür noch die Kraft gehabt. Natürlich. Sie hatte die Scarlet Gang hintergangen und nun brannte Scharlach einen Pfad der Zerstörung durch ihren Körper. Das war nur recht. Es war nur angemessen.

»Wir gehen.« Celias Stimme ließ keine Widerrede zu. »Die Ärzte hier tun nichts, um zu helfen. Du stirbst.«

»Dann lass mich sterben.« Rosalind musste husten, ihre Lungen zogen sich qualvoll zusammen. »Wenn kein mit ... Scarlet-Geld angeheuerter ... Arzt mir helfen kann, dann können es die Krankenhäuser ... auch nicht.«

»Nein«, zischte Celia. »Du brauchst Medikamente. Sie schenken dir hier nicht genug Beachtung.«

Rosalind hatte die Hände auf ihren Bauch gelegt. Faltete sie, wie man es bei einer Leiche tun würde, die für ihre Aufbahrung fertiggemacht wurde. »Ich bin so müde.«

»Das wirst du nicht mehr sein, sobald wir gehen.«

»Celia«, sagte Rosalind leise. So hätte es im April ablaufen sollen. Rosalind hätte mit ihrem Leben dafür bezahlen sollen, ihre Leute

verraten zu haben. Das Universum brauchte nur etwas länger dafür, das Gleichgewicht wiederherzustellen. »Lass mich sterben. Lass mich ...«

»Reiß dich zusammen«, knurrte Celia und als ihre Schwester Rosalind am Arm packte und ihren Körper aus dem Bett riss, war das mehr Gewalt, als die leise Celia je gezeigt hatte. »Glaubst du, dass ich dich sterben lasse? Glaubst du, ich lasse dich in diesem Seidenbett dahinsiechen und gebe vor, genug getan zu haben? Dann hältst du so wenig von mir, dass du mich ab sofort nicht mehr deine Schwester nennen solltest. Komm auf die Beine und hilf mir, dich zu retten.«

Celia brachte sie nicht zu einem Krankenhaus. Sie brachte sie zu einem Wissenschaftler. Zu Lourens Van Dijk, einem früheren White Flower, der in einem größtenteils stillgelegten Labor die Stellung hielt. Trotzdem winkte er sie durch die Tür, während er mit Celia darüber murmelte, was mit Rosalind nicht stimmte. Sie brachten sie nach hinten und Lourens ging seine Arbeit durch und versuchte festzustellen, ob er etwas hatte, das die Infektion heilen konnte, die ihren Höhepunkt erreicht hatte.

Nicht lange danach war Rosalinds Herz stehen geblieben.

Sie fühlte es langsamer und langsamer werden, als könnten die Muskeln nicht mehr weitermachen – bis zu dem ersten Stottern, als der frühe Morgen herankroch. Sie fühlte, wie die Dunkelheit näher rückte, fühlte ihre Gedanken sich zerstreuen und ihr Bewusstsein sich in Erinnerungswolken auflösen. Das letzte erleichterte Keuchen, das ihr durch den Kopf schoss, war: Das war's. Das Gleichgewicht war wiederhergestellt.

Dann, als würde sie durch den Stoff, aus dem die Welt geschaffen war, gerissen, wurde sie aus der Dunkelheit gezerrt und wieder in ihren Körper gestopft. Sie fühlte das furchterregende schmerzhafte Zwicken in ihrer Armbeuge, als ihre Augen aufflogen, und obwohl ihr Mund sich für einen Schrei öffnete, brachte sie kein Geräusch heraus, konnte kein Wort sagen, bis Lourens die Spritze aus ihrem Arm zog und die lange Nadel das Licht einfing.

»Was haben Sie getan?«, keuchte Rosalind. »Was ist passiert?«

»Der Ausschlag ist vollständig verschwunden.« Celia klang ebenso entgeistert. »Was für ein Medikament wirkt so schnell?«

»Sie könnten Schwierigkeiten haben, zu schlafen«, sagte Lourens nur, als er die Spritze weglegte. Er tätschelte ihr mit einer großväterlichen Geste der Fürsorge den Arm und half ihr dann von dem Tisch herunter, auf dem sie lag. Die Genesung war verwirrend. Nicht weil sie krank blieb, sondern weil sie innerhalb von Minuten von sterbend zu wieder gesund wechselte und ihr Verstand das unmöglich begreifen konnte.

»Komm schon«, hatte Celia geflüstert. »Lass uns nach Hause gehen. Wir erzählen Lord Cai, du hattest eine Wunderheilung.«

Sie könnten Schwierigkeiten haben, zu schlafen. Lourens hatte nicht gesagt, dass sie nie wieder zu schlafen brauchte. Er sagte nicht, dass eine Woche später, als sie sich versehentlich beim Apfelschneiden in den Daumen schnitt, nur ein einzelner Blutstropfen auf den Küchentresen fallen würde, bevor ihre Haut wieder so glatt war, als wäre nie etwas geschehen.

Rosalind kehrte auf der Suche nach Antworten zum Labor zurück. Die Fenster waren mit Brettern vernagelt, die Türen mit einem riesigen LEERSTEHEND-Schild versperrt, doch nichts davon war auf den ersten Blick ungewöhnlich. White Flowers, die in der Stadt zu überleben hofften, mussten bereit sein, jeden Moment zu fliehen oder zumindest den Anschein einer Abreise zu erwecken. Selbst bevor Rosalind begonnen hatte, sie zu jagen, hatte sie ihre Tricks gekannt, daher brach sie in das Gebäude ein und schlich sich selbstbewusst nach hinten, da sie dachte, dass Lourens sich dort versteckt halten würde.

Doch Lourens' Wohnung war wirklich leer geräumt worden. Selbst den Teppichboden hatte er herausgerissen und rechteckige Flecken auf dem Boden zurückgelassen. Lourens war verschwunden.

Drei Wochen nach Rosalinds Heilung sollte sie zwanzig werden. Der achte September ging vorüber und sie blies neben Celia ihre Geburtstagskerzen aus. Einen Monat später war Celia sichtbar zwei Zentimeter größer. Es wäre nicht ungewöhnlich gewesen, auch wenn sie immer gleich groß gewesen waren. Dass ein Geschwisterkind das andere um zwei Zentimeter überragte, war ganz normal. Doch Rosalind hegte bereits einen Verdacht.

In diesen drei Wochen schloss sie jede Nacht die Augen, schlief jedoch nicht. Sie würde morgens aufstehen und keine Müdigkeit fühlen, als hätte sie sich nicht sieben Stunden lang herumgewälzt.

Ihr gingen die Möglichkeiten aus. Sie ging zum Versuchslabor der Scarlets und bat darum, getestet zu werden, um herauszufinden, was los war. Die Wissenschaftler nahmen ihr Blut ab und eine Hautprobe, begutachteten alles unter einem Mikroskop.

Als sie zurückkehrten, sahen sie aus, als stünden sie unter Schock. Mit weit aufgerissenen Augen wechselten sie hektische Blicke, bevor sie bereit waren, in Rosalinds Richtung zu sehen.

»*Ihre Zellen ... unterscheiden sich vollständig von dem, was normal ist*«*, berichtete schließlich einer, als er neben ihr Platz nahm.* »*Als würden sie zu einem Ausgangszustand zurückkehren, sobald sie verletzt wurden. Als würden sie nicht zerfallen, außer wenn sie beschädigt werden, und dann werden sie neugeboren, anstatt zu sterben.*«

Rosalind hatte ihm nicht folgen können. Die Worte überstiegen ihr Verständnis und landeten als nutzlose Bruchstücke zu ihren Füßen. »*Was bedeutet das?*«

Die Männer im Raum wechselten noch mehr Blicke. Eine unheimliche Stille hatte sich wie eine schwere Decke über sie gelegt.

»*Es bedeutet ... Ich glaube, es bedeutet, dass Sie im Grunde genommen unsterblich sind.*«

Also war ihre Zwillingsschwester zwanzig geworden. Rosalind Lang war noch immer neunzehn. Sie würde immer neunzehn sein.

Die Scarlet Gang gab ihre Untersuchungsergebnisse an die Nationalisten weiter. Die Nationalisten führten wochenlang, monatelang Studien durch. Egal wie sehr sich ihr Labor anstrengte, sie konnten nicht nachvollziehen, was Lourens genau mit Rosalind gemacht hatte, und auch wenn ihre Forscher nicht verstehen konnten, warum sie weder schlief noch alterte, machten sich ihre Agenten die Ergebnisse stattdessen zunutze. Sie hatten an ihre Tür geklopft und ihr erklärt, dass sie ausschlaggebend wäre für ihre Kriegsbemühungen, und Rosalind hätte sie beinahe mit einem Augenrollen abgewiesen. Sie machte sich wenig aus den verschiedenen Seiten des Bürgerkrieges, vor allem da Celia heimlich auf der Seite der Kommunisten stand. Doch vom ersten Moment an hatte Dao Feng sie lesen können und hatte seinen Schuh in den Durchgang gezwängt, damit sie ihnen nicht die Tür vor der Nase zuschlagen konnte. Er sagte, dass sie die mächtigste Waffe werden konnte, die das Land je gesehen hatte, die Retterin Shanghais und der Grund für ihre Erlösung. Man konnte unmöglich sagen, wie lange die Unsterblichkeit anhalten würde – wollte sie keinen Vorteil daraus ziehen, solange sie noch konnte?

Rosalind hatte sich wirklich nützlich machen wollen und die Nationalisten saßen an den Hebeln der Macht, die nützlich sein konnten. Sie hatte die Stadt zerstört; sie würde nicht glücklich werden, bis sie sie wieder in Ordnung gebracht hatte. Und das schien nur möglich zu sein, wenn sie sich mit den Leuten verbündete, die sich ihr anboten. Als Rosalind ihre Taschen packte, um zu gehen, tat Celia das Gleiche und flüsterte, dass sie zuerst gehen würde, da sie wusste, dass sie beide nicht in Kontakt bleiben konnten – oder zumindest nicht den Anschein erwecken durften, als blieben sie in Kontakt –, ansonsten würden die beiden Kriegsparteien einen Vorteil daraus ziehen. Celia glaubte an die Arbeit der Kommunisten, Rosalind zog einen Nutzen aus den Nationalisten.

Also war sie nun hier.

Obwohl sie ihr Bestes gegeben hatte, hatte sie Lourens nie wiedergefunden, selbst nachdem sie Fortuna geworden war und mit den Augen einer Attentäterin nach ihm suchte. Er war verschwunden, wie jeder andere White Flower, der von der Politik dieser Stadt bedroht wurde. Um die Wahrheit zu sagen, hätte sie auch nicht gewusst, was sie getan hätte, hätte sie ihn ausfindig gemacht. Ob sie dankbar dafür war, dass er ihr Leben gerettet hatte, oder ob die gewohnte Abneigung gegen alle White Flowers sie überkommen hätte und er den Preis für seine Einmischung hätte zahlen müssen. Vielleicht war es besser, ihn davonkommen zu lassen, auch wenn das bedeutete, dass sie nie herausfinden würde, was er mit ihr angestellt hatte.

Rosalind hob die Zeitung vor sich hoch, ihr Blick verschwamm vor den Portraits. *Die unglücklich Liebenden.* Juliette hatte ihren Abgang aus der Stadt gewählt: einen unerhörten, explosiven, den Shanghai nie vergessen würde. Wenn Rosalinds Zeit gekommen wäre, wenn ihre unnatürliche Jugend in sich zusammenfiele, würde sie vielleicht mit einem Wimmern verpuffen, Asche im Wind. Die Narben auf ihrem Rücken würden sich niemals so glätten wie ihre neuen Verletzungen. Sie steckte in diesem Zustand fest, war auf Zellebene ewig in den schlimmsten Teil ihres Lebens gesperrt. Es war nicht nur ihr Körper, der nicht alterte, auch ihre Seele schien stehen geblieben zu sein. Die verdammte Stadt sagte ihr höchstpersönlich, dass sie weiterziehen und etwas Neues finden sollte, auf das sie ihre Zeit verwendete. Doch sie wollte sich in der Vergangenheit eingraben, in den ihr vertrauten Zorn, in den Trost, die Fehler zu beseitigen, die sich dort stapelten.

Es ist besser so, sagte sie sich immer wieder. Besser, die Vergangenheit in Ordnung zu bringen, denn sie würde immer darin gefangen sein.

Rosalind stand auf und nahm die Zeitung mit, wobei sie einen letzten Blick auf die ihr vertrauten Portraits warf. Dann kniff sie die Augen zu und warf die Zeitung in den Abfalleimer.

6

Als Rosalind ins »Golden Phoenix« kam, wurde sie sofort von einem Kellner entdeckt, der sie mit einem Nicken begrüßte und den Flur hinabwies, um sie durchzulassen. Obwohl sie nie mehr als ein paar Worte mit den Leuten hinter dem Tresen gewechselt hatte, war sie ein Stammgast in diesem Restaurant, weil Dao Feng beinahe jedes zweite Treffen hier einberief, immer im selben Privatzimmer.

Das wirkte offengestanden wie schlechte Geheimhaltung. Es brauchte nur eine undichte Stelle und schon konnte jemand hier auf sie warten, um sie zu töten.

Und genau davon ging Rosalind aus, als sie das Privatzimmer betrat und ein Dolch nach ihrem Kopf geworfen wurde.

Rosalind duckte sich gerade noch schnell genug, um der Klinge zu entgehen. Sie bohrte sich mit einem dumpfen Geräusch in die Wand, das Metall erzitterte nach dem Aufprall. Sie schoss wieder hoch, ein Knurren auf den Lippen.

Nur was es kein Angriff gewesen.

»Siehst du?«, sagte ihr Betreuer. Er grinste, doch er sprach nicht mit ihr. »Sie ist gut.«

Rosalind riss den Dolch aus der Wand und wog ihn in der Hand. Sie hatte große Lust, ihn nach Dao Feng zu werfen, doch es war unmöglich zu sagen, ob sie ihr Ziel treffen würde, und sie wollte nicht wie eine Närrin dastehen. Daher legte sie die Klinge einfach auf einen nahe stehenden Tisch.

»Was hat das zu bedeuten?«

Obwohl keine Gefahr bestand, war tatsächlich noch jemand im Raum – ein weiterer Agent. Der junge Mann wirkte unglaublich vertraut, obwohl Rosalind nicht begreifen konnte, warum. Er hob einen Mundwinkel, als ihre Blicke sich trafen. Er wirkte locker, wie er mit ausgestreckten, an den Knöcheln gekreuzten Beinen auf der Chaiselongue lag, einen Arm um die Rückenlehne gelegt und mit der anderen Hand ein Weinglas schwenkend. Das Kitzeln in ihrer Erinnerung wollte andeuten, dass sie sich vielleicht schon einmal begegnet waren, doch Rosalind hatte in ihrer Zeit als Tänzerin im Scarlet-Varieté zu viele Gesichter kommen und gehen sehen und dieser Agent wirkte wie genau der Typ Mensch, der dort Gast wäre.

»Ich stelle alle nur auf möglichst effiziente Art und Weise vor«, erwiderte Dao Feng. »Das ist Hong Liwen, aber ...«

»Man nennt mich Orion«, unterbrach der Junge ihn auf Englisch. »*Enchanté.*«

Orion Hong. Nun, da sie einen Namen hatte, wusste sie, warum das Gesicht ihr bekannt vorkam. Sein Bruder, Oliver Hong, war der Missionspartner ihrer Schwester. Sie hatte ihn tagelang überprüft und alles über ihn ausgegraben, was sie finden konnte, sobald Celia ihr seinen Namen genannt hatte.

Rosalind blickte neugierig zu Dao Feng, doch der sah nicht aus, als hätte er vor, sie in eine Falle zu locken. Was ihre Identität als Nationalistin betraf, war sie Janie Mead. Sie mochte diesen Orion Hong bereits kennen, doch er wusste nichts über sie.

»Angenehm«, sagte Rosalind. Sie schlenderte auf ihn zu und sprach so tonlos, wie ihr natürlicher Tonfall es zuließ. Orions Akzent klang britisch, doch sein Französisch war makellos. Eine Pariserin hatte Rosalind Englisch gelehrt. Ein Ausrutscher, während sie sprach, und er würde sie als Rosalind hören, nicht als Janie.

Sie kam vor ihm zum Stehen und streckte ihm die Hand entgegen. »Janie Mead. Weiter nichts.«

Er ergriff ihre Hand und schüttelte sie freundlich. Seine Finger fühlten sich kühl an.

»Sie bekommen meinen chinesischen Namen, aber ich Ihren nicht? Das scheint mir nicht gerecht zu sein.«

Bei ihren Nachforschungen war sie zuallererst darüber gestolpert, dass die Hong-Familie in Trümmern lag. General Hong, sein Vater, war vor einigen Jahren des Hochverrats bezichtigt worden und obwohl Rosalind die Letzte war, die sich über Verrat auslassen konnte, hatte sie zumindest nur gegen die Familientreue verstoßen. Gegen General Hong hatte man ermittelt, weil er Bestechungsgelder von japanischen Beamten angenommen haben sollte, doch schließlich war er von der Spitze der Kuomintang freigesprochen worden. Trotz allem hatte das Schaden angerichtet. Lady Hong hatte ihn verlassen, ihre Sachen gepackt, um aufs Land zu ziehen, angeblich mit einem anderen Liebhaber. Sein ältester Sohn war zu den Kommunisten übergelaufen, als der Bürgerkrieg ausgebrochen war, und distanzierte sich von der ganzen Nationalistenpartei, weil sie korrupt wäre.

Inmitten all der Skandale hatte die Presse trotz allem dem mittleren Sohn die meiste Aufmerksamkeit geschenkt. Klatschspalten liebten es, über die Kinder prominenter Nationalisten zu sprechen, und als Rosalind nach den Hongs gesucht hatte, hatte sie nur *Orion, Orion, Orion* gefunden – ein bekannter Playboy in den ausländischen Teilen der Stadt, der mit der Hälfte der Studentinnen an Shanghais Eliteakademien geschlafen hatte, bevor er seinen Abschluss gemacht hatte, um Vollzeitschürzenjäger zu werden.

Das gab wohl eine gute Tarnung für einen Geheimagenten der Nationalisten ab.

Obwohl ihn das nicht davon abhielt, nur halbtags Schürzenjäger zu sein.

»Sie brauchen meinen chinesischen Namen nicht«, erwiderte Rosalind. »Den hebe ich mir für meine Feinde auf, bevor ich ihre sterbliche Existenz auslösche. Und für Ältere.«

Orion hob eine dunkle Augenbraue. Die Bewegung war einstudiert, genau wie sein nachgebender Gesichtsausdruck und eine einzelne Locke, die sich mit vermeintlicher Lässigkeit aus seiner gekämmten Frisur gelöst hatte.

»Versuchen Sie, witzig zu sein?«

»Lachen Sie?«

Er legte den Kopf in den Nacken und ließ die Locke aus seinen Augen fallen. »Das könnte ich.«

Rosalind machte sich nicht die Mühe, zu kontern. Sie hatte Orion Hong vor weniger als einer Minute getroffen und er betrachtete sie bereits, als plante er ihre Eroberung zehn Schritte im Voraus. Sie hatte Lust, ihm zu sagen, dass er aufgeben sollte, bevor er seine Zeit verschwendete. Rosalind fühlte körperliche Anziehung nicht so, wie alle anderen davon sprachen, verstand nicht die Vorstellung, einen Fremden anzusehen und in seinem Blick gefangen zu sein. Eine vorübergehende Faszination, schön und gut, doch echtes Verlangen, sich auf eine Verfolgungsjagd einzulassen? Bei ihr hatte es dazu immer etwas anderes gebraucht: ein Verständnis, eine Freundschaft. Es war höchst unwahrscheinlich, dass Orion Hong dafür die Geduld hatte, da sie genau wusste, was für ein Typ Mensch er war: Schön. Arrogant. Hinterhältig. Wer war das in diesem Jahrzehnt nicht?

Orion hielt seit ihrer Begrüßung immer noch ihre Hand. Rosalind zog sich zurück und wechselte zu Shanghaiisch, damit sie nicht weiter ihren Akzent unterdrücken musste.

»Wie ich zuvor so nett gefragt habe: Was hat das zu bedeuten?«

Während Rosalind und Orion mit ihrem Austausch beschäftigt gewesen waren, hatte Dao Feng am Fenster gestanden und gedankenverloren auf die Straße hinausgestarrt. Einen Moment lang antwortete er nicht auf Rosalinds Frage. Er hielt nur die Hände hinter dem Rücken verschränkt und zerknitterte seinen westlichen Anzug. Als die bald untergehende Sonne hereinströmte, wurden seine grauen Haare weiß, was ihn älter wirken ließ, als er war.

»Hast du von den Morden gehört, die in der Stadt passieren?«

Die Zeitung von diesem Morgen schoss Rosalind durch den Kopf. In Shanghai wurden jeden Tag mehr Morde verübt, als in den offiziellen Berichten vermerkt wurden. Französische Konzession, International Settlement, chinesisches Heimatland – wenn sie alle von unterschiedlichen Köpfen regiert wurden und niemand sich die Mühe machte, über seinen Zuständigkeitsbereich hinaus zu kommunizieren, war eine verschwundene Leiche endgültig verloren. Damit diese Morde jedermanns Aufmerksamkeit so nachdrücklich fesselten …

»Die drogenbedingten?«, fragte Rosalind. »Was glauben wir, eine neue Bande, die Produkte in Umlauf bringt? Die Straßen hungern ein wenig nach Führung, seit die Scarlet Gang mit der Kuomintang verschmolzen ist.«

Dao Fengs Augen wurden schmal. »Nein. Die Medien beschreiben es als Freizeitdrogen, die mit Vorsatz zum Mord verwendet wurden, doch es handelt sich gar nicht um Drogen. Es sind Laborchemikalien.«

Orion hatte sich auf der Chaiselongue aufgerichtet. Er unterbrach sie nicht. Er schwang nur die Beine herab und legte das Kinn in die Hand.

»Laborchemikalien?«, wiederholte Rosalind. Ihre Haut kribbelte. Die Laborchemikalien, die durch ihr Blut flossen, schienen aufmerksam zu werden und an die Oberfläche zu drängen, um zuzuhören. »Was für eine Art von Chemikalien?«

»Das wissen wir nicht«, antwortete Dao Feng. »Informationen verbreiten sich nicht so schnell und Agenten in unterschiedlichen Teilen des Landes arbeiten noch daran. Doch wir wissen, woher sie stammen. Ersten Erkenntnissen zufolge stehen die Morde in Verbindung mit einem japanischen Unternehmen, das von seiner Regierung unterstützt wird: Seagreen Press.«

»Warte, deshalb musste ich bleiben, nachdem ich Bericht erstattet hatte?«, unterbrach Orion sie schließlich. Er warf die Beine wieder auf die Chaiselongue. »Stellst du eine neue Mission zusammen? Alter Mann, wir haben gerade die Nachforschungen über ein anderes japanisches Unternehmen abgeschlossen. Hättest du nicht wenigstens einen Tag warten können?«

Dao Feng bedachte ihn mit einem vernichtenden Blick. »Glaubst du, dass die Japaner geduldig warten, bevor sie unser Land in ihr Reich eingliedern?«

Orion stellte sein Weinglas ab. Er schnaubte. »Du hältst mich zur Hauptgeschäftszeit vom ›Green Lotus‹ fern.«

Rosalind zog eine Braue hoch. Dao Feng schüttelte verzweifelt den Kopf.

»Seagreen Press«, setzte ihr Betreuer erneut an. »In ihrer Heimat importieren sie Medienberichte. In Shanghai führen sie eine Zeitung für japanische Mitbürger. Ihre Ziele?«

Dao Feng griff nach etwas, das auf einem der Stühle lag, und warf es in Rosalinds Richtung. Dieses Mal duckte sie sich nicht. Sie griff danach und fing die Zeitung geschmeidig auf.

»Reichspropaganda«, beendete Dao Feng seine Zusammenfassung.

Rosalind blätterte eine Seite weiter. Dann noch eine, sie blätterte durch die Zeitung. »Ich kann nichts davon lesen.« Es war alles auf Japanisch.

»Ganz genau.«

Dao Feng kam und schnappte ihr die Zeitung weg, trotz Rosalinds Protestschrei. Er ließ die Zeitung vor Orion fallen.

Orion seufzte und strich die Titelseite glatt. »Salonlöwe erbt vergessenes Vermögen, gelobt Finanzierung von …«

Dao Feng unterbrach, bevor Orion fertig war: »So gehen wir vor. Die Agentur stellt ein. Inländische Hilfen, weil das besser ist für die Steuern und neues Blut bringt, vorzugsweise junge Leute, die gerade von der Schule kommen, damit sie ihnen weniger zahlen können. Zwei Stellen sind frei – als Übersetzungsassistenz und an der Rezeption –, also ziehen wir ein paar Strippen und schicken euch zwei rein. In der Agentur gibt es eine ganze Zelle, die für die Giftmorde zuständig ist und den Anweisungen ihrer Regierung folgt, um die Stadt zu destabilisieren. Spürt die Zelle auf, wir nehmen sie fest, Shanghai lebt glücklich bis an ihr Lebensende und wird nicht eingenommen wie die Mandschurei.«

Rosalind riss den Kopf hoch. Die Explosion auf den Schienen gestern Nacht. Das hektische Drängen der Polizisten, der Scarlet Gang die Schuld in die Schuhe zu schieben, bevor man ihre nationalen chinesischen Truppen beschuldigen konnte. Rosalind hatte es am Morgen nach dem Frühstück überprüft: Der Teil der Gleise, der den Schaden abbekommen hatte, gehörte tatsächlich den Japanern. Es hätte sie nicht überrascht, wenn deren eigene Beamte die Explosion verursacht hatten, um chinesische Inkompetenz zu fabrizieren und einen Grund für einen Einmarsch abzuliefern.

»Die Mandschurei *wurde* bereits eingenommen? Ich ...«

Dao Feng warf ihr einen scharfen Blick zu, sah kurz zu Orion. Rosalind schluckte den Rest ihrer Worte hinunter und ging gelassen mit der Warnung um. Sie würden später darüber sprechen, denn sie mussten Orion Hong keine Zusammenfassung ihres letzten Einsatzes abliefern.

Doch das warf die Frage auf, warum er überhaupt in diesem Raum war und eine gemeinsame Mission mit ihr zugeteilt bekam. Ganz davon abgesehen, dass Rosalind für einen langfristigen Einsatz zur Informationsbeschaffung abgestellt wurde. Sie war eine Attentäterin, die man für schnelle Anschläge und gezielte Jagden schickte. Eine Firma zu infiltrieren und ausländische Bedrohungen zu finden konnte sie natürlich. Man hatte sie dazu ausgebildet, Informationen abzufangen und neue Identitäten anzunehmen.

Nichtsdestotrotz ... warum?

»Ich glaube, damit ist alles gesagt«, schloss Dao Feng. »Fragen? Anmerkungen? Einwände?«

»Ja.« Rosalind nickte mit dem Kinn in Richtung Orion. »Warum kannst du nicht ihn allein reinschicken?«

Dao Feng schüttelte den Kopf. »Wir leben in angespannten Zeiten. Im Land herrscht weiterhin Bürgerkrieg, selbst wenn Shanghai die Auswirkungen nicht so stark zu spüren bekommt wie die ländlichen Gegenden. Sieh dir an, wie viele Spione der Kommunisten in den letzten paar Jahren entdeckt wurden, weil es sich um allein lebende junge Männer handelte, was Verdacht erregte.«

Rosalind blinzelte. »Moment mal … allein lebend im Gegensatz zu …«

»Was für eine Rolle spielt es, wie die Kommunisten entdeckt wurden?«, fragte Orion gleichzeitig. »Wir sind keine Kommunisten und die Kuomintang ist für das Entdecken zuständig. Steck mich einfach unter einem Decknamen in eine Wohnung und lass mich machen.«

»Nicht die ganze Kuomintang weiß von dir, Hong Liwen. Sofern du nicht willst, dass unsere Geheimabteilung dem Rest der Partei offenbart wird.«

Orion schürzte nachdenklich die Lippen, widersprach jedoch nicht. Das war eine fadenscheinige Ausrede und Rosalind verschränkte die Arme, während ihr Blick zu der Zeitung vor ihr wanderte. Sie setzten sie für eine Mission ein, mit der ihre Fähigkeiten nicht ganz übereinstimmten. Was bedeutete, dass sie nicht nur für die Mission hier war, sondern um den zu überwachen, der sie ausführen konnte. Wenn man in dieser Stadt eine Sprache konnte, hatte man auf die eine oder andere Weise mit ihrer Kultur Umgang gepflegt. Wenn Orion Japanisch sprach und sein Vater vor einigen Jahren verdächtigt wurde, *hanjian* zu sein …

»Was meinst du damit, als du sagtest, dass Kommunisten geschnappt wurden, weil sie allein lebten?«, hakte Rosalind nach.

Dao Feng wedelte mit der Hand in ihre Richtung, als wäre sie langsam von Begriff. »Immerhin müssen eure Legenden Sinn ergeben. Hong Liwen tritt unter einem anderen Namen ins Berufsleben ein, er kann nicht weiter im Haus seines Vaters leben.«

Nun verstand Orion Rosalinds Verwirrung. »Also … soll ich allein leben?«

»Nein, nein. Wie ich gerade sagte, das ist zu verdächtig.«

»Dann …« Rosalind wechselte einen Blick mit Orion. Er war ebenso ratlos wie sie. »Wo lebt er dann?«

»Bei dir.«

Stille legte sich über den Raum. Rosalind dachte, sie hätte sich verhört. »Wie bitte?«

»Entschuldigung, habe ich einen Teil übersprungen? Ihr werdet heiraten. Für diese Mission werdet ihr beiden eure aktuellen Decknamen ablegen und eine gemeinsame Einheit werden. Willkommen in der Geheimabteilung, High Tide.«

Rosalind verschluckte sich an ihrem eigenen Speichel. Orions Gesichtsausdruck verhärtete sich und war beinahe manisch, als er auf die Füße sprang. »Oh? Damit hättest du anfangen sollen.«

»Das ist sicher unnötig«, keuchte Rosalind.

»Euer neuer Arbeitsplatz befindet sich drei Straßen von deinem derzeitigen Wohnort entfernt«, sagte Dao Feng zu Rosalind. »Als verheiratetes Paar aufzutreten gibt euch eine Entschuldigung dafür, dass ihr euch ein bisschen seltsam und abweisend verhaltet, während ihr euch zurechtfindet. Es bietet eine Ausrede für Einsatzbesprechungen in der Mittagspause, ohne Verdacht zu erregen. Es bietet euch automatisch einen Partner, während ihr mit euren Kollegen über ihre Loyalität sprecht und herausfindet, ob sie einen Plan ausarbeiten, um überall in der Stadt eure Leute zu töten. Unsere Kriegsbemühungen mögen etwas zerstreut sein, doch wir sind trotz allem Profis, die euren Einsatzplan ausführlich durchdacht haben.«

Rosalind musste sich setzen. Das war zu viel. Es wäre unmöglich, Fortunas merkwürdige Eigenheiten zu verstecken, wenn jemand rund um die Uhr bei ihr wohnte. Kein Schlaf, keine Verletzungen – all das war Teil von Rosalinds Identität, nicht Janie Meads. Wenn Dao Feng Orion nicht sein volles Vertrauen schenkte, warum sollte Rosalind es tun?

Doch bevor sie weitere Proteste vorbringen konnte, öffnete sich die Tür zu dem Privatzimmer und eine Kellnerin steckte den Kopf herein, um Dao Feng ein Zeichen zu geben, dass er gebraucht wurde. Dao Feng entschuldigte sich, doch Rosalind folgte ihm auf den Fuß und schlüpfte durch die Tür, bevor sie sich schließen konnte.

»Dao Feng«, zischte Rosalind im Flur. »Hast du den Verstand verloren? Warum würdest du mir diesen Auftrag geben?«

»Du wirst gebraucht«, antwortete Dao Feng geduldig und winkte der Kellnerin, dass sie vorausgehen sollte. »Du bist eine sehr fähige Agentin ...«

»Hör auf. Ich will dein einstudiertes Geschwafel nicht«, unterbrach Rosalind ihn. Sie sah zurück auf das Privatzimmer. Für gewöhnlich hörte sie nichts aus dem Flur, wenn sie drinnen am Tisch saß, daher konnte sie nur hoffen, dass Orion sich nicht an die Tür drückte, um zu lauschen. »Ich arbeite für dich, um die Stadt von White Flowers zu befreien. Ich arbeite für dich, um die Feinde zu eliminieren, die Shanghai aktiv Schaden zufügen. Ich arbeite nicht aus anderen Gründen.«

Dao Feng neigte zustimmend das Kinn. »Korrekt. Und auf diese Mission schicke ich dich, um die Feinde der Stadt zu finden. Ich sehe kein Problem.«

»Das Problem ist, dass du mich dazu ausgebildet hast, sie zu töten. Nicht um Listen zu machen. Nicht um die Terrorzelle aufzuspüren oder was sonst noch vorgeht ...«

Dao Feng warf einen besorgen Blick auf die Tür des Privatzimmers, dann griff er nach Rosalinds Ellbogen und führte sie ein paar Schritte davon weg. Als er die Stirn runzelte, vertieften sich die Krähenfüße um seine Augen. Manchmal erinnerte er Rosalind an Lord Cai, der ebenfalls ständig konzentriert wirkte, wenn ihre Cousine ihm Informationen brachte, die er nicht hören wollte.

»Hör mir zu, Lang Shalin«, sagte Dao Feng und senkte die Stimme. »Hong Liwen ist ein sehr guter Spion. Er ist effektiv. Er hat eine der höchsten Erfolgsraten im Geheimdienst. Doch dies ist kein einfacher Auftrag. Zu viel daran ergibt keinen Sinn und der Grund dafür könnte *hanjian* beinhalten. Wir könnten es mit einer Vertuschung zu tun haben. Wir könnten Überläufer in der Kuomintang haben. Du weißt, wie die Japaner sind: Sie verbergen sich in den Schatten, lange bevor sie im Licht handeln. Und ...«

Er verstummte. Rosalinds Kiefer verkrampfte sich.

»Und du traust Hong Liwen nicht«, riet sie.

»Ich traue ihm bis zu einem gewissen Punkt«, korrigierte Dao Feng sie. »Aber ich vertraue dir am meisten. Jeder in dieser Stadt ist käuflich. Du hingegen ... Ich glaube nicht, dass du dich für irgendetwas unter dem Himmel dieser Stadt bestechen lassen würdest, sobald du dir etwas in den Kopf gesetzt hast. Du musst diese Sache in die Hand nehmen. Gib diesem Einsatz ein paar Monate. Ich verspreche dir, danach wird es wieder White Flowers zum Ausmerzen geben.«

Rosalind wickelte sich eine Haarsträhne um den Finger. Der Widerstand verschwand aus ihren Schultern, ihre Haltung sackte zusammen.

»Na ja«, sagte sie leise. Sie wurde noch kleiner. »Was, wenn ich keine sehr gute Spionin bin?«

Dao Feng schnippte ihr mit dem Finger gegen die Schläfe. Rosalind fuhr zurück und fauchte »Autsch!«, doch sein stechender Blick hielt sie davon ab, mehr zu sagen.

»Ich habe dich nicht mit so wenig Selbstvertrauen aufgezogen.«

»Was? Du hast mich gar nicht aufgezogen.«

»Natürlich habe ich das. Ich habe dich als Fortuna zur Welt gebracht. Jetzt geh wieder da rein und sprich mit Hong Liwen. Ich bin gleich zurück.«

Dao Feng eilte in den Hauptraum des Restaurants. Rosalind schnaubte und kehrte zum Privatzimmer zurück. Sie öffnete die Tür und trat hinein, den Mund zusammengekniffen. Sofort sprang Orion auf die Beine, bereit, etwas zu sagen.

»Lass es«, unterbrach Rosalind ihn.

Sein Mund klappte mit einem hörbaren Geräusch zu. »Ich habe noch gar nichts gesagt.«

»Das war eine Vorwarnung. Ich versuche, nachzudenken.«

Orion verschränkte die Arme. »Du bist sehr mürrisch. Ich hatte erwartet, dass meine Frau weniger mürrisch wäre.«

»Ich. Bin. Nicht. Deine. Frau.«

»Noch nicht. Glaubst du, dass sie uns auch eine falsche Urkunde ausstellen? Ich werde dir einen Ring besorgen. Was willst du? Silber? Gold?«

»Wirst du aufhören, zu reden …«

»Es ist okay, wenn du mürrisch bist. Ich finde es sehr niedlich …«

Rosalind griff plötzlich nach dem Dolch, den Dao Feng nach ihr geworfen hatte, und zielte. Sie hatte gedacht, dass das eine äußerst gute Drohung abgäbe, dass Orion zusammenzucken würde, wenn sie den Arm hob, doch er grinste nur und richtete sich auf. Ihre Blicke trafen sich. Seiner hatte eine Schadenfreude in sich, als würde er sagen: *Bitte, mach schon. Du traust dich ja doch nicht.*

Die Zimmertür öffnete sich erneut. Der Dolch klapperte wieder auf den Tisch.

»Na gut. Kommt mit mir, ihr zwei.«

Dao Feng war bereits verschwunden, bevor er eine Antwort bekommen konnte. Rosalind war zuerst zur Tür hinaus, Orion folgte ihr auf dem Fuß. Obwohl sie schnell ging, konnte sie Dao Feng erst vor dem »Golden Phoenix« einholen und auch dann nur, weil er eine weitere Nachricht von einem Soldaten in Uniform entgegennahm.

Ein Auto parkte am Gehsteig.

»Steigt ein«, wies Dao Feng sie an.

»Wohin fahren wir?«

Orion öffnete bereits die Fronttür und ließ Rosalind den Vortritt.

»Es ist eine kurze Fahrt«, gab Dao Feng eine Nicht-Antwort. Er glitt auf den Beifahrersitz. »Sie machen es uns bequem, wie es scheint.«

Schnell zog Rosalind am Stoff ihres *Qipao*, duckte sich durch die geöffnete Tür und rutschte den Rücksitz entlang, während sie sich auf die Wangeninnenseiten biss. Sobald Orion die Tür zugeschlagen hatte, fuhr der Chauffeur los, rumpelte durch die Französische Konzession und die Rue Ningbo hinab, vorbei an Behörden und Polizeistationen.

Sie hatten die chinesischen Teile der Stadt erreicht. Und Rosalind hatte so eine Ahnung, wohin man sie brachte.

Das Auto hielt. Zu ihrer Linken hatte sich um eine Gasse eine kleine Menschenmenge gebildet, drängte sich zusammen, die Einkaufskörbe noch an die Brust gedrückt. Sie nahm an, dass in der Nähe ein offener Markt stattgefunden hatte, doch Rosalind war in letzter Zeit nicht viel in diesen Gegenden gewesen und die Stände und Verkäufer waren zu oft umgezogen, als dass sie sicher hätte sein können.

Dao Feng stieg aus. Rosalind und Orion folgten seinem Beispiel. Sie waren jetzt beide still, fühlten die Anspannung auf der Haut, die Ärger ankündigte, die Schwere in der Luft, die Gefahr versprach. Als Dao Feng auf die Menge zuging, wich diese zurück und offenbarte Soldaten, die bei der Gasse Wache standen und unter Androhung ihrer Gewehre Schaulustige zurückhielten.

Die Soldaten machten Platz für Dao Feng. Er trug keine Uniform und war auch sonst durch nichts identifizierbar – und doch wurde kaum ein Nicken getauscht, bevor sein Weg frei war und sie ihn in die Gasse verschwinden ließen.

»Sollen wir ihm folgen?«, fragte Orion.

»Augenscheinlich«, murmelte Rosalind und eilte weiter.

Die Wände der Gasse waren hoch genug, um die Sonne auszusperren. Kälte strich über ihren Nacken, als sie sich Dao Feng näherte und der Leiche, neben der er kniete.

Ihre Gliedmaßen standen in alle Richtungen ab. Ihr Kopf hing in einem unnatürlichen Winkel zur Seite. Dies war ein Eilauftrag gewesen – wer auch immer den Mord begangen hatte, hatte schnell gearbeitet, keine Zeit gehabt, das Opfer aufzufangen und hinzulegen.

»Seht ihr das?«, fragte Dao Feng. Er griff nach der Leiche und hob einen Arm an. Die Haut hatte bereits ein ekelerregendes Weiß angenommen, sodass der rote Kreis in der Armbeuge der Leiche förmlich leuchtete. »Eine Einstichstelle. Zu groß, um von der Nadel eines Süchtigen zu stammen. Viel zu blutig und nässend, um eine Reaktion auf eine normale Droge zu sein, da die meisten gefahrlos in der Stadt zirkulieren, seit die Ausländer sie eingeführt haben.«

»Wir glauben dir längst«, sagte Rosalind. Sie fühlte vage Übelkeit. Sie sah die Ironie – eine zimperliche Attentäterin. »Wozu soll das gut sein?«

»Nur eine Erinnerung neben dem furchtbaren Gezanke, das ich vorhin gehört habe.«

»Ich habe nicht gezankt«, hielt Orion leise dagegen. Als Rosalind versuchte, ihn aus dem Augenwinkel zu beobachten, sah sie, dass er seine Ärmel umklammerte. Er konnte den Blick nicht von der Leiche abwenden, eine grünliche Färbung des Ekels verunstaltete sein Gesicht.

Dao Feng ließ den Arm der Leiche los. Er plumpste mit einem mitleiderregenden *Klonk* auf den Betonboden. Es klang nicht einmal echt.

»Die Zeitungen berichteten von zwei. Nach unserer Zählung sind es mehr als zehn, die Monate zurückreichen … vielleicht Jahre. Ich bin mir sicher, dass andere noch darauf warten, gefunden zu werden, wenn man bedenkt, wie viele Gassen und Nischen sich in Shanghai hinein und wieder hinaus winden. Glaubt nicht, dass eure Aufgabe einfach ist, nur weil wir bereits herausgefunden haben, von wem die Morde an diesen Leuten ausgehen. Verspielt eure Trümpfe, bevor wir sie alle erwischt haben, und sie werden sich einfach wieder neu formieren. Verspielt eure Trümpfe, bevor ihr jede verfaulte Imperialistenwurzel, die in diesem Boden gewachsen ist, herausgerissen habt, und sie werden nur wieder nachwachsen, wenn die richtigen Bedingungen herrschen und die wohlwollenden Gärtner zurückkehren.«

Rosalind scharrte unbehaglich mit den Füßen. Genau wie Orion, der so weit ging, einen Schritt rückwärts zu machen, als Dao Feng sich plötzlich erhob und viel größer wirkte als sonst.

»Also«, sagte er. Die Sonne verschwand hinter dem Horizont. »Seid ihr bereit, euch an die Arbeit zu machen?«

7

Vor der Stadtgrenze Shanghais gab es einen kleinen Fotografieladen, der sich auf Verlobungs- und Hochzeitsporträts spezialisiert hatte. Die Geschäfte liefen schleppend, da es in der Gegend nur wenige gab, die sich solche Porträts leisten konnten, was den vier Leuten, die in dem Laden arbeiteten, nur recht war. Tagein, tagaus öffneten sie die knarzenden Eingangstüren und bereiteten die Beleuchtung für die zwei oder drei Kunden vor, die hereinkamen und herumschlenderten, bevor sie einfach wieder hinausgingen. Die Anwohner hatten nur wenig Geld, besser geeignet für die Teigtaschenverkäufer und die Fischmärkte, die die Straße säumten.

Der Mangel an Geschäften war unwichtig; im Laden überprüfte man nie die wöchentlichen Einnahmen oder kalkulierte die Verluste. Obwohl sie wunderschöne Kameras besaßen und wussten, wie man ein Porträt arrangierte für den seltenen Fall, dass ein Kunde ihre Dienstleistungen in Anspruch nahm, war der Laden tatsächlich eine Fassade für Kommunistenagenten, die man vor der Stadt stationiert hatte, um die Bewegungen des Feindes zu überwachen.

»Warum haben wir noch geöffnet? Habt ihr Leute keine Familie, zu der ihr nach Hause müsst?«

Die sarkastische Stimme dröhnte laut durch die Türen und Celia Lang sah von der Stelle auf, die sie gerade gekehrt hatte, als man sie aus ihren Träumereien riss. Sie hatte über die neusten Karten nachgedacht, über die halb fertige Arbeit, die das Team skizzierte, um sie ihren Militärkräften im Untergrund zu schicken. Ihr Einsatz wurde in den Ausläufern Shanghais durchgeführt, genau genommen in der Jiangsu Provinz, weil sich in der hier befindlichen Basis Streitkräfte der Nationalisten aus der Stadt sammelten und bereitmachten, für weitere Kriegswellen aufs Land geschickt zu werden. Sie vier waren seit einigen Monaten in dem Laden stationiert und es würde wahrscheinlich nur noch einen weiteren Monat dauern, bevor sie ihre Berichte fertigstellten und woanders eingesetzt würden.

»Dankenswerterweise ist meine gesamte Familie tot«, erwiderte Audrey, die hinter dem Empfangstresen stand. »Was ist deine Ausrede?«

Oliver trat durch die Eingangstür und trat gegen den Stopper, damit die Tür hinter ihm zufallen konnte. Er bedachte Audrey mit einem Seitenblick. Sie hatten ihn erst am nächsten Morgen zurückerwartet, er war also entweder in Shanghai schneller fertig geworden oder man hatte ihn davongejagt. Da sie wussten, wie Oliver seine Aufträge erledigte – erst Messer, Türen eintreten, verschrammte Stiefel –, lagen beide Optionen im Bereich des Möglichen.

Oliver rollte die Ärmel hoch. Eine schwarze Tasche baumelte an seiner Hand, sein Griff darum war locker, als er einen Ellbogen auf den Empfangstresen stützte und mit gerümpfter Nase auf Audrey hinabblickte.

»Wenn du als Rezeptionistin so hart arbeiten würdest wie als Komikerin, würden die Geschäfte florieren.«

»Gib mir nicht die Schuld für unsere mageren Geschäfte«, erwiderte Audrey fröhlich. Ein möglicher Kunde stand in der Ecke und betrachtete die Preise für ihre Filme, doch sie wussten, dass er in ein paar Minuten in den kühlen Abend hinausgehen und den Ausflug in ihren Laden nur als eine weitere Kulisse auf seinem Abendspaziergang ansehen würde. »Wahrscheinlich sehen alle dein vernarbtes Gesicht und rennen schreiend davon.«

Olivers Stirnrunzeln vertiefte sich und Celia wandte sich ab, um ihr Lächeln an ihrer Schulter zu verbergen.

»Und worüber kicherst du da drüben?«

Celia setzte eine neutrale Miene auf. Oliver hatte sie gesehen. Natürlich hatte er das, ihm entging nur wenig. Beginnend bei ihrem ersten Treffen in einer Gasse voller Arbeiter, die für eine Revolution gekämpft hatten, hatte er sofort erraten, dass sie zur Scarlet-Elite gehörte und von dem für sie vorgesehenen Kurs abgekommen war. Er hatte wichtig gewirkt; sie hatte ihn für einen ihrer Anführer gehalten. Sobald Celia den Kommunisten beigetreten war und gemeinsam mit Oliver Aufträge zugeteilt bekam, fand sie heraus, dass die Kommunisten ihn nur schätzten, weil er der Sohn eines Nationalistengenerals war und sein Überlaufen zur anderen Seite eine gewaltige Geste der Selbstverpflichtung darstellte.

Auch wenn Celia und Oliver genau genommen denselben Rang hatten, war Oliver öfter mit ihren Vorgesetzten in Kontakt. Sie wusste nicht, warum er immer wieder nach Shanghai fuhr, und fragte nicht. Nicht weil sie es nicht wissen wollte, sondern weil alle in ihrem Arbeitsbereich mit Geheimnissen handelten. Schwachstellen konnten überall entstehen und es war besser, nichts zu wissen, sollte man jemals gefangen genommen und gefoltert werden, als sich die Zunge abzubeißen, um Mitagenten zu schützen.

»Ich denke über den Kaffee aus der Französischen Konzession nach«, erwiderte Celia und trat zur Seite, um den umhergehenden Kunden die Rahmen an der Wand betrachten zu lassen. »Hast du mir welchen mitgebracht?«

Obwohl Olivers Gesicht keine Regungen zeigte, lag ein Funkeln in seinen Augen, als er die Tasche hob und eine Thermoskanne herauszog. Celia lehnte den Besen gegen den Schrank und ging auf ihn zu, die Hände ausgestreckt, als reichte man ihr ein Baby.

»Er könnte inzwischen kalt sein. Obwohl ich mein Bestes getan habe, um ihn gut einzuwickeln.

Celia drückte die Thermoskanne gegen ihre Wange und badete in ihrem Glück. In diesem Moment war nichts von Bedeutung: nicht der Bürgerkrieg, nicht ihre Sorge um ihre Schwester in der Stadt, nicht das Voranschreiten ihrer eigenen Mission. Nur dieser

Kaffee, der sie an einfachere Tage in Paris erinnerte, wo sie und Rosalind aufgewachsen waren und sich ihre eigene Welt erschaffen hatten.

Hinter dem Tresen murmelte Audrey etwas. Celia schrak auf und blickte hinüber.

»Was war das?«

»Oh, nichts.« Audrey schenkte ihnen ein Zwinkern, sammelte ihre Sachen zusammen und machte alles fertig, damit sie sich in die Räume hinter dem Laden zurückziehen konnte, wo sie ihre Zimmer hatten. Keiner von ihnen kehrte noch in sein echtes Zuhause zurück. Nur in Übergangslösungen, je nachdem, was die Partei von ihnen brauchte. »Ich glaube, Millie ruft nach mir, also lasse ich euch absperren. *Wǎn'ān.*«

Sie eilte davon, ihre Schuhe mit den Stoffsohlen geräuschlos auf dem Linoleumboden. Millie hatte nicht gerufen, denn sie legte sich empörend früh schlafen. Obwohl Audrey ihre Worte nicht wiederholt hatte, glaubte Celia, dass es stark nach *Du hast Lieblinge, wie ich sehe* geklungen hatte.

Oliver hatte es offensichtlich auch gehört. Er sah Audrey einen Moment finster hinterher, bevor seine Miene sich aufhellte. Doch etwas Dunkles blitzte unter seinem Kragen hervor, als er sich bewegte und Celias Hand schoss vor, damit sie seinen Kiefer festhalten und einen besseren Blick darauf werfen konnte, bevor er widersprechen konnte.

»Was ist passiert?«, wollte sie wissen. Leuchtend rote Kratzer zogen sich von seinem Kragen bis unter sein Hemd.

»Ein kleines Handgemenge.« Oliver war gewohnheitsmäßig vage, selbst wenn die Information kein Risiko darstellte, was Celia in den Wahnsinn trieb. Sie zog die Hand weg und ihre Augen wurden schmal. Oliver starrte regungslos zurück. Schließlich setzte sich Celias Einschüchterungstaktik durch, auch wenn Oliver das niemals offen zugegeben hätte, und er drehte wortlos die Hände, um ihr seine Knöchel zu zeigen, auf denen sich ebenfalls Kratzer befanden.

»Willst du im Krankenhaus landen?« Ihre Stimme war eine Oktave gestiegen.

Olivers Mundwinkel zuckten. »Ich brauche nur dich, die sich um meine Wunden kümmert, Liebling.«

»Oh, ich werde dir ein paar Wunden geben, um die man sich kümmern muss.«

»Autsch, gemein.« Er ballte die Hände wieder. »Bitte mach dir deswegen keine Sorgen. Ich hatte eine kleine Begegnung auf der Straße, das ist alles.«

»Feinde?«, fragte Celia. *Nationalisten*, meinte sie, ohne die Worte laut auszusprechen, als ob ihre bloße Erwähnung deren Anwesenheit heraufbeschwören könnte.

Oliver antwortete nicht. Er streckte die Hand aus, um ihren Ellbogen zu drücken, bevor er sich an ihr vorbeischob. »Ich gehe und verfasse ein Schreiben. Brauchst du etwas?«

»Nein.« Celia zwang sich, ihre Verärgerung abzuschütteln. »Danke für den Kaffee.«

Oliver schenkte ihr ein beherrschtes Lächeln und verschwand dann nach hinten. Als sie allein war, nahm Celia einen Lappen und begann, sauber zu machen, wischte die Fenster und wischte auf, was sich nach einem langen Tag des Nichtstuns angesammelt hatte. Sie hatte sich an diese täglichen Routinen gewöhnt. Auch wenn die Propaganda der Nationalisten sie wie kompetente Spione aussehen ließ, die einem Hollywoodfilm entsprungen waren, beinhaltete das Leben als Kommunistenspionin nichts weiter als das Zeichnen von Karten und das Zählen der Panzer, die jede Woche ankamen. Bei seltenen Gelegenheiten schlichen sie sich mitten in der Nacht hinaus, wenn die Armeedivisionen der Kuomintang die Hauptstraße hinabmarschierten, um festzustellen, wo sich der nächste Lagerplatz der Armee befand. Die Kommunisten waren in den Untergrund gegangen. Es wäre nicht von Vorteil, wenn sie Aufmerksamkeit auf sich zögen. Man erwartete nichts weiter von ihnen, außer ihre Identitäten als gewöhnliche Leute aufrechtzuerhalten, ansonsten würde man sie erwischen;

und ihre Zahl sank ohnehin schon. Celia war sich sicher, dass ihre Schwester als Geheimagentin viel mehr herumlief und für die tatsächlich zuständige Regierung Kehlen durchschnitt.

»Hey.«

Celia blickte über die Schulter, ihre Finger lagen auf einem der Türriegel. Sobald sie sah, dass nur Audrey wieder hinter ihr stand und sich an eine Vitrine lehnte, schloss Celia weiter ab. Sie würde zuerst die linke Seite festmachen und die rechte Seite sichern, sobald der letzte Kunde gegangen war.

»Ich dachte, du hättest dich bereits in dein Zimmer zurückgezogen.«

»Es ist noch früh«, erwiderte Audrey. Sie lauschte übertrieben lange auf Bewegungen im Hinterzimmer, als würde Oliver herausmarschieren und sie ausschimpfen. »Weißt du, warum der wütende Mann in die Stadt gegangen ist?«

»Ich nehme an, mit ›wütender Mann‹ meinst du Oliver«, sagte Celia schief grinsend. »Ich weiß es nicht. Weißt du es?«

Audrey schnalzte mit der Zunge. »Darum frage ich ja dich, Celia.«

Die linke Tür schloss sich mit einem Klicken. Der Riegel war besonders rostig, wenn die Temperaturen heißer waren.

»Warum nimmst du an, dass ich Informationen über ihn hätte?«

»Worüber sonst würdet ihr zwei die ganze Zeit flüstern? Erzähl mir nicht, dass es Liebesgeflüster ist.«

Celia warf den schmutzigen Lappen in ihrer Hand nach Audrey. Das Mädchen kreischte und schlug ihn weg, bevor er in ihrem Gesicht landen konnte.

»Ich kümmere mich um meine eigenen Angelegenheiten«, erwiderte Celia.

Mit einem Seufzen hob Audrey den Lappen auf und wirbelte ihn im Kreis, als sie hinter Celia her tapste, doch nichts tat, um ihr beim Abschließen zu helfen. Ihr Team wusste nichts über die Vergangenheit der anderen; Celia konnte sich nicht einmal ansatzweise vorstellen, wie jemand so Faules und Vorlautes wie Audrey als Kommunistenagentin angeheuert worden war. Sie und Millie waren beide Neulinge, die man diesem Auftrag vor allem zur Übung zugeteilt hatte. Bald würde man sie anderswo einsetzen. Es war sicherer, weniger darüber zu reden, wie sie hier gelandet waren, für den Fall, dass jemand überlief und die ganze Zelle auffliegen ließ. Nur Oliver wusste alles über Celia – einschließlich der Tatsache, dass sie weder mit dem Namen Celia noch mit dem Namen Kathleen zur Welt gekommen war –, weil sie sich Jahre vor dem ersten Ausbrechen des Bürgerkriegs begegnet waren. Allen anderen stellte Celia sich als Celia vor – oder *Xīlìyà* in ausschließlich chinesischen Gruppen – und gab keine andere Hintergrundgeschichte an.

Nun … sie nahm an, dass die meisten ihrer Vorgesetzten wussten, dass Celia einst eine Verbündete der Scarlets gewesen war, was mehr eine Sache der Notwendigkeit gewesen war als eine Wahl. Nur nahmen sie außerdem an, dass Celia ein Deckname wäre und Kathleen ihr echter Name, auch wenn tatsächlich das Gegenteil zutraf. Ihr waren die Hände gebunden: Nach der ersten Revolution, als der Rauch sich geklärt und Staub sich über die Stadt gelegt hatte, waren in Shanghai gemalte Poster der Scarlet-Kinder in Umlauf gebracht worden, um Kampfgeist zu schüren. Wenn auch nur, um nicht als illoyal bezichtigt zu werden, hatte Celia den nötigen Vorgesetzten verraten, dass sie einst Kathleen Lang und die rechte Hand der Scarlet-Erbin gewesen war.

Sie hatte erwartet, dass ihr Entsetzten entgegenschlagen würde. Stattdessen hatte man ihr beinahe dieselbe Behandlung zuteilwerden lassen wie Oliver, als er von den Nationalisten übergelaufen war. Sie nahmen an, dass sie sich von der Scarlet Gang abgewandt und einer gerechteren Sache angeschlossen hätte und dass sie das vertrauenswürdig machte. Wenn sie nur wüssten, dass es nicht schwer gewesen war, ihre Taschen zu packen und das Scarlet-Haus zu verlassen. Nachdem sie die Seiten gewechselt hatte, war sie noch monatelang in die Cai-Villa zurückgekehrt, hatte sich ruhig verhalten und ihre Zugehörigkeit geheim gehalten. Man hätte denken können, dass es einen Streit und eine brisante Auseinandersetzung gebraucht hatte, damit sie gehen konnte, doch sie hatte nur zur Tür hinausgehen müssen und niemand hatte sie aufgehalten. Die Scarlet Gang hatte schon längst die Kontrolle verloren, Stück für Stück. Wie ein loser Faden an einem Schal, der sich an jedem scharfen Gegenstand, an dem man vorüberging, verhakte und verfing, bis man eines Tages nach unten sah und nichts mehr um den Hals trug.

Celia ließ nur wenig zurück, als sie ging. Auch ihre Schwester hatte sich für den Abschied bereit gemacht. Ihre Cousine … ihre beste Freundin … war bereits … woanders.

»Bist du dir sicher, dass du nichts weißt?«, bohrte Audrey noch mal nach.

»Selbst wenn«, gab Celia zurück und klimperte mit den Ladenschlüsseln, während sie die Unordnung auf dem Empfangstresen beseitigte, die Audrey hinterlassen hatte, »würde ich es aus meinen Gedanken streichen. Ich muss nichts wissen, das sich nicht auf unsere derzeitige Mission bezieht.«

Obwohl die Kommunisten sie als eine frühere Scarlet akzeptierten, war der belastende Teil dieser Halbwahrheit, dass sie offenbarte, dass sie Rosalind Langs Schwester war. Die Kommunisten hatten Spione bei den Nationalisten – eine Tatsache, die alle offen anerkannten. So sehr sie auch jeden Monat versuchen sollten, Doppelagenten aufzustöbern, gab es Kommunisten in Positionen, in denen sie Informationen über die Kuomintang abfangen konnten, von denen selbst einige innerhalb der Kuomintang nichts wussten. Wie die Tatsache, dass die Geheimabteilung eine Waffe hatte: ein Mädchen, das nicht schlafen und nicht altern konnte, das Schlag auf Schlag gegen die Feinde ausführen konnte, ohne müde zu werden. Wie die Tatsache, dass sie behaupteten, der Name des Mädchens sei Janie Mead und dass sie eine gewöhnliche Agentin sei, wohingegen die Führungsriege der Kommunisten aufgedeckt hatte, dass es sich dabei tatsächlich um Rosalind Lang handelte, der ungewöhnliche Chemikalien durch die

Venen flossen. Manchmal erhielt Celia Forderungen für Berichte über Rosalinds Handlungen in der Stadt. Jedes Mal gab sie dieselbe Antwort: »Ich weiß nichts. Weder habe ich weiterhin Kontakt zu Rosalind Lang, noch wird sie Kontakt mit mir aufnehmen.«

Das waren natürlich Lügen. Celia mochte den Kommunisten treu sein, doch ihre erste Treuepflicht war die Sicherheit ihrer Schwester.

Audrey stampfte in gespielter Verstimmung mit dem Fuß auf. »Woher weißt du, dass es sich nicht darauf bezieht? Ich habe gehört, dass Oliver die Kontrolle über Priest zugewiesen wurde.«

Celia riss den Kopf hoch. »Was?«

»Oh.« Audreys Lippen verzogen sich. »Du interessierst dich also doch für Klatsch, Miss Hochnäsig.«

»So etwas ist wohl kaum bloßer Klatsch.« Celia spähte in den Flur, als ob Oliver jede Sekunde herausgeschlendert kommen könnte. *Priest*. Agenten auf einer Mission bekamen stets einen Decknamen zugewiesen, damit ihre Vorgesetzten über ihre Fortschritte sprechen konnten, ohne ihre Identität preiszugeben, sollte die Information durchsickern und die Nationalisten hinter ihnen her sein. Und Informationen wurden mit Sicherheit ständig weitergegeben. Daher wusste ihre ganze Untergrundgruppe, dass Priest ihr berüchtigtster Attentäter war, ein Scharfschütze, der niemals danebenschoss.

Celia war nicht ranghoch genug, um zu wissen, wer Priest war. Sie hatte nicht in Erwägung gezogen, dass Oliver es war – noch weniger, dass er Kontrolle über ihn hatte.

»Du wirkst überrascht«, merkte Audrey an.

Überrascht mit einem Hauch von Sorge im Hinblick auf ihre Schwester. Sie machte sich stets Sorgen um sie, doch besonders wenn das Gespräch sich um andere Attentäter drehte. Rosalinds Identität war zu bestimmten Stellen durchgedrungen. Priests war eine streng geheime Angelegenheit. Wenn Priest es in einer Kriegshandlung auf Rosalind abgesehen hätte, wäre Rosalind nicht darauf gefasst.

Celia schnappte sich den dreckigen Lappen zurück. »Musst du keine Karten zeichnen? Kusch.«

Audrey sprang gutmütig rückwärts, bevor Celia noch mal mit dem Lappen nach ihr schlagen konnte. »Na gut. Aber sag mir, falls …«

Plötzlich ertönte ein Krachen, das Celias Aufmerksamkeit mit einem Schlag fesselte. Der sich umsehende Kunde war mit dem Ellbogen gegen eine der Kameras gestoßen. Celia hätte sich nicht weiter daran gestört, doch als er die Konstruktion hastig aufrichtete, riss er die Arme hoch und offenbarte einen dünnen Draht, der aus seiner Hosentasche kam.

»Hey!« Mit zwei langen Schritten war Celia bei ihm. Mit einer Hand schnappte sie den Arm des Kunden und packte fest zu, während sie mit der anderen nach dem Draht griff. Sie riss ihn heraus. Das rechteckige Gerät machte ein Knallgeräusch, bevor es aus seiner Tasche fiel. Ein Funken zischte ihren Finger hinab. Die elektrische Ladung war spürbar, als sie von einem Mikrofonende zum Steckerende floss.

Audrey eilte zu dem Gerät, hob es auf und betrachtete es schnell. Ein klar sichtbares Nationalistenlogo war auf die Seite gestempelt: die blauweiße Sonne. Selbst bei ihren Spionagematerialien waren sie so stolz, dass sie alles offiziell kennzeichneten.

»Ein Sender«, sagte Audrey. »Dreißig Sekunden Verzögerung für den auf der anderen Seite, würde ich raten.« Sie sah auf und begegnete Celias Blick mit offenkundiger Erleichterung. Alles, was sie gesagt hatten und das Schaden anrichten könnte, war in diesen letzten dreißig Sekunden enthalten. Natürlich löste das nicht das Problem des Kunden, der Bescheid wusste.

Er entzog sich Celias Griff und stürzte zur Tür.

»Ich habe ihn«, verkündete Audrey und rannte los. »Hol Oliver!«

»*Merde*«, murmelte Celia leise. Und sie hatte geglaubt, dass es ein ruhiger Abend werden würde. »Oliver!« Sie eilte nach hinten und kam vor seiner Schlafzimmertür schlitternd zum Stehen.

»Oliv...« Ihre Knöchel hatten noch nicht einmal die Tür berührt, als Oliver sie bereits mit besorgtem Blick aufriss.

»Was soll der Radau?«

»Wir haben einen Spitzel. Nationalist.«

Oliver setzte sich sofort in Bewegung. Er stürmte stets durch die Welt, als ob der Krieg ihm auf den Fersen wäre, und noch mehr, wenn tatsächlich Gefahr in Verzug war. Celia war dicht hinter ihm, eilte durch die Ladentür und suchte die Umgebung ab. Audrey hatte den Mann auf dem Gehweg überwältigt. Er hatte die Hände flach vor sich ausgestreckt und hielt still, während Audrey eine Pistole an seinen Kopf drückte.

Zu dieser Stunde war niemand in der Nähe, der sie beobachten konnte. Die Anwohner blieben lieber drinnen – es war zu gefährlich, draußen herumzulaufen, wenn Soldaten patrouillierten und tun konnten, was sie wollten.

Oliver schlenderte hinüber, die Hände hinter dem Rücken. Sein Kragen flatterte in der Brise, ein Knopf war lässig geöffnet.

»Tja«, sagte er. »Was ist hier passiert?«

»Ich bin kein Agent«, keuchte der Mann am Boden. »Jemand wollte nur, dass ich jeden Laden in der Stadt überwache, um verdächtige Verräter aufzuspüren. Ich habe nichts aufgefangen, versprochen!«

»Allein die Tatsache, dass du dich uns erklärst, deutet darauf hin, dass du weißt, dass wir tatsächlich die verdächtigen Schauspieler sind, nach denen sie suchen«, sagte Oliver ironisch. »Audrey? Was hat er aufgeschnappt?«

Audrey hielt sich offensichtlich davon ab, zusammenzuzucken. »Ich sprach über Priest«, antwortete sie.

»Ich werde nichts sagen!«, beharrte der Mann. »Ich weiß nicht, was irgendetwas davon bedeutet! Ich kann die Klappe halten. Ich kann meinen Mund geschlossen halten wie ein Grab.«

Celia trat langsam näher, kam von hinten an Oliver heran und legte vorsichtig eine Hand auf seinen Arm.

»Es ist wahr. Er hat nicht viel gehört. Nichts, das katastrophal wäre.«

Oliver schwieg. Ein starker Wind blies und sang in schriller Leidenschaft, das Geräusch legte sich um die drei Agenten, die in einem angespannten Verband zusammenstanden. Die Stadt schien darauf zu bestehen, Olivers Stille durch Wehklagen wettzumachen.

Audrey zögerte, sie senkte die Waffe. »Es wäre nicht so schlimm, ihn gehen zu lassen …«

Bevor eine von ihnen registrieren konnte, was er tat, zog Oliver seine eigene Pistole aus der Tasche und schoss dem Mann in die Stirn. Der Schuss hallte laut wider, so schnell, als hätten sie ihn sich eingebildet. Celia erschrak und spürte einen feuchten Spritzer auf ihrer Wange landen.

Der Mann fiel in Zeitlupe vornüber. Das Rascheln der Nacht füllte schnell die Leere, die der Schuss hinterlassen hatte, die Gräser unter ihren Füßen keimten beim Geschmack fließenden Bluts und der nahe gelegene Fluss pfiff, um zu fragen, ob sie ihn mit der Leiche füttern könnten. Celia atmete langsam aus, ihre Hände zitterten unter dem Stoff des Ärmels.

»Ist unsere Tarnung okay?«, fragte Audrey und unterbrach damit die Nacht. »Es tut mir leid …«

»Alles in Ordnung«, sagte Oliver. Er wischte die Blutspritzer aus seinem Gesicht. »Es drang nirgendwohin durch. Vermassle es nicht noch mal. Sprich nicht von heiklen Themen, wenn andere in Hörweite sind.«

Audrey sah auf ihre Füße hinab. Sie war den Spritzern entgangen.

»Ich hätte es ebenfalls besser wissen müssen«, sagte Celia freundlich. »Fühl dich nicht zu schlecht.«

Obwohl das an der Situation nichts änderte, nickte Audrey dankbar. Oliver sah aus, als hätte er etwas dagegen, dass Celia einen Teil der Schuld auf sich nahm, doch er sprach es nicht aus. Als der Mond hinter einer Wolke verschwand, sagte er: »Geh wieder rein, Audrey. Celia und ich kümmern uns hierum.«

Audrey nickte wieder, dieses Mal energischer. Sie eilte ohne ein weiteres Wort davon, zurück in den Laden, wo sie die Lichter ausschaltete.

»Es war kein furchtbarer Ausrutscher«, sagte Celia, sobald Audrey weg war. »Sie verwendete deinen anglisierten Vornamen, doch du bist bereits ein bekannter Agent.«

Weder Celia noch Oliver hatten überhaupt Decknamen als Agenten, solange sie am Stadtrand eingeteilt waren. Dafür bestand kein Bedarf, solange ihre Arbeit vergleichsweise unauffällig war; niemand Hochrangiges würde regelmäßig ihre Fortschritte erörtern.

»Dieses Mal war es kein furchtbarer Ausrutscher, aber wenn sie sich angewöhnt, in der Nähe von lauschenden Ohren zu reden, wird man sie gefangen nehmen und foltern.« Oliver schob die Ärmel weiter hoch und verzog das Gesicht über einen weiteren roten Fleck am Saum. Er zog ein Taschentuch aus seiner anderen Tasche – der ohne Waffe –, doch anstatt sein eigenes Gesicht abzuwischen, reichte er es Celia. »Behandle sie nicht mit Nachsicht, Liebling. Diese Einheit bildet Agentinnen aus, keine Babys.«

Celia nahm schnell das Taschentuch entgegen. »Sie ist erst fünfzehn.«

»Auch wir waren einst erst fünfzehn, jedoch nicht so sorglos. Darum sind wir am Leben.« Oliver lehnte sich hinab, um die Knöchel des Toten zu bewegen. »Hilfst du mir jetzt bitte?«

8

Er zog noch in derselben Nacht ein.
Rosalind sah zu, während er seine Kisten auspackte, sah zu, als er jeden Gegenstand darin inspizierte, bevor er ihn in ihre Wohnung stellte, als wäre es das erste Mal, dass er seine Besitztümer sah. Vielleicht hatte nicht er sie eingepackt. Vielleicht hatten all die vielen Diener in seinem großen Haus alles für *shàoyé* eingesammelt und er erinnerte sich gerade erst, dass er eine goldene Hahnenfigur besaß. Sie konnte nicht verstehen, wie er alles so genau betrachten konnte, während er nebenbei noch mit eintausend Stundenkilometern redete. Sein Mund hatte nicht aufgehört, sich zu bewegen, seit er hereingekommen war.

Nicht ein einziges Mal.

»Vertrau mir. Informationsgewinnung ist eine meiner besten Fähigkeiten. Wenn wir meinen Anhaltspunkten folgen, sind wir mit dieser Mission in ein paar Wochen durch … ein paar Monaten höchstens.«

»Mhm«, sagte Rosalind, ohne es wirklich so zu meinen. Sie hielt einen Stift in der Hand, die Füllfeder auf einen halb fertigen Brief gestützt.

»Futoshi Deoka beaufsichtigt die shanghaiische Niederlassung von ›Seagreen Press‹, also ist es wahrscheinlich, dass er den geplanten Terroranschlag anleitet, ja? Belastende Dokumente. Wir müssen unsere Aufmerksamkeit dahin richten, wo vertrauliche Informationen aufbewahrt werden, denn würde er die nicht sichern? Tresore. Verschlossene Schränke …«

Rosalind fragte sich, wann ein geeigneter Zeitpunkt wäre, ihn auszublenden. Sie musste ihrer Schwester schreiben und konnte sich nicht daran erinnern, wie man die Mandschurei auf Französisch buchstabierte, wenn ein endloser Strom Geschwätz durch ihre Wohnung trudelte. Ihr Arm lag um das Blatt und versperrte strategisch die Sicht auf ihre verschnörkelte Schrift.

Rosalind setzte die Feder wieder auf. *Mandchourie*, beschloss sie und skizzierte am Ende eines Absatzes einen kleinen Zug, um einen Abschnittsumbruch anzudeuten. Sie fuhr schnell fort: *Nun wurde mir anstelle eines neuen Auftrags eine geheime Arbeit bei »Seagreen Press« zugewiesen, der japanischen Zeitung in Shanghai. Sicherlich hast du die Nachrichten von Morden in Shanghai gesehen, von denen die Kuomintang denkt, dass es sich um einen von den Japanern geleiteten Plan handelt, ausgehend von Seagreen. Sie sagen, es hinge alles zusammen: die Tode, die langsam um sich greifende Invasion. Es besteht wenig Zweifel daran, dass wir uns vor dem fürchten müssen, was von außerhalb des Landes kommt …*

Ein Schatten fiel über das Blatt und Rosalind riss den Kopf hoch, während ihr Stift über die Seite kratzte. Es war still im Raum. Orion Hong hatte irgendwann aufgehört, zu reden, ohne dass sie es bemerkt hatte.

»Oh, keine Sorge«, sagte Orion, den Hauch eines Lächelns auf den Lippen. Er betrachtete den Buchstapel neben ihrem Ellbogen. »*The Mysterious Rider?* Wie amerikanisch von dir …«

»Fass das nicht an«, schimpfte Rosalind. Verärgerung flammte in ihr auf. Die Wohnung war nicht groß – die Küche und der Wohnbereich lagen, wenn man hereinkam, direkt nebeneinander, dekoriert nur von Lao Laos Hand. Im Schlafzimmer waren die Wände kahl und der Boden wurde vor allem von Büchern über Gifte eingenommen. Orion war ein Eindringling durch und durch, passte schlecht in die sorgfältigen Anordnungen.

Es war nicht so, dass sie vorhatte, Orion Hong nicht zu mögen. Es war nicht so, dass sie viel über ihn wusste oder grundsätzlich etwas gegen ihn hatte, abgesehen von der Tatsache, dass er möglicherweise mit Imperialisten sympathisierte. Doch in erster Linie mochte sie ihn nicht, weil er in ihren Raum und ihre Arbeit eindrang. Sie musste sich für eine erfolgreiche Mission auf ihn verlassen und er musste sich auf sie verlassen. Diese entscheidende Tatsache irritierte sie maßlos. Sie hasste es, sich auf eine andere Person verlassen zu müssen.

Orion zog eine Augenbraue hoch. »Darf ich nicht?«

Rosalind schlug seine Hand weg, sobald er sie nach dem Buch ausstreckte. Sie hatte gewusst, dass er sie herausfordern würde.

»Fass meinen Schreibtisch an und ich töte dich«, sagte sie finster. »Weißt du was? Verrück irgendetwas und ich werde dich töten. Wenn du in der Nähe von etwas, das du nicht anfassen sollst, auch nur atmest, werde ich …«

»… mich töten?«, beendete er ihren Satz.

Rosalind drehte ihren Brief um. Die Tinte war trocken genug, damit sie die Worte verstecken konnte, ohne ihre Arbeit zu verschmieren. »Gut, dass du so schnell von Begriff bist.«

Orion strich mit einem Finger am Tisch entlang. Ein feiner Staubfilm teilte sich und bildete eine gerade Linie auf dem Holz – eine Grenze, gezogen zwischen ihnen.

»Und wenn ich dich anfasse?«

Etwas in Rosalind erreichte die Grenze der Belastbarkeit, ein Damm, der ihre Feindseligkeit zurückhielt, brach auf. Musste er aus allem einen Witz machen? Unter welchen Umständen konnte er mit diesem Verhalten der beste Spion der Nationalisten für diese Mission sein?

»Vergiss niemals, dass du mit einer anderen Agentin sprichst«, fauchte sie. »Ich werde dich bei lebendigem Leib aufschlitzen, bevor du es kommen siehst.«

Orion warf den Kopf zurück vor Lachen, reagierte mit lässiger Anmut. Rosalind meinte es ernst. Ihre Hände waren mit unsichtbarem Blut getränkt – konnte er es nicht riechen? Jedes Mal, wenn Rosalind ihre Finger inspizierte, fühlte es sich an, als ob etwas Glitschiges und Zähflüssiges sie bis hinauf zu den Handgelenken bedeckte. Es schien unmöglich, dass andere es nicht spüren konnten; dass die Schultern, an die sie stieß, wenn sie sich durch eine Menge schob, nicht automatisch zurückzuckten, weil sie bemerkten, dass sich ein metallischer Gestank auf sie übertrug.

»Verstanden«, sagte Orion, ein schiefes Grinsen noch auf den Lippen. Er trat von ihrem Schreibtisch zurück und schob die Hände in die Taschen. »Ich muss jetzt los. Bleib nicht wegen mir auf, geliebte Ehegattin.«

Rosalind sah auf die kleine Uhr, die neben ihr tickte. Ihre Brauen zogen sich zusammen. »Du gehst zu dieser Stunde aus?«

»Streng geheime Agentenangelegenheiten«, antwortete er, während er sich bereits durch die Schiebetür zum Schlafzimmer schob.

»Wovon sprichst du?«, rief Rosalind ihm nach. »Hey! Hong Liwen!«

Orion verschwand. Rosalind trommelte mit den Nägeln auf die Tischplatte. Vielleicht hatte Dao Feng ihrem falschen Ehemann einen anderen Auftrag gegeben, von dem sie nichts wusste. Vielleicht sollte Rosalind ihm folgen.

Stille durchdrang das Schlafzimmer. Mit einem genervten Schnauben zog sie ihren Brief wieder hervor und drehte ihn um. Am unteren Rand war etwas Tinte verschmiert, leider, doch ihre Schrift war noch lesbar. Sie faltete das Papier, fand einen Umschlag und adressierte ihn an Celias Aufenthaltsort.

Rosalind würde ihn morgen einwerfen. Ein dumpfer Druck saß hinter ihren Augen, als sie den Stift weglegte, doch sie würde nicht schlafen. Sie hatte bereits vergessen, wie es war, Schlaf zu brauchen, einem geregelten Tagesablauf nachzugehen. Morgenstunden mit klappernden Tellern, Nachmittage mit dem Klang der Mah-Jongg-Steine, der aus dem Wohnzimmer heraufdrang, Abende, in denen das Hauspersonal das Radio aufdrehte, während sie die Küche abstaubten und sich fürs Bett fertig machten.

Sie hatte es nicht genossen, im Scarlet-Haus zu leben. Um ehrlich zu sein hatte sie viel daran gehasst. Doch es war tröstlich gewesen, von Geräuschen umgeben zu sein, zu wissen, dass sich im nächsten Zimmer Menschen befanden, die sie in einem konstanten Bewegungsstrom mitrissen, vorwärts und vorwärts und vorwärts.

Als sich die Nacht in der Wohnung ausbreitete, war die Stille stets das Schlimmste, als ob Dunkelheit alles dämpfte, was sie bedeckte. Ihre eigenen Gedanken waren meilenweit das lauteste Geräusch, fielen übereinander, bis zwischen ihren Ohren nur noch ein Summen war.

Rosalind erhob sich von ihrem Stuhl und wickelte eine Haarsträhne um ihren Finger. Langsam ging sie um ihren Tisch herum, dann zu der Kommode, auf der Orion die kleine Hahnenfigur zwischen die Reihe ihrer Parfüms gestellt hatte. Sie stupste das goldene Tier an, schob es von der verhängnisvollen Kommodenkante weg. Es geschähe Orion recht, wenn sein lächerlicher Schnickschnack in seinen kleinen Hahnentot stürzte, doch dann wären Scherben auf dem Boden. Es war besser, sie jetzt zu retten, als ...

Rosalind hielt inne und schüttelte die Figur. Etwas befand sich in ihrem Innern.

Vorsichtig – für den Fall, dass sie den Hahn zerbrach und auf frischer Tat dabei ertappt wurde, wie sie herumschnüffelte, kurz nachdem sie Orion davor gewarnt hatte, ihre Sachen anzufassen – stocherte sie mit dem Finger an seinem Bauch herum, wo sie eine Art Öffnung spürte. Einige Augenblicke lang stupste sie erfolglos an der Figur herum, bis sie die Nase anstieß und sich ein Riss entlang der Flügel bildete, wodurch sich der ganze Kopf löste.

»Nun, was haben wir hier?«

Rosalind schüttelte den Gegenstand darin heraus. Es sah aus wie Zeitungspapier, das jemand zu einem festen kleinen Ball zusammengeknüllt hatte. Sie wollte es nicht glatt streichen für den Fall, dass Orion sehen konnte, was sie getan hatte, doch sie hob eine einzelne Ecke an und sah, dass es sich um Seite sechs einer Ausgabe von *Shanghai Weekly* handelte. Rosalind schob die Ecke noch etwas weiter auf und enthüllte die obere Zeile mit dem Datum der Ausgabe: Mittwoch, 16. Februar 1927.

Sie drückte die Ecke nach unten, schob die zerknüllte Zeitung wieder in die Figur und klickte den Kopf zurück an seinen Platz. Sie stellte den Hahn wieder hin, so nah an der Kante, wie Orion ihn zurückgelassen hatte.

Shanghai Weekly. Sie hatte gesehen, dass die Zeitung an Lao Laos Tür geliefert wurde und da es Lao Laos Natur als Hüterin von Informationen entsprach, legte die alte Frau jede Ausgabe in ihren Schränken ab. Sie könnte sogar genau die gleiche Ausgabe von vor vier Jahren haben. Rosalind schob die Haare aus ihrem Gesicht und eilte durch ihre Wohnung, klackerte die Treppe hinab und erschien vor der Haustür ihrer Vermieterin. Als sie mit der Hand gegen das erlesene Holz schlug, hörte man das plötzliche Quietschen eines kleinen Jungen und schnelle Schritte, die zur Tür rannten.

»Xiao Ding, öffne nicht die ...«

Lao Laos Warnung kam zu spät. Ihr Enkel hatte die Tür bereits einen Spalt geöffnet und drückte seine Pausbäckchen durch die Lücke, als er hinauslinste.

»Ich bin gekommen, um dich zu fressen!«, verkündete Rosalind, stürzte vor und schnappte sich das Kleinkind. Xiao Ding quietsche erfreut und ließ zu, dass Rosalind so tat, als ob sie sein Gesicht abnagte, während sie die Wohnung betrat. Lao Lao kam um die Ecke und atmete erleichtert auf, als sie die Augen zusammenkniff und Rosalind erkannte.

»Oh, du bist es nur. Hast du gegessen?«

»Jetzt schon.« Rosalind gab Xiao Ding zurück, mit dem Bauch nach unten, als ob sie Vieh abwiegen würde. »Ein bisschen halb gar, aber ich gebe dir nicht die Schuld dafür.«

Xiao Ding kicherte. Lao Lao nahm ihn zurück, während sie eine Warnung über das Davonlaufen murmelte.

»Ich wollte einen Blick auf deine Zeitungen werfen«, sagte Rosalind, die bereits auf die Schränke im Wohnzimmer zuging. Verglichen mit Rosalinds Unterkunft war Lao Laos Wohnung eine völlig andere Welt. Die Wände waren eine Explosion aus roter und goldener Farbe und die Stellen, die nicht mit glückverheißenden Postern von Schriftzeichen bedeckt waren, hatte sie mit Bilderrahmen oder Blumenvasen auf den Kommoden und Regalen dekoriert.

Es gab auch Geräusche. Viele Geräusche, die vor allem von den zwei Kleinkindern stammten, die unter dem Wohnzimmertisch balgten. Während Lao Lao sich um ihren Ringkampf kümmerte, ging Rosalind in die Hocke, um die Stapel in den Vitrinen zu begutachten.

»Hast du die *Shanghai Weekly* von 1927?«, fragte Rosalind abwesend. Sie konnte nur die von diesem Jahr sehen.

»Ich habe sie bis 1911, *bǎobèi*. Such weiter.«

Rosalind blätterte weiter. Minuten sorgfältiger Suche vergingen, bevor sie Lao Laos Anwesenheit hinter sich spürte.

»Siehst du sie?«

»Warum musste es die *Shanghai Weekly* sein und nicht die *Shanghai Monthly*?«, murmelte Rosalind widerwillig zur Antwort. Zumindest war es nicht die *Shanghai Daily*.

Lao Lao ging ebenfalls in die Hocke, ihre Knie knackten. »Wonach suchst du? Haben sie 1927 ein Foto von dir geknipst?«

Unwahrscheinlich. Im Februar 1927 hatte Rosalind sich zu Bars geschlichen in Territorien, die von keiner der beiden Banden, die Shanghai kontrolliert hatten, regiert worden waren, mit klopfendem Herzen und kribbelnder Haut von dem Nervenkitzel ihrer unerlaubten Unternehmungen. Nun ergriff Übelkeit ihren Magen und zog ihn wie ein Gummiband zusammen, wie jedes Mal, wenn sie an jene Monate zurückdachte, doch die instinktive Reaktion war hausgemacht. Sie konnte niemandem außer sich selbst die Schuld geben.

»Dimitri Voronin, nicht wahr?« Sie war diejenige, die ihn zuerst gerufen hatte, als die Nächte warm waren und der Augustsommer verging. Er hatte sich umgedreht und sie mit seinen grünen Augen

von oben bis unten gemustert und sie hatte es nur amüsant gefunden, eine Abfuhr an die Blutfehde der Scarlet Gang. Rosalind war keine Cai. Sie interessierte sich nicht für die Montagows. Sie interessierte sich nicht dafür, White Flowers zu meiden.

»Ich kenne dich«, sagte er. »Nicht wahr?«

»Tust du das? Erzähl mir, was du weißt«, erwiderte Rosalind und hob einen Drink an ihre Lippen.

Es war alles nur ein Spiel, bis sie sich in ihn verliebte. Bis es außer Kontrolle geriet, weil Dimitri einen sorgfältigen Plan geschmiedet, seine Arme um sie gelegt und ihre Hand gelenkt hatte, eine sanfte Umarmung vorgetäuscht hatte, bis sein Griff sich in Ketten verwandelte.

»Ich will dein Freund sein, Roza«, versprach er ihr, Monate später in jener kalten Winternacht. Sein Atem sichtbar in der Luft, als sie durch Seitengassen gingen, immer und immer im Kreis, während sie unbeobachtet redeten. »Ich will dein engster Freund sein.«

Was für ein Mensch hatte den Anstand, solche Worte zu sagen und nichts davon ernst zu meinen? Was für ein Mensch konnte all die Zeit darauf verwenden, ihr Vertrauen zu gewinnen, bis sie Liebhaber waren, nur um ihr den Boden unter den Füßen wegzuziehen und stattdessen der Macht hinterherzujagen?

Das wusste sie jetzt natürlich. Dieselbe Art Mensch, der sie nie geliebt hatte, der sie benutzt hatte, um an Informationen über die Scarlets zu gelangen. Dieselbe Art Mensch, der diese Stadt zerstört hätte, wenn ihre Cousine ihn nicht aufgehalten hätte. Sie fühlte sich nicht besser dadurch, dass sie wusste, dass er tot war. Das verdrängte nicht die Übelkeit der Erinnerungen oder die Enge in ihrer Kehle. Sie war eine der Wenigen, die noch am Leben waren, nachdem sie den zerstörerischen Weg ihres einstigen Geliebten gekreuzt hatten. Warum fühlte sie sich dann immer noch wie eines seiner Opfer?

Rosalind seufzte und blätterte den nächsten Zeitungsstapel durch. »Ich suche nicht nach meinem eigenen Bild. Hast du gehört, dass man mir einen falschen Ehemann gegeben hat?«

»Das habe ich tatsächlich gehört. Ist er gut aussehend?«

Rosalind verdrehte die Augen. Sie rutschte zur Seite, um den nächsten Stapel zu untersuchen. »Er ist nervtötend. Ich habe so ein Gefühl, dass er etwas Wichtiges verbirgt, aber die Zeitungsausgabe könnte etwas Licht in die Sache bringen.«

Lao Lao nahm einige der Zeitungsstapel entgegen, die Rosalind verschob, um weiter hinten nachsehen zu können. Lao Lao setzte sie fein säuberlich ab und die Jadereifen an ihren Handgelenken klimperten eine Melodie. Sie hielt eine ordentliche Reihe aufrecht, während Rosalind grub.

»Was würde er verbergen?«

»Keine Ahnung«, erwiderte Rosalind. »Ich bin nur misstrauisch.«

»Shalin, du bist jedem gegenüber misstrauisch.«

Rosalind warf ihr einen bösen Blick zu. »Bin ich nicht.«

Lao Lao schüttelte weise den Kopf. »Die Welt wird von Liebe angetrieben, nicht von Misstrauen.«

Mit einem Schnauben wandte Rosalind sich wieder dem letzten Stapel ganz hinten im Schrank zu. Liebe war ein Fluch. Nichts Gutes ging je daraus hervor.

»Aha. Ich habe 1927 gefunden.«

Februar war bereits ganz oben auf dem Stapel, also blätterte Rosalind die Ausgaben durch und überflog die Daten. Lao Lao sah über ihre Schulter und ignorierte das Quietschen eines der Kleinkinder, bevor ein lautes Klappern aus der Küche ertönte. Die alte Frau stieß einen langen Atemzug aus, dann richtete sie sich langsam auf.

»Gib mir einen Augenblick. Xiao Man! Komm da runter!«

Rosalind bemerkte kaum, dass Lao Lao davonschlurfte. Sie war zu sehr damit beschäftigt, die Wochen abzuzählen, bis sie endlich die richtige fand: Mittwoch, 16. Februar. Mit drei schnellen Handgriffen hatte sie zu Seite sechs geblättert, begierig darauf, zu sehen, was Orion dazu veranlasst hatte, eine ganze Seite herauszureißen und in eine Figur zu stopfen.

»Hm.«

HONG BUYAO AUF VERDACHT DES HOCHVERRATS VERHAFTET

Rosalind las den Artikel durch, wobei sie die langweiligen Details über Geldüberweisungen und Rechnungen übersprang und bei einem Absatz am Ende innehielt.

> »Mein Vater ist unschuldig«, wurde sein Sohn Hong Liwen, 17, vergangenen Sonntag vor dem Haus zitiert. »Keiner von euch weiß, wovon er spricht.« Als man ihn auf Hong Lifus öffentliche Bekanntmachung über die Schuld ihres Vaters ansprach, gab Hong Liwen keinen Kommentar zu seinem älteren Bruder ab.

»Hast du gefunden, wonach du suchst?«, rief Lao Lao, als sie die Kleinkinder auf die Couch setzte.
»Ja. Es erklärt aber nicht viel.« Rosalind wusste nicht, was sie zu finden erwartet hatte. Vielleicht einen Artikel, der besagte, dass Orion ein verurteilter Mörder und seiner Zelle entflohen war und sofort gefangen werden musste. Schade.
Während Lao Lao ihre Enkel unter Kontrolle brachte, räumte Rosalind die Schränke auf und stellte die Zeitungsstapel dorthin zurück, wo sie sie gefunden hatte. Sie blieb tief in Gedanken versunken und grübelte über die Schlagzeile nach.
So belastend es sein mochte, gefangen genommen zu werden, machte es jemanden noch lange nicht zu einem wahren *hanji-*

an. Viele Nationalistenbeamte arbeiteten für zusätzliches Gehalt nebenbei mit Ausländern zusammen. Genau aus diesem Grund wurde die Stadt von Imperialisten überrannt.

»Bist du dir sicher, dass du nichts essen willst?«

»Ich brauche nichts«, rief Rosalind auf dem Weg zur Tür über ihre Schulter. »Ich gehe jetzt hoch!«

Nach einer Verabschiedung von der Vermieterin und den Kleinkindern marschierte Rosalind die Treppe hoch und betrat mit gerunzelter Stirn ihre Wohnung. Orion war noch nicht zurück, doch das hatte sie auch nicht erwartet. Sie nahm an, dass sie seine Abwesenheit genauso gut dazu nutzen konnte, Gift zu brauen und die Luft in der Wohnung zu verpesten. Es war nicht gerade so, dass sie bessere Verwendung für ihre Zeit gehabt hätte. Sie mochte die Zeit zwischen zwei Zielpersonen nicht, da sie nicht wusste, wie sie ihre Nächte verbringen sollte, wenn sie nicht durch die Straßen schlich und jemandes Haus überwachte. Rosalind würde sich daran gewöhnen müssen. Solange ihre aktuelle Mission dauerte, war sie keine Attentäterin. Sie war eine Spionin, was bedeutete, dass sie langfristig zwischen zwei Zielpersonen war.

Rosalind griff nach den getrockneten Pflanzen, die sie weit hinten in ihren Küchenschränken versteckte, und hielt die Etiketten ins Licht. Sie würde ein nichttödliches Beruhigungsmittel herstellen. Es könnte von Nutzen sein, jetzt da sie einen Fremden in ihrem Heim hatte.

Bei seiner Hintergrundgeschichte brauchte sie aber vielleicht etwas Stärkeres.

»Mich wirst du nicht austricksen«, murmelte Rosalind leise und ihr Blick huschte zu der Hahnenfigur, während sie ins Schlafzimmer stolzierte. Der Lebensgrundlage ihres Landes zuliebe hatten die Nationalisten sie mit Orion Hong verkuppelt und sie gebeten, zusammenzuarbeiten.

Sie gab die getrockneten Pflanzen in einen Mörser. Dann schnappte sie sich den Stößel und stieß mit all ihrer Stärke zu.

Der Lebensgrundlage ihres Landes zuliebe würde sie mit ihm zusammenarbeiten. Sie würde nett sein, ihn in ihre Wohnung lassen und eine Romanze vortäuschen.

Doch sie würde unter keinen Umständen unachtsam werden, nicht einmal für eine Sekunde.

Nie wieder.

9

Orion ging forschen Schritts in das zweigeschossige Restaurant. Hinter ihm gab Silas Wu sich Mühe, mitzuhalten, während er sich alle paar Sekunden seine dicke Brille die Nase hinaufschob, die vor Anstrengung immer wieder herabrutschte.

»Ich kann nicht glauben, dass du mich dafür rausgezerrt hast«, keuchte Silas. »Ich bin ebenfalls Agent, nicht dein Chauffeur.«

»Und als Agent«, Orion warf kurz einen Blick über die Schulter, um sicherzugehen, dass sein bester Freund Schritt hielt, »musst du mir helfen, während wir so tun, als würden wir trinken und uns unterhalten.«

Unter normalen Umständen war das »Three Bays« nicht sein bevorzugtes Lokal, um zu trinken und sich zu unterhalten. Die Klientel war zu alt, zu viele Politiker. Was bedeutete, dass es für seinen Vater die erste Adresse war, wenn er abends freihatte, und der Ort, wo Orion ihn wahrscheinlich finden würde.

»Du hättest keinen Hut tragen und allein kommen können?«, grummelte Silas. Er putzte seine Schuhe an dem roten Teppich im Foyer ab und rümpfte die Nase über die Aquarien, die man bei den Menütafeln aufgestellt hatte. »Ich möchte wetten, niemand schenkt dir genug Aufmerksamkeit, um dich zu erkennen, während du mit deinem Vater sprichst.«

»Ich gehe auf Nummer sicher. Ich habe jetzt einen neuen Decknamen. Ich kann kein Hong sein.«

»Also zerrst du mich überallhin mit wie einen Butler? Ich kann dich nicht ausstehen.«

Orion unterdrückte ein Lachen. Silas' Beschwerdestrom amüsierte ihn. Vielleicht war das unhöflich von ihm, doch Silas würde ihm innerhalb kürzester Zeit vergeben. Orion weigerte sich bei vielem, es ernst zu nehmen, und Silas nahm alles so ernst, dass sie sich ausglichen. So funktionierten Gleichungen, oder nicht?

»Bist du mein Chauffeur oder mein Butler? Entscheide dich.«

Silas fletschte die Zähne. Er sah aus wie ein Zwergspitz, der sich als Wachhund ausgab. »Ich will, dass du weißt …«

»Außerdem, was sagt ihr Kommunisten?«, unterbrach Orion ihn und klopfte Silas auf den Rücken, während sie die Treppe hinaufgingen. Die große Holzkonstruktion zog einen Halbkreis, bevor sie den ersten Stock erreichte, wand sich um einen Marmorbrunnen mit einer nackten Meereskreatur, die dem Wasser entstieg. »Du hast nichts zu verlieren, außer deinem Ruf?«

Silas sah ihn von der Seite her an. Trotz ihres Altersunterschieds waren sie sich so nah wie Brüder, seit man sie im selben Schuljahr nach England ausgeschifft hatte.

Orion war neun gewesen und Silas fünf, sie hatten unter demselben Dach gelebt, weil ihre Väter sie demselben Lehrer zugewiesen hatten. Orion hatte die neue Lebensweise nichts ausgemacht. Silas hingegen hatte die Zeit im Westen gehasst. Seiner Meinung nach war er von einer völlig ausreichenden Kindheit zu Hause weggeschickt worden, also hatte er sich aufgespielt, während der Schulstunden mit den Füßen aufgestampft, dann bei Nacht geweint und gehofft, dass seine Eltern Mitleid gehabt und ihn zurückgeholt hätten. Es hatte nicht funktioniert. Sobald er älter geworden und weinen keine Option mehr gewesen war, hatte Silas es sich zur Aufgabe gemacht, seine Ausbildung so schnell wie möglich hinter sich zu bringen und bei jeder sich bietenden Gelegenheit Extrajahre abzuziehen.

Er war etwa zur selben Zeit zurückgekehrt wie Orion. Wenige Wochen später hatte er eine Arbeitsstelle gehabt: Agent für die Geheimabteilung der Kuomintang. Silas hatte in einer der bekanntesten Zeitungen Shanghais einen so beleidigenden, die Ausländer ver-

urteilenden Kommentar veröffentlicht – auch die eingeborene Elite verurteilend, weil sie die westliche Bildung ihrer eigenen vorzog –, dass die Kuomintang auf ihn aufmerksam geworden war. Obwohl Orion damals durch seinen Vater von der Existenz der Geheimabteilung gewusst hatte, war Orion erst durch Silas' Rekrutierung auf die Idee gekommen, ebenfalls für sie zu arbeiten.

Und nun waren sie hier.

Und nach all den Jahren, in denen sie von ihren Lehrern geschlagen worden waren, wenn sie eine Frage falsch beantwortet hatten, und dann den Jahren, in denen sie herumgerannt waren und Ränke geschmiedet hatten, wusste Silas genau, dass Orion das nicht aufgrund von fehlendem Wissen falsch zitierte. Orion war nur absichtlich ein Arschloch.

»Du hast nichts zu verlieren, außer deinen Ketten«, korrigierte Silas ihn. »Sprich leiser. Dies ist kein guter Ort, um diese Tarnung aufrechtzuerhalten.«

Silas war nicht wirklich ein geheimer Kommunist. Er war, wenn man es genau nehmen wollte, ein Dreifachagent: ein bekannter Nationalist, der die Kommunisten im Untergrund kontaktiert und behauptet hatte, er wolle überlaufen, jedoch der Geheimabteilung der Nationalisten treu blieb. Unter den Nationalisten war sein Deckname Shepherd. Er hatte Orion den Decknamen, den er unter Kommunisten verwendete, nicht genannt, um kein Risiko einzugehen, dass sie herausfanden, dass er seinem ursprünglichen Lager noch treu war. Er wurde nun schon seit fast einem Jahr eingesetzt und machte langsam Fortschritte bei der Enttarnung von Priest, einem der Attentäter der Kommunisten. Orion hatte zuletzt gehört, dass Silas gut vorankam, doch dies war kein Arbeitsbereich, in dem das viel bedeutete. Er konnte genauso leicht wieder zum Ausgangspunkt zurückfallen, sollte ihm eine Quelle entrissen oder der Feind misstrauisch werden.

Orion sah sich um, beäugte die Grüppchen Geschäftsmänner, die sich zum Reden vor ihren Privatzimmern versammelt hatten.

Um sie herum befand sich viel Zigarettenrauch, waberte von ihren Unterhaltungen hoch und erstickte den oberen Stock des Restaurants in Grau. Sein Magen zog sich zusammen. Er zwang sich, seiner Umgebung keine Aufmerksamkeit zu schenken, die Knoten in seinen Eingeweiden zu lösen.

»Ich muss etwas klären, Silas«, sagte Orion, seine heitere Stimmung kühlte ab. »Oliver tauchte gestern Abend auf. Er durchsuchte den Schreibtisch meines Vaters.«

Sofort blinzelte Silas und seine Brauen zogen sich zusammen. »Im Gegenteil, das ist etwas, über das du Bericht erstatten musst.«

Nein, dachte Orion. Das konnte er nicht. Was, wenn es die Nationalisten dazu veranlasste, ebenfalls die Besitztümer seines Vaters zu durchsuchen und verstehen zu wollen, wonach die Kommunisten suchen mochten? Was, wenn sie etwas Schlimmes fanden?

»Ich werde eine Begleitdame bezirzen müssen, damit sie meinen Vater ausfindig macht«, sagte er und gab vor, Silas' Vorschlag nicht gehört zu haben.

»Oder du könntest dich um deine eigene Mission kümmern, anstatt deine Nase in die Angelegenheiten deines Vaters zu stecken«, fuhr Silas fort. »Aber ich weiß bereits, dass du das nicht tun wirst.« Er hielt inne und wedelte mit der Hand nach dem Rauch. »Da wir gerade von deiner Mission sprechen ... stimmt es, dass du geheiratet hast?«

Sofort zuckten Orions Lippen und die Anspannung in seinem Magen löste sich etwas, als er sich auf die Ablenkung konzentrierte. Janie Mead. Mit ihrem vertrauten Gesicht und ihren vorsichtigen Eigenheiten und einer unentwegt gerümpften Nase, die vermittelte, dass sie sich Orion zwei Meter unter der Erde wünschte. Je mehr sie ihre Verärgerung über ihn offen zeigte, umso mehr hatte er das Bedürfnis, sie zu verärgern, nur um ihre Aufmerksamkeit noch länger auf sich zu ziehen. Sie war faszinierend. Sie hatte so wenig Interesse an ihm und das faszinierte ihn enorm, zum Teil, weil er schwören könnte, dass er sie kannte. Er konnte sich nicht erinnern, woher oder wie, doch das Gefühl, schon einmal ihre Bekanntschaft gemacht zu haben, saß ihm in den Knochen.

Wenn er Janie Meads Geschichte Glauben schenken konnte, war sie in den letzten zehn Jahren nicht in der Stadt gewesen, da man sie ausschließlich in Amerika aufgezogen hatte. Orion kaufte ihr das nicht ab. Doch ihm gefiel die Herausforderung, also zweifelte er die Sache nicht an. Stattdessen würde er es ihr Stück für Stück aus der Nase ziehen.

»Ganz recht«, antwortete er und grinste. »Sie sagt, ihr Name sei Janie Mead, aber ich kann keine einzige Person finden, die sie kennt.«

Silas schob wieder seine Brille hoch, stupste gegen die äußerste Ecke, um nichts zu beschmieren. »Also ist sie eine Einsiedlerin?«

»Nein, sie ist eine Lügnerin. Eine wunderschöne, aber nichtsdestotrotz eine Lügnerin.« Das war in der Geheimabteilung nicht unüblich. Orion würde versuchen, es nicht persönlich zu nehmen. Mit einem Winken bedeutete er Silas, ihm weiter den ersten Stock entlang zu folgen, wo es Begleitdamen gab, aus denen man Informationen herauspressen konnte. »Kennst du jemanden, der Informationen über amerikanische Rückkehrer in der Stadt haben könnte?«

»Ich kann herumfragen«, erwiderte Silas. »Was ist aus diesem anderen Mädchen geworden, mit dem du dich getroffen hast? Zhenni?«

Orion rümpfte die Nase. »Wir haben vor Wochen Schluss gemacht. Bleib auf dem Laufenden, Silas. Sie mochte Phoebe ohnehin lieber.«

Silas erstickte beinahe an seinem nächsten Atemzug. Es war kein Geheimnis, dass Silas für Orions jüngere Schwester schwärmte, da Orion die arme Seele war, die sich jedes Mal fremdschämen musste, wenn Silas versuchte, seine Absichten darzulegen. Als Phoebe an ihrem sechsten Geburtstag die Kerzen ausgeblasen hatte und ihre Eltern Vorbereitungen getroffen hatten, um sie frühzeitig ins Ausland zu schicken, hatte ihr ältester Bruder Oliver seine Studien in Paris beinahe beendet. Also hatte Phoebe sich stattdessen zu Oliver nach London gesellt und gleich die Straße hinunter gelebt. Vom ersten Moment an, als sie sich als Kinder trafen, konnte Silas den Blick nicht von ihr abwenden, egal wie oft Orion Würgegeräusche machte, wenn Phoebe ihnen den Rücken zuwandte. Es hätte mehr Sinn ergeben, wenn Silas sich mit Phoebe angefreundet hätte statt mit Orion – immerhin lag zwischen Silas und Phoebe nur ein halbes Jahr Altersunterschied. Doch Silas war im Hinblick auf Phoebe durch und durch ein Feigling. Seither war mehr als ein Jahrzehnt vergangen und entweder war Phoebe weiterhin erschreckend nichtsahnend, was Silas betraf, oder sie gab vor, es zu sein. Seine Schwester war einfach zu flatterhaft, um sich mit der Angelegenheit zu beschäftigen.

»Neidisch?«, fragte Orion und zog eine Braue hoch. Immer und immer wieder hatte er Silas eine runtergehauen und darauf bestanden, dass er geradeheraus sagte, was er fühlte. Silas weigerte sich stets.

»Nein«, stotterte Silas. »Phoebe kann ihre eigenen Entscheidungen treffen.«

Orion warf einen Arm um Silas' Schulter. »Ich habe von mir gesprochen. Wenn ich dir Phoebe wegnehme, wird sie dich vielleicht endlich bemerken ...«

Silas schlug wütend nach ihm, als Orion so tat, als würde er sich vorlehnen. »Zurück, zurück!«

»Och, komm schon ...«

»Du kannst nicht einfach so mit den Gefühlen eines Mannes spielen ...«

Plötzlich durchschnitt eine Stimme den Flur im ersten Stock. »Gēge!«

»Was zur Hölle?«, war Orions unmittelbare Antwort und er hörte auf, Silas zu quälen, um das Geräusch zu lokalisieren. »Wenn man vom Teufel spricht, kommt sie, nehme ich an. Hong Feiyi, was machst du hier?«

Phoebe eilte näher, die Lagen ihres Rocks raschelten bei jeder Bewegung. »Warum wirfst du mit meinem vollen Namen um dich?«, fragte sie lieblich. »Kann ich nicht Vaters Audienz suchen, genau wie du?«

Orion sah auf seine Armbanduhr. »Solltest du nicht schon im Bett sein?«

»Ich bin siebzehn ... ich habe keine Schlafenszeit. Versuch's noch mal.«

»Ich widerspreche vehement. Du bist ein Kleinkind.«

Phoebe pustete in ihren Pony und schüttelte den Kopf, wobei sie all die kleinen Löckchen in ihrer Dauerwelle aufstörte. »Ich bin ohnehin auf dem Weg nach draußen. Vater ist nicht hier.«

»Was?« Aus dem Augenwinkel konnte Orion sehen, dass Silas ihm einen finsteren Blick zuwarf. Orion hatte ihn umsonst hergeschleppt. »Wo ist er dann?«

»Über Nacht im Büro, laut seiner treuen Kumpels in Privatzimmer Nummer fünf«, erwiderte Phoebe. »Allerdings habe ich Dao Feng vorhin auf der Fuzhou Road getroffen. Er hatte eine Nachricht für dich.«

Orion hielt sofort die Hand auf. Phoebe war keine Agentin, nur die Gewinnerin des Preises für die wichtigtuerischste Schwester der Welt. Orion war seiner Anstellung nachgejagt, Silas war rekrutiert worden, Phoebe fand sich einfach in der Nähe der Geheimabteilung wieder. Aufgrund ihrer Verwandtschaft vertraute Dao Feng ihr genug, um Orion Nachrichten zukommen zu lassen, was bedeutete, dass Phoebe in jede seiner Missionen hineingezogen wurde.

Orion hatte immer und immer wieder dagegen protestiert. Sie war nicht ausgebildet, egal wie oft Phoebe behauptete, Kampfkünste zu kennen. Ihre Mutter besuchte sie alle paar Monate, solange Orion und Phoebe in Übersee waren, und während Orion an seinen Essays arbeitete, nahm Lady Hong Phoebe mit in den Park und machte das Luftschnappengehen zu einem Ereignis, indem sie Phoebe erzählte, dass sie *wǔshù* üben würden. Phoebe würde damit angeben, dass sie wusste, wie man zuschlug, doch dann rannte sie kreischend weg, wenn eine Fliege leicht auf ihrem Handrücken landete. Ihre Mutter – so liebevoll sie auch gewesen war – war nur eine Buchhalterin gewesen, bevor sie geheiratet hatte und die Lady des Hauses geworden war. Sie hatte Phoebe nichts beigebracht, außer wie man eine große Klappe hatte – sicherlich keine Kampfkünste. Auch wenn Orion selbst die schlechte Angewohnheit hatte, sich in die Angelegenheiten anderer Leute einzumischen, zumindest konnte er mit Gefahren umgehen. Phoebe watete immer wieder in tiefe Gewässer, obwohl sie nicht groß genug war, um darin zu stehen. Er wollte sie beschützen. Er wollte, dass sie da blieb, wo sie trocken und in Sicherheit war.

»Gern geschehen«, betonte Phoebe und reichte die Nachricht weiter. »Silas, hält er mich nicht für selbstverständlich?«

»W-was?«, stammelte Silas.

Phoebe fuhr bereits fort. »Ich habe gekämpft, um diese Nachricht herzubringen, weißt du. Ich hätte schwören können, jemand ist mir ins Restaurant gefolgt.«

Orion runzelte die Stirn. Er blickte über Phoebes Schulter. Im ersten Stock führten die meisten Fenster des »Three Bays« auf die Straße hinaus und ließen die lauten Geräusche und lebendigen Lichter jedes anderen Restaurants entlang der Straße herein. Die Leiche vom Nachmittag schoss Orion durch den Kopf, wie auch der rote Nadelstich, der trotz seiner winzigen Größe eine tödliche Wunde kennzeichnete. Die Straße hinunter ertönte ein Kreischen – es war unmöglich, zu sagen, ob es Vergnügen oder eine Katastrophe bedeutete.

»Wie das?«, fragte Orion. Er trat näher ans Fenster und drückte eine Hand gegen die Scheibe. Unzählige Menschen schlenderten direkt unter ihnen auf dem Gehweg umher und sahen zum Restaurant auf.

Phoebe zuckte mit den Schultern. »Ich habe das Spiegelbild des Mannes zweimal in Schaufenstern die Fuzhou Road entlang gesehen. Ich bin nachmittags nach Hause gegangen und als ich wieder losging, dachte ich, ich hätte ihn an der Ampel gesehen.«

Orion runzelte die Stirn und betrachtete einen Mann, der allein herumstand, genauer. »Grünes Halstuch?«

Ein Zögern. Phoebes Augen wurden größer. »Woher weißt du das?«

Orion verschwendete keine Zeit. Er fuhr sie an: »Bleibt hier. Beide«, und stürzte zur Treppe, wo er auf halber Strecke beinahe mit einem Pärchen zusammengestoßen wäre.

Die Nacht lärmte um ihn herum, als Orion aus dem Restaurant stürmte und die Gruppen von Fußgängern durchsuchte. Da – der Chinese, den er durch das Fenster erblickt hatte, trug ein grünes Halstuch und einen westlichen Anzug und trieb sich an einer Straßenlaterne herum.

Sobald der Mann sah, dass er ihn entdeckt hatte, wandte er sich zur Flucht.

»Hey!« Orion nahm die Verfolgung auf, trotz eines Aufflackerns von Verwirrung. Wenn der Mann Phoebe gefolgt war, wozu dann nur? Sicherlich nicht wegen der seltsamen Angelegenheit mit den Chemikalienmorden. Hatte er gesehen, wie sie etwas von Dao Feng entgegengenommen hatte?

Der Mann sprintete in eine Gasse, schwang sich unter einer Wäscheleine hindurch. Orion beeilte sich, ihm zu folgen, drängte sich durch die Fußgänger und raste in die Gasse, bevor der Mann zu viel Abstand zwischen sie bringen konnte. Obwohl Orion ihm dicht auf den Fersen blieb, musste er zugeben, dass der Mann schnell rannte, und sofern er keine Möglichkeit fand, ihn abzubremsen …

Aus dem Augenwinkel erblickte Orion eine Topfpflanze, die malerisch vor jemandes Eingangstür stand. In Sekundenschnelle traf er eine Entscheidung und griff danach, als er vorbeilief. Dann warf er sie, so fest er konnte.

Die Topfpflanze traf den Mann am Kopf und zerbarst in Scherben und Erdklumpen. Der Mann stolperte und in der Zeit schloss Orion auf, packte den Mann am Hemdkragen und riss ihn zurück.

»Wer bist du? Was willst du?«

Der Mann antwortete nicht. Er fuhr herum und stellte sich Orion.

Angst ließ Orions Blut abkühlen. Der Mund des Mannes war zu einem Knurren verzogen, doch seine Augen waren völlig teilnahmslos. Als hätte man ihn beim Schlafwandeln gestört und doch wachte er nicht auf. In dem abwesenden Blick und solcher Geschwindigkeit lag ein beunruhigender Gegensatz.

Der Mann trat zu. Obwohl Orion vorbereitet war und dachte, den Tritt einstecken zu können, um dann zu seinem eigenen Angriff überzugehen, war der Stoß so heftig, dass er drei Schritte rückwärtsschlitterte und gegen eine Wand prallte. Bis Orion den Kopf geschüttelt hatte, wieder zu Atem gekommen war und seine Sicht sich geklärt hatte, war der Mann bereits weggerannt.

Orion zuckte zusammen und klopfte sich ab, um zu sehen, ob er Schaden erlitten hatte. Er schien noch in einem Stück zu sein und erhob sich langsam, in seinem Kopf drehte sich alles.

»Orion!«

Silas tauchte am Ende der Gasse auf. Dann Phoebe, die auf Zehenspitzen stand, um über seine Schulter zu blicken.

»Warum hört ihr beiden nicht einmal auf mich?«, fragte Orion und wischte sich über den Mund. Etwas schmeckte metallisch. Er musste sich gebissen haben, als er gegen die Wand geprallt war.

»Was ist passiert?« Phoebe eilte näher heran und blickte hektisch um sich. Als sie vor ihm zu stehen kam, legte sich auch die Bewegung ihres Kleides. Jede Stofflage ließ sie wie eine zarte violette Wolke wirken, die fälschlicherweise auf dem Boden gelandet war. »Geht es dir gut?«

»Meine Frage ist, welche Art von Verfolger gabelst du auf?« Orion schnaubte. »Mir geht es gut. Ich nehme nicht an, dass ich jetzt etwas dagegen tun kann. Sag Vater, dass er dir eine Wache zuteilen soll.«

Phoebe runzelte die Stirn. »Ich brauche keine Wache. Das galt wahrscheinlich nicht mir.«

Diese Augen. Orion dachte immer noch an sie. Die völlige Leere in diesem Blick. Er würde sicherlich morgen blaue Flecken an Armen und Hüften haben, doch im Moment war seine größte Beeinträchtigung, wie zittrig er sich fühlte; als wäre er einem unbekannten Wesen begegnet.

Er schüttelte den Kopf und legte eine Hand auf Phoebes Schulter, die andere auf Silas' Ellbogen. Er schob sie gleichzeitig aus der Gasse zurück auf die Hauptstraße.

»Silas, lass uns etwas trinken. Du«, er wies mit drohendem Finger auf Phoebe, »geh nach Hause.«

Phoebe streckte ihm die Zunge heraus und hob den Arm, um eine Rikscha heranzuwinken.

10

Eine wiedergeborene Stadt ist eine traumatisierte Stadt.

Sie erinnert sich an ihre Vergangenheit, an jede Sekunde, die es brauchte, um an diesen Punkt zu gelangen. Sie sieht die frühere Version ihrer selbst und weiß, dass sie sich verändert hat, dass ihre Stiefel nicht mehr passen, ihre Hüte nicht mehr bequem sitzen. Die Straßen zeichnen nach, wo sie einst wucherten. Egal welches Pflaster man darüberlegt und wie man sie neu organisiert, Erinnerungen und Echos verschwinden nicht so einfach.

Trauma muss nicht zu Zerstörung führen. Trauma kann zu etwas Besserem, etwas Stärkerem führen. Vielleicht sollte eine Straße die Geräusche vergessen, die sie eins machte, wenn sie von Fabrikrädern und verheerenden Bedingungen herrührten.

Doch das ist ein Münzwurf, der so oder so ausgehen kann. Es hängt von der Windrichtung ab und davon, wie unbeständig die Elemente sich in diesem Jahr fühlen. Veränderung ist keine leichte Sache. Wenn in einem Tal das Wasser Dynastie um Dynastie in dieselbe Richtung fließt, wird eine vorübergehende Dürre seinen Verlauf nicht ändern. Wenn das Wasser zurückkehrt, wird es weiterhin demselben in den Boden gegrabenen Rinnsal folgen.

Dieses neue Shanghai sieht nicht so anders aus. Immer noch dieselben Lichter, noch dasselbe Neon, noch dieselben Schiffe, die in den Bund segeln und ihre Waren löschen, Menschen und Menschen und mehr Menschen bringen. Doch legt man ein Ohr auf ihr Herz, hört man vielleicht die beginnende Belastung.

Lässt man einen Mörder auf ihre Straßen los, muss man gar nicht richtig hinhören, um zu bemerken, wie die Gespräche sich verändern.

»Wir haben zu lange im Chaos geschwelgt. Wir haben uns zu lange mit den Ausländern abgegeben, haben uns von ihnen gründlich ausnehmen lassen. Wir brauchen bessere Anführer. Vielleicht würden die Straßen dann nicht vor Kriminellen überlaufen.«

Das schwere Aufprallen einer Bierflasche. Ein höhnisches Grinsen auf den Lippen. Zwei ältere Zivilisten schwanken an einem Stehtisch, teilen sich eine Schale mit Erdnüssen. Sie haben so viel gesehen. Haben zusammen Jahrhunderte miterlebt.

»Ich will das nicht noch mal machen. Du zwingst mich, dir ins Gesicht zu sagen, dass du fehlgeleitet bist, und dann hörst du mir nicht zu …«

»Was ist fehlgeleitet? Einheit? Zusammenzuhalten, ganz Asien, mächtig als eine vereinte Macht gegen Europa?«

»Es gibt kein vereintes Asien. Wir sind unterschiedliche Leute. Unterschiedliche Vergangenheit, unterschiedliche Kulturen. Du versuchst, an ein Wunder zu glauben, das Japan dir eintrichtert.«

»Was ist falsch daran?«

»Du kannst europäischen Imperialismus nicht mit mehr Imperialismus bekämpfen!«

An einem Tisch hinter der Bar wird gekichert. Sie lauschen der Diskussion, doch sie halten sich raus. Die ganze Stadt folgt seit einer Weile derselben Routine: an Esstischen unter Eltern und Kindern; an Schultischen, wenn die Lehrer es anschneiden; zwischen Geliebten, wenn ihre Köpfe atemlos auf ihren Kissen ruhen und sie einander unter dem leuchtenden Mond anblicken.

Der eine ältere Mann schnaubt. Sein Bier schwappt über, spritzt auf den klebrigen Boden. Er mag es nicht, wenn man ihn tadelt. Einst verschrieb er sich der Idee von ankommenden Rettern, mit Gesichtern wie ihren. Es fiel ihm zu leicht, alles andere unter den Teppich zu kehren. War das nicht, worauf sie gewartet haben? Befreiung von der westlichen Herrschaft?

»Weißt du, was dein Problem ist?«, fragt er seinen Freund. »Du siehst nur die kleinen Details anstelle des großen Ganzen.«

»Was ist das große Ganze?«, erwidert sein Freund. Er knackt eine Erdnuss. »Der Ärger geht schon eine Weile von den Ausländern aus dem Westen aus. Aber bist du naiv genug, zu glauben, dass nur sie das Problem sind?«

»Ja ...«

Der erste Mann bekommt nicht die Gelegenheit zu antworten. »Nein. Das Problem liegt woanders. Das Problem ist jedes Imperium, das glaubt, es könnte andere unter seine Herrschaft zwingen. Europa wurde zuerst das Spielfeld überlassen und es hat es an sich gerissen. Wenn wir Macht hätten, könnten wir das auch. Wir sind keine Ausnahme.«

Noch ein missbilligendes Brummen. »Also sollten wir Macht haben. Lass uns die Macht ergreifen.«

Hier bricht das Gespräch endlich ab. Sein Freund wendet sich vom Tisch ab, zu deprimiert, um sich noch länger zu unterhalten. Der erste Mann isst weiter Erdnüsse. Der erste Mann bemerkt nicht das Paar seelenloser Augen, das seinem Freund in die Nacht hinaus folgt.

»Dann geh halt«, murmelt er leise. »Ich werde mich der neuen Ordnung nicht in den Weg stellen.«

Die Tür schlägt zu. Davor dreht sich der andere ältere Mann müde um und schielt, um zu erkennen, wer ihm nach draußen gefolgt ist. Seine Augen sind schwach in der nebligen Dunkelheit. Sie stehen auf einer kleinen Straße, ein Ausläufer des zentral gelegenen Unterhaltungsviertels. Niemand befindet sich in ihrer näheren Umgebung. Nur ein Baum weht im Wind. Nur der Mond hängt tief am Himmel, bereit, sich wieder hinter den Horizont zu ducken.

»Hallo«, sagt der ältere Mann. »Ich gehe nicht davon aus, dass Sie eine Zigarette haben.«

Er zuckt nicht zusammen, als sein Begleiter in seine Jackentasche greift.

Es ist zu spät, als stattdessen eine Spritze hervorgezogen wird.

11

Der Morgen kam in Form eines kalten Windhauchs, der die untere Kante von Rosalinds Schlafzimmerfenster mit kleinen Eiskristallen bedeckte. Gerade als sie beschlossen hatte, dass sie für diese Nacht genug abgeschweift war und bereit war, »aufzuwachen«, hörte sie auf der Straße draußen ein Geräusch und drückte das Gesicht an die Scheibe, um hinauszusehen.

Orion winkte vom Gehweg herauf. Also war er doch zurückgekommen. Schade, dass er nicht irgendwann in dieser Nacht in einen besonders dornigen Busch gelaufen und dort für immer stecken geblieben war.

Mit einem verärgerten Laut schob Rosalind das Fenster hoch, ihr Atem beschlug das Glas. Die Uhr sprang auf sechs Uhr morgens, die ersten Geräusche von Aktivität begannen auf den Straßen.

»Hallo«, brüllte Orion herauf. Er stopfte die Hände in die Taschen und grinste sie breit an. »Bereit zu gehen?«

Rosalind runzelte die Stirn und schlug das Fenster wieder zu.

Zwanzig Minuten später ging sie nach draußen, eine kleine Tasche über die Schulter geschlungen, und ließ ihren Handspiegel aufschnappen, um zu überprüfen, dass ihre Nase gleichmäßig gepudert war. Um den Schein zu wahren, blinzelte sie in den Spiegel, als sie sich Orion näherte, und gab vor, ihre Wachsamkeit zu überprüfen. Es war früh, daher schien es nur natürlich zu sein. Nur schlief Rosalind nicht, was auch bedeutete, dass sie keine Zeichen von Müdigkeit zeigte, ganz anders als Orion mit seinen hängenden Schultern und seiner lockeren Krawatte.

»Lange Nacht?«, fragte Rosalind und steckte ihren Handspiegel weg. Sie hielt nicht lange inne. Sie betrachteten einander nur einen Herzschlag lang, bevor Rosalind sich umwandte und losging, wobei sie den Wind um ihren Nacken streichen spürte.

»Etwas in der Art«, erwiderte Orion. Seine Hände steckten immer noch tief in den Taschen. Eine Locke hatte sich aus seinen nach hinten gekämmten Haaren gelöst und schwang sorglos vor seinen Augen hin und her.

Rosalind unterdrückte ein irritiertes Schnauben und bog auf eine Hauptstraße ein. Hier öffneten die Läden gerade erst und schoben ihre Auslagen auf die Straße, daher machte sie einen schnellen Abstecher zu einem der *jiānbing*-Stände. Sie dachte, dass es zumindest eine kurze Verschnaufpause von Orions Gegenwart wäre.

Allerdings folgte er ihr auf dem Fuß und blieb neben ihr stehen. Als Rosalind ihre Bestellung entgegennahm, schoss sein Arm über ihre Schulter und ließ eine Handvoll Münzen in die Handfläche der Verkäuferin fallen, bevor sie auch nur nach ihrer Tasche greifen konnte.

»Ich kann selbst bezahlen«, sagte Rosalind unfreundlich.

»Mein Geld ist dein Geld«, erwiderte Orion. Er bedeutete der Verkäuferin, die Münzen schnell einzustecken, und führte Rosalind weg, die Hände zu beiden Seiten auf ihre Arme gelegt. »Du wirst doch nicht in aller Öffentlichkeit einen Streit unter Liebenden anfangen, oder?«

Rosalinds Hand zuckte. Im Rock ihres *Qipao* waren fünf Rizinussamen eingenäht. Im Futter beinahe jedes ihrer Kleidungsstücke befand sich Gift, immerhin wusste man nie, wann man es im Notfall einmal brauchte. Zerdrückte man Rizinussamen und schüttete das Pulver über irgendetwas, das geschluckt wurde, würde das Opfer innerhalb kurzer Zeit inneren Blutungen erliegen. Schnell, einfach und nicht nachzuweisen.

Die Nationalisten könnten jedoch protestieren, wenn sie das mit ihrem Missionspartner anstellte.

Rosalind schüttelte ihn mit einem Murren ab, blieb stehen und legte das eingewickelte Essen für später in ihre Tasche. »Wir müssten keinen Streit unter Liebenden haben, wenn du dich einfach benehmen würdest.«

»Benehmen?« Orion riss die Augen auf und gab sich unschuldig. Sein Kragen hing noch immer schief und … Moment mal, war da Lippenstift auf seinem Hals verschmiert? »Ich benehme mich stets gut.«

»Um Gottes willen«, murmelte Rosalind und packte ihn an der Schulter. Da ihre Tasche noch offen war, zog sie ein Taschentuch heraus und bevor Orion protestieren konnte, schrubbte sie seinen Hals sauber, wobei sie sich keine Mühe gab, sanft vorzugehen. Orion verkrampfte sich, doch dann blickte Rosalind auf und was auch immer Orion in ihren Augen sah, hielt ihn davon ab, mehr zu sagen.

Wenn Rosalind die Nachbarschaft richtig im Kopf hatte, lag die Zeitungsagentur gleich um die nächste Ecke. Sobald sie eintrafen, würde die Vorstellung beginnen. Umgeben von Imperialisten und *hanjian*, von Männern, die an Inbesitznahme glaubten, und an all die Untergebenen, die wollten, dass dieses Land erobert wurde, bis seine Eigenständigkeit zu Staub zerfiel.

»Du musst daran denken«, Rosalind biss die Zähne zusammen und wischte ein letztes Mal brutal über den roten Abdruck, »dass wir uns jetzt einen Decknamen teilen. Mich interessiert nicht, wer du davor warst. Solange wir zusammen High Tide sind, gehen wir beide unter, wenn einer von uns erwischt wird.«

Wenn man sie entdeckte, würde man ihnen keine Chance geben, sich zu erklären. Ihre Feinde würden zuerst schießen, dann die Leichen verstecken und niemand würde erfahren, dass zwei Agenten auf den Grund des Huangpu sanken.

Orion neigte den Kopf zur Seite und gab sich neugierig. »Stellst du meine Fähigkeiten infrage?«

»Ich denke, dass wir unsere Stellen noch nicht einmal angetreten haben und du dabei warst, an deinem ersten Tag zur Arbeit zu kommen und auszusehen, als würdest du mich betrügen.«

Orions Hand schoss hoch. Seine Finger, die sich um ihr Handgelenk schlossen, waren eiskalt.

»Wie du es letzte Nacht ausgedrückt hast ...« Orions Tonfall war locker, ein Lächeln lag auf seinen Lippen. Auf den ersten Blick hätte man das Flackern in seinen braunen Augen unmöglich sehen können, ein Sekundenbruchteil einer Warnung – da und bereits wieder verschwunden, als er mit dunklen Wimpern blinzelte. Doch Rosalind sah es. »Ich bin ebenfalls ein Agent. Selbst unter meinem echten Namen bin ich von Tarnung zu Tarnung gewechselt. Ich weiß nicht, welche Aufgaben sie dir gegeben haben, Janie Mead, aber ich war bei meinen ganz gut.«

Er ließ ihr Handgelenk los. Janie Mead. Obwohl er das mit der Verwendung dieses Namens nicht beabsichtigt hatte, erinnerte er sie daran, wie viel sie in diesem Moment geheim hielt: eine Tarnung innerhalb einer Tarnung. Sie konnte sich keinen Ausrutscher erlauben, solange sie auf dieser Mission waren; sie konnte sich auch in der Behaglichkeit ihres eigenen Zuhauses keinen Ausrutscher erlauben, da ihr Agentenpartner nun dort lebte.

»Wenn du so gut bist, beweis es«, sagte Rosalind und zerknüllte das Taschentuch in der Faust.

»Und wenn du willst, dass unser Auftrag ein Erfolg wird«, erwiderte Orion strahlend, »hör auf, mich mit deinen Blicken zu töten. Es steht dir nicht. Zumindest nicht in der Öffentlichkeit.« Er zwinkerte und marschierte dann weiter, bog um die Ecke und verschwand aus ihrem Blickfeld. Rosalinds Mund öffnete und schloss sich. Sie war sprachlos. Wo fanden die Nationalisten so jemanden wie ihn?

»Hong Liwen«, verlangte Rosalind als sie sich von ihrer Überraschung erholte und losstürmte. »Komm sofort zurück.«

Rosalind bog um die Ecke und marschierte neben Orion her. Er lächelte sie nur von der Seite her an, als ob er darauf gewartet hätte, dass sie aufholte.

»Vielleicht solltest du jetzt zu Mu Liwen wechseln«, sagte er. »Mach es dir schon zur Gewohnheit.«

Die Geheimabteilung hatte ihm einen Decknamen zugewiesen, wobei sie sich von Janie Mead inspirieren ließen und ihn zu einem in Amerika ausgebildeten Rückkehrer machten. Rosalind hätte sich ebenfalls einen neuen Namen ausdenken können, doch dafür bestand kein Bedarf. Es gab einen Grund dafür, dass die Kuomintang sich nicht die Mühe gemacht hatte. Sie hatten definitiv Orions Bewerbung bei Seagreen eingereicht und dann seine Frau für die zweite Stelle als Bonus in den Topf geworfen, als Seagreen der Klang von Orions erfundener Hintergrundgeschichte gefiel. Im Büro wäre sie nur Mrs. Mu – die Mu *tàitài* zu seinem Mu *xiānshēng*, wenn man sie gemeinsam ansprach. Sie war bereits Rosalind Lang, die vorgab, Janie Mead zu sein. Sie musste nicht noch eine Schicht auftragen.

Das Bürogelände kam in Sicht. Obwohl sie und Orion ein Stück die Straße hinab standen, hatte man sie bereits entdeckt. Ein Mann winkte ihnen lebhaft zu, hob seinen Hut, bevor er meldete, dass er das Wachhäuschen verließ, um jemandem entgegenzugehen. Das Hauptgebäude befand sich am Ende einer kurzen Auffahrt. Eine Eisenbrüstung mit einem verschlungenen Tor umschloss das Gelände. In einem Häuschen im Innern kontrollierte man das Öffnen und Schließen des Tors und überwachte, wer hinein- und hinausging. Sie mochten behaupten, dass es sich um eine normale Arbeitsstelle handelte, doch sie wurde bewacht wie eine echte Imperialistenbasis.

»Wir können diese Unterhaltung später fortführen«, beschloss Rosalind.

»Sei nicht schwierig, Schatz. Du bist eine Spionin. Pass dich an. Improvisiere.« Orion ging davon. Er schlenderte entspannt und winkte eifrig, als eine weitere Gestalt am Tor erschien, um sie zu begrüßen.

Rosalind würde ihn im Schlaf vergiften. Wenn sie ihn nicht tatsächlich vorher schon erwürgte.

Sie eilte ihm vor Wut schäumend nach.

Der Name der Sekretärin war Zheng Haidi und sie schien das Gebäude in etwa so gut zu kennen wie Orion und Rosalind: nicht gut.
»Wir müssen hier durch, ich bin mir sicher«, sagte sie und öffnete die dritte Tür innerhalb von fünf Minuten. Sie waren zweimal falsch abgebogen, um in die Herstellungsabteilung zu gelangen, wo Orion als Übersetzungsassistent und Rosalind als Rezeptionsassistentin der Abteilung arbeiten und beide demselben Vorgesetzten Bericht erstatten würden: Botschafter Futoshi Deoka.
»Sind Sie neu?«, fragte Orion. Er verzog das Gesicht und wich knapp zwei Leuten aus, die mit Papierstapeln auf den Armen den Flur hinabeilten. Rosalind wich viel geschickter aus und räusperte sich, um Orion zu bedeuten, dass er weitergehen sollte.
»Ja. Ich wurde von Botschafter Deoka höchstpersönlich eingestellt«, erwiderte Haidi leichthin. Sie war jung, sicherlich jünger als Orion und Rosalind.
Orion blickte zurück und versuchte, Rosalinds Urteil einzuschätzen. Rosalind behielt einen teilnahmslosen Gesichtsausdruck bei. Doch sobald Haidi stehen blieb und sich ihnen zuwandte, setzte Rosalind ein kleines Lächeln auf und betrachtete die besetzten Tische um sie herum.
»Sie werden hier arbeiten«, sagte Haidi, berührte Rosalinds Ellbogen und gestikulierte zu einem kleineren Tisch neben der Abteilungsrezeption. Jede Abteilung, die sie betreten und wieder verlassen hatten, war gleich aufgebaut, egal ob Herstellung, Druck oder Schriftsatz: ein großer Tisch an der Tür, der Besuch in der Abteilung abfertigte; eine Ansammlung von Arbeitsnischen in der Mitte für die Angestellten und dann Türen, die von den Fluren abzweigten, wo die Vorgesetzten ihre Privatsphäre hatten. Es gab natürlich noch andere Türen – Wandschränke und Heizräume und Etagen, durch die sich elektrische Drähte zogen und in die Haidi spähte, als könnte sie sich nicht daran erinnern, wel-

che Türen sich zu Sackgassen und welche sich zu Fluren öffneten, die tiefer in das Bürogebäude hineinführten.

Am größeren Rezeptionstresen saß bereits jemand. Er wirkte zu jung, hatte die Füße hochgelegt und ein Buch in Händen. Seine ganzen Papiere hatte er auf Rosalinds kleineren Tisch geschoben. Dies sollte nicht einmal ein echter Job sein.

»Das ist Jiemin. Sie sind ihm unterstellt, wenn Botschafter Deoka nicht da ist.«

Rosalind nickte. Vielleicht hätte sie sich mehr Mühe geben sollen, liebenswürdig zu wirken, doch ihr strahlendes Lächeln würde ihr hier keine Antworten verschaffen, sondern ihr Herumschnüffeln und Lauschen.

»Jiemin ...?«, fragte sie und ließ die Frage in der Luft hängen.

Haidi zuckte mit den Schultern. »Nur Jiemin. Er hat mir nie einen Nachnamen genannt.« Sie wies weiter die Abteilung hinab, die Augen nun auf Orion geheftet. »Ich kann Ihnen Ihren Tisch dort drüben zeigen.«

»Wundervoll.« Bevor Rosalind reagieren konnte, lehnte Orion sich vor und gab ihr einen Kuss auf die Schläfe. Sie zuckte sofort zusammen, obwohl sie sich keine Sorgen hätte machen müssen, denn seine Lippen berührten sie tatsächlich nicht, sondern hielten eine Haaresbreite von ihrer Haut inne, bevor er sich zurückzog.

»Ich sehe dich später«, sagte Rosalind liebenswürdig und versuchte, sich schnell aus der Affäre zu ziehen.

Haidi und Orion gingen davon. Erst nachdem man sie neben der Rezeption stehen gelassen hatte, sah Jiemin auf und schob den einen Knöchel über den anderen. Eine Halskette mit einem silbernen Kreuz hing aus seinem Hemdkragen. Sehr ungewöhnlich – zumindest unter den Chinesen in der Stadt.

»Hallo«, sagte er.

»Hallo. Ich bin hier, um dir deine Arbeit zu erleichtern.«

»Ist das so?« Jiemin blätterte eine Seite in seinem Buch um. »Was kannst du? Sie sagten mir nicht, dass wir an der Rezeption eine Neue bekommen.«

Rosalind zuckte mit den Schultern. »Ich habe mich mit meinem Ehemann beworben«, sagte sie. Lieber so nah wie möglich an die Tarnung halten, als ihre eigenen Talente zu erfinden. »Um die Wahrheit zu sagen, würde ich es vorziehen, Hausfrau zu sein.«

Nun sah Jiemin auf und hob eine dunkle Augenbraue. Er hatte einen Hauch Puder auf der Wange, den Rosalind sich sicher nicht nur einbildete. Von ihrer Zeit im Scarlet-Varieté war sie mit jedem Schönheitsmittel auf Erden vertraut. Wenn man ihr verschiedene Glittersorten gäbe, hätte sie sicher den heraussuchen können, den Jiemin letzte Nacht verwendet und nicht vollständig abbekommen hatte.

»Wie *módēng nülang* von dir.« Sein Sarkasmus war beißend. *Módēng nülang* – das moderne Mädchen, eine Lebensart, von der Zeitungen und Magazine felsenfest behaupteten, sie nehme Shanghai im Sturm. Dauerwellen und hohe Absätze, trieben sich stets in westlichen Kinos, Tanzhallen und Kaffeehäusern herum. Eine gefährliche Femme fatale, sprang sie ungehindert herum und wanderte umher, ohne eine Sorge in der Welt.

Rosalind nahm an, dass sie bis zu einem gewissen Grad eine gewesen war. Doch sie hatte es satt, heiter und gefährlich zu sein. Es hatte nichts bewirkt, außer ihr vorzuschreiben, was sie wollen konnte und was nicht. Selbst die modernsten Mädchen hatten Wünsche, die ihnen sehr am Herzen lagen.

»Für dich, Jiemin.«

Rosalind wäre beinahe zurückgeschreckt, überrascht von dem Rumpeln einer Schachtel, die auf dem kleineren Tisch abgeladen wurde. Der Mann, der die Schachtel getragen hatte, hielt inne und musterte sie von Kopf bis Fuß. Sein Haar war nach hinten gegelt, jede Fläche seines westlichen Anzugs gebügelt. Er schien etwas zu wollen, doch als Rosalind ihn nur anstarrte, entschied er sich dagegen und ging weg, kehrte zu seinem Tisch auf der anderen Seite der Abteilung zurück.

»Gute Wahl«, sagte Jiemin, dessen Augen dem Mann folgten. »Wenn Zilin erst anfängt zu reden, hört er nicht mehr auf zu erklären, warum wir unsere japanischen Lehnsherren willkommen heißen sollten.«

Rosalind versteifte sich. War das ein Test?

»Sollten wir das nicht?«, fragte sie.

Jiemin wandte ihr faul den Blick zu. »Bist du *hanjian*?«

»Bist du?«, erwiderte Rosalind, ihr Ton war eher verwirrt als anklagend.

Die beiden sahen sich gleichzeitig um, als wäre ihnen gerade klar geworden, wie dumm es war, sich darüber zu unterhalten, ob sie nationale Verräter waren in einem von japanischen imperialistischen Bestrebungen angeleiteten Büro. Jiemin lehnte sich zurück und blätterte wieder eine Seite weiter.

»Ich arbeite für mich selbst. Wir müssen alle irgendwie Reis in den Mund bekommen.«

Jiemin versuchte, ihre Treue auszuloten. Er hatte sie erst vor zwanzig Sekunden getroffen und sprach bereits in Rätseln.

Rosalind schlängelte sich um den kleineren Tisch herum und setzte sich steif in ihren Stuhl.

»Was für eine schwermütige Existenz«, merkte sie an und griff nach einem Aktenstapel vor sich. Sie begann, die verschiedenen Dokumente durchzugehen: Übersetzungen, die Korrektur gelesen werden mussten, Gestaltungsanweisungen, Vorlagen für Schriftarten ...

»Irgendetwas wäre unglaublich faul, wenn wir uns glücklich schätzen würden, hier zu arbeiten.« Jiemin legte sein Buch weg, lehnte sich in seinem Stuhl zurück und neigte den Kopf zur Seite. »Ich habe Heißhunger auf Schwermut am Arbeitsplatz, wie ein sibirisches Wiesel Heißhunger auf Eier hat.« Er wechselte ins Englische. »Mehr. Ich beknie euch, mehr.«

Nur der Himmel wusste, welche Art von Leuten sibirische Wiesel wählten, wenn sie eine Metapher heranziehen wollten. Oder welche Art von Lehrern in der Stadt heute noch Phrasen aus dem sechzehnten Jahrhundert lehrten. *Beknie euch?*

»Okay.« Rosalind riss die Augen auf, dann griff sie nach dem nächsten Stapel.

»Wenn du damit fertig bist«, Jiemin lehnte sich zu ihr hinüber und zeigte auf eine der näheren Arbeitsnischen und sprach wieder Shanghaiisch, »Liza ist unsere Kontaktstelle für das Verteilen der Akten in anderen Abteilungen. Liza! Komm und lern das neue Mädchen kennen.«

Liza sah von ihrer Arbeit auf, ein Vorhang blonder Locken raschelte über ihre Schulter. Sie war Russin, vermutete Rosalind. Vielleicht gerade von der Schule.

Rosalind erstarrte. »*O Gott.*« Der leise Ausruf war ihr herausgerutscht, die Überraschung hatte ihr einen Schauer über den Rücken gejagt, dass sie die Kontrolle über ihre Zunge verloren hatte.

Das blonde Mädchen war jetzt in ihrem Alter, doch das war sie nicht gewesen, als Rosalind sie das letzte Mal gesehen hatte. Obwohl sie größer war, ihre Wangen breiter, ihre Augenbrauen erwachsener, bestand kein Zweifel daran, wen Rosalind da ansah.

Alisa Montagowa, die Letzte der White Flowers.

Und aufgrund dessen, was Rosalind von Celia gehört hatte: Alisa Montagowa, eine Spionin der Kommunisten.

12

Schön, dich kennenzulernen.«

Alisa Montagowa streckte ihr die Hand entgegen. Auf ihrem Gesicht lag ein ungezwungenes Lächeln, nichts in ihrem Blick sprach von Vertrautheit, als er Rosalinds Blick traf.

»Gleichfalls«, erwiderte Rosalind. Obwohl sie unfassbar schockiert war, schaffte sie es, gelassen zu klingen. Alisa Montagowa war zur Zeit der Revolution und als die Blutfehde ihren Höhepunkt erreicht hatte, ein Kind gewesen. Es gab keinen Grund, sie auf dieselbe Weise auszulöschen, wie Rosalind im ganzen Land Händler der White Flowers jagte. Sie konnte sich nett geben – dazu war sie fähig.

Ihr Händedruck war sanft und entspannt.

»Ich glaube, ich habe deinen Namen nicht verstanden«, sagte Alisa.

Rosalind zog ihre Hand zurück. Nun lag eine Andeutung von etwas in Alisas Mundwinkel.

»Ye Zhuli«, antwortete Rosalind. Den Namen hatte sie in diesem Moment erfunden, nichts weiter als ein Anagramm eines anderen Namens – eines, den Alisa erkennen würde. Obwohl Rosalind es einfach bei Mrs. Mu hätte belassen wollen, musste sie testen, ob Alisa Bescheid wusste.

»Schön. Ich bin Jelisaweta Romanowna Iwanowa.«

Alisa ließ den Namen nachklingen. Niemand sonst im Raum schenkte ihnen Beachtung. Jiemin hatte sich wieder seinem Buch zugewandt. Irgendwo tiefer in der Abteilung erklärte Haidi Orion, wie man die Maschine bediente, die mit anderen Teilen des Bürogebäudes kommunizierte. Doch Rosalind hörte das Rauschen des Bluts in ihren Ohren, fühlte, wie ihr Herz einen Schlag aussetzte. Obwohl ihr Gesicht völlig ausdruckslos war, brüllte ihr Kopf vor Lärm.

Romanowna. Alisa Montagowa hatte den Namen ihres toten Bruders als das Patronym ihres Decknamens verwendet.

»Aber du kannst mich Liza nennen«, fuhr sie fort. »Ich weiß, dass das einfacher ist.«

Rosalind nahm sich eine beliebige Akte. »Liza, das ist so nett von dir.« Sie ging um den Tisch herum und nahm Alisas Ellbogen, bevor das Mädchen protestieren konnte. Rosalinds Absätze waren hoch, mit einem dicken Riemen um ihre Knöchel festgemacht, und trotzdem war Alisa beinahe mit ihr gleichauf. »Komm einen Moment mit mir, geht das? Ich würde gern diese Liste mit dir abklären.«

Jiemin hob den Kopf. »Das kannst du mit mir …«

»Unsinn. Miss Liza wird mir helfen«, unterbrach Rosalind ihn. »Schnell jetzt.« Sie schob Alisa in den Flur hinaus und entfernte sich drei Schritte von der Abteilungstür, um aus Jiemins Hörweite zu gelangen. Sie zögerte nicht, bevor sie zu wissen verlangte: »Was machst du hier?«

Ein Moment verging, in dem Alisa Verwirrung vortäuschte. Nur ein Moment, in dem die Geräusche des Büros wie ein statisches Rauschen klangen und auf dem obersten Stockwerk weit über ihnen eine Tür zuschlug.

»Miss Lang, Sie sind nicht um einen Tag gealtert.«

Rosalind schnaubte spöttisch. »Fang gar nicht erst an. Ich weiß, dass Celia deine Vorgesetzte ist.«

»Du solltest wirklich leiser sprechen«, sagte Alisa mit einem Schniefen. »Wenn du mich enttarnst, enttarnst du dich selbst.«

»Dich enttarnen …« Verärgerung strich über ihre Haut, kribbelte in ihrem Nacken und auf den Armen, wo der feine Saum ihres *Qipao* sie berührte. Rosalind wechselte von Chinesisch zu

Russisch und scherte sich nicht mehr um ihre Worte, sobald sie sicher war, dass nur wenige Zuhörer sie verstehen würden. »Warum hat man dich hier eingesetzt? Ich kann mir nicht vorstellen, dass ein geplanter Terroranschlag deine Arbeitgeber kümmert, wenn man damit keine gewöhnlichen Leute mobilisiert.«

Alisa blinzelte langsam. Erst da erkannte Rosalind ihren Fehler: Alisa musste hier eingesetzt worden sein, ja, doch wer sagte, dass sie dieselbe Mission hatte wie Rosalind? Kommunistenagenten bekamen in Shanghai nicht auf demselben Weg Aufträge wie Nationalistenagenten. Die oberste Priorität der Kommunisten war, sich zu verstecken. Ihre zweithöchste Priorität war, Informationen abzufangen. Ihre Augen und Ohren sicher verborgen zu halten war immer wichtiger als Heldentaten, die eine abgesetzte Partei sich nicht leisten konnte.

»Geplanter Terroranschlag?«, wiederholte Alisa. »Ich wusste nicht …« Sie unterbrach sich mitten im Satz und glättete die kleine Falte der Verwirrung zwischen ihren Brauen. Rosalind runzelte die Stirn, bereit, Alisa zu drängen, weiterzusprechen, als sie eine Hand auf ihrem Rücken spürte und ihr klar wurde, warum Alisa verstummt war.

»Liebling.« Das plötzliche Englisch war ein Schock in Rosalinds Ohren. »Dein Russisch ist so viel besser als in meiner Erinnerung.«

In seiner Bemerkung lag Schärfe. Eine unausgesprochene Anklage. Warum konnte die in Amerika ausgebildete Janie Mead Russisch?

Rosalind wandte sich Orion zu, schloss die Hand um sein Handgelenk und schob es von sich.

»Du unterschätzt mich immer«, sagte sie mit einem affektierten Lächeln. »Musst du nicht einen Tisch einrichten?«

Orions andere Hand traf auf die ihre. Hier standen sie: sahen aus wie ein Bild gegenseitiger Anbetung, unfähig, dem Drang zu widerstehen, sich für etwas Körperkontakt in jeder Sekunde aneinanderzuklammern. Tatsächlich wusste Rosalind, dass ihre

Nägel Male auf seiner Haut hinterlassen würden, nachdem sie losgelassen hätte.

»Das habe ich«, erwiderte Orion und ließ sich nicht anmerken, dass er das Stechen an seinen Handgelenken spürte. »Nur hat man mich in die Eingangshalle gerufen. Anscheinend habe ich einen Besucher.«

Rosalinds Mundwinkel sanken nach unten. »Ein Besucher?«, wiederholte sie. »Ich habe nicht gehört, dass du einen Besucher hättest …«

»Liwen!«

Das Klappern von Stöckelschuhen hallte die Treppe herauf. Ein aufgetakeltes Mädchen eilte in den Flur, ihre Röcke raschelten um ihre Knöchel und eine Pelzstola lag um ihre Schultern. Sie hatte einen Korb in einer Hand und eine Handtasche in der anderen, obwohl die Handtasche so klein war, dass man sich fragen musste, was überhaupt hineinpasste. Haidi wuselte fast sofort aus der Abteilungstür und wirkte besorgt, doch Orion verdrehte die Augen und trat vor, um das Mädchen zu begrüßen.

»Dann muss ich wohl nicht mehr nach unten gehen.«

Haidi räusperte sich. »Wir erlauben keine Besucher in den Abteilungen.«

Orion winkte lässig ab. »Das ist nur meine Schwester. Sie wird gleich wieder gehen. Nicht wahr, Feiyi?«

Seine Schwester nickte eifrig. Zu Rosalinds Überraschung stürzte sie dann vor und drückte ihr den Korb in die Arme.

»Für dich«, sagte sie auf Englisch, ihr Akzent war so britisch wie Orions. »Ich habe dieses Geschenkset gesehen und ich musste es dir einfach für deinen ersten Tag bringen. Ich weiß, Frischvermählte sind zu beschäftigt, um zu kochen.«

Daraufhin zwinkerte sie Orion zu, doch Rosalind konnte nur verwundert dastehen. Haidi schnippte in Alisas Richtung und rief sie in die Abteilung zurück, um sich um irgendeinen Fehler eines Schriftsetzers zu kümmern. Währenddessen schimpfte Orion mit seiner Schwester, weil sie hereingestürmt kam und eine Szene machte. Während die Geschwister stritten, blieb Rosalinds Blick an etwas hängen, das zwischen in Plastik verpacktem Bindfaden und Gläsern voll Chili Öl begraben war. Vorsichtig griff sie hinein und öffnete die weiße Karte.

Hallo! Ich bin Phoebe! So schön, dich kennenzulernen!
Wie auch immer, hier ist eine Nachricht:

Darunter war ein dünner Papierstreifen geklebt, der aussah wie aus einem Geschäftsbuch gerissen, und darauf befand sich eine einzelne Zeile auf Chinesisch anstelle von Englisch:

Triff mich in deiner Mittagspause. Übliche Stelle.

Dao Fengs Handschrift. Rosalind riss den Kopf hoch. Sobald man danach suchte, war die Ähnlichkeit zwischen Orion und seiner angeblichen Schwester verblüffend – die gleiche kecke Stubsnase, der gleiche Amorbogen-Mund –, also schien es unwahrscheinlich, dass dieser Teil eine Lüge war. Wer war sie dann? Noch eine Agentin? Nur eine Botin?

»Wen hast du beschwindelt, damit er dich herfährt? Ah Dou?«

Seine Schwester – Phoebe – strich etwas Staub von ihren Röcken. »Du glaubst, dass ich schwindeln muss? Ich habe Silas angerufen.«

»Oh, Silas.«

»Was war das für ein Tonfall?«

»Tonfall?« Orion sah Rosalind an und zog sie in die Unterhaltung hinein. »Liebling, hatte ich einen Tonfall?«

»Ich habe ein wenig Tonfall gehört«, erwiderte Rosalind.

Orion legte eine Hand auf sein Herz und wirkte niedergeschmettert. Phoebe kicherte leise.

»Na gut. Nimm mir Silas weg.« Mit einem Blick über die Schulter, um zu sehen, dass der Flur außer ihnen Dreien nun leer war, deutete Orion auf den Korb. Rosalind trat näher, reichte ihm wortlos den Korb und ließ ihn die Nachricht lesen. Selbst während seine Augen den Zettel überflogen, fuhr er nahtlos fort: »Immerhin habe ich Janie. Sie ist hübscher als alle anderen zusammen.«

»Wer nimmt dir Silas weg? Du bist der berüchtigte Dieb meiner Liebsten, nicht ich.«

Orion hielt inne, schaute kurz auf, um Rosalinds Reaktion zu beobachten. Wartete er auf Entsetzen? Sie war sich nicht sicher, ob Phoebe nur scherzte oder nicht, unabhängig davon blieb Rosalinds Gesichtsausdruck neutral, sie hob nur neugierig eine Braue. Orion Hong war absolut nervtötend, doch in diesem Fall würde sie ihn nicht verurteilen.

Orions Mundwinkel zuckten plötzlich amüsiert, als hätte sie eine Art Test bestanden. Den Engstirnigkeitstest, nahm sie an, ein niedriger Standard für guten Umgang.

»Wann wirst du das endlich auf sich beruhen lassen?«, fragte Orion und durchwühlte den Korb. »Ich habe Henrie nicht gestohlen. Ich habe seine Zuneigung zu dir auf die Probe gestellt und er ist mit schockierender Leichtigkeit durchgefallen.«

»Wer hat dich darum gebeten, ihn auf die Probe zu stellen?«

»Wer hat dich darum geben, es mir danach heimzuzahlen, indem du meine Freundin gestohlen hast?«

»Oh, als ich Zhenni wollte, war sie also deine Freundin, aber solange ich keine Bedrohung darstellte, war sie nur ›ein Mädchen, das ich kenne‹ …«

Rosalind räusperte sich und unterbrach Phoebe damit. Als die Geschwister ihre Aufmerksamkeit ihr zuwandten, formte sie mit den Lippen: *Näher kommende Schritte.*

Und tatsächlich erschien Sekunden später Haidi in der Abteilungstür und schaute in den Flur, um zu sehen, ob ihre kleine Versammlung noch anwesend war. Sie legte die Hände auf die Hüften.

»Sobald Sie so weit sind«, merkte Haidi an und gestikulierte in Richtung Treppe.

Phoebe knickste übertrieben. »Viel Spaß in der neuen Wohnung. Auf Wiedersehen, lieber Bruder und Schwägerin.« Sie drehte sich um und stolzierte davon, wobei ihre Ringellöckchen auf- und abhüpften. Etwas an der gelassenen Art des Mädchens machte Rosalind stutzig. Sie hätte nicht sagen können, worüber genau sie sich Sorgen machen sollte, doch Rosalind hatte oftmals dieselbe Taktik angewandt. Niemand erwartete echte Gedanken von einem hübschen Gesicht.

Orion bot Rosalind seinen Arm an als Aufforderung, in die Abteilung zurückzukehren. Sobald Haidi wegsah, lehnte er sich zu ihr hinüber, um zu sprechen: »Bevor du fragst, ja, sie ist meine echte Schwester.«

»Das kann ich selbst sehen«, erwiderte Rosalind und tat so, als wäre ihr die Frage nie gekommen. »Ist sie ebenfalls eine Agentin der Kuomintang?«

Knapp vor der Abteilungstür blieb Orion abrupt stehen. Als Rosalind ihm einen Blick zuwarf, um zu fragen, warum er angehalten hatte, gab er nur den Korb zurück und zupfte am Kreppapier herum, um sicherzustellen, dass es gut aussah. Das weiße Viereck von Dao Fengs Nachricht blitzte kurz in seiner Hand auf, dann war es in seinem Ärmel verschwunden, bevor jemand es sehen konnte.

»Nein«, antwortete er und führte ihre Unterhaltung ungezwungen fort, nachdem er mit dem Korb fertig war. »Aber Silas, dieser Schlingel, hat sie hergefahren? Er gehört ebenfalls zur Geheimabteilung – unsere Hilfskraft, um genau zu sein. Er wurde auf Teilzeit einer Polizeistation zugewiesen, damit wir die Zahl der eingehenden Chemikalienmorde im Blick behalten können.«

Rosalind unterdrückte den Instinkt, eine Grimasse zu schneiden, da sie wusste, dass man sie von den Arbeitsnischen aus sehen konnte. Warum kannte Orion mehr Details über ihre Unterstützung? Was hatte man ihr nicht gesagt?«

»Ich nehme an, Dao Feng wird dich ausführlich darüber informieren«, fuhr Orion fort.

»Da bin ich mir sicher«, sagte Rosalind wenig überzeugend. In ihrem Gesicht zeigte sie keine Verärgerung, doch ihre Finger packten den Korbgriff fester. »Wie lautet Silas' chinesischer Name?«

Ein Moment verging, bevor Orion antwortete. Wahrscheinlich ließ er sich durch den Kopf gehen, wie viel Zugang ihr ein anderer Name gab und welche Informationen mit ihm einhergingen. Sie standen jetzt schon eine Weile bei den Türen herum, doch solange Haidi bei den Wasserspendern auf der anderen Seite der Abteilung abgelenkt war, würde sonst niemand ihrer geflüsterten Unterhaltung Aufmerksamkeit schenken. Die einzige Person, die gelegentlich herübersah, war Alisa. Als Rosalind ihren Blick auffing, gestand diese unverfroren ein, dass man sie erwischt hatte, und winkte fröhlich aus ihrer Nische herüber.

Der Vorteil, ein verheiratetes Paar zu sein: Man neigte dazu, während des Arbeitstags Privates zu murmeln. Rosalind musste zugeben, dass die Kuomintang wohl gewusst hatte, was sie tat, als sie ihre Missionsstrategie ausgearbeitet hatte.

Einen Augenblick später beschloss Orion offenbar, dass Silas' Name keine bedenklichen Informationen preisgab, denn er schenkte ihr ein kleines Lächeln und antwortete: »Wu Xielian.«

Der Name klang sofort vertraut in Rosalinds Ohren. Das hatte sie vermutet, nachdem sie sich im Umfeld von Olivers Familie umgehört hatte, aber zu ihrer Überraschung waren es nicht ihre Nachforschungen, die sie verstehen ließen. Stattdessen kitzelten sie einen entfernteren Winkel ihres Gedächtnisses: Wu Xielian, Sohn von Geschäftstycoon Wu Haotan. Der ältere Mr. Wu hatte mit der Scarlet Gang zusammengearbeitet – jemand aus dem inneren Kreis, der stets bei Abendessen und Festen anwesend gewesen war –, bevor er seine Loyalität auf die Kuomintang übertragen hatte, als Lord Cai gewechselt hatte.

Rosalind erinnerte sich an die Fotos, die er herumgereicht hatte. Man hatte ihm nur ein bisschen *huángjiǔ* einflößen müssen, damit er stolz die Brust aufblies wegen seines lieben Xielian, der so hart arbeitete während seiner Ausbildung in England.

Das hatte sich in Rosalinds Gedächtnis eingebrannt. Ihr Vater hätte niemals so mit ihr geprahlt.

»Ich verstehe«, erwiderte sie tonlos. »Ich kenne ihn.«

Orions Augen wurden schmal. »Wie das?«

»Du weißt doch, wie Gerüchte sind. Sie bewegen sich von hier nach dort. Hat er ein Verhältnis mit Phoebe?«

Ein kurzes Lachen. Das allein reichte als Antwort. Rosalind neigte den Kopf und fragte: »Warum ist Phoebe keine Agentin? Mehr Hilfe bei unserer Arbeit, anstatt nur Nachrichten weiterzugeben.«

»Ausgeschlossen«, antwortete Orion unmittelbar. »Phoebe ist jemand, der dem Feind versehentlich Informationen zukommen lassen würde, weil sie sich schlecht fühlt, und das meine ich so liebevoll wie nur möglich.«

»Hm.« Rosalind sagte nicht mehr. Inzwischen war Haidi mit den Wasserspendern fertig und kam in ihre Richtung, einen finsteren Blick im Gesicht.

»Ich glaube, ich sollte spazieren gehen, wenn es Zeit zur Mittagspause ist«, beschloss Rosalind. »Meinst du, du kommst hier ohne mich klar?«

Orion tätschelte ihre Hand. »*Ma petite puce,* ich werde zurechtkommen.«

Rosalind lächelte. Es war eine Todesdrohung. Orion lächelte zurück. Es war eine Herausforderung. Bevor Haidi sie zurechtweisen konnte, gingen sie auseinander und machten sich an die Arbeit.

Das »Golden Phoenix« war während der Mittagszeit geschäftig, die Kellner wuselten herum, das Papier ihrer Notizblöcke hing aus ihren Taschen und Tabletts stapelten sich auf ihren Unterarmen.

Rosalind drückte sich an ein paar Gästen vorbei, die an der Anmeldung warteten, schlängelte sich zwischen den runden Tischen hindurch und wandte sich nach hinten. Wie immer wartete Dao

Feng im selben Zimmer auf sie, die Tür öffnete sich problemlos, als sie dagegendrückte.

Doch als sie eintrat, konnte sie kaum eine Begrüßung aussprechen, bevor Dao Feng fragte: »Hast du noch Kontakt zu Celia Lang?«

Rosalind schloss die Tür. Sie nahm sich einen Moment Zeit, ihre Gedanken zu sortieren und den ausgeglichenen Ausdruck auf Dao Fengs Gesicht zu betrachten und herauszufinden, ob sie in Schwierigkeiten steckte oder nicht. Hatten sie etwas gefunden? Hatten sie etwas gesehen?

Die Stille im Raum zog sich zu lange hin. Sie musste eine Entscheidung treffen. Dies war kein Einsatz, bei dem sie in Rätseln sprechen musste, und auch keine Zielperson, bei der sie Mutmaßungen anstellen musste. Wenn ihre Vorgesetzten ihr auf der Spur wären, würden sie nicht nett fragen – sie würden sie festnehmen.

»Nein«, log Rosalind. »Warum?«

Dao Feng machte ein Geräusch und lehnte sich in seinem Stuhl zurück. »Das habe ich vermutet, aber es schadet nicht, nachzufragen.«

»Es tut weh, zu glauben, dass man mir nicht vertraut.« Rosalind nahm Platz. Ihre Stichelei löste bei ihrem Betreuer keine Belustigung aus. »Was ist durchgesickert?«

»Es ist weniger eine undichte Stelle als ein Dorn im Auge.« Plötzlich streckte eine Kellnerin mit einer Teekanne den Kopf herein. Obwohl das gesamte Servicepersonal des »Golden Phoenix« auf die eine oder andere Weise auf der Gehaltsliste der Kuomintang stand, wartete Dao Feng, bis sie den Chrysanthemen-Tee eingegossen und den Raum verlassen hatte, bevor er weitersprach.

»An deinem Arbeitsplatz sind Kommunisten eingesetzt. Wir sind nicht die Einzigen, die nach etwas suchen.«

Rosalind hielt inne. Das wusste sie bereits, obwohl schwer zu sagen war, ob Alisa die einzige Agentin dort war oder eine von vielen. Rosalind hatte nicht vorgehabt, darüber Bericht zu erstatten. Die Nationalisten waren nun die Regierungsmacht in der

Stadt; doch das war nicht immer so gewesen und würde auch nicht immer so bleiben. Inländische Auseinandersetzungen gab es andauernd. Sollten die Machtverhältnisse in der Stadt sich doch verändern. Rosalind scherte sich nicht um die Nationalisten. Sie verwendete ihre Ressourcen, um die Wunden zu heilen, die sie erzeugt hatte. Ihre Loyalität galt in erster Linie ihr selbst und ihrer Schwester. Wenn Celia mit Alisa in Verbindung stand, würde sie niemals etwas berichten, das Celia irgendwie schaden könnte.

»Seagreen Press muss ziemlich wichtig sein, wenn so viele Gruppen gleichzeitig sie zu infiltrieren versuchen«, sagte Rosalind gelassen. »Sind das keine guten Neuigkeiten? Wir können unsere Kräfte gegen die Japaner vereinen.«

»Die Situation ist komplizierter als das.«

»Wie das? Hat das Zentralkommando der Kommunistischen Partei eine Mission aufgestellt? Wie haben wir davon erfahren?«

Dao Feng stand auf und ging durch den Raum. Er folgte den Wänden und wirkte ausgesprochen konzentriert, als er hinter den Chaiselongues innehielt. Obwohl Rosalind sich auf sein Verhör eingelassen hatte, lag in der Stimme ihres Händlers keine Dringlichkeit. Das mochte zum Teil an Dao Fengs gelassener Art liegen.

Oder er sagte so wenig wie möglich, damit Rosalind nicht mehr über die Situation herausfand.

Sie begriff Spionage einfach nicht. Sie zog es vor, wenn sie ihr einen Namen gaben und sie in die Nacht hinausscheuchten, damit sie ihre Gifte braute.

»Die Kommunisten versuchen nicht, den Terroranschlag aufzuhalten. Gegenwärtig suchen sie nach Informationen. Einer ihrer eigenen Agenten hat sie verraten und den japanischen Beamten bei Seagreen Informationen verkauft. Nun hoffen sie, die Akte zurückzuholen, bevor ihre Geheimnisse zu höheren Stellen vordringen.«

Rosalind legte einen Arm über die Rückenlehne ihres Stuhls, Haut glitt über üppigen Samt. »Woher wissen wir davon?«

»Wir wissen alles. Wir haben Spione.«

Hm. Die Überzeugung war besorgniserregend. Rosalind zog an einer Haarlocke und wickelte sie um ihren Finger, bis sie spürte, dass das die Durchblutung störte.

»Ich nehme an, dass du mich aus einem bestimmten Grund einweihst«, sagte sie und ließ die Haarsträhne los. »Soll ich ebenfalls nach der Akte suchen?«

»Es wird nicht schwierig sein«, bestätigte Dao Feng. »Die Akte muss irgendwo im Büro aufbewahrt werden. Die Aufgabe kann schnell erledigt werden und dann kannst du mit dem Rest deiner Mission fortfahren. Wirf einen Blick darauf, bevor ein Agent der Kommunisten die Akte zurückholen und vernichten kann.«

Rosalind nickte. Es klang einfach. Eine Akte konnte sich nur an einer begrenzten Anzahl von Orten befinden.

»Warum wollen wir die Informationen darin?«

Dao Feng verschränkte die Hände hinter dem Rücken. »Weißt du von Priest?«

Es war typisch für Dao Feng, Fragen mit Fragen zu beantworten.

»Ja, natürlich«, sagte Rosalind. »Mein bester Feind.«

Dao Feng warf ihr einen warnenden Blick zu. »Werd jetzt nicht komisch.«

»Werde ich nicht. Es stimmt, oder etwa nicht? Priest ist der bekannteste Attentäter der Kommunisten. Bin ich nicht sein Gegenstück auf unserer Seite?«

»Ich hoffe doch nicht, denn wenn wir an diese Akte kommen, könnten wir an Priests Identität kommen.«

Rosalind setzte sich geschwind auf, einer ihrer Schuhe fiel mit einem lauten Poltern zu Boden. »Wirklich?«

»Das vermuten unsere Quellen. Die Japaner haben viel Geld gezahlt. Sie haben wahrscheinlich gehofft, sie als Nächstes an uns zu verkaufen.« Dao Feng hielt inne. Er stand immer noch bei einer der anderen Chaiselongues, seine Hand klopfte auf die obere Kante der samtbezogenen Rückenlehne. »Wenn du es vermeiden kannst, erzähl Hong Liwen nichts hiervon.«

Rosalind blinzelte. Ihr erster Instinkt war, zu fragen, warum. Dann kam die schnelle Erkenntnis, dass sie keine ehrliche Antwort bekommen würde. Geheimnisse über Geheimnisse – so funktionierte diese Stadt. Sie bückte sich und zog ihren Schuh wieder an, schnürte den Riemen fester.

»Verstanden.«

Dao Feng nickte beifällig. Vielleicht war es ein Test. Vielleicht wollte er, dass sie den Mund hielt, nur um zu sehen, ob sie das konnte.

»Erzähl mir von deinem letzten Auftrag.«

Zumindest war das etwas, mit dem Rosalind vertraut war. Sie erzählte ihm von der Explosion, die sie beobachtet hatte, von den Gestalten, die ins Gras gerannt waren, und der Polizeieinheit, die sie in Shenyang aufgehalten hatte. Dao Feng machte sich Notizen, während sie sprach, und bereitete einen Bericht vor.

»Sie haben die Mandschurei eingenommen«, sagte er, nachdem sie fertig war. »Die Kaiserliche Japanische Armee sagt, dass unsere Truppen die Explosion gelegt haben, und verwendete das als Vorwand, um in Shenyang einzumarschieren. Die ganze Stadt ist eingenommen.«

Rosalind setzte sich auf. »Aber das stimmt nicht, oder?«

»Ich denke nicht, aber wir können nichts dagegen tun, dass ihre Presse und ihre Zeitungen das Gegenteil behaupten.« Endlich legte Dao Feng seinen Stift weg. »Siehst du, wie leicht das ist? Wer sind wir, dass wir behaupten, unschuldig zu sein, wenn man uns anklagt? Wenn sie sagen, dass wir die Gleise gesprengt haben, dann haben wir die Gleise gesprengt.«

Rosalind wusste, wohin das führte. »Wenn sie sagen, dass unsere Regierung Shanghai destabilisiert, dann destabilisiert unsere Regierung Shanghai.«

»Und wenn sie mit ihren Truppen kommen …?«

»Und wir nicht die Mittel haben, um sie aufzuhalten«, beendete sie den Satz.

Dao Feng nickte. »Drei neue Chemikalientote, seit wir zuletzt sprachen. Die Japaner sind offiziell im Lande. Ich glaube, ich muss nicht noch weiter ausführen, was auf dem Spiel steht.«

Das musste er nicht. Rosalind wusste es, genau wie alle anderen Agenten in der Kuomintang; genau wie alle Agenten wieder und wieder darauf gedrillt wurden, wenn man sie für den Einsatz in Shanghai verpflichtete. Sie durften es nicht vermasseln. Shanghai war die gefeierte Tänzerin des Landes – der geschützte Liebling, von dem alle Ausländer ein Stück abhaben wollten. Japan kam angestürmt, um alles für sich allein zu haben. Großbritannien und Frankreich würden herbeieilen, um Schutz zu bieten, nicht weil sie ihnen wichtig war, sondern weil es auch sie nach der Stadt verlangte und sie nicht ausgeschlossen sein wollten. Wenn Shanghai fiel, wenn die Bemühungen der japanischen Imperialisten von Erfolg gekrönt waren, wenn die westlichen Ausländer in ihren Tanzhallen und Rennbahnen und Theatern keinen Spaß mehr hatten, würden sie sich zurückziehen. Niemand würde protestieren, wenn der Rest Chinas seiner Vorzeigestadt folgte, umfiel und sich der Inbesitznahme unterwarf.

»Ich weiß«, sagte Rosalind müde und kniff sich in den Nasenrücken. »Gott, ich weiß.«

Sie hasste es, dass sie von genau den Leuten so abhängig waren, die sie zerstörten. Solange man die Stadt am Laufen hielt, waren die Briten und die Franzosen und die Amerikaner glücklich. Was sollten sie sonst tun, wenn sie selbst keine Macht mehr hatten, auf die sie sich stützen konnten?

»Du musst tun, was auch immer nötig ist, um deine Mission bei Seagreen abzuschließen«, fuhr Dao Feng fort, als könnte er ihre Gedanken lesen. Er sprach nicht mehr von der Akte. Er sprach von der Terrorzelle. »In Zeiten wie diesen bleibt kein Platz für Moralvorstellungen.«

»Du sprichst mit einer Attentäterin«, erwiderte Rosalind. Ihre Kehle zog sich zusammen. »Ich nahm an, amoralisch zu handeln wurde vorausgesetzt.«

»Dann vergib mir die Erinnerung.« Dao Feng lächelte. Es war ein zurückhaltender Gesichtsausdruck, der mehr dazu diente, andere zu beschwichtigen, als Belustigung zu zeigen. »Du bist nicht nur unsere Waffe, Lang Shalin. Du bist eine Agentin. Du bist ein Arm im Kampf um das Überleben unseres Landes. Und wenn wir überleben wollen, musst du deinen Richtspruch ohne Zurückhaltung einsetzen.«

Töte, wen du töten musst, sagte ihr Betreuer, ein unausgesprochener Befehl zwischen den Zeilen seiner sehr theatralischen Verkündung. Schlachte jeden Imperialisten und Sympathisanten in diesem Land ab. Solang du damit durchkommst, ist es uns egal.

»Mein Richtspruch«, wiederholte Rosalind leise.

In ihrem ersten Arbeitsjahr ließen sie sie auf einen Kommunisten Jagd machen. Ein stiller Wissenschaftler, kaum alt genug, dass ihm ein vernünftiger Flaum am Kinn wuchs, in traditionelle Roben gekleidet und mit einem Füllfederhalter in der Hand. Er bettelte um sein Leben, als Rosalind durch sein Fenster kam und zögerte. Was konnte er dem Land antun? Was hatte er getan, das sich nicht auch ein gewöhnlicher Zivilist zuschulden kommen ließ? Mit seinen Nachbarn gestritten und den großen Männern, die das Sagen hatten, mit der Faust gedroht?

Doch Rosalind traute ihrem eigenen Urteil nicht mehr. Jemand, der einst zu weit einen dunklen Pfad hinabgeirrt war und sich verlaufen hatte, bekam Angst davor, nochmals die Lichter aus den Augen zu verlieren. Man musste ihr sagen, was richtig war, und sie mochte es nicht, anderer Meinung zu sein.

»Keine Sorge«, sagte sie leise. Sie blies ihm das Gift ins Gesicht. »Es wird nicht wehtun.«

Sie räumte auf. Sie verließ das Gebäude leise und ging nach Hause, nur um nachts stinkwütend zu werden. Jede Stunde, die sie nicht schlief, kochte ihr Blut heißer. Als sie am nächsten Tag gegenüber Dao Feng explodierte, war das das erste Mal, dass sie ihn überrascht blinzeln sah. Ihr Betreuer war stolz darauf, jede erdenkliche Möglichkeit vorherzusehen – doch dies hatte er nicht vorhergesehen.

»Das war sinnlos«, herrschte sie ihn an. »Das diente nur dem Ego der Regierung ...«

»Wir befinden uns im Krieg ...«

»Euer Krieg ist mir egal! Warum führt ihr einen Bürgerkrieg, wenn es an unserer Grenze echte Feinde gibt?«

Dao Feng machte sich nicht die Mühe, sie zurechtzuweisen. Er konnte ihr beibringen, eine Agentin zu sein, und er konnte ihr zeigen, wie sie überlebte. Doch er konnte sie niemals überzeugen, an ein Lager zu glauben, dessen Verfehlungen sie immer und immer wieder mitangesehen hatte. Dass sie dabei beobachtet hatte, wie es sorglos Zivilisten niederschoss. Nach diesem Vorfall hatten sie sie keine Kommunisten mehr jagen lassen. Man setzte sie auf ehemalige White Flowers an, auf ausländische Händler, auf Beamte, die mit den Imperialisten sympathisierten. Sie beschwerte sich nie mehr.

»Habe ich dich je in die Irre geführt?«, fragte Dao Feng nun. Er beobachtete das Zögern in ihrem Gesicht.

»Nein«, antwortete Rosalind ehrlich. Zumindest nicht ohne eine sofortige Anpassung des Kurses.

»Dann glaub mir: Du weißt, wie man die richtigen Entscheidungen trifft. Diese Mission wird Erfolg haben.« Er griff in seine Tasche. »Ich habe noch etwas für dich.«

Er schob ihr einen Umschlag zu. Rosalind wusste, was es war, bevor sie auch nur den Inhalt gesehen hatte, und sie verschränkte die Arme und weigerte sich, ihn entgegenzunehmen.

»Ich muss den nicht öffnen. Es wird dasselbe sein wie die letzten zwanzig.«

Es war besser, die Stadt in dem Glauben zu lassen, dass Rosalind Lang tot war, daher wusste ihr Vater, dass er sie nicht mehr kontaktieren sollte. Da er weder ihren Aufenthaltsort noch ihren Decknamen kannte, konnte er sie nur über Scarlet-Kanäle erreichen, indem er einen Umschlag von Hand zu Hand weiterreichte, bis jemand eilig Janie Mead darauf kritzelte und ihn ihr über die Geheimabteilung der Kuomintang zukommen ließ.

Wenn seinen Versuchen, Kontakt aufzunehmen, ein gewisser Wahrheitsgehalt angehaftet hätte, hätte sie sich vielleicht die Mühe gemacht, die Briefe zu lesen oder – Gott bewahre – sogar ein Treffen zu arrangieren, um zu sehen, wie es ihrem Vater ging. Doch dem war nie so. Es war jedes Mal dasselbe langweilige Geschwafel.

Lang Shalin, du musst aufhören, herumzuspielen, und nach Hause kommen. Wenn du nicht in das Haus der Cai zurückkehren willst, kannst du bei mir leben, wo du hingehörst. Und was *für ein Spiel treibt Selin mit den Kommunisten?*

»Dein Vater macht sich Sorgen«, sagte Dao Feng. Er würde ihr nichts aushändigen, ohne es zuvor selbst gelesen zu haben. Dao Feng wusste bereits, dass sie mit ihren Vermutungen richtig lag.

»Er macht sich Sorgen um sich selbst.« Rosalind zerknüllte den Umschlag. »Er ist beunruhigt, weil er mich vielleicht nie wieder kontrollieren wird. Wenn er in meinen frühen Jahren fürsorglicher gewesen wäre, hätte ich vielleicht tatsächlich Mitleid mit ihm. Aber jetzt?« Sie warf den zusammengeknüllten Umschlag auf den Tisch. »Ich habe keinen Vater.«

Stille. Dao Feng seufzte, dann tätschelte er ihre Schulter.

»Ich werde dein Ersatzvater sein, Mädchen. Ist schon in Ordnung.«

Rosalind schnaubte. »Bist du alt genug dafür?«

»Lang Shalin, ich fühle mich geschmeichelt, dass du das sagst, aber ich bin schon seit langer Zeit in meinen Dreißigern. Niemand würde mit der Wimper zucken, wenn ich dich zu Hong Liwen an den Altar führte.«

Rosalinds Miene verfinsterte sich augenblicklich. Sie war entschlossen, bei diesem Bild so heftig wie nur möglich die Stirn zu runzeln. Dao Fengs Antwort war ein leises Kichern. So viel Mühe sie sich auch gab, verärgert zu sein, hätte sie ihren Betreuer ohne zu zögern zu ihrem wahren Vater gewählt.

Doch so funktionierte das nicht.

Wieder klopfte es an der Tür. Die Kellnerin brachte heißes Wasser für die Teekanne. Dao Feng schob die Kanne vor, um beim Einschenken zu helfen, doch seine stets wachsamen Augen lagen auf Rosalind.

»Also, deine Mission«, sagte er und kehrte damit zu den dringenden Themen zurück. »Fragen? Anmerkungen? Anliegen?«

»Nein«, antwortete Rosalind sofort. Sie schob die Schultern nach hinten. »Nein. Ich habe alles verstanden.«

13

Phoebe Hong überwachte Seagreen Press von außerhalb des Zauns, ihr Körper halb von einem Baum bedeckt. In diesem Winkel befand sie sich gerade noch außer Sichtweite des Wachhäuschens am Eingangstor. Es hätte nicht perfekter sein können. Als wäre der Baum für Laienspione gepflanzt worden. Es war gut, zu warten. Vielleicht musste sie eine Antwort überbringen. Vielleicht musste sie noch mal reingehen und behaupten, dass sie etwas vergessen hätte, dann einen heimlichen Austausch vornehmen, wie es echte Agenten im Einsatz machten, die verschlüsselt sprachen, während ihre Waren unter dem Tisch den Besitzer wechselten.

»Feiyi.«

Beim Klang ihres Namens richtete sie sich auf und versuchte, nicht zu ungeduldig zu wirken. Vom Wachhäuschen aus konnte man sie nicht sehen, doch sie hatte dem Bereich hinter ihr keine Beachtung geschenkt. Unvorsichtig. In der Stadt gab es immer Augen, die einen sahen: eine Schulfreundin oder eine weitere Tochter eines Generals, Viperaugen und giftige Kiefer, bereit, sie bei der kleinsten Schwäche nach unten zu ziehen und den Klatsch in der Oberschicht zu verbreiten. Letzten Monat hatten sie gesagt, dass sie so oft in der Schule fehle, weil sie schwanger sei. Den Monat davor waren es Drogen. Die Gerüchte hielten sich nie lange, doch sie ließen sie nicht zur Ruhe kommen.

Zum Glück war die Gestalt, die jetzt auf sie zuging, keine Schulkameradin. Es war nur Silas.

Phoebe stieß ein erleichtertes Seufzen aus. »Ich dachte, du wolltest im Auto warten.«

Silas blieb abrupt stehen, seine Augen weiteten sich. »Entschuldige.« Er hob den Fuß, bereit, einen Schritt rückwärts zu machen. »Du warst eine ganze Weile weg, also dachte ich, dass ich nachsehen sollte, nur für den Fall …«

»Oh, schon gut, keine Sorge. Sieh mal, ist das nicht merkwürdig?« Phoebe zeigte durch die Stangen des Zauns. Da er nun ihre Erlaubnis hatte, hier zu sein, trat Silas näher und beobachtete mit ihr drei Büroarbeiterinnen, die aus Seagreens Hauptgebäude kamen. Eine von ihnen war die Frau von zuvor, die spießige Sekretärin mit dem zwei Nummern zu großen Rock, die Phoebe förmlich gezwungen hatte, zu gehen. Zheng Haidi stellte eine Kiste auf den Rücksitz eines vor dem Hauptgebäude geparkten Autos, dann kletterte sie mit den anderen beiden auf die Sitze.

»Es ist erst früher Nachmittag«, merkte Silas an. »Ich frage mich, wohin sie fahren.«

»Vielleicht sollten wir ihnen folgen.«

Silas nickte bereits, bevor ihm klar wurde, was Phoebe tatsächlich gesagt hatte. Schnell versuchte er, sein Nicken in ein Kopfschütteln zu verwandeln.

»Nein, nein. Auf keinen Fall.«

Phoebe unterdrückte ein Lachen. Als sie Kinder gewesen waren, hatte Orion Silas ständig davor gewarnt, Phoebe zu ermutigen, sie auf ihren Ausflügen zu begleiten, doch er hatte sich nie durchgesetzt.

Phoebe war schon früh nach England eingeschifft worden, nur ein Jahr nach Orions Abreise. Sie war einer Lehrerin zugewiesen worden, von der sie nur eine Straße entfernt wohnte, doch sie vermisste ihren älteren Bruder schmerzlich und sobald sie wiedervereint waren, folgte sie ihm überallhin. Jedes Mal, wenn Phoebe sich die Haare zusammenband, den Hausschlüssel umklammerte und sich tapfer auf den dreiminütigen Fußweg machte, um an die Tür der

Jungen zu klopfen und zu fragen, ob sie bei ihrem nächsten Abenteuer Gesellschaft wollten, sagte Silas immer Ja, wenn er an die Tür kam, sehr zu Orions Leidwesen. Einmal hätte Orion beinahe aus Frustration ein Loch in die Dielenbretter gestampft, weil sie sich in eine Bar schleichen wollten und er Phoebe nicht in eine Bar mitnehmen wollte.

Bis sie alle nach Shanghai zurückkehrten – Orion musste für den Prozess ihres Vaters Schadensbegrenzung betreiben, Silas hatte seine Studien beendet und Phoebe wollte nicht in England bleiben, wenn Orion nicht dort war –, hatte er diese Gewohnheit immer noch nicht abgelegt. Orion und Silas begannen, für die Kuomintang zu arbeiten, und plötzlich seufzte Orion nicht mehr, weil Phoebe zu ihren Abenteuern mitkam, sondern weil Silas keine Geheimnisse bewahren konnte, wenn Phoebe ihn fragte, was sie im Schilde führten. Silas und Orion wurden oft auf zusammengehörende Missionen geschickt. Nach einer Reihe gezielter Fragen wusste Phoebe stets, was ihr Bruder gerade vorhatte.

»Ich flehe dich an«, hatte Orion einmal mit affektiertem Gebaren gebeten und war vor ihr auf die Knie gegangen, »hör auf, deine weiblichen Reize vor ihm auszuspielen. Er ist nicht stark genug.«

»Ich habe nicht die geringste Ahnung, wovon du sprichst. Er sollte lernen, stark zu sein.«

Orion fiel auf die Seite und streckte sich dann auf dem Wohnzimmerteppich aus. »Du bringst ihn um, Phoebe! Und dadurch stellvertretend mich, weil ich es mitansehen muss.«

»Tue ich das?« Phoebe machte sich nicht einmal die Mühe, ihre Schadenfreude zu verbergen. Sie trat über ihren Bruder hinweg, wobei ihre Absätze um ihn herum klickten, um in die Küche zu gehen und sich Joghurt zu holen. »Vielleicht sollte ich eine Agentin werden.«

Nun klopfte sie mit den Fingern gegen den Zaun, das Metall ihrer Ringe klackte gegen die Stangen. Sobald Haidis Auto davongefahren und die Tore wieder geschlossen waren, gab es nicht mehr viel zu beobachten, also trat Phoebe aus der Eingrenzung heraus. Sie hatte ohnehin keine wirkliche Lust, einer spießigen Sekretärin zu folgen. Das war für einen Tag genug Herumschnüffeln für sie.

»Fährst du mich zurück?«, fragte sie Silas.

»Natürlich. Komm.«

Die Straße war friedlich, als sie zu Silas' Auto zurückgingen. Die nachmittägliche Brise bewegte die Äste der Bäume über ihnen. Phoebe sah nach oben, um die wogende Bewegung zu verfolgen. In ihrer Unachtsamkeit wäre sie beinahe gegen eine Laterne gelaufen.

»Feiyi!«

»Keine Sorge, keine Sorge«, versicherte sie ihm und zupfte den Kragen ihres Kleids zurecht. »Nett von dir, so besorgt zu sein.«

Silas zog den Kopf ein, darauf konzentriert, seine Tür zu öffnen. »Dein Bruder würde mich ermorden, wenn du nach diesem Ausflug im Krankenhaus landest. Wohin? Schule?«

Phoebe schnaubte leise, als sie auf den Beifahrersitz glitt. Es war ihr letztes Jahr an der Akademie und sie war seit Wochen nicht in der Schule gewesen. Sie konnten von Glück reden, wenn sie alle vierzehn Tage auftauchte, vielleicht dreimal im Monat, wenn sie beschloss, sie mit ihrer Anwesenheit zu beehren. Ihre Klassenkameradinnen hatten alle gute Aussichten darauf, nach ihrem Abschluss eine Universität zu besuchen, doch Phoebe konnte sich nichts Schlimmeres vorstellen. In einem stickigen Klassenzimmer Aufsätze schreiben und Gedichte auswendig lernen. Bäh.

»Nach Hause, wenn du so nett wärst«, erwiderte sie. »Musst du heute nicht zur Arbeit?«

Silas startete das Auto und bog auf die Straße ein, überprüfte sorgfältig die Spiegel, bevor er beschleunigte. Gegenwärtig war seine Tarnung ein forensischer Assistent in einer Polizeistation, wodurch er mit Leichtigkeit Zugang zu Informationen bekam, wenn wieder Leichen gefunden wurden und ein Verdacht auf Mord durch Chemikalien bestand. Doch Phoebe hörte selten, dass Silas seiner Arbeit nachkam. Zumindest stand er jedes Mal sofort zur Verfügung, wenn sie ihn anrief.

»Nicht vor heute Abend«, erwiderte Silas. Sie kamen an eine Kreuzung, wo eine Tram liegen geblieben war, und Silas murmelte etwas Unverständliches. Ohne sich um das Hupen hinter ihm zu scheren, bog er in eine Seitenstraße ab, da er eine längere Route dem Warten im Stau vorzog.

Phoebe drückte ihr Gesicht gegen das Fenster. »Wir fahren durch chinesisches Verwaltungsgebiet?«

»Das ist einfacher. Außer du ziehst einen anderen Weg vor? Ich kann wenden.«

»Schon gut.« Ihre Aufmerksamkeit wandte sich dem Boden der Beifahrerseite zu. Er war mit Umschlägen zugemüllt und als Silas nach links und rechts auswich, um nicht über eine Kiste mit Hühnern zu fahren, hob Phoebe einen der Umschläge auf. Sie waren alle an Shepherd adressiert.

Silas' Blick huschte zu ihr. »Du solltest … das wahrscheinlich weglegen.«

Phoebe legte es nicht weg. »Wie ich höre, bist du nahe dran, Priest zu finden?«

»Ich bin einer von vielen.« Silas streckte die Hand aus und entzog ihr sanft den Umschlag, die andere Hand weiterhin auf dem Lenkrad. »Ich bin sicher, Dao Feng hat mehrere Teams auf die Sache angesetzt.«

»Also bist du nahe dran. Ansonsten würdest du dich nicht so bescheiden geben.«

»Ich werde jetzt schon lange genug als untergeordneter Gehilfe bei den Kommunisten eingesetzt, dass sie bereit waren, mir Kontakt zu Priest zu gewähren, um Fragen zur Anwerbung neuer Mitglieder zu stellen.« Silas warf den Umschlag wieder auf den Boden und schnitt dann eine angespannte Grimasse in Phoebes Richtung. »Das bedeutet nichts. Es könnte ins Leere laufen.«

Vollkommen unbeirrt grinste Phoebe und schob Silas' Haare hinter sein Ohr. Sie wurden zu lang, begannen, sich an den Rändern zu locken. »Hab Vertrauen. Ich glaube an dich.«

Sie fuhren eine weitere enge Kurve. Silas beobachtete die Straße hinter der Windschutzscheibe. Phoebe beobachtete ihn, als seine Ohren rot wurden.

»Du bist immer so neugierig«, sagte Silas beinahe unhörbar, als spräche er zögerlich mit sich selbst. »Du solltest Dao Feng gegenüber erwähnen, dass du angeworben werden willst, sobald du deinen Abschluss hast. Du wärst gut bei verdeckten Ermittlungen.« Silas räusperte sich. »Vielleicht mit mir. Ich meine, wenn du willst.«

Phoebe stieß einen unbestimmten Laut aus. »Ich weiß nicht. Es gefällt mir ganz gut, dass ich tun kann, was ich will. Für die Regierung zu arbeiten erscheint mir so lästig.«

»Tust du das nicht schon längst?«

»Hm. Es ist nur irgendwie anders. Wie …«

Bevor Phoebe ihre Gedanken sortieren konnte, trat Silas plötzlich auf die Bremse und sie hielt sich am Armaturenbrett fest, um nicht durch die Windschutzscheibe zu fliegen. Das Auto hielt an. Mit einem Keuchen drückte Phoebe sich wieder in ihren Sitz, ihr Herz hämmerte.

»Was …« Phoebes Blick folgte Silas' durch das Fenster zur anderen Seite der betriebsamen Marktstraße, durch die sie gefahren waren. Vor einer Gasse hatte sich eine große Menschenmenge zwischen einem Stoffladen und einem Fischmarkt versammelt.

Die Schlussfolgerung war leicht. Kein anderes Ereignis würde eine solche Menschenmenge anziehen. Trotz allem fragte Phoebe: »Was ist los?«

Silas kniff die Augen zusammen und öffnete seine Tür. Er stieg nicht aus. Er ließ nur den Lärm des Marktes hereinfluten, entfernte die Barriere zwischen ihnen und dem Tumult. »Jede Wette, dass sie gerade eine weitere Leiche gefunden haben.«

»An einem so öffentlichen Ort?« Phoebe lehnte sich weiter zu Silas hinüber und suchte ebenfalls die Menge ab. Eine Bewegung stach ihr ins Auge: eine Gestalt in einem weiten schwarzen Mantel, die sich vom Rand der Menge absonderte und schnell in ein geparktes Auto duckte. Obwohl der Wagen nicht so fehl am Platz war, dass er die Aufmerksamkeit von der Gasse abgelenkt hätte, war es doch seltsam, vor einem Fischmarkt zu parken. Es war schon seltsam genug, dass jemand, der reich genug war, sich ein eigenes Auto leisten zu können, überhaupt zu einem Fischmarkt fahren würde.

Die Reifen quietschten beim Wegfahren. Phoebes Blick fiel auf das Nummernschild.

»Hey«, rief sie plötzlich, legte einen Arm auf Silas' Schulter und klopfte ihm schnell auf die Brust. »Ist das nicht das Auto, das gerade Seagreen verlassen hat?«

Silas wandte sofort den Kopf und erspähte den Wagen, bevor er um die Ecke biegen konnte. Er schob seine Brille hoch. »Ist es das?«

»Ich bin mir nicht sicher«, erwiderte Phoebe. »Aber ich glaube schon.«

Es war zu spät, um dem verdächtigen Auto nachzujagen, vor allem, da Fußgänger und Verkäufer auf der Straße herumschlenderten. Sie saßen eine Weile lang da und überdachten ihre Möglichkeiten. Dann schlug Silas mit einem lauten Knall seine Tür zu und dämpfte das Gewimmel der Straße draußen.

»Augen auf, Feiyi«, sagte Silas. »Sollen wir im Kreis fahren und sehen, ob wir denjenigen wiederfinden?«

Phoebe klatsche aufgeregt in die Hände.

Der Rest des Arbeitstages verging ohne Zwischenfälle. Zehn Minuten vor sechs schob Rosalind ihre Papiere zu einem Haufen zusammen und Jiemin sagte ihr, sie könne ausstempeln. Der Rest der Herstellungsabteilung war oben bei einer Besprechung mit Botschafter Deoka. Orion traf ihn also zuerst, obwohl Rosalind sich keine großen Hoffnungen machte, dass er viele Informationen sammeln würde, immerhin war es ein Gespräch über Schriftarten und der Rest der Abteilung war anwesend.

Rosalind schob den Schulterriemen ihrer Tasche höher, als sie die Abteilung verließ und die Treppe nach unten nahm. Den ganzen Nachmittag hindurch, während sie stumpfsinnig die Papiere sortiert hatte, die Jiemin ihr gereicht hatte, hatte sie über die Akte nachgedacht, hinter der die Kommunisten her waren. Ein kurzfristiges Ziel, ein langfristiges Ziel. Das erste war viel einfacher. Das zweite erforderte Vertrauen, geknüpfte Beziehungen und dass die Arbeitskollegen sie für eine von ihnen hielten. Sie hasste das, denn es bestand immer die Möglichkeit, dass ihr etwas herausrutschte. Vielleicht würde es den Nationalisten nichts ausmachen, wenn sie Orion die ganze Ermittlung überließ. Sie könnte ein Auge auf ihn haben, um sicherzustellen, dass er nicht zu den Japanern überlief.

»Du läufst zu schnell, Liebling.«

Rosalind drehte sich um, überrascht davon, dass man Orion bereits hatte gehen lassen. Sie hatte nicht einmal gehört, dass er sich ihr genähert hatte. »Nur mein Versuch, dir schneller zu entkommen.«

Orion lachte, als hätte sie einen guten Witz gemacht. Sobald er sie eingeholt hatte, blickte er über ihre Schulter und betrachtete die Treppe zum Bürogebäude dahinter. Dann sagte er sehr ernst: »Küss mich.«

Rosalind blinzelte. »Wie bitte?«

»Sind wir ineinander verliebt oder nicht, Janie?«

Bevor Rosalind ihn in der Luft zerreißen konnte, weil er degeneriert war, schlang sie einen Arm um seinen und wandte ebenfalls den Kopf dorthin, wohin er geblickt hatte. Vor dem Gebäude stand eine Gruppe ihrer Kollegen ins Gespräch vertieft, doch es war recht offensichtlich, dass die Hälfte von ihnen sich auf Rosalind und Orion konzentrierte und die beiden beobachtete, während sie davongingen.

»Sind sie uns auf der Schliche?«, fragte Rosalind.

»Eine hat mich heute gefragt, ob unsere Ehe arrangiert war und wir uns nie zuvor getroffen hätten, also sag du es mir.«

»Sie könnte es sein.«

»Das war nicht unsere Tarnung, Janie Mead.«

Rosalind blieb stehen und täuschte ein plötzliches erfreutes Kreischen vor. Das überraschte Orion völlig, doch bevor er zurückschrecken konnte, hatte sie die Hände um sein Gesicht gelegt und seine Lippen mit den ihren eingefangen.

Es dauerte keine zwei Sekunden, bevor sie sich zurückzog, das Lächeln noch auf ihrem Gesicht, als sie seinen Arm wieder umschlang und ihn weiterzog. Die sie beobachtenden Kollegen konnten ihre eigenen Schlüsse ziehen.

»Geliebte«, sagte Orion, als sie die Tore passierten. »Was für eine Vorstellung. Wenn ich es nicht besser wüsste, würde ich denken, dass du mir die Kleider vom Leib reißen wolltest.«

»Oh, bitte.« Es war unmöglich, nicht zuzugeben, dass Orion all die körperliche Schönheit hatte, die es brauchte, um eine solche Reaktion hervorzurufen. Vielleicht war er daran gewöhnt, bekam Schmeichelei und Schöntuerei von allen Seiten. Doch das würde er nicht von Rosalind bekommen. »Ich habe kein Verlangen danach, dir die Kleider vom Leib zu reißen.«

»Nicht einmal ein bisschen?«, neckte er sie.

Es war nicht so, dass Rosalind nicht wusste, wovon die Leute sprachen, wenn sie von solchen Trieben flüsterten. Rosalind verstand Romantik. Einst hatte sie sie so dringend haben wollen, dass sie danach gesucht hatte, wohin sie auch blickte. Sie hätte sich mit Freuden das brennende Herz herausgerissen und geduldig darauf gewartet, dass jemand kam und es nahm. Was sie nicht verstand, war die Dringlichkeit. Wie andere einen Fremden erblicken konnten und schwitzige Hände und eine trockene Kehle bekamen, sich zu ihm hingezogen fühlten, näher, näher, näher. Sie war beinahe überzeugt, dass die ganze Welt ihr einen großen Streich spielen wollte und ihr einredete, dass sie die Ungewöhnliche sei. Wie konnte irgendjemand irgendetwas davon für eine Person fühlen, die sie nicht kannte? Wie konnte ihr Magen vor Verlangen ins Bodenlose stürzen, bevor sie nicht die Form seines Lächelns wiedererkennen konnte? Wie konnten ihre Finger sich nach Berührung sehnen, bevor sie die Linien in seiner Handfläche auswendig gelernt hatte?

Und doch war es so einfach gewesen, sie auszutricksen. Ihr etwas vorzuspielen. Sie wünschte sich beinahe, sie könnte wie alle anderen sein. Wie befreiend es sein musste, innerhalb eines Wimpernschlags eine Verbindung zu fühlen und diese genauso schnell wieder zu trennen. Doch entweder liebte Rosalind oder nicht. Es gab keinen Mittelweg.

»Ich bin eine gute Schauspielerin«, flüsterte sie.

Orion ließ sein neckendes Gehabe fallen. Vielleicht hatte er die Fremdheit in ihrer Stimme gehört. Vielleicht fühlte er das Grauen und den Herzschmerz, den sie hinter sich herzog wie einen schmutzigen Brautschleier. Ihre Hand blieb in seiner Armbeuge und sie spürte, wie sein Arm sich verkrampfte, als versuchte er, sie festzuhalten.

»Was ist die Geschichte dahinter?«

Rosalind schüttelte schnell den Kopf. »Keine Geschichte.« Sie zwang sich, die Anspannung aus ihren Schultern fallen zu lassen, das Kinn zu heben und die Haarsträhnen aus dem Gesicht zu schütteln. »Ich bin nur, wer ich bin. Falscher als Gelübde im Trunk.«

Die Anspannung war vergangen. Das Grinsen lag wieder auf Orions Gesicht und er zupfte an einer ihrer Locken.

Rosalind entzog sich schnaubend. »Lass das. Einige meiner Haarnadeln sind vergiftet. Was hast du heute herausgefunden?«

»Vergiss, was ich herausgefunden habe.« Sie waren auf der Hauptstraße und liefen parallel zu den Tramgleisen. Sobald Rosalind vorauseilte und ein paar Schritte Abstand zwischen sich und Orion brachte, beeilte er sich, aufzuholen und den Arm um ihre Schulter zu legen. »Ich bin mit ein paar von ihnen Mittagessen gegangen und habe dir und mir einen zusätzlichen Auftrag besorgt für nächste Woche. Die Redaktion ist bei einer anstehenden Benefizveranstaltung unterbesetzt, also werden wir einspringen. In Kürze werden wir das ganze Unternehmen in- und auswendig kennen, vor allem, wenn wir mit unserer eigenen Herstellungsabteilung anfangen.« Orion war so groß gewachsen, dass er sich ducken musste, um der Markise eines Standes auszuweichen. Er kam kaum aus dem Tritt, trotz des Beinahezusammenstoßes. »Hier ist meine Idee: Zuerst plaudern wir ein bisschen bei der Arbeit. Dann finden wir heraus, was ihre abendlichen Freizeitaktivitäten sind. Bald darauf begegnen wir ihnen zufällig, wenn sie unterwegs sind. Wir fügen uns perfekt in ihre sozialen Kreise ein.«

Es klang nicht nach einem perfekten Plan. Dies war eine große Stadt. »Kennst du denn ihre Namen?«, fragte Rosalind, ohne den Spott in ihrer Stimme zu dämpfen.

»Ja«, erwiderte Orion sofort. »Vielleicht müssen ihn ein paar von ihnen ein-, zweimal wiederholen, um meine Aussprache zu perfektionieren, aber nur fast. Die meisten Büromitarbeiter in der Herstellung und der Redaktion sind entweder Chinesen oder Japaner, gelegentlich westliche Ausländer. Einige Torwachen sind Sikhs. Diverse Inder und Russen und Ashkenazi-Juden dazwischen. Du hast eine von ihnen getroffen, oder? Liza Iwanowa.«

Rosalind spürte Panik auflodern. War das Misstrauen? Blieb sein Blick eine Sekunde zu lang an ihr hängen, als er sich ihr zuwandte, um die Frage zu stellen? Spannte sich der Arm um ihre Schulter an?

»Sehr kurz«, antwortete sie. »Wir sprachen über nichts von Bedeutung.«

»Oh? Das klang nicht so.«

Sie waren vor ihrer Wohnung angekommen. Rosalind wollte keine Lügen mehr spinnen, darüber, was sie und Alisa besprochen hatten, daher nutzte sie die natürliche Unterbrechung, um seinen Arm abzuschütteln und die Treppe hoch vorauszueilen.

Ein vertrauter Duft wehte die Außentreppe herab und Rosalind schnupperte, als sie an den mit Papier verdeckten Fenstern ihrer Wohnung vorbeikam, um zur Wohnungstür zu gelangen. Sie wartete nicht, bis Orion aufgeholt hatte. Sie schwang die Tür auf und fand Lao Lao am Esstisch, wo sie gerade die letzte Schüssel abstellte.

»Ich habe den ganzen Tag gewartet, um deinen falschen Ehemann zu treffen. Wo ist er?«

Rosalind schob die Tür weiter auf und führte Orion hinein. »Sag das noch ein bisschen lauter, Lao Lao. Ich glaube nicht, dass die Spione in den Büschen draußen dich verstanden haben.«

»Oh, so gut aussehend.« Lao Lao sprang vor und nahm Orion bei den Händen, um ihn näher zu betrachten. Sein Gesicht hellte sich sofort auf und er badete in ihrer Aufmerksamkeit. »Magst du Bambussuppe? Gedünstete Schweinshaxe? Kurkumalamm?«

»Ich mag all diese Dinge«, erwiderte Orion. Er sah Rosalind an, die ihre Tasche aufs Sofa stellte. »Janie sollte sich Sorgen machen, dass ich mich von ihr scheiden lasse und stattdessen dich heirate.«

»Bitte mach das.« Rosalind zog eine Haarnadel aus ihren Haaren und ließ die Locken in ihrem Nacken über ihren Rücken hinabfallen. Schneller als Lao Lao protestieren konnte, nahm sie sich eines der Gerichte und ging in ihr Schlafzimmer. »Dann müsste ich mich nicht mit dir abgeben.« Rosalind schob mit dem Fuß die Tür zu.

»So zimperlich«, beschwerte sich Lao Lao. »Dann komm, essen und wir heben ihr den Rest auf, wenn sie für einen mitternächtlichen Imbiss zurückkommt.«

Rosalind erstarrte. Sie drückte ein Ohr an die Tür.

»Holt sie sich oft einen mitternächtlichen Imbiss?«

»Pass besser auf, was du sagst, Lao Lao«, murmelte Rosalind leise.

»Ah, du weißt doch, wie Mädchen sind. So beschäftigt mit ihrer Arbeit, dass sie vergessen, zu essen, und kurz bevor sie zu Bett gehen eine *zòngzi* verschlingen. Es ist, was es ist.«

Rosalind trat von der Tür zurück und seufzte erleichtert, weil Lao Lao zurückgerudert war. Mit einer Hand steckte sie ihren Löffel in das Essen, mit der anderen begann sie, ihre Bücher durchzublättern, während sie die Notizen und Zeichnungen beäugte, die die Autorin hinterlassen hatte. Dao Feng hatte ihr diese Aufzeichnungen als Anleitungen zur Giftherstellung gegeben. Sie musste zugeben, dass sie nützlich waren, doch einige ihrer Entdeckungen waren so verworren geschrieben, als wären frühere Attentäterinnen der Kuomintang aufstrebende Poetinnen gewesen.

»Zwei Pfiff schwarzer Teeblätter. Wer hat zugelassen, dass ein Pfiff eine Maßeinheit wird?« Nichtsdestotrotz fand sie einen kurzen Pfiff und warf das gemahlene Teepulver in eine Schale.

Sie versank in ihrer Arbeit, zupfte Kräuter aus den Gläsern ihrer Regale und ließ sie einweichen. Irgendwann hörte sie, dass in der Küche Teller klapperten, ein Zeichen dafür, dass Lao Lao und Orion aufräumten. Doch sie ignorierte es, um sich darauf zu konzentrieren, eine Miniaturkochplatte an den Strom anzuschließen und sie im richtigen Winkel unter die Schale zu stellen, um die Substanz zu erhitzen.

Sie drehte gerade die Platte ab und wedelte den letzten Rauch weg, als es an ihrer Schlafzimmertür klopfte.

»Eine Sekunde.« Rosalind fand eine Abdeckung – eine, die dazu gedacht war, Fliegen von Essen fernzuhalten – und ließ sie über ihre Arbeit fallen, wobei sie alles zu einer Seite des Tisches schob. Es würden nicht zu viele Fragen aufkommen, wenn Orion sah, dass sie Gift herstellte: Es war vollkommen normal, dass Agenten Waffen zur Selbstverteidigung hatten. Doch zu starkes Interesse könnte ihn nachdenklich stimmen und solange sie es vermeiden konnte, wollte sie ihre Identität als Fortuna nicht verraten. »Du kannst reinkommen.«

Orion schob die Tür auf. Er hatte seine Krawatte gelockert und die zwei obersten Knöpfe seines Hemds geöffnet.

»Lao Lao hat sich nach unten zurückgezogen. Sie sagt, die Suppe solle man noch mal aufwärmen, bevor man sie isst, ansonsten bekommst du Bauschmerzen.«

»Sie sähe es gern, wenn ich Bauchschmerzen bekäme. Dann könnte sie sagen, dass sie es mir ja gesagt hatte. Was tust du da?«

»Wer? Ich?« Orion sank aufs Bett. Er zog seine Jacke aus und ließ sich dann schwer in die Satinkissen fallen. »Ich schlafe. Gute Nacht.«

Rosalind schaute auf die kleine Uhr auf ihrem Schreibtisch, das winzige Pendel schwang schwer, um die Sekunden zu zählen. »Es ist acht Uhr.«

»Ich bin ausgesprochen müde, Liebste. Ich brauche Schlaf.«

»Du schläfst in deiner Straßenkleidung?« Rosalind verschränkte die Arme über der Brust.

»Ich liebe es, in Straßenkleidung zu schlafen. So kann ich leichter weglaufen, wenn wir es mit Eindringlingen zu tun bekommen.«

»Zieh zumindest die Schuhe aus. Du siehst aus wie ein *lǎowài*.«

Mit stur geschlossenen Augen schob Orion sich mit den Zehen die Schuhe von den Füßen und ließ sie mit einer Pause dazwischen aus dem Bett fallen. Rosalind stellte sich daneben und starrte stumm auf ihn hinab. Orion gab seinen vorgetäuschten Schlaf nicht auf.

Sie setzte sich stattdessen neben ihn aufs Bett, starrte ihn an und versuchte, Unwohlsein hervorzurufen. Als das nicht funktionierte, sagte Rosalind: »Darf ich dir eine Frage stellen?«

»Wie höflich von dir«, erwiderte Orion und bewies, dass er sehr wohl wach war, auch wenn seine Augen geschlossen blieben. »Nur zu.«

»Wie war dein Deckname vor diesem Auftrag?«

Orion rümpfte die Nase. »Geliebte, versüß mir doch erst einmal den Tag, bevor du solch persönliche Fragen stellst.«

Rosalind kannte nur wenige aktive Decknamen in der Stadt. Das war keine persönliche Frage. Solange Agenten nicht in der Partei unerwünscht oder berüchtigt waren, gab es keinen Grund, warum sie ihre Decknamen nicht an die, denen sie vertrauten, weitergeben sollten. Natürlich musste zuerst Vertrauen vorhanden sein.

»Ich bin nur neugierig«, sagte Rosalind.

»Ich auch. Wie war deiner?«

Rosalind kniff die Lippen zusammen. Orion lächelte, als er an der Stille erkannte, dass er sie überrumpelt hatte.

»Ah, schachmatt.« Etwas nachdrücklicher wiederholte er: »Gute Nacht.«

»Das kannst du nicht ernst meinen.«

Er schlief weiter.

Rosalind gab ihm einen Klaps gegen das Bein. »Genug mit diesem Unsinn. Du schläfst auf der Couch.«

Orions Augen flogen auf. »Ist meine geliebte Ehefrau so grausam?«

»Ja.« Sie zeigte zur Tür. Auf keinen Fall würde sie die ganze Nacht damit verschwenden, sich vor ihm schlafend zu stellen. Ihr halb fertiges Gift musste in drei Stunden in eine größere Schale gefüllt werden. »Kusch.«

»Janie«, bettelte er, die Augen groß und rund.

»Kusch«, sagte Rosalind wieder. »Du zwingst mich, dich an *gŭn kāi* zu verraten.«

Mit einem Seufzen setzte Orion sich auf. »Na gut, na gut, es ist meine eheliche Pflicht, auf dich zu hören.« Er sprang lässig aus dem Bett, als hätte er nicht vor weniger als einer Minute großes Aufsehen darum gemacht, dass er zu schlafen versuchte. »Noch einmal, Schatz, gute Nacht.«

Rosalind beobachtete misstrauisch, wie er das Schlafzimmer verließ und die Tür hinter sich schloss. Sekunden später hörte sie ihren falschen Ehemann das Sofa herumschieben und die Dielenbretter zum Knarzen bringen, während er seine Schlafgelegenheit anpasste und die diversen Kissen herumschob.

Endlich wurde es still auf der anderen Seite der Tür.

»Wie konnte ich nur an so jemanden geraten?«, murmelte Rosalind und erhob sich. Sie zog die Abdeckung von ihren Giften. Schnupperte am Fortschritt. Schüttelte die Schale. Zumindest hatte sie ihn sich für den Rest der Nacht vom Leib geschafft.

Ein lautes *Knack!* ertönte plötzlich im Wohnzimmer und unterbrach ihren kurzlebigen Frieden. »Janie, soll deine Lampe in die Wand eingesteckt sein?«

Rosalind seufzte.

14

Auf Celias Karte war noch ein Abschnitt unvollständig. Die Kerze blutete seitlich einen Wachstropfen, der prall auf dem Tisch landete, als sie gerade nach einem Lineal griff, um den minimalen Rest schwarzer Fläche auf dem Papier zu messen.

»Das ... stimmt nicht«, murmelte Celia. Es wurde spät, doch ihre Fensterläden standen weit offen, um das Licht des Vollmonds hereinzulassen. Sie hatte gedacht, die Karte heute vollenden zu können, doch stattdessen rätselte sie seit einer halben Stunde über dieselbe Unstimmigkeit nach. Hatte es in ihren Aufträgen einen Fehler gegeben? War die ursprüngliche Karte, anhand der sie die Abschnitte aufgeteilt hatten, so veraltet, dass ganze Rasterfelder fehlten?

Ihr Finger folgte der älteren Version der offiziellen, von der Regierung ausgegebenen Darstellung, die Felder und Straßen auswies für Reisende, die sich über die Stadtgrenzen Shanghais hinauswagten. Millie hatte den Abschnitt rechts des Celia zugewiesenen Lands, doch sie hatte ihre Karte von links her gezeichnet, was bedeutete, dass sie diese Kante vor Monaten fertiggestellt hatte. Wenn ihre Karten bis zum Ende der ihnen hier gegebenen Zeit zueinanderpassen sollten, hatte man entweder Millie oder Celia nicht die vollständigen Koordinaten gegeben.

Celia wandte sich zu ihrer fast fertiggestellten Karte – sie hatte jede Straße peinlich genau zu Fuß überprüft und jedes Waldstück mit derselben Geschwindigkeit gemessen. Sie hatte die Informationen bereits zu Beginn dieser Woche gesammelt, mit dem

Ziel, fertigzustellen, was sie für ihren letzten Abschnitt hielt. Warum passten die Teile also nicht zusammen? Warum gab es einen Landabschnitt, der nicht kartografiert war? Sie hatte es richtig in Erinnerung; als sie bei Tageslicht das Land erkundet hatten, hatte ein ganzes Feld zwischen den zwei Koordinaten gelegen.

Celia erhob sich von ihrem Stuhl und streckte den Kopf in den Flur.

»Oliver?«

Keine Antwort. Celia kehrte schnell zu ihrem Schreibtisch zurück und rollte die Karten auf, legte sie in ihre Tasche und warf sich diese über die Schulter. Die Nacht war kalt, als sie hinausstürmte, ihr Atem formte eine Wolke vor ihrem Gesicht und sie schob die bloßen Hände in ihre Jackentaschen. Ihr Laden lag an der äußeren Ecke der Stadt, was bedeutete, dass der dichte äußere Forst daran angrenzte und leicht durchquert werden konnte. Das Mondlicht dunkelte ab und hellte auf und dunkelte wieder ab, als sich ein Wolkenfeld über die Rundung des Monds schob, doch das störte Celia nicht im Geringsten. Mit geschärftem Blick suchte sie sich einen Weg durch den Wald und hielt Ausschau nach den kleinen roten Markierungen, die sie in den Wochen zuvor fallen gelassen hatte, um ihren Fortschritt zu dokumentieren, als sie Soldaten der Nationalisten gefolgt war. Heute Nacht waren keine Soldaten unterwegs. Vielleicht hatte man sie woandershin versetzt oder sie hatten in der Nähe einen Auftrag zu erledigen.

Der Sinn hinter dem Zeichnen neuer Karten war, die Lage des Lands möglichst akkurat darzustellen und dann mit farbigen Pfeilen und Richtungssymbolen ein verständliches Bild der Bewegungen der Nationalisten zu illustrieren. Und sie waren erfolgreich gewesen: Ihre Untersuchungen hatten jede Basis der Nationalisten lokalisiert und gekennzeichnet, welche Straßen bestimmte Einheiten bevorzugten und welche Wege sie nie verwendeten, sodass Einheiten der Kommunisten wussten, wo sie sicher reisen konnten, wenn die Zeit reif war.

Celia hielt inne, zog die Karte aus ihrer Tasche und rollte sie aus. Da war die Baumgrenze. Dort stieg langsam und schleichend ein kleiner Hügel an. Sie sah auf das Papier hinab.

»Du hättest keine zusätzliche Sekunde auf meine Antwort warten können?«

»*Merde*...« Celia ließ die Karte fallen und fuhr herum, wobei sie ein Messer aus ihrem Ärmel gleiten ließ. Oliver schreckte zurück und hob die Hände, um Friedfertigkeit zu signalisieren, doch Celia entspannte sich, sobald sie ihn erkannte.

»Schleich dich nicht an mich heran«, zischte sie. »Vor allem nicht im Wald.«

»Was machst du mit einem Messer?« Oliver hob die Brauen. »Kannst du überhaupt damit umgehen?«

»Es war ein Geschenk meiner Cousine.« Obwohl es eher dekorativ als nützlich war, trug sie es bei sich, weil es ihr ein Gefühl von Sicherheit gab. »Ich kann gut damit umgehen.«

»Na gut. Wende es gegen mich an.«

Celia rümpfte die Nase, sie konnte nicht sagen, ob Oliver es ernst meinte. »Was ...«

»Komm schon. Was, wenn ich ein echter Feind wäre? Zeig mir, dass du weißt, wie man es benutzt.«

»Das ist lächerlich ...«

»Vielleicht kannst du gar nicht damit umgehen ...«

Celia entschied sich und verlagerte den Griff um das Messer, packte das Heft fester, bevor sie schnell zustach. Sie legte die Klinge an Olivers Kehle. Er schielte nach unten.

»Furchtbare Haltung.«

Celia hätte beinahe aufgekreischt. »Entschuldige mal ...« Bevor sie auch nur blinzeln konnte, hatte er den Arm hochgerissen, seine ganze Hand legte sich um ihren Griff und drehte die Waffe in Richtung ihres eigenen Halses. Der kühle Kuss der Klinge berührte ihre Kehle gleich unter dem Kettenanhänger und sie war festgenagelt: Sie stand mit dem Rücken gegen einen Baum, Olivers Unterarm hielt sie fest. Er drückte mit dem Messer nicht fest genug zu, um Schaden anzurichten, doch sie spürte trotzdem, dass ein kalter Schweißfilm ihre Wirbelsäule hinunterrann und sich auf ihrem Rücken ausbreitete.

Oliver schnalzte mit der Zunge. »Ups. Tot. Fuchtel nicht mit Waffen herum, die du nicht benutzen kannst.«

»Doch, weil ich dir die Klinge in die Eingeweide gerammt hätte, wenn du nicht du wärst«, widersprach Celia. Sie wand den Kopf gegen den Baumstamm und versuchte, den Arm wegzuziehen. Oliver ließ nicht los.

»Wie hättest du mich erstochen? Meine Arme sind länger als deine. Ich hätte dich weggeschubst.«

»Ich hätte mich schnell bewegt.«

»Und ich hätte einen Schritt rückwärts machen können, sobald du einen vorwärts gemacht hättest.«

Der Mond schälte sich wieder aus einer Wolke und kehrte zu seiner ganzen Helligkeit zurück. Unter seinem Licht wanderte Olivers Blick von der Klinge zu dem Jadeanhänger an ihrer Kehle. Endlich ließ er ihre Hand los, wenn auch nur, um den Anhänger zurechtzurücken, den er in ihrem Handgemenge verschoben hatte. Mit einem zittrigen, erleichterten Ausatmen senkte Celia ihren Arm, damit kein Risiko mehr bestand, dass sie sich die Kehle aufschlitzte. Nur deshalb war ihr Atem etwas flach. Nicht weil Oliver das Band hinter ihrem Anhänger festzog und seine warmen Finger ihren Hals streiften.

»Die Kette ist lose«, erklärte Celia, als die Schleife aus seiner Hand zu rutschen schien, gerade als er den Knoten festgebunden hatte. Sie blickte zur Seite, sah in den Wald hinein, damit nicht zu offensichtlich wurde, wie nah Oliver ihr war, der direkt vor ihr stand, als er ihren Schmuck zurechtrückte. »Sie wird alt.«

Oliver fing den Knoten auf, bevor er wegrutschen konnte, und machte ihn richtig fest. »Hast du darüber nachgedacht, keine Kette mehr zu tragen?«, fragte er geradeheraus.

»Nein«, sagte Celia. Sie ließ keinen Raum für Diskussionen. Über die Jahre hatte Celia sich an seine sachliche Einstellung gewöhnt, die sich sowohl darin zeigte, wie leicht er sinnlose Themen aufgab, als auch in der Eindringlichkeit, mit der er entscheidenden Aufgaben bis zum Ende nachging.

»Ein Grund mehr, nicht mit Messern herumzufuchteln. Das nächste Opfer, das du armselig bedrohst, wird das Band noch weiter lockern. Und was wirst du tun, wenn ich nicht in der Nähe bin, um deinen Schmuck zurechtzurücken?«

Celia verdrehte die Augen. »Bist du mir gefolgt, um Lebensweisheiten zu predigen?«

»Ich bin dir gefolgt, weil du dich verdächtig verhalten hast. Was ist passiert?«

Celia trat endlich einen Schritt zurück und brachte Abstand zwischen sie, damit sie die Karte aufheben konnte. Als sie das Papier glatt strich, versuchte sie zu ignorieren, dass ihre Schultern sich kalt anfühlten und sie aufgrund des Gefühls spürbarer Abwesenheit zitterte.

»Von hier, wo wir stehen, bis ... etwa fünfhundert Meter nach Osten«, schätzte sie, »gibt es eine Menge Wald und, entscheidend, einen V-förmigen Feldweg für durchfahrende Laster. Ich erinnere mich daran, weil sich direkt über der scharfen Kurve ein Vogelnest befand. Ich fragte mich, ob die Eier wohl herausfielen.« Celia hielt inne und strich mit dem Finger den Rand der Karte entlang. Oliver beobachtete die Bewegung genau. »Dieser Abschnitt war nicht auf Millies Karte. Sie fing weiter rechts an. Aber nun habe ich ebenfalls das Ende meiner Koordinaten erreicht und habe die Straße nicht eingezeichnet.«

Oliver nahm die Karte. Kaum zwei Zentimeter auf dem Papier warteten noch auf Vollendung, doch es blieben nur sich schlängelnde Ränder und Baumgruppen.

»Bist du die Straße abgelaufen?«

Celia schüttelte den Kopf. »Ich habe an der Kurve abgekürzt und bin stattdessen durch den Wald gegangen. Ich wollte nicht gesehen werden, falls Soldaten unterwegs waren.«

»Dann hat man während der Zuweisung unserer Karten einen Fehler gemacht. Ich kann eine Nachricht schicken und es überprüfen.«

»Ich glaube nicht.« Celia griff in ihre Tasche und holte die ältere Karte hervor – die eine vollständige Übersicht über das Land zeigte, dass unter ihnen vieren aufgeteilt worden war. »Siehst du? Als hätte man den Abschnitt vollständig herausgelöst. Da sind keine Straßen.«

Oliver blieb sehr lange still und starrte auf die Karte.

»Es ist nicht ungewöhnlich, dass Karten Fehler aufweisen«, sagte er vorsichtig. »Manchmal ist da über längere Strecken nichts und man verrechnet sich leicht und stellt es kleiner dar, als es ist.«

Celia nickte. »Das ist mir bereits untergekommen. Man löst es einfach, indem man die Skala am unteren Rand verändert. Aber hier ... ist nichts. Da sind Straßen. Du kannst nicht bei einer Straße die Skala anpassen und es dabei belassen.«

Sie beobachtete Oliver, während er die Sache durchging, sein Kiefer war verkrampft und leuchtete silbern im Mondlicht. Oliver war nicht leicht zufriedenzustellen und absolut grauenvoll, wenn man Empathie von ihm erwartete. Und auch wenn Celia das niemandem gegenüber zugegeben hätte, weil sie fürchtete, dass es schrecklich klang, fand sie besonderen Gefallen daran, ihm ein Lächeln abzuringen.

Sein Mundwinkel zuckte. Ihre Brust erwärmte sich.

»Also sind die Straßen neu. Wann wurde unsere Bezugskarte gezeichnet?«

Celia drehte sie um und suchte nach der Information. »1926.«

»Dann lass uns herausfinden, was noch neu ist.«

In stiller Nacht begannen die beiden, sich einen Weg durch den Wald zu suchen, ihre Schuhe traten vorsichtig im Dickicht auf. Oliver schritt voran und trat stachlige Pflanzen platt, damit Celia leichter vorankam.

»Da ist eine scharfe Kurve«, kündigte Celia nach einer beachtlichen Strecke an und zeigte nach vorn. Die Bäume waren zu beiden Seiten der Kiesstraße abgeholzt worden. Die Spitzkehre der Kurve leuchtete im Weiß des Mondes.

»Lass uns linksherum gehen«, verkündete Oliver.

Celia zögerte nicht, ihm zu folgen, doch sie zog die Augenbrauen hoch und zuckte zusammen, als sich ein besonders spitzer Stein durch ihre Schuhsohle drückte. »Du willst nicht, dass wir uns aufteilen und beide Richtungen überprüfen, nur um sicher zu sein?«

»Das wäre dumm. Man sieht, dass die rechte Seite einen östlichen Bogen beschreibt.« Oliver ging schneller und Celia wuchtete die Tasche höher auf ihre Schulter, die Karten darin zerknitterten. »Sie wird bald eine Neunzig-Grad-Kurve machen. Was bedeutet, dass sie mit dem Feldweg verbunden sein muss, der am Rand von Millies Karte beginnt.«

»Was bedeutet, dass sie nicht zu einem unbekannten Ziel führt, das wir untersuchen wollen«, beendete Celia seinen Satz, als sie seine Logik begriff. »Verstehe.«

Oliver trat nach einem der Steine am Boden. »Du stimmst mir so mühelos zu. Ich fühle mich geehrt.«

»Natürlich. Ich stimme deiner Logik zu.«

»Normalerweise muss ich dich ein bisschen herumkommandieren, bevor wir an den Punkt gelangen.«

Celia seufzte. »Du kommandierst mich einfach gern herum. Wir haben uns nur kennengelernt, weil ich dich in einer Gasse angefaucht habe und dein kleines Ego das nicht ausstehen konnte.«

»Mein kleines Ego kann es immer ausstehen, von dir angefaucht zu werden, Liebling. Sieh mal, da vorn … ist das auf unseren Karten?«

Celia war nicht groß genug, um zu sehen, worauf Oliver deutete. Sie runzelte die Stirn und ging auf Zehenspitzen, doch dann stieg der Boden ein winziges Stück an und sie erhaschte ein Aufblitzen von Silber zwischen den Bäumen.

»Was ist das? Ein Schuppen?«, fragte sie.

»Zu groß«, antwortete Oliver geradeheraus. »Dann nehme ich mal nicht an, dass es auf unseren Karten ist.«

Es dauerte eine Weile, bevor sie sich dem Gebilde näherten, doch da war bereits vollkommen klar, dass die Entfernung Celias

Wahrnehmung getäuscht hatte. Es war kein Schuppen. Es war eine ausgewachsene Lagerhalle mit hohen Decken und einer großen Holztür an der Seite. Der Feldweg endete dort, als wäre er eigens dafür angelegt worden, um zu diesem Ort zu führen.

»Warte.« Celia griff nach Olivers Arm und sie blieben stehen. Sie lauschten dem Wirbeln des Windes, dem Rascheln der Blätter, den Tieren und Kreaturen, die den keuchenden, atmenden Wald bevölkerten. Irgendwo weit weg fuhr ein Zug vorbei, das dampfbefeuerte Kreischen seiner Pfeife echote auf die Lichtung.

»Keine Autos vor der Tür«, sagte Oliver leise. »Das ist ein leerer Standort.«

»Glaubst du, es ist militärisch?«, flüsterte Celia zurück.

»Muss es sein.« Die Zugpfeife verstummte. Die Brise nahm ab, beruhigte die Welt. »Aber wessen?«

Oliver ging zu der Holztür und schob den schweren Metallriegel auf. Er schwang in die andere Richtung und traf mit einem schweren entsetzlichen Scheppern auf den Zapfen. Celia fuhr zusammen, doch dann drückte Oliver gegen die Tür und das Geräusch war sogar noch lauter, es rumpelte, bis der ganze Eingang weit offen stand und das höhlenartige Innere seinen Schlund aufriss.

»Hast du eine Taschenlampe dabei?«

»Ich muss zugeben, als ich mich in die Nacht hinausschlich, hatte ich nicht gedacht, dass ich eine Taschenlampe brauchen würde.« Celia betrat die Lagerhalle und versuchte, durch die Dunkelheit zu blinzeln. Ein Regal und eine Kiste und …

Ein elektrisches Summen erklang hinter ihr. Sekunden später flackerten die Glühbirnen über ihr und tauchten den ganzen Raum in Helligkeit. Celia fuhr herum, die Augen weit aufgerissen.

»Habe den Lichtschalter gefunden«, verkündete Oliver, sein Finger hing immer noch darüber. »Siehst du Parteiflaggen?«

Die Wände bestanden aus glattem Metall. In regelmäßigen Abständen hielten Balken die hohe Decke oben, unterbrochen von Glühbirnen, die alle paar Fuß herabhingen. Keine Parteiflaggen, nichts, was darauf hingewiesen hätte, dass dies ein verlassener Besitz der Kommunisten war oder ein vergessenes Grundstück der Nationalisten oder etwas anderes.

Es war ein merkwürdiger Aufbau für eine Lagerhalle. Keine Fenster. Kein weiterer Ausgang abgesehen von dem vorderen, obwohl es auf der anderen Seite eine kleinere Tür gab, die aussah, als führte sie in einen weiteren Raum.

Und in der Mitte der Lagerhalle …

»Was ist das?«, fragte Celia.

Es sah aus wie ein Operationstisch. Kalt und klinisch und lang, matt glänzendes Silber. Wenn sich an den Seiten keine Riemen befunden hätten, hätte es ausgesehen wie etwas, das man aus einem Krankenhaus gestohlen hatte. Doch die Blutspritzer an den Kanten, die in die Lederstreifen gerostet waren, erzählten eine andere Geschichte.

Olivers Brauen waren fest zusammengezogen, als er sich dem Tisch näherte und an einem der Riemen zog. Lange blieb er still stehen und drehte den Riemen herum. Auf dem Tisch lag auch etwas Handgeschriebenes. Wissenschaftliche Formulare, mit Bleistift bekritzelt.

Celia kam näher, sah zwischen dem ungewöhnlichen Fund und Olivers Gesicht hin und her. Er hatte eine seltsame Miene aufgesetzt. Erkennen.

Sie berührte seinen Ellbogen. »Warst du schon einmal hier?«

Oliver blinzelte. Er riss seinen Blick von dem Gekritzel los. »Warum würdest du das fragen?«

»Ob du es glaubst oder nicht, ich kann dein Gesicht lesen«, erwiderte Celia. »Warst du es?«

»Nein.« Oliver antwortete schnell. Er sprach nicht weiter. Als er einen der Riemen anstieß, rieselten braunrote Flocken vom Leder. »Wir sollten uns umsehen, ob es sonst noch etwas zu finden gibt.«

Obwohl Celia den Mund öffnete, um zu widersprechen, ging Oliver bereits davon und es war verschwendete Liebesmüh, ihn vom Gegenteil überzeugen zu wollen. Sie folgte seinem Beispiel und durchsuchte die Halle, schob Holzkisten herum und sah Regale durch. Wem dieses Gebäude auch gehört hatte, sie hatten Messbecher und Reagenzgläser hinterlassen und gelegentlich einen Bunsenbrenner, dessen Rohre von der Tischkante hingen. Einige der Kisten am Boden waren mit Vorhängeschlössern versehen, andere leer. Einige Regale waren makellos sauber, andere mit einer Schicht Staub überzogen. Es war schwer zu sagen, ob diese Lagerhalle seit Jahren nicht mehr benutzt worden oder ob jemand täglich hier gewesen war.

»Wir sollten eine Kiste mitnehmen«, schlug Celia vor. »Sie mit einem Hammer aufbrechen.«

Oliver antwortete nicht. Er starrte wieder auf den Tisch.

»Oliver.«

Seine Aufmerksamkeit kehrte zurück. Als er sie endlich ansah, zeigte sein Gesichtsausdruck nur noch Teilnahmslosigkeit.

»Ja, Liebling?«

Jede Alarmglocke in Celias Kopf schrillte los. In diesen paar Jahren hatte sie Oliver notgedrungen viele Geheimnisse wahren lassen. Es war nicht schwer, die Anzeichen zu erkennen, wenn er es tat: die schnellen Themenwechsel, die vagen Antworten, das winzige Flackern in seinen dunklen Augen. Doch warum wahrte er hier Geheimnisse?

»Was ist los?«, verlangte sie zu wissen. »Sag es mir.«

»Dir was sagen?«

Heiße Ungeduld brannte in ihren Wangen. Sie marschierte auf ihn zu, doch er bewegte sich nicht, blieb ruhig, während sie zu ihm aufsah. »Willst du unbedingt den Narren spielen?«

»Willst du uns unbedingt in Schwierigkeiten bringen?«, fragte er. Es lag nichts als Gelassenheit in seinem Tonfall. Er zögerte nicht, bevor er ihr Gesicht berührte und mit dem Daumen über die Erhöhung ihrer warmen Wange strich. Celia war nahe genug gekommen, damit diese Geste natürlich wirkte, und sie zog sich abrupt zurück, wobei ihr Gesicht sich noch weiter erwärmte. Bevor sie mehr sagen konnte, schob Oliver eine der Kisten zurück und richtete sie nach dem Staub aus, damit niemand sehen konnte, dass sie bewegt worden war.

»Wir sollten gehen«, sagte er. »Wenn dies eine aktive Lagerhalle der Nationalisten ist … Oft genug schnüffeln Soldaten bei uns herum … wir müssen sie nicht noch darüber informieren, dass wir in der Nähe sind und die Nase in ihre Angelegenheiten stecken.«

»Da ist etwas in diesen Kisten …«

»Aber wir können nichts ausgraben, ohne Spuren zu hinterlassen. Eine Glühbirne über ihnen flackerte. Oliver sah auf. Die Linie seines Kinns verkrampfte sich, scharf und verheerend und genau, wie ein tödlicher Agent aussehen sollte. »Das hat ohnehin wenig mit uns zu tun. Wie sollen wir von dieser Lagerhalle Bericht erstatten? ›Solltet die Einrichtung beachten. Wir können darin Zuflucht finden, um über einem zurückgelassenen Bunsenbrenner Essen warm zu machen, während wir in den Krieg ziehen.‹«

Celia riss ihren Blick los und starrte auf ihre Schuhe, um ihren pikierten Gesichtsausdruck zu verbergen. Sie konnte plötzlich an nichts anderes mehr denken als an alles, was Oliver vor ihr geheim hielt. All die Besuche in Shanghai, diese ganzen Tage, an denen er einfach verschwand, ohne dass jemand erfuhr, was er im Schilde führte.

»Komm, Liebling«, sagte er und schlenderte in Richtung des Lichtschalters. Mit einem lässigen Fingerschnippen fiel die Lagerhalle in dichte Dunkelheit. »Bis sie uns etwas angeht, können wir diese Station einfach in unsere Karten einzeichnen und es dabei belassen.«

»Gut.« Celia meinte es nicht so. Nicht im Geringsten.

Als Oliver sich umdrehte, um zu sehen, ob sie ihm folgte, schenkte sie ihm ein kleines Lächeln und ballte die Hände entschlossen hinter dem Rücken.

15

Orion sah zu, wie seine Frau die Wohnung abschloss, und verrenkte sich den Hals, um sein Hemd zurechtzurücken. Er hatte die Kleidung des vorigen Abends heillos zerknittert. Dieser neue Anzug war viel bequemer. Den Kragen zur Weste zupfen. Die Manschetten aufrollen, dann war die Länge genau richtig.
Er mochte Seide besonders gern.

Bevor man ihn nach England schickte, suchte seine Mutter jeden Tag seine Kleider heraus, ein hübsches Hemd auf ein Paar Hosen abgestimmt und eine kleine Krawatte oder Anstecknadel. Er mochte es stets am liebsten, wenn sie Seide wählte, denn sie würde ihn hochheben und ihr Gesicht in dem glatten Stoff vergraben, ihn dann für eine kurze Sekunde loslassen, wenn sie vorgab, dass er ihr durch die Finger rutschte. Sie fing ihn stets wieder auf, wobei er begeistert kreischte: »Māma, halt mich fester!«

Er vermisste sie. Nachdem man ihn nach Übersee geschickt hatte, war es nie mehr dasselbe gewesen, selbst wenn sie zu Besuch kam. Sie unternahm die Reise immer ohne seinen Vater, denn er musste arbeiten. Und jedes Mal, wenn sie mit ihrer Heerschar an Hausangestellten nach London kam, einen Sonnenschirm umklammernd, hatte Phoebe sie nötiger, brauchte ein vorübergehendes Gefühl elterlicher Zuneigung, an das sie sich später kaum noch erinnern konnte, weil man sie so jung weggeschickt hatte.

Orion verbrachte acht Jahre in England. Man erlaubte ihm erst, seine Taschen zu packen und nach Hause zurückzukehren, nach-

dem er vom Prozess seines Vaters erfahren hatte, und da war seine Mutter bereits fort. Bevor Orion und Phoebe auch nur den Ozean überquert hatten, um zurückzukommen, war sie in die Nacht hinausgeflohen, ohne Nachricht oder Abschied.

Die Umstände ihrer Abwesenheit verfolgten ihn. Ob er sie durch irgendetwas verschuldet hatte. Ob sie wirklich aus eigenem Antrieb gegangen war oder ob jemand sie mitgenommen hatte oder ob – Gott bewahre – sein Vater etwas getan hatte. Da Oliver dreieinhalb Jahre älter war, hatte er lange vor Orion seine Ausbildung in Paris abgeschlossen und war in die Stadt zurückgekehrt, sah den Abstieg ihres Vaters mit an, beschrieb die angebliche Abscheu, die in dieser Zeit in ihrer Mutter wuchs. Es machte keinen Unterschied, dass General Hong später freigesprochen wurde. Ihre Mutter war bereits zur Tür hinaus, da sie mit seinem Ruf als Verräter nicht mehr leben konnte – oder zumindest hatte Oliver das behauptet, bevor er ebenfalls gegangen war.

»Bereit, zu gehen?«

Orion blinzelte und kehrte in die Gegenwart zurück. Janie Mead sah ihn an, wartete darauf, dass sie die Treppe nach unten nahmen.

»Nach dir.« Orion bedeutete ihr, voranzugehen, und folgte einen Schritt hinter ihr. Sobald er im Innenhof wieder neben ihr ging, streckte er den Arm vor ihr aus. »Fühl mal.«

Janie ließ die Schlüssel in ihre Tasche fallen und ihre Augen wurden schmal. »Muss ich?«

»Fühl mal. Komm schon. Es ist Seide.« Er wedelte mit dem Arm. Das Gras war nass vom Tau, strich um seine Knöchel, während sie hindurchschlenderten und auf die Auffahrt zugingen. Vielleicht hatte es während der Nacht geregnet, obwohl er nichts gehört hatte, während er auf der Wohnzimmercouch schlief.

Mit einem Seufzen kniff Janie in ein Stück seines Ärmels, wobei sie sich verhielt, als hätte er den Stoff in Gift getränkt.

»Entzückend«, sagte sie in einem Tonfall, der das Gegenteil von Entzücken andeutete.

Janie Mead machte sich auf dem Rest des Wegs nicht die Mühe, etwas zu sagen, obwohl Orion mit verschiedenen Themen versuchte, eine Unterhaltung anzuregen. Als sie sich den Toren von Seagreen Press näherten, gab Orion es auf, ihr eine ehrliche Reaktion entlocken zu wollen. Sie schien in Gedanken versunken. Eigentlich schien sie in ihren Gedanken zu leben. Es gab zwei Arten von Menschen auf der Welt: diejenigen, die ihren Kummer in ihrem Innern verbargen, und diejenigen, die ihn nach außen trugen. Orion hatte immerzu Angst, dass ein einziges Stirnrunzeln von ihm ein Grund zur Sorge sein und jemanden dazu veranlassen könnte, in seinen Problemen zu wühlen. Janie Mead dagegen schien diese Last nicht mit sich herumzutragen. Wenn sie wütend war, wusste man es. Wenn sie abgelenkt war, wusste man es. Zur Hölle, ein Blick darauf, wie sie ihre vollen Lippen zusammenkniff, sagte Orion, dass er ihren Namen zweimal rufen musste, bevor sie reagierte, und selbst dann wäre sie verärgert, weil er sie aus ihren Grübeleien gerissen hatte.

»Bereit?«, fragte Orion leise und trat durch Seagreens Tor.

Beinahe im Einklang winkten sie den Wachen. Sobald sie am Wachposten vorbei waren, bot Orion Janie seinen Arm an. Dieses Mal nahm sie ihn ohne Widerrede, ihre Finger legten sich behutsam in seine Armbeuge.

Ihre Hände waren so zart. Keine Schwielen an den Handflächen, keine rauen Nägel. Selbst eine Agentin in der Verwaltung wäre von ihrem Betreuer ausgebildet worden; selbst Silas, der meist Informationen ausspionierte, wusste, wie er zuschlagen musste, nur für den Fall, dass eine Mission eine hässliche Wendung nahm.

Wo hatten sie jemanden wie Janie Mead aufgetan?

Bevor er die Worte gefunden hatte, sie zu fragen, hatten sie den dritten Stock erreicht und betraten die Herstellungsabteilung. Janie blieb sofort stehen und rümpfte die Nase über eine Gruppe, die um den Rezeptionstresen herumstand. Es wirkte wie ein spontanes gesellschaftliches Ereignis, das direkt an ihrem Arbeitsplatz gegeben wurde. Perfekt.

»Was soll das?«, murmelte sie kaum hörbar.

»Ich werde dich vorstellen«, sagte Orion glücklich. Er legte die Hände auf ihre Schultern und begann sie trotz ihrer zögerlichen Schritte vorwärtszuschieben. Aus dem Augenwinkel sah er eine Bewegung bei den Arbeitsnischen, doch es war nur eine weitere Kollegin, die nachgesehen hatte, wer hereingekommen war, bevor sie sich wieder ihrer Arbeit zuwandte. Liza Iwanowa – diejenige, mit der Janie eine so hitzige Diskussion geführt hatte. Dem musste er auf den Grund gehen.

»Ich habe bereits einen von ihnen kennengelernt«, sagte Janie Mead, wobei sie die Stimme gesenkt hielt, damit die Gruppe sie nicht hörte, als sie sich näherten. »Zilin, den Mann zur Rechten. Jiemin hat ihn förmlich angeklagt, *hanjian* zu sein.«

Oh? Orion versuchte, seine Überraschung zu verbergen. Wie gestern schon, schenkte Jiemin den Ereignissen um ihn herum keine Beachtung. Er war viel zu sehr von seinem kleinen Buch in Beschlag genommen und hatte die Beine auf Janies Tisch gelegt. »Und du hast nicht daran gedacht, mir davon zu erzählen?«

»Nicht genug Beweise«, erwiderte Janie sofort. »Er kann nicht aufgrund jemand anderes Aussage verdächtigt werden.«

»Doch.« Orion schob seinen Mund näher an Janies Ohr heran, um seine letzte Erwiderung loszuwerden, bevor sie die Gruppe erreichten. »Aber jemand anderen grundlos zu bezichtigen, *hanjian* zu sein, ist definitiv verdächtig. Ah, *ohayō*, wie geht es euch allen heute?«

Orion hatte gestern seine Runden gemacht und alle Kollegen in der Abteilung getroffen, da er entschlossen gewesen war, einen guten ersten Eindruck zu hinterlassen. Sie waren alle etwa im selben Alter, um die zwanzig. Das ergab Sinn: Als die kaiserlichen Truppen sich darauf vorbereitet hatten, Vertreter zu senden, hatten sie nach frischem Blut gesucht, gerade aus der Schule. Frisches Blut, das noch nicht genug von der Welt gesehen hatte, das unbedingt die Älteren beeindrucken und ihre Pflichten für das Land erfüllen wollte. Es war das Gleiche auf der anderen Seite, oder etwa nicht? Wäre Orion älter und weiser gewesen, hätte er sich vielleicht nicht in die Geheimabteilung gestürzt, sodass er darauf angewiesen war, jeder Anweisung seines Betreuers zu folgen. Vielleicht hätte er nach mehr Möglichkeiten gesucht, um zu erreichen, was er wollte. Es hatte jetzt keinen Sinn mehr, es zu bereuen – er war ein Spion und gut darin.

»Hallo«, sagte das Mädchen ganz außen links auf Englisch. Sie strahlte, winkte Orion zu und streckte Janie Mead die Hand entgegen. »Du musst die liebreizende Ehefrau sein.«

Janie schüttelte die Hand, ihre Lippen verzogen sich zu einem Lächeln. Orion beobachtete sie und setzte eine verliebte Miene auf, selbst als sein Blick fokussierte. Er nahm an, er konnte sich glücklich schätzen, dass Janie Mead wusste, wie sie sich wundervoll gesellig geben konnte – und es trotzdem nicht tat, wenn sie zwei allein waren. Vielleicht bedeutete das, dass er die wahre Version von ihr kannte, dass er sich keine Sorgen machen musste, dass sie etwas vor ihm verbarg.

Irgendwie bezweifelte er das.

»Schatz, triff unsere Kollegen.« Orion ließ die Hände von Janies Schultern zu ihren Armen gleiten und drehte sie Zentimeter um Zentimeter herum, um sie den Leuten um sie her vorzustellen. »Das ist Miyoshi Yōko. Ōnishi Tarō. Kitamura Saki. Und ... Tong Zilin, nicht wahr?«

Zilin runzelte die Stirn und wirkte wenig beeindruckt davon, dass sein Name der einzige war, bei dem Orion gezögert hatte. Es war sicherlich der einfachste, also wusste er, dass Orions Zögern Absicht war.

»Korrekt«, sagte Zilin. Er wandte Janie seine Aufmerksamkeit zu und nickte zu ihrem Handgelenk hinab. »Ist das von Sincere?«

Orion spürte seine Frau überrascht zusammenzucken, als hätte sie vergessen, was dort war. Ein dünnes Armband, an dem ein silberner Anhänger baumelte, schlängelte sich unter ihrem Ärmel hervor.

»Ich kann mich nicht erinnern«, antwortete sie. Janie Mead sprach auf so seltsame Weise. Es war nicht so, dass sie nicht fließend Englisch sprach. Sie klang, als wäre sie in einer westlichen Gesellschaft ausgebildet worden, wo sie deren Eigenheiten und Sprechmuster aufgeschnappt hatte. Wo sie gelernt hatte, am Ende einer Frage kurz die Stimme zu heben. Selbst die beste Lehrerin würde sich nicht die Mühe machen, ihr die winzigen Gewohnheiten einzuhämmern.

Doch ihr Akzent wirkte gedehnt. Falsch. Nicht amerikanisch.

Janie sah auf und tat so, als fragte sie Orion, ob er sich erinnere, und Orion zuckte mit den Schultern.

»Ich könnte es dir geschenkt haben. Ich habe über die Monate einfach den Überblick verloren«, sagte er.

Egal. Orion würde weiter zuhören, bis er hörte, worin der Unterschied lag. Englisch war die Umgangssprache im Büro. Ihre japanischen Kollegen sprachen nicht fließend Chinesisch und die meisten einheimischen Chinesen unter den Angestellten konnten kein Japanisch, also konnte Janie Mead sich nicht ewig vor ihm verstecken.

»Hmmm ...« Ohne vorher um Erlaubnis zu fragen, packte Zilin Janies Handgelenk und betrachtete das Armband. Orion runzelte sofort die Stirn. Die Geste machte ihn argwöhnisch, doch es wäre unhöflich, einen Aufruhr zu verursachen, vor allem, da Janie ihn gelassen einen Blick darauf werfen ließ.

»Ich habe eines genau wie dieses im Schaufenster beäugt, für meine Verlobte«, fuhr Zilin fort. Sein Akzent klang ein bisschen britisch, doch nicht so sehr wie Orions. Vielleicht hatte er weniger Jahre dort verbracht oder er hatte ihn von einem britischen Lehrer aufgeschnappt, ohne die Stadt zu verlassen. »Aber ich hatte keine Zeit, hineinzugehen und es zu kaufen, bevor unser Film anfing.«

Tarō lehnte sich gegen den Rezeptionstresen und zog eine Augenbraue hoch. »Was für ein Film? Ich dachte, du bist keiner fürs Lichtspiel.«

Endlich ließ Zilin Janies Handgelenk los. »Die aus Italien. Die sie sonntags spielen.«

»Diese Filme sind Faschistenpropaganda.«

Orion versteifte sich, ein entsetztes Keuchen blieb ihm bei Janies Ausruf im Hals stecken. Es war eine berechtigte Behauptung. Shanghais Lichtspieltheater konnten Filme aus aller Welt zeigen, und der aktuelle italienische Markt war berüchtigt dafür, eine Auswahl einzuspielen, die die Errungenschaften des Faschismus rühmte. Die Theater würden sie ohne Widerrede spielen. Es blieb den Zuschauern überlassen, ob sie sich eine zweistündige Dokumentation über die Erbauung eines Reichs ansehen wollten. Es gab auch in der Kuomintang faschistische Flügel. Die Filme fanden definitiv ein Publikum.

Jedoch hatte sich Stille über die Gruppe gesenkt. Manche Dinge waren allgemein bekannt, doch wurden dem Anstand zuliebe nicht ausgesprochen.

Saki kicherte gelassen, wedelte mit der Hand und verscheuchte die Anspannung. Als Orion sich entspannte, wurde ihm klar, dass Janie gespürt haben musste, wie sein Griff um ihre Arme sich angespannt hatte.

»Oh, das ist eine Übertreibung«, sagte Saki gelassen. »Dieselben Kritiker würden wahrscheinlich auch unsere Zeitung denunzieren.«

»Stimmt«, erwiderte Janie, ohne zu zögern. Sie griff nach einer Akte auf ihrem Tisch und hob die Hand für einen kurzen Gruß an Jiemin. »Bitte entschuldigt mich jetzt. Ich muss mich in fünf Minuten um eine Besprechung kümmern.«

Orion ließ Janie los, als sie sich bewegte, doch seine Augen folgten ihr, während die Unterhaltung unter ihren Kollegen eine andere Richtung einschlug. Botschafter Deoka hatte sie zu einer morgendlichen Besprechung gerufen, nur um die neuen Angestellten zu treffen. Orion hatte den Botschafter bereits gestern getroffen und bei ihrer Unterhaltung nichts von Wert feststellen können, außer vielleicht, dass Deoka seine Haare zu oft färbte und damit seine Stirn austrocknete. Möglicherweise würde Janie mehr aufschnappen.

Orion blickte sich um. Janie verließ die Herstellungsabteilung. Dann hielt sie an, um sich draußen gegen die Wand zu lehnen.

»Ich muss mich ebenfalls entschuldigen«, sagte Orion schnell und beugte entschuldigend den Kopf. Er fuhr herum und folgte ihr zur Tür hinaus in den Flur. Janie Mead rührte sich nicht. Sie starrte ins Leere, als Orion näher trat und ihren Ellbogen berührte.

»Hey.« Sein Gruß warf Echos zurück. »Alles in Ordnung?«

»Mir geht es gut«, sagte Janie. Es hätte nicht mehr wie eine Lüge klingen können, wenn sie sich Mühe gegeben hätte. Ihren Worten fehlte jede Emotion. Als läse sie von einem Skript ab. »Wo ist Deokas Büro?«

Orion antwortete nicht. Er versuchte es nochmals. Er musste ihr etwas aus der Nase ziehen können – es musste möglich sein. »Sag mir ehrlich: Ist alles in Ordnung?«

Janie schaute blitzschnell hoch. In diesem einzigen Blick schien Tadel zu liegen. Er wusste natürlich, dass *in Ordnung* eine zu vage Frage war für die Miene, die sie aufgesetzt hatte. Doch wie sollten sie sich aussprechen, wenn sie schon nicht über *in Ordnung* sprechen konnte? Wie sollte sie über ihre tieferen Gefühle sprechen? Einen Moment blieb Janie still. Dann warf sie einen Blick über Orions Schulter. Er drehte sich ebenfalls um und sah in dieselbe Richtung – um zu beobachten, wie Yōko aufgeregt mit den Armen fuchtelte und die Gruppe beim Empfangstresen mit lautem Gelächter die Köpfe in den Nacken warf, bevor sie sich zerstreuten, um an die Arbeit zu gehen.

»Sie sind nicht alle schlechte Menschen, ich weiß«, sagte Janie, ihre Stimme so leicht wie das Rascheln eines Federkiels. »Aber wenn sie nur hier sind, weil ihr Kaiserreich sich uns einverleiben will, ist es so schwer, sie nicht zu hassen.«

Der letzte Teil klang leidenschaftlich, eher gefaucht als gesprochen. Als Orion wieder herumwirbelte, fühlte er, wie ein Funken seine Wirbelsäule hinabschoss und etwas in ihm sich löste. Sie sollte es besser wissen, als so etwas laut auszusprechen. Und trotzdem hatte sie es gesagt, hatte die Worte Form annehmen lassen, anstatt sie zu verschlucken.

Orion biss die Zähne zusammen und schob Janie eilig ein paar Schritte von der Tür weg. Er konnte sich nicht entscheiden, ob er es für Tapferkeit oder Sturheit hielt. Er konnte sich nicht entscheiden, ob das Summen in seinen Ohren von Bewunderung oder Angst herstammte. Viele Jahre lang hatte er überlebt, wo er war, und Schmutz von seinem Familiennamen ferngehalten, indem er auf Nummer sicher ging und unvoreingenommen blieb. Es war nicht so, dass er kein Pflichtgefühl gegenüber seiner Nation verspürte. Er wollte Freiheit und Eigenständigkeit, genau wie jeder andere auf den Straßen. Er würde für dieses Land eine Waffe in die Hand nehmen, sollte sich eines Tages die Gelegenheit dazu bieten. Ihre derzeitige Mission war eine Angelegenheit nationaler Sicherheit – wenn er nicht daran glauben würde, wäre er nicht hier.

Doch es war gefährlich, das laut auszusprechen. Gefährlich, es ins Licht zu zerren, anstatt es tief in seiner Brust zu vergraben. Es war besser, zu behaupten, er befolge Anweisungen von oben im Kampf für nationale Würde. Besser, einen Soldaten zu spielen, der tat, was ihm gesagt wurde. Sollte die Regierung auf Kosten des Volks beschließen, Freund gegen Feind auszutauschen, würde er keinen Schmerz tief im Herzen verspüren.

Orions Mund öffnete und schloss sich. Obwohl niemand sie beobachtete, streckte er die Hand aus und schob Janie eine Locke aus dem Gesicht.

»Ich verstehe dich«, sagte er nach kurzer Zeit. »Wirklich, Janie.«

Mehr als er wollte. Er wusste genau, was sie fühlte, denn es war derselbe Zorn, den er gegen seinen Vater verspürt hatte, als die *hanjian*-Anschuldigungen hereingeflattert waren. Es war das Beharren darauf gewesen, dass ein Fehler gemacht worden war, das Zurückverfolgen der Beweise mit zittrigem Finger und dann das erleichterte Aufatmen, wenn sie tatsächlich nicht zusammenpassten – wenn bewiesen werden konnte, dass sein Vater kein Verräter war. Orion hatte sich zu viele Gedanken darüber gemacht, die

Wogen um ihn herum zu glätten, hatte sich mit Leichtigkeit verstellen und lächeln können, wenn er auf einer Mission gewesen war, doch die Abneigung hatte schwer in einer Ecke gelauert, in die er sich nicht wagen wollte. Sie war seit jenen frühen Jahren da gewesen, als sein Lehrer andere Sprachlehrer hinzugeholt hatte, als sie ihm den britischen Akzent aufgezwungen hatten, das perfekte Französisch, dann Japanisch, als die politische Bühne sich zu wandeln begann. Es war schwerer geworden, als er die Zeitungen las, die Überschriften bezüglich ausländischer Geschäftsunternehmen, die das Land kontrollierten, unterschiedliche Imperien, die Fuß fassten.

Hass fand ein Zuhause in ihm, so schwach die Feuerstelle auch sein mochte.

Janie zog sich zurück. Ihre Augen starrten den Gang hinunter, wichen Orions Blick aus. »Wo ist Deokas Büro?«

Orion wies den Flur entlang, dann gestikulierte er nach links. Er fühlte sich verunsichert. Etwas an Janie Mead war ständig gewillt, ihn zu verunsichern.

»Dritte Tür«, sagte er wieder in normaler Lautstärke. »Vergiss nicht, dich zuerst zu verbeugen.«

Janie nickte und eilte davon.

Rosalind fühlte sich wie eine Wackelpuppe, als sie zum Dank nickte und mit Orions wachsamem Blick im Rücken davoneilte.

Sie ließ sich keine Zeit, die Nerven zu verlieren – oder noch mehr Nerven zu verlieren, als die Unterhaltung mit Orion sie bereits gekostet hatte. Sie hob die Faust und klopfte an Deokas Bürotür.

»Herein.«

Mit einem tiefen Atemzug drehte Rosalind den Knauf und trat ein. Botschafter Deoka saß an seinem Schreibtisch, seine Finger hackten auf eine Schreibmaschine ein. Mit Orions Erinnerung im Kopf machte sie eine kleine Verbeugung, die Hände im Schoß gefaltet. Die Tür schloss sich mit einem Klicken hinter ihr.

»Hallo«, grüßte Deoka auf Chinesisch. Er tippte nicht langsamer. »Name?«

»Mein Nachname ist Mu, Rezeptionsassistentin der Herstellungsabteilung«, erwiderte Rosalind mühelos. »Mir wurde gesagt, dass ich mich hier melden soll.«

»Ah, ja, Mrs. Mu.« Botschafter Deoka hörte endlich auf zu tippen, griff unter seinen Schreibtisch und zog eine Schublade auf. Obwohl er nur ein paar Sekunden brauchte, um zu finden, was er suchte, und es herauszuziehen, schossen in Rosalinds Verstand instinktiv Bilder dessen herum, was er hervorziehen würde: eine Pistole, um sie zu erschießen. Eine Bombe, um diese zu zünden. Eine Akte, die jeden ihrer Fehler als Rosalind Lang offenbarte, jeden Anschlag, den man ihr ankreidete.

Stattdessen war es nur eine Karte des Bürogebäudes. Ein warmes Gefühl von Erleichterung entwich leise ihrem Atem.

»Ich muss Ihnen das hier geben«, sagte er. »Die Herstellung lagert viel ihres überschüssigen Materials, die markierten Kreuze sind also die richtigen Archive. Legen Sie nichts woanders ab, verstanden? Ich will in meinem Gebäude keine Unordnung.«

Rosalind trat vor, die Hand ausgestreckt. Gerade als sie den Zettel entgegennahm, klingelte Deokas Telefon und sie zuckte zusammen und ließ das Blatt fallen.

»Entschuldigen Sie, entschuldigen Sie«, sagte Rosalind eilig.

Deoka wirkte unbehelligt. Er nickte nur, um die Ungeschicklichkeit zu entschuldigen. Als er schnell auf Japanisch ins Telefon zu sprechen begann, bückte Rosalind sich und trippelte ein paar Schritte, um den Zettel von dort aufzuheben, wohin er gefallen war.

Sie hielt inne. Da war eine Kiste in der Ecke, sie wirkte dunkel und deplatziert in der beigen Umgebung des Büros. Ein schneller Blick auf Deoka zeigte ihr, dass er wegsah, sein Stuhl zur Wand gedreht und seine Aufmerksamkeit auf das fokussiert, was er lebhaft erklärte, und Rosalind lehnte sich vor und überflog die oberste Schicht der Kiste.

> **FRACHTRECHNUNG A29001**
> **25. SEPTEMBER 1931**
>
> **ABSENDER:**
> **LAGERHALLE 34**
> **HEI LONG ROAD**
> **TAICANG, SUZHOU, JIANGSU**
>
> **WÖCHENTLICHE AUSGABE – SEAGREEN PRESS**

Taicang, dachte Rosalind. *Ist Celia nicht dort eingeteilt?* Ihre letzten Briefe waren dort abgestempelt gewesen. Warum gab es eine Druckfabrik so weit draußen, außerhalb der Stadt? Sicherlich gab es in der Nähe billigere Möglichkeiten.

Bevor Deoka ihr umherschweifendes Interesse entdecken konnte, stand Rosalind auf und gab vor, die Karte abzustauben. Er beendete gerade seinen Anruf und sie eilte zu seinem Tisch, als er auflegte, ihre Hände vor sich gefaltet, den Zettel fest darin.

»Ich werde die Materialien entsprechend verteilen«, versicherte Rosalind, sobald seine Aufmerksamkeit wieder auf ihr ruhte. Sie senkte den Kopf und betrachtete unauffällig seinen Schreibtisch. Einige Karteikarten, verstreute Akten, nichts so Verdächtiges wie diese Kisten – und wenn die Rechnungen korrekt waren, waren es nur Frachtboxen. »Gibt es sonst noch etwas?«

Botschafter Deoka wedelte mit der Hand. »Nein, nein. Zurück an die Arbeit, bitte.«

Rosalind zögerte kurz, beinahe betroffen. Sie wusste nicht, was sie sich von diesem Treffen erwartet hatte, doch sie war überrascht. Vielleicht etwas mehr Interesse vonseiten Deokas, was ihre Anwesenheit im Büro betraf, wenigstens einen Hauch Misstrauen. Er wirkte nur begierig darauf, zu seinem Getippe zurückkehren zu können.

»Ja, Sir.«

Skurril. Wirklich skurril. Sie hatte keinen lachenden Bösewicht erwartet, der sich den Schnurrbart zwirbelte, doch das hier war beinahe zu normal.

Sie zog sich aus dem Büro zurück und öffnete die Tür genau in dem Moment, als Zheng Haidi hereinkommen wollte. Haidi schenkte ihr ein kleines Lächeln und streckte den Arm aus, um Platz zu machen und Rosalind zuerst durchzulassen.

»Danke«, murmelte Rosalind. Sobald sie an ihr vorbei war, betrat Haidi das Büro und schloss die Tür hinter sich. Für einen Moment blieb Rosalind stehen, ihre Augen wurden schmal, als drinnen eine Unterhaltung begann. Die Wände waren zu dick, als dass sie etwas hätte hören können. Sie könnte das Ohr an die Tür drücken, doch jeder, der im Flur vorbeiging, würde sie erwischen. Das war es nicht wert. Mit einem Seufzen machte Rosalind sich auf den Weg zurück in die Herstellungsabteilung und strich unterwegs die Karte glatt.

Es gab vier Ebenen, zwei rote Kreuze auf jedem Stockwerk.

Das wirkte nicht tückisch. Selbst der Aufbau von Seagreen Press barg keine Geheimnisse: Jeder Raum war problemlos erreichbar und seine Funktion genau festgelegt.

Rosalind bog um die Ecke, betrat die Herstellungsabteilung und wandte sich zu ihrem Tisch. Jiemin sah kurz auf, als sie zurückkehrte, sagte jedoch nichts. Sie nahm ihren Platz ein, legte die Karte auf den Tisch und starrte konzentriert darauf, als könnte sie Geheimnisse lüften, die sie zuvor übersehen hatte, nur indem sie sie unnachgiebig genug anstarrte.

»Schatz!«

Rosalind keuchte, überrascht von Orions plötzlichem Auftauchen. Jiemin warf ihr einen fragenden Blick zu und erkundigte sich stumm, warum sie sich noch nicht an die Schritte ihres eigenen Ehemanns gewöhnt hatte, und sie tat so, als befände sich eine Mücke auf ihrer Schulter, und klatschte in der Luft herum, um ihre Reaktion zu überspielen.

Orion hielt inne. »Was machst du da?«

»Nervige kleine Insekten«, sagte Rosalind. Sie ging ganz in ihrer Rolle auf und schlug nach Orions Arm. »Ah, na bitte. Ich glaube, ich habe sie erwischt.«

»Autsch«, sagte Orion leise und rieb seinen Arm. »Kann ich jetzt etwas sagen? Ist das Insekt weg?«

Jiemin hatte sich wieder seinem Buch zugewandt. Rosalind nickte und Orion lehnte sich vor, um ihr ins Ohr zu flüstern.

»Ich habe ein bisschen herumgefragt. Viele unserer Kollegen gehen heute Abend ins ›Peach Lily Palace‹.«

Rosalind runzelte die Stirn. Sie kannte den Namen. Das ›Peach Lily Palace‹ war eine Tanzhalle. Als es vor fünf Jahren an der Thibet Road eröffnet wurde, hatte es in direkter Konkurrenz zu dem Varieté der Scarlets gestanden und Rosalind war gebeten worden, ihre Nummer zu überarbeiten, damit das Scarlet-Lokal frisch und neu blieb.

Das Lokal der Scarlets war zu einem Restaurant geworden, während das »Peach Lily Palace« weiterlief. Eine Handvoll Scarlet-Tänzerinnen hatte noch vor der vollständigen Schließung zum »Peach Lily Palace« übergewechselt. Tänzerinnen wurden gewiss nicht mehr gebraucht, wenn die Varietébesitzer stattdessen im Bürgerkrieg mitmischten.

»Wir müssen unbedingt auch dahin«, beendete Orion seine Neuigkeiten.

»Heute Abend?«, erwiderte Rosalind flüsternd. Schweiß brach in ihrem Nacken aus. Würden die alten Tänzerinnen sie wiedererkennen? Oder war es so abwegig, dass sie noch am Leben sein könnte, dass sie sie einfach für eine Doppelgängerin halten würden?

»Das wird lustig.« Orion strich über ihre Haare im Nacken. Sie konnte nicht sagen, ob er wusste, dass sie nervös war und ihre Reaktion beschwichtigen wollte oder ob es nur Zufall war, dass er genau diesen Moment wählte, um mit ihren Haaren zu spielen. Er schnalzte zustimmend mit der Zunge und wandte sich bereits wieder seinem Tisch zu. »Dann heute Abend.«

16

Alisa Montagowa hatte ihren Wohnraum liebevoll hergerichtet, eine winzige Wohnung in einem Unterschlupf, zwei Stockwerke über einem Tanzstudio an der Thibet Road. Obwohl es kaum genug Platz gab für ein Bett, einen Herd und eine kleine Tür, die in einen kleineren Waschraum führte, hatte sie alles sorgsam dekoriert. Die Wände waren mit Fotos bedeckt. Eine Zeichnung von Moskau hing gleich über der Eingangstür.

Alisa war in Shanghai geboren und hatte Shanghai nie verlassen, daher war Moskau tatsächlich nur ein fantastisches Terrain in ihrem Kopf, zu dem sie keine besondere Verbindung hatte. Doch ihr Cousin Benedikt schickte immerzu Postkarten, die jeden Winkel beschrieben, auf den er stieß. Sie nahm an, dass das ein Bild malte, das anschaulich genug war, um Moskau zu lieben. Als ehemaliger White Flower hatte er sich dort versteckt, seit die Nationalisten Shanghai eingenommen hatten. Doch zumindest leistete ihm sein Ehemann Marshall Gesellschaft.

Alisa seufzte und ließ sich auf ihre Matratze fallen. Benedikt und Marshall waren in Sicherheit. So sicher, wie sie eben sein konnten. Sie hatte sich daran gewöhnt, die beiden um sich zu haben, während sie aufwuchs – hatte sie zu Hause so oft gesehen wie ihren Bruder. Sie waren nicht nur Romas beste Freunde gewesen. Die drei hatten für Zivilisten ein Bild der White Flowers erschaffen, das sie auf der Straße hatten bestaunen können: der Erbe und seine beiden rechten Hände, unverwüstlich und respekteinflößend, genau wie das Gesetz der Banden.

Dann hatten die White Flowers sich aufgelöst. Roma war verschwunden und Benedikt und Marshall sahen sich gezwungen, zu fliehen, bevor die Nationalisten sie als Staatsfeinde festnahmen. Sobald sie sich in die Sowjetunion geschlichen hatten, hatten die Nationalisten größere Probleme, als angebliche Rebellen in angrenzendem Territorium zu jagen. Doch das bedeutete, dass man alle, die Alisa als Familie ansah, aus Shanghai verjagt hatte.

Sie war so jung gewesen, als die Revolution gekommen war. Sie hatte kein Interesse an der Stadt gehabt, als die Scarlet Gang sich mit den Nationalisten verbündet hatte und die White Flowers mit den Kommunisten in einen Topf geworfen worden waren, als entlang aller Konflikte der Stadt Trennlinien gezogen worden waren. Sie hatte nicht wissen können, wie sich alles entwickeln würde. Als die Soldaten die Stadt überrannt und die Nationalisten als offizielle Regierung übernommen hatten und das Ende der White-Flower-Herrschaft und der eisernen Faust ihres Vaters über der halben Stadt eingeleitet hatten. Als ihr Vater verschwunden war und sie sich nicht ihrem Cousin auf der Flucht angeschlossen hatte, weil sie herausfinden wollte, was aus ihm geworden war.

Sie war so jung gewesen. Sie hatte sich freiwillig den Kommunisten angeschlossen, da sie wusste, dass es die einzige Partei war, die sie nehmen würde. Doch sie hätte nie ahnen können, wie lange dieser Bürgerkrieg dauern würde.

Die Abenddämmerung brach herein. Durch das Fenster über ihrem Bett sah sie, wie der Himmel sich verdunkelte und in ein blasses Violett verwandelte, das lange Schatten in ihr Zimmer warf. Kurz gab Alisa sich ihrer Erschöpfung hin, lag in Arbeitskleidung auf ihrem Bett. Dann stand sie mit einem Hüpfer wieder auf, plötzlich voller Energie.

»*Perestan'te shumet'!*«

Die Stimme des alten Mannes hallte von unten herauf. Alisa verlagerte absichtlich das Gewicht auf den Dielen, stampfte obendrein noch mal mit dem Fuß auf. Er brüllte ständig durch die Decke und sagte ihr, dass sie aufhören solle, Lärm zu machen, obwohl sie gegen die furchtbare Bauweise des Gebäudes nichts unternehmen konnte. Bis man sie zwangsräumte, blieb sie genau hier. Und sollte man sie tatsächlich zwangsräumen, gab es noch genügend andere leer stehende Unterschlupfe der White Flowers im International Settlement. Vergessen und verlassen bei der Übernahme der Stadt, verloren in dem Papierkram, den man erst einmal durchwühlen müsste.

»Hey! Mädchen! Hörst du mich nicht?«

Alisa stellte den Plattenspieler auf ihrem Fensterbrett an und übertönte den alten Mann mit Musik. Sie hüpfte in ihrem eigenen Tanzstil herum. Bei der Arbeit hatte sie ein Problem geplagt. Der Schriftsatz auf einer der Druckerpressen war nicht richtig ausgerichtet gewesen, doch einige Zeitungen waren bereits gedruckt worden. Entweder konnten sie die erste Charge von Hand korrigieren oder eine neues Deckblatt erstellen …

Der Plattenspieler stotterte und Alisa runzelte die Stirn und ging hinüber, um die blecherne Melodie in Ordnung zu bringen. Sie hatte das Gerät gebraucht in einem schäbigen Laden in Zhabei gekauft, also war es alt und fiel fast auseinander. Alisa wusste nicht, warum sie lebte, als käme sie gerade so über die Runden, obwohl sie die Mittel hatte, um in dieser Stadt wohlhabend zu sein. Sie hatte genug Ersparnisse von ihrer Familie und Seagreen zahlte jede Woche die Löhne bar aus. Außerdem zahlte sie ihre Rechnungen nicht selbst. Jeden Monat, wenn ihre Kontoauszüge geliefert wurden, waren die Rechnungen bereits beglichen – bezahlt von einem anonymen Geldgeber. Sie war niemand, der einem geschenkten Gaul ins Maul schaute: Obwohl sie einen Verdacht hatte, wer dafür verantwortlich war, hatte sie nicht das geringste Problem damit, die Person im Hintergrund bleiben zu lassen – für den Fall, dass es nicht sicher war, mit ihr in Verbindung zu treten.

Wahrscheinlich war Alisa nur darauf aus, ihre Tarnung als Büromitarbeiterin aufrechtzuerhalten. Sie war eine Spionin, ja, doch sie war auch aus eigenem Interesse bei Seagreen Press eingesetzt worden. Vor zwei Jahren hatten die Kommunisten beschlossen, dass sie nicht so viele verstreute Agenten brauchten, die nur Botengänge erledigten und riskierten, entdeckt zu werden. Also verschlankten sie Aufträge, indem sie ihr eine Liste mit Stellen vorlegten, die sie langfristig überwachen wollten. Internationale Politik konnte nicht ignoriert werden. Dieser Bürgerkrieg beinhaltete nur zwei Parteien, doch an einem Ort wie Shanghai musste man ständig ein Auge auf die Ausländer haben. Alisa hatte die Liste überflogen und ihre Auswahl getroffen. Seither vergingen ihre Tage vor allem damit, dass sie glückselig Schriftarten entwarf und sich gelegentlich nach Informationen über japanische Beamte umhörte, die die Kommunisten und ihr Gelöbnis zu überleben betreffen könnten. Wenn Celia in der Stadt eingeteilt war, erstattete Alisa ihr Bericht. Wenn Celia außerhalb der Stadtgrenzen eingeteilt war, übersprang man sie in der Befehlskette und Alisa erstattete jeden Monat einer höheren Vorgesetzten Bericht.

Es war ein idyllisches Leben, was merkwürdig war. Solange der Krieg nicht bis nach Shanghai vordrang, solange die schlafenden Agenten der Stadt nicht aktiv handeln mussten, konnte Alisa Montagowa ihre Zeit damit verbringen, zu lauschen und etwas Nützliches zu tun, das nicht aus sich verstecken bestand – zumindest nicht nur.

Alisa rüttelte den Plattenspieler, sodass er endlich wieder geschmeidige Musik spielte, und stellte den Hebel an der Seite ein. Die geschäftige Straße unter ihrer Wohnung im zweiten Stock war eine eigene Welt aus Aktivität. Haufenweise Rikschas fuhren durch ihr Sichtfeld wie auffliegende Vögel.

Alisas Augen wurden schmal. Sie drückte sich näher ans Fenster. Erst vor Kurzem war ihr eine echte Mission zugeflogen. Einer der ihren war für Geld übergelaufen und hatte Beamten bei Seagreen Press offizielle Informationen zukommen lassen und sie hatte die Akte mit den entsprechenden Informationen wiederholen müssen, um herauszufinden, welche Geheimnisse durchgesickert waren. Das Problem war, das Gebäude war riesig und Hunderte von

Akten wurden jeden Tag hinein- und hinausgegeben, also war es nicht gerade einfach, eine davon zu finden, wenn sie nicht gerade mit einer Aufschrift verziert war, die besagte: GEHEIMNISSE DER KOMMUNISTENPARTEI.

Natürlich war da auch noch das Problem der Nationalistenagenten, die bei Seagreen aufgetaucht waren und offensichtlich eine Mission hatten, die nichts mit dem Geheimdienst der Kommunisten zu tun hatte.

Und die gerade beide unter ihrem Fenster die Thibet Road in Richtung der Tanzhalle entlanggingen, die gleich gegenüber Alisas Wohnung betrieben wurde.

»Miss Rosalind, was hast du vor?«

Alisa schaltete sofort den Plattenspieler aus, griff ihren Mantel und ihre Tasche. Die Musik verstummte. Die Dielenbretter knarzten laut bei ihren schnellen Bewegungen. Der alte Mann von unten brüllte wieder.

Mit einem teuflischen Lächeln eilte Alisa aus ihrer Wohnung und stampfte extra fest auf, nur um ihn zu ärgern.

Es war lange her, dass die Stadt Rosalind Lang gesehen hatte. Vor langer Zeit hatten sie aufgehört, sie auf Poster zu malen und die Konzessionen damit zu pflastern, um die Leute an die gefallene Elite zu erinnern.

Trotzdem berührte Rosalind gedankenverloren ihr Gesicht, als sie sich dem »Peach Lily Palace« näherten, als könnte sie ihre Gesichtszüge abwischen und stattdessen neue auflegen. Die Chancen waren gering, dass man sie erkannte. Aber wenn doch ... wäre ihre gegenwärtige Tarnung in Gefahr.

»Erde an Janie Mead.«

Rosalind sah auf und rümpfte die Nase in Richtung Orion. »Was wurde daraus, dass wir nur unsere Decknamen verwenden?«

Orion fuhr durch seine Haare. Sie saßen heute Abend besonders locker – ob absichtlich oder weil ihm die Pomade ausgegangen war, darüber konnte Rosalind nur spekulieren. Zumindest passten sie zum Rest seiner Aufmachung: das schwarze Hemd mit den oberen drei Knöpfen geöffnet, der dunkelgrünen Weste mit aufgestickten Goldverzierungen um den Saum, dem langen schwarzen Mantel, der in der Brise flatterte, und den Goldringen an seinen Fingern, die das Licht eines jeden aufblitzenden Neonschilds einfingen.

»Entschuldige, Geliebte«, verbesserte er sich. »Es wird nicht noch mal vorkommen.«

Rosalind verdrehte die Augen und biss sich auf die Zunge, als die Aufseher der Tanzhalle die Türen zum »Peach Lily Palace« öffneten und sie willkommen hießen. Getreu seinem Namen duftete der Tanzsaal nach Blumen, eine Mischung aus der Rauchmaschine auf der Bühne und dem natürlichen Parfüm seiner Gäste, die in ihren leuchtenden *Qipaos* und sauber gebügelten Anzügen herumstanden. Während Orion gekleidet war, als wäre er geradewegs aus dem Banktresor seines Vaters gerollt, hatte Rosalind das bescheidenste Kleidungsstück aus ihrem Schrank gewählt: lange Ärmel und hoher Kragen. Das Letzte, was sie gebrauchen konnte, war, aufzufallen und Gerüchten Vorschub zu leisten, dass Rosalind Lang am Leben und wohlauf war und in den Tanzsälen der Stadt verkehrte.

»Ich sehe sie«, sagte Rosalind. Das »Peach Lily Palace« war groß, viel größer als das Varieté der Scarlets es gewesen war. Die Decke war unerhört hoch, weiß gestrichen und darin waren Muster eingeritzt, die sich die Wände herabzogen, bis sie die Geländer im ersten Stock erreichten, wo Gäste stehen konnten, um einen besseren Blick auf die Bühne zu haben. Im Erdgeschoss bot nicht nur die Bühne Unterhaltung. Gegenüber davon, nahe der Bar, gab es Spieltische. Dort scharten sich bekannte Gesichter: Yōko, Tarō und Tong Zilin.

Rosalind nahm noch einmal den Raum in sich auf, den von der Decke hängenden Kronleuchter und die verschiedenen anderen Lampen, die in der Halle verteilt waren. Auch das war anders: Das »Peach Lily Palace« war gut beleuchtet, auf jedem Gesicht lag warmes goldenes Licht. Im Varieté hatte Rosalind sich zahllose Male die Schuhe ruiniert, weil sie in verschüttete Getränke getreten war, die sie erst sah, als es schon zu spät war.

»Komm«, sagte Rosalind.

Gerade als sie einen Schritt nach vorn machte, packte Orion ihren Arm, um sie aufzuhalten. »Ich … ich muss mich erst noch um etwas kümmern.«

Rosalind runzelte die Stirn. »Was?«

»Ich bin gleich zurück.« Ohne eine weitere Erklärung ging Orion in Richtung Bühne davon.

»Was?«, fragte Rosalind wieder entgeistert. »Du kannst nicht einfach davonhuschen. Was stimmt nicht mit d…«

Es hatte keinen Zweck. Er war bereits verschwunden, verschmolz mit der Menge und fügte sich in einen Kreis von Leuten ein. Rosalind hatte gute Augen, doch sie verschwendete keine Zeit damit, die gut gekleidete Gruppe zu beäugen, um herauszufinden, wen Orion aufsuchte. Wie sie ihn kannte, hatte er eine ehemalige Geliebte entdeckt, die er einst beleidigt hatte.

Rosalind gab ein kleines verärgertes Schnauben von sich, dann marschierte sie allein zu den Spieltischen. Unglaublich. Sie waren eine verbundene Einheit und kaum befanden sie sich auf einem entscheidenden Einsatz, lief er davon.

»Mrs. Mu!«, rief Yōko, als sie Rosalind entdeckte. »Was für ein Zufall, dass Sie auch hier sind.«

»Oh, ich bin ständig hier«, sagte Rosalind leichthin. Tarō und Zilin standen drei Schritte entfernt und sahen den sitzenden Spielern über die Schulter. »Was spielen sie? Poker?«

»Das scheint Stud Poker zu sein«, antwortete Yōko. »Zilin behauptet, er kennt immer den besten Zeitpunkt, um auszusteigen.«

»Dann muss er allwissend sein.« Einer der Spieler mischte, die roten und schwarzen Farben blitzten unter den Lichtern auf, Pik und Herz und Kreuz und Karo, schneller als das Auge ihnen folgen konnte.

Yōko stieß einen nachdenklichen Laut aus. »Er hat eine ziemlich gute Intuition«, gestand sie ihm zu.

»So etwas kann man nicht ahnen.« Rosalind trat einen Schritt näher. »Das ist nur Glück. Die Karten sind bereits beschlossene Sache. Weder Können noch Zeitgefühl ändern sein Blatt.«

»Ah, was für ein kurzes Spiel!« Zilin fuhr plötzlich herum, klopfte Tarō zu fest auf die Schulter und reagierte übertrieben überrascht, als er Rosalind erblickte. Seine Wangen waren rot gefleckt. Er war betrunken. »Wo ist Ihr Ehemann, Mrs. Mu?«

»Irgendwo in der Nähe, da bin ich mir sicher.« Rosalind suchte die Menge ab. Orion war wie vom Erdboden verschluckt. »Sie wissen ja, wie er ist. Will die Leute zufriedenstellen, irrlichtert ständig umher.«

»Man sollte meinen, das Wichtigste wäre, zuerst die eigene Frau zufriedenzustellen.«

Würg. Rosalind ersparte sich eine Antwort. Ihre Augen waren fest auf die Bühne gerichtet, als eine Tanztruppe hinaufeilte, um in Position zu gehen, bevor die Jazzband ihre nächste Nummer begann.

Sie kniff die Augen zusammen. Waren das …?

Das waren sie. Drei der Tänzerinnen waren vertraute Gesichter. Mädchen, die unter Rosalind im Scarlet-Varieté gearbeitet hatten.

Und als die ersten Noten des Saxofons durch die Halle schwebten und den Mädchen den Einsatz gaben, erkannte Rosalind sofort ihre Schritte. Sie verwendeten ihre Nummer. Dieselbe Nummer, die sie ihnen beigebracht hatte.

Sie hätte beinahe gelacht.

»Möchte jemand etwas trinken?«, fragte Zilin die Gruppe, seine Stimme alarmierend nahe an Rosalinds Ohr. Ihr höhnisches Lächeln verschwand, bevor sie sich umdrehte und wieder das übliche freundliche Bild abgab. Yōko und Tarō schien die Frage zu begeistern, also nickte Rosalind ebenfalls.

Zilin deutete die Treppe hoch zur Bar im zweiten Stock. Rosalind unterdrückte jeden Anschein eines Zögerns und folgte ihren Kollegen, während sie über Wetten sprachen, die sie später an den anderen Tischen machen könnten.

Orion, wo zur Hölle bist du?, dachte sie wütend. Er war derjenige, der mit seinen Fähigkeiten zur Informationsbeschaffung angegeben hatte. Währenddessen kribbelte es in Rosalind bereits vor Verärgerung. Sie war für diese Art von Arbeit nicht gemacht. Sie hatte den Männern im Scarlet-Varieté nur deshalb Geld abluchsen können, weil sie geglaubt hatten, sie machte Witze, wenn sie unhöflich war, und weil sie stets betrunken gewesen waren.

Yōko und Tarō waren heute Abend vollkommen nüchtern. Nur Zilin taumelte betrunken herum, daher bezweifelte Rosalind, dass sie damit davonkäme, wenn sie sie alle drei über ihre Absichten in Shanghai und ihre Meinung über japanischen Imperialismus und die Panasienbewegung ausquetschen würde.

»Ich hatte schon fast Angst, heute das Haus zu verlassen«, begann Rosalind und dachte sich, dass sie es genauso gut versuchen konnte.

Yōko drehte sich auf den Stufen mit einem Keuchen um. Tarō schob sie an, damit sie weiterging, und machte ein finsteres Gesicht über die Blockade in seinem Weg.

»Warum?«, fragte Yōko, das ganze Gesicht vor Sorge in Falten gelegt.

Rosalind zuckte gelassen mit den Schultern, als wäre ihr das Thema der Unterhaltung nur gerade so in den Sinn gekommen. Etwas, das sie erwähnte, um die Stille zu füllen. »Ich habe viel Zeitung gelesen. Habt ihr nicht von den Morden gehört? Da treibt sich ein Serienmörder herum.«

»Serienmörder ist ein bisschen dramatisch«, merkte Zilin vom Fuß der Treppe her an. Sie erreichten den ersten Stock und Zilin hickste, bevor er mit den Fingern nach dem Barmann schnipste. Dieser ignorierte ihn. Er war zu beschäftigt damit, die Leute zu bedienen, die sich bereits um ihn scharten.

»Wieso ist das dramatisch?«, fragte Tarō. »Es gab eine Serie von Toden nach demselben Muster. Das ist genau die Definition eines Serienmörders.«

Zilin wedelte Tarōs Worte beiseite, säuberte die Luft um ihn herum, als ob der Behauptung ein wahrnehmbarer Gestank anhaftete. »Wir befinden uns auf ausländischem Gebiet. Wir sind geschützt.« Er ging vor und versuchte, durch die Leute zu kommen, sprach dabei weiter über seine Schulter nach hinten und versuchte, die Unterhaltung in erhöhter Lautstärke fortzuführen. »Es ist ja nicht so, als würden wir noch von Banden regiert. Vielleicht hätten wir Angst haben müssen, als ein Haufen gesetzloser Ganoven uns anführte, aber jetzt herrscht Ordnung. Wir haben westliche Innovation.«

Rosalinds Hände ballten sich, ihre Nägel gruben sich in ihre Handflächen.

»Westliche Innovation kann einen Mörder abwehren?«, fragte sie trocken. Zilin hörte sie nicht. Er war bereits an der Bar.

Yōko seufzte. »Ich versuche es stattdessen bei der unten. *Ōnishi-san*? Mrs. Mu? Wollt ihr mich begleiten?«

Tarō nickte, doch Rosalind hatte genug. Sie brauchte einen Moment zum Durchatmen.

»Ich werde euch dort treffen«, sagte sie. Sie erblickte etwas, das wie ein Außenwaschbecken eines Waschraums aussah, und wandte sich dorthin. »Ich muss das Wasserklosett benutzen.«

Yōko und Tarō verschwanden die Treppe hinab und überließen Rosalind ihrem Vorhaben. Sie wich der Menschenmenge an der Bar aus und strich mit der Hand über das Geländer, während sie den ersten Stock abschritt, die Tänzerinnen auf der Bühne und die sich auf der Tanzfläche drehenden Paare unter ihr betrachtete. Orion blieb weiterhin verschwunden.

Am Waschbecken vor dem Waschraum der Frauen zog Rosalind ihre Handschuhe aus und wusch sich die Hände, nur um etwas zu tun zu haben. Sie stand mehrere Minuten dort, während kaltes Wasser über ihre Haut rann, und ließ ihre Gedanken sich beruhigen, ließ die Musik und den Radau in ihre Ohren dringen und gleich wieder hinaushüpfen.

Als sich jemand von hinten näherte, fühlte sie seine Anwesenheit, lange bevor seine Stimme in ihre Gedanken eindrang.

»Sie haben da ein recht faszinierendes Thema angeschnitten, Mrs. Mu.«

Rosalind drehte den Hahn ab. Sie ließ sich Zeit mit dem Händeabtrocknen, bevor sie das benutzte Handtuch in den Korb unter dem Waschbecken warf.

»Ich kann mich kaum noch daran erinnern, worüber wir gesprochen haben«, sagte sie endlich, nahm ihre Handschuhe und drehte sich um. Obwohl Yōko und Tarō nicht dabei waren, sprachen sie und Zilin weiter Englisch. Sie hätten zu Shanghaiisch oder jedem anderen chinesischen Dialekt wechseln können, doch Rosalind hatte den Verdacht, dass ihr Kollege gern eine imperialistische Sprache sprach.

»Die Tode«, lallte Zilin, als müsste er sie wirklich daran erinnern. Das neue Glas in seiner Hand war bereits beinahe leer. »All die Tode in der Stadt, denen zugefügt, die sie verdienen.«

Rosalind erstarrte. »Wie bitte?«

»Sie verdienen es!« Zilin tobte nun. Er warf sein Glas zu Boden. Es hüpfte über den luxuriösen Teppich, die letzten paar Tropfen Alkohol spritzten über die Fasern, bevor das Glas nahe der Wand ausrollte. »Sie passieren nur in den chinesischen Vierteln, oder etwa nicht? Nur in schmuddeligen Gassen und dreckigen Wohnblöcken. Wenn wir diese Gegenden neu aufbauten, würde das nicht passieren. Wenn wir die Leute da rausholten und ihre schäbigen Läden abrissen, gäbe es keinen Mörder. Lasst die Französische Konzession rein! *Liberté! Égalité! Fraternité!*«

Es fühlte sich an, als bewegten ihre Gliedmaßen sich aus eigenem Antrieb. Ihre Hand hob sich und sie schlug Zilin so fest sie konnte ins Gesicht. Sie erlangte erst die Kontrolle über sich zurück, als ihre Handfläche stach und Zilin rückwärts stolperte, einen roten Abdruck auf der Wange.

Schadensbegrenzung, dachte sie. *Sofort.*

»Ich bitte vielmals um Entschuldigung. Ich weiß nicht, was über mich gekommen ist.« Sie begann, ihre Handschuhe wieder anzuziehen. »Ich ... Ich habe furchtbare Erfahrung gemacht mit den Franzosen, wissen Sie. Dieses ganze *égalité*-Gerede weckte einen garstigen Teil von mir.«

»Mrs. Mu.« Zilins Stimme hatte sich verändert. Sie war schärfer, ein Hauch Belustigung schlich sich ein, als wüsste er mehr als sie. »Wo, sagten Sie, wurden sie ausgebildet?«

Rosalinds Handschuh hielt auf halbem Weg inne. Sie ließ sich die letzten paar Sekunden noch mal durch den Kopf gehen und entdeckte ihren Fehler. Dieses ganze *égalité*-Gerede. Ach du Schande, sie war in ihren echten Akzent zurückgerutscht.

»Amerika«, antwortete sie.

Zilin sah nicht aus, als glaubte er ihr. Er lächelte nun.

»Unsere Vorgesetzten werden interessiert sein, wenn ich ihnen von Ihren Gedanken zu unseren ausländischen Mitarbeitern erzähle«, sagte er langsam. »Vorausgesetzt … Sie haben keine anderen Gedanken, die Sie mir unter vier Augen mitteilen wollen. Das könnte mich überzeugen.«

Sein Mundwinkel zuckte, wenn auch schwerfällig in seiner Trunkenheit. Er wollte, dass sie ihn zum Schweigen brachte. Er wollte, dass sie ihn zum Schweigen brachte mit Mitteln, die zu Tanzsälen und schäbigen Lokalen passten, wo Mädchen als Tanzpartnerinnen und nächtliche Begleitung angeheuert wurden.

Rosalind zog ihre Handschuhe fertig an. Als sie ihre Arme senkte, strichen ihre Finger über ihre Tasche.

»Würden Sie bitte mitkommen?«, fragte sie süß. Sie konnte dieses Spiel spielen.

Zilin folgte ihr bereitwillig. Es brauchte keine Verführungskünste, damit er mit ihr in den Waschraum der Frauen ging und wartete, bis sie an alle Kabinen geklopft und überprüft hatte, dass sie leer waren. Sie musste ihn nicht einmal näher locken, als sie sich ihm zuwandte.

Das machte es ihr noch einfacher, ein Stück Stoff aus ihrer Tasche zu ziehen und es auf die untere Hälfte seines Gesichts zu drücken.

Zilin schrie auf, doch sie nutzte den Schwung. Rosalind knallte seinen Kopf gegen die Wand und hielt ihn dort fest. Ihre Handgelenke lagen zu beiden Seiten neben seinem Gesicht, die Finger hatte sie verschränkt, damit der vergiftete Stoff über seinem Mund und seiner Nase blieb.

Zilin bäumte sich auf. Rosalind hielt ihn fest.

»Wehr dich nicht«, säuselte sie. »Du weißt doch, wer ich bin, nicht wahr? Wenn du die Konzession so sehr liebst, musst du von mir gehört haben.«

Er versuchte es erneut, dieses Mal wollte er sich zur Seite werfen. Rosalind drückte fester zu, ihr Herz hämmerte.

»Du hast von mir gehört. Natürlich hast du das. Sie nennen mich Lady Fortuna ... egal wie oft ich darauf bestehe, dass es nur Fortuna heißt.« Sie lehnte sich näher heran. »Weißt du, wie viele mir entkommen sind?« Ein Schweißtropfen tropfte von Zilins Schläfe und landete auf ihrem kleinen Finger. »Null.«

Seine Augen traten so heftig hervor, dass sie ihm beinahe aus den Augenhöhlen gefallen wären. Wenn er es mit aller Kraft versucht hätte – wirklich versucht hätte –, hätte er Rosalind vielleicht abschütteln können. Doch die Angst war auf ihrer Seite. Sie hatte in ihrem Opfer Panik ausgelöst und das Gefühl einer Bedrohung, die ihm bis in die Knochen drang – und das war so tödlich lähmend wie Gift.

»Es ist unwichtig, wie tief du den Ausländern in den Hintern kriechst«, fuhr sie leise fort. Er wehrte sich kaum noch. Das Gift in dem Tuch setzte ein. »Egal, wie weit du über dem Rest von uns zu stehen glaubst und über alles die Stirn runzelst, das uns am Leben hält. Ich hätte dich immer erwischt.«

Rosalind drückte mit dem Stoff so fest zu, wie sie konnte, zwang ihn, einzuatmen. Das Gift einzuatmen. Dies war notwendig, versicherte sie sich selbst. Dies war eine Anstrengung, um die undichten Stellen zu stopfen, die ihre Identität preisgegeben hätten. Doch ein Feuer der Gerechtigkeit brannte in ihren Venen. Sie fragte sich, ob sie ein Glühen auf ihrer Haut sehen könnte, wenn sie in den Spiegel sah. Ein zorniger Eifer, der nach außen drang, als ihre Wut die Zügel in die Hand nahm. Vergeltung für ihre Stadt. So verdiente sie sich ihren Namen.

Schließlich schlossen sich Zilins Augen und sein Körper sackte zusammen. Rosalind trat sofort zurück und ließ ihn mit einem Übelkeit erregenden Knacken zu Boden fallen, Arme und Beine in unnatürlichen Winkeln abstehend. Langsam verebbte ihre Wut. Langsam nahm sie ihre Situation in sich auf.

Sie hatte einen Toten auf einem Waschraumboden. Sie war die Letzte, die man mit ihm zusammen gesehen hatte. Und der Tanzsaal war voll, was es ausgesprochen schwierig machte, die Beweise verschwinden zu lassen.

»*Merde*«, flüsterte Rosalind.

Sie musste die Tür verriegeln und einen Plan ausarbeiten.

Und genau da öffnete sich die Tür und jemand kam herein.

17

Orion schob sich durch die Menge und blieb bei den Pokertischen stehen. Zuerst sagte er nichts. Er gab nur vor, das Spiel zu beobachten, die Arme vor der Brust verschränkt.

Dann ließ er sich in einen der leeren Stühle fallen und erregte die Aufmerksamkeit des Mannes zu seiner Rechten.

»Warum bekommt man dich in letzter Zeit so schwer zu fassen?«

Sein Vater blickte ihn an.

»Du weißt, wo du mich finden kannst«, erwiderte General Hong und schenkte ihm ein Lächeln, das seine Augen nicht erreichte. »Du bist jetzt ein junger Erwachsener. Ich habe nicht das Recht, dich und deine Angelegenheiten im Auge zu behalten.«

»Ich habe nicht darum gebeten, im Auge behalten zu werden«, erwiderte Orion scharf. »Es wäre nur nett, wenn du gelegentlich mal zu Hause wärst. Oliver hat uns vor ein paar Tagen besucht. Wusstest du davon?«

Daran gemessen, wie General Hong sich umwandte, um seinen Sohn anzusehen, wusste er nichts davon.

»Wie bitte? Und du dachtest nicht daran, mir früher davon zu erzählen?«

»Wie ich bereits sagte«, Orion lehnte sich zurück und machte einer Frau Platz, die über den Tisch hinweg die Hand des Kartengebers schüttelte, »du warst nicht gerade leicht zu erreichen.«

»Liwen. Du kannst mir problemlos eine Nachricht ins Büro schicken.«

»Ja, nun ...« Orion verstummte, da er nicht die richtigen Worte finden konnte. Er hatte die ganze Zeit Englisch gesprochen, während sein Vater auf Shanghaiisch antwortete. Es fühlte sich irgendwie einfacher an, für schwierige Angelegenheiten eine fremde Sprache zu wählen, den Ausländern die Schuld zu geben für die Spannungen in der Unterhaltung. Die Version von ihm, die mit seinem Vater Shanghaiisch sprach, würde ihn nicht so behandeln. Jene Version von ihm, die seinem Vater vertraute, ihn liebte und ihm glaubte, schien nur in der Vergangenheit zu existieren.

»Ich wollte nicht nur eine kurze Nachricht schicken. Ich wollte es dir persönlich erklären. Oliver ist ins Haus eingebrochen und suchte in deinem Büro nach etwas.«

General Hong runzelte die Stirn.

»Ich habe ihn natürlich rausgeworfen«, fuhr Orion fort. »Aber warum in aller Welt sollte mein Bruder einfach so auftauchen?«

Jemand am Tisch gewann die Runde. Die Stühle wackelten vor Begeisterung, Körper zitterten vor Aufregung und Federboas flogen wild durcheinander. Orion duckte sich, um einem Arm zu entgehen, der nahe seines Kopfs herumfuchtelte. Wütend starrte er zu den beiden Menschen auf, die hinter ihm standen. Währenddessen saß sein Vater still. Niemand wagte es, sich in der Nähe seines Kopfs zu energisch zu bewegen.

»Ich weiß es nicht«, antwortete General Hong gelassen.

Orion öffnete den Mund und schloss ihn wieder. »Wie kannst du nicht ...«

»Du hättest es sofort melden sollen. Dann hätten wir die Gegend absuchen können. Wir hätten ihn finden können. Er ist ein Verräter. Es hat keinen Sinn, ihn zu beschützen.«

»Ich habe nicht versucht, ihn zu beschützen«, sagte Orion eilig. Die Nachdrücklichkeit schmeckte sauer auf seiner Zunge. Er konnte sagen, er wolle Oliver verhaften lassen, konnte vor einem Podium behaupten, er wolle seinen abtrünnigen Bruder hinrichten lassen, wie es mit allen Feinden ihrer Regierung getan werden sollte. Doch er würde nur die Worte seines Vaters nachahmen, die Reden wiederholen, die er so oft gehört hatte, dass sie all seine eigenen Gedanken ausgelöscht hatten. Natürlich nahm ein Teil von ihm seinen Bruder in Schutz, ansonsten hätte er abgedrückt, als er Oliver an jenem Abend gesehen hatte.

»Vater.« Orion sprach leise, damit niemand außer General Hong hörte, wie er die Anrede benutzte. »Warum sollte Oliver sich so in Gefahr begeben …«

»Wenn er sein Gesicht noch mal zeigt, erzählst du mir sofort davon. Verstanden?«

Orions Hände ballten sich bei der Unterbrechung. Inzwischen sollte er daran gewöhnt sein, bei seinem Vater gegen eine Wand nach der anderen anzustürmen. General Hong machte sich nicht mehr die Mühe, anständig zu kommunizieren, nur Happen, kleine Almosen, wenn er Orion für würdig genug hielt, etwas zu wissen. Doch was Oliver betraf, war Orion sich nicht sicher, ob sein Vater absichtlich Informationen verschleierte oder ob General Hong nicht wie ein Narr dastehen und zugeben wollte, dass auch er im Dunkeln tappte.

»Warum tust du nie etwas?«, zischte Orion.

Die Miene seines Vaters blieb unergründlich. »Was soll ich deiner Meinung nach tun?«

Ich weiß es nicht, dachte Orion. Dahin zurückkehren, wie es gewesen war. In der Zeit zurückkreisen und es nicht vermasseln. Seinen Kopf aus dem Sand ziehen und sich ansehen, wie es jetzt um sie stand, weil er einst warmherzig und liebevoll gewesen war. Nur hatte er sich entschieden, es jetzt nicht mehr zu sein, und diese Unstimmigkeit war schlimmer, als wenn die Wärme gar nicht erst existiert hätte.

»Lass gut sein.« Orion zwickte sich in den Nasenrücken. »Vergiss, dass ich etwas gesagt habe.«

General Hong warf ihm einen Blick zu. »Was ist los mit dir? Hast du wieder Kopfschmerzen?«

Orion nahm die Hand weg, beinahe verblüfft. In seinen ersten paar Wochen als Spion war er in Schwierigkeiten geraten, als er jemanden verfolgt hatte, und hatte sich bei einem schlimmen Sturz den Kopf gestoßen. Er wäre dadurch beinahe dauerhaft als Agent untauglich geworden, als die Nationalisten nach seinen Fortschritten gefragt hatten und er kaum das Haus hatte verlassen können, um welche zu machen. Monatelang hatten ihn Kopfschmerzen geplagt, Schwindelanfälle, die nach Belieben kamen und gingen. An besonders schlechten Tagen war es, als würde die ganze Welt über ihm zusammenbrechen: Seine Lungen krampften, seine Gedanken drehten sich rasend im Kreis.

Silas war seine Rettung gewesen. Wenn Orion verschwand, mischte Silas sich in seine Missionen ein, um ihn auf dem Laufenden zu halten, arbeitete doppelte Aufträge und erstattete ausführlich Bericht, wenn Orion wieder aus dem Bett kam. Mit der Zeit wurden die schmerzhaften Anfälle seltener, bis Orion keine Sterne mehr sah, wenn er zu schnell aufstand. Die Kopfschmerzen waren nun schon seit geraumer Zeit ausgeblieben – als einzige Nachwehe der alten Verletzung kamen sie dieser Tage, wenn er sich körperlich zu viel abverlangte. Er wusste nicht, dass sein Vater sich noch daran erinnerte.

»Nein. Nein, mir geht es gut.« Orion erhob sich. Er nahm nicht an, dass über seinen Bruder noch etwas gesagt werden musste.

»Wirst du heute Abend zu Hause sein?«, fragte General Hong abwesend, als Orion sich gerade verabschieden wollte.

»Ich habe im Moment einen Auftrag«, antwortete Orion. »Ich war seit Tagen nicht zu Hause.«

»Ah, ist das so?« General Hong hob die Hand und signalisierte dem Kartengeber, dass er diese Runde Karten nehmen würde. »Na schön.«

Es war unmöglich, zu sagen, was er damit meinte. Orion könnte sich endlos damit beschäftigen. Er konnte nur nicken und sich entschuldigen, sich vom Pokertisch losreißen und davongehen, auf der Suche nach seiner Frau.

Rosalind stürzte sich panisch auf das heruntergefallene Stück Stoff. Gerade als sie sich erhob, die Hand fest geballt, um sich auf einen weiteren Kampf vorzubereiten, erkannte sie, wer hereingekommen war, stieß erleichtert den Atem aus und ließ die Mordwaffe wieder fallen.

Alisa Montagowa verschränkte die Arme. »Genau hier?«

»Ich hatte nicht gerade viele Möglichkeiten, aus denen ich wählen konnte«, gab Rosalind zurück. »Schließ die Tür ab.«

Alisa tat wie befohlen. Rosalind machte sich nicht die Mühe, das Mädchen zu fragen, wie lange sie sie schon beobachtete oder woher sie wusste, dass sie ihr folgen sollte, oder was sie überhaupt hier im »Peach Lily Palace« wollte. Heutzutage musste man überall Spione erwarten.

»Der Hinterausgang ist seit Monaten blockiert«, sagte Alisa. »Du kannst ihn nicht da rausschaffen.«

Rosalind ging anmutig in die Hocke und durchwühlte Zilins Taschen. Sie fand nichts Außergewöhnliches: seine Brieftasche, Schlüssel und zwei Spielkarten, die an den Ecken geknickt waren. Also betrog er beim Pokerspielen. Wie erwartet.

»Vorschläge, Miss Montagowa?«

»Iwanowa«, verbesserte Alisa blitzschnell. Während Rosalind die Augen verdrehte und Zilins Kleider durchsuchte, um sicherzugehen, dass sie keine Beweise zurückließ, war Alisa Montagowa tief in Gedanken und rieb mit der Handfläche über ihr Kinn.

Nach einer Weile trat sie vor und beugte sich über Zilins Körper.

»Warum gibst du es nicht als einen der Chemikalienmorde aus?«, schlug Alisa vor.

Rosalind sah finster zu ihr hoch. »Weil ich nicht weiß, welche Chemikalien der Mörder benutzt. Außerdem befinden wir uns nicht in chinesischem Gebiet.«

»So ernst.« Alisa ließ sich ebenfalls schwungvoll in eine Hocke fallen. Wie Rosalind trug sie keine Stöckelschuhe, ihre Füße waren vollkommen flach, wodurch sie dem Boden näher war. »Es ist ja nicht so, als wären die Polizisten besonders gut bei ihrer Arbeit. Nimm einfach die«, sie zeigte zu der Nadel in Rosalinds Haaren, »um die Injektionswunde zu machen, und sie werden es als einen Chemikalienmord abschreiben.«

Rosalind griff in ihre Haare und zog eine Nadel heraus. Sie war dünn und spitz, perfekt zum Stechen. Dann wurden ihre Augen schmal. »Dieser Plan ist dir ziemlich schnell gekommen.«

»Ich bin eine Agentin für eine Partei, die vollständig in den Untergrund gegangen ist. Wenn ich nicht schnell denke, sterbe ich. Willst du jetzt meine Hilfe oder nicht? Wenn du die Tanzhalle evakuierst, gibt es ein Fenster hinter der Hauptbühne, durch das ich ihn schleifen kann. Es wird aussehen, als sei er in der Gasse getötet worden.«

Sobald Alisa den Plan entworfen hatte, entfaltete sich eine Idee in Rosalinds Kopf. Im Erdgeschoss zeigte die Tanztruppe noch immer ihre Nummer. Wenn sie vor zehn Minuten angefangen hatten, dann rückte ihr erster Kostümwechsel wahrscheinlich schnell näher.

»Wie kann ich dir vertrauen?«, fragte Rosalind. Sie krempelte Zilins Ärmel hoch.

»Genauso, wie du mir mit deiner Identität vertraust. Genauso, wie ich dir mit meiner vertraue.«

Auf der anderen Seite des Frauenwaschraums näherten sich mit plötzlicher Begeisterung Stimmen. Der Knauf wackelte – einmal leicht und nochmals heftiger –, doch als er sich nicht drehen ließ, grummelten die Stimmen schlecht gelaunt und verschwanden.

»Wir haben keine andere Wahl«, fuhr Alisa fort.

Rosalind fluchte leise und zeigte dann mit dem Finger auf Alisa. Sie wollte das Mädchen ausschimpfen wie ein Kind, doch es war irritierend, dabei ein Gesicht zu sehen, das so alt war wie ihres; sie auszuschimpfen, obwohl Alisa sie alterstechnisch eingeholt hatte. Alisa hob das Kinn und sah aus, als wartete sie eifrig auf die Standpauke. Sie würde ihr wahrscheinlich als tägliche Dosis Unterhaltung dienen.

Keine Zeit.

Rosalind gab nach, atmete ein und drehte die Haarnadel in Händen. Bevor sie die aufkommende Übelkeit in ihrer Kehle spüren konnte, stach sie zu und versenkte das Metall einen Zentimeter tief in der weichen Haut an der Innenseite von Zilins Ellbogen. Als sie die Haarnadel herauszog, bedeckte eine dünne rote Schicht das Silber. Sie legte die Hand unter die Spitze und fing einen Tropfen Blut auf, bevor er auf dem Boden aufkommen konnte. Alisa verzog angewidert das Gesicht und Rosalind warf ihr stumm einen höhnischen Blick zu, mit dem sie Alisa fragte, ob sie es stattdessen selbst tun wollte.

Zumindest hatte Alisa die Selbsterkenntnis, entsprechend getadelt dreinzuschauen. Sie sprang auf die Füße und eilte zu dem Waschbecken im Waschraum, drehte den Hahn auf und bedeutete Rosalind, fortzufahren. Vorsichtig, um die Leiche nicht anzurempeln, erhob Rosalind sich ebenfalls, trat über sie hinweg und hielt ihre Hand unter Wasser. Mit drei schnellen Bewegungen hatte Rosalind das Blut von ihrer Nadel und ihrem Handschuh gewaschen und schüttelte das überschüssige Wasser ab, bevor es sich in den Stoff saugen konnte. Dann schob sie die Nadel wieder in ihre Haare, wobei der Schmuck daran das Licht im Spiegel einfing.

»Sei vorsichtig, wenn du ihn hochhebst«, warnte sie. »Er ist schwer.«

Alisa nickte. Sie salutierte. »*Ne wolnújtes*‹, ich habe es unter Kontrolle.«

»Wie soll ich mir keine Sorgen machen?«, murmelte Rosalind. Alisa Montagowa war ein dünnes Mädchen und Zilin war beinahe eins achtzig groß. Trotzdem hatte Alisa recht: Sie hatten keine andere Wahl.

Rosalind hob die zwei Spielkarten vom Boden auf und zerknüllte sie. Alles andere musste an Zilins Leiche bleiben, damit es normal wirkte, wenn er gefunden wurde. Sein trügerisches Blatt jedoch … Rosalind zerriss die dicken Karten, verwandelte Pik und

Karo in Schnipsel. Dann warf sie die Papierfetzen in die nächste Toilette. Alisa sah zu, ein kleines Lächeln auf den Lippen.

»Jetzt kommt es auf dich an.« Rosalind glättete den Stoff ihrer Ärmel. Sie öffnete die Tür. »Sei vorsichtig.«

Mit fest zusammengebissenen Zähnen sprach sie ein kleines Glücksgebet und schlüpfte zur Tür hinaus.

18

Vor dem Waschraum hielt Rosalind einen Moment inne und ließ die Ruhe im ersten Stock auf sich wirken. *Gefahr,* warnte ihr Verstand und sie unterdrückte es mit einem genervten: *Ich weiß.* Es fühlte sich an, als wäre die Tanzhalle leiser geworden, bevor ihr klar wurde, dass nur die Musik unten eine Ruhepause einlegte, um für den nächsten Durchgang bereit zu sein.

Rosalind zwang sich, weiterzugehen. Sie schritt den ersten Stock entlang, die Augen nach vorn gerichtet und in lässiger Haltung, nahm sich keine Zeit, zur Bühne hinabzuschielen. Sie wollte nicht riskieren, dass Yōko oder Tarō sie sahen und fragten, wohin Zilin verschwunden war. Es war nur eine Vermutung, doch sie wandte sich in Richtung Bühne, ging um Samtstühle und plaudernde Paare herum, bis sie sich über den Tänzerinnen vermutete. Es musste einen Weg nach unten geben für Instandhaltungsarbeiten …

Rosalind erblickte die rote Trennwand. Sie schob sie zur Seite, gab ihr nur einen leichten Schubs mit behandschuhten Fingern. Ah – Erfolg.

»Vielleicht bin ich doch keine so schlechte Spionin«, murmelte Rosalind und eilte die schmale Treppe hinab. Sie kam in einen Flur mit einer schrecklich niedrigen Decke, was bedeutete, dass sie sich entweder hinter der Bühne oder in einem Keller darunter befand. Die Details waren unwichtig. Es war nur eine Tür zu sehen, also trat Rosalind hindurch.

Zuerst fiel ihr das Chaos aus auf dem Boden liegender Kostüme auf. Dann die aufgereihten Schminktische, deren Ablagen vor Kosmetika überliefen. Fünf Umkleidekabinen erstreckten sich über die Länge der Garderobe, die Vorhänge einer jeden waren sauber zur Seite gebunden.

Niemand war anwesend. Rosalind schlenderte zu den Kabinen, öffnete die Seile und zog nacheinander alle Vorhänge zu. Sie waren schwer und unhandlich, hingen von einer hohen Stange und strichen über den Boden wie die Röcke einer übermäßig zuversichtlichen Debütantin. Als das erste Rascheln von Aktivität vom Flur hereindrang – die Stimmen der Revuetänzerinnen, die für einen Kostümwechsel zurückkehrten –, schlüpfte Rosalind hinter einen der Vorhänge.

Die Eingangstür der Garderobe flog auf. Die Mädchen beschwerten sich darüber, wie sehr sie die nächste Nummer hassten, dass die Lichter zu hell waren und die Federboas kratzten. Rosalind griff in ihre Tasche. Als ihre Hand nur Luft fand, suchte sie den Saum ihres Kleids ab und fand auch dort nichts.

»Verdammt«, flüsterte sie und zog ihre Handschuhe aus. Sie hatte kein Gift mehr. »Wenn du schon keine gute Spionin bist, kannst du dann wenigstens eine gute Attentäterin sein?«

Der Vorhang zuckte. Eine der Revuetänzerinnen trat herein. Bevor sie schreien konnte, schlug Rosalind dem Mädchen eine Hand auf den Mund, die andere legte sie ihr um den Hals.

»Wehr dich nicht.« Rosalind drückte Daumen und Zeigefinger auf die Kehle der Revuetänzerin. Sie war ein Echo ihrer selbst von vor nur wenigen Minuten, doch dieses Mal war ihre Stimme sanft, selbst als ihre Finger fest zudrückten. »Ich verspreche, dass deine Kopfschmerzen schlimmer sein werden, wenn du dich wehrst.«

Das Mädchen wirkte vertraut. Die Stellung ihrer Augen, die hauchdünnen Augenbrauen. Ihr Name schien am äußersten Rand von Rosalinds Erinnerungen zu lauern, doch dann sank ihr Kopf schlaff zur Seite und sie fiel in Ohnmacht. Rosalind wischte die Gedanken weg, bevor sie sich länger damit aufhalten konnte. Wenn sie sie einst gekannt hatte, lag das in der Vergangenheit. Wenn sie sie einst gekannt hatte, war das Rosalind Langs Leben gewesen und nicht Janie Meads – und sie durfte nicht aus ihrer Rolle als Janie Mead fallen.

Rosalind atmete zittrig aus und ließ die Revuetänzerin zu Boden gleiten. Es klang nicht, als hätten die Mädchen draußen den Kampf gehört. Rosalind zuckte reuevoll zusammen und schob die Tänzerin zur Seite, damit sie nicht umfiel und sich den Kopf stieß. Dann schnappte sie sich das Kostüm des Mädchens und zog es stattdessen selbst an.

Ein oranges Kleid, verziert mit orangem Pelz an den Schultern, unten abgeschnitten wie ein Turnanzug, kombiniert mit einer Netzstrumpfhose. Es war eine Weile her, seit sie sich das letzte Mal so schnell umgezogen und dabei im Kopf die Schläge bis zu ihrem nächsten Bühnenauftritt gezählt hatte. Sie war fertig, bevor die Stimmen draußen so weit waren, und wartete auf den Moment, bis sie sich umsahen, durchzählten und riefen: »Daisy! Warum brauchst du so lange?«

Rosalind hob den orangen Zylinder vom Boden auf. Sie befestigte ihn auf ihrem Kopf und löste den tief sitzenden Haarknoten in ihrem Nacken, dann trat sie nach draußen. Niemand schenkte ihr Beachtung. Niemand bemerkte, dass sie ein ganz anderes Mädchen war, während sie so tat, als brächte sie den Träger ihres Kleids in Ordnung, das Gesicht weggedreht. Die wenigen Minuten zwischen Kostümwechseln waren zu hektisch, zu geschäftig. Sie wurde eins mit ihrer Einheit, als sie in den Flur eilten und drei kleine Stufen hinauf, einen weiteren Flur hinab und in die Seitenkulisse der Bühne.

Die Bühne war niedrig angelegt, nur zwei Stufen höher als der Rest des Nachtclubs. Und von dort, in den Schatten verborgen, erhaschte Rosalind endlich wieder einen Blick auf Orion, der an einer der Säulen des Tanzsaals lehnte.

Er sah aus, als wäre er hier, um die Aufführung zu genießen. Er hatte sie bei ihrer beider Auftrag im Stich gelassen, während sie unter gemeinsamem Decknamen arbeiteten, während ihre Mission einen kritischen Punkt erreichte, um die Aufführung zu genießen?

Was stimmte nicht mit ihm?

Die Musik wechselte zu ihrem Einsatz und jemand schubste sie von hinten, damit sich die Tänzerinnen aus der Seitenkulisse bewegte. In ihrem schieren Unglauben vergaß sie, Widerstand zu leisten, kehrte vier Jahre in die Vergangenheit zurück und verfiel in alte Gewohnheiten, um die Aufführung am Laufen zu halten. Doch Rosalind hatte nur deshalb ein Kostüm angezogen, weil sie eine Evakuierung auslösen wollte. Dazu musste sie nah genug an das Einzige in dieser Tanzhalle herankommen, das genug Chaos verursachen konnte: die Rauchmaschine auf der Bühne.

Doch ihr blieb nicht genug Zeit. Es sähe verdächtig aus, wenn sie sich sofort darauf stürzen würde. Die Klaviertasten verschmolzen mit der Trompete und Rosalinds Augen wanderten wieder zu Orion. Sie erkannte dieses Lied – um genau zu sein, diese Abfolge von Liedern – aus dem Varieté der Scarlets. Sie hatte eine bessere Idee.

Rosalind folgte der letzten Tänzerin ruhig nach draußen. Ihr Verstand schaltete ab. Sie spürte die heißen Lichter und die Blicke der Menge. Sie fühlte, wie der glitzernde Kronleuchter geometrische Lichtbrechungen über ihre Wangen jagte. Ihr Blick blieb auf den Kronleuchter gerichtet, einen Schlag lang, zwei Schläge, drei. Die Musik verfiel in eine ruhigere Melodie, damit die Revuetänzerinnen ihre Plätze einnehmen konnten und Rosalind ihren Platz auf der rechten Bühnenseite finden konnte, direkt in Orions Blickrichtung.

Sie fing seinen Blick auf. Sie hielt ihm stand, wartete, wartete ...

Doch er erkannte sie nicht.

Als die Melodie schneller wurde und Rosalind sich in die Schritte der Nummer hineinfand, sah sie es an der Art, wie sein Blick höflich fasziniert blieb. In der Art, wie er den Kopf zur Seite neigte und die Augen hob und senkte, der Linie ihrer Arme folgte, wenn sie sie ausstreckte, der Länge ihrer Beine, als sie über die Bühne glitt.

Tanzen war Rosalinds Meinung nach keine Kunstform. Es war eine sorgfältig berechnete Abfolge von Schritten, eine Art der Überzeugung, mit der sie Meinungen beeinflussen und Gedanken ändern konnte. Es war so wissenschaftlich wie jede chemische Reaktion, nur waren die wirkenden Variablen Farben, Gliedmaßen und Bewegung. So erinnerte sie sich an die Nummern selbst Jahre, nachdem sie sie gelernt hatte: eine schwungvolle Bewegung nach der anderen in formelhafter Eingabe und Ausgabe.

Das Saxofon begann sein Solo. Die erste Reihe Tänzerinnen verließ die Bühne und zerstreute sich über das Erdgeschoss, um nach Zielen zu suchen, die großzügige Trinkgelder geben würden. Im Scarlet-Varieté teilten sie ihre Verdienste für gewöhnlich am Ende des Abends mit der Geschäftsführung. Seltsam, wie das Leben spielte. Lange bevor sie eine Attentäterin wurde, war Rosalind mit der Idee vertraut gewesen, ein Opfer zu bestimmen und eine Mission auszuführen.

Die zweite Reihe Tänzerinnen schwärmte aus. Rosalind, Orions Blick noch immer auf sich, ging schnurstracks auf ihn zu und wartete auf den Moment, da er seinen Fehler begriff, wartete darauf, dass die glasige Benommenheit sich schärfte.

Das tat sie nicht. Nicht einmal als Rosalind vor ihm stehen blieb. Nicht einmal als sie die Hände auf seine Schultern legte und nach unten strich, auf Höhe seiner Brust innehielt, weil er sagte: »Hör zu, ich bin ein verheirateter Mann …«

»Ich weiß, du Schwachkopf. Du bist mit mir verheiratet«, unterbrach Rosalind ihn. Ihr Verhalten veränderte sich, ein schneller Wechsel von verführerischer Revuetänzerin zu wütender Ehefrau. Ihre Hand packte den losen Kragen seines Hemds. »Du hast deine Aufgabe hierfür vernachlässigt?«

Der Nebel in seinen Augen klärte sich endlich. Erkennen sickerte durch. Seine Lippen öffneten sich, als er die Tänzerin als seine Partnerin identifizierte. Kurzzeitig fehlten Orion die Worte.

»Ich musste mich wirklich um etwas kümmern«, brachte er endlich heraus. »Und nun habe ich mich darum gekümmert. Warum trägst du ein Tänzerinnenkostüm?«

Die Musik veränderte sich und signalisierte die Rückkehr auf die Bühne. Rosalind blickte über ihre Schulter nach hinten. »Das können wir später besprechen. Gib mir deine Pistole.«

Orion fuhr zurück. »Was?«

»Deine Pistole«, verlangte sie erneut und streckte die Hand aus. »Du hast sie mitgebracht, oder nicht?«

»Natürlich habe ich sie mitgebracht, Geliebte.« Er griff in die Innentasche seines Mantels und zog sie schnell heraus, drückte ihr die Waffe in die Handfläche und schloss ihre Finger darum, bevor jemand sehen konnte, was er ihr gerade gegeben hatte. Seine Worte wurden immer hektischer, passten zu ihrem Zischen. »Warum hast du deine nicht mitgebracht? Und erzähl mir nicht, dass du keine besitzt. Ich würde lachen, bis den Schweinen Flügel wachsen.«

Die Tänzerinnen kehrten zurück. Sie machten kleine Schritte, imitierten die Bewegungen von Waldtieren, die durch die Wildnis flanierten. Rosalind war die Einzige, die sich nicht bewegte. Das war ihre Metapher gewesen. Das war die Anweisung gewesen, mit der sie den Mädchen ihre Choreografie beibrachte.

»Ich besitze keine.«

»Warum nicht?«

»Lass es.«

»Offensichtlich brauchst du eine …«

»Ich. Trage. Nicht. Gern. Waffen.« In Rosalinds Eingeweiden brannte ein explosiver Zorn. Irgendetwas an Orion Hong zehrte auf unerträgliche Weise an ihren Nerven. »Und jetzt mach dich bereit, wegzulaufen.«

»Was?«

Rosalind drehte sich um und zielte mit der Pistole auf den gläsernen Kronleuchter an der hohen Decke.

Sie mochte Waffen nicht, doch sie hatte einst der Elite einer grausamen Bande angehört. Sie wusste, wie man sie benutzte, und konnte schießen, obwohl ihre Treffsicherheit nicht perfekt war.

Der Kronleuchter löste sich durch die vierte Kugel und krachte auf die Bühne.

»Los!«, schnauzte Rosalind.

Die Tanzhalle brach in Chaos aus, alle bewegten sich in unterschiedliche Richtungen. Aus den Augenwinkeln sah Rosalind etwas oranges aufblitzen und sie steckte die Pistole in ihr Kostüm, schob sie außer Sicht und fuhr herum, um dem Rest der Tänzerinnen zu folgen. Es passierte zu viel, als dass irgendjemand bemerkt hätte, dass sie geschossen hatte. Während andere Gäste den Haupteingang verstopften, brachten die Tänzerinnen sich sofort in Sicherheit. Rosalind beeilte sich, mit ihnen um die Bühne herum zur Garderobe zu laufen.

Sobald sich die Tür hinter ihnen geschlossen hatte, löste Rosalind sich von den weinenden Mädchen und wandte sich zu der Kabine, wo sie die andere Tänzerin zurückgelassen hatte. Daisy. Sie erinnerte sich an die kurzhaarige Revuetänzerin. Doch wie alle in der Stadt war Daisy älter, eine veränderte Version ihrer selbst. Wenn Daisy aufwachte, würde sie nicht fassen können, dass dieselbe Rosalind von vor vier Jahren sie angegriffen hatte.

Rosalind zog den Vorhang zu. Sie zog sich schnell um. Den Reißverschluss des Kostüms nach unten, der Hut fiel auf den Boden, ihr Haarknoten war wieder festgesteckt. Als sie ihren *Qipao* anlegte, verfing er sich beinahe in den Edelsteinen in ihren Haaren. Doch sie zog schnell den Kragen hoch und fingerte den Stoff von den scharfen Spitzen, sodass die Spitze wieder eng um ihren Hals lag.

Wie viel Zeit war vergangen seit dem Fall des Kronleuchters? Wie lange brauchte Alisa, um die Leiche hinauszuschleifen?

Rosalind streckte den Kopf aus der Kabine. Sobald sie sah, dass sich nur eine große, in einem ausgefallenen Muscheldesign dekorierte Lampe an der Decke befand, zog sie Orions Pistole und zielte. Bevor die Mädchen auch nur zu Atem gekommen waren und aufgehört hatten, zu weinen, hatte sie auf die Lichter im Raum geschossen und sie in absolute Dunkelheit gehüllt.

Die Mädchen schrien, dem Zusammenbruch nahe. Das gab Rosalind glücklicherweise die Gelegenheit, aus der Umkleidekabine zu stürmen und zur Tür zu stürzen. Auf dem Weg rammte sie mehrere Körper. Das war egal; sie konnten sie nicht sehen. Im Nu war sie im Flur und blickte hektisch um sich, um festzustellen, welche Richtung …

Orion schlitterte um die Ecke. »Herrgott, Janie, wo warst du?«

»Ich hatte dir doch gesagt, dass du verschwinden sollst!«

Sie konnten hier nicht herumstehen und streiten. Bevor Orion etwas erwidern konnte, packte Rosalind ihn am Handgelenk und zog ihn mit sich, eilte von der Bühne weg und durch die Tanzhalle, wobei sie den riesigen Scherben auswich. Mit einem Haufen anderer Gäste stürmten sie durch die Türen und wurden sofort von dem Geplapper und den Vermutungen geschluckt.

»War das eine Schützin? Ich dachte, ich hätte eine Schützin unter den Revuetänzerinnen gesehen!«

»Red keinen Unsinn. Wie könnte eine Revuetänzerin das anstellen? Er muss schlecht eingebaut gewesen sein. Das passiert an solchen Orten.«

Ein kalter Wind blies in Rosalinds Gesicht. Die Französin neben ihr war beinahe hysterisch.

»Mrs. Mu! Mrs. Mu!«

Orion wirbelte herum und suchte nach der nachhallenden Stimme. Yōko und Tarō kamen von der anderen Seite der Menschenmenge heran und winkten hektisch.

»Janie, versteck die Pistole.«

Rosalind unterdrückte einen Fluch. Sie hatte die Pistole provisorisch in ihren Ärmel gesteckt, kaum zu übersehen, wenn jemand sie direkt ansah. Einer spontanen Eingebung folgend, griff sie nach Orion, schlang die Arme um seine Mitte und drückte sich an seine Brust, als könnte sie sich nicht mehr aufrecht halten. Während ihre Arme unter dem Stoff seines Mantels verborgen waren, ließ sie die Pistole zurück in seine Innentasche gleiten, sicher und außer Sichtweite.

Ein erleichtertes Aufatmen entwich ihr. Sobald das Gewicht der Pistole in Orions Manteltasche ruhte, fühlte sie, wie auch er sich entspannte und sein Kinn auf ihren Kopf legte.

»Gut«, flüsterte er, leise genug, dass nur sie ihn hören konnte. Einen Moment bewegte Rosalind sich nicht, ihre Wange ruhte auf dem glatten Stoff seines Hemds, die Berührung summte vor Wärme. Diese paar zusätzlichen Sekunden so zu verharren war nötig – es ging darum, nicht verdächtig zu wirken. Trotzdem musste sie zugeben, dass ein unerwartetes Gefühl der Sicherheit damit einherging, so festgehalten zu werden. Verborgen vor der Welt und in einer Kuhle versteckt, die knurren würde, bevor sie ihren geschätzten Inhalt hergäbe.

»Gott sei Dank haben wir euch gefunden.« Yōko drängte sich endlich durch die Menge und blieb vor ihnen stehen. Rosalind zog sich beinahe widerwillig zurück und zog ihre Arme unter Orions Mantel hervor, als Tarō ebenfalls zu ihnen aufschloss. »Habt ihr gesehen, wie das alles passiert ist?«

»Nein«, erwiderte Rosalind. »Ich habe meinen Ehemann getroffen, kurz nachdem ihr weg wart. Dann hörten wir plötzlich Schreie von unten und mussten hinauseilen.«

»So unglaublich merkwürdig«, stimmte Tarō ihr zu. »Wer hätte gedacht, dass es an einem solchen Ort so viel Chaos geben könnte.«

»In der Tat.« Orions Zustimmung klang gekränkt. Yōko und Tarō schienen seinen Tonfall nicht zu bemerken, doch Rosalind warf ihm einen warnenden Blick zu, den er ignorierte. »Wer hätte das gedacht?«

Sirenen plärrten die Thibet Road herab. Die Polizei kam, um den Unfallort zu begutachten. Gerade als ihre blinkenden Lichter beim »Peach Lily Palace« vorfuhren, erblickte Rosalind eine Bewegung am Ausgang einer der angrenzenden Gassen und erkannte Alisa, die darauf wartete, ihre Aufmerksamkeit zu erregen.

Sie wirkte vollkommen gelassen. Als sie endlich Rosalinds Blick auffing, nickte sie einmal und verschwand dann mit der Menge den Gehweg entlang.

Rosalind legte die Hand auf Orions Ellbogen. »*Qīn'ài de.* Lass uns jetzt nach Hause gehen.«

Orion nickte verschlossen. Yōko und Tarō verabschiedeten sich von ihnen, obwohl die zwei mehr von den Sirenen abgelenkt waren. Mit verkrampftem Griff zog Rosalind nochmals an Orions Ellbogen und er drehte sich endlich um und folgte ihr.

Sie hatten getrennte Ein-Personen-Rikschas nach Hause genommen, daher hatte es keine Möglichkeit gegeben, zu reden. Doch sobald die Läufer sie vor Rosalinds Wohnhaus absetzten und nach der Bezahlung davonhasteten, spürte Rosalind, wie die Luft dicker wurde. Sie trat durch die Haustür und schlenderte über den Innenhof. Orions schwere Schritte erzeugten auf jeder Treppenstufe ein dumpfes Echo.

Sie erreichten ihre Wohnung. Die Tür öffnete sich. Die Tür schloss sich.

»Du fängst besser an, zu reden, bevor mir die Sicherung durchbrennt, Janie Mead.«

Rosalind fuhr herum und warf ihre Handschuhe auf die Couch. »Du musst gerade reden«, erwiderte sie. »Vergiss bitte nicht, dass du derjenige warst, der sich ohne eine Erklärung davongeschlichen hat.«

»Dass ich ein paar Minuten lang weg war, war Grund genug, einen Kronleuchter zu zerschmettern, ohne mich vorher um Rat zu fragen? Was hast du dir dabei gedacht?«

»Wenn du um Rat gefragt werden willst, solltest du vielleicht in der Nähe sein, wenn die Ereignisse passieren.«

Orion stieß einen ungläubigen Laut aus. »Du bist so feindselig, ohne jeden Grund ...«

»Feindselig?«, wiederholte Rosalind. »Weil ich unseren Auftrag ausführe? Vielleicht sollte ich etwas mehr Feindseligkeit an den Tag legen ...«

»Wie hat uns das Zerstören eines Kronleuchters bei unserem Auftrag geholfen?«

Rosalind verstummte. Früher oder später würde jemand Tong Zilins Leiche finden. Das würde die Behörden auf den Plan rufen und die würden bei Seagreen Press herumschnüffeln. Dann würde Orion davon erfahren und wie Zilin heute Abend getötet worden war. Vielleicht würde er eins und eins zusammenzählen. Oder vielleicht würde er die Möglichkeit, dass es durch Rosalinds Hand geschehen war, für zu absurd halten. Er wusste nicht, dass sie eine Attentäterin war. Er wusste nicht, dass sie Fortuna war, die Männern die Karten aus den Taschen zog und jedes bisschen Glück zerfetzte, das sie auf ihrer Seite zu haben glaubten.

»Du wirst mir vertrauen müssen«, sagte Rosalind geradeheraus. Sie war ungerecht, doch auch er hatte nicht gesagt, warum er davongeschlichen war, oder ihr erzählt, warum er in der ersten Nacht verschwunden war. Warum sollte sie ihre Geheimnisse verraten?

Doch Orion gab nicht nach.

»Das ist lächerlich.« Orion tigerte in einem kleinen Kreis durch das Wohnzimmer. »Jemand hätte verletzt werden können.«

Rosalind schnaubte. »Und?« Zum ersten Mal führte Orion Hong eine Unterhaltung nicht nur mit kleinen Sticheleien. Von all den Dingen, die er sich zu Herzen hätte nehmen können, warum suchte er sich gerade das aus? Wo war diese Version von ihm bei anderen Gelegenheiten?

»Erzähl mir nicht, dass du so herzlos bist?«

»Und wenn ich herzlos bin?«, fauchte Rosalind. »Es ist mir egal, wenn irgendein reicher Gast einen kleinen Kratzer abbekommt. Es ist mir egal, wenn die Tanzhalle wiederaufgebaut werden muss und ihre wertvollen Mittel für Renovierungen verwendet werden. Mir liegt daran, dieses verlorene Land wieder von den Knien hochzuziehen, und ich werde tun, was es mir abverlangt. Wirst du das etwa nicht?«

In der Wohnung wurde es still. Rosalinds Stimme war lauter und lauter geworden, während sie gesprochen hatte, und nun echote ihre letzte Frage durch das Wohnzimmer. Das schien etwas in Orion auszulösen, denn er stürzte vor, sein Kiefer verkrampfte sich mit jedem langen Schritt. Rosalind trat zurück und versuchte, den Abstand zwischen ihnen zu wahren, doch sie hatte kaum drei Schritte gemacht, als ihre Schultern gegen die Wand prallten. So viel Mühe sie sich auch gab, ungerührt von Orions bedrohlicher Nähe zu wirken, raste doch ihr Herz.

»Ich tue mein Bestes«, sagte er energisch.

Rosalind schluckte schwer. Mit kaum mehr als einem Zentimeter Abstand zwischen ihnen beobachtete sie, wie Orions Kehlkopf auf- und abhüpfte.

Die Anspannung in seiner Stimme brachte Rosalinds Haltung ein wenig ins Wanken. Darin lag etwas so Rohes, ganz anders als seine übliche Gelassenheit.

»Ich bitte dich nicht, ein Nationalheld zu sein.« Dieses Mal kamen ihre Worte leise heraus. »Es braucht keinen Nationalhelden, um die Risse in einer einzigen Stadt zu kitten.«

Orion trat zurück und brachte endlich Raum zwischen sie. Ein Flackern lag in seinen Augen – ein Runzeln der Braue, das Rosalind sah, bevor er wegsehen konnte. Anerkennung. Kapitulation. Ob er irgendwo tief drinnen dachte, dass Rosalind recht hatte, obwohl Rosalind nur schroff war, um seine Aufmerksamkeit von dem Warum der heutigen Evakuierung abzulenken.

»Was wäre passiert, wenn man dich erwischt hätte?«, fragte Orion. »Was hättest du getan, wenn das Glas einem Ausländer die Kehle durchtrennt hätte und sie uns nicht gehen lassen hätten, bis sie den Schützen gefunden hätten? Und die Nationalisten uns den Wölfen zum Fraß vorgeworfen hätten, anstatt den Skandal hinzunehmen, um uns zu retten? Was dann? Willst du eine Märtyrerin sein, Janie Mead? Denn ich will keiner sein.«

Als Orion sie wieder ansah, wandte Rosalind den Blick nicht ab. Sie starrte, schamlos.

»Das ist sinnlos hypothetisch«, sagte sie. »Es ist nicht passiert.«

»Wenn wir weiter zusammenarbeiten sollen, muss ich deine Antwort hören. Ich werde Leichtsinn nicht verzeihen. Ich habe zu viele Menschen zu beschützen. Einen Familiennamen zu bewahren.«

Rosalinds Hände ballten sich fester. Der unausgesprochene Teil dieser Aussage hing in der Luft: *Ich habe zu viele Menschen zu beschützen – und du?*

Egal was Rosalind tat und wie sie sich verhielt, die einzige Person in dieser Stadt, der sie schaden konnte, war sie selbst. Ihre Schwester war bereits als Feind gebrandmarkt. Es gab niemanden sonst, auf den Rosalind achtete. Doch sie wusste nicht, ob das besser oder schlechter war, als ständig andere Leute auf den Schultern tragen zu wollen. Bürden zu tragen, ohne dass ihr dieselbe Aufmerksamkeit zuteilwurde.

»Wie ich bereits sagte: sinnlos.« Sie stieß sich von der Wand ab. »Sie haben uns durch Ehe und Decknamen miteinander verbunden. Glaubst du, sie würden uns so einfach trennen? Du bleibst bei mir bis zum Ende.«

Orion fuhr sich grob mit der Hand durch die Haare. Die dunklen Strähnen fielen nach vorn, als hätten sie seine gequälte Miene aufgeschlitzt. Er sah sie nicht an. Vielleicht wollte er nicht, dass sie die Abscheu sah, die in seinen Augen liegen musste. Dao Feng hatte mehr oder weniger von vornherein gesagt, dass er es Orion am ehesten zutraute, diese Mission durchzuführen, und Rosalind, ein Auge auf ihn zu haben. Er würde zu diesem Zeitpunkt keinen Agentenaustausch mehr erlauben.

»Gott«, murmelte Orion. »Wie auch immer.«

Bevor Rosalind fragen konnte, was das heißen sollte, fuhr Orion herum, ging ins Badezimmer und knallte die Tür hinter sich zu. Sekunden später hörte sie, wie er den Wasserhahn aufdrehte und das Wasser laut gegen das Waschbecken platschte. Draußen rief eine Eule, ihr Ruf umgab die Wohnung. Die Nacht war dicht und schwer, drückte gegen die Fenster mit scheinbar fassbarer Dunkelheit, die sie packen und in Form pressen könnte, wenn sie das Fenster öffnete und die Hand hinausstreckte.

»Dann wohl gute Nacht«, murmelte Rosalind. Energisch ließ sie die Jalousien herab. Als Orion aus dem Badezimmer kam, hatte Rosalind bereits ihre Schlafzimmertür geschlossen.

19

»Verriegelt die Türen! Sofort. Kommt schon, macht schnell!«

Aus dem Laden hörte man ein Krachen, dann Oliver, der laut genug schrie, dass seine Stimme bis in die Schlafzimmer hinten dröhnte. Celia erhob sich aus ihrem Stuhl, zwirbelte die Haare auf ihren Kopf und rammte eine Haarnadel hinein. Im Flur kam sie an Audrey und Millie vorbei, die eine lange Kette schleiften, von der Celia nur annehmen konnte, dass sie für die Vordertüren gedacht war.

Sie eilte in den Laden. Oliver war am Eingang und schob den Riegel vor. Es war Ladenschluss, doch warum bewegte er sich so hektisch? Er war nicht einmal eingeteilt für heute; er sollte im Dorf sein und ein letztes Mal ihre fertiggestellten Karten überprüfen.

»Liebling, hilf mir.«

Celia schlenderte hinüber. »Was ist passiert?«

»Nationalistensoldaten sind in der Nähe. Sie könnten nach uns suchen.«

»Könnten?«, wiederholte Celia. Sie schnappte sich eine Rolle Klebeband vom Empfangstresen und reichte sie Oliver, sobald er ein Zeitungsblatt gegen das Fenster gepresst hatte.

»Ich bin mir nicht sicher. Ich habe ihre Lastwagen in unsere Gegend rollen sehen.«

Sofort kribbelte Gänsehaut über ihre Arme. Sobald Oliver das Klebeband in der Hand hielt, begann Celia, ihm mit den Zeitungen zu helfen, indem sie ihm die Blätter reichte. Sie waren ihren

Plan im Falle einer Evakuierung viele Male durchgegangen, doch hierbei schien es sich nicht um eine vollständige Evakuierung zu handeln, sondern nur um die Vorsichtsmaßnahmen: Fenster überkleben, Türen verriegeln, den Laden zeitweilig verlassen aussehen lassen. Wenn die Nationalisten herumschnüffelten, ohne einen Verdacht zu hegen, würden sie am Laden vorbeigehen, ohne einen zweiten Gedanken daran zu verschwenden. Wenn die Nationalisten irgendwie Wind bekommen hatten von ihrer Anwesenheit hier und tatsächlich ihre Truppen um ihren Laden zusammenzogen, dann war es Zeit, zu verschwinden.

»Fahren sie in die Stadt?«, fragte Celia. Ihr kam ein Gedanke. »Oder sind sie auf dem Weg zu der Lagerhalle im Wald?«

Oliver warf ihr einen schnellen Blick zu und hielt inne, eine Hand gegen das Fenster gedrückt. Dann fiel ihm wieder ein, dass die Zeit drängte. Er hielt den Klebefilm hoch und riss mit den Zähnen ein Stück ab, nahm das Rechteck aus dem Mund und klebte es auf die Ecke einer Zeitung.

»Du denkst immer noch daran?«, fragte Oliver. »Wir haben keinen Grund, zu glauben, dass es sich um eine Nationalistenbasis handelt.«

»Ich weiß.« Celia reichte ihm eine weitere Seite. »Trotzdem …« Sie hielt inne, ihr Blick fiel auf die neue Seite in ihrer Hand. Überraschung durchzuckte sie. Der Text war auf Japanisch … nur die größere Überschrift, die auf die vorderste Seite geklatscht war, war auf Englisch und Japanisch.

SEAGREEN PRESS 青海新聞

»Oliver, woher hast du diese Zeitungen?«

Oliver sah kurz nach unten. Er verstand nicht, warum sie fragte. »Sicher von irgendwo in der Nähe. Von einem Kleiderladen?«

»Hat sie jemand verkauft?«, bohrte Celia nach. Als sie die anderen über die Fenster geklebten Seiten kurz überflog, schienen alle auf Chinesisch zu sein. Es waren die üblichen großen Veröffentlichungen, die man in diesen Gegenden fand. Woher kam also diese hier?

»Nein. Sie lagen in diesen Zeitungskiosken an der Straßenecke.« Er runzelte die Stirn und bedeutete ihr, ihm die nächste Seite zu reichen. »Was ist los?«

»Seagreen Press«, sagte Celia eindringlich und zeigte auf den Titel der Zeitung. Alisas verdeckter Arbeitsplatz. Und laut der letzten Nachricht von Rosalind auch der Ort ihres neusten Auftrags. »Das ist eine japanische Firma, die für ihre Bürger in Shanghai schreibt. Warum sollte ihre Zeitung bis hierher gelangen?«

Oliver hielt inne und nahm Celia das Blatt aus der Hand. Erkennen flackerte in seinen Augen auf.

»Was vermutest du?«, fragte er.

In ihr kam ein Verdacht auf. Celia konnte nur noch nicht alles in die richtige Reihenfolge bringen. Für eine vollständige Auflösung fehlte ihr der letzte Schliff.

Sie wandte sich um.

»Hey! Wo gehst du hin?«, rief Oliver ihr nach.

»Keine Sorge. Ich nehme die Hintertür. Niemand wird mich sehen.«

»Was? Das beantwortet nicht meine Frage.«

Celia ging weiter. Sie hörte, wie Oliver Audrey und Millie zurief, dass sie die Fenster weiter mit Zeitungen zukleben sollten, bevor er ihr hinterherkam, hinter ihrer linken Schulter auftragte, dann hinter ihrer rechten, als er versuchte, ihr eine Antwort abzuringen. Sie trugen beide ohnehin dunkle Kleidung, also schnappte Celia sich nur Handschuhe aus ihrem Zimmer, bevor sie wortlos durch die Hintertür hinausging und auf das Geräusch von Lastwagen in der Ferne lauschte. Ihre schweren Räder knirschten unüberhörbar über die Schotterwege der Stadt. Es konnte sich nur um Militärfahrzeuge handeln, die in ihre Richtung fuhren.

»Wirst du vor dich hin brüten oder kommst du mit?«, fragte Celia und machte sich auf in die Nacht. Obwohl Oliver schnell aufholte, besagte sein Stampfen, dass es ihm nicht passte, ihr zu folgen.

»Ich schrecke nicht davor zurück, dich wieder in den Laden zu schleifen.«

Oliver bog einen Ast zur Seite. Er hatte schon immer die Gabe besessen, Drohungen auf die freundlichste Art und Weise auszusprechen. Selbst jetzt, während er sich einen Weg durch den Wald bahnte, lag in seinen Worten ein gefährlicher Unterton, als bräuchte er nur den kleinsten Auslöser, um zu handeln.

Celia blickte über ihre Schulter, sodass Oliver ihre zweifelnde Miene sehen konnte. Sobald ihre Blicke sich trafen, wandte sie sich ab, um ihnen einen Weg zu finden, ein Lächeln auf den Lippen.

»Doch, das tust du.«

Alles nur Show. Der große, furchteinflößende Kommunistenagent mit den vernarbten Knöcheln und dem aus Marmor gemeißelten Kiefer – der sich einmal drei Stunden lang nicht vom Fleck gerührt hatte, weil die Katze aus dem Nachbarladen hereingekommen war und auf seinem Fuß ein Nickerchen gemacht hatte. Der schreckenerregende faktische Anführer ihrer Gruppe – der manchmal bis in die Morgenstunden wach blieb, um mit Nadel und Faden die Knöpfe an Audreys Bluse zu befestigen, weil Audrey nicht nähen konnte.

Oliver stieß einen Protestlaut aus. »Wie kannst du es wagen …«

»Sch«, unterbrach Celia ihn, weil sie etwas gehört hatte, aber auch weil es ihr Freude bereitete, Oliver Hong Befehle zu erteilen. Vor den anderen konnte er das verbergen. Er konnte sie herumkommandieren und ihnen ein gewisses Maß an Grausamkeit weismachen. Doch Celia wusste es besser. Sie nahm an, dass sie es nur besser wusste, weil er sie einweihte, sein wahres Ich durchblitzen ließ, wohl wissend, dass sie es möglicherweise gegen ihn verwenden würde. Doch er riskierte es trotzdem.

Sie wusste nicht, wie sie sich dabei fühlte. Ihr war noch nie so große Verantwortung übergeben worden: jemandes Vertrauen zu beschützen. Jemand, der nicht zur Familie gehörte, der ihr nichts schuldete.

Der Mond verschwand hinter einer Wolke. Celia wurde langsamer und legte den Kopf in den Wind.

»Ich hatte recht«, flüsterte sie und spähte durch die dichten Bäume. »Sie fahren zur Lagerhalle.«

Obwohl seit ihrem ersten nächtlichen Ausflug einige Zeit vergangen war, fiel es ihr nicht schwer, die verdächtige V-förmige Straße wiederzufinden. Nun rumpelten Lastwagen darüber, einer nach dem anderen in einer Reihe.

Und die Straße hatte nur ein Ziel.

»Celia, warte.«

Gerade als Celia weiterschleichen wollte, griff Oliver nach ihrem Arm und hielt sie zurück. Der Mond kam hinter den Wolken hervor und beleuchtete die Grimasse auf Olivers Gesicht. Sie verstand sofort.

»Du hast die Lagerhalle gemeldet«, sagte sie. Nichts in ihrem Tonfall forderte eine Bestätigung. Sie war sich so sicher, wie der Himmel dunkel war, und sie sprach es nur laut aus, damit Oliver wusste, dass sie es begriffen hatte. »Du hast sie gemeldet und sie haben dir gesagt, dass du sie allein untersuchen sollst, für den Fall, dass es sich um ein entscheidendes Geheimnis der Nationalisten handelt.«

»Liebling …«

»Komm mir nicht mit Liebling.« Celia entwand sich seinem Griff. Vielleicht wusste sie deshalb nicht, was sie in Bezug auf Oliver fühlen sollte. Sie hatte sein Vertrauen, doch kannte nicht seine Geheimnisse. Er mochte, ohne zu zögern, sein Leben in ihre Hände legen, doch er konnte eine Frage nicht wahrheitsgetreu beantworten, sofern der Fall – und ihre Vorgesetzten – ihn zu Stillschweigen verpflichteten.

»Ich muss zuerst ein paar Dinge herausfinden, bevor ich dich mit dem Wissen in Gefahr bringen kann«, sagte Oliver ruhig. »Nichts, weswegen du dir Sorgen machen musst.«

Sie rief sich die Erkenntnis ins Gedächtnis, die in der Lagerhalle auf seinem Gesicht gelegen hatte. Ihre Frage, ob er schon einmal dort gewesen war, und sein schneller Themenwechsel.

Was versteckst du vor mir, Oliver?

Celia marschierte weiter. Wenn er es ihr nicht verraten wollte, dann würde sie es selbst herausfinden.

»Celia. Komm zurück!«

Das tat sie nicht. Sie lief weiter, bis die Lagerhalle in Sicht war, und duckte sich erst dann hinter einen der stachligen Sträucher und beobachtete, wie die Lastwagen um die Unheil verkündende Lagerhalle herum stoppten. Uniformierte Nationalisten stiegen aus den Lastern, trugen Kisten auf den Armen und gingen schnell in der Lagerhalle ein und aus. Sie sah keinen Anführer unter ihnen. Nur Soldaten, die meisten schwiegen. Ihr Verhalten wirkte seltsam. Keine Angst, kein Unbehagen, als sie aneinander vorbeikamen. Das Erste, was Celia in den Sinn kam, war Abwesenheit. Die Soldaten bewegten sich genau wie Schlafwandler.

Celia drehte sich um. Oliver war ihr widerwillig gefolgt und trat nun hinter sie, um schweigend zu beobachten. Sie konnten nicht näher herangehen, ohne zu riskieren, dass man sie entdeckte, was ungünstig war. Sie wollte ihre Gesichter sehen.

»Sieht das für dich nicht seltsam aus?«, flüsterte sie.

Oliver blieb stehen, die Arme vor der Brust verschränkt. »Schwer zu sagen. Könnte sein …«

Hinter ihm blitzte Metall im Mondlicht auf. Celia dachte nicht nach. Sie sprang hoch und warf Oliver aus dem Weg. Beide landeten im stachligen Unterholz, als eine Kugel durch die Nacht krachte. Celia keuchte, ihre Hände klammerten sich an jedes bisschen Stoff, das sie von Olivers Jacke erwischen konnte. Oliver spannte sich dagegen an, sobald sie auf dem Boden aufkamen. Sein Arm legte sich um ihre Taille, um ihre Bewegung abzufangen.

Die Kugel schlug dort ein, wo sie gestanden hatten, und Rinde spritzte in alle Richtungen. Es wäre ein Kopfschuss gewesen.

»Geht es dir gut?«, fragte Oliver.

»Mir geht es gut, mir geht es gut«, versicherte Celia eilig.

Oliver fluchte leise. »Bleib unten«, wies er sie an und drehte sich so, dass er Celia auf den Waldboden gleiten lassen und eine Pistole aus der Tasche ziehen konnte. Er wartete auf das nächste Aufblitzen von Metall, dann schoss er. Nach seiner dritten Kugel hallte ein menschlicher Schrei durch die Nacht.

Sie hatten die Nationalisten unterschätzt, als sie geglaubt hatten, sie könnten herumschleichen und die Einrichtung des feindlichen Lagers ausspionieren. Es mussten auch Soldaten im Umkreis stationiert sein, die nach Eindringlingen Ausschau hielten.

»Hier entlang«, sagte Celia bestimmt, sprang auf die Füße und packte Olivers Arm. Die Schüsse mussten an der Lagerhalle zu hören gewesen sein und sie mussten außer Reichweite gelangen, bevor die Soldaten eine Suche starteten. Sie stürzten sich tiefer zwischen die Bäume, Zweige zerbrachen unter ihren Füßen und Äste kratzten ihre Gesichter. Celia lauschte weiterhin, wartete auf einen Schrei, wartete auf das Geräusch von Verfolgern.

Als sie sich ein beachtliches Stück entfernt hatten, wurde Oliver langsamer und bedeutete ihr, dasselbe zu tun. Sie nahmen ihre Umgebung sorgfältig in sich auf. Der Mond hatte nun seinen Höhepunkt am Himmel erreicht. Die Blätter sträubten sich über ihnen. Das Dickicht murmelte unter ihnen. Es war still.

Sie schienen davongekommen zu sein.

»Verdammt, Oliver«, fluchte Celia und kam zu Atem.

»Warum verdammt ich?«, erwiderte Oliver mit großen Augen.

»Doch, verdammt du!« Sie zog den Kragen ihrer Bluse zurecht und wischte die Rindenstücke ab, die sich in ihrer Kleidung verfangen hatten. »Wenn ich gewusst hätte, dass du das untersuchst, hätte ich vielleicht gewusst, was mich erwartet! Vielleicht säßen wir dann beide glücklich im Laden herum.«

»Bitte? In welcher Welt säßest du glücklich herum, selbst wenn ich dir die Information gegeben hätte?«

»Es würde nicht schaden, mir zu sagen, welche Anweisungen du hast. Du musst mir keine Details nennen, aber lüg mich nicht an.«

Wenn es bei Geheimnissen darum ging, einander zu schützen, sah Celia hier keine Logik. Sie konnte akzeptieren, dass sie nicht wusste, wen Oliver traf, wenn er nach Shanghai fuhr. Sie musste nicht die Einzelheiten seiner Privatmissionen kennen. Doch sie würde nicht über Angelegenheiten im Unklaren gelassen werden, von denen sie gesagt hatte, dass sie sie wissen wollte – in die sie bereits verstrickt war, weil sie diejenige war, die die Unstimmigkeit entdeckt hatte, die sie zu der Lagerhalle geführt hatte.

»Ich habe dich niemals angelogen«, beharrte Oliver. Er zeigte mit drohendem Finger auf sie, hielt nur eine Haaresbreite vor ihrer Nase inne. »Und das ist das letzte Mal, dass du dich vor mich wirfst, hast du verstanden? Was hast du dir dabei gedacht? Du hättest erschossen werden können?«

Celias Kinnlade fiel herab. »Du wärst erschossen worden, wenn ich das nicht getan hätte! Ist das gerade dein Ernst?«

»Das ist das Risiko, das ich als Agent eingehe. Das ist das Risiko, das ich zu tragen bereit bin, während ich für die Nation kämpfe. Wenn ich erschossen werde, werde ich erschossen. Du wirfst dich nicht einfach vor mich.«

»Oh, sicher«, fauchte Celia. »Nation über alles, nicht wahr? Selbst dein Leben.«

Ein Heulen kam durch den Wald. Sie erstarrten beide und versuchten, festzustellen, ob es menschlich oder mechanisch war. Weder noch – es klang eher animalisch, verklang nach ein paar Sekunden. Der Wind wehte sanft. Celia und Oliver sahen einander wieder an. Langsam zog er seinen drohenden Finger zurück, senkte aber den Arm nicht.

»Ja, Celia«, sagte er beinahe müde. »Nation über alles.«

Sie wusste, dass er es ernst meinte. Wenn jemand wie Oliver diese Worte aussprach, war das kein Schlagwort für hübsche Flugblätter und reißerische Kampfrufe. Er war mit dem Herzen dabei.

Dann legte sich seine Hand um ihr Gesicht, die Bewegung war sanft, während sein Daumen leicht über ihre Wange strich. Celia erstarrte und blinzelte energisch, um festzustellen, was gerade passierte. Er hatte das noch nie so unverblümt getan. Ein lässiges Anstupsen der Schulter, ein Streifen der Finger, wenn sie sich Teetassen reichten. Spielerisches Antippen des Kinns. Oder grobe Inspektionen, wenn einer von ihnen verletzt war, schnelles Zusammenflicken mit Bandagen und Desinfektionsmittel. Niemals das. Niemals Körperkontakt, für den es keine Erklärung gab, außer einem gewissen Verlangen.

»Nation über alles«, wiederholte Oliver mit fester Stimme. »Aber nicht über dich, Liebling. Niemals im Tausch gegen dein Leben.«

Ihr Verstand kreischte wie ein kaputtes Radio. Rauschstörung: Summen zwischen den Ohren, während sie verzweifelt nach etwas – irgendetwas – suchte, das sie sagen konnte. Dann, als hätte jemand den Kanal gewechselt, formte nicht Zärtlichkeit ihre Antwort, sondern brodelnde Wut.

»Du bist so verdammt selbstsüchtig«, sagte Celia, vor seiner Berührung zurückweichend. »Hast du je daran gedacht, dass mir dein Leben genauso viel bedeutet? Wenn du mich schützen willst, glaubst du nicht, dass ich dich ebenfalls schützen will?«

Oliver holte sichtbar Luft, war kurz bestürzt, bevor er sich fasste. Es reichte aus, um ihr eine Antwort zu geben: Der Gedanke war ihm nie gekommen. Wie wenig er von ihr hielt. Wie wenig er von dem hielt, was zwischen ihnen war.

Celia machte auf dem Absatz kehrt und ging davon. Sie hatte nichts mehr zu sagen.

20

Ein paar Tage später musste Rosalind zugeben, dass Deokas Karte des Gebäudes nützlich war.

Das Archiv war für gewöhnlich von ein oder zwei Assistenzsekretärinnen besetzt, die am Tisch ihre Nägel polierten oder einen Plastikbecher Nudeln verschlangen. Rosalind musste nie selbst etwas ablegen. Sie legte die Akten aus der Herstellung auf den Tisch und wer auch immer den kleinen Raum besetzte, würde zwitschern »*Otsukaresama deshita*« und sie davonscheuchen. Rosalind hatte keine Ahnung, was die Worte bedeuteten, doch sie sagten sie immer, also ging sie davon aus, dass es hieß, dass sie genug getan hatte und ihren Kolleginnen den Rest überlassen konnte.

»Es ist gleichbedeutend mit Danke«, antwortete Orion schnell, der gerade zu einer Besprechung eilte, als sie ihn fragte. »Nicht die wortwörtliche Bedeutung. Ich erkläre es dir nach der Arbeit, wenn du willst.« Er küsste sie kurz auf die Schläfe und eilte dann davon.

Sie hatten nicht über ihren Streit gesprochen. Sie waren einfach in verschiedenen Räumen zu Bett gegangen, am nächsten Morgen aufgestanden und hatten so getan, als wäre alles gut. Was bedeutete, dass es sich nicht gut anfühlte. Es war nicht so, dass Rosalind und Orion je beste Freunde gewesen wären, doch nun war es irgendwie noch frostiger. Orions Witze wirkten halbherzig, Rosalinds Seitenhiebe fühlten sich zu spitz an. Er brachte seine Neckereien nie zu Ende und sie konnte keine Anmerkungen machen, die auch nur ein Fünkchen Wahrheit enthielten. Als sie an diesem Morgen das Haus verließen, war Orion zurückgelaufen, weil er seinen Hut vergessen hatte. Sie hatte die Augen verdreht und »Typisch« gemurmelt. Nur war ihr das Wort in der Kehle stecken geblieben und sie klang, als wäre sie beinahe an etwas erstickt, sehr zu Orions Besorgnis, als er wieder herauskam.

Rosalind beobachtete, wie er die Abteilung verließ. Sie wandte sich wieder ihrer Arbeit zu und kaute auf ihrer Unterlippe.

Der Nachmittag verging wie üblich. Rosalind ging zu verschiedenen Archiven und wieder zurück, Papierstapel gelangten von einem Ort zum nächsten. Während Orion weiterhin Leute zufriedenstellte und Informationen sammelte, schnüffelte Rosalind in den Räumen herum und dachte an Dao Fengs andere Anweisung: die geheime Akte.

Auf ihrem letzten Gang mit einem Stapel Papiere, die für Raum Nummer achtzehn gekennzeichnet waren, fiel ihr Blick auf einen Mülleimer in der Ecke, der sofort ihre Aufmerksamkeit erregte. Der Sekretär wandte ihr den Rücken zu und überflog die gerade zugestellten Akten, um zu überprüfen, dass Rosalind die richtigen gebracht hatte. Ohne nachzudenken fragte sie: »Ist das eine Kommunistenflagge im Mülleimer?«

Der Sekretär drehte sich um. »Entschuldige?«, sagte er auf Englisch.

Merde. Rosalind erkannte ihren Fehler, sobald die Worte ihre Lippen verließen. Sie hatte aus Gewohnheit *gòng dǎng* gesagt. Sie wiederholte den Begriff, mit dem Dao Feng um sich warf, den andere in der Geheimabteilung benutzten, wenn sie über die Kommunisten sprachen. Nur Nationalisten kürzten es so ab. Verkürzten es mit einem feinen Hauch Geringschätzung. Alle anderen sagten *gòng chǎn dǎng*.

»Die Kommunistenflagge«, wiederholte Rosalind und wechselte ebenfalls zu Englisch. Dankenswerterweise war Englisch eine viel schlichtere Sprache. Die Wahrscheinlichkeit war also geringer, dass man sich mit einem einzigen Begriff verriet. Zumindest vorausgesetzt, dass sie ihren Akzent unter Kontrolle hielt. Sie konnte nur hoffen, dass dieser Sekretär zu Englisch gewechselt hatte, weil sein Chinesisch nicht so gut war. Vielleicht hatte er die kleine Abstufung überhört. »In dem Mülleimer da.«

Sie deutete darauf. Der Sekretär lehnte sich vor.

»Na sieh mal einer an«, sagte er gelassen. »Tatsächlich. Ich frage mich, wie die dorthin gekommen ist.«

»Sie wirken kein bisschen überrascht.«

Der Sekretär zuckte nur mit den Schultern. Er tippte etwas auf seiner Schreibmaschine, dunkle Augen folgten den Aktenzeichen, die auf die Akten geklebt waren. »Das hier ist der Kommunistenraum. So nenne ich ihn jedenfalls … Es ist uns nicht erlaubt, ihn offiziell so zu nennen, aber die Vorgesetzten haben sich das selbst eingebrockt, indem sie das Gebäude nach Themen aufgeteilt haben. Deoka wollte Drohbriefe wahrscheinlich in entsprechenden Mülleimern entsorgen.«

Mit einer einzigen schwungvollen Bewegung griff der Sekretär die Akten und ordnete sie, bis der Stapel in der Höhe bündig lag.

»Sie müssen eine der neuen Angestellten sein«, fuhr er fort. »Ich glaube nicht, dass ich Sie schon mal getroffen habe.«

»Ja«, sagte Rosalind und ignorierte die Tatsache, dass man sie wohl nicht mehr als neu bezeichnen konnte, so viel Zeit war vergangen, seit sie angefangen hatte. Sie war kaum vorangekommen mit dem Kennenlernen ihrer Kollegen. Orion lief dagegen herum und begrüßte alle mit Vornamen. Sie galten ohnehin als ein Agent. Wenn Orion das freundliche Gesicht wurde und Rosalind die Augen in den Schatten, war sie mit dieser Rollenaufteilung völlig zufrieden.

Der Sekretär räusperte sich. Rosalind hatte wieder auf die weggeworfene Flagge gestarrt.

»Mein Nachname ist Mu«, beeilte sie sich anzufügen, nachdem sie sich wieder gefasst hatte. »Die Rezeptionsassistentin in der Herstellung. Sie sind …?«

»Tejas Kalidas.« Tejas drehte die Akten um und machte sie auch in der Breite bündig. »Ich würde Ihnen die Hand schütteln, aber dann kämen die Akten wieder in Unordnung.«

Rosalind nickte. »Das ist schon in Ordnung.« Sie trat zurück über die Türschwelle. »Ich werde mich auf den Weg machen, außer Sie brauchen noch etwas.«

»Das ist alles.« Tejas legte die Akten unter seinen Tisch. Mit einem Winken ging Rosalind weiter, in Gedanken immer noch bei Tejas' oberflächlicher Anmerkung. Das Ablagesystem im Gebäude war nach Themen sortiert, jeder Raum stellte Material zusammen, das sich glich.

Wie ungewöhnlich.

Rosalind stieg die Treppe hinab, so versunken in ihre Grübeleien, dass sie beinahe mit einer Kollegin zusammengestoßen wäre, die ihr entgegenkam. Sie entschuldigte sich schnell und konzentrierte sich wieder. Sie musste noch einen Umschlag von Raum fünf im ersten Stock einsammeln, dann hatte sie ihre Aufgaben für den Tag erledigt.

»Er war seit Tagen nicht mehr hier. Ich mache mir Sorgen.«

Rosalind hielt im ersten Stock inne und fing die Gesprächsfetzen auf, die aus dem Pausenraum drangen. Ein Instinkt sagte ihr, dass das Klackern ihrer Absätze dämpfen, stehen bleiben und zuhören sollte.

»Es ist nicht unüblich für ihn, dass er sich weigert, Kontakt aufzunehmen.«

»Ja, aber es ist unüblich für ihn, dass er den Vorgesetzten nicht Bescheid gibt. Wann hat Tong Zilin es je riskiert, inkompetent zu wirken?«

Rosalind hielt den Atem an. Eine männliche Stimme und eine weibliche. Also hatte man Tong Zilins Verschwinden bemerkt. Sie schlich näher zur Wand.

»Glaubst du, dass wir nach ihm sehen sollten? Er hat immer noch ein paar unserer Schriftsätze, oder?«

»Nein. Er hat seine Arbeit letzten Donnerstag weitergegeben. Oder nicht? Sie ist auf meinem Tisch gelandet.«

»Ich nehme an, dass das jemand anderes war. Ich war es nicht. Und er hat alles fertiggestellt?«

»Auf mich wirkte es in Ordnung. Jetzt ist das Einzige …«

Ohne Vorwarnung ertönte ein erschreckend lautes Geräusch am anderen Flurende. Rosalind zuckte zusammen und verfluchte innerlich den tollpatschigen Kollegen, der gerade seine Brotdose fallen lassen hatte. Die Unterhaltung im Pausenraum verstummte. Es war unmöglich, zu sagen, welche Art von Arbeit Zilin nicht weitergegeben hatte.

Doch wenn Tong Zilin der Zusammenarbeit mit dem Terrorregime schuldig war – und das war sehr wahrscheinlich, wenn sie seine Überzeugungen bedachte –, dann waren wahrscheinlich auch die beiden im Pausenraum darin verwickelt. Ein Schreiben mit Tötungsanweisungen weitergeben, einen Bericht über Angriffsabläufe zusammenfassen, einen Telefonanruf von Beamten in Japan entgegennehmen: Sie mussten kein Blut an den Händen haben, doch sie waren nicht weniger schuldig. Was war schlimmer: das Rädchen oder die Klinge in der Tötungsmaschine zu sein? Führten sie nicht beide dieselbe Funktion aus, wenn sie Teil eines Ganzen waren?

Rosalind wich zurück und ging in normaler Geschwindigkeit weiter, gerade rechtzeitig, um mit Haidi zusammenzustoßen, die aus dem Pausenraum kam. Mit einem vorgetäuschten überraschten Zusammenzucken schrie Rosalind auf und riss die Hände vor, um das Gleichgewicht zu halten. Währenddessen beeilte Haidi sich, die Klemmbretter unter ihrem Arm zu sortieren, von denen die Hälfte verrutscht war.

»Oh, entschuldige. Ich war so in Eile, dass ich nicht aufgepasst habe, wohin ich ging«, hauchte Rosalind. Sie streckte die Hand aus, in der Hoffnung, dass sie mit den Klemmbrettern helfen und einen Blick darauf werfen könnte.

Doch sobald sich ihre Finger einem der Klemmbretter näherten, schloss sich Haidis Hand um Rosalinds Handgelenk und hielt sie zurück. Es war, als hätte sich ein Metallband um ihre Haut geschlossen. Obwohl Rosalind erstarrte, alarmiert von der Reaktion, hatte sie den Verdacht, dass sie ihren Arm nicht hätte wegziehen können, selbst wenn sie es versucht hätte.

»Ich habe das im Griff«, sagte Haidi. Das freundliche Lächeln, das sie ihr schenkte, passte überhaupt nicht zu dem Griff, den sie um Rosalinds Handgelenk hatte. »Trotz allem Danke für das Angebot.«

Haidi ließ los und schob die Klemmbretter wieder feinsäuberlich zusammen. Sie nickte und eilte davon. Sekunden später streckte ein weiterer Kollege – die männliche Stimme von zuvor – den Kopf aus dem Pausenraum und ging in die andere Richtung. Rosalind konnte sich nicht an seinen Namen erinnern, doch sie war sich sicher, dass Orion es könnte, wenn sie ihm den Kollegen zeigte.

Autsch, dachte Rosalind und rieb ihr Handgelenk. Es war blutlos weiß von Haidis Todesgriff. Was für Vitamine nahm das Mädchen?

Verärgert holte Rosalind schnell den Umschlag aus Raum fünf und grummelte leise vor sich hin. Jiemin sah nicht auf, als sie zu ihrem Tisch zurückkehrte. Die halbe Abteilung war zu verschiedenen Besprechungen gerufen worden, einige waren in Deokas Büro, andere oben in der Redaktion.

»Hier, bitte«, sagte Rosalind und legte den Umschlag vor Jiemin ab. »Ich werde dir jetzt damit helfen.« Sie nahm sich einen Teil seines Arbeitsstapels.

»Weißt du, wo die hinsollen?«, fragte Jiemin abwesend und blätterte eine Seite seines Buchs um.

Sie musste nicht wissen, wohin sie sollten. Sie suchte nur nach Arbeit, als Ausrede dafür, herumzulaufen. Irgendwo zwischen dem ersten und dem zweiten Stock war ihr ein Plan gekommen.

»Ich werde Liza fragen.« Rosalind war verschwunden, bevor er nachfragen konnte. Sie näherte sich ruhig Alisas Tisch, die Akten weithin sichtbar, sodass jeder Beobachter wusste, warum sie dort war.

»Hallo«, grüßte Alisa sie freundlich. »Soll ich dir die Richtung zeigen?«

Rosalind lehnte sich vor. Obwohl sie nicht neugierig sein wollte, konnte sie sich des automatischen Überfliegens von Alisas Arbeitsplatz nicht erwehren: ein gerahmtes Foto einer fetten Katze, eine Besorgungsliste in ihrer kleinen Handschrift, eine hinter drei Tassen geschobene Ausgabe von *Jewgeni Onegin*, deren original russischer Einband von einer Umschlagumrandung verziert war.

»Tatsächlich will ich dir ein Angebot machen. Es ist sehr wichtig, dass du mich zuerst ausreden lässt.«

Beinahe unmerklich richtete Alisa sich in ihrem Stuhl auf. Sie sah sich wachsam um und sprach erst wieder, als sie sicher war, dass die anderen Arbeitsnischen direkt neben ihrer leer waren.

»Ich höre.«

Rosalind zog die Karte des Gebäudes aus ihrem *Qipao*, entfaltete den Zettel mit einer Hand und strich ihn auf den Akten glatt. Sie zeigte auf Nummer achtzehn: eine kleine Tür am Ende des Flurs bei der Treppe. Ein Blick auf die Wände davor hätte niemals verraten, dass sich dahinter ein ganzes Archiv verbarg, überwacht von einem Sekretär, der gelangweilt an seinem Tisch saß.

»Ich weiß, dass du nach einer Akte suchst. Pläne, die euer Überläufer weitergegeben hat. Ich glaube, sie ist in diesem Zimmer.«

Alisas Kopf ruckte plötzlich nach oben und sie warf ihr einen ungläubigen Blick zu. Sie war sich nicht sicher, ob das daran lag, dass Rosalind von Alisas Ziel bei Seagreen wusste, oder an ihrer Hypothese, dass dies der Ort war, an dem sie suchen sollten. Sie sprach weiter:

»Du versuchst, sie zurückzuholen. Also lass uns zusammenarbeiten. Wenn ich den Sekretär ablenke, der das Archiv bewacht, und du es hineinschaffst, will ich eine Kopie der Akte.«

Alisa stieß einen nachdenklichen Laut aus. Zumindest war das keine sofortige Ablehnung, was bedeutete, dass sie es in Betracht zog.

»Du scheinst zu wissen, wobei es sich bei der Akte handelt«, sagte sie. »Ich würde Ärger bekommen, wenn ich eine Kopie in Umlauf brächte.«

»Das Wichtigste ist doch, den Japanern den Plan wegzunehmen, oder? Warum vereinen wir nicht unsere Kräfte, um genau das zu erreichen?«

Alisas Wangen wölbten sich nach innen, als sie darauf biss. Sie ließ sich den Vorschlag auf der Zunge zergehen, wortwörtlich. »Ich glaube nicht, dass meine Vorgesetzten glücklich darüber wären, wenn die Kuomintang die Informationen bekommt.«

»Deine Vorgesetzten müssen davon nichts erfahren.« Rosalind wedelte mit der Hand, wischte die Angelegenheit weg wie eine Fliege, dir ihr ums Gesicht flog. »Erzähl mir nicht, dass du keine Geheimnisse vor ihnen hast.«

Alisa schenkte ihr einen ironischen Blick. Rosalind erwiderte ihn auf gleiche Weise.

Einige Sekunden später seufzte Alisa und sagte: »Ich würde sagen, nach einer einzigen spontanen Zusammenarbeit steht uns beiden das Wasser ohnehin schon bis zum Hals.« Sie schnaubte. »Aber wenn jemand fragt, habe ich dir nichts gegeben.«

»Natürlich nicht.«

Sie hatte auf Alisas Mangel an Loyalität gesetzt und sie hatte ihre Trümpfe richtig ausgespielt. Es war nicht so, dass Rosalind Alisa nicht für eine tüchtige Agentin hielt. Sie hatte nur angenommen, dass Alisa für die Kommunisten arbeitete, weil sie die Einzigen waren, die bei Ausbruch des Bürgerkriegs bereit gewesen waren, jemanden mit ihrer Identität aufzunehmen. Und Arbeit war Arbeit, nicht eine Verpflichtung auf Leben und Tod. Sie waren sich sehr ähnlich, was ihre Haltung in Bezug auf ihr jeweiliges politisches Lager betraf. Keine von ihnen scherte sich um das Lager selbst, doch sie nahmen die Bürde auf sich, um das zu erhalten, was das Lager zu bieten hatte.

Alisa lenkte Rosalinds Aufmerksamkeit wieder auf die aktuelle Situation. »Du sagtest, dass du den Sekretär ablenken würdest. Wie?«

Rosalind hatte nicht so weit gedacht. Sie blickte durch die Abteilung. »Das werde ich herausfinden, während es passiert. *Allons-y.*«

Ohne weitere Diskussion verließen sie die Arbeitsnische. Rosalind reichte Alisa die Hälfte der Akten, als würden sie diese zusammen verteilen. Alisa war schnell und folgte Rosalinds Beispiel.

»Ich kann mir nicht einmal ansatzweise vorstellen, wo die Akte im Raum sein könnte«, sagte Rosalind, als sie die Herstellungsabteilung verließen. Sie gingen an zwei geöffneten Bürotüren vorüber. Sie sprach leise. »Ich weiß nur, dass dieses Archiv der wahrscheinlichste Ort ist, verglichen zum Rest des Gebäudes.«

»Wenn du mich ungesehen reinbringen kannst, überlass den Rest einfach mir«, antwortete Alisa.

Doch gerade als sie sich Raum Nummer achtzehn näherten, hörten sie, wie eine andere Tür geöffnet wurde und verschiedene Stimmen im Flur erklangen. Orion war unter ihnen, erblickte sie sofort und kam mit einer unausgesprochenen Frage in den Augen herüber.

Pech gehabt.

»Hallo, Liebste.« Er legte eine Hand auf ihren Rücken. »Was machst du hier?«

Rosalind zwang sich zu einem Lächeln. »Nur einige Erledigungen. Für meine Arbeit. An der ich gerade arbeite.«

Alisa verdrehte die Augen. Orion wirkte nicht überzeugt. Hinter ihm waren zwei andere aus der Abteilung, die neugierig herübersahen, bevor sie zu ihren Tischen zurückkehrten.

Die Idee traf sie wie der Blitz. Eine Ablenkung.

»Stürm davon«, wies Rosalind ihn leise an.

Orion zog die Brauen hoch. »Wie bitte?«

»Stürm davon«, wiederholte sie. »In Richtung der Treppe dort, bis zum Geländer, ohne sie hinabzusteigen. Du bist sauer auf mich. Werde sauer.«

Zu seiner Verteidigung musste gesagt werden, dass Orion keine Sekunde länger verwirrt herumstand. Er warf die Arme hoch und rief: »Unglaublich!«, bevor er davonstürmte.

Rosalind wartete drei Sekunden und tat so, als sei sie schockiert. Dann eilte sie ihm nach und ließ dabei ihre Stöckel laut über den Linoleumboden klackern.

»Habe ich unrecht?«, schrie sie ihm nach. Es war nicht schwer, Wut vorzutäuschen. Immerhin war Schauspielern am einfachsten, wenn ein Fünkchen Wahrheit darin steckte. »Egal wohin wir gehen, du kannst nicht aufhören, dich mit diesem Mädchen abzugeben! Ich habe dich gestern Abend mit ihr reden sehen!«

Wie von Rosalind angewiesen, blieb Orion bei der Treppe stehen. Er brauchte einen Moment, um auf Rosalinds erfundenen Streit aufzuspringen, doch es fiel ihm leicht, mitzuspielen, als er herumfuhr und vorgab, dass er doch noch mehr sagen und nicht mehr davonstürmen wollte.

»Das ist absurd. Das war gar nichts.«

»So sah es aber nicht aus.« Rosalind zuckte mit der Hand an ihrer Seite, deutete nach oben. Er musste lauter sein.

»Wenn du mir etwas anlasten willst«, Orion wurde lauter, als er den Hinweis sah, »WARUM SAGST DU ES DANN NICHT?«

»Langsam, langsam, was geht hier vor?«

Die Frage durchdrang das Echo von Orions Stimme, die noch immer von den Steinwänden des Treppenhauses widerhallte. Tejas hatte den Kopf aus dem Archiv gestreckt und als er Rosalind und Orion sah, kam er herübergeschlurft, um den Streit zu schlichten.

»Schrei noch lauter und Deoka wird kommen«, warnte Tejas. »Und er wird es nicht gut aufnehmen, dass man ihn unterbrochen hat.«

»Das ist wohl kaum meine Schuld«, sagte Orion. »Warum fragen wir nicht meine Frau, was sie für ein Problem mit meinem Sozialleben hat?«

Rosalind lachte bitter. Sie musste sich nicht dazu zwingen, es kam ganz von selbst. »Dein Sozialleben? Hast du mir kein Ehegelübde geschworen? Was wurde aus Zuneigung und Hingabe?«

»Du bildest dir etwas ein.«

»Das würde ich nicht, wenn du einfach sagen würdest, was du treibst!«

Sie brauchten mehr Zeit. Das reichte nicht, um Alisa eine ausführliche Suche zu ermöglichen. Bevor Orion eine andere Richtung finden konnte, in die er den Streit lenken konnte, griff Rosalind nach Tejas Ellbogen und zerrte ihn in Orions Richtung.

»Sehen Sie sich das an«, wies Rosalind ihn an, auf Orions Hals zeigend. »Sagen Sie mir, dass das nicht das Zeichen von Untreue ist.«

»Ich … sehe nichts, Mrs. Mu«, sagte Tejas. Er versuchte, zurückzutreten. Rosalind legte die Hände auf seine Schultern und zwang ihn, stehen zu bleiben.

»Ist das irgendein Loyalitätspakt unter Männern?«, verlangte sie zu wissen. »Es ist genau da. Sehen Sie genauer hin!«

Das war nichts. Nur Orions makellose gebräunte Haut, golden unter seinem weißen Hemdkragen. Doch Rosalind machte es nichts aus, die verstörte Ehefrau zu sein, die halluzinierte, solange es dem Zweck diente.

Tejas seufzte. Es schien, als hätte er aufgegeben, den Streit zu schlichten, denn als Rosalind ihn nicht losließ, sagte er: »Wissen Sie was? Ja. Ich sehe es. Furchtbar. Mr. Mu, wie konnten Sie nur?«

Orions Kinnlade fiel herab. »Was? Das ist lächerlich …«

Hinter ihnen räusperte sich jemand. Als Rosalind und Tejas sich umdrehten, lösten ihre Hände endlich den Todesgriff. Alisa stand vor dem Archiv, wirkte engelsgleich und unschuldig mit ihrem Stapel Arbeit in den Händen und dem Kopf neugierig zur Seite geneigt, als hätte sie die ganze Zeit gewartet.

»Mr. Kalidas, die sind für Sie. Wenn Sie so freundlich wären und mich davon befreien würden, dass ich einem Ehestreit beiwohnen muss.«

»Bitte, befreien Sie auch mich«, rief Tejas, ging zu Alisa und nahm ihr den Stapel ab. Er kehrte ins Archiv zurück und legte die Papiere in das Regal am Eingang. Alisa fing kurz Rosalinds Blick auf und nickte, bevor sie auf dem Absatz kehrtmachte und in Richtung der Herstellungsabteilung davonging.

Ausgezeichnet. Alisa war besser, als Rosalind dachte. Es war Zeit, diese Aufführung zu beenden.

»Weißt du was«, sagte Rosalind. Sie sah sich um und tat so, als hätte sie nicht bemerkt, wo sie sich befanden, und als wäre ihr ein

Streit in der Öffentlichkeit peinlich. »Wir können später reden. Ich muss zurück zur Arbeit.«

»Warte, halt.«

Orion packte sie am Handgelenk. Ihre ehrliche Verwirrung brachte sie dazu, innezuhalten.

»Was ...«

»Es tut mir leid.« Bevor sie ihn aufhalten konnte, hatte Orion sie in die Arme genommen, umarmte sie fest und legte sein Kinn auf ihren Kopf. Von ihrem kleinen Pistolen-Versteck-Trick vor dem »Peach Lily Palace« wusste sie bereits, wie groß der Größenunterschied zwischen ihnen war, doch sie war erneut erschrocken darüber, mit welcher Leichtigkeit er sie an seine Brust ziehen konnte. »Lass uns nicht streiten.«

Was ... für ein Spiel spielte er? »Äh ...« Sie hob unbeholfen die Arme und klopfte zaghaft auf seinen Rücken. »Ist ... ist schon okay.«

»Meinst du das wirklich? Sagst du das nicht nur so?«

War Tejas überhaupt noch in Hörweite? Rosalind zog sich ein winziges Stück zurück, um es zu überprüfen. Der Flur war leer. Sie nahm an, dass Orion nur die letzte Maske fallen ließ. Sie tätschelte seine Wange.

»Verärgere mich in der Zukunft nicht mehr und alles wird gut, denke ich.«

»Okay«, sagte Orion einfach. »Es tut mir leid. Wirklich. Ich nehme an, einige Dinge sind einfach nicht wichtig genug, um sie dir zu sagen. Ich wollte keine Geheimnisse haben.«

Rosalind blinzelte.

»Oh«, sagte sie. Ihre übliche Improvisationskunst schien nicht mehr zu funktionieren. Ihr fiel nichts Besseres ein als ein weiteres: »Oh.«

Orion legte einen Finger unter ihr Kinn und neigte ihren Kopf hoch zu ihm.

»Ist mir verziehen?«

»Na ja, du lässt mir kaum eine Wahl bei solcher Ehrlichkeit.«

Orion schenkte ihr ein strahlendes Lächeln, flüssig und honigfarben und wunderschön. Obwohl sie wusste, dass es gespielt war, konnte Rosalind nicht anders, als es mit dem winzigsten Lächeln zu erwidern.

21

Phoebe steckte ihren Löffel in den Joghurt, holte sich etwas direkt aus dem großen Behälter. Sie war ohnehin die Einzige im Haus, die Dinge wie Joghurt aß, also würde es niemanden stören.

Die Haustür öffnete und schloss sich. Ihr Vater kam herein, eine Aktentasche schwang an seiner Seite.

»Bàba«, grüßte Phoebe ihn. »Ah Dou sagte, er habe die Post reingebracht und in dein Büro gelegt.«

»Wundervoll.« General Hong hielt am Durchgang zur Küche inne. »Ist heute keine Schule?«

»Nein«, log Phoebe problemlos. Sie machte sich nicht die Mühe, mehr zu sagen. Das musste sie nicht. Ihr Vater nahm die Antwort für bare Münze und nickte, bereits auf dem Weg hinauf zu seinem Büro.

Das Haus wurde still. Sie konnte die Uhr im Wohnzimmer ticken hören, das Echo glitt über jede glatte Oberfläche. Ah Dou war außer Haus, um Einkäufe zu erledigen. Das Dienstmädchen war diese Woche nicht da, besuchte ihre Heimatstadt auf dem Land.

Phoebe musste heute etwas finden, das sie tun konnte. Silas würde nicht vor dem Abend herkommen, daher hatte sie unzählige Stunden totzuschlagen. Wäre sie doch nur älter – dann könnte sie so richtig im gesellschaftlichen Leben aufgehen. Stattdessen steckte sie in ihren unbeholfenen Jahren fest. Siebzehn und zu jung, um ernst genommen zu werden, zu alt, um sich sagen zu lassen, was sie tun sollte. Dieselbe Zwiespältigkeit herrschte bei ihrem Familienstatus: bekannt genug, dass sie mit ihrem Nachnamen durchkam, nicht ganz mächtig genug, damit sie nicht darauf achten musste, was sie sagte und wie sie sich verhielt.

Sie ging ins Wohnzimmer und blieb dort wie versteinert stehen.
»Feiyi.«
Ihr Kopf schoss begierig hoch. Ihr Vater rief von oben nach ihr.
»Ja?«
»Komm bitte her.«
Phoebe strich ihre Haare über die Schulter. Ihre Schuhe waren laut auf der Treppe, klackerten den ganzen Weg nach oben und kamen vor dem Büro ihres Vaters abrupt zum Stehen. Er winkte sie hinein. Sie trat erst ein, nachdem sie die Aufforderung bekam.
»Ah Dou hat Post übersehen, die für dich bestimmt ist«, sagte er. In seiner Hand lag ein kleiner Umschlag, ihr Name war fein säuberlich in die Mitte gedruckt. Als Phoebe den Umschlag entgegennahm, drehte sie ihn neugierig um und betrachtete den Poststempel in der oberen Ecke.
»Wer schickt dir Post aus Taicang?«, fragte General Hong, der dasselbe las wie sie.
»Ich habe nicht die geringste Ahnung«, erwiderte Phoebe.
Ihr Vater reichte ihr einen Brieföffner. Er war versilbert und am Griff war ihr Familienname eingraviert. »Öffne ihn.«
Phoebe nahm den Brieföffner vorsichtig entgegen, da sie sich nicht aus Versehen schneiden wollte. Mit einem schnellen Schnitt öffnete sie den Umschlag und entnahm ihm seinen Inhalt.
General Hong runzelte die Stirn. Phoebe drehte den Zettel um, damit sie beide Seiten lesen konnte.
»Ein Flugblatt einer Kirche mit der Bitte um Spenden für ein Waisenhaus«, sagte sie. »Die Einrichtungen in dieser Stadt ergreifen wirklich neue Mittel, um Werbung zu machen.«
»Wie seltsam.«
Etwas lag in der Stimme ihres Vaters. Phoebe glättete das Flugblatt und überflog die Adresse der Kirche.
»Sollte ich mir Sorgen machen?«, fragte sie.

»Ich bin mir sicher, es ist nichts.« Er hob den Mülleimer hoch. Phoebe warf sowohl den Umschlag als auch das Flugblatt hinein und versuchte, den Schauder abzuschütteln, der ihren Nacken hinaufkroch. »Geh jetzt.«

Phoebe nickte und ging.

»Hey.«

Rosalind sah auf, ihr kritzelnder Stift hielt inne. Sie hatte sich Notizen gemacht, hatte eine Liste aller Mitarbeiter bei Seagreen Press abgeschrieben. Unter dem Vorwand, die Namen aller lernen zu wollen, hatte sie sich von Jiemin eine Liste über das gesamte Büro geholt, was – ihrer bescheidenen Meinung nach – eine ziemlich kluge Taktik war.

»Hallo«, erwiderte Rosalind in kühlem Tonfall. Sie versteckte die Liste und wechselte dann ins Russische, bevor sie weitersprach. »Ich hatte mich bereits gefragt, ob du dich mit der Akte davongemacht hast.« Stunden waren seit ihrer kleinen Aufführung beim Archiv vergangen; bald war es Zeit, auszustempeln. Jiemin war nicht an seinem Tisch. Am anderen Ende der Abteilung lehnte sich Haidi über Orions Arbeitsnische und besprach mit ihm den Terminkalender eines Vorgesetzten für nächste Woche. »Zeig her.«

Alisa zog etwas unter dem Arm hervor. Obwohl es aussah wie eine gewöhnliche Abteilungsakte, fand Rosalind beim Öffnen eine zweite kleinere Akte, auf die mit rot VERTRAULICH gestempelt war.

»Also«, sagte Alisa. »Weiß dein Ehemann hiervon?«

Rosalind schüttelte die zweite Akte aus und zog das dünne Briefpapier heraus. Es war auf Chinesisch geschrieben, was bedeutete, dass sie keine Zeit mit einer Übersetzung verschwenden musste – sie konnte gleichzeitig lesen und abschreiben. *Im Süden mobilisieren … Flussumgehung … Berge …*

Ihre Mundwinkel senkten sich. Sollte es nicht um Priest gehen? Dies sah aus wie ein gewöhnlicher Bericht über Kommunistenbewegungen.

»Es ist nicht seine Mission«, antwortete Rosalind, während sie den Plan überflog und in ihrer Schublade nach Kopierpapier suchte. »Sprich leiser. Ich bin mir nicht ganz sicher, welche Sprachen er spricht. Und was soll die Betonung?«

»Betonung?«

»Du hast es betont. Als wolltest du andeuten, dass er nicht mein Ehemann wäre, den ich von ganzem Herzen liebe.«

Alisa warf Rosalind einen wissenden Blick zu. »Komm schon«, sagte sie. »Ich erinnere mich, dich mit Dimitri Petrowitsch gesehen zu haben. Ihn hast du anders angesehen.«

Die Worte auf dem Briefpapier verschwammen sofort, wirbelten umher und stießen gegeneinander, als Rosalinds Sichtfeld sich brutal zur Seite neigte. Sie spürte, wie ihr Blut zu Eismatsch gerann. Dann zu Eis, scharfe Spitzen schnitten in ihre Venen. »Du hast ... was gesehen?«

Dimitri Petrowitsch Voronin war bei den White Flowers ein Liebling auf der Überholspur geworden, nachdem Roma Montagows Position sich zum Schlechteren gewandt hatte. Es ergab Sinn, dass Alisa ein Auge auf den potenziellen Usurpator ihres Bruders haben wollte. Es ergab Sinn, dass Alisa Rosalind erkannt hatte, als sie mit Dimitri in der Stadt unterwegs gewesen war, während andere das nicht taten. Dass Alisa einst einen Blick erhascht hatte auf eine glücklichere Rosalind, die in Unwissenheit gelebt und sich auf das verlassen hatte, was sie glaubte.

Doch der Gedanke, dass sie mit dieser anderen Version von ihr in Verbindung gebracht wurde, entsetzte sie inzwischen. Jene Rosalind war ein Feind, den sie tiefer und tiefer in einen Winkel ihres Verstandes verbannt hatte und über den sie nie zu viel nachdenken konnte, weil er sonst zurückkehren würde. Die Rosalind, die heute hier war, würde sich nie mehr mit den Überresten ihres früheren Selbst vertraut machen; sie war zu sehr damit beschäftigt, die verdammten Fehler dieses Mädchens wiedergutzumachen.

»Ich habe damals jeden ausspioniert, denk dir nichts dabei«, sagte Alisa. »Ich war einfach neugierig. Ich habe immer den Mund gehalten.« Ein Augenblick verging. Alisa sah nach unten und spielte mit dem Saum ihrer Bluse. »Vielleicht hätte ich das nicht tun sollen. Vielleicht hätte mein Bruder Dimitri früher aufgehalten, wenn ich ihm gesagt hätte, was ich gesehen habe.«

Rosalind schluckte schwer. Sie zwang ihre Augen, wieder scharf zu stellen. Ihr Herz, wieder zu schlagen. Es war nett von Alisa, die andere Hälfte der Schuld unausgesprochen zu lassen: Dimitri hätte beinahe die Stadt zerstört, weil Rosalind ihm geholfen hatte. Dimitri hatte inmitten einer Revolution Macht erlangt und Zerstörung in der Form menschgemachter Monster über die Stadt gebracht, weil Rosalind Opfer für ihn gefunden hatte.

»Vielleicht hätte auch ich etwas sagen sollen«, gab sie flüsternd zu. »Vielleicht wären dein Bruder und meine Cousine dann noch am Leben.« Als die getippten Worte vor ihr wieder lesbar waren, nahm sie ihren Stift und begann, sie auf ihr eigenes leeres Papier zu kopieren. »Wenn irgendwer die Schuld dafür trägt, dann ich, Miss Mon... Iwanowa.«

Alisa blieb stumm. Im Gegensatz zu Rosalind sah sie nicht betrübt aus. Ihr Gesichtsausdruck zeigte nachdenkliche Betrachtung, als würde Alisa etwas überdenken, in das Rosalind nicht eingeweiht war.

»Sei nicht so hart zu dir«, sagte Alisa schließlich. »Das würde Juliette nicht wollen.«

Rosalind schluckte schwer und beschäftigte sich mit der zweiten Hälfte des Briefpapiers.

Es folgen die Decknamen von kommunistentreuen Agenten, die die Kuomintang infiltriert haben:
Lion.
Gray.
Archer.

Es war keine Zeit mehr für ihr persönliches Gejammer. Rosalind neigte neugierig den Kopf.

»Hast du dir das bereits durchgelesen?«, fragte sie.

»Natürlich«, erwiderte Alisa. Sie hielt gerade so das deutliche *Was denn sonst?* zurück, das sie hinterherschieben wollte. »Ich habe die Liste der Doppelagenten gesehen. Da nur die Decknamen genannt werden, bezweifle ich, dass deine Nationalisten viel mit der Information anfangen können.«

Außer sie haben bereits Verdächtige, dachte sie. Rosalind faltete das Briefpapier zusammen und schob es zurück in die kleine Akte. Das war das Ende des Schreibens. Obwohl da nichts stand von Priest, wäre die Kuomintang zumindest an den drei Doppelagenten interessiert. »Hier. Gehört ganz dir.«

Alisa nahm die Akte. »Stempelst du jetzt aus?«

»Noch nicht.« Rosalind erhob sich. »Ich habe vor Feierabend noch eine Besprechung mit Botschafter Deoka.«

Es wäre normalerweise nicht ihre Arbeit gewesen, doch da er sah, wie effizient sie beim Verteilen der Akten war, hatte Jiemin ihr seine restlichen Aufgaben übertragen. Einschließlich Deoka Bericht zu erstatten und ihm den Abteilungsbericht zu übergeben, den Jiemin verfasst hatte.

Alisa nickte. Doch bevor sie sich zum Gehen wandte, zögerte sie.

O nein, dachte Rosalind. *Alisa Montagow, bitte entschuldige dich nicht ...*

»Falls du wütend bist, weil ich Dimitri erwähnt ...«

»Ist schon in Ordnung«, unterbrach Rosalind sie blitzschnell. »Es ... es ist viel Zeit vergangen.«

Vier Jahre. Ganze Leben waren vergangen. Die Stadt baute sich unter ihren Füßen wieder auf. Die Straßen neu gepflastert und mit neuen verchromten und versilberten Gebäuden überbaut.

»Viel Zeit«, wiederholte Alisa leise. »Aber nicht für dich.«

Rosalind blinzelte überrascht. Alisa ging bereits weg, kehrte zu ihrer Nische zurück. Es stimmte – ganze Leben waren vergangen und Rosalind war immer noch neunzehn.

Bevor sie anfangen konnte, über ihre anderen Missgeschicke nachzudenken, sammelte Rosalind den täglichen Abteilungsbericht ein und machte sich auf den Weg zu Deokas Büro. Als sie klopfte, war an dem Murmeln hinter der Tür deutlich zu hören, dass er telefonierte, doch er bat sie trotzdem hinein. Rosalind steckte zögerlich den Kopf durch die Tür. Deoka erblickte sie und winkte sie hinein.

Er sprach Englisch. »... ja ... ja, ich weiß. Es handelt sich nur um tägliche Exerzierübungen, daher sollte es kein Problem sein, durch Zhejiang hereinzukommen. Sie werden durch Shanghai ziehen, doch wir können Soldaten in der Umgebung der Stadt ausfindig machen.«

Rosalind verkrampfte sich, als sie den Bericht präsentierte. Glücklicherweise fasste sie sich wieder, bevor ein Zittern das Blatt entlangbeben konnte. Deoka wandte sich ihr zu und formte mit den Lippen einen Dank, als er es entgegennahm.

»Ah, das ist nicht schwierig«, fuhr er am Telefon fort. Er klopfte mit der Hand auf das schwere Hartholz seines Tisches. »Hören Sie, hören Sie. China ist ein Kind, das Disziplin benötigt. Sie werden keinen Grund sehen, unsere Maßnahmen infrage zu stellen. Wir sind wie ein Elternteil, der einem unartigen, verzogenen Kind den Hintern versohlt. Streng, doch verständnisvoll.«

Nicht reagieren, befahl Rosalind sich selbst. Sie zwang sich, wegzuschauen. Auf die an der Wand befestigte Karte von China. Doch es machte sie nur noch wütender, das Land vor ihm ausgebreitet zu sehen wie einen Hauptpreis. *Nicht reagieren. Geh. Jetzt.*

Sie war sicher: Wenn sie den Botschafter in diesem Moment anspucken würde, würde sie Feuer spucken. So schnell sie konnte, ging Rosalind hinaus und schloss die Tür mit einem Klicken hinter sich, für das sie jeden einzelnen Muskel unter Kontrolle halten musste.

Rosalind drückte sich an die Wand und atmete in den leeren Flur aus. Ein Kind, das Disziplin braucht? Das war ein absoluter Witz. Sie hatten die längste ununterbrochene Geschichte jedes Landes auf der Welt. Sie waren seit Dynastien über Dynastien hier.

Und doch ... und doch. Wann hatten sich Imperialisten je für Geschichte interessiert? Sie wollten nur ihre Eroberungen zu Staub zermalmen, umso besser konnten sie sie hübsch in Form kehren.

Von links hallten Schritte heran und signalisierten, dass jemand die Treppe heraufkam. Rosalind wollte nicht beim Herumlungern gesehen werden, also strich sie ihren *Qipao* glatt und machte sich auf den Weg in die Abteilung. Jiemin war zurück, als sie auf ihren Platz schlüpfte. Ihr Stift hatte kaum noch Tinte. Er hatte ein paar Schmierflecke hinterlassen, als sie ihn weggelegt hatte. Ohne von seinem Buch aufzusehen, lehnte Jiemin sich herüber und reichte ihr ein Taschentuch, um die Tinte aufzuwischen.

»Danke«, sagte Rosalind.

Jiemin blätterte um. Rosalind verdrehte die Augen und fragte sich, was seine Aufmerksamkeit in Beschlag nahm.

Einige Straßenhändler verkauften gern Raubübersetzungen von Krimis aus dem Westen, die Art von Mördergeschichten und Kriminalromanen, deren letztes Kapital immer den bösen Mann enthüllte. Vielleicht sollte sie auch ein paar davon lesen. Vielleicht würden sie ihr dabei helfen, ihre Arbeit als Spionin zu verbessern. Das Problem bei dieser Mission war, dass Rosalind nicht versuchte, in einem Kriminalroman Leute zu fangen. Sie wusste, wer: Leute aus diesem Gebäude. Früher oder später würde sie auch die Namen der Verantwortlichen herausfinden. Es war eher das *zu welchem Zweck* und, verdammt noch mal, *warum Chemikalien?* War eine Pistole zu gewöhnlich? Wollten sie, dass der Völkerbund glaubte, dass die chinesischen Teile der Stadt ein Problem mit herrenlosen Nadeln hätten und deshalb kolonisiert werden mussten? Man sollte meinen, sie würden ihr Ziel, die Stadt zu destabilisieren, eher erreichen, indem sie es aussehen ließen, als würden wieder Bandenmitglieder Chaos verbreiten. Wenn eine Imperialmacht gegen die Grenzen anrannte und versuchte, einzumarschieren, wäre es dann nicht zweckdienlicher, die Blutfehde wieder aufleben zu lassen? So zu tun, als rissen rivalisierende Banden erneut die Stadt entzwei?

Rosalind lehnte sich in ihrem Stuhl zurück und kaute auf ihrer Lippe. Dao Feng hatte ihr zu dieser Mission ein hübsches Paket aus Hypothesen und Vermutungen der Kuomintang gereicht, doch auch die musste wissen, dass das keinen Sinn ergab.

Das hatten sie bestätigt: Agenten der Kaiserlichen Japanischen Agenda töteten in Shanghai Zivilisten. Diese Agenten hatten es auf Gegenden abgesehen, die nicht von Ausländern kontrolliert wurden. Die bevorzugten Waffen dieser Agenten waren Chemikalien, die sie injizierten. Diese Agenten kamen von Seagreen Press.

Das gab den Morden ein todsicheres, leicht zu erkennendes Muster. Doch wenn die Kuomintang glaubte, dass es sich dabei um einen Versuch handelte, den Grundstock für einen Einmarsch zu legen, warum brauchte man dafür ein leicht zu erkennendes Muster? Ein Serienmörder in der Stadt bot wohl kaum ausreichend Gründe, einzumarschieren.

Andererseits brauchten sie ohnehin keinen Grund. Die Mandschurei war wegen einer lausigen Explosion auf einem Gleis erobert worden.

Rosalind seufzte. Vielleicht hatte die Kuomintang recht – vielleicht hatte die Kuomintang unrecht. Vielleicht geschah im Verborgenen etwas anderes – vielleicht auch nicht. Es fiel nicht in ihre Zuständigkeit, sich darum zu kümmern. Sie war ihre Spionin, nicht die Einsatzleitung. Sie musste nur Anweisungen befolgen und Informationen beschaffen. Ein Teil war bereits vollendet: Sie hatte diese Akte in Rekordzeit gefunden. Der Rest konnte unmöglich viel schwieriger sein.

Sie holte die Büroliste wieder aus ihrer Schublade und machte sich daran, die Namen abzuschreiben.

22

Wir treffen uns zu Hause«, sagte Rosalind zu Orion, fünf Minuten bevor der Arbeitstag enden sollte. Sie lehnte sich über seine Schulter, brachte ihren Mund näher an sein Ohr. »Ich muss Dao Feng sehen.«

Orion wirkte kurz überrascht, bevor er nickte und etwas unter seinem Tisch hervorzog.

»Kannst du ihm das hier geben, wenn du schon dabei bist? Ich wollte es ihm schicken.«

Er versuchte nicht, die Worte vor Rosalind zu verstecken, als er ihr die gefaltete Notiz reichte. Sie öffnete sie und darauf stand:

Oliver ist in Shanghai aufgetaucht. Er sucht nach etwas. Sei vorsichtig.

»Dein Bruder?«, platzte es aus Rosalind heraus.

Orion drehte sich in seinem Stuhl um. »Woher kennst du meinen Bruder?«

»Du tust, als hättest du vergessen, dass deine Familie berühmt ist.« Rosalind wich der Frage aus, indem sie den Zettel in ihre Tasche steckte. »Ich werde es weitergeben. Sonst noch etwas?«

»Das ist alles.« Sein Stuhl quietschte, als er sich zurücklehnte und ihr zum Abschied auf die Finger tippte. »Viel Glück.«

Ein Schaudern ging durch ihre Hand. Rosalind machte schnell eine Faust, um die Wirkung abzumildern, und dachte sich nichts dabei.

Die Sonne war vor wenigen Minuten untergegangen und die Luft draußen wurde frisch. Es war eine normale Zeit, um das Büro zu verlassen. Und doch sah sie alle paar Sekunden über ihre Schulter, sobald sie die Hauptrezeption hinter sich gelassen hatte, zur Vordertür hinaus war und den Schotter auf dem Gehweg aufwirbelte. Selbst nachdem sie Tore von Seagreen Press hinter sich gelassen hatte, kroch ein Gefühl ihre Arme hinauf, als würde sie beobachtet.

Rosalind überquerte die Straße. An der Kreuzung versuchte sie, eine Rikscha heranzuwinken, doch die fuhr an ihr vorbei und zu einem Mann an der gegenüberliegenden Ecke. Keine weiteren Rikschas waren in Sicht. Unwichtig. Rosalind machte auf dem Absatz kehrt und unterdrückte ein Seufzen. Sie konnte laufen. Das »Golden Phoenix« war ohnehin nicht weit von hier entfernt. Dies war die beste Zeit, um draußen zu sein, von allen Seiten von Aktivität umgeben. Fremde schoben sich an ihr vorbei, Blicke trafen sich einmal und dann nie wieder. Dunkelheit näherte sich in gleichmäßigem Tempo, färbte die Wolken violett. Um diese Zeit schalteten die Läden ihre Lichter an für die Nacht und eröffneten ihre Abendangebote, wenn Shanghai von einer von Menschen bewohnten Stadt zu einer Stadt wurde, die ihre Menschen bewohnte.

Am Anfang, kurz nachdem Rosalind ins Leben zurückgerissen worden war, hatte sie das Vorübergehen der Tage nur an der spürbaren Veränderung messen können, die zu dieser Stunde einzog. Gestern und heute, heute und morgen – nicht mehr der Akt des Erwachens und Aufstehens markierte den Unterschied zwischen diesen beiden Begriffen, sondern wie der Geruch der Luft sich nachts plötzlich erneuerte.

Sie umrundete eine Tram-Ampel und bog bei einem geparkten Auto ab. Als Rosalind in eine Gasse gegangen war, die sie als Abkürzung nutzte, hörte sie hinter sich ein Echo. Sie hielt inne, wandte sich kaum merklich um.

Rosalind ging weiter und das Echo erklang erneut.

Diese Zeit des Abends war ein Bild, das sie durchschreiten konnte, doch das Durchschreiten hatte seine Nachteile. Sie wurde verfolgt.

»Nur einmal eine Pause«, murmelte Rosalind. »Um mehr bitte ich nicht. Das ist nicht viel!«

Sie lief schneller, bog in die nächste Gasse ein. Mit angehaltenem Atem schlitterte sie unter das Vordach eines der Gebäude, drückte sich an die Wand und hielt still.

Sekunden vergingen. Minuten. Als Rosalind nichts hörte, trat sie vorsichtig vor, setzte die Absätze leicht auf dem Beton auf.

Dann zerriss eine Kugel die Nacht, streifte ihren Arm.

»Oh, Mensch ...« Rosalind rannte los, schoss die Straße hinab und schwenkte schnell nach links ab. Ihr Arm brannte, der Mantelärmel war ausgefranst und versengt, wo die Kugel ihn gestreift hatte. Obwohl sie die Finger auf die Wunde presste und entsetzte Schreie von einem Paar erntete, zwischen dem sie hindurchtorkelte, rann das Blut nur in der Zeit, in der sie eine Gasse entlanglief, bevor es versiegte. Ihr Mantel raschelte, die Akte im Futter wurde durchgeschüttelt, als sie die Hand von ihrem Ärmel zog, die Finger feucht.

Auf einer geschäftigeren Straße wurde Rosalind langsamer, suchte mit zornigen Blicken die Gasse ab, durch die sie gerade gerannt war. Mehrere Fußgänger warfen ihr neugierige Blicke zu, wichen ihr auf dem Gehweg aus und beäugten den Riss ihres Ärmels. Rosalind wollte sie anschreien, dass sie ausweichen sollten. Dass sie Unterschlupf suchen sollten, für den Fall, dass noch mehr Kugeln aus der Dunkelheit schossen und ein Ziel trafen, das nicht heilte, wie sie es konnte.

»Was willst du?«, flüsterte Rosalind. »Wer bist du?«

Der Chemikalienmörder, war ihre erste Vermutung. Er musste es sein. Warum sollte sonst jemand auf sie schießen.

Plötzlich packte ein Paar Hände sie von hinten.

»Hey ...« Mit einem heftigen Zucken ihres Ellbogens riss Rosalind ihren Arm weg und trat im selben Atemzug ihren Fuß nach hinten. Wer auch immer die angreifende Person war, sie stolperte mit einem Ächzen rückwärts und Rosalind fuhr herum, um sich ihr zu stellen. Schwarzer Hut. Schwarze Handschuhe. Locker sitzende schwarze Kleidung. Das einzige Erkennungsmerkmal war ein blauer Schal, der dick um ihren Nacken lag und oft genug darum geschlungen war, dass von ihrem Gesicht nichts zu sehen war.

Als der Angreifer wieder nach vorn trat, zog er seine Pistole und Rosalind sah sich panisch um. Eine weitere Kugel strich knapp an ihrem Ohr vorbei. Rosalind wusste nicht, wo der Schuss eingeschlagen hatte, doch sie wollte seine Gnade nicht erneut auf die Probe stellen. Es war klar, dass er jemanden treffen würde, vor allem im Dunkeln, da die Leute nicht einmal sahen, dass ein Kampf stattfand.

»Genug«, zischte Rosalind und packte den Lauf der Waffe. Sie schob die Waffe weg, riss sie aus den behandschuhten Händen des Angreifers, doch das schien ihn nicht zu stören. Er nutzte die Pause, um ihr in den Magen zu boxen, und sobald Rosalind zusammenzuckte, griff er in das Futter ihres Mantels.

Diese Entwicklung war so überraschend, dass Rosalind den Angreifer nicht davon abhalten konnte, ihre Innentasche herauszureißen und ihr die kopierte Akte abzunehmen. Plötzlich riss die mysteriöse Person ihre Waffe runter und rannte davon, wobei sie die gestohlenen Informationen an die Brust presste, bevor sie um die Ecke verschwand.

Rosalind stand auf dem Gehweg und schnappte nach Luft, atemlos und mit schmerzenden Muskeln, unfähig, zu glauben, was gerade passiert war. Man hatte sie wegen der Akte verfolgt? Zumindest hatte sie den Mörder erwartet, der in der Stadt lauerte.

»Bèndàn«, murmelte Rosalind und rieb ihren schmerzenden Bauch. Selbst ohne die Abschrift hatte sie sich die kurzen Zeilen eingeprägt. Sie berührte ihr Ohr.

Wer war das gewesen? Ein japanischer Agent, der sich die Informationen zurückholte? Eine Kommunistenagentin, die Informationen sicherstellte, die von Anfang an ihnen gehört hatten? Eine andere Nationalistin mit einer anderen Mission?

Bevor der Angreifer zurückkehren und Rosalind tatsächlich eine Antwort auf ihre Fragen bekommen konnte, eilte sie davon.

Orion öffnete die Tür zum Beifahrersitz, glitt elegant hinein und schloss sie hinter sich.

»Du bist früh dran«, sagte er. »Gut gemacht.«

Silas warf ihm vom Fahrersitz einen bösen Blick zu, zog am Lenkrad und fädelte sich wieder in den Verkehr ein. »Zum letzten Mal, ich bin nicht dein Chauffeur. Lob mich nicht, als ob ich stolz darauf sein sollte.«

»Ich lobe dich nicht, weil ich dich stolz sehen will.« Orion sah auf den Rücksitz und stellte fest, dass die Sitze abgeräumt und leer waren, abgesehen von einer kleinen Papiertüte. »Ich lobe dich für ein Lächeln. Lass es mich sehen.«

Silas fletschte die Zähne. Er stoppte den Wagen an einer roten Ampel.

»Das ist das erste Mal, dass du mich gebeten hast, dich nach der Arbeit abzuholen. Wo ist Janie?«

»Bei Dao Feng«, antwortete Orion, während er seine Tasche durchwühlte. »Kannst du mich hierhin bringen?«

Er entfaltete einen Zettel und brachte eine Adresse zum Vorschein, die in Schreibschrift geschrieben war. Silas lehnte sich hinüber, um die Worte zu lesen, bevor die Lichter grün aufleuchteten und er seine Aufmerksamkeit wieder auf die Straße lenkte, die Augenbrauen zusammengezogen.

»Das ist der chinesische Verwaltungsbezirk. Was hast du dort zu suchen?«

»Das werden wir herausfinden. Das ist von Zheng Haidi, Seagreens leitender Sekretärin. Sie sagt, sie habe mir brandheiße Informationen anzubieten.«

Silas wirkte besorgt – oder zumindest besorgter als üblich.

»Hat sie einen Verdacht bezüglich deiner Identität?«

»Das ist es ja gerade.« Orion legte die Füße auf das Armaturenbrett. Ohne hinzusehen, streckte Silas die Hand aus und gab ihm einen kräftigen Schubs, durch den er Orions Beine wegschlug, bevor dieser es sich bequem machen konnte. »Autsch! Ich glaube nicht, dass sie mir in meiner Funktion als Nationalist Bericht erstattet hat. Sie sagte, es gehe um Janie.«

Silas warf erneut einen Blick auf die Adresse, dann duckte er sich unter die Windschutzscheibe und las ein weit entferntes Straßenschild. Als neben ihnen eine Riksha voranpreschte, nutzte Silas die Lücke im Verkehr und drehte um.

»Und das ist heute Abend?«

»In zwei Tagen. Mittags. Ich will zuerst den Ort sehen, falls es eine Falle ist.«

»Eine Sekretärin, die Fallen stellt«, murmelte Silas. »Was für einen Beruf wir ausüben. Hast du von Phoebe gehört?«

Orion schielte wieder nach hinten. Er nahm an, dass die Papiertüte Phoebes Besorgungen enthielt – wie üblich. »Ich schaffe es keine zwei Tage ohne Neuigkeiten von meiner Dämonenschwester. Sie sagte etwas davon, Kuchen backen zu wollen?«

»Muffins«, verbesserte Silas ihn. Er hielt inne, wandte kurz den Blick von der Straße ab und sah, wie Orion die Augen verdrehte. »Ich habe angerufen, um zu sagen, dass ich ihr das Glas Marmelade bringe, das sie haben wollte, aber ich musste es beinahe eine Minute läuten lassen, bevor dann nicht mal sie selbst, sondern stattdessen dein Vater abhob.«

»Hattet ihr eine nette Unterhaltung?«

»Ich habe sofort aufgelegt. Was stimmt nicht mit dir?«

Orion lachte, doch das Lachen erstarb, als Silas näher an den Randstein fuhr, weil sie die Adresse erreicht hatten. Er wurde wieder ernst und drückte sich gegen das Fenster, zählte die Hausnummern, bevor er Silas winkte, dass er vor einem schäbigen Hotel halten sollte. Sie hatten ihr Ziel erreicht.

»Siehst du etwas?«, fragte Silas nach einigen Sekunden.

»Es sieht nicht wie ein japanischer Stützpunkt aus, falls du das fragen willst.« Orion wandte sich vom Fenster ab. »Aber der Schein kann trügen. Ich nehme an, wir sollten es herausfinden.«

Silas presste die Lippen aufeinander, als er den Wagen wieder anließ. »Jetzt zu deinem Haus?«

Orion schüttelte den Kopf. »Meine Wohnung mit Janie. Ich überlasse dich und Phoebe eurem Muffin-Blödsinn.«

Mit einem Schnauben, dass Backen kein Blödsinn sei, drückte Silas aufs Gas und brachte sie von dem Hotel weg.

»Ich bin in einen Hinterhalt geraten.«

Dao Feng sah auf, als Rosalind in den Privatraum platzte, und seine Stirn legte sich sofort in Falten. »Was? Geht es dir gut?«

»Das tut es immer.« Rosalind zog ihren Mantel aus und warf ihn mit einem Blick auf ihren linken Arm auf den Tisch. Der Ärmel des *Qipao* war ebenfalls verbrannt, teurer Stoff rollte sich beschädigt auf. »Ich habe die Kommunistenakte gesehen. Ihr Überläufer verkaufte drei ihrer Leute, die ... hör dir das an ... bei uns eingesetzt wurden. Doppelagenten.«

»Oh?« Dao Feng war bereits halb aufgestanden, doch als er sah, dass es Rosalind gut ging, sank er wieder in seinen Sitz und trommelte mit den Fingern auf das rote Tischtuch. »Nichts über Priest?«

»Nichts über Priest. Nur über Lion, Gray und Archer.«

Obwohl er sich nicht bewegte, blitzte Überraschung in Dao Fengs Augen auf. Überraschung – dann Verwirrung.

»Erkennst du die Decknamen?«

»Es gab Gerüchte über Gray in Zhejiang«, erwiderte Dao Feng. Er wirkte tief in Gedanken, während er diese neue Information aufnahm. Er griff nach seinem Aktenkoffer und entnahm ihm Stift und Papier. »Er ist ausgesprochen berüchtigt und es fällt mir schwer, zu verstehen, wie er in die Kuomintang eingeschleust wurde, ohne dass wir von seiner wahren Identität als Kommunist wüssten.«

»Tja, ich denke nicht, dass die Information lange geheim bleibt.« Sie hielt inne, nahm sich einen Moment Zeit, um an ihrem Tee zu nippen und zu überlegen, wie sie ihre nächsten Worte wählen sollte, ohne Alisa zu verraten. »Ich glaube, die Kommunisten haben die Akte ebenfalls zurückgeholt, daher werden all unsere Spione sicherlich ebenfalls bald von den weitergegebenen Decknamen hören. Gib mir ein Blatt Papier. Ich schreibe dir auf, an was ich mich sonst noch erinnere.«

Dao Feng hielt inne. Er war gerade dabei gewesen, sich selbst Notizen zu machen. »Hast du die Akte nicht?«

»Hast du mir nicht zugehört, als ich hereinkam?« Für gewöhnlich ging Rosalind nicht so mit ihrem Betreuer um. Doch sie war müde und blutbefleckt und es war möglich, dass etwas Hartes unter ihrer Haut stecken geblieben war, als sie verheilt war, denn ihre Schulter tat leicht weh, wenn sie sich bewegte. »Ich bin in einen Hinterhalt geraten. Jemand hat sie mir abgenommen. Der Himmel weiß, wer.«

Dao Feng stieß einen nachdenklichen Laut aus. Er wirkte nicht nervös, weil sie ihn angefahren hatte. Wenn Rosalind versuchte, launenhafter zu werden, würde Dao Feng darauf nicht reagieren, indem er wütender wurde. Er würde ihr unhöfliches Benehmen nur in eine Art Lektion verwandeln, bis Rosalind so gelangweilt wäre, dass sie sich beruhigte.

»Drück leicht auf den Stift. Er hat fast keine Tinte mehr.« Er schubste den zusätzlichen Stift in Richtung ihrer Teetasse. Mit einem unverständlichen Grummeln schnappte Rosalind ihn, bevor er gegen das Keramik klirrte, und begann zu schreiben, wobei sie Dao Feng ignorierte, der seine eigenen Notizen vollendete und dann über ihrer Schulter aufragte und zusah, wie sie ein Schriftzeichen nach dem anderen niederschrieb. Sobald sie fertig war, nahm er das Blatt und faltete es zusammen, legte es zu seinem Bericht und schob beide Blätter in einen dünnen Umschlag.

»Kannst du das einwerfen?«, fragte er. »Ich werde bei einem Treffen erwartet.«

»Wenn es sein muss«, antwortete Rosalind widerwillig. Es gab eine Sammelbox für Post gleich um die Ecke des »Golden Phoenix«. Ein großes rotes Gebilde, an dem sie jedes Mal vorbeigegangen war, wenn sie in die Gasse zum Restaurant einbog.

Dao Feng versiegelte den Umschlag. Die Adresse lag in Zhabei, also nahm Rosalind an, dass er zu einem dort ansässigen Kommandobüro oder dem Haus eines Vorgesetzten der Geheimabteilung ging. Auf jeden Fall würden die Informationen gesichert weitergegeben. Niemand hatte noch die Macht, sich in den offiziellen Schriftverkehr der Regierung einzumischen. Im Gegensatz zu damals, als die Scarlet Gang das Postwesen zum Stillstand gebracht hatte, um ihre Briefe an Dimitri aufzuspüren und schließlich den Verrat aufzudecken.

Rosalind schüttelte energisch den Kopf, um ihre Gedanken zu klären. Diese verfluchte Unterhaltung mit Alisa setzte ihr wirklich zu.

»Noch etwas.« Rosalind holte Orions Notiz hervor. »Von meinem Ehemann.«

Dao Feng überflog den kurzen Satz und seufzte dann schwer. Rosalind bildete es sich wahrscheinlich nicht ein, dass sie zwei zusätzliche Falten in seinen Augenwinkeln entdeckte.

»Ihr beide seit heute fest entschlossen, belastende Nachrichten zu überbringen«, murmelte Dao Feng. »Ich werde mit dir gehen.«

Sie packten zusammen. Rosalind sammelte ihren Mantel ein und leerte ihre Teetasse, Dao Feng nahm seinen Aktenkoffer und legte eine Hand auf ihre Schulter, als sie aus dem Privatzimmer traten.

»Du musst diese Decknamen für dich behalten«, warnte er sie, als sie durch das »Golden Phoenix« gingen. »Es wäre gefährlich, wenn die andere Seite erfährt, dass du Informationen hast, die sie aufdecken könnten.«

»Ich weiß. Mach dir keine Sorgen«, versicherte Rosalind ihm. »Meine Lippen sind versiegelt.«

Sie gingen durch eine der Seitentüren hinaus. Dao Feng hielt die Plastikabdeckung zur Seite und ließ Rosalind zuerst in die Gasse hinaustreten. Sie atmete ein, füllte ihre Lungen mit Nachtluft. Als Dao Feng sich ebenfalls nach draußen duckte, hielt er vor dem Durchgang inne und zündete sich eine Zigarette an.

»Ich gehe jetzt. Du weißt, wie du mich finden kannst, solltest du etwas brauchen.«

Dao Feng nickte und winkte, während er den Rauch inhalierte. »Kommen Sie sicher nach Hause, Miss Lang.«

Mit einem gespielten Salut ging Rosalind davon und zog ihren Mantel fester um sich. Sie war plötzlich paranoid, dass sie wieder verfolgt werden könnte – aus gutem Grund, nach dem Abend, den sie hinter sich hatte. Als sie auf die Hauptverkehrsstraße zurückkehrte und zu der Postsammelstelle einbog, waren ihre Nerven in Alarmbereitschaft.

»Du bist stark«, flüsterte sie sich selbst zu. »Eine Agentin, eine Tänzerin.« Sie trug nun Gift mit sich. Schnell wirkendes Gift, scharfklingiges Gift. Sie war nicht wehrlos.

Rosalind schob den Umschlag in die Box, hörte das Rascheln, mit dem er sich der Post drinnen anschloss, und richtete sich auf die Zehenspitzen auf, erfreut, dass sie für diesen Abend fertig war.

Dann hallte ein vertrauter Schrei aus der Gasse hinter ihr.

Rosalind fuhr herum. »Dao Feng?«, rief sie. »Dao Feng!«

Tā mā de. Ihre Panik erwachte brüllend zum Leben, stach in ihren Fersen, als sie zurückrannte und beinahe gegen die Gassenwand prallte, als sie nicht scharf genug um die Ecke bog. Ihre Handgelenke jaulten vor Schmerz, brannten von dem Aufprall, weil sie sich gerade noch an den Backsteinen aufgefangen hatte. Sie schenkte ihnen keine Beachtung. In der Gasse war es jetzt vollkommen still.

»Dao Feng!«

Rosalinds Augen wurden groß bei dem Anblick vor ihr. Dao Feng war zusammengebrochen. Er lag vor der Tür des »Golden Phoenix«, hatte sich keinen Schritt bewegt, seit sie ihn verlassen hatte. Am anderen Ende der Gasse schlüpfte ein Schatten davon – derselbe Schatten mit der dunklen Kleidung und dem wiedererkennbaren blauen Schal fest um das Gesicht geschlungen.

Der Angreifer verschwand. Rosalind blieb wie angewurzelt stehen. Sie konnte nicht begreifen, was sie gerade gesehen hatte: Die Person von zuvor war für einen weiteren Angriff zurückgekehrt und ließ ihren Betreuer leblos am Boden liegen. Waren sie nicht die Einzigen, die sich mit der Akte befassten?

War sie ihr bis hierher gefolgt?

»Bitte, bitte, bitte …« Rosalind fiel neben Dao Feng auf die Knie. Rauer Beton drückte sich scharf in ihre Haut. »Bitte, bitte sei nicht tot …« Sie legte ihre Finger an seinen Hals. Ein Puls. Schwach und unregelmäßig, doch trotzdem vorhanden.

»Dao Feng, kannst du mich hören?«, keuchte sie.

Sie untersuchte ihn, um die Verletzung zu finden. Sie konnte sie abbinden. Darauf drücken, bis Hilfe kam. Ihr Herz schlug so laut in den Ohren, dass sie abgesehen von ihrem eigenen Atem nichts hören konnte. Doch Rosalind sah keine offensichtliche Wunde. Keine Einschussstelle. Keine Anzeichen für eine Stichwunde. Vielleicht war das Licht des Mondes zu schwach. Doch was könnte einen erwachsenen Mann zu Fall bringen?

Ihr Blick fiel auf seinen Arm. Dao Fengs Ärmel waren bis zu den Ellbogen aufgerollt. Und mitten in der Armbeuge befand sich ein roter Punkt.

Ein Schluchzen hallte durch die Nacht. Rosalind erkannte erst, dass sie das Geräusch verursachte, als ihm ein zweites folgte. Die Chemikalienmorde. Es war geschehen. Und sie verschwendete Zeit mit Weinen, anstatt ihren Betreuer zu retten.

»Hilfe!«, schrie Rosalind. »Hilfe!«

23

Bei Krankenhauslicht fühlte Rosalind sich immer kränklich, selbst wenn sie nicht dort war, weil sie selbst ein Problem hatte. Die blauweiße Färbung der Glühbirnen gab dem gesamten Korridor eine gespenstische Atmosphäre, die noch dadurch verstärkt wurde, dass Rosalind als Einzige einen der orangen Stühle besetzte, mit übereinandergeschlagenen Beinen und nervös im Schoß trommelnden Fingern.

»Janie!«

Rosalind lehnte sich auf ihrem Stuhl vor und beobachtete die Gestalten, die die Treppe heraufkamen. Das Guangci Krankenhaus befand sich an der Route Pere Robert und wurde von den Ausländern Saint-Mary-Krankenhaus genannt. Seine Flügel waren groß, die Zimmer geräumig. Jeder Schritt hallte zweifach wider, echote die glatten Wände hinauf und hinab. Auf ihrem Weg herein war sie durch die Gärten gekommen, die sich so weit um das Krankenhaus herum erstreckten, dass der Pfad endlos zu sein schien. Ihre Absätze waren in weichen Schlamm gesunken, als sie an Büschen und religiösen Statuen vorbeigegangen war.

»Hallo«, grüßte Rosalind müde. Sie tupfte sich die Augen ab, vom äußeren Augenwinkel zum inneren. Inzwischen waren sie sicherlich trocken, trotzdem musste sie es überprüfen. Sie hatte bereits in den Krankenhausfenstern ihr Spiegelbild kontrolliert und ihr Make-up aufgefrischt, die Schlieren entfernt, als wäre nie etwas in Unordnung gewesen. Niemand musste ihre Schwächen bezeugen. Sie selbst wollte nicht sehen, wie sie sie durchmachte, warum sollten also andere das sehen?

Orion kam zu den Stühlen, gefolgt von seiner Schwester, dann einem Jungen, dem Rosalind noch nicht begegnet war. Sie vermutete, dass es sich um Silas Wu handelte.

»Er ist am Leben«, sagte sie, bevor jemand fragen konnte. Sie wusste, dass sie sich das fragen mussten.

»Und stabil?«, wollte Orion wissen und sank auf den Stuhl neben Rosalind.

»Vorläufig. Sie wollten mir nicht viel sagen, weil ich später hereinkam, um zu vermeiden, dass meine Identität angezweifelt wird.« Rosalind deutete auf den anderen Stuhl neben sich. »Willst du dich nicht setzen?«

Phoebe schüttelte den Kopf, um zu signalisieren, dass sie stehen bleiben würde. Der Junge hinter ihr lächelte höflich, als Rosalind ihn ansah.

»Ich bin Silas.« Er winkte unbeholfen.

»Die Hilfseinheit der Mission ... ich weiß.« Rosalind streckte ihm die Hand entgegen. Sie wollte netter sein, da dies das erste Mal war, dass sie Silas Wu begegnete. Doch sie hatte kaum die Kraft, den Arm zu heben, ganz davon abgesehen, es mit Enthusiasmus zu tun. »Janie Mead.«

»Nett, deine Bekanntschaft zu machen.« Obwohl Silas ihre Hand schüttelte, warf er dabei einen kurzen Blick auf Orion. Sein Händedruck war behutsam. Wenn Rosalind sich nicht in einem emotionalen Aufruhr befunden hätte, hätte sie vielleicht sogar darüber gelacht, dass Silas Angst zu haben schien. Als wartete er darauf, dass Orion ihn dafür rügen würde, dass er sie anfasste.

»Sie beißt nicht«, sagte Orion, dem das Zögern ebenfalls aufgefallen war.

»Doch, tue ich.« Rosalind zog ihre Hand zurück, dann schlang sie die Arme um ihre Mitte. Sie wandte sich an Orion. »Ich habe vor einer Stunde angerufen. Warum hast du so lang gebraucht?«

Ihr teurer Ehemann sah genauso erschöpft aus, wie Rosalind sich fühlte, als er den Atem in Richtung seiner Haare ausstieß und sich eine Strähne aus den Augen blies. »Ich bin zuerst nach Hause gefahren, um meinem Vater Bescheid zu geben und die Neuigkeiten in der Befehlskette nach oben zu schicken.« Er deutete mit dem Daumen auf seine Schwester. »Dann wurde ich verfolgt und meine Verfolgerin wurde verfolgt. Daher ihre Anwesenheit.«

»Hey«, erwiderten Phoebe und Silas gleichzeitig.

»Ich mache mir ebenfalls Sorgen«, fügte Phoebe hinzu. »Ich wollte sichergehen, dass es Dao Feng gut geht.«

Die nächstgelegene Tür schlug zu. Rosalind setzte sich auf und verrenkte sich den Hals, um zu sehen, ob jemand kam, doch es war nur der Wind, der durch das Krankenhaus blies und das Gebäude erbeben ließ. Sie ließen sie nicht in den Flügel, in dem Dao Feng lag, doch die Tür zwischen den Korridoren hatte eine Glasscheibe in der Mitte. Sie hatte alle zehn Minuten hindurchgelinst.

»Es geht ihm nicht gut«, sagte Rosalind und lehnte sich in ihrem Stuhl vor. Ihre Augen stachen wieder. Gott. Es war nicht auszuhalten. Sie hasste es, sich um Menschen zu scheren. Das Schlimmste war, dass sie nie wusste, dass sie echte warme Gefühle für eine Person entwickelt hatte, bis die Person in Schwierigkeiten geriet und Kummer seine hässliche Fratze zeigte. Reichte es nicht schon, dass sie sich um Celia Sorgen machte? Warum musste ihr Herz noch andere Verbindungen knüpfen?

»Du sagtest am Telefon, dass es ein versuchter Chemikalien-Mord war«, riss Orion sie aus ihren Gedanken. Unglauben lag in seiner Stimme.

»Ja«, erwiderte Rosalind. »So viel haben mir die Ärzte gesagt, bevor sie mir die Tür vor der Nase zuschlugen, weil sie Angst hatten, dass ich eine Journalistin bin.« Ihre Fingernägel bohrten sich in ihr Bein. Das Stechen hielt sie wach. »Ich verstehe es nur nicht. Das ›Golden Phoenix‹ liegt auf französischem Gebiet. Seit wann greift der Mörder dort an?«

Das Krankenhaus verstummte, Rosalinds Frage hallte laut wider. Phoebe seufzte leise. Silas begann, auf- und abzugehen.

«Warum hast du Dao Feng heute Abend getroffen?«, fragte Orion nach ein paar Augenblicken.

Sofort flüsterte ihr Dao Fengs Anweisung durch den Kopf: *Wenn du es vermeiden kannst, erzähl Hong Liwen nichts hiervon.* Doch inzwischen war Rosalind sich nicht mehr sicher, bis zu welchem Punkt ihre Geheimhaltung reichen sollte. Dao Feng hatte keine Vollmachten mehr. Was nützte es, Geheimnisse vor Orion zu haben, wenn er ihr einziger verbleibender Verbündeter in dieser Mission war?

»Er bat mich, eine Akte von Seagreen zu holen«, antwortete Rosalind geradeheraus. »Den Japanern wurden Kommunisteninformationen verkauft. Ich bin mir sicher, dass unter den Nationalisten bereits Gerüchte im Umlauf sind, was in der Akte steht, also wollten wir einen Blick hineinwerfen. Zumindest habe ich den Bericht abgeschickt, bevor Dao Feng ...« Ihre Kehle verschloss sich. Sie konnte es nicht sagen. Er hätte beinahe nicht überlebt. Wenn sie seinen Schrei nicht gehört hätte. Wenn der Restaurantbesitzer nicht herausgeeilt wäre, als sie nach Hilfe gerufen hatte. Wenn man das Auto nicht schnell genug gerufen hätte ...

Orion nickte, versicherte ihr wortlos, dass sie nicht mehr sagen musste. Phoebe lief in einem kleinen Kreis durch den Krankenhauskorridor. Silas, dessen Augen ihr abwesend folgten, hatte das Kinn in eine Hand gelegt.

Als Rosalind stumm blieb, sagte Orion: »Im Moment wissen die Nationalisten nicht recht, was sie mit uns machen sollen. Sie müssen ein paar bürokratische Freigabehürden überwinden, bevor Dao Fengs verdeckte Agenten jemand anderem unterstellt werden. Wir stehen ohne Betreuer da.«

Rosalind blinzelte energisch. Sie konnte nicht länger hier sitzen. Sie musste sich bewegen oder zumindest den Kopf wegdrehen, damit niemand ihre Miene sehen konnte. Als Orion fortfuhr, stand sie auf und ging zu dem Zeitungsregal aus Plastik gegenüber den Stühlen.

»Mein Vater warnte mich nur davor, dass wir die Neuigkeiten, dass Dao Feng verletzt wurde, unter Verschluss halten sollen. Sobald unsere politischen Gegner hören, dass die Geheimabteilung angreifbar ist, werden sie sicherlich zuschlagen.«

Rosalind blätterte durch die obersten Zeitungsausgaben. Sie waren schon eine Weile nicht mehr ausgetauscht worden. Oder vielleicht brachten die Zeitungen schon seit einer Weile dieselben Schlagzeilen, in fetter Schrift, in hoher Schrift, in plastisch schwarzer Schrift. Einige stammten von ausländischen Druckereien in Shanghai, andere von ansässigen Zeitungen.

EINMARSCH IN MANDSCHUREI

JAPAN MARSCHIERT IN CHINA EIN

JAPANER GREIFEN MUKDEN AN IN SCHLACHT MIT CHINESEN

AUFZIEHENDER KRIEG?

NÖRDLICHE TERRITORIEN BESETZT

»Nichts ergibt irgendeinen gottverdammten Sinn«, murmelte Rosalind leise.

Der Angreifer, der den Tatort verlassen hatte, war dieselbe Person, die sie früher am Abend verfolgt hatte. Er war ihr wegen der Akte gefolgt. Er hatte versucht, Dao Feng zu töten. Warum nicht auch sie töten?

»Warst du dort?«, fragte Phoebe plötzlich.

Rosalind sah auf und erkannte, dass die Frage direkt an sie gerichtet war. »Nein«, sagte sie. »Ich rannte zurück, als ich Dao Feng schreien hörte.«

»Wie konnte ausgerechnet Dao Feng überwältigt werden?«, murmelte Silas.

Rosalind fragte sich dasselbe. Sie hatte während ihrer Übungsstunden nie einen guten Schlag landen können. Nie. Sie fragte sich ebenfalls, wie jemand gewusst hatte, dass er ihr die Akte abnehmen musste. Wie diese zwei Dinge miteinander in Verbindung standen: Der Aktendieb war der Chemikalienmörder, der auf Anweisungen von Seagreen Press hin die Stadt terrorisierte. Ihr Kopf tat weh. Als sie gegen den Angreifer gekämpft hatte, wirkte er nicht bösartig. Es war schwer zu erklären. Immerhin hatte sie nicht gesehen, wie Dao Feng angegriffen wurde. Waren es zwei verschiedene Leute gewesen? Hatte die Gestalt im blauen Schal gesehen, wer Dao Feng angegriffen hatte?

Rosalind verschränkte die Arme, plötzlich war ihr sehr kalt. Ein weiterer Windstoß zog durch das Krankenhaus. Sie fühlte sich beobachtet. Sie fühlte sich überfordert, konnte sich kaum über Wasser halten.

Die Tür schlug zu. Dieses Mal kam ein Arzt hindurch.

»Du stehst immer noch hier herum?«, fragte er, als er Rosalind erblickte.

Phoebe eilte auf den Arzt zu, schlug die Hände zusammen und übernahm, bevor Rosalind etwas sagen konnte.

»Der Patient ist mein Vater«, hauchte sie, die Worte kamen so geschmeidig heraus, dass Rosalind niemals vermutet hätte, dass sie log. »Bitte, ich bin so schnell gekommen, wie ich konnte … Kann ich zu …«

»Selbst Verwandte können im Moment nicht zu ihm«, unterbrach der Arzt sie und riss sich sein Stethoskop vom Hals. Er schritt vorbei, wirkte gehetzt. »Der Patient ist in einem prekären Zustand. Er wird beobachtet und der Raum steht unter strenger Überwachung, bis das Gift aus seinem Körper ist.«

»Sie müssen uns etwas sagen können«, fügte Orion hinzu, der sich von seinem Stuhl erhob. »Seine Genesung oder …«

Der Arzt stieg bereits die Treppe hinab. »Alles, was ich euch sagen kann, ist: Geht nach Hause. In so einem Fall gibt es keine schnelle Genesung.«

Rosalind streifte die Schuhe von ihren Füßen und warf ihren Mantel auf die Couch. Es war beinahe zwei Uhr morgens, um diese Zeit verdichtete sich eine stadtweite Müdigkeit. Obwohl sie niemals schlief, holte die Erschöpfung durch die Ereignisse an diesem Tag sie ein.

»Geh zuerst ins Bad, wenn du willst«, sagte sie zu Orion und sank auf die Couch. Die Ellbogen auf ihre Oberschenkel gestützt, legte sie die Stirn auf die Fingerknöchel. Sie schloss entkräftet die Augen.

Orion ließ die Wohnungstür ins Schloss fallen und zog seine Schuhe neben ihren aus. Obwohl sie ihn nicht sehen konnte, fühlte sie, wie sein Blick sich auf sie richtete, wachsam, während sie sich ausruhte.

»Also, was machen wir?«

Rosalinds Augen öffneten sich mit einem Zucken. »Mit dem Badezimmer?«

»Nein, Geliebte.« Orion zog ebenfalls seine Jacke aus. Er seufzte tief, dann griff er nach dem Dimmer und senkte die Helligkeit der Lampen über ihnen, damit Rosalind nicht mehr schmerzvoll die Augen zusammenkniff. »Mit dem verheerenden Zustand, in dem unsere Regierung sich befindet.«

»Was können wir tun? Wir können den Auftrag bei Seagreen nicht aussetzen, ohne Verdacht zu erregen. Morgen findet diese Spendenaktion statt, für die wir einspringen, oder? Wir können nur weitermachen, bis wir einen neuen Betreuer haben, dem wir Bericht erstatten.«

»Der Himmel weiß, wann das sein wird«, murmelte Orion und näherte sich der Couch. Plötzlich, bevor Rosalind ihn stoppen konnte, ging er in die Hocke und griff nach ihrem Ellbogen, zog ihren Arm zu sich heran.

»Hey ...« Ihr Widerspruch erstarb auf ihrer Zunge. Sie sah nach unten und unterdrückte ein Fluchen, als sie erkannte, was seine Aufmerksamkeit erregt hatte. Der Ärmel ihres *Qipao* war auf dem Weg nach Hause von ihrem Mantel verdeckt worden, doch nun war der Riss deutlich sichtbar. Er war zudem blutgetränkt, wo die Kugel ihre Haut gestreift hatte.

»Du bist verletzt«, sagte Orion alarmiert.

»Es ist nicht so schlimm, wie es aussieht ...«

Orion ging bereits in die Küche und rief: »Ich hole einen Lappen. Halt still.«

Merde, dachte Rosalind hektisch. *C'est une catastrophe.*

In diesem Moment traf Rosalind eine blitzschnelle Entscheidung. Sie war nicht bereit, ihre Heilung zu erklären, wollte sich keine unglaubhafte Lüge ausdenken, wenn Orion den Stoff anhob und sie misstrauisch ansah, da er wusste, dass es einen Grund dafür geben musste, dass ihr Ärmel zerrissen war und sich darunter trocknendes Blut befand, doch keine Wunde. Sie schienen einen unsicheren Frieden geschlossen zu haben – etwas, das Verständnis nahekam. Es wäre schade, es zu verlieren.

Während Orion die Küchenschränke durchwühlte, zog Rosalind eine Haarnadel aus ihren Haaren – glücklicherweise hatte sie an diesem Tag nicht ihre vergifteten getragen – und holte tief Luft. Dann, bevor sie zusammenzucken konnte, drückte sie die Metallspitze gegen ihren Arm und stellte die Wunde nach, stach eine exakt gleiche Furche durch den beschädigten Stoff des Ärmels.

Die neue Verletzung brannte wie Höllenfeuer. Sie schluckte ihren Schrei hinunter, wischte schnell das Metall ab und schob die Nadel wieder in ihre Haare, gerade als Orion mit einem nassen Lappen in der einen und Bandagen in der anderen Hand zurückkehrte.

»Verbinde es schnell«, wies sie ihn an. »Ich ... ich hasse den Anblick von Blut.«

Orions Stirnrunzeln nach zu schließen, glaubte er ihr nicht. Er setzte sich auf die Couch und bedeutete ihr, dass er die oberen Knöpfe ihres *Qipao* öffnen würde. Als Rosalind den Kopf drehte, damit er fortfahren konnte, hatte er ihren Halsausschnitt in Sekunden gelockert.

»Übung«, witzelte Orion. Sie glaubte nicht, dass er unbedingt Witze machte. Trotzdem verfolgte sie das Thema nicht weiter, stattdessen sah sie ihm bei der Arbeit zu und achtete wachsam auf das erste Anzeichen von Abnormalität. So vorsichtig er konnte, schob Orion den Ärmel nach unten und erstarrte, sobald die Wunde offen lag. Das Blut roch giftig, wie geschmolzenes Metall vermischt mit etwas Verbranntem.

»Die Bandage«, wies Rosalind ihn an, ihr Herz schlug schneller.

Orion schob den Stoff ihres *Qipao* zurecht, bündelte ihn um ihren Arm, damit er nicht tiefer rutschte. »Ich sollte das zuerst reinigen ...«

»Ich werde mich übergeben, wenn du das tust«, drohte sie ihm. »Glaub nicht, dass ich es nicht tun werde.«

Er hörte ihr nicht zu. Er betrachtete die Wunde. »Was hast du gesagt, was das war? Eine verirrte Kugel?«

»Nein«, verbesserte Rosalind sich schnell. »Etwas in seiner Faust, als er versuchte, nach mir zu schlagen. Ich bin ausgewichen. Vielleicht eine Klinge.«

Orion stieß einen vagen Laut aus. Er hob den feuchten Lappen und tupfte nach der Wunde, wischte die getrockneten Flecken um den Schnitt herum weg. Rosalind konnte bereits fühlen, wie ihre Haut sich wieder zusammenfügte. Ihre Unruhe steigerte ihren Puls zu einem schnellen Stakkato, das in ihren Ohren pochte. Es war der Panik, die sie früher an diesem Abend empfunden hatte, so ähnlich. Es fühlte sich an wie kalter Schweiß in ihrem Nacken und grauenvolle Angst, die ihr bis in die Knochen ging und sie von Kopf bis Fuß durchschüttelte.

»Bedeck es«, presste sie hervor. »Sofort.«

»Ist ja gut, ist ja gut.« Orion löste einen Streifen von der Bandage und wickelte ihn geschickt um die Wunde. Ein Zentimeter nach dem anderen wurde von mattem Weiß bedeckt. Sobald der Schnitt vollständig bedeckt war, stieß Rosalind ein langes erleichtertes Seufzen aus. Orion musste das Geräusch für Erleichterung halten, weil das Blut nicht mehr sichtbar war, denn er gab sich Mühe, die

Bandagen weiter nach unten zu wickeln und auch das getrocknete Blut zu bedecken, dass er nicht hatte abwischen können.

»Du hast Glück, dass du mich hast«, sagte Orion und wickelte die Bandagen weiter ab für eine zweite Schicht. »Das hättest du unmöglich allein verbinden können.«

Ich hätte es allein nicht verbinden müssen, dachte Rosalind. Sie sah zu, wie er den Verband vom Rest der Rolle abmachte und das Ende sorgfältig fixierte. Sein Gesicht war vor Konzentration angespannt, seine Zunge ragte ein winziges Stück zwischen seinen Lippen hervor. Rosalind hätte beinahe gelächelt, doch dann sah Orion auf und fragte: »Was?«

»Nichts.«

»Du hast gelächelt.«

»Ich habe nicht gelächelt. Noch nicht.«

»Also gibst du zu …« Orion verstummte, seine Hand legte sich fester um ihren Ellbogen. Ein Sekundenbruchteil verging, bevor Rosalind ahnte, dass etwas nicht stimmte, dass seine Stimme kurz weggebrochen war, bevor er verstummte. Sofort dachte sie, der Verband wäre verrutscht und er hätte unweigerlich die sonderbare Entdeckung gemacht.

Doch als Rosalind nach unten sah, mit klopfendem Herzen, war der Verband noch an Ort und Stelle. Sie blinzelte – einmal aus Verwirrung, dann noch mal, um zu sehen, was seine Aufmerksamkeit erregt hatte.

Oh.

Jetzt, da ihr Kragen geöffnet war, hatten sich die Vorder- und die Rückseite ihres *Qipao* am Schultersaum geteilt. Der Stoff hatte sich an ihrem Rücken zusammengerollt.

Ihre Narben lagen frei.

Rosalind erstarrte. Aus irgendeinem absurden Grund hatte sie Angst vor seiner Reaktion, erwartete Entsetzen oder Abscheu oder eine Kombination aus beidem. Es kam nicht darauf an, was er dachte – der logische Teil von ihr hielt strikt an dieser Tatsache fest –, und doch war sie bewegungsunfähig, hing wartend in der Luft.

Er löste seinen Griff um ihren Ellbogen. Sie sah zu, wie er die Hand hob und mit dem Finger die nächstgelegene Narbe berührte, über das erhabene Gewebe strich.

»Wer hat dir das angetan?« Orions Stimme war angestrengt leise. »Ich werde sie töten.«

Rosalinds gesamte Nervosität löste sich auf, verwandelte sich in ein kurzes, irres Lachen. »Das war vor langer Zeit«, sagte sie. »Da gibt es keine eheliche Ehre zu verteidigen.«

»Janie.«

Der Name hatte in Rosalinds Ohren stets seltsam geklungen, doch jetzt fühlte er sich vollkommen falsch an. Als rügte Orion jemand anderen, dafür dass sie die Sache so leichtnahm. Sie wünschte sich beinahe, dass er ihren echten Namen kannte. Vielleicht würde das ihre Partnerschaft einfacher machen. Möglicherweise würde sie ihm mehr vertrauen. Doch wahrscheinlich ging es genau darum: Die Nationalisten wollten nicht, dass sie einander vertrauten. Sie wollten, dass sie ein Auge auf ihn hatte und meldete, sobald er auch nur das kleinste Anzeichen verräterischen Verhaltens zeigte.

Rosalind zog ihren *Qipao* hoch. Sie schloss den obersten Knopf, nur um die zwei Seiten wieder zusammenzuhalten und die Narben zu verstecken. »Lass es.«

»Wenn jemand dir wehtut ...«

»Ich sagte, lass es.«

Rosalind sprang von der Couch auf. Orion tat das Gleiche, folgte ihr die zwei Schritte, die sie brauchte, um das Wohnzimmer zu durchqueren, und eilte vor sie, um ihr den Weg abzuschneiden.

»Hör zu«, sagte er ernst, »ich weiß, dass wir nicht wirklich verheiratet sind, aber ich werde nicht herumstehen, wenn ...«

»Lass es bleiben, Orion.«

»Wer würde so etwas tun?«

Rosalind biss die Zähne zusammen. Wie musste es sein, so ungläubig zu klingen? In einer Welt zu leben, in der Narben nur von Verletzungen und Todfeinden stammten?

»Willst du es wirklich wissen?« Sie schubste ihn. Sie hatte ihn nur aus dem Weg schieben wollen, doch dann wirkte er so bestürzt, dass sie ihn ein zweites Mal schubste und ihn zwang, gegen den Durchgang zum Flur zu stolpern.

»Meine Familie«, fauchte Rosalind. »Meine Familie hat mir das angetan.«

Sie hatten sie ausgepeitscht, hatten sie auf die Knie gezwungen und sie bestraft, sich geweigert, nachzugeben, bis ihr Blut den Boden des Varietés durchdrungen hatte und sie vor Schmerzen ohnmächtig geworden war.

Orions Lippen öffneten sich, ein leiser Atemzug in den Raum gehaucht. Seine Fassungslosigkeit löste in Rosalind den sofortigen Wunsch aus, sich zu verstecken, doch sie konnte nirgendwohin. Sie konnte nur zurückweichen, ihre Hände an die Brust drücken, für den Fall, dass sie sich selbstständig machten und ihn wieder schubsten – und wieder und wieder, bis er meilenweit entfernt war.

»Warum?«, flüsterte Orion.

Eine einfache Frage. So einfach wie ein Leben. Hatte sie es verdient? Sie hatte Leid verursacht, indem sie ihre Familie hintergangen hatte – so viel war sicher. Selbst nachdem sie sie erwischt und blutig gepeitscht hatten, hatte sie Dimitris Identität nicht preisgegeben.

Natürlich hast du es verdient, flüsterte ihr Verstand in ihren stillsten Nächten.

Ich wusste nicht, was ich tat, würde sie stets versuchen, dagegenzuhalten. *Ich habe das Falsche gewählt. Ich war noch nicht verloren.*

Sie wollte nur Liebe. Aus irgendeinem Grund hatte sie stattdessen von allen Seiten nichts als Grausamkeit erfahren.

»Vertrau mir«, sagte Rosalind. »Wenn es etwas gegeben hätte, das man hätte tun können, hätte ich es selbst getan. Ich bin nicht wehrlos.«

Orion schüttelte den Kopf. »Ich denke nicht, dass du wehrlos bist. Ich bin zu deinen Gunsten aufgebracht, als jemand, der sich um dein Allgemeinwohl sorgt. Das ist ein Unterschied, Geliebte.«

Rosalind schluckte schwer. Sie ballte die Hände noch fester gegen ihre Brust. So sehr sie sich um ein gelassenes Auftreten bemühte, ihre Hände zitterten und ihre Wangen fühlten sich heiß an.

»Wie nett von dir.« Die Worte kamen frostig heraus. Sie konnte nicht anders. Sie versuchte, freundlich zu klingen. Sie versuchte so sehr, freundlich zu sein, und doch, doch …

»Ich bin nicht nett. Ich decke das unterste Minimum menschlichen Anstands ab.« Orion schien aufzugeben, drehte sich um und ging in ihr dunkles Schlafzimmer. Doch sobald er im Raum war, fiel er aufs Bett und verschränkte die Arme, sein Gesichtsausdruck offen und aufrichtig. Er war noch nicht fertig. Er hatte nur zuerst einen dramatischen Ortswechsel gebraucht.

»Arbeitest du deshalb für die Nationalisten?«

Rosalind folgte ihm nicht ins Schlafzimmer, doch sie trat in die Türöffnung und lehnte sich gegen den Rahmen. Da der Abstand zwischen ihnen größer war, konnte ihr Gesicht abkühlen, ihr Puls sich beruhigen. Orion hatte sich nicht einmal die Mühe gemacht, die Lampe über dem Bett anzumachen. Ein einzelner Lichtstrahl fiel durch das Fenster, blutete das weiße Leuchten der Straßenlaterne über ihn.

»Was?« Sie hatte vergessen, was er gefragt hatte.

»Die Nationalisten«, erinnerte er sie. »Arbeitest du für sie, weil du sonst nirgendwohin kannst?«

»Es gibt genügend andere Orte, an die ich gehen kann.« Rosalind dachte an die Mädchen auf der Straße. Die Mädchen, die im Überfluss an jeder Ecke zu finden waren. »Restaurants. Bars. Tanzhäuser.«

»Aber keinen anderen Ort für die Ehrgeizigen.« Orion lehnte sich zurück, wie immer lässig in seiner Haltung. Er fläzte stets so unbefangen herum, dass man glauben könnte, ihm gehörte das Bett, die gesamte Wohnung. Einige Leute hatten einfach ein Talent dafür, an jeden Ort zu gehören, den sie betraten, einschließlich anderer Leute Schlafzimmer. »Kein anderer Ort für die Retterinnen.«

Rosalind schnaubte. »Dann sprichst du von jedem Agenten und jeder Agentin. Natürlich können wir alle sonst nirgendwohin. Wer würde zulassen, dass man ihn für den Rest seines Lebens von einem Auftrag zum nächsten schickte, wenn ein vollkommen glückliches Zuhause auf ihn warten würde?«

Ein langer Augenblick verging.

»Jemand, der glaubt, dass er eine Pflicht zu erfüllen hat«, antwortete Orion leise. Es war schwer, zu sagen, ob seine Augen feucht waren oder ob die Dunkelheit täuschte. Bevor sie entscheiden konnte, ließ Orion sich nach hinten fallen und hüpfte auf und ab, als er es sich auf der Matratze gemütlich machte.

»Sprichst du von dir selbst?« Rosalind trat einen Schritt vor.

»Nein«, erwiderte Orion sofort. »Nicht von mir.«

Dann Oliver, nahm Rosalind an. Auch Celias Lächeln materialisierte sich in ihren Gedanken. Sie konnte wohl kaum Einwände erheben. Diese aufopfernden Agenten existierten – Leute wie Celia, Leute so engagiert in ihrem Innern. Rosalind konnte diese größere Hingabe nicht in sich selbst finden. Und wenn sie Orion ansah …

Sie hatte nicht das Recht, zu behaupten, dass er sich nicht einer Überzeugung hingab, doch sie erkannte etwas von sich selbst in ihm.

»Du hast ein Zuhause, oder nicht?«

Irgendwann hatte Rosalind den Raum betreten, was sie erst bemerkte, als sie mit dem Knie gegen das Bett stieß. Orion sah zur Seite und als er Rosalind neben sich fand, griff er nach ihrem Handgelenk und zog einmal kurz daran.

Rosalind sank neben ihn. Es gab keinen Grund, warum sie beide an der kurzen Seite des Bettes liegen sollten – ihre Körper halb über die Kante hängend –, wenn sie sich problemlos neu hätten ausrichten können. Doch sie verharrten so, ohne sich zu beklagen.

»Ich habe ein Zuhause«, stimmte Orion zu. Er wandte ihr sein Gesicht zu. »Aber es ist nicht gut.«

Rosalind hielt den Blick auf die Decke gerichtet. Sie wusste, dass er sie beobachtete. Wie eine Phantomberührung.

»Ist es groß und prächtig?«, fragte sie. Die Scarlet-Villa tauchte in ihren Gedanken auf. Dienstmädchen und Köche und Diener, die einer nach dem anderen fortgingen, als die Familienkassen sich nacheinander leerten und die Politik gefährlicher wurde. »Gibt es Räume, die gefüllt sein sollten, aber stattdessen leer und einsam sind?«

»Ja.«

Orion wandte den Blick wieder zur Decke. Zusammen hätten sie ein Stillleben sein können, wiedergegeben als symmetrische Schatten, die ins Nichts hinaufstarrten.

»Ich habe versucht, es festzuhalten«, fuhr er leise fort. »Doch dadurch zerfiel es nur noch weiter. Jetzt bleibt mir nur noch Konservierung. Es ist kein Zuhause, nicht wirklich. Es ist ein Bild, das ich unter Museumsglas eingefangen habe, ausgestellt, damit ich es immer wieder besuchen kann.«

Zumindest bedeutete es ihm genug, dass er versuchte, es zu konservieren. Rosalind wusste nicht, ob sie es einfach nie versucht hatte oder ob sie nicht die Macht besaß, ihr Zuhause in eine Vitrine zu stecken. Sie war immer das Anhängsel gewesen, die angehängte Cousine. Sie war nicht die Erbin. Sie trug nicht den Familiennamen.

Sie hatte nicht das Recht, die goldenen Jahre zu konservieren. Diese goldenen Jahre hatten niemals ihr gehört.

Langsam setzte Orion sich auf. Er blickte auf Rosalind hinab, die in seine Richtung blinzelte.

»Was denkst du gerade?«, fragte er.

Sie griff nach ihrem verbundenen Arm. Obwohl sie die verletzte Stelle vorsichtig berührte, konnte sie fühlen, dass die Wunde bereits verheilt war. Das war eine Verschwendung von Verbandsmaterial. Eine Verschwendung von Zeit und Aufmerksamkeit, die anderswo Verwendung gefunden hätten.

»Dass Tolstoi unrecht hatte, als er sagte, dass jede unglückliche Familie auf ihre Art unglücklich ist.« Rosalind ließ ihren Arm los. »Wir sind alle gleich. Jeder Einzelne von uns. Es liegt immer daran, dass etwas nicht genug ist.«

Orion griff mit einem Schnalzen nach dem Verband und zupfte zurecht, was sie verschoben hatte. Sie fragte sich, wann ihm klar würde, dass sie die Aufmerksamkeit nicht wert war. Früher oder später würde er das erkennen. Das taten sie immer.

»*Anna Karenina* ist wohl kaum ein Roman, dem man eine Lebensweisheit entnehmen sollte.«

»Lass mir einfach meinen Willen, Orion«, sagte sie mit schwacher Stimme.

Ein Seufzen. Sie konnte nicht feststellen, was das bedeutete. Sie fühlte nur, dass Orions Finger eine Locke hinter ihr Ohr strichen, bevor er aufstand.

»Gute Nacht. Schlaf nicht auf deinem Arm.«

Als Orion hinausging und die Tür hinter sich schloss, wollte Rosalind ihn beinahe zurückrufen. Ihre Unterhaltung war irgendwie nett gewesen, auch wenn sie angespannt begonnen hatte. Es hatte etwas damit zu tun, wie sie die erste Welle Selbstgerechtigkeit und Wut durchbrochen und darunter stattdessen auf Verständnis gestoßen waren. Doch ihn zurückzurufen hätte Energie gefordert und Rosalind hatte keine mehr übrig. Sie konnte sich nur auf die Seite drehen, auf den Arm drücken, in die Dunkelheit starren und hoffen, dass Dao Feng überlebte.

»Haben wir es auf den Leiter der Kuomintang-Geheimabteilung abgesehen?«

Papiere rascheln im Raum, schnelles Blättern und Durchsuchen von Büchern. »Nein.«

»Warum ist er dann wegen eines angeblichen Chemikalienmordes im Krankenhaus?«

Der Raum wird kälter. Die Nacht draußen ist in kräftiges Neon gehüllt, und da drinnen nur eine Tischlampe brennt, bluten Rot und Gold durch das Fenster und sickern über die Lotus-Tapete.

»Ich … wir haben heute Abend nichts gemacht. Unser Mörder ist …«

»Ich weiß. Sieh nach, was da los ist. Erstatte Bericht.«

Die Tür schließt sich. Das Gebäude erzittert. Und die Nacht geht weiter, ergreift keine Partei in dieser Verschwörung, die die Stadt auflöst.

24

Am Morgen rührte Rosalind müde in ihrem Kaffee und steckte die Nase in die Schränke im Pausenraum. Sie fand einen Karton Milch hinten in einem Schrank, doch ein Schnuppern reichte, um ihr zu sagen, dass sie sauer war. *Igitt.* Nur Westländer würden sie austauschen und hier gab es nicht genug, die die Gemeinschaftsräume nutzten. Zumindest stellte das Büro überhaupt Milch zur Verfügung. Sie reimte sich zusammen, dass die meisten ihrer chinesischen und japanischen Kollegen nicht daran gewöhnt waren, Milch zu trinken, wie sie, die als überhebliche zwölfjährige Pariserin jeden Morgen einen großzügigen Schluck in ihren Kaffee gegossen hatte. Dagegen fand sich in jedem Schrank ein ausreichender Vorrat Teeblätter, von frischen Dosen bis zu gefriergetrockneten Paketen.

Mit einer Grimasse schüttete sie die saure Milch ins Waschbecken. Die Flüssigkeit wirbelte und wirbelte, floss das Metallbecken hinab. Rosalind hätte eine weitere Minute darauf verschwendet, einfach auf die hypnotische Bewegung zu starren, hätte sie nicht gehört, dass sich Schritte näherten. Sie warf den Karton weg und drehte sich mit vollkommen veränderter Haltung um, nahm ihre Tasse und trank einen Schluck, gerade als Alisa Montagowa hereinkam.

»Hallo«, grüßte Rosalind sie fröhlich.

Alisa blieb stehen. Sie blickte über ihre Schulter zurück, ein Ausdruck überwältigender Angst huschte über ihr Gesicht. »Was?«

»Ich habe Hallo gesagt. Darf ich nicht Hallo sagen?«

»Nicht so. Was ist passiert?«

Rosalind sah keinen Sinn darin, um den heißen Brei herumzureden. »Hast du deinen Vorgesetzten verraten, dass ich eine Abschrift der Akte hatte?«

»Nein, natürlich nicht«, antwortete Alisa sofort und griff in den offenen Schrank. Sie nahm sich eine rosa Tasse mit Katzenohren am Rand. »Ich hege keine Todessehnsucht.«

»Haben sie irgendetwas über Nationalistenagenten an deinem Arbeitsplatz gesagt?«

Nun verstärkte sich Alisas Stirnrunzeln. »Ich könnte mir vorstellen, dass meine Vorgesetzten wissen, dass die Kuomintang ebenfalls hier eingesetzt sind. Aber meine Aufgabe ist es, ein Auge darauf zu haben, welche Schreiben japanische Beamte erreichen. Ich soll japanischer Einmischung in Angelegenheiten der Partei einen Schritt voraus sein, nicht unseren Bürgerkrieg unterstützen. Es gab keinen Grund, es zu erwähnen. Tatsächlich ist es gefährlich, mir Informationen zu geben, für den Fall, dass ich erwischt werde.«

Rosalind lehnte sich nachdenklich gegen den Tresen. Sie glaubte ihr. Es gab keinen Grund für Alisa, mehr zu melden, als sie musste.

»Jemand hat mir gestern meine Aktenabschrift geraubt«, erklärte Rosalind mit gesenkter Stimme. Sie musste vorsichtig sein, weil sie durch die Flure draußen mit Lauschern rechnen musste. »Keine halbe Stunde später wurde mein Betreuer mit chemischen Tötungsmitteln angegriffen und ich habe dieselbe mysteriöse Person dort herumlungern sehen.«

Alisa nahm die Information gelassen auf, doch eine kleine Falte bildete sich zwischen ihren Augenbrauen, wie ein Halbmond.

»Ist er tot?«

Rosalind schüttelte den Kopf. »Er hat überlebt, aber er ist noch nicht aufgewacht.« Sie klimperte mit dem kleinen Löffel gegen die Tassenwand. »Ich frage mich, ob es ein Nachahmungstäter war. Ob es ein kommunistischer Angriff war, kein japanischer.«

Darüber hatte sie sich letzte Nacht den Kopf zerbrochen. Warum war derselbe Angreifer aufgetaucht, einmal, um die Akte zu stehlen, und nochmals, als Dao Feng bewusstlos in der Gasse lag? Die Japaner wussten nicht, dass Rosalind die Akte genommen hatte. Ihr Netzwerk aus Spionen war nicht gut genug, dass sie es gerüchteweise erfahren haben konnten – da war sie sich sicher. Andererseits war das Netzwerk aus Spionen der Kommunisten gut genug, dass die Aufgabe durchgedrungen sein konnte.

Entweder das oder ein anderer Nationalist hatte es getan.

»Das können unmöglich wir gewesen sein«, verkündete Alisa, ohne zu zögern. »Wir wären nicht so dumm, deinen Betreuer anzugreifen. Glaubst du, wir würden offene Kriegshandlungen in der Stadt riskieren? Wir sind ohnehin nur noch wenige.«

»Aber ich kann mir keine andere Erklärung denken«, erwiderte Rosalind. »Es ist nicht schwer, die Chemikalienmorde nachzuahmen ... wir wissen das aus Erfahrung.«

Dao Feng war in französischem Territorium angegriffen worden. Wie auch Alisa Tong Zilins Leiche in der Thibet Road zurückgelassen hatte, im International Settlement. Es passte nicht zur Vorgehensweise der anderen Angriffe: Jene Leichen waren über den chinesischen Verwaltungsbezirk verteilt, zielten auf die Namenlosen und die Massen ab.

»Ist er im Krankenhaus?«, fragte Alisa.

Rosalind nickte und stellte ihre Tasse ins Waschbecken.

»Das bedeutet, dass echte Ärzte seine Verletzungen begutachten. Ärzte, die sehen können, dass man tatsächlich versucht hat, ihn mit Chemikalien zu töten, nicht nur in seinen Arm gestochen hat ... wie unsere Nachahmung. Komm schon, Miss Lang. Benutz deinen Verstand.«

Alisa schenkte sich keinen Kaffee ein. Sie wühlte sich bis zum hintersten Teil des Schranks durch und zog stattdessen eine Packung Orangensaft heraus. Sie wirkte zufrieden mit ihrer Erklärung. Rosalind dachte noch darüber nach.

»Kannst du ein bisschen herumschnüffeln?«

Alisa hielt mitten im Einschenken des Orangensafts inne. »Wie bitte?«

»Bei den Kommunisten. Finde heraus, ob deine Leute mir die Aktenabschrift abgenommen haben.«

»*Da ladno*«, murmelte Alisa leise. »Auf keinen Fall. Ich lehne mich nicht so weit aus dem Fenster.«

»Es könnte mit den Morden in ganz Shanghai in Verbindung stehen. Willst du es nicht beenden, dass Unschuldige in den Straßen sterben?«

»Sicher«, antwortete Alisa geradeheraus. »Aber du sagtest gerade, dass du den Mordversuch an deinem Betreuer für eine Nachahmungstat hältst.«

»Ich weiß es nicht. Darum suche ich nach Antworten, wo immer ich kann.«

Alisa trank einen großen Schluck. Mit geblähten Wangen schüttelte sie energisch den Kopf. »Vergiss es«, sagte sie, nachdem sie den Saft hinuntergeschluckt hatte. »Ich werde für dich nicht zur Doppelagentin.«

»Ich bitte dich nicht, zur Doppelagentin zu werden. Ich will nur ein bisschen Investigativarbeit.«

»Wirst du mich bezahlen?«

»Dich bezahlen? Dir fehlt es definitiv nicht an Geld.«

»Ähhh … das weißt du nicht. Mein Bruder könnte ein extravaganter Schmuckkäufer gewesen sein, der die Haushaltskasse schon vor Jahren verjubelt hat.«

Rosalind massierte ihre Schläfen. »Alisa Montagow, ich schwöre bei Gott …«

Ein lauter Schrei hallte durch den ersten Stock. Sofort wechselten Rosalind und Alisa einen finsteren Blick, dann eilten sie auf den Flur hinaus, um zu sehen, was die Störung sollte. Auf der Treppe gab es einen Tumult. Dann kam ein Schwarm uniformierter Polizisten in Sicht, die zum zweiten Stock hinauffliefen.

»O nein«, murmelte Rosalind und eilte davon.

»Hey, warte«, zischte Alisa. »Wo läufst du hin?«

Rosalind antwortete nicht. Sie hastete dicht hinter den Polizisten die Treppe hinauf und blieb bei den Abteilungstüren stehen, gerade rechtzeitig, um zu sehen, wie der uniformierte Inspektor bei Jiemins Tisch stehen blieb und verkündete: »Wir werden ihre Abteilung befragen müssen. Wir ermitteln den Mord an einem Tong Zilin.«

Keuchen erhob sich bei den Arbeitsnischen. Während ihre Kollegen zu murmeln und zu flüstern begannen, beobachtete Rosalind aufmerksam den Inspektor. Dann blickte sie die Reihe der Polizisten entlang, die ihn begleiteten.

Die Scarlets hatten die Stadtpolizei Shanghais einst mit Schmier- und Bestechungsgeldern unterwandert. Selbst wenn die Scarlets mit den Nationalisten verschmolzen waren, ließen sich alte Gewohnheiten nur schwer überwinden. Der Polizeiapparat im ganzen International Settlement wurde immer noch von *guānxì* und heimlichen Geldwechseln geleitet. Die meisten Polizeibeamten waren einfache, faule Männer mit einem Titel, die bei Geschäftsmännern ein Auge zudrückten und die Stadt gerade so weit unter Kontrolle hielten, dass die Politiker an der Macht blieben und die Ausländer profitierten. Was interessierte sie Gerechtigkeit? Sie wollten nur, dass Fälle abgeschlossen wurden, damit sie nach Hause gehen konnten.

»Was geht hier vor?« Deoka tauchte bei den Türen zur Abteilung auf, die Hände hinter dem Rücken. Rosalind senkte den Kopf und trat zur Seite, obwohl Deoka ihre Anwesenheit kaum bemerkte, als er an ihr vorbeiging. »Wir stehen Störungen nicht freundlich gegenüber ...«

»Es sollte nicht lange dauern, Botschafter«, erwiderte der Inspektor. »Wir haben Beweise, die vermuten lassen, dass Mr. Tongs Kollegen die Letzten waren, die ihn lebendig gesehen haben. Das könnte uns helfen, herauszufinden, was passiert ist.«

Vereinzelte Schritte kamen leise die Treppe herauf. Alisa war ebenfalls eingetroffen. Sie war in den zweiten Stock gekommen, um die Ereignisse mit eigenen Augen zu sehen. Je mehr der Inspektor sagte, umso mehr rutschte die Abteilung auf ihren Stühlen herum. Rosalind sah, wie Blicke gewechselt und zitternde Hände in Schößen ruhiggestellt wurden. Sie sah Entsetzen auf geöffneten Lippen und Nasen, die vor Ekel zuckten. Welche Reaktionen waren Anzeichen für Schuld? Welche der Gesichter vor ihr waren schockiert, weil sie mit Tong Zilin unter einer Decke gesteckt hatten, während er Anweisungen von oben weitergegeben hatte. Die nachts ruhig geschlafen hatten, weil sie keine Konsequenzen befürchtet hatten, und nun an dem zweifelten, was zuvor noch sicher schien?

»Nun gut«, sagte Deoka und streckte den Arm aus, um die Polizisten zu den Arbeitsnischen einzuladen. »Solange sie unsere Arbeit nicht stören.«

Rosalind trat einen Schritt vor und erregte die Aufmerksamkeit des Inspektors. Aus dem Augenwinkel sah sie Orion aufspringen, weil er sich Sorgen machte, dass sie etwas Unüberlegtes tun könnte. Er wusste nicht einmal, dass sie Zilin getötet hatte – wie wenig Vertrauen er ihr schenkte.

»Mr. Tong ist tot?«, keuchte Rosalind und gab sich schockiert. »Aber, ich habe ihn doch an jenem Abend gesehen mit ...« Sie drehte sich um, ihre Augen landeten auf Alisa und sie hob die Hand an den Mund, als müsste sie sich davon abhalten, mehr zu sagen.

Der Inspektor schob zwei seiner Polizisten aus dem Weg und kam näher.

»Sprechen Sie weiter.«

»Oh, ich weiß nicht ...«

Alisa marschierte in Rosalinds Richtung, die Augen weit aufgerissen. »Was machst du ...«

»Bitte, fahren Sie fort«, wies der Inspektor sie an.

Rosalind ging einen Schritt von Alisa weg, schlang die Arme um ihre Mitte. »Nun, ich dachte, ich hätte Liza Iwanowa vor dem ›Peach Lily Palace‹ mit Tong Zilin sprechen sehen. Das muss vor ein paar Tagen gewesen sein. Doch kann unmöglich etwas mit seinem Tod zu tun haben, nicht wahr?«

Bei den Arbeitsnischen versuchte Orion sichtlich, ihre Aufmerksamkeit zu erregen und herauszufinden, was sie tat. Und Alisa – Alisa war so fassungslos, dass sie nichts sagte. Sie konnte Rosalind nur mit offenem Mund anstarren, erschüttert von dem Verrat. Sie wussten beide, dass man Zilins Leiche vor dem »Peach Lily Palace« gefunden hatte, was keine öffentlich zugängliche Information war. Ihnen diesen kleinen Leckerbissen zuzuwerfen, war so gut wie sie auf frischer Tat zu ertappen.

Der Inspektor war bereits in Bewegung und winkte ein paar Polizisten herbei. »Liza Iwanowa, wenn Sie uns zum Kommissariat folgen und ein paar Fragen beantworten würden, wäre das ideal. Botschafter, ich denke, wir müssen hier doch keine Gespräche führen.«

»Was ...« Alisa wehrte sich einen Sekundenbruchteil lang, als die Polizisten begannen, sie wegzuführen. Doch sie musste verstanden haben, dass es besser war, sich verängstigt und kooperativ zu geben. Als der Inspektor zur Tür ging und stehen blieb, um sich von Deoka zu verabschieden, sah Alisa nochmals zurück, die Stirn vor reiner Fassungslosigkeit gerunzelt. Alisa schien klar zu werden, dass nun ihr Wort gegen Rosalinds stand. Teilnahmslosigkeit legte sich über ihr Gesicht und sie folgte der Polizei nach draußen.

Die Abteilung blieb für einen Moment inaktiv. Dann klatschte Deoka in die Hände. »Zurück an die Arbeit! Kommen Sie!«

Am Empfangstresen wandte Jiemin sich wieder seinem Buch zu. Bei den Arbeitsnischen nahmen die Assistentinnen erneut ihre Plätze ein und die Übersetzer steckten die Köpfe in ihre Blätter und beeilten sich, beschäftigt zu wirken, als Deoka an ihnen vorbeiging, um die Abteilung zu verlassen und zu seinem Büro zurückzukehren. Nur Orion schob seinen Stuhl zurück, ging zu Rosalind und umarmte sie, als brauchte sie die Bestätigung. Tatsächlich nutze er das Manöver, um seinen Mund an ihr Ohr zu bringen und zu flüstern: »Warum hast du das getan?«

»Die Wahrheit gesagt?«, murmelte Rosalind gegen seinen Nacken.

»Nein.« Orions Griff um ihre Schulter verstärkte sich. »Sag mir die Wahrheit, Schatz. Wer ist Liza Iwanowa?«

Rosalind hob den Kopf, ein kleines, hinterhältiges Lächeln zupfte an ihren Mundwinkeln. »Sie arbeitet für die Kommunisten.« Vor den Fenstern von Seagreen Press knallte eine Autotür laut zu. »Aber ich denke, wir können ihr einen Schubs geben, um sie auf unseren Auftrag anzusetzen.«

Phoebe drehte sich vor ihrem bodenlangen Spiegel und neigte den Kopf, um ihren langen Rock aus einem anderen Winkel zu sehen. Dieser Gürtel passte nicht perfekt, doch ihr anderer war silbern und sie würde nicht Silber mit dem Goldsaum kombinieren. Vielleicht würde sie sich noch einen holen, aber in grün. Oder vielleicht blassrosa. Oder vielleicht ...

Unten klingelte das Telefon. Sie hörte Ah Dous Hausschuhe über die Galerie im ersten Stock schlurfen, als er ins Wohnzimmer eilte. Phoebe wühlte sich weiter durch ihren Kleiderschrank und versuchte, ihre Kleiderwahl für den Abend zu komplettieren. Sie gesellte sich selten zu ihren Schulkameradinnen, angesichts ihrer miserablen Teilnahme am Unterricht, doch sie hatte gehört, dass sie nach neun im »Park Hotel« sein würden, und sie liebte große Auftritte. Kommen und gehen, ihnen zeigen, wie sie aufblühte, ohne etwas zu dem Tratsch beizutragen. Ihr Vater nannte sie naiv, wenn sie darauf bestand, dass sie diese Verbindungen nicht brauchen würde. Er sagte stets, dass die Stadt von denen geführt wurde, die die richtigen Leute kannten und Informationen über die richtigen Leute besaßen. Selbst wenn sie in der Schule nichts lernen wollte, musste sie hingehen und wenn auch nur, damit ihr Jahrgang sich an ihren Namen erinnerte.

Angeblich konnte sie nur so etwas aus sich machen. Phoebe wusste nicht, wie sehr sie daran glaubte, doch sie wollte etwas aus sich machen. Also würde sie diese sozialen Kreise wohl außerhalb der Akademie pflegen.

»Telefon für Sie, Miss Hong.«

Phoebe eilte zu ihrer Schlafzimmertür und öffnete sie. Ah Dou wartete geduldig davor. »Für mich?«

Er nickte. »Vorsicht mit dem Boden. Er ist ein wenig rutschig.«

»Du putzt zu oft«, sagte Phoebe und rauschte an ihm vorbei. »Ruh dich mal aus!«

Sie trug nur Socken und ihre Füße machten kaum ein Geräusch, als sie die Treppe hinuntereilte. Sie weigerte sich immer, ihre Hausschuhe zu tragen, was Ah Dou wahrscheinlich dazu ermutigte, so oft zu putzen, ansonsten würden ihre weißen Socken grau. Offensichtlich war er derjenige, der sich am Waschtag darum kümmern müsste, daher waren seine Vorkehrungen verständlich. Trotz Ah Dous Warnung über die sauberen Böden, wäre sie beim Wohnzimmertisch beinahe ausgerutscht, doch sie fing sich gerade noch am Telefonkabel ab.

»*Hullo?*«

»Hör auf, dich auf Englisch am Telefon zu melden. Wie oft habe ich dir das schon gesagt?«

Phoebe verdrehte die Augen, ließ sich rückwärts aufs Sofa fallen und zog das Kabel herüber. Sie zog die Beine an und legte das Kinn auf die Knie, während sie den Hörer an ihr Ohr hielt.

»Wenn Vaters Kollegen über unsere Erziehung tratschen wollen, können sie das gern tun«, erwiderte Phoebe. »Womit kann ich dir helfen, *gēge*?«

Orion, am anderen Ende der Leitung, seufzte. »Ich muss dich um einen Gefallen bitten. Ich würde es selbst tun, aber Janie und ich müssen heute Abend eine Benefizveranstaltung bei Seagreen besuchen und für Angestellte aus der Redaktion einspringen.«

»Uh.« Phoebe setzte sich auf, stellte ihre Füße auf den Boden und zupfte ihren Rock zurecht. »Sprich. Soll ich einen Politiker behelligen? Ein hübsches Mädchen verführen? Ein Telegramm dekodieren?«

»Ich mache mir Sorgen darüber, was in deinem Kopf vorgeht.« Man hörte ein Rascheln auf Orions Seite, dann fauchte ihn eine weibliche Stimme an. Phoebe lächelte leicht, weil sie erriet, dass Janie ihren Bruder zurechtwies. Er verdiente es.

»Sag Janie Hallo von mir.«

Das Rascheln hörte auf und Orions Aufmerksamkeit war wieder auf das Telefon gerichtet. »Janie hält mich bereits für eine ausreichend große Gefahr, auch ohne dass du noch Öl ins Feuer gießt. Steh in einer halben Stunde an der Tür bereit. Silas wird dich abholen, um die Operation zu beginnen.«

»Operation!« Phoebe jauchzte, ihre Begeisterung steigerte sich. »Du hast mir immer noch nicht gesagt, was ich tun werde. Wenn du das wie eine große Sache darstellst und ich dann nur irgendein Paket einsammle …«

Orion seufzte wieder. Das Geräusch war beinahe laut genug, um ein Stöhnen zu sein. »Heute ist dein Glückstag, *mèimei*. Was hältst du davon, bei einem Gefängnisausbruch mitzuhelfen?«

25

Sobald Orion seinen Anruf beendet hatte, schubste Rosalind ihn, drängte ihn, sich zu beeilen, weil sie ansonsten zu spät zu der Benefizveranstaltung kämen. Wenn sie die einleitende Rede verpassten, würden ihrem Artikel die eröffnenden Anmerkungen fehlen. Da sie den Beitrag schrieben, um einen besseren Stand bei Seagreen zu bekommen, mussten sie ihre Arbeit gut machen.

»Hey, hey, sieh mich nicht so finster an«, sagte Orion und eilte aus dem Schlafzimmer, nur einen Arm in seinem Jackett. »Du bist diejenige, die versucht, Liza aus dem Kommissariat zu holen. Und ich bin derjenige, der versucht, wertvolle Hilfsquellen für deinen Plan zu finden.«

»Du schickst deine Schwester«, gab Rosalind zurück. Sie griff nach dem anderen Ärmel seines Jacketts und gab ihm die Hilfestellung, die er offensichtlich brauchte. »Das ist ja wohl kaum das königliche Bataillon. Außerdem, wenn du uns nicht für diese Aufgabe angemeldet hättest, könnte ich das stattdessen tun.«

Orion zog die Brauen hoch. Er strich sein Jackett glatt. »Du könntest allein in ein Kommissariat einbrechen?«

Rosalind zögerte nicht. »Ja.«

»Geliebte …« Orion verschluckte, welcher Unsinn ihm noch auf der Zunge lag. Nun, da er sein Jackett trug, schien seine nächste Aufgabe darin zu bestehen, mit seinen Manschettenknöpfen zu ringen.

Sie konnte gerade noch eine Beleidigung zurückhalten, schlug seine Finger weg und riss ihm die Manschettenknöpfe aus der

Hand. »Jeden Tag bist du näher daran, mich in den Wahnsinn zu treiben. Lass mich das machen.«

Orion streckte ihr ohne Widerrede die Handgelenke entgegen. Vorsichtig faltete Rosalind seine Manschetten und setzte dann mit zarten Berührungen die Knöpfe ein, damit sie nichts zerknitterte. Als sie fertig war, beobachtete Orion sie und unterdrückte sichtbar ein Lächeln.

»Was?«, verlangte sie zu wissen.

Er zuckte mit den Schultern, doch das Lächeln wurde nur noch breiter. »Du benimmst dich wie eine echte Ehefrau.«

Rosalinds Augen wurden schmal. »Kein ›Danke‹, nur Sarkasmus. So undankbar. Was würdest du sagen, wenn ich wirklich deine Ehefrau wäre?«

»Das ist einfach.« Orion legte seinen Kragen um, dann öffnete er ihr die Tür. »Ich würde dich küssen, bevor ich etwas sage.«

Rosalind fühlte, dass ihr Gesicht brannte. Sie marschierte an ihm vorbei, die Schultern bis zu den Ohren hochgezogen und stampfte aus der Tür.

Die Wohltätigkeitsveranstaltung wurde in einem Herrenhaus auf der Bubbling Well Road abgehalten.

Rosalind nippte an ihrem Drink und las in dem Notizblock in ihrer Hand. Der Champagner war schal und bitter und hinterließ im Abgang einen schlechten Geschmack in ihrem Mund. Sie fuhr mit ihrer Zunge über die Zahnrückseiten und verzog das Gesicht. Vielleicht lag es daran, dass sie mit sechzehn so viel geraucht und sich die Geschmacksknospen herausgebrannt hatte. Vielleicht ließ der Leiter der Benefizveranstaltung, Mr. George, billigen, geschmacklosen Champagner ausschenken, weil seine Konten leer wurden, und er gab die Veranstaltung für diese Wohltätigkeitsorganisation nur, damit er das Geld wieder unterschlagen konnte. Beide Erklärungen waren wahrscheinlich.

»Ich sehe noch eine Kollegin, mit der ich sprechen kann. Wie klappt das Notizenmachen?«

Orion kehrte mit einem neuen Drink in der Hand an ihre Seite zurück. Die Spendenbeschaffer hatten ihre Reden beendet, daher hatte die Veranstaltung sich dem geselligen Teil des Abends zugewandt. Unter den Gartenleuchten wirkten seine Haare, als seien sie mit Gold gebürstet worden. Rosalind reichte ihm auch ihren Drink, damit sie die Hand frei hatte, um den Notizblock durchzublättern. Eine Frau versuchte, sich höflich zwischen ihnen hindurchzudrängen, und ohne aufzusehen, trat Rosalind beiseite und öffnete ihr einen Weg durch das Gras.

»Wir haben alles, was wir brauchen. Wir können gehen, wenn du so weit bist.«

Sie hatten zwei Fliegen mit einer Klappe schlagen wollen: über die Benefizveranstaltung berichten und mit ihrer Mission vorankommen, indem sie mit den wenigen anderen Kollegen von Seagreen sprachen, die an diesem Abend anwesend waren. Rosalind hatte alles aufgeschrieben, was sie für ihren Artikel brauchten. Orion hatte das Ansprechen der Leute übernommen.

»Dann gib mir ein paar Minuten«, sagte Orion. »Ich muss ...«

Rosalind ließ den Block zuschnappen. Ein Mann mittleren Alters war plötzlich vor ihnen aufgetaucht und nickte dem Gesprächspartner zu, von dem er sich gelöst hatte. Er trug eine Militäruniform der Nationalisten. Die Medaillen eines Generals hingen an seiner Jacke. Rosalind brauchte nicht lange, um die Identität des Mannes zu entschlüsseln, vor allem als Orion still wurde.

»General Hong«, grüßte Orion ihn und riss sich aus seiner Starre, um so zu tun, als wären sie nicht miteinander vertraut. »Schön, Sie hier zu sehen.«

»Eine Freude, Sie wiederzusehen«, erwiderte General Hong. Sie schüttelten sich kurz die Hände, eine schnelle Abfolge von Fragen wurde durch ihr Stirnrunzeln übermittelt: *Warum bist du hier?* Stirnrunzeln von Vater zu Sohn und dann *Geschäftliches, natürlich!* im Gegenzug erwidert.

General Hong wandte Rosalind seine Aufmerksamkeit zu. »Das ist ...?«

»Meine Frau«, antwortete Orion. »Sie erinnern sich?« Ein weiterer stummer Austausch wurde über Rosalinds Kopf hinweg geführt. Wusste sein Vater von seiner Mission?

»Ah, ja«, sagte General Hong auf eine Art, die andeutete, dass er sich eigentlich nicht erinnerte. »Warum habe ich Ihre reizende Ehefrau noch nie getroffen?«

Rosalind behielt einen neutralen Gesichtsausdruck bei. Das hatte er wahrscheinlich schon. Sie musste an unzähligen Nationalistengeneralen vorbeigegangen sein, als sie noch im Haus der Scarlets gelebt hatte.

»Ihr zwei unterhaltet euch«, sagte Orion abrupt, schob Rosalind vor und gab ihr ihr Glas zurück. »Ich muss eine Kollegin begrüßen.«

Bevor Rosalind protestieren konnte, war Orion verschwunden. Sie zog in Betracht, ihn zurückzurufen, doch er sah aus, als nutzte er die Ausrede, um sich davonzumachen, da er in ihrer Anwesenheit keine Unterhaltung mit seinem Vater führen wollte. Sie erkannte diesen Ton – es war derselbe, den sie verwendete, wenn ihr Vater mit seinen maßlosen Ideen um sich warf, wie in andere Städte umzuziehen und aus dem Geschäft auszusteigen. In angemessener Lautstärke, vorsichtig, um ihren Unmut zu signalisieren, ohne es zu weit zu treiben und eine Göre zu sein. Vorsicht, um keinen Staub aufzuwirbeln, obwohl jedes Wort schrie: *Warum kannst du nicht besser sein?*

»Ich bin erst vor Kurzem in die Stadt zurückgekehrt«, antwortete Rosalind, sobald Orion weg war. Sie sah, wie er neben einer Französin aus der Herstellung stehen blieb und sich in eine lebhafte Unterhaltung stürzte. »Ich muss mich erst wieder an alles hier gewöhnen.«

»Jetzt erinnere ich mich«, sagte General Hong. »Eine amerikanische Rückkehrerin, habe ich Recht? Wurden Sie dort beaufsichtigt?«

Rosalinds Kiefer verkrampfte sich. Es war eine einfache Frage, doch darin lag eine heikle Erinnerung. Ihre gegenwärtige Tarnung sollte leichtsinnig sein: ein sorgloses Mädchen, das inmitten der Feste und Ausschweifungen in New York großgeworden war. Doch das kam jemandem, den sie einst gekannt hatte, zu nahe, und sie konnte die Rolle nicht gründlich genug spielen. Die echte Rosalind glaubte, dass es nur Spaß machte, zu großen Feiern zu gehen, wenn man Taschendiebe mochte.

»Viel Aufsicht«, erwiderte Rosalind mit Leichtigkeit. »Wo sonst hätte ich solch gute Manieren gelernt?«

General Hong lachte nicht.

»Kennen Sie Liwen schon lange?«

»Nicht lange.« Rosalind zögerte. Sie wusste nicht, ob er unter dem Vorwand ihrer erfundenen Ehe fragte oder ob er ehrlich fragte, wie lange sie seinen Sohn schon kannte. »Er ist ... gut in seinem Beruf.«

Es war keine Lüge. Tatsächlich war es die einzige uneingeschränkte Wahrheit, die ihr einfiel.

Doch General Hong neigte neugierig den Kopf zur Seite. »Oh? Sie müssen nicht übertreiben, Teuerste.«

»Es ...« Rosalind kratzte sich am Handgelenk. Sie versuchte sich an einem Lächeln. »General Hong, es ist keine Übertreibung. Ich meine es ernst.«

»Dann nehme ich an, dass er Sie getäuscht hat. Er kümmert sich um wenig, abgesehen von Belanglosigkeiten.«

Rosalind hielt ein Zischen zurück. »General Hong ...«

Er war noch nicht fertig. »Ich denke, Sie werden das bald erkennen. Er wird von einem Mädchen zum nächsten wechseln, Sie reichlich in Verlegenheit bringen und dann auch Jungs mit ins Bett nehmen. Warum verteidigen Sie ihn? Ich weiß nicht, warum er darauf besteht, diese Arbeit zu machen, wenn er sie nicht ernst nehmen kann.«

Also sprachen sie jetzt von Orion als Orion, nicht über seine Tarnung. Rosalind müsste lügen, würde sie behaupten, dass sie nicht ebenfalls schon an seinen Fähigkeiten gezweifelt hatte, doch es war etwas ganz anderes, es laut ausgesprochen zu hören, und noch dazu von seinem Vater. Beinahe instinktiv ging Rosalinds Blick zu Orion, der mit der Französin sprach. Auch sein Vater sah über die Schulter, um die ein paar Schritte entfernt stattfindende Unterhaltung zu beobachten.

»Er konnte nie etwas anderes als spielen. Wir verwöhnten ihn, solange er jung war. Nun ist er mein verbleibender Erbe und will keine soziale Verantwortung übernehmen. Er muss losziehen und den Helden spielen. Er muss eine verdeckte Identität nach der anderen annehmen.«

»General Hong, warum erzählen Sie mir das?« Rosalinds Stimme klang schwach.

»Ich warne Sie aus Großherzigkeit. Damit Sie sich schützen können.«

Sie warnen mich der Kontrolle wegen, verbesserte Rosalind ihn in Gedanken. Es ging immer um Kontrolle: über das, was gesagt wurde, was er glaubte, herumkommandieren zu können. Er glaubte nicht, dass Orion eine geheime Identität spielen sollte, wenn er dafür die Rolle als pflichtbewusster Erbe einer angesehenen Familie aufgab, der zweite Sohn, der die letzte Chance seines Vaters war, ein Vermächtnis zu hinterlassen, nachdem der Älteste sich als Enttäuschung herausgestellt hatte.

»Bitte entschuldigen Sie mich.« Rosalind neigte ihr Glas, in dem sich nur noch ein Schluck befand. Sie deutete an, dass sie sich ein neues holen wollte, dann machte sie sich anmutig los, trat am General vorbei und ging davon.

Ich brauche Ihre Warnung nicht, wollte sie zurückrufen, doch ihre Augen hingen trotz allem an Orion, beobachteten mit größter Vorsicht, wie er mit der Französin sprach. Sie ging nicht zu den Erfrischungen. Sie näherte sich ihrem Ehemann, bis sie sich in Hörweite der Unterhaltung befand. Orion hatte sie nicht bemerkt. Tatsächlich hatte er seit einer Weile nicht mehr herübergesehen, wie er es früher am Abend getan hatte. Jedes Mal, wenn er geglaubt hatte, einer ihrer Kollegen verhielt sich verdächtig, hatte er aus der Ferne ihren Blick aufgefangen, damit Rosalind es auf ihrem Block notieren konnte.

Orion hob die Hand und berührte die Frau an der Schulter. Rosalind hörte genauer zu. Es klang nicht, als unterhielten sie sich über Politik oder die Regierung oder die üblichen Themen, mit denen man die Verbindung einer Kollegin zu dem geplanten Terroranschlag abschätzen konnte. Sie sprachen Französisch und unterhielten sich über ... Schmuck?

»... diese Diamanten passen nicht so gut zu deinem Teint, wie sie es könnten. Du brauchst einen Rubin oder zwei, der deine natürliche Röte komplementiert.«

Er zog die Hand weg. Im selben Moment sah er auf, sein Blick huschte nur kurz hoch. Obwohl er Rosalind erblickte, nahm er sie nicht zur Kenntnis. Rosalind konnte kaum glauben, dass sie ihn gegenüber seinem Vater verteidigt hatte, und nun tat er genau das, dessen General Hong ihn bezichtigt hatte: flirtete unverfroren direkt vor ihren Augen. Heiße Verärgerung kroch ihren Nacken hinab, so heftig, dass ihre Haut juckte.

Die Französin erblickte Rosalind ebenfalls. Anders als Orion wandte sie ihre Aufmerksamkeit nicht sofort wieder ab. Sie drehte sich ganz in Rosalinds Richtung.

»Ist das nicht deine Frau?«, fragte sie ihn. Ihre Mundwinkel hoben sich zu einem leichten Lächeln. »Vielleicht solltest du dich um sie kümmern.«

»Das macht nichts«, erwiderte Orion. Ihre Blicke trafen sich erneut. Erst dann, als sie die Gelassenheit in ihnen sah, erkannte Rosalind, was vor sich ging. Orion dachte, sie wüsste nicht, was er sagte. Die Französin lächelte spöttisch, weil sie dachte, dass Rosalind ahnungslos herumstand, eine Lachnummer, der Gnade einer Sprache ausgeliefert.

Sag nichts, befahl sie sich. *Ignorier es. Dreh dich um und hol dir etwas zu trinken.*

»Gerüchten zufolge wurde eure Ehe arrangiert. Stimmt das?«

Orion schnaubte. »Hör nicht auf Gerüchte. Wir haben nur eine Übereinkunft getroffen. Meine Frau hält mich nicht davon ab, andere zu bewundern ...«

Oh, vergiss es, beschloss Rosalind bösartig und marschierte vorwärts. Er wusste bereits, dass sie Russisch sprach. Was bedeutete da noch eine Sprache mehr? Er war selbst schuld, wenn er glaubte, dass sie eine Sprache, die der Großteil der Elite in dieser Stadt gelernt hatte, nicht sprach.

»*Sans blague!* Du hättest mir früher sagen sollen, dass dein Champagner zu Neige geht.«

Rosalind rauschte auf Orion zu und riss ihm die Champagnerflöte aus der Hand, sodass sein Glas gegen ihres klimperte. Sie wusste nicht, wessen Augen größer waren: Orions oder die der Frau. Rosalind wandte sich an die Frau.

»*La musique crée une sympathique atmosphère de fête, non? Aimes-tu le jazz?*«

Die Frau bekam keine Chance, zu antworten, es war auch keine wirkliche Frage. Rosalinds Tonfall war von Gehässigkeit durchzogen, sie hörte kaum die Musik, über die sie sprach. Sie senkte den Kopf. »*Pardon.* Lasst mich Nachschub holen.«

Und mit in ihrer Kehle brennender Kleinlichkeit, machte Rosalind auf dem Absatz kehrt und marschierte davon.

Sie hatten eine einzige Sache zu erledigen. Nur eine und Orion konnte nicht konzentriert bleiben.

Sie knallte die leeren Gläser auf den Tisch mit den Erfrischungen. Aus dem Augenwinkel sah sie General Hong wieder herumlungern, doch bis sie sich umdrehte, um ihn anzusehen, rief man ihn auf die andere Seite des Gartens.

»Janie.«

Rosalind schniefte. Sie betrachtete ihre Nägel. »*Oui?*« Nun, da sie ihre Karten offen auf den Tisch gelegt hatte, machte sie sich nicht die Mühe, den Schlag abzufedern. Ohne auf Orion zu warten, drückte sie ihren Notizblock an die Brust und wandte sich zum Gehen.

»*Attendez.*«

Rosalind blieb auf seine Anweisung hin höflich stehen. Sie beobachtete, wie eine Anzahl verschiedener Ausdrücke über Orions Gesicht huschten und er sich nicht die Mühe machte, auch nur einen einzigen zu verbergen, während er näher kam. Er sprang von Fassungslosigkeit über Schock zu Verständnis – und landete schließlich bei Faszination, als er vor ihr stand.

»Liebling«, sagte er langsam. Er sprach immer noch Französisch. *Ma chèrie.* »Was verbirgst du noch vor mir?«

»Das kommt darauf an.« Rosalinds Haltung hatte die Anspannung eines Raubtiers angenommen, das bereit war, ihn anzufallen. »Vor wie vielen ausländischen Frauen wirst du mich in Verlegenheit bringen?«

»Muss ich mich auf Frauen beschränken?«

Rosalind hob die Hand, plante, ihm eine Ohrfeige zu verpassen, die seiner unverschämten Anmerkung würdig war. Doch Orion fing ihren Arm ab, bevor sie zuschlagen konnte. Er grinste. Weiter hinten wandte die Französin, die sie bisher beobachtet hatte, die Augen ab und eilte davon, um einen anderen Gesprächspartner zu finden. *Ganz recht,* dachte Rosalind. *Flieh.*

»Lass mich los«, wies Rosalind ihn an.

Orion ließ sie nicht los. »Eifersucht steht dir.«

»Das ist keine Eifersucht«, zischte sie. »Du solltest mit mir verheiratet sein, vergiss das nicht. Wenn du auf öffentliches Schäkern bestehst …«

»Schäkern! Ich habe nur mit ihr gesprochen …«

»Und was hast du herausgefunden?«, verlangte Rosalind zu wissen. »Glauben wir, dass sie Teil des Plans ist?«

Orion lockerte seinen Griff um ihr Handgelenk, nur damit er seine Hand ihren Arm entlanggleiten lassen konnte. Die Bewegung war beinahe sinnlich. Er lehnte sich vor, bis seine Lippen neben ihrem Ohr waren, und brachte die Hitze seines Atems und die Wärme seiner Haut mit sich.

»Ich entschuldige mich«, flüsterte er. Er hatte wieder zu Chinesisch gewechselt. »Ich verspreche dir, dass du mein ganzes Herz hast, bis zum letzten Schlag.«

Rosalind schob ihn von sich. »Es ist Zeit, zu gehen. Hol das Auto.« Sie wandte sich um und ging durch das Gras in Richtung der Eingangstore des Herrenhauses. Obwohl sie einen Vorsprung hatte, fiel es Orion mit seinen langen Beinen leicht, aufzuholen.

»Komm schon. Sei nicht sauer, Geliebte …«

Rosalind hob die Hand, der Notizblock zerknitterte unter ihrem anderen Arm. »Sprich nicht mit mir.«

»Janie. Es hatte nichts zu bedeuten! Es war reine Dummheit!«

Er redete weiter und weiter, bis sie zum Auto kamen, obwohl Rosalind ihm keine Antwort vergönnte. Seine Bitten wurden nur noch lächerlicher. Als sie die Beifahrertür zuschlug, ging Orion so weit, zu fragen, ob sie ihn schlagen wollte, damit es ihr besser ginge. Obwohl sie annahm, dass sie sich tatsächlich besser fühlen würde, wenn sie ihn schlug, warf sie nur den Notizblock auf den Boden des Autos und verschränkte die Hände im Schoß, bevor sie befahl: »Fahr, Orion.«

Er beobachtete sie misstrauisch. »Bist du wirklich wütend?«, fragte er, während er aus dem Parkplatz herausfuhr. Sein Tonfall hatte sich verändert. Während Schotter mit lautem Knallen gegen die Unterseite des Wagens spritzte, schien ihm aufzugehen, dass Rosalind vielleicht nicht übertrieben schauspielerte.

Rosalind biss die Zähne zusammen und hörte sie knirschen. »Gerade eben hat mir dein Vater eine Warnung zuteilwerden lassen. Sagte, dass ich mich vor dir und deinem belanglosen Unsinn schützen sollte.«

Im Auto wurde es still. Orion packte das Lenkrad fester und beobachtete die schnell näher kommende Kreuzung. Sie fuhren eine Wohnstraße hinunter, daher waren die Straßen größtenteils leer.

Orion trat aufs Gas. »Weißt du, es wird manchmal ermüdend. Dass ich der Geheimabteilung nur beigetreten bin, um das Ansehen meines Vaters innerhalb der Nationalisten zu festigen, nachdem man ihn des Verrats bezichtigt hat. Aber er glaubt, dass ich wertlose Arbeit verrichte und meine Energie verschwende, immer wenn ich verdeckt arbeite. Und weißt du was? Jetzt glauben die Nationalisten, dass wir beide japanische Spione sind! Ich kann nur verlieren.«

Ein Stich traf Rosalinds Herz. Sie wusste, dass die Nationalisten ihm nicht ihr volles Vertrauen schenkten. Obwohl sie sich nicht mit ihm identifizieren wollte, fühlte sie ein spürbares Echo seiner Frustration. Ein altes Echo, doch trotzdem eins. Sie hatte schlaflose Nächte damit verbracht, die Betriebsbücher ihres Vaters zu gliedern, seine Quittungen zu bereinigen, um seine Geschäfte in Ordnung zu bringen. Sie wusste, wie es sich anfühlte, hinter den Armen ihres Vaters die Fäden zu ziehen, damit die Scarlet Gang ihn nicht für nutzlos hielt, damit er es sich nicht in den Kopf setzte, dass man ihn nicht mehr brauchte und sich selbst und seine beiden verbleibenden Kinder aus der Stadt und aufs Land schaffte. Rosalind fragte sich beinahe, was passiert wäre, wenn sie ihn gelassen hätte. Wenn sie nicht so entschlossen gewesen wäre, in Shanghai zu bleiben, wenn sie und Celia gehorsam ihre Taschen gepackt und sich aus diesem heimtückischen städtischen Spiel entfernt hätten. Vielleicht wären sie besser dran gewesen.

»Und bist du einer?«, fragte Rosalind rundheraus.

»Bin ich ein was?«, erwiderte Orion und schielte durch die Windschutzscheibe. Er hielt an einer Ecke, dann bog er ab. »Ein japanischer Spion? Schatz, ich denke, du hast mehr Gründe dafür als ich.«

Rosalind zuckte in ihrem Sitz zusammen. Diese Unverfrorenheit, sich gegen sie zu richten. »Wie bitte? Du sprichst Japanisch. Dein Vater wurde angeklagt, *hanjian* zu sein.«

Es war ein Schlag unter die Gürtellinie, nachdem er ehrlich gewesen war, doch sie musste es sagen. Sie musste den Schlag landen und hören, was er zu seiner Verteidigung zu sagen hatte. Vielleicht konnte sie dann endlich herausfinden, warum Dao Feng misstrauisch genug gewesen war, um sie Orion zur Seite zu stellen.

»Schön«, fauchte Orion. »Und doch ist Janie Mead nicht dein richtiger Name. Warum hat niemand in der Stadt von dir gehört. Warum sprichst du Russisch?«

»Ich wurde im Ausland ausgebildet.« Rosalind streckte die Nase in die Luft. »Diese beiden Eigentümlichkeiten sind vollkommen normal.«

»Niemand lehrt Russisch in Amerika.«

Das war lächerlich. Er lenkte absichtlich vom Thema ab. Und vielleicht hätte es funktioniert … wenn Rosalind nicht genau dieselben Techniken in der Agentenausbildung gelernt hätte.

»Warum geht es jetzt um mich?« Rosalind tippte gegen das Lenkrad. »Überhaupt, warum hast du das Auto für eine Einschüchterungstaktik angehalten? Es ist nur eine einfache Frage.«

»Und es ist beleidigend, dass du überhaupt fragen willst.« Schnaubend ließ Orion den Wagen wieder an. Das Auto sprang mit einem Rumpeln an. Als er die Hand hob, um den Rückspiegel einzustellen, schoss auch Rosalinds Blick hoch, dann sah sie noch mal hin.

Ein anderes Auto wartete in einigem Abstand hinter ihnen am Straßenrand.

»Orion, warte.«

»Was?« Seine Stimme war weiterhin ätzend, ein Beben auf der Lippe und eine tiefe Furche zwischen den Brauen. Irgendwie ließ der ehrliche Zorn in seiner Miene ihn realer wirken. Wie ein gewöhnlicher Mensch, mit dem sie etwas gemein haben könnte, anstatt eines Geheimagenten, der schmutzige Affären über ihre Mission stellte.

»Wir werden verfolgt.«

Die Feindseligkeit verschwand aus Orions Gesicht. Er sah in den Rückspiegel, sein Fuß trat wieder auf die Bremse. »Was? Wer …«

Man ließ ihnen nicht mehr Zeit, zu reagieren. Während sie zusahen, flog ein Geschoss aus dem anderen Auto, explodierte mit einem dröhnenden Geräusch unter ihrem Wagen und schleuderte sie von der Straße.

26

Alisa rüttelte an den Gitterstäben der Arrestzelle und testete die Grenzen ihrer Gefangenschaft. Es war wohl zu viel verlangt, dass einer der Stäbe heimlich aus Teig bestand, um ihre problemlose Flucht zu gewährleisten. Kein Glück.

Mit einem Grummeln trat sie von den Stäben zurück und ging in kleinem Kreis durch die Zelle. Sie ließen sie über Nacht hier drin, beharrten darauf, dass sie mit ihren Fragen noch nicht fertig seien und zuerst dem Polizeipräsidenten Bericht erstatten müssen. Sie wusste, wie es ablaufen würde: Wenn sie keine widersprüchlichen Informationen fanden, wenn niemand Wichtiges anrief, würden sie ihr die Tat anhängen. Wen interessierte der Ablauf. Wen interessierten Motiv oder Alibi oder sonst etwas, von dem ein gewöhnliches Gericht verlangte, dass man es prüfte. Sie würden sie einfach schuldig sprechen.

Nun, gerechterweise musste man sagen, dass sie irgendwie schuldig war, doch darum ging es nicht.

Alisa marschierte wieder zu den Gitterstäben und schlug wiederholt dagegen. Die anderen Arrestzellen waren alle leer. Niemand sah ihre nutzlosen Possen, abgesehen von dem einen Polizisten, der bei der Tür Wache stand.

»Verdammt, Rosalind«, murmelte Alisa leise. Sie wusste, dass sie das nicht aus Bosheit getan hatte. Rosalind wäre nicht wegen Mordes erwischt worden, selbst wenn sie die Schuld nicht Alisa angehängt hätte. Selbst wenn Rosalind erwischt worden wäre, liefe sie Arm in Arm mit Orion Hong herum, den Alisa trotz seines falschen Namens sofort erkannt hatte. Ein Anruf von seinem Vater und Rosalinds Akte wäre sauber.

Was sollte das also? Alisa stützte ihren Fuß an der Wand ab. War sie zu vertrauensselig? Sie hatte wohl ein Problem damit, zu vertrauensselig zu sein. Sie hatte selten die Energie, sich eine Meinung zu bilden. Sie mochte es, ein unsichtbares Paar Augen zu sein, die als Zuschauer über der Stadt standen. Und nun sah sich einer an, wo sie gelandet war – in die Öffentlichkeit gezerrt, nur weil sie beschlossen hatte, jemandem aus ihrer Vergangenheit zu helfen.

Alisa schnaubte. Sie würde nie wieder großzügig sein.

Ein lauter Knall kam von der Tür zu den Arrestzellen her. Sie sah misstrauisch hinüber, eilte wieder zu den Stäben, als die Wache dort ebenfalls erschrocken durch die Glasscheibe linste.

»Was war das?«, rief sie.

Der Wachtposten antwortete ihr nicht. Er linste weiter durch das Glas und suchte nach der Ursache für das Geräusch.

Dann zerbarst die Scheibe plötzlich mit einem Lichtstrahl und er stolperte rückwärts, während er seine Hände mit einem Schmerzschrei zu seinen Augen führte. Alisa blinzelte schockiert und wich von den Gitterstäben zurück. Sobald das Licht verblasste, griff ein Arm durch die Glasscheibe, öffnete die Tür von innen und stieß sie auf. Zwei Leute betraten die Arrestzellen – ein Mädchen und ein Junge. Der Junge stürzte vor und drückte dem Wachposten ein Tuch auf das Gesicht. Das Mädchen eilte zu Alisa und blieb mit den Händen auf den Hüften vor der Zelle stehen, um zu erkennen, wie die Stäbe funktionierten.

Alisa erkannte ihre Gesichter, wenn auch auf unterschiedlichen Wegen. Das Mädchen war diejenige, die als Orions Schwester bei Seagreen Press aufgetaucht war. Sie passte auf die in der Stadt kursierenden Beschreibung von Phoebe Hong: klein und aus Energie bestehend, einen Haufen Gel im Haar, um die Locken vorn zu halten, der Rest ihres Pferdeschwanzes fiel über ihr grünes Kleid hinab. Der Junge dagegen … Alisa hatte ihn bei einem geheimen

Kommunistentreffen gesehen. Hinter seiner dicken Brille hatte er große Rehaugen, sein Mund war ständig besorgt verkniffen. Als sie ihn zum ersten Mal gesehen hatte, hatte er genau dieselbe Miene gezogen, während er von einer Vorgesetzten Anweisungen entgegengenommen hatte.

Warum trieb sich ein Kommunistenagent mit einer Nationalistentochter herum?

Der Junge ließ die bewusstlose Wache fallen, wandte sich dann ebenfalls der Zelle zu und trat mit einem Schlüsselbund in der Hand hinter Phoebe. Bevor Phoebe sich umdrehte, um ihn anzusprechen, hob er einen Finger an die Lippen, der nur für Alisa bestimmt war. Die Geste war leicht zu verstehen.

Sag nichts. Sie weiß es nicht.

Alisa nickte.

»Siehst du«, sagte Phoebe zu ihm. »Ich habe ja gesagt, dass das funktionieren wird.«

Der Junge warf ihr die Schlüssel zu, die er aus der Tasche des Wachpostens geholt hatte. »Ich habe nie daran gezweifelt. Wir müssen uns beeilen, wenn wir raus sein wollen, bevor das Zentralbüro wieder besetzt ist.«

Verwirrt sah Alisa zu, wie Phoebe die Zelle aufschloss und das Gitter weit aufzog.

»Deine Retter sind gekommen«, verkündete sie. »Ich bin übrigens Phoebe. Ich hoffe, du bist Liza. Ansonsten wird das hier wirklich peinlich.«

Alisa neigte neugierig den Kopf zur Seite. Sie sagte nichts. Sie begutachtete die Situation und fand keine Erklärung dafür, dass diese Dinge gerade passierten.

»Nun?«, forderte Phoebe sie auf, als Alisa reglos stehen blieb. »Komm schon. Willst du jetzt gehen oder nicht?«

Das Auto krachte gegen einen dicken Baum.

Obwohl Rosalind sich abfing, so gut sie konnte, knallte ihr Kopf beim Aufprall trotzdem hart gegen das Fenster und sandte

Schockwellen des Schmerzes durch ihre Schläfe. Die Welt bestand aus lautem Kreischen, als das Metall um sie herum sich verbog. Mit einem Husten kletterte Rosalind auf ihrem Sitz auf die Knie und versuchte, durch die abgedunkelte Rückscheibe zu blicken. Ein Blutrinnsal tropfte ihr in die Augen. Sie wischte es weg.

»Was zur Hölle war das?«

Orion zuckte zusammen und zog sich ebenfalls auf die Knie, um durch die beschädigte Rückseite des Autos zu blicken. Er wirkte nicht besonders stark verletzt, abgesehen von ein paar oberflächlichen Schnitten von herumfliegendem Glas.

»Das sind japanische Militärflaggen«, merkte Orion an. Er klang fassungslos, als er das geparkte Fahrzeug erblickte. Er berührte seinen Kiefer. Ein Bluterguss bildete sich. »Ist unsere Tarnung aufgeflogen?«

»Unmöglich.« Rosalind sah ebenfalls die Wimpel, die auf dem Heck des Militärfahrzeugs flatterten, das den Sprengkörper abgefeuert hatte. Doch es ergab keinen Sinn. »Wenn die Japaner wüssten, dass wir Agenten sind, warum verjagen sie uns dann nicht aus Seagreen? Warum greifen sie uns mitten in der Nacht an und noch dazu so?«

Die beiden warteten angespannt und beobachteten, ob es sich vielleicht um eine Fehlzündung gehandelt haben könnte, eine unabsichtliche Freisetzung einer Militärwaffe, die sie in einem ihrer Transportfahrzeuge hatten. Dann hallte eine Salve Schüsse in die Nacht und beide tauchten ab, entgingen den Kugeln, die durchbrachen, was von den Autofenstern noch übrig war. Mehr Glas barst in alle Richtungen.

»Bleib unten!«, schrien Rosalind und Orion gleichzeitig, bevor sie einander überrascht ansahen. Eine weitere Salve Schüsse wurde auf das Auto abgegeben. Sie drückten gleichzeitig ihre Türen auf.

Rosalind brach die Absätze ihrer Schuhe ab und rollte sich hinter einen nahe stehenden Baum. Die Anwohner konnten unmöglich die erste Explosion überhört haben und die Chancen standen noch geringer, dass sie die Schüsse nicht durch die Nacht hallen hörten. Doch es würde keine Hilfe kommen. Das Land befand sich im Krieg – so oft Shanghai das auch vergaß – und wenn draußen seltsame Geräusche durch die Straßen heulten, hatten Zivilisten die besten Überlebenschancen, wenn sie drinnen blieben, außer Sichtweite.

Rosalind knallte die beiden Absätze gegen den Baum und löste den Mechanismus darin aus. Sofort schossen scharfe Klingen aus jedem Stöckel, geschliffen und mit kaum sichtbarem purpurnen Staub bedeckt. Wenn sie sie zwangen, schmutzig zu arbeiten, dann würde sie schmutzig arbeiten.

Zu ihrer Rechten wurden die Schüsse erwidert, trafen auf die Windschutzscheibe des Militärfahrzeugs. Während Orion auf ihre Gegner schoss, raste Rosalind nach vorn, die Arme erhoben, um die Männer zu treffen, die aus dem Auto stiegen. Sie zählte fünf, alle schwarz gekleidet, sodass sie mit der Nacht verschmolzen. Drei hielten Waffen. Zwei hatten Seile in den Händen.

Seile? Rosalind duckte sich beim ersten Zusammenprall und mied den Soldaten, der ein Stück Seil zwischen den Händen spannte. Trotz ihrer enormen Verwirrung darüber, dass sie Seile hielten, bewegte sie sich schnell, als der Soldat vorsprang, nutzte ihre Klinge, um das Seil entzweizuschneiden, und fuhr dann herum, um dem Mann einen oberflächlichen Schnitt am Arm zuzufügen.

»Janie, bring ihn zu Fall«, brüllte Orion aus der Ferne. »Er kommt von hinten …«

Der Mann war ihr tatsächlich gefolgt, sobald sie davongehuscht war. Doch als er erneut die Hände ausstreckte, fiel er über seine eigenen Füße. Sekunden später lag er zuckend am Boden, Schaum drang aus seinem Mund.

Rosalind drehte die Klingen in beiden Händen, griff fester zu. Sie wich einem der anderen Männer aus, als der seine Waffe auf sie richtete, dann sank sie auf die Knie und stach ihm in den Oberschenkel, bevor er seine Haltung anpassen und das Gewehr nach unten richten konnte. Sie musste nicht besonders gerissen sein oder ihren Gegnern kritische Wunden zufügen. Die Klingen waren mit einem schnell wirkenden Gift bedeckt, das die Aufgabe für sie erledigen würde.

Rosalind zog die Klinge heraus.

»Janie!«

Eine Kugel streifte ihre Schulter. Sie keuchte und wirbelte herum. Eine weitere Kugel wäre in ihrem Gesicht eingeschlagen, wenn sie sich nicht zu Boden geworfen hätte, sodass ihr Handgelenk hart auf dem Straßenbelag aufkam und eine ihrer Klingen davonrutschte. Der Mann stürzte sich auf sie, hielt sein Gewehr wie eine brachiale Waffe, anstatt sich die Sekunde Zeit zu nehmen, neu zu laden. Doch bevor er ganz ausholen und Rosalind treffen konnte, tauchte Orion hinter dem Mann auf und hieb ihm die Pistole gegen den Kopf.

Der Mann ging zu Boden. Orion fluchte ungehalten und wischte sich Blut von der Nase. Er musste irgendwann einen Treffer eingesteckt haben.

»Hoch mit dir, Geliebte. Kann ich mir dein Messer leihen? Ich habe keine Kugeln mehr.«

Rosalind stürzte sich auf die Klinge, die sie fallen lassen hatte, und warf sie dann Orion zu. »Sie ist vergiftet. Gut platzierte Stiche, keine tiefen.«

Zwei Männer waren übrig, die sich ebenfalls ihre Siegchancen ausrechneten. Eine Sekunde verging. Rosalind drehte nervös eine Klinge. Ohne noch länger darauf zu warten, dass ihre Gegner sich erholten, warf sie sich auf den nächsten Mann und zog ihn näher zu sich heran, indem sie sich ein Ende seines Seils schnappte.

»Deine Linke! Runter!«

Rosalind duckte sich, ohne zu zögern, entging einem Schlag des zweiten Mannes und machte den Weg frei, damit Orion sich auf ihn werfen konnte. Sie gönnte sich einen Blick hinüber. Gerade als der erste Mann das Seil um ihren Arm wand, schrie sie:

»Von hinten!«

Orion entging dem Schlag, der auf sein Schulterblatt zielte. Er bewegte sich unheimlich geschmeidig. Obwohl Rosalind eine Warnung gerufen hatte, war es, als hätte Orion bereits gewusst, dass er sich bewegen musste, bevor er sich auch nur umgedreht und den Angriff kommen sehen hatte. Rosalind war abgelenkt und taumelte zu Boden, wo sie sich abrollte, um nicht auf den Beton zu knallen. Ihr Gegner folgte ihr. Doch aus diesem Winkel hatte sie den Vorteil, nach oben treten zu können, geradewegs gegen seine Brust. Als er rückwärts stolperte, machte Rosalind sich nicht die Mühe, sich ebenfalls aufzurappeln. Sie streckte nur den Arm aus und bohrte die vergiftete Klinge durch den Schuh des Mannes.

Er fiel.

Orion entwaffnete ihren letzten Gegner, warf sein Gewehr weg und knallte ihm den Ellbogen in den Nacken. Mit einem Schlag war es vorbei. Der Mann gesellte sich als ein Häufchen Gliedmaßen zu den anderen am Boden. In der Straße herrschte Stille.

Rosalind kam nur langsam auf die Beine und wischte sich die Hände ab. Ihre Beine taten höllisch weh, waren zerkratzt und aufgerissen vom direkten Kontakt mit dem Schotter. Der Schlitz ihren *Qipao* hinab bot genügend Bewegungsfreiheit, sofern sie keinen Wert auf Anstand legte, doch er bot keinen Schutz bei einem Kampf. Das war unwichtig – die Schnitte wären bald verschwunden.

»Das waren keine Japaner«, verkündete Rosalind und brach damit die Stille der Nacht.

»Ich weiß«, erwiderte Orion. Er war außer Atem. »Ihre Gesichter ... chinesisch, ich bin mir beinahe sicher.«

In der Ferne hörte man das Rumpeln von weiteren schweren Militärfahrzeugen. Rosalind und Orion wandten sich beide dem Geräusch zu und erblickten drei identische Lastwagen, die auf sie zukamen, jeder mit Wimpeln der kaiserlichen Armee.

Woher kam die Verstärkung? Warum waren sie zu so später Stunde hinter Rosalind und Orion her?

Rosalind beäugte die Leichen am Boden. Und warum trugen ihre Fahrzeuge die Kaiserlich Japanische Flagge?

Orion gab ihr ihre Klinge zurück. »Die können wir nicht bekämpfen. Wir brauchen einen anderen Plan.«

»Ich weiß.« Rosalind ließ die vergifteten Klingen zurück in ihre Absätze schnappen. Sie hob den linken Fuß, dann den rechten und verwandelte ihre Stöckelschuhe wieder in Stöckelschuhe, bevor ihr Blick auf das Militärfahrzeug fiel, in dem die fünf Männer sie verfolgt hatten.

»Ans Steuer«, befahl Rosalind und zeigte auf den Wagen. Sie eilte zu ihrem Unfallwagen, riss die beschädigte Tür auf und holte den Notizblock heraus, den sie auf den Fahrzeugboden geworfen hatte. Wenn ihre Tarnung noch intakt war, würde sie ihre wertvollen Notizen von der Benefizveranstaltung verlieren.

»Was?«, fragte Orion.

»Das Steuer. Los.«

Orion verstand endlich. Sie konnten nicht noch drei Autos bekämpfen und der Sprengkörper hatte ihrem geliehenen, von den Nationalisten bereitgestellten Auto den Garaus gemacht. Wenn sie fliehen wollten, blieb ihnen keine andere Wahl, als das Transportmittel ihrer Feinde zu stehlen.

»Im Handschuhfach ist eine weitere Pistole«, rief er ihr zu, während er bereits zu dem Militärfahrzeug lief.

Mit dem Notizblock in der Hand lehnte Rosalind sich zum Handschuhfach hinab, hieb gegen die Verriegelung und holte die zusätzliche Pistole heraus, sobald das Fach auffiel. Die Verstärkung ihrer Gegner kam näher, war schon beinahe bei ihnen angekommen.

Rosalind rannte zu dem Militärfahrzeug, schwang sich auf die hohe Stufe und in den Beifahrersitz. Diese Fahrzeuge hatten keine Türen. Als Orion in den Fahrersitz kletterte und auf die Pedale drückte, kamen die anderen Fahrzeuge an, Sekunden davon entfernt, sie zu blockieren. Sie hatten keine Zeit zu verlieren. Orion riss am Schaltknüppel und fuhr mit einem ohrenbetäubenden Kreischen auf der Straße rückwärts.

»Wie gut kannst du fahren?«, fragte Rosalind, warf den Notizblock auf den Boden und hielt sich an ihrem Sitz fest.

»Annehmbar, denke ich«, erwiderte Orion und bog auf die Hauptverkehrsstraße ein. Er fädelte sich reibungslos zwischen den anderen Autos hindurch, die zu später Stunde die Straße entlangrumpelten, doch ihre Verfolger waren ihnen weiterhin auf den Fersen. Einige der anderen Lastwagen bogen auf kleinere Seitenstraßen ab, um sie parallel zu verfolgen.

»Fahr in die Gassen«, wies Rosalind ihn an.

Orion wirkte zögerlich. »Das Fahrzeug ist groß. Da wird kaum Platz sein …«

»Und genau so werden wir sie los.« Rosalind unterdrückte ein Kreischen, weil sie beinahe aus ihrem Sitz flog, als Orion auf die Bremse drückte, um schnell abzudrehen. Sie blickte nach hinten. »Andere Richtung! Andere Richtung! Da ist ein Auto!«

Orion murmelte etwas Unverständliches auf Französisch und legte eine weitere plötzliche Kehrtwende ein, wobei er ihren Wagen in die andere Richtung lenkte. Leider befand sich die Gasse, in die er einbiegen wollte, nicht auf der gleichen Höhe wie die, in die er zuvor hatte fahren wollen. Neben Rosalind brach der Seitenspiegel ab, wurde an der Gassenwand in Stücke geschmettert.

»Orion!«, schrie Rosalind.

»Ich tue mein Bestes, Geliebte!«

»Dank dir werde ich einen Leistenbruch erleiden!«

Orion riss wieder heftig am Lenkrad und steuerte durch eine enge Kurve in der Gasse. Rosalind versuchte, sich die vor ihnen liegenden Straßen ins Gedächtnis zu rufen. Sie sollten bald in chinesisches Verwaltungsgebiet kommen und die Gassen würden wirklich zu schmal, um hindurchzufahren.

Sie hielt die zusätzliche Pistole. Ihr Finger legte sich um den Abzug, sie sicherte ihren Griff. Es war schwer, nachts etwas zu sehen, vor allem, da diese Gassen nicht so gut beleuchtet waren wie die Hauptstraßen. Doch als Rosalind nach hinten blickte, um den Lastwagen zu beäugen, der ihnen am dichtesten auf den Fersen war, bewegte sich jemand auf dem Vordersitz. Rosalind hätte alles verwettet, dass die Männer ihre Waffen luden, um zu schießen. Wenn sich in dem Auto ein weiteres Projektil befand, wären sie und Orion verloren.

Das Problem war, dass sich ihr eigenes Rückfenster zu weit unten befand, als dass sie einen guten Winkel gehabt hätte: Von dort zu feuern würde ihr nur ein paar Schüsse auf den Boden ermöglichen. Rosalind sah auf die Seite ihres Sitzes. Sie war Rechtshänderin. Das Fahrzeug fuhr zu nah an der Gassenwand, als dass sie auch nur hätte versuchen können, von dort nach hinten zu schießen.

Doch auf Orions Seite …

»Orion, lehn dich zurück.«

»Was?«

Sie kletterte bereits auf seinen Schoß, legte die Beine um seinen Sitz und hielt sich mit der freien Hand an seiner Schulter fest, um stabil zu sitzen. Bevor sie seine Sicht blockieren konnte, streckte Rosalind den Arm aus seinem Fenster und schoss auf das Verfolgerfahrzeug. Die erste Kugel durchschlug seine Windschutzscheibe. Die zweite Kugel traf den Vorderreifen. Die dritte – Rosalind wusste nicht einmal, wo die hinflog. Sie wusste nur, dass sie das Fahrzeug zum Stillstand brachte und die anderen blockierte, die ihm hinterherrasten.

Dann war die Pistole leer.

»Verdammt!«

»Ach du meine Güte, nicht so nah an meinem Ohr«, beschwerte Orion sich und riss das Lenkrad herum, damit sie um eine weitere Ecke bogen.

Rosalind packte seine Schulter fester, als sie versuchte, bei der plötzlichen Bewegung nicht aus dem Fahrzeug geschleudert zu werden. »Entschuldige die Lautstärke«, keifte sie. »Willst du, dass ich dir das Ohr wegsprenge, um es wiedergutzumachen?«

»Musst du so gewalttätig sein, Schatz? Es wiedergutzuküssen wäre vollkommen in Ordnung. In meinem Jackett befindet sich ein Ersatzmagazin, aber diese Pistolen sind unmöglich zu laden.«

Rosalind traf ihn absichtlich mit dem Ellbogen am Kopf, als sie in sein Jackett griff und nach dem Ersatzmagazin suchte. Wie er gesagt hatte, brauchte sie viele wertvolle Sekunden, um herauszufinden, wie sie die Pistole neu laden sollte. Bis sie die Querverriegelung des Spannschiebers von links nach rechts geschoben und dann den Spannschieber nach hinten gezogen hatte, waren die Fahrzeuge wieder hinter ihnen her, kamen von den anderen Gassen herein, nachdem der direkte Weg blockiert war. Dieses Mal schossen sie zurück.

»Fahr weiter nach Süden«, wies Rosalind ihn an. »In chinesisches Verwaltungsgebiet.«

»Vorher müssen wir die Lastwagen loswerden, die uns am nächsten sind«, erwiderte Orion und zuckte zusammen, als eine Kugel seinen Seitenspiegel traf. »Ansonsten können wir sie nicht abschütteln, wenn die Gassen noch schmaler werden.«

Rosalind hatte die Pistole endlich nachgeladen. Sie musste sparsam damit umgehen. Mit zusammengebissenen Zähnen streckte sie den Arm hinaus und erwiderte erneut das Feuer. Eine Kugel verlangsamte das nächste Fahrzeug. Zwei Kugeln setzten es außer Gefecht. Sofort bildete sich ein Stau, doch sie konnten den Verfolgern keine Zeit lassen, um sich zu erholen.

»Bieg hier ab!«, brüllte Rosalind.

Orion zögerte nicht. Er riss das Lenkrad herum und drehte schnell in eine Gasse mit Wäscheleinen und Kopfsteinpflaster ab. Da ihnen nun zwei Fahrzeuge folgten, die aus unterschiedlichen Gassen eingebogen waren, schoss Rosalind auf einen großen Blumentopf, der auf dem Geländer eines Balkons balancierte, und ließ Keramikscherben und Erdklumpen auf den Weg ihrer Verfolger herabregnen, gerade als Orion wieder abbog und zurück auf eine Hauptstraße rumpelte. Chinesisches Verwaltungsgebiet. Die Straßenstände breiteten sich heute in ihrer vollen Pracht aus.

»Die Gasse da drüben!« Rosalind zeigte auf einen dunklen Weg neben einem kleinen Lichtspielhaus. Sobald Orion hineinfuhr, bebten und kreischten die Wagenräder mühevoll. Er würgte den Motor sofort ab und die zwei hielten still – vollkommen still –, als könnte auch eine Bewegung im Fahrzeug Aufmerksamkeit erregen.

Auf der Hauptstraße rumpelten ihre Verfolger in Höchstgeschwindigkeit vorbei. Ein langer Moment verging, nachdem das letzte Fahrzeug verschwunden war. Sie drehten nicht um.

Rosalind atmete aus, ließ die Pistole fallen und sackte in sich zusammen, als wäre alle Energie aus ihrem Körper entwichen. Sie machte sich kaum Gedanken darüber, dass sie immer noch auf Orion saß. Auch er lehnte sich gegen sie, legte seine Stirn an ihren Kragen. Greifbare Erleichterung ging von den beiden aus, weil sie davongekommen waren und sich einen Moment Ruhe gönnen konnten.

»Gut geschossen«, hauchte Orion, sein Atem heiß an ihrem Hals.

»Danke«, erwiderte Rosalind. »Gut gefahren.«

Orion hob den Kopf. Er grinste zu ihr hinauf, doch aus irgendeinem Grund hatte er die Augen geschlossen. »Ich weiß, dass du das nicht so meinst. Aber ich mag es trotzdem, wenn wir als Team zusammenarbeiten.«

Sie mochte es auch. Ein tief in ihrem Innern vergrabener Teil von ihr.

»Janie«, sagte Orion plötzlich.

Rosalind zuckte alarmiert zusammen. »Was ist los?« Instinktiv glaubte sie, dass er mehr Verfolger gesichtet hätte, doch seine Augen waren noch immer geschlossen …

»Ich will nicht, dass du dir Sorgen machst, aber ich bin vielleicht einen Moment außer Gefecht gesetzt.«

Rosalind gefiel nicht, was sie da hörte. »Das ist offengestanden das Besorgniserregendste, das du sagen könntest.«

»Mir geht es gut, versprochen.« Trotz seiner Versicherungen ging sein Atem flacher. Unter ihren Handflächen fühlte sie, wie sein Puls sich beschleunigte. »Vor ein paar Jahren bin ich übel gestürzt. Ich landete recht anmutig und hübsch, wie ich dir versichern kann, aber meinem Kopf gefiel es nicht, auf Beton zu knallen. Hatte monatelang schlimme Kopfschmerzen. Jedes Mal war ich überzeugt, dass ich sterben würde.«

Ein kleines Keuchen. Orion schien seine eigenen Worte zu überdenken.

»Janie, ich werde vielleicht sterben.«

»Du wirst nicht sterben«, sagte Rosalind nachdrücklich. »Wieso passiert das nach Jahren immer noch? Warst du bei einem Arzt?«

»Den besten Ärzten, die die Nationalisten zu bieten haben.« Mit einem Zucken brach er ab. Deutlich huschte Schmerz über sein Gesicht, er presste die Augen fester zu. »Sie sagten, dass sie nichts tun könnten. Es kommt manchmal wieder, wenn ich mich überanstrenge. Ich weiß nicht, warum.«

Er zitterte. Rosalinds Beine waren immer noch um seinen Sitz geschlungen, daher fühlte sie jedes Beben, das ihn durchfuhr.

»Hey.« Sie wusste nicht, wie man Schmerzen heilte. Doch sie wusste, wie man Panik linderte. »Dir geht es gut, hörst du mich? Du wirst nicht sterben. Wenn du stirbst, werde ich dir persönlich so lange auf die Brust schlagen, bis du reanimiert bist.«

Orion drückte seinen Kopf gegen den Sitz – drückte so fest, als versuchte er, mit der ledernen Rückenlehne zu verschmelzen. Er stieß ein schwaches Lachen aus, obwohl das Geräusch gleich darauf von einem scharfen Atemzug verschluckt wurde, zerrissen und verängstigt.

»Dir geht es gut«, erwiderte Rosalind freundlicher. »Dir wird es gut gehen, versprochen.« Sie strich ihm die Haare aus der Stirn. Sobald er ihre Berührung spürte, schob Orion sich vor und lehnte sich an ihre Schulter. Rosalind blinzelte, erholte sich schnell und ließ eine Hand in seine Haare sinken, die andere in seinen Nacken. Er ging so hoch aufgerichtet durch die Welt, so selbstbewusst. Es war überraschend, zu sehen, dass er sich so kleinmachen konnte, fähig war, bei einem Mädchen wie Rosalind Trost zu suchen.

Was ihr am meisten Angst machte, war nicht, dass sie sich in dieser Situation befand. Es war, dass sie sich natürlich anfühlte.

»Ich gebe dir eine Liste jeder Bestrafung, die ich für dich vorgesehen habe, wenn du stirbst«, flüsterte Rosalind ihm ins Ohr. »Konzentrier dich einfach auf meine Stimme. Bereit? Zuerst fangen wir mit meinem Favoriten an: Ich stecke dich in einhundert Lagen Kleidung. Keine davon ist Seide. Schrecklich. Dann im Jenseits rollen wir dich einen Hügel hinunter und du wirst dich nicht einmal abfangen können und ich werde dabei so viel Spaß haben, während ich darüber lache, wie lächerlich du aussiehst ...«

Rosalind machte immer weiter, plapperte, ohne wahrzunehmen, was sie sagte. Es ging nicht um ihre eigentlichen Worte, nur um den unablässigen Strom an Unsinn, der Orion von seiner Panik ablenkte, damit er nicht an den Schmerz dachte. Damit er abgelenkt war, bis der Schmerz nachließ.

An einem bestimmten Punkt konnte sie fühlen, wie sein Puls sich normalisierte. Sie spürte, wie die Anspannung aus seinen Schultern wich, seine Haltung sich lockerte, bis er sich nicht mehr gegen eine weitere Welle markerschütternder Qual wappnete.

Orion hob endlich den Kopf von ihrer Schulter, seine Augen öffneten sich blinzelnd. Mitten im Satz beendete Rosalind ihr sinnloses Geplapper und sah ihn aufmerksam an. Er starrte zurück mit Augen, die vollkommen dunkel waren, seine Pupillen war so sehr geweitet, dass seine braunen Iriden nicht mehr zu sehen waren.

»Da hörst du auf?«, fragte er, seine Stimme immer noch schwach. »Ich war endlich bereit, mir ein Bild davon zu machen, wie ich bei lebendigem Leib gehäutet werde.«

»Ich kann jederzeit anschaulicher werden, wenn du willst.« Rosalind erwiderte seinen Blick, wartete darauf, herauszufinden, wie es ihm ging. Orion wirkte zittrig, doch schien ansonsten seine Panik überwunden zu haben, auch wenn ein Teil des Schmerzes blieb.

»Siehst du? Habe ich nicht versprochen, dass es dir gut gehen wird?«, flüsterte sie.

Orion nickte. »Hast du.« Er atmete zittrig aus. »Danke.«

Nichts an dem Verhalten zuvor hatte sich seltsam angefühlt, doch die Dankbarkeit verunsicherte sie maßlos. Rosalind spielte ihre unverbindliche Antwort herunter, indem sie von seinem Schoß kletterte und sich mit einem dumpfen Geräusch auf den anderen Sitz fallen ließ.

Es fühlte sich nicht so an, als hätte sie etwas für ihn getan, das Dank verdiente. Manchmal war die einzige Möglichkeit, den Tag zu überstehen, weltbewegende Versprechen zu machen und sich daran zu halten. Auf eine Aufgabe konzentrieren, sie erledigen. Auf eine Zielperson konzentrieren, an nichts anderes denken, bis diese tot war. Orion zu versprechen, dass alles gut werden würde, wenn er sich durchboxte, war eine Taktik, die sie gelernt hatte, als sie sie selbst ausprobiert hatte.

Allerdings war sie nicht so nett zu sich selbst. Vielleicht sollte sie es sein.

»Ich wollte dir sagen …«, begann Orion. Sein Gesicht bekam schnell wieder Farbe, verdrängte die blasse Blutlosigkeit und brachte eine rosige Röte zurück. Er griff in seine Hosentasche und zog eine Kette heraus. Rosalind verstand nicht, was er in der Hand hielt, bis sie sah, was am Ende baumelte: ein sehr, sehr kleiner Schlüssel.

»Das hing um den Hals der Französin«, erklärte er. »Sie ist Seagreens Kontakt für Informanten, die der Presse vertraulich ihre Meinung sagen wollen. Unter ihrem Tisch steht eine kleine Kassette, die sie mal für Haidi hervorgeholt hatte, und ich sah, wie sie den Schlüssel abnahm, um sie aufzuschließen. Es ist ein guter Ort, um vertrauliche Informationen für einen geplanten Terroranschlag zu verstecken. Ich dachte, wenn ich den Schlüssel danach danebenlege, wird sie einfach denken, dass sie ihn selbst verloren hat.«

Rosalinds Mund öffnete und schloss sich. Und öffnete und schloss sich.

Dann schlug sie nach Orions Arm.

»Au!«, protestierte Orion. »Ich bin immer noch verletzt!«

»Das konntest du mir nicht sagen?«, rief Rosalind. »Du hast meine Anschuldigungen einfach so hingenommen?«

»Geliebte, es gab kaum einen Zeitpunkt, um dir zu zeigen, was ich in der Handfläche verbarg. Ich wollte nicht verdächtig wirken, damit sie sich nicht fragte, wann sie die Kette verloren hatte.«

Rosalind schnaubte und schüttelte den Kopf. Seine Logik ergab Sinn, doch sie war trotzdem verärgert. Nach dem Abend, den sie hinter sich hatten, musste sie für mindestens acht Stunden an ihre Wand starren, um nicht mehr zu schmollen.

»Da war mehr als genug Zeit, bevor wir von einem Projektil getroffen wurden.« Auch das konnte sie kaum fassen. Rosalind griff unter den Sitz und suchte nach dem Notizblock, der während der Verfolgungsjagd herumgerutscht war. »Das muss eine Verletzung internationalen Rechts irgendeiner Art gewesen sein. Wir sind noch nicht im Krieg. Warum verfolgen sie uns durch die Stadt und greifen uns mit Waffen an?«

Orion rieb seine Schläfe. Rosalind beobachtete ihn aufmerksam aus dem Augenwinkel, doch er schien sich nicht wieder zu verspannen, sondern nur die vorangegangenen Schübe zu lindern.

»Doch das waren keine Japaner«, hielt Orion dagegen. »Also, alles in allem, was ist gerade passiert?«

Rosalind fand den Notizblock. Als sie danach griff, stieß ihre Hand jedoch gegen etwas anderes, das sich wie Stoff anfühlte. Mit einem Stirnrunzeln zog sie den Block heraus ... und eine Mütze. Sie sah sie neugierig an, begutachtete den Stoff unter der einen Straßenlaterne, die das Fahrzeuginnere beleuchtete.

»Ist das eine Mütze?«, fragte Orion und lehnte sich rüber.

Rosalind drehte sie um. Auf der Vorderseite war ein fünfzackiger roter Stern auf den Stoff gestickt. Sofort ergab die letzte Stunde Sinn.

»Uniform der Roten Armee«, antwortete Rosalind. Sie sah Orion an. »Die japanischen Flaggen waren nur Tarnung. Wir haben gerade Kommunistenmiliz bekämpft.«

In der Gasse wurde es plötzlich kalt. Unbequem auf dieselbe Art, wie es Schlachtfelder waren. Umgeben von endlosem, endlosem Land, wo jederzeit alles passieren konnte.

Ihre Angreifer waren keine Japaner gewesen. Hierbei handelte es sich um inländische Kriegsführung.

»Nun ist die Frage«, Rosalind ließ die Mütze fallen, ihre Finger kribbelten von der Berührung, »waren die Kommunisten nur hinter uns her, weil wir Nationalisten sind, oder wegen etwas anderem?«

27

»Also, bist du eine Feindin der Nation?«

Ihre Geisel – angeblich Liza Iwanowa – sah auf und zog eine Augenbraue hoch.

»Was ist eine Feindin wirklich? Ich habe nie die Grundlage der Nation zerstört, wenn es das ist, was du fragst.«

Phoebe kreuzte unter ihren Röcken die Beine und ordnete den dicken Stoff neu. Sie machte es sich auf der Couch bequem, rempelte gegen Silas, der steif neben ihr saß. Sie warteten in seinem Haus, einem bescheidenen Herrenhaus, das in einer eher abgeschiedenen Gegend des International Settlement lag. Silas' Eltern waren auf einer Geschäftsreise, daher hatte es ihnen keine Schwierigkeiten bereitet, Liza hereinzubringen. Die Bediensteten, die sich in der Nähe befanden, um in der Küche kleinere Aufgaben zu erledigen oder die Schlafzimmer sauberzumachen, wussten, wie man den Blick abwandte und den Mund hielt über alles, was bei der Geiselnahme vorging.

Na ja, Liza war keine Geisel per se, vor allem, da sie einfach auf der anderen Couch saß, gelangweilt in einem Magazin blätterte und jederzeit aufstehen konnte, wenn sie wollte. Doch Phoebe fühlte sich amtlicher, wenn sie solche Begriffe benutzte.

»Ich meine: Arbeitest du für die andere Seite?«, stellte Phoebe klar und warf Silas einen Blick zu, um zu zeigen, dass sie ihre Worte sorgfältig wählte.

»Seiten sind austauschbar«, erwiderte Liza, ihr gelassener Tonfall unerschütterlich. »Habt ihr Brot? Ich verhungere.«

Silas erhob sich sofort. »Ich hole Brot.« Leise, mehr an Phoebe gerichtet, als er vorbeiging, fügte er hinzu: »Ich habe noch nie jemanden getroffen, der so in Rätseln spricht. Meine Güte.«

Er tappte in die Küche. Phoebe kehrte zu ihrer Vernehmung zurück, trotz des Mangels an vorläufigen Informationen, die sie aus Liza herausbekommen konnte. Es war ja auch nicht so, als wäre Orion bei seinem Anruf besonders hilfreich gewesen. Er hatte nur gesagt, dass Liza für die Kommunisten arbeitete, und Silas gewarnt, dass sie ihn erkennen könnte, daher würde er seine Tarnung als Doppelagent wahren müssen, der dabei war, seine Freunde zu hintergehen.

»Haben wir uns schon mal getroffen?«, fragte Phoebe. »Ich meine, dass wir uns schon mal getroffen haben müssen. Wie alt bist du?«

»Siebzehn«, erwiderte Liza. Sie blätterte die letzte Seite des Magazins um, dann reckte sie sich nach einer Literaturzeitung auf dem Couchtisch. »Obwohl ich annehme, dass wir unterschiedlichen sozialen Kreisen angehören.«

»Unsinn. Ich kenne alle Siebzehnjährigen in Shanghai.« Das war eine massive Übertreibung, vor allem in einer so dicht bevölkerten Stadt, doch wenn Phoebe übertrieb, hielt sie daran fest. »Ich wusste, dass mir dein Gesicht bekannt vorkam.«

Liza wirkte nicht einmal annähernd überzeugt. »Mein Bruder war bekannt in der Stadt. Vielleicht kennst du ihn.«

»Oh, ich weiß alles über berühmte Brüder«, sagte Phoebe und zog einen Schmollmund. Sie zog die Beine auf die Couch und hing lässig an der Kante. »Die Zeitungen faseln ständig über Oliver und Orion, aber niemand erinnert sich an mich.«

Liza sagte nichts. Phoebe fühlte sich, als hätte sie den Faden der Unterhaltung verloren. Vielleicht hatte sie ihn so fest gepackt, dass sie es irgendwie geschafft hatte, das ganze Ding mit ungeschicktem Griff zu pulverisieren. Sie warf ihre Ringellocken über die Schulter und versuchte es erneut.

»Wer ist dein Bruder?«

Liza blickte auf, zum ersten Mal lag ein Funken Schärfe in ihren dunklen Augen. In der Küche schloss Silas eine Schranktür und das Geräusch schien Liza aufzurütteln, sodass sie um sich blickte und sich daran erinnerte, wo sie war.

»Das wirst du früh genug herausfinden.«

»Was soll das heißen?« Phoebe richtete sich wieder auf und setzte sich anständig hin, bevor Silas mit einem Brötchen auf einem Teller zurückkehrte. Er reichte ihn Liza, die ihn mit einem »Danke« entgegennahm. Ihre Miene hielt sie sorgfältig unter Kontrolle. Phoebe glaubte, vor dem Haus Stimmen zu hören, die sich der Auffahrt näherten.

»Dann weiß Janie es also?«

Liza biss von dem Brötchen ab. Sie zuckte mit den Schultern. »Ich weiß es nicht. Tut sie das?«

»Feiyi, komm schon, ihr erschöpft euch nur beide«, warnte Silas. Doch Phoebe war hartnäckig. Sie wusste, wie man das Nerviges-Mädchen-Spiel spielte. Sie war die amtierende Meisterin der nervigen Mädchen.

»Wie bist du in diesem Beruf gelandet?«

»Wie landet irgendjemand in diesem Beruf?«

»Lass mich eine Vermutung anstellen.« Phoebe tippte sich nachdenklich ans Kinn. »Du hast einen Bruder erwähnt. Einen wichtigen Bruder. Er muss ein Nationalist sein. Du arbeitest für die andere Seite, um ihn zu schützen. In einem Versteckspiel beschließt du, dich zu verstecken, und siehst zu, wie andere unwissentlich an dir vorbeilaufen, sammelst aus den Schatten Informationen, damit du ihn beschützen kannst.«

Liza schnaubte. Nach einem Bissen zupfte sie an dem Brötchen herum, anstatt es zu essen, und rollte kleine Teigklümpchen. »Bitte lass in absehbarer Zukunft nicht die Schule sausen, um Detektivarbeit zu leisten.«

Phoebe blickte finster drein. Silas, der zu seinem Platz neben ihr zurückgekehrt war, strich ihr besänftigend die Haare von der Schulter.

»Na gut, also geht es nicht um Familie«, sagte sie. »Ein Geliebter?«

Liza tat, als würde sie würgen. »Ich war stets überaus uninteressiert an allen Dingen, die Romantik betreffen und was Liebespaare sonst noch so treiben.«

»Dann bleibt nur noch Geld«, schlug Silas vor. Nachdem er Phoebes Haare in Ordnung gebracht hatte, lehnte Silas sich auf der Couch zurück, doch die Bewegung entfernte ihn weiter von ihr. Sie runzelte die Stirn. Hatte er Angst, dass er ihre Röcke in Unordnung bringen könnte? Sie rutschte näher, drückte sich wieder an seine Seite.

»Oder«, sagte Liza geradeheraus, »es bleibt nur, dass ich eine Stelle in der Politik will. Ich bin Russin ... für gewöhnlich sind Kommunisten bereit, mir zu vertrauen, also arbeite ich für sie. Warum habt ihr nicht beim einfachsten Ansatz angefangen?«

Ein lautes Klopfen ertönte von der Haustür her. Phoebe schoss hoch und winkte Silas, dass er sitzen bleiben sollte. Es war ein Leichtes für sie, auf ihren rüschenbesetzten Socken ins Foyer zu rutschen. Sie glitt über die sauberen Böden, als würde sie Schlittschuh laufen. Die Stimmen draußen waren mitten in einem Streit, laut genug, um bis ins Haus zu dringen.

»... Identitäten sind durchgesickert.«

»Das weißt du nicht.«

»Ja, Orion, weil wir zufällig angegriffen wurden ...«

Phoebe öffnete die Tür, bevor Janie ein zweites Mal klopfen konnte. Sie warf ihrem Bruder einen Blick zu, dann seiner falschen Ehefrau und zog die Tür weiter auf, hieß sie mit einer überschwänglichen Geste willkommen.

»Wir haben euch erwartet.«

»Ich habe dir die Anweisungen gegeben, Frechdachs«, seufzte Orion und trat ein. Er schlüpfte aus seinen Schuhen. »Janie, die Bühne gehört ganz dir. Wozu hast du dir diesen Plan ausgedacht?«

Sobald Janie Mead ebenfalls hereingekommen war, warf Phoebe einen schnellen Blick auf den Weg draußen und hielt nach

Eindringlingen Ausschau. Doch es gab keine Bewegungen, über die sie sich Sorgen machen musste, außer einer großen Mücke, die an einer der Säulen am Eingang hinaufkrabbelte. Um schnell wieder hineinzukommen, schnappte Phoebe sich einen Stein aus einem der großen Blumentöpfe in der Nähe und warf ihn nach der Mücke.

Da – zerquetscht. Ekelhafte Dinger. Phoebe huschte wieder nach drinnen und kehrte ins Wohnzimmer zurück. Janie und Orion standen vor Liza, während diese sitzen blieb und immer noch gelassen an ihrem Brötchen herumzupfte. Silas bedeutete Phoebe, näher zu kommen, doch sie schüttelte den Kopf und entschied sich stattdessen für einen besseren Blickwinkel aus dem Flur.

»Brötchen?« Liza bot ihnen das Brötchen an.

»Du wirst mich nicht anschreien, weil ich dich verleumdet habe?«, fragte Janie.

Liza nickte zu Orion. »Weiß dein Ehemann schon, dass du Tong Zilin getötet hast?«

Orion fuhr mit fassungsloser Miene zurück. »Was?«

»Ah«, sagte Janie. »Da ist deine Rache.«

Liza lächelte. Orion wirkte erstaunt, dass Janie es nicht abstritt. Währenddessen tauschten Phoebe und Silas einen Blick, weil sie aus dem Thema ausgeschlossen waren. Sie hatten nicht einmal gewusst, wofür sie Liza aus der Arrestzelle holten. War es eine Anklage wegen Mordes gewesen?

»Warum hast du mir nichts gesagt?«, verlangte Orion zu wissen. »Hast du deshalb in der Tanzhalle den Kronleuchter zerbrochen? O mein Gott, Janie …«

»Können wir diese Unterhaltung ein andermal fortführen?«, zischte Janie.

Orion reagierte sichtlich gereizt. Liza sah aus, als unterdrückte sie ein Lachen.

»Wegen mir müsst ihr nicht aufhören«, sagte sie. »Ich muss sonst nirgendwohin. Außer ins Gefängnis, so wie es aussieht.«

Als Orion vorübergehend besänftigt war, strich Janie ihren *Qipao* glatt und wandte sich wieder Liza zu. »Hör zu. Es wird uns nicht schwerfallen, deinen Namen reinzuwaschen. Im Gegenzug will ich aber dasselbe, worum ich schon mal gebeten habe. Die Kommunisten haben dir Seagreen zugewiesen … du hast die meisten Verbindungen zu beiden Seiten und es ist am wahrscheinlichsten, dass du Antworten findest. Warum mir die Akte entrissen wurde. Warum mein Betreuer angegriffen wurde. Warum sie uns gerade mit gezückten Waffen und Seilen angegriffen haben.«

Silas richtete sich auf. Phoebe trat endlich ins Wohnzimmer. »Was? Geht es euch gut?«

Orion bedeutete Phoebe, sich zu setzen, und hob einen Finger an die Lippen. »Uns geht es gut. Wir sind problemlos davongekommen.«

Währenddessen sackte Liza auf dem Sofa zusammen und ein Stirnrunzeln breitete sich auf ihrem Gesicht aus. Sie hatte eine sehr zarte Nase, die zuckte, während sie die Sache durchdachte. Obwohl es schnell ging, bemerkte Phoebe, dass Lizas Blick zu Silas huschte. Die Kommunisten glaubten, dass Silas übergelaufen war. Silas spielte tatsächlich ein sehr ausgeglichenes Spiel als Dreifachagent und er musste diese Tarnung vor Liza wahren, für den Fall, dass sie aufflog. Obwohl Phoebe vorgab, nichts zu bemerken, sah sie, dass er Liza mit einer winzigen Bewegung mit dem Kopf signalisierte, dass sie ihn in Ruhe lassen sollte.

»Du glaubst, dass es etwas mit deinen Ermittlungen bei Seagreen zu tun hat?«, fragte Liza. »Dass Leute auf meiner Seite sich in den Terroranschlag einmischen?«

Janie warf die Hände hoch, doch nicht, um zu zeigen, dass sie die Idee ablehnte. Es war eine Geste, die Verwirrung ausstrahlte.

»Es hat etwas damit zu tun, doch ich verstehe nicht, was. Bring mir Antworten und mein Ehemann wird die richtigen Anrufe tätigen, damit du keine Flüchtige mehr bist. Obwohl ich mir sicher bin, dass du als Flüchtige reichlich Spaß hättest.«

Liza stand auf. Langsam wischte sie die Brotkrümel von ihren Händen und trat dann von der Couch weg. Trotz der vielen Augenpaare, die jede ihrer Bewegungen verfolgten, verließ sie gelassenen Schritts das Wohnzimmer.

»Wäre ich boshafter, würde ich einfach aufs Land verschwinden und auf ewig als Flüchtige leben.« Ihre Stimme hallte nach, laut durch das Echo im Foyer. »Aber ich bin nicht nur nett … ich bin auch die größere Person. Du wirst bald von mir hören. Auf Wiedersehen.«

Die Haustür öffnete sich und schlug dann hinter ihr zu. Das Haus blieb einen Moment vollkommen still. Dann wandte Orion sich Janie zu.

»Sie ist so seltsam. Woher kennst du sie?«

»Das ist eine lange Geschichte.« Janie packte etwas fester, das sie an ihre Brust drückte: ein Notizblock. »Sie ist nur seltsam, weil sie so erzogen wurde. Die Welt dreht sich um sie. Sie bewegt sich nicht mit der Welt. Sie wusste, dass es nie wirklich Schwierigkeiten gab … oder zumindest wusste sie, dass ich sie da rausholen würde.«

Phoebe sah genauer hin und versuchte, zu lesen, was auf die Rückseite von Janies Notizblock gekritzelt war, doch dann fing Janie ihren Blick auf und Phoebe nahm Haltung an.

»Danke für deine Hilfe, Phoebe. Und deine, Silas.«

»Oh, jederzeit«, rief Phoebe. »Wenn du jemanden brauchst, der Liza Iwanowa verfolgt, lass es mich wissen. Ich habe so ein Gefühl, dass sie und ich die besten Freundinnen sein könnten.«

Orion schüttelte den Kopf. Er nahm das Brötchen, das Liza zurückgelassen hatte, dann warf er es auf dem Weg nach draußen in den Mülleimer. »Ich wusste, dass sie mich an jemanden erinnert. Ich bringe dich nach Hause, Feiyi.«

28

Wenn Celia etwas an Shanghai vermisste, dann waren es die Marktplätze. Hier draußen in den ländlicheren Teilen des Landes war die Auswahl erbärmlich – nur die gebräuchlichsten Gemüsesorten, jede überdurchschnittlich klein.

»Sei froh, dass es überhaupt Essen gibt«, flüsterte Celia sich selbst zu, während sie die *qīngcài*-Bündel durchging. Sobald sie eines fand, das nicht so gelb war wie der Rest, wischte sie sich die Feuchtigkeit von den Händen und zog die Einkaufstasche höher auf ihre Schulter. Der Morgen brach langsam an und warf den Schleier der Dämmerung über die klapprigen Stände. Nur drei andere Anwohner befanden sich so früh auf dem Markt, daher ließ sie sich Zeit, als sie herumging. Ihre flachen Schuhe klatschten auf den unebenen Boden aus festgetretener Erde. Ihre Kleiderwahl veränderte sich vollständig, wenn sie verdeckt arbeitete, und wurde noch zurückhaltender, wenn sie den Laden verließ. Leinen- und Baumwollstoffe, selbst wenn sie einen *Qipao* trug. Keine Seide und sicherlich keine maßgeschneiderte Spitze.

Celia blickte auf, als sie zwei neue Einkäufer betrachtete, die den Marktplatz betraten. Sie war sofort alarmiert und bedachte die Möglichkeit, dass es sich um ein Agentenpaar handeln könnte. Doch dann trennten sie sich am Eingang, als wäre ihr Eintreten Seite an Seite nur Zufall gewesen. Über ihr fiel ein Wassertropfen von einem Stand und landete mit einem Platschen auf Celias Schulter.

Sie wandte sich der Verkäuferin zu und zahlte, hatte es eilig, zu gehen. Es war keine gute Idee, zu trödeln, da sie nicht wusste, welche Leute herumschnüffeln könnten. Sie war immer noch nervös, nachdem sie die Soldaten an der Lagerhalle gesehen hatte. Obwohl sie und Oliver davongekommen waren, obwohl sie in den Laden zurückgekehrt waren und die Tür leise geschlossen hatten, auf Anzeichen von Verfolgern warteten und warteten und nichts hörten, bedeutete das nicht, dass sie in Sicherheit waren. Vor allem nicht, da einer der Soldaten von Olivers Kugel verletzt worden war.

Sie hatte seit jener Nacht nur wenig mit Oliver gesprochen. Es war nicht so, dass sich die Dinge zwischen ihnen verschlechtert hätten – Celia war zu sehr daran gewöhnt, Menschen zufriedenstellen zu wollen, als dass sie wirklich unwirsch werden könnte. Trotzdem blieb sie nicht lange im Raum, nachdem er eingetreten war, und suchte ihn nicht auf, wenn es keinen Grund dafür gab. Wenn sie sich zu lange in seiner Nähe aufhielt, käme sie in Versuchung, ihn an den Schultern zu packen und zu schütteln, bis er jedes Geheimnis preisgab, dass er vor ihr hatte. Das würde kaum gut gehen. Oliver musste aus eigenem Antrieb die Wahrheit sagen, damit es etwas bedeutete.

Wenn das überhaupt möglich ist. Celia war nie gut darin gewesen, Dinge einzufordern. Etwas daran hatte sich stets grundlegend falsch angefühlt. Sie konnte das Gefühl nie ablegen, dass die Leute sich abwenden würden, wenn sie schwierig wäre. Trotzdem, in diesem Fall musste sie standhaft bleiben.

Celia blickte zurück. Die zwei neuen Einkäufer blieben auf dem Markt, als sie ging. Gut. Dann lag es nur an ihrer Paranoia. Nur um sicherzugehen, wählte sie trotzdem einen anderen Weg zurück zum Laden und ging die längere Hauptstraße durch die Stadt.

Sie kam an einem Kleiderladen vorbei. Abrupt blieb sie stehen.

Zu ihrer Linken standen drei metallene Zeitungsständer mit einem Regenschutz. Oliver hatte gesagt, dass er die Ausgabe von Seagreen Press in der Nähe eines Kleiderladens gefunden hätte. War es dieser hier? Die Auslage war beinahe voll. Als Celia zu den

Stapeln ging und flüchtig durch die obersten Ausgaben blätterte, sah es aus, als würden sie wöchentlich erneuert – was bedeutete, dass sich nichts verändert haben sollte, seit Oliver zuletzt hier gewesen war.

Celia ging grazil in die Hocke. Zur Sicherheit sah sie jeden der Stapel durch und versuchte, herauszufinden, ob die Seagreen Press darunter vergraben war. Das war sie nicht. Es gab nur die üblichen Veröffentlichungen aus Suzhou und einige Shanghaier Zeitungen, alle auf Chinesisch, wie man es in diesen Teilen des Landes erwarten konnte.

War diese eine Ausgabe Zufall gewesen? Was für eine Zeitung lieferte aus Versehen eine einzige zufällige Ausgabe?

Etwas an dem Vorfall nagte unablässig an Celia. Rosalinds letztem Brief nach richtete sich Seagreen Press auf japanische Einwohner in Shanghai aus. Welchem Zweck konnte eine ausländische Zeitung hier oben dienen, außerhalb der Stadt und ohne ausländischen Einfluss?

Wer kümmert sich überhaupt um diese Ständer?

Celia sah auf. Entlang der Straße gab es einen Kleiderladen, einen Laden mit Glaswaren und ... ah. Eine Buchhandlung. Sie erhob sich sofort und eilte zu dem Laden, zog den Rock ihres *Qipao* über den Knöchel, bevor sie über die Schwelle trat. Das Klimpern einer kleinen Klingel signalisierte ihr Eintreten.

»Alle Lieferungen erfolgen durch die Hintertür!«, rief eine Stimme.

»Gut, dass ich nichts liefere«, erwiderte Celia.

Ein alter Mann streckte den Kopf zwischen den Regalen hervor und schob seine dünne Drahtbrille die Nase hoch. Er kehrte mit langsamen, geduldigen Schritten zum Tresen zurück.

»Ah, entschuldigen Sie, *xiǎojiě*. Um diese Zeit erwarte ich für gewöhnlich den Fahrradlieferanten. Womit kann ich Ihnen helfen?«

Es war das erste Mal, dass sie in die Buchhandlung kam, obwohl sie seit Monaten in dieser Gegend verdeckt arbeiteten. Es war sinnlos, zu viele ortsansässige Verbindungen zu pflegen, wenn das nur die Wahrscheinlichkeit erhöhte, dass jemand etwas ausplauderte und die Nationalisten herumschnüffelten. Celia sah sich um, beäugte die gut sortierten Regale und säuberlich abgestaubten Leisten. 紅樓書店 stand auf einem Schild über der Tür, »Rote Kammer Buchhandlung«.

Celia wies über die Schulter zu der Straße draußen. »Kümmern Sie sich um die Zeitungsständer da drüben?«

Der alte Mann nickte. »Suchen Sie nach etwas?«

»Sozusagen.« Celia zögerte und versuchte, ihre Frage so zu formulieren, dass sie nicht seltsam klang. »Ich habe vor ein paar Tagen etwas gesehen. Auf Japanisch? Meine … meine Nichte lernt die Sprache, also wollte ich es ihr holen.«

Einen Moment lang strich der alte Mann über seinen Bart und sah aus, als verstünde er nicht, wovon sie sprach. Dann schnippte er mit den Fingern. »Oh. Jetzt erinnere ich mich. Das war ein Versehen, meine Liebe. Der Lieferant gab mir die falsche Kiste. Sie sollte woandershin geliefert werden. Ich sah Zeitungen und legte sie mit dem Rest hinaus, ohne darüber nachzudenken.«

Eine falsche Lieferung?

Celia zog die Einkaufstasche höher auf ihre Schulter. »Wissen Sie, wohin sie stattdessen gehen sollte? Es wäre nützlich, eine zu bekommen.«

»Das weiß ich nicht, aber … hey! Li Bao! Wir haben eine Frage für dich.«

Am anderen Ende des Ladens wurde die Hintertür von einem Backstein offen gehalten. So war es einfach, den Mann – Li Bao – zu entdecken, der gerade sein Fahrrad abstellte und seine Mütze vom Kopf zog. Der alte Ladenbesitzer eilte hinüber und schimpfte, weil er zu spät war.

Drei Körbe hingen an unterschiedlichen Stellen von dem Fahrrad. Sie waren bis oben hin mit Päckchen und kleineren Schachteln gefüllt.

»Eine Frage?« Li Bao zog den Zahnstocher aus seinem Mund.

»Über die falsch gelieferte Kiste.« Celia musste dazwischengehen, bevor der alte Mann mit seinem Tadel über Pünktlichkeit das Thema wechseln konnte. »Sie haben etwas hergebracht, das woandershin sollte …?«

In Li Baos Augen blitzte Verständnis auf. »Oh, ja. Es sollte zu Lagerhalle 34, draußen an der Feldstraße. Stattdessen habe ich es zum Laden mit der Nummer 34 gebracht.«

Die Lagerhalle voller Nationalisten. Die Soldaten, die Kisten transportierten. Es bestand kein Zweifel.

»Die warteten auch darauf«, fuhr Li Bao fort. »Von ihrem Aufseher konnte ich mir ganz schön was anhören über Verantwortungslosigkeit. Zum Glück hatte ich noch eine Kiste von ihnen und konnte sie damit beruhigen, aber puh.«

»Noch eine Kiste?«, fragte Celia. »Also Zeitungen?«

Li Bao steckte sich den Zahnstocher wieder in den Mund. »So viele. Und sie packten sie vor meinen Augen aus, stopfen die Zeitungen in eine andere Kiste, die sie am selben Tag weggeschickt haben wollten. Weiß nicht, was verkehrt ist mit diesen spießigen Militärleuten.«

Das ergab keinen Sinn. Nichts davon ergab Sinn.

»Kuomintang, richtig?«, bestätigte sie trotzdem.

Li Bao schenkte ihr einen merkwürdigen Blick. »Wer sonst?«

Nationalistensoldaten nahmen Lieferungen japanischer Zeitungen an, steckten sie in andere Warensendungen und schickten sie wieder weiter? Warum?

Celia senkte den Kopf. »Danke. Das war sehr hilfreich. Ich werde vielleicht um eine Ausgabe bitten.«

Bevor der alte Mann noch etwas anmerken konnte, entschuldigte sie sich und verließ die Buchhandlung. Wie benommen kehrte sie zum Fotografieladen zurück, grübelte und grübelte und grübelte noch etwas mehr. Millie und Oliver hatten Schicht am Empfangstresen, als sie durch die Tür kam, so in Gedanken vertieft, dass sie beinahe über eine Kostümtruhe gefallen wäre, die jemand draußen stehen lassen hatte.

»Hast du irgendetwas Gutes gefunden?«, rief Millie.

»Nur gelben *qīngcài*«, erwiderte Celia. Sie erregte Olivers Aufmerksamkeit, dann nickte sie nach hinten. So verstimmt sie auch über sein Verhalten bezüglich der Lagerhalle war, brauchte sie doch seine Meinung zu den neusten Entwicklungen. »Hilf mir einen Augenblick in der Küche, Oliver.«

Oliver ließ die Kamera zurück, an der er herumgespielt hatte, und folgte ihr, ohne zu zögern. Sie wartete, bis sie in der Küche allein waren und sie ihre Taschen auf die Ablage gestellt hatte, bevor sie zu sprechen begann.

»Ich muss zurück in die Stadt, um meine Schwester zu warnen.«

Oliver nahm den Eierkarton heraus und stellte ihn auf den Schrank. »Was ist passiert?«, fragte er monoton.

Celia gab sich alle Mühe, ihre Stimme ruhig klingen zu lassen, in Bewegung zu bleiben und die Einkäufe an den richtigen Orten zu verteilen, während sie sprach.

»Ich habe nachverfolgen können, woher diese japanischen Zeitungen kamen. Seagreen Press? Sie sollten zu der Lagerhalle gehen.« Sie schob die Paprika weg. »Oliver, die Leute hinter Seagreen Press sind verantwortlich für eine anhaltende Mordserie in Shanghai.«

»Ich weiß«, sagte er gelassen.

Celia unterdrückte ein Seufzen. Natürlich tat er das. »Du weiß es?«

Oliver verzog das Gesicht. »Mein Bruder ist der Missionspartner deiner Schwester. Ich fand es ein paar Tage, nachdem ihr Auftrag begann, heraus.«

»Er ist was?« Celia lehnte sich an die Ablage und ließ die Information auf sich wirken. Das war für ihre gegenwärtige Sorge nicht wichtig, trotzdem störte sie sich daran. »Ich dachte, sie schicken Orion für Aufträge in die Oberschicht … Frauen verführen, damit sie ausplaudern, ob ihre Ehemänner mit den Kommunisten sympathisieren. Warum ermittelt er jetzt gegen die Japaner?«

»Er ist gut ausgebildet für Informationsbeschaffung und spricht fließend Japanisch. Ich nehme an, sie halten ihn für den qualifiziertesten Agenten. Lady Fortuna macht mich eher neugierig, wenn es darum geht, Agenten zu schicken. Sie ist wohl kaum eine Spionin.«

Aber sie vertrauen *ihr,* dachte Celia. Mehr als Orion – nahm sie an –, obwohl beide einen Geschwisterteil bei der anderen Seite hatten. Rosalind hatte gesagt, dass die Nationalisten ihr einen anderen Agenten zugeteilt hatten, den sie gewissenhaft beobachtete. Sie hatte nur nicht klargestellt, um wen es sich handelte. Es war so typisch für Rosalind, seinen Namen zu verschweigen. Sie dachte bestimmt, dass sie Celia die Pflicht ersparte, Oliver berichten zu müssen, wie sein Bruder abschnitt.

»Unabhängig davon«, sagte Celia und kehrte auf das eigentliche Thema zurück, »falls – und es bleibt ein falls – diese Lagerhalle die Basis eines japanischen Plans ist, den die Nationalisten durch meine Schwester und deinen Bruder auskundschaften lassen …«

»… warum sind dann ihre eigenen Soldaten bei der Lagerhalle?«, beendete Oliver den Satz mit finsterem Blick.

Celia schüttelte ihre Tasche aus, nachdem sie alle Einkäufe herausgeholt hatte. Sie ließ die Stille andauern, während sie den Stoff zusammenfaltete, kleiner und kleiner, bis er ein kleines Rechteck war, das sie auf den Schrank legen konnte.

»Wie schnell können wir los?«, fragte sie.

29

Kurz vor Mittag brach im Büro ein Trubel an Geschäftigkeit aus. Mehrere Assistenten rollten Kisten aus vor dem Gebäude geparkten Fahrzeugen herein. Während Orion seine mit den Händen umschlossene Tasse Tee ziehen ließ, ging er zu den Abteilungsfenstern und sah zu den Autos auf dem Gelände hinab. Neue Lieferungen, sagten sie. Drucke frisch aus der Fabrik.

Botschafter Deoka war unten und leitete den Transport an. So wie Haidi, die an seiner Seite stand. Die zwei wechselten ein paar Worte, bevor Haidi nickte, sich verbeugte und sich zu den Eingangstoren wandte, als wollte sie einen entspannten Spaziergang machen. Orion sah auf seine Armbanduhr. Sie trafen sich in fünfzehn Minuten. Wusste Deoka Bescheid? Hatte Deoka sie geschickt? Wenn Haidi etwas zu sagen hatte, warum dann nicht einen Konferenzraum im Gebäude finden? Warum sich so viele Straßen entfernt treffen?

Die Kassette der Französin war eine Pleite gewesen. Orion war an diesem Morgen als einer der Ersten im Büro aufgetaucht, bevor Janie sich auch nur die Haare fertig hochgesteckt hatte, nur damit er herumstöbern konnte. In der leeren Abteilung war er geradewegs zu dem Tisch der Französin gegangen und hatte die Kassette geöffnet, doch nichts als Briefe von anderen Auswanderern gefunden, die ungezogene Nachbarn auf ausländischem Gebiet anschwärzten. Nutzlos.

Ihre Ermittlungsmöglichkeiten waren schnell erschöpft. Wenn Orion ein weniger selbstbewusster junger Mann gewesen wäre, hätte er sich vielleicht sogar Sorgen gemacht.

Nun – er machte sich ein wenig Sorgen. Nur ein wenig.

Seine Armbanduhr tickte, es war zehn Minuten vor zwölf. Er stellte seine Tasse auf seinen Schreibtisch und nahm seine Jacke vom Stuhl. Als er durch die Abteilung ging, sah Janie auf und neigte neugierig den Kopf, doch er winkte nur und ging hinaus, bevor sie fragen konnte. Sobald er die Verabredung eingehalten und herausgefunden hatte, was Haidi zu sagen hatte, hätte er vielleicht eine bessere Erklärung. Vielleicht könnte er etwas Nützliches zu ihrer Ermittlung beitragen.

Ich habe Informationen zu Ihrer Frau, die Sie betreffen, hatte Haidi ihm zugeflüstert. *Leute wie Sie wollen Informationen, oder nicht?*

Orion hatte nicht vergessen, was Janie am vorigen Abend abzutun versucht hatte. Ihre Gelassenheit, wenn es darum ging, einen ihrer Kollegen zu töten. Ihre Gelassenheit, wenn es darum ging, es zu verbergen, einen Mord unter den Teppich zu kehren, als wäre es nichts.

»Also?«, fragte Orion, sobald Phoebe weg war. Seine Schwester hatte darauf bestanden, dass sie allein die Auffahrt hinauflaufen konnte, weswegen Orion und Janie allein unter der Laterne an der Straßenecke standen. Janie starrte durch die gusseisernen Tore, die sich um das Herrenhaus der Hongs wanden, und Orion versuchte, sie durch eine penibel genaue Überprüfung auseinanderzunehmen.

»Also …?«, wiederholte Janie und stellte sich dumm.

»Tong Zilin«, bohrte Orion weiter. Früher am Abend hatte sie sich damit herausgeredet, dass es einen besseren Zeitpunkt für eine Erklärung gäbe. Seitdem Phoebe weg war, gab es nur noch sie beide, eine leere Straße und einen langen Weg, bevor sie zu Hause ankamen. »Ist es wahr?«

Janie zupfte an ihrem Armband, einen nachdenklichen Ausdruck im Gesicht. Orion war so müde, dass er nur Sekunden davon entfernt war, umzufallen und ein Nickerchen auf dem Gehweg zu machen. Janie wirkte dagegen vollkommen wach, weigerte sich aber, ihn direkt anzusehen, was seltsam war.

Sie ging weiter. Orion folgte ihr, blieb beharrlich an ihrer Seite, während sie schneller wurde. Erst in einiger Entfernung von seinem Elternhaus sagte Janie:

»Er bemerkte einen Flüchtigkeitsfehler in meiner Tarnung. Ich musste eine schnelle Entscheidung treffen. Entweder ich wäre erwischt worden oder hätte ihn zum Schweigen gebracht.«

»Also hast du ihn getötet.«

Er sah, wie Janies Schultern sich versteiften. Sie ging noch schneller. »Missbilligst du meine Entscheidung?«

»Nein, natürlich nicht.« Orion hatte sich in seiner jahrlangen Arbeit als Agent ebenfalls die Hände schmutzig gemacht, doch das war nur selten der Fall gewesen. Zum Beispiel als sie sich mit einer unbekannten Einheit, die sie aus ihren Fahrzeugen beschoss, eine Verfolgungsjagd in Höchstgeschwindigkeit geliefert hatten. »Ich will nur informiert sein.«

Das brachte ihm ein Geräusch von Janie ein, das Orion nicht so recht deuten konnte. Eine Mischung aus Akzeptanz und Neugier. Ein leises Brummen in ihrer Kehle, das nach draußen schnurrte. Es gab vieles an Janie Mead, das Orion nicht lesen konnte.

»Ich geriet in Panik«, sagte Janie geradeheraus. »Ich dachte, es wäre einfach, es für mich zu behalten. So hat Dao Feng mich ausgebildet.«

»So hat Dao Feng dich für Solomissionen ausgebildet.« Orion umging eine Pfütze und lief drei Schritte lang auf der Straße weiter, bevor er auf den Gehweg zurückkehrte. Er widerstand dem Drang, Janies Ellbogen zu nehmen und sie herumzudrehen, damit sie ihm zugewandt war und er alles, was sie verbarg, ins Licht zerren konnte. »Zusammen sind wir jetzt High Tide, oder nicht? Wir sind jetzt eine kombinierte Einheit, oder nicht?«

Janie blieb stehen, als hätte sie seine Gedanken gelesen.

»Ich hätte es dir sagen sollen. Ja. Du hast recht. Ich war sorglos und gefährlich und wenn du für mich hättest lügen müssen, wäre es gut gewesen, hättest du die Wahrheit gekannt.«

Orion konnte kaum glauben, was er da hörte. Sie klang ehrlich. Gab sie ... einen Fehler zu? Wer war dieses Mädchen und was hatte sie mit der Agentin angestellt, mit der er seit Wochen unter einem Dach lebte?

»Gut.« Er wollte sein Glück herausfordern. »Hast du noch andere Geheimnisse vor mir, Janie Mead?«

Sie wandte ihm das Gesicht zu, suchte seinen Blick im Licht der Straßenlaternen. Die Nacht blies plötzlich eine kalte Brise zwischen ihnen hindurch, doch Janie zuckte kaum zusammen, so sehr war sie damit beschäftigt, seine Frage zu überdenken.

»Eines«, flüsterte sie. »Aber das will ich dir noch nicht verraten.«

Und damit stürmte sie wieder weiter. Als hätte sie nicht zugegeben, dass sie an irgendeinem dieser Tage wieder eine Bombe auf ihn abwerfen würde. Er hatte keine Ahnung, ob es besser war oder schlimmer, dass er jetzt wusste, dass er sich auf den Einschlag vorbereiten musste.

Wer bist du, Janie Mead?

Gegenwärtig drückte Orion sich durch den Haupteingang hinaus aus Seagreen Press und wand sich durch den Trubel. Er ging mit einem Nicken an Botschafter Deoka vorbei. Obwohl dieser höflich zurücknickte, fühlte Orion, dass der Blick des Beamten den ganzen Weg bis zum Tor auf ihm lag.

»Zähl deine Tage«, murmelte Orion laut und winkte eine Rikscha heran. »Du wirst nicht mehr lange hier sein.«

Falls das Hotel einen Namen hatte, fiel es Orion schwer, ihn zu finden, als er eintrat und sich umsah, um sicherzugehen, dass er am richtigen Ort war. Welche Einrichtung hatte kein Schild draußen? Die Eingangshalle drinnen war hübsch: ein Aquarium in der Ecke und eine Glasscheibe über dem Empfangstresen, die die Rezeptionistin schützte, während sie sich auf ihrem Stuhl die Nägel feilte. Trotzdem bestand kein Zweifel, dass dies chinesisches Gebiet war. Die Wände hatten nicht den Anstrich ausländischer Hotels, nicht das Dekor und das schimmernde Gold, die das Ergebnis von Geld im Austausch gegen Verwaltungsgebiete waren.

»Ich suche nach Zheng Haidi«, sagte Orion, als er sich dem Tresen näherte.

Die Rezeptionistin überprüfte das Reservierungsbuch, das bereits aufgeschlagen vor ihr lag. »Raum drei, Erdgeschoss. Flur zu Ihrer Linken.«

Orions Arme kribbelten, als er den Flur hinunterging und sich Raum drei näherte. Er klopfte nicht an, sondern ging geradewegs hinein und machte eine Bestandsaufnahme. Es war besser, die Sache hinter sich zu bringen. Wenn er zu lange über etwas nachdachte, würde er es wahrscheinlich vermasseln.

»Sie sind früh dran!«, rief eine hohe Stimme von der Sitzbank. Haidi sprang auf, ihre Haare hatten sich im Nacken gelöst.

Das Hotelzimmer war eingerichtet wie ein normales Zimmer. Ein Bett, eine Sitzbank, ein Tisch. Große Fenster, dünne Vorhänge – hm.

»Ist das ein Problem?«, fragte Orion und ging zum Fenster. Er blickte auf die Straße draußen, wobei er das Lächeln auf dem Gesicht behielt. »Sie sehen in diesem Licht wie immer entzückend aus, Haidi, aber ich habe nicht genug geschlafen und leichte Kopfschmerzen. Sie haben doch nichts dagegen, oder?« Er zog die Vorhänge zu, bevor sie antworten konnte.

Auf der Sitzbank blinzelte Haidi energisch und wirkte erstaunt.

»Nicht im Geringsten«, erwiderte sie nach einer Sekunde. »Ich gehe davon aus, dass Sie keine Schwierigkeiten hatten, herzufinden.«

Orion lehnte sich gegen die Wand. Er verschränkte die Arme, dann legte er einen Knöchel über den anderen. Die Vorhänge waren zugezogen, daher würde es keine Beweisfotos einer Falle geben. Wovor musste er sich sonst noch in Acht nehmen? Drähte? Mikrofone?

»Nichts, mit dem ich nicht zurechtkäme.« Unauffällig blickte Orion zur Seite und inspizierte das angrenzende Badezimmer. Niemand versteckte sich darin. »Sie sagten, dass Sie mich wegen etwas Wichtigem herbestellt hätten. Was ist los?«

Haidi nahm sich einen Moment Zeit, Tee aus der Kanne auf dem Tisch einzuschenken. Orion hatte keine Zeit verschwendet, bevor er zur Sache gekommen war, und solange sie nach unten sah, konnte er nicht erkennen, ob Haidi neutral oder mit Missfallen reagierte.

»Wollen Sie sich nicht setzen?«

Misstrauen keimte in ihm auf. Er zeigte es nicht – er ging zu der Sitzbank und ließ sich darauf nieder, die Ellbogen lässig auf den Knien.

»Ich habe vor Kurzem eine Entdeckung gemacht und ich hielt es für relevant, Ihnen davon zu erzählen. Das Letzte, was ich will, ist, dass meine Kollegen in furchtbare Intrigen verwickelt werden.«

Orion verschränkte die Finger. Wenn er in all den Jahren des Kontakteknüpfens und Plauderns mit Menschen mit Hintergedanken etwas gelernt hatte, dann, wie man ihre Ticks durchschaute. Haidi konzentrierte sich ganz darauf, ihn direkt anzusehen. Als ihre Worte sich aneinanderreihten, klangen sie, als läse Haidi aus einem Drehbuch. Als trüge sie Worte vor, die man ihr bereits sorgfältig eingetrichtert hätte.

Es ist ein Test, dachte Orion hektisch. Doch worüber? Von wem?

»Das ist nett«, sagte er vorsichtig. Haidi rückte näher heran und legte eine Hand auf seinen Arm. Er griff nach dem Tee und schob sie weg. »Doch Sie sagten zuvor, dass es mit meiner Ehefrau zu tun habe? Ich gehe nicht davon aus, dass es etwas gibt, das ich über meine Ehefrau noch nicht wüsste.«

Haidis Blick huschte zu ihrer Handtasche, die neben der Sitzbank lag. Orion nahm diese reflexartige Reaktion in seinen Beobachtungskatalog auf.

»Sicher«, sagte Haidi. »Sagen Sie, wie gut kennen Sie sie wirklich?«

Orion gefiel das kein bisschen. Egal wie oft er das Wort »Ehefrau« betonte, Haidi ließ nicht locker, weshalb es sich hierbei um eine geplante Aktion handeln musste. Unter normalen Umständen würde er sich kaum gegen eine eindeutige Verführung wehren. Doch hier ging es um Janie. Wenn Haidi herumstocherte, um herauszufinden, wo Janie und Orion standen, dann wurde Janie verdächtigt, und Haidi versuchte festzustellen, ob Orion involviert war oder als unschuldig gelten konnte. High Tide war eine Einheit. Orion wäre nie so dumm, sich von ihr abzugrenzen.

Nur ... stimmte es, dass er nichts über Janie wusste. Und auch wenn er nicht wusste, für wen Haidi arbeitete, musste sie über irgendwelche Informationen verfügen, um dies zu tun.

»Ich habe sie wohl recht schnell geheiratet«, gestand er.

»Ah, natürlich.« Haidi lehnte sich vor, ihr Parfüm waberte um seine Nase. Orion hätte beinahe geniest. »Ich nehme an, dass Sie überrascht waren, nicht wahr?«

Sie strich mit einem Finger über sein Kinn. Er hielt sich davon ab, zurückzuzucken. Wenn er mit sichtbarer Abneigung zurücktaumelte, hätte er keinen Zugriff mehr auf ihre Informationen. Doch wenn er weitermachte, würde Janie ihn umbringen. Mit bloßen Händen.

Orion tat das Einzige, was er konnte.

Er täuschte Nasenbluten vor.

»Oh ...« Er hob eine Hand, um seine Nase zusammenzupressen, die andere glitt in seine Tasche und öffnete sein Taschenmesser, womit er sich in den Zeigefinger schnitt. Als er mit diesem seine Nase berührte, sah es aus, als würde helles Rot daraus hervorrinnen, das sich auf seiner Oberlippe verschmierte. »Könnten Sie bitte ein nasses Handtuch holen?«

Haidi sprang auf, die Augen weit aufgerissen. »Ja, natürlich. Warten Sie.«

Sie eilte ins Badezimmer und wühlte laut in den Schränken. Orion wusste bereits, dass sich dort keine Handtücher befanden: Orte wie dieser würden kaum Annehmlichkeiten bereitstellen. Als sie herauskam, murmelte sie ein gehetztes: »Ich frage die Rezeptionistin«, und schlüpfte hinaus.

Sofort senkte Orion seinen Finger und ballte die Hand, um die Blutung abzudrücken. Mit seiner unverletzten Hand öffnete er Haidis Handtasche und blickte auf den Inhalt.

Eine Waffe – interessant. Ein Haarband. Einige lose Blätter.

Orion schob die Gegenstände herum und wühlte sich zum Boden durch. Etwas aus Glas klimperte, als es herumrollte, und er wühlte sich vor und fand eine kleine Phiole mit einer grünen Flüssigkeit. Er legte sie weg und griff nach dem letzten Gegenstand, den er gesehen hatte: eine Fotografie.

»Hm ...« Er hob sie höher. Der Fokus lag auf einem Kuomintang-Politiker, der unter freiem Himmel auf einem Podium stand. Orion wusste nicht, wo genau, doch es wirkte wie einer der öffentlichen Gärten in den Settlements. Er nahm an, dass Haidi die Fotografie nicht wegen des Politikers mit sich herumtrug. Viel wahrscheinlicher lag es daran, dass Janie im Hintergrund stand, perfekt eingefangen. Sie trug einen dunklen *Qipao*, ein Band war um ihr Handgelenk gewickelt. Eine Sekunde oder zwei betrachtete Orion voller Bewunderung ihr Lächeln.

Dann fiel sein Blick auf die handgeschriebene Beschreibung am Bildrand.

Juewu Gärten, 1926.

»Was?«, murmelte er laut. Vor fünf Jahren. Er war siebzehn gewesen. Janie musste noch jünger gewesen sein. Warum hatte sie sich dann kaum verändert?

Schnelle Schritte näherten sich der Tür und Orion steckte die Fotografie dorthin zurück, wo er sie gefunden hatte, ließ Haidis Handtasche zuschnappen und rutschte auf seinen Sitzplatz zurück. Als Haidi mit dem Handtuch zurückkehrte, drückte er fest auf seinen Finger, ließ ein Blutrinnsal seinen Arm hinablaufen und seinen Ärmel beflecken.

»Hier, hier«, sagte Haidi schnell und eilte herbei.

Orion nahm das Handtuch entgegen und drückte den kalten Stoff gegen seine Nase. In derselben Bewegung stand er auf, gerade als sie sich hinsetzte.

»Ich denke, es wird das Beste sein, wenn ich gehe«, sagte er nasal. »Ich sehe Sie im Büro. Ich bin sicher, Sie können mir dort alles erzählen, was Sie wünschen. *Zàijiàn!*«

Bevor Haidi protestieren konnte, schlüpfte Orion hinaus und schloss die Tür hinter sich. Er nahm das Handtuch von der Nase, sobald die Tür ins Schloss klickte, und machte eine Grimasse wegen des Schnitts an seinem Finger. Was für eine Sauerei. Er wischte sich so gut er konnte die Nase ab, dann eilte er aus dem Hotel, wobei er sich von der Rezeptionistin wegduckte.

Vor dem Hotel warf er das Handtuch auf den erstbesten Müllhaufen. Auf seiner Lippe befand sich noch Blut, das er wegwischte. Niemand schenkte ihm Beachtung, als er die Straße hinunterging und sich zwischen Schuhpolierern und Kartenlegern hindurchschlängelte. Die kühle Luft half, seine Gedanken zu klären, trotz des Lärms von Shanghais Hauptverkehrsstraßen. Die Sonne strahlte vom Himmel und die Stadt rumpelte in der Hochzeit ihrer Tagesgeschäfte. Orion versank direkt darin, hielt seine Hand erhoben, um die Blutung zu stoppen.

Er beobachtete, wie nahe eines Gemüsemarkts ein Kampf ausbrach. Er warf den schlafenden Körpern vor den Läden ein paar Münzen zu. Jeder Schritt auf dem Gehweg löste eine weitere Gedankenwelle aus, die durch seinen Kopf rauschte.

Als er lang genug gelaufen war, dass sich an seinem Rücken eine feine Schweißschicht gebildet hatte, waren seine Gedanken über die Ereignisse der letzten halben Stunde nicht klarer. In dem Loch in seiner Brust fühlte er nur Sorge und Erstaunen. Der Großteil des letzteren Gefühls betraf seine angebliche Ehefrau und welche Informationen sie verbarg, die ihre Tarnung gefährdete.

Orion schlüpfte in eine Telefonzelle und verzog das Gesicht, als die schlecht aufgetragene dunkelgrüne Farbe unter seiner Handfläche abplatzte. Er wischte seine unverletzte Hand ab, dann hob er den Telefonhörer und wählte.

»*Hullo?*«

»Hast du einen Augenblick?«, fragte Orion. »Ich brauche deine Hilfe.«

»Du brauchst in letzter Zeit oft meine Hilfe«, erwiderte Phoebe am anderen Ende der Leitung. Sie klang sehr erfreut. Er konnte sich förmlich vorstellen, wie sie im Moment saß: das Telefonkabel zwischen den Händen, die Schultern hochgezogen, wie ein Kobold, der einen Schatz roch.

»Ja, na ja, du hast es gestern angeboten.«

Am anderen Ende der Leitung setzte Phoebe sich mit großer Wahrscheinlichkeit auf.

»Soll ich Liza verfolgen?«

»Ich will, dass du sie beobachtest«, verbesserte Orion sie. Er zögerte einen Augenblick lang, dann sagte er: »Janie verbirgt etwas vor mir. Etwas Großes. Und ich bin mir sicher, dass sie und Liza sich vor Seagreen kannten.«

Ein Klopfen gegen das Glas der Telefonzelle. Orion drehte sich um und sah einen alten Mann, der ihm bedeutete, sich zu beeilen. Er machte eine entschuldigende Geste und hielt die Hand hoch, um ein paar mehr Minuten anzudeuten.

»Ich habe Seagreens Aufzeichnungen überprüft«, fuhr er fort. »Liza Iwanowa lebt in einer Wohnung gegenüber des ›Peach Lily Palace‹. Lauf ihr zufällig in die Arme, biete ihr Hilfe bei ihrer Aufgabe an. Du bist die Einzige von uns, die nicht offiziell mit den Nationalisten in Verbindung steht. Du hast eine bessere Chance, dich neutral zu geben. Irgendwie müssen wir herausfinden, was Liza und Janie gegeneinander in der Hand haben.«

Phoebe dachte einen Moment darüber nach.

»Ich muss fragen … Warum ermitteln wir gegen eine Kommunistenagentin, wenn wir etwas über deine Ehefrau herausfinden wollen? Das klingt ziemlich kompliziert. Kannst du Janie nicht gleich fragen?«

»Sie fragen, was für ein Geheimnis sie vor mir hat?« Orion schnaubte. »Weil das viel bringen würde.« Er schüttelte den Kopf. »Irgendetwas versteckt sich dahinter. Ich weiß es. Kannst du es machen?«

Der alte Mann klopfte wieder gegen das Glas. Orion gestikulierte nachdrücklicher, erbat Geduld, während seine Schwester über die Aufgabe nachdachte. Es bestand kein Zweifel, dass sie am anderen Ende zitterte, darauf wartete, zuzustimmen.

Phoebe räusperte sich. »Du kannst auf mich zählen«, verkündete sie.

30

Am Ende ihres Arbeitstages ging Rosalind allein nach Hause, da Orion nicht ins Büro zurückkehrt war. Sie beeilte sich. Gedanklich hatte sie eine lange Liste an Entwicklungen vorbereitet, die sie ihm berichten würde. Botschafter Deoka war bei den Arbeitsnischen vorbeikommen, um eine Ankündigung zu machen. Sie hatte danach mit mehreren Kollegen im Pausenraum gesprochen, die sie alle zu ihrer Liste zu inhaftierender Mittäter des geplanten Terroranschlags hinzufügen mussten.

Botschafter Deoka erhob das Wort: »Ihr habt hart gearbeitet, um sicherzustellen, dass unsere Ausgaben jede Woche reibungslos rausgehen, und eure Arbeit wird anerkannt.« Männer standen neben ihm, jeder ein freundliches Lächeln auf dem Gesicht. Vielleicht Förderer oder Investoren. »Seagreens zweiter Jahrestag naht, daher wird es Feierlichkeiten geben. Sie werden nächsten Freitag um zwanzig Uhr im ›Cathay Hotel‹ abgehalten. Ich hoffe, jede und jeden von ihnen dort zu sehen, um zu feiern.«

»Ich bin so froh, dass das Cathay als Örtlichkeit gewählt wurde«, sagte Hasumi Misuzu aus der Redaktion, als sie kurz vor Feierabend im Pausenraum im ersten Stock herumgewuselt war. »Wenn ich längere Zeit in chinesischem Verwaltungsgebiet verbringen müsste, würde ich mich wahrscheinlich umbringen. Oder die Gegend höchstpersönlich dem Erdboden gleichmachen, damit sie die abscheuliche Architektur in Ordnung bringen können.«

Ito Hiroko aus der Herstellung störte sich nicht einmal daran, dass Rosalind der Unterhaltung mit ausdruckslosem Gesicht folgte. »Beruhige dich. Es gibt keinen Grund, irgendetwas dem Erdboden gleichzumachen. Wir können es unter strengerer Führung leicht aufhübschen. Mrs. Mu, stimmen Sie dem nicht zu?«

Rosalind stellte ihre Tasse ins Waschbecken. Sie sagte, was sie hören wollten. »Die Stadt verrottet langsam. Lose Führung und westliche Führung sind gleichermaßen gefährlich.«

Misuzu und Hiroko nickten beide.

»Es wird Zeit, dass Asien zusammenkommt«, schlug Misuzu vor.

»Sicher, sicher«, stimmte Hiroko zu. »Unter einem großen Kaiserreich.«

Für sie gab es keinen Grund, diese Meinungen zu verbergen. Wenn sie Teil der Anschlagsplanung waren, waren es nur weitere administrative Aufgaben, die sie erfüllen mussten: Berichte weiterleiten und schreddern, was übrig blieb, Zahlen weitergeben und den Rest vergessen.

Endlich befreit bog Rosalind in ihre Straße ein, atmete aus und lockerte die Schultern. Sie war länger geblieben, um die Unterhaltung im Pausenraum zu Ende zu bringen, und nun war der Himmel dunkel, verschleiert mit sattem Violet. Keine der Lampen vor ihrem Gebäude war an, daher betrat sie relative Dunkelheit und ging die Außentreppe hinauf. Als sie die Wohnungstür aufschloss und eintrat, brannte nur das Licht im Badezimmer.

»Füg Hasumi Misuzu und Ito Hiroko unseren Listen hinzu«, rief Rosalind anstelle einer Begrüßung. Sie warf ihre Tasche auf die Couch. »Selbst wenn sie nicht schuldig sind, ich würde zu gern sehen, wie man sie verhaftet und vor Gericht stellt, einfach dafür, dass sie treue Imperialisten sind …«

Rosalind verstummte. Orion war in den Durchgang zum Badezimmer getreten und lehnte sich heraus, um zu zeigen, dass er zuhörte. Er war gerade dabei, sich zu rasieren, die Hälfte seines Halses war mit Schaum bedeckt.

Und er trug kein Hemd.

»Hallo«, sagte er.

»Hallo«, erwiderte Rosalind nach einer kurzen Pause. »Gibt es einen Grund dafür, dass du halb nackt bist?«

»Auf meinem Hemd ist Blut. Ich wollte nicht, dass es auch noch Schaum abbekommt.«

Rosalind widerstand dem Drang, ihre Schläfen zu massieren. »Und darf ich fragen, wie Blut auf dein Hemd gelangt ist?«

»Witzige Geschichte, eigentlich.« Orion zog sich ins Badezimmer zurück, um sich wieder seiner Aufgabe zu widmen. Rosalind folgte ihm hinein und setzte sich auf den Waschtisch, während er in den Spiegel sah, sein Kinn nach oben gereckt. »Erstens: Die Kassette war eine Sackgasse. Zweitens: Zheng Haidi, unsere entzückende Sekretärin, hat mich für heute in ein Hotelzimmer bestellt. Sie hatte viele Fragen über dich. Über uns.«

Fragen? Rosalind runzelte die Stirn und verschränkte die Arme. »Was hast du ihr gesagt?«

»Geliebte, ich konnte kaum ein Wort herausbringen, so schnell versuchte sie, mich ins Bett zu bekommen.«

Rosalind sprang vom Waschtisch, die Hände geballt. »Hat sie den Verstand verloren? Ich werde ...«

»Warte, warte«, warnte Orion und wusch das Rasiermesser ab. »So sehr ich es vergöttere, wenn du mit Drohungen um dich wirfst, dies war kein gewöhnlicher Versuch, eine Affäre anzustiften. Sie wurde darauf angesetzt, Janie. Ich frage mich nur, für wen sie arbeitet. Ob es Deoka ist, der uns verdächtigt, und warum wir nicht aus dem Büro geworfen wurden, wenn dem so ist.« Er führte das Rasiermesser wieder an seinen Hals, dann zuckte er zusammen. »Ich habe mich davongemacht, indem ich mir in den Finger schnitt und vorgab, meine Nase würde bluten. Daher das Blut auf dem Hemd.«

Nun, da sie darauf achtete, bemerkte Rosalind, dass der Zeigerfinger seiner rechten Hand verbunden war, der Verband rot. Menschliche Haut war so anfällig. Sterbliche menschliche Haut war so anfällig – einen scharfen Schnitt davon entfernt, Blut und Eingeweide und Geheimnisse aus ihrer Hülle auf dem kalten Linoleumboden zu verteilen.

»Du bist nicht bei der Sache.«

Sie blickte in sein Gesicht, aus ihrer Betrachtung aufgeschreckt. »Natürlich bin ich nicht bei der Sache. Wenn sie Fragen stellt, dann stehen unsere Tarnungen unter Verdacht.«

»Ich meine, du konzentrierst dich nicht auf mich«, stellte Orion klar. »Ich war gewappnet, mich zu verteidigen. Ich hatte eine ganze Rede vorbereitet, darüber, dass ich sie nicht dazu angestiftet habe, und du bist nicht einmal laut geworden.«

Rosalind stemmte die Hände in die Hüften. »Hältst du mich für eine alles kontrollierende Harpyien-Ehefrau?«

»Ja.«

Ihr Blick hatte die Kraft eines Faustschlags.

»Ich mache Witze, ich mache Witze«, fügte Orion eilig hinzu. Er wischte den Rest des Schaums ab und trat einen Schritt auf sie zu. »Danke, dass du mir vertraust.«

»Du übertreibst.« Rosalinds Stirnrunzeln kehrte zurück. Das Badezimmer roch nun nach ihm, eine Mischung aus Gewürzen und Minze. »Aber ... es war dumm von mir, deinen Vater während der Benefizveranstaltung beim Wort zu nehmen und voreilige Schlüsse zu ziehen, obwohl du mir keinen Grund gegeben hast, ihm zu glauben. Oder zumindest nicht so viel Grund.«

Orion wirkte amüsiert. Das hatte er nicht erwartet.

»Ein wenig Grund.«

»Ein wenig Grund«, stimmte Rosalind zu.

»Wenn du mich fragst«, Orion stützte den Arm gegen die Wand und schloss sie damit ein, »vielleicht sehe ich dich gern eifersüchtig.«

Rosalind verdrehte die Augen und beschloss, sein schamloses Verhalten nicht mit einer Antwort zu belohnen. Seine Nähe war eine Taktik, die sie wohl aus der Fassung bringen sollte. Doch sie konzentrierte sich nur darauf, dass Orion eine Stelle an seinem Kiefer übersehen hatte.

»Gib mir den Rasierer.«

Er blinzelte. »Wie bitte?«

Sie berührte den Bogen seines Kieferknochens, wo noch Stoppeln standen. Seine Haut war warm, verströmte Energie.

»Du hast keine sehr gute Arbeit geleistet, doch das war bei deiner verletzten Hand auch nicht zu erwarten. Gib mir den Rasierer.«

Obwohl Orion zögerlich wirkte, griff er langsam nach dem Rasiermesser. »Ich ... weiß nicht, ob ich will, dass du ein Messer so nah an meine Kehle hältst.«

Rosalind musste ihre Mundwinkel davon abhalten, zu zucken, und versuchte, so auszusehen, als nähme sie die Aufgabe sehr ernst. »Was?«, fragte sie und zwang sich zu einem finsteren Blick. »Vertraust du mir etwa nicht?«

»Das habe ich nie gesagt.« Seine Kehle hüpfte auf und ab. Seine Brust hob und senkte sich, begleitet von dem tiefen Atemzug, den er nahm. »In Ordnung. Ja, ich vertraue dir sehr. Bitte, ich akzeptiere deine Hilfe.«

»Wundervoll.« Sie nahm die Klinge. Ziemlich grob packte sie seinen Kiefer mit der anderen Hand, um ihn in Position zu schieben. Sie breitete die Finger über seinen Hals aus. Ein Finger lag auf der weichen Stelle, wo sein Puls pochte.

»Entspann dich«, hauchte sie und ließ den Rasierer vorsichtig nach unten gleiten. »Gerate nicht so aus der Fassung.«

»Ich gerate nicht aus der Fassung«, widersprach Orion.

»Mhm.« Rosalind fuhr mit ihrer Aufgabe fort. Sie konnte fühlen, dass Orion sie beobachtete. Er versuchte sehr angestrengt, nicht auszuatmen, was Rosalind wusste, weil sie die Luft auf ihrem Gesicht fühlen würde, wenn er es täte.

»Du darfst atmen«, flüsterte sie.

»Hör auf. Du versuchst absichtlich, mich nervös zu machen.«

Mit einem Lachen trat Rosalind zurück, nachdem sie ihre Aufgabe erledigt hatte. Sie wusch das Rasiermesser im Waschbecken, tupfte es trocken und legte es zur Seite. Als sie sich umdrehte, hatte Orion sich immer noch nicht bewegt, sondern stand mit einem tölpelhaften Gesichtsausdruck bei der Tür.

»Was?«

»Mach das noch mal«, sagte er.

Sie sah ins Waschbecken. »Den Rasierer waschen?«

»Nein, Geliebte. Dein Lachen.«

Nun geriet Rosalind wirklich ein bisschen aus der Fassung. Sie atmete abweisend aus, dann schob sie sich an ihm vorbei aus dem Badezimmer und streckte die Arme aus. »Zieh ein Hemd an. Musst du heute Abend nicht irgendwo sein?«

»Ja. Das Hauptquartier will mit mir sprechen.« Er zog ein Hemd an. »Während ich dort bin, werde ich darauf drängen, dass sie uns so schnell wie möglich einen neuen Betreuer zuweisen. Wir können nicht kopflos agieren, vor allem, wenn Seagreen Press uns auf den Fersen ist.«

Rosalind griff nach einem Notizblock auf dem Couchtisch. »Alles klar. Ich werde hier sein und hausfrauliche Dinge erledigen.«

Orion kam aus dem Badezimmer, eine Braue bereits hochgezogen. »Hausfrauliche Dinge? Wie auf der Couch zu sitzen?«

Das Papier unter ihren Fingern machte ein sprödes Geräusch, als sie umblätterte und bei der ersten leeren Seite anhielt. »Ich entscheide, meine häuslichen Arbeiten auf meine eigene unverwechselbare Art zu interpretieren.«

Mit einem Kopfschütteln verabschiedete Orion sich und verließ die Wohnung. Sobald die Tür hinter ihm zufiel, zeigte Rosalind ihr Lächeln.

Phoebe zerrte ihren Korb nahe an die Brust und schielte die Einfahrt hoch, um sicherzugehen, dass Silas' Eltern nicht von ihrer Reise zurück waren. Es ging nicht darum, dass sie sie begrüßen müsste, doch sie beschwor gern unterschiedliche Versionen ihrer selbst herauf, die sich am besten für unterschiedliche Leute eigneten, damit sie sie in ihrer vollen Pracht bewunderten, und so spät am Abend hatte sie nur noch wenig Energie.

Sie klopfte an die Haustür. Eine alte Haushälterin öffnete und als sie Phoebe erkannte, ließ sie sie wortlos hinein.

»Silas?«, rief Phoebe, streifte sich im Foyer die Schuhe von den Füßen und ging den Flur hinab. »Ich habe dir überzählige Muffins gebracht. Hör mir bitte zu.«

Sein Haus war so gebaut, dass die Schlafzimmer und die Wohnbereiche klar voneinander getrennt in verschiedenen Flügeln des Herrenhauses untergebracht waren. Silas fiel es oft schwer, ihre Ankunft zu hören, weil Geräusche nicht besonders gut von einem Flügel in den anderen gelangten, doch er ließ seine Tür meist ein Stück offen, wenn er sie erwartete. Obwohl Phoebe ihm heute keine Vorwarnung gegeben hatte, war sie trotzdem überrascht, dass er nicht aus seinem Zimmer kam, um sie zu begrüßen. Mit einem Stirnrunzeln ging sie weiter und klopfte an seine Schlafzimmertür. »Silas?«

Die Tür öffnete sich. Als Silas erschien, legte er jedoch schnell einen Finger an seinen Mund und warnte sie, leise zu sein. Hinter ihm war eine andere Stimme zu hören. Phoebes Blick verfinsterte sich sofort, so verdattert war sie darüber, dass jemand in seinem Schlafzimmer sein könnte. Doch sie realisierte Sekunden später, dass die Stimme zu körnig und entfernt klang, um ein Besucher sein zu können. Silas spielte eine Aufnahme ab.

»Wer ist das?«, flüsterte Phoebe, als sie eintrat. Ein Plattenspieler stand auf dem Tisch, darin drehte sich eine Platte.

»Priest«, antwortete er gedankenverloren. »Sie will nur so mit mir kommunizieren. Geschriebene Nachrichten lassen sich zu leicht öffnen und ausspionieren.«

Phoebe stellte den Korb ab. »Sie?«

»Oh.« Hätten sie Chinesisch gesprochen, hätte zwischen den Pronomen kein Unterschied bestanden. Doch Phoebe hatte mit Englisch angefangen, also war Silas ihrem Beispiel gefolgt und hatte beim Sprechen die Unterscheidung gemacht. »Ich nehme es nur an, wegen dem Klang der Stimme. Ich könnte falschliegen, immerhin weiß ich, dass sie gerade lernen, einen Klang zu verfälschen.«

Er setzte sich wieder an seinen Schreibtisch und schrieb weiter an etwas, während die Aufnahme spielte. Es war, als wäre Phoebe gar nicht im Raum. Als sie hinhörte, klang die Stimme verzerrt, tiefer als ein natürlicher Sprechton.

»*... folgen Sie diesem Weg, wenn Sie unser Vertrauen wollen. Vor allem denken Sie daran ...*«

Phoebe schnaubte missbilligend. »Dann werde ich mich wohl verabschieden.«

»Warte.« Silas sah so schnell auf, dass ihm die Haare über die Brille fielen. »Du bist gerade erst gekommen.«

»Ja, tja, deine Aufmerksamkeit scheint diesem Mädchen im Radio vorbehalten zu sein. Ich wollte dich fragen, ob du morgen mit mir herumfahren willst, aber egal.«

»Es ist meine Arbeit, nachzuforschen«, sagte Silas freundlich. »Ich wurde ihr zugewiesen. Je besser ich sie kennenlerne, umso wahrscheinlicher ist es, dass ich ihre Identität aufdecke. Und natürlich kann ich morgen mit dir herumfahren.«

Phoebe sah weiter finster drein und verschränkte die Arme. In Silas' Tonfall lag etwas. Nicht Rache, nicht Verärgerung. Bewunderung.

»Du solltest vorsichtig sein«, sagte Phoebe. »Priest ist eine Kommunisten-Attentäterin. Was, wenn sie herausfindet, dass du die ganze Zeit deiner ursprünglichen Seite treu geblieben bist, und Jagd auf dich macht?«

Die Aufnahme endete. Silas legte seinen Stift weg. »Alles wird gut. Ich ...«

Er wurde vom Klingeln eines Telefons unterbrochen. Im Flur rief die Haushälterin nach ihm, doch Silas war bereits auf dem Weg. Phoebe trottete ihm hinterher, stets wachsam, während er den Hörer abnahm.

Zentralkommando, formte er nach ein paar Sekunden erklärend mit den Lippen.

»Was sagen sie?«, flüsterte Phoebe.

»Ja«, antwortete Silas, bevor er mit den Lippen eine weitere Erklärung formen konnte. »Ich bin sofort da.«

Er legte auf.

»Was ist passiert?«, wollte Phoebe wissen. Silas eilte bereits zurück in sein Zimmer, um seine Jacke zu holen.

»Anti-Japan-Unruhen vor Seagreen und sie können weder Orion noch Janie erreichen. Jemand könnte diese Gelegenheit nutzen, um Beweise zu zerstören. Ich gehe und behalte das im Auge.«

»Ich komme auch mit.«

Silas hielt inne. Vielleicht hatte er widersprechen wollen, doch dann warf er einen Blick auf Phoebe und seufzte. »Okay. Gehen wir.«

31

In einer lauten Wohnung ein paar Blocks von Seagreen Press entfernt, kann kein Anruf eingehen. Während eine Großmutter nicht aufpasste, riss ein junges Kind die Telefonschnur heraus, und das wird erst am Morgen entdeckt.

Die Wohnung oben ist still. Ruhig. Niemand weiß, was sich in der Nähe abspielt – ein Marsch und Sprechchöre durch Lautsprecher gerufen, eine Menschenmasse bewegt sich die Straße hinab. In den letzten Monaten blühten überall in den ausländischen Settlements ähnliche Vorfälle auf. Es beginnt immer klein. Jemand auf der anderen Seite führt eine aufrührerische Handlung aus: Ein einsamer Imperialist schreit politische Parolen, ein Soldat wird bei einer Routinedurchsuchung brutal, ein Streit in einer Tram. Dann bricht es aus. Die Anwohner nutzen ihre zahlenmäßige Stärke und formen einen Mob, und mit vereinten Fäusten werden sie eine Streitkraft. Sie finden endlich eine Art von Macht.

Vor Seagreen Press hat der Mob sich aufgrund von verspätetem Verdruss gesammelt. Sie haben unterwegs bereits drei japanische Firmen niedergebrannt. Sie rütteln an den Vordertüren, recken ihre Lautsprecher in die Luft.

»Boykottiert japanische Produkte!«, schreien sie. »Wir sind nicht Japan! Wir lassen uns nicht zu Japan machen! Wir lassen uns nicht von eurem Reich verschlucken!«

Zwei Agenten – oder ein Agent und eine aufstrebende Agentin – rennen herbei.

»Ist es schlimm, dass ich mich ihnen schon fast anschließen will?«, flüstert das Mädchen mit dem Band im Haar.

»Nein«, antwortet der Junge. »Aber wir sind stärker als das. Wir müssen keine Fackel halten, wenn wir das Feuer des Krieges beeinflussen können, bevor es ausbricht.«

Sie umgehen die Straße, behalten das Gebäude genau im Blick. Obwohl der Mob groß ist, kann man unmöglich sagen, wer mit anderen Anweisungen sich in der Menge verstecken könnte. Vielleicht ein Soldat im Auftrag einer Regierung, den man angewiesen hat, Beweise zu vernichten. Eine Mitarbeiterin von Seagreen, die von ihren Vorgesetzten gewarnt wurde, dass Spione der Nationalisten unter ihnen waren und nun die Zeit gekommen ist, alles zu verbrennen. Die zwei Agenten am Rande halten nach Gefahren Ausschau, nach allem Explosiven, das über die Tore geworfen werden könnte. So ungern sie Schutz bieten, Seagreen darf nicht brennen. Dann könnten sie nichts beweisen. Dann würde der Plan, der dort erwächst, nur an einem anderen Ort erblühen, und sie würden wieder bei null anfangen müssen.

Während sie den Schauplatz regulieren, sehen sie keine Bewegung hinter sich.

Ein Mörder sitzt am Rand eines Dachs. Ein Mörder kommt langsam auf die Beine und hüpft auf den Gehweg hinab, geht an die Arbeit, bevor der Mob sich vollständig auflösen kann, bevor die Straße nicht mehr vor Lärm tost.

»Hey«, sagt das Mädchen plötzlich. Sie sieht zum Himmel auf. Die Nacht ist schwer und wachsam, eine aufgewühlte Schwade Dunkelheit, die von den Straßenlaternen zurückgehalten wird. Als die Polizeisirenen vom Ende der Straße heranbrüllen, werden sie beinahe von der Menge übertönt. »Hörst du das?«

»Die Sirenen?«

»Nein. Die Schreie.«

Sie stürzt davon, bevor der Junge antworten kann. Angst hat sie gepackt, ein sechster Sinn sagt ihr, was die Schreie bedeuten. Instinktiv erwartet sie das Schlimmste von der Dunkelheit. Die Nacht bringt die Schurken der Stadt heraus. Die Nacht sollte für das gefürchtet werden, was sie so leicht verstecken kann.

Der Mörder schleicht um die Ecke, entfernt sich in derselben Sekunde, in der die Agenten die Gasse hinter Seagreen betreten. Die Brise huscht ebenfalls herbei, dieselbe Windbö wirbelt von der Hand eines Henkers in ihre Lungen.

»Es sind so viele«, keucht das Mädchen. »Warum sind es so viele?«

Die Sirenen sind auf der anderen Seite des Gebäudes angelangt, Polizeilautsprecher kämpfen gegen die Aufrührer an. Die zwei schenken dem keine Aufmerksamkeit, während sie durch die Zivilistenleichen eilen, vier, fünf, sechs. Sie drehen die toten Arme um, noch warm, gerade des Lebens beraubt. Jeder sieht gleich aus: eine nässende Wunde an der Seite des Ellbogens.

»Etwas hat sich verändert«, sagt der Junge.

Er blickt zurück, fühlt ein Schaudern seinen Rücken hinablaufen. Er glaubt beinahe, dass der Mörder zusehen könnte. Dann überblickt er wieder den Schauplatz. Etwas liegt neben einer der Leichen und er hebt es auf. Eine Glasphiole, unglaublich kalt, als er sie anfasst. Er hält den Gegenstand ins Licht und eine grüne Flüssigkeit wirbelt darin herum.

Er zeigt sie dem Mädchen. »Er wird unvorsichtig.«

32

Seagreen Press blieb ein paar Tage geschlossen, während die Polizei die Gasse auf der Rückseite untersuchte und die Leichen fortschaffte. Als Rosalind ins Büro zurückkehrte, war sie hibbelig. Ungeduld tobte durch ihren Körpers. Sie hasste Untätigkeit – auf einer Liste mit sinnlosen Tätigkeiten würde sie das als Erstes nennen.

»Du hast in zehn Minuten eine Besprechung mit Botschafter Deoka«, erklärte Jiemin ihr, als sie sich an ihren Tisch setzte. Morgenlicht fiel auf ihren Stuhl. »Ich muss mich um den Bestand kümmern, deshalb musst du für mich Bericht erstatten.«

Manchmal fragte Rosalind sich, ob sie immer noch als Agentin hier arbeiten würde, wenn – falls – das Land irgendwann Frieden fände. Oder vielleicht würde sie einer anderen Leben-oder-Tod-Route nachjagen. Vielleicht hätte sie den Drang entwickelt, Zerbrochenes reparieren zu wollen. Nationaler Zorn schien jeden Agenten anzutreiben, doch der Riss, den er hinterließ, schien bei einigen länger zu sein und bei anderen kürzer. Zerbrochenes zog Zerbrochenes an. Sie versuchten, ihre Scherben aneinanderzufügen, in der Hoffnung, dass sie passten. Wenn das Land nicht mehr zerfiel, welchen Nutzen hatte sie dann für sein Wohlergehen?

Rosalind nickte. »Das kann ich tun. Worüber berichte ich?«

Vielleicht hatte sie sich deshalb so zu Dimitri Voronin hingezogen gefühlt. Selbst wenn die Stadt nicht beinahe zerfallen wäre, selbst wenn Rosalind nicht so viele ihrer Liebsten verloren hätte, selbst ohne einen Funken Motivation – vielleicht war sie von Natur aus dazu bestimmt gewesen, dieses verdorbene mörderische Ding zu werden.

»Hier. Lass es mich finden. Ich habe bereits alles für dich sortiert.«

Jiemin bückte sich, um seine Schubladen zu durchwühlen. Rosalind wartete geduldig, beäugte die Notizen auf seinem Schreibtisch.

Es wäre gut, mehr Kontakt mit Deoka zu haben. In ihrer Zeit außerhalb des Büros hatten sie und Orion die Köpfe zusammengesteckt und waren die Namen auf ihren Listen durchgegangen, um die Anschuldigungen zu untermauern, die sie den Nationalisten weitergaben. Sie war überrascht gewesen, wie problemlos sie einander in allen Punkten zustimmten, doch es ergab Sinn. Immerhin war dies ihr gemeinsamer Einsatz. Jeder Name war erst nach kurzem Blickkontakt und einem winzigen Nicken, mit dem Rosalind Orion ihre Zustimmung signalisierte oder umgekehrt, notiert worden.

»Wir müssen nur noch herausfinden, wer sich tatsächlich die Hände schmutzig macht und die Morde ausführt«, sagte Orion, als er den Stift weglegte.

»Und bestätigen, dass Deoka der Drahtzieher ist«, fügte Rosalind hinzu – zumindest der zugewiesene Drahtzieher mit Anweisungen seiner Regierung. Es war einfach, die Entscheidung auf der Grundlage ihrer Beobachtungen zu treffen. Schwieriger war es, Beweise zu finden, die vor Gericht Bestand haben würden.

»Was zuerst?«, fragte Orion. Ohne zu zögern, drehte er sich auf der Couch zur Seite und legte den Kopf in ihren Schoß, um zu ihr aufzusehen. Rosalind seufzte nur. Inzwischen war sie so daran gewöhnt, dass er sich in ihren persönlichen Raum drängte, dass es sie nicht mehr störte.

»Beides zugleich.« Rosalind griff nach einer seiner Locken. Sie hatte vorgehabt, fest daran zu ziehen, um ihn damit zu nerven, doch stattdessen wickelte sie sich die Strähne um den Finger, neugierig darauf, ob die Drehung der Locken bestehen bleiben würde.

»Informationen, woher wir sie auch bekommen können«, sagte Orion. *»Gefällt mir. Dann haben wir also einen Plan.«*

Nun, auf der anderen Seite der Abteilung, winkte ihr der Orion außerhalb ihrer Erinnerung zu, als sie mit ihrer umherschweifenden Aufmerksamkeit seinen Blick einfing. Dieselbe dunkle Locke fiel nach vorn. Er warf ihr eine Kusshand zu. Sie ignorierte ihn.

Sie mussten Silas bald treffen und ihr Wissen vereinen. Er war fleißig gewesen, während Seagreen geschlossen gewesen war. Nachdem er unter seiner Hilfstarnung der Polizei von den Gassenleichen berichtet hatte, war er bei ihnen geblieben, um Informationen über die neusten Morde herauszufiltern, was bedeutete, kein Kontakt, bis die Luft rein war, ansonsten würde er enttarnt.

Ganze sechs Leichen, dachte Rosalind mit einem Schaudern. Ohne einen Betreuer, der ihnen die Richtung wies, blieb ihnen nur, ihr Gruppendenken in die Tat umzusetzen. Was hatte sich verändert? Sicher hatte der Mörder ohne Vorsichtsmaßnahmen hier und dort Leichen verteilt, doch dies war ein Massenanschlag – noch dazu in der Französischen Konzession. War der Angriff auf Dao Feng doch keine Nachahmungstat gewesen? War er nur der Anfang eines veränderten Modus Operandi gewesen?

»Ich weiß deine Anpassungsfähigkeit zu schätzen«, sagte Jiemin und riss Rosalinds Gedanken zurück in die Gegenwart. »All ihr jungen Arbeiterinnen«, endlich fand er den richtigen Dokumentenstapel in seinen Schubladen, »lasst mich welk und verbraucht aussehen.«

Rosalind beäugte ihn. »Wie alt bist du genau?«

»Achtzehn.«

Rosalind streckte die Hand aus, um die Papiere entgegenzunehmen. »Ich bin älter als du. Pass auf, bevor ich deine Stelle übernehme und mehr bezahlt bekomme.«

Jiemin wirkte nicht amüsiert. Er gab ihr nur die Dokumente und taumelte in seinen Stuhl zurück, als müsste er ernsthaft darüber nachdenken, ob Rosalind seine Stelle übernehmen würde.

»Das ist der Lauf der Dinge.« Er seufzte leise.

Rosalind blätterte gedankenverloren den Stapel durch und prägte sich ein, worüber sie Bericht erstatten würde. Fünf Minuten vergingen und als sie wieder auf die Uhr sah, blickte sie zurück zu Jiemin, der etwas per Hand schrieb. Auch noch auf Englisch, wenn sie sich nicht täuschte.

Unauffällig schob Rosalind sich in ihrem Stuhl vor.

»Jiemin«, sagte sie, um die Unterhaltung wieder aufzunehmen. »Wirst du bei dem Empfang sein? Dem im ›Cathay Hotel‹?«

Er sah nicht auf, als er erwiderte: »Eher unwahrscheinlich.«

»Warum nicht?« Rosalind neigte den Kopf zur Seite und versuchte, das Geschriebene zu lesen. *Sehr geehrte Bosse ...*

Jiemin faltete das Blatt plötzlich zusammen. Verdammt. Er hatte bereits fertig geschrieben. »Warum eine ermüdende Veranstaltung ausfallen lassen?« Er schob den Brief in einen Umschlag und schüttelte sich dann vor Abscheu. »Ich kann meine Zeit mit besseren Dingen verschwenden, als die Firmenleiter hochzuklettern.«

»Sei kein solcher Spielverderber.« Rosalind lehnte sich in seine Richtung und gab vor, ihn fröhlich in den Arm zu knuffen. Sie würde wahrscheinlich Ausschnitte des Briefes sehen, wenn er ihm aus der Hand rutschte ... »Du bist nicht allein mit deiner Abneigung gegen die Unternehmenswelt. Wir anderen wissen nur, wie man die kleinen Freuden genießt, wenn sie sich ergeben. Es wird gratis Essen geben.«

Leider verschloss Jiemin bereits den Umschlag, strich die Längsseite hinab, bis sie flach lag.

»Die ganze Welt ist eine Bühne«, sagte er monoton. »Und alle Menschen einfach Schauspieler. Auch wenn ich bewundere, wie andere ihren Teil spielen wollen, habe ich einen anderen Aufgang und Abgang.«

Er begann, die Adresse zu schreiben. Ein gewöhnlicher Name, eine gewöhnliche Straße, Stadtteil Zhouzhuang, Stadt Kunshan, Provinz Jiangsu ...

Moment, dachte Rosalind plötzlich und ging in Gedanken mehrere Schritte zurück. *Zhouzhuang?* Warum klang das so vertraut?

»Du solltest los.« Als Jiemin wieder sprach, hätte er sie beinahe erschreckt. »Man erwartet dich zur vollen Stunde.«

»Natürlich«, sagte Rosalind. Sie stand auf, ihre Gedanken rasten immer noch mit atemberaubender Geschwindigkeit. Für einen flüchtigen Moment verstand sie etwas, das Celia ihr erzählt haben mochte, und knüpfte eine Verbindung. Celia war oft in Zhouzhuang. Rosalind wusste nicht, warum.

Die Besprechung mit Deoka ging schnell. Vielleicht lag es daran, dass sie nur halb zuhörte, doch der Botschafter schien nichts zu bemerken. Sie erstattete Bericht, er gab ihr ihre Aufgaben. Nichts deutete darauf hin, dass er sie verdächtigte oder dass ihre Mission in Gefahr war.

»Sonst noch etwas?«, fragte Botschafter Deoka.

Gerade als Rosalind entschied, das als Stichwort für ihren Abgang zu sehen, erregte ein Gegenstand in der Ecke ihre Aufmerksamkeit. Erneut sprang ihr eine der mysteriösen Kisten ins Auge. Sie sah genauso aus wie letztes Mal. Fehl am Platz inmitten der ansonsten raffinierten Dekoration und sicher fehl am Platz, was die Aufgabenverteilung betraf, denn warum sollte Botschafter Deoka die eingehenden Zeitungen annehmen? Das war Aufgabe der Herstellung.

»Ich habe mich gefragt, ob unser Bericht über die Benefizveranstaltung Sie zufriedenstellte?«, fragte sie, um Zeit zu gewinnen. Wenn sie vielleicht das Versandetikett genauer betrachtete …

»Er war vollkommen in Ordnung«, erwiderte Deoka. »Sie können wieder an die Arbeit gehen.«

Rosalind verbeugte sich und verließ das Büro. Es hatte keinen Sinn, Verdacht zu erregen, indem sie versuchte, an die Kiste zu kommen, wenn sie ihr keine Antworten geben würde.

Doch Mitten im Flur blieb Rosalind plötzlich stehen, ihre Absätze quietschten auf dem Holzboden. Das war eine andere Kiste als die, die sie letztes Mal gesehen hatte, nicht wahr? Obwohl sie zu weit weg gewesen war, um den Text auf dieser zu lesen, wurde ihr klar, dass das Versandetikett auf die Seite geklebt worden war und nicht auf den Deckel.

Als sie gesehen hatte, wie Jiemin einen Brief schrieb, war ihr die Idee gekommen. Anstatt in die Herstellung zurückzukehren, ging sie die Treppe hinab ins Erdgeschoss und in den Postraum.

»Mrs. Mu«, grüßte Tejas sie beim Eintreten. »Womit kann ich Ihnen helfen?«

Rosalind blinzelte. »Arbeitest du nicht oben?«

»Ich übernehme Schichten, wo ich gebraucht werde, also bin ich heute hier.« Er rollte seinen Stuhl den Schreibtisch entlang und verschränkte dann die Finger. »Die Firma versucht, unnötige zusätzliche Einstellungen zu vermeiden.«

»Verständlich«, murmelte Rosalind. Sie räusperte sich. »Kann ich die Protokolle über alle ein- und ausgegangenen Sendungen sehen? Wir haben oben in der Herstellungsabteilung ein Problem und ich muss nachverfolgen, woher ein Paket kam.«

Tejas drehte seinen Stuhl um und sah auf das erste Regal in Sichtweite. »Ich müsste nach allem vor Juni suchen …«

»Von Juni bis heute«, unterbrach Rosalind ihn.

Mit einem nachdenklichen Laut stand Tejas auf und ging tiefer in den Postraum. Er schlurfte ein paar Minuten lang herum – verschob Pakete, die für den Versand waren, und welche, die für die interne Verteilung in Seagreen bereitlagen –, bevor er mit einem Klemmbrett zurückkehrte.

»Das sollte reichen, glaube ich.«

»Danke«, sagte Rosalind und nahm das Klemmbrett. Sie blätterte die erste Seite um und überflog die Einträge, wobei sie sich auf eingehende Pakete konzentrierte. Ein Kribbeln breitete sich von ihren Fingerspitzen her aus. Ein Summen in ihren Nerven, direkt am Abgrund zwischen der Erkenntnis, dass sie etwas auf der Spur war, ohne jedoch zu wissen, was es war.

Es war einfach, in der Zeile für Anlieferungen nach derselben Adresse zu suchen, die sie das erste Mal auf dem Versandetikett gesehen hatte: Lagerhalle 34, Hai Long Road, Taicang. Jedes Mal war Botschafter Deoka als der Empfänger der Lieferung eingetragen. Die Lieferungen kamen zudem recht häufig. Dieselbe Adresse war etwa jede Woche eingetragen.

Rosalind wusste nicht, was sie mit dieser Information anfangen sollte. Während Tejas abgelenkt war von etwas, das weiter hinten klapperte – ein Paket war unzureichend auf einem Regal ausbalanciert –, stand Rosalind bei der Tür und biss sich auf die Wangeninnenseiten. Etwas war da. Sie wusste es.

Sie strich mit dem Finger über den gesamten Eintrag einer Kiste. *Lagerhalle 34. 19. September. 6,16 kg.*

Rosalind hielt inne. Sie tippte auf die Spalte, ihre Aufmerksamkeit konzentrierte sich auf das Gewicht der Kiste. Das war eine ziemlich genaue Zahl. Wenn sie die anderen Kisten betrachtete, waren sie alle gleich.

Rosalind begann stattdessen, die Einträge zu Ausgängen durchzugehen. Sie suchte nicht nach einer vertrauten Adresse. Sie fuhr mit dem Finger die Kästchen hinab, die anzeigten, wie viel jedes Paket wog, und fand weitere, die genau dieselbe Zahl aufwiesen. Nichts hätte diese Einträge als dieselben Kisten ausgewiesen, die bei Seagreen Press eingingen, abgesehen von ihrem Gewicht.

Was bedeutete, irgendwann nachdem die Kisten eingingen, gingen sie auch immer wieder hinaus. Alle an eine Adresse im International Settlement nahe dem Hauptgewerbegebiet: *286 Burkill Road*. Seagreen Press war ein Zwischenhändler für was auch immer sich in diesen Kisten befand, und sie würde wetten, dass es nicht nur Zeitungen waren.

Rosalind legte das Klemmbrett weg, gerade als Tejas aus dem hinteren Bereich des Postraums zurückkahm. Ihr Herz pochte heftig, kurz davor, aus ihrem Körper zu springen und mit einem Platschen auf dem Boden zu landen.

»Hast du das Problem gefunden?«, fragte Tejas und nahm das Klemmbrett wieder an sich.

»Muss sich erst noch zeigen«, erwiderte Rosalind. »Aber ich habe definitiv etwas Bemerkenswertes entdeckt.«

Viele Straßen entfernt, näher am Herzen der Stadt, zog Phoebe Silas aus seinem Auto, da sie darauf bestand, Verstärkung zu haben. Sie hatten bei einem Stand geparkt, der Blumen verkaufte. Der Verkäufer kam vor, bereit, einen Strauß anzupreisen. Doch er schien sich dagegen zu entscheiden und sprang verängstigt zurück, sobald er sah, wie Phoebe mit einer Hand einen Jungen von seinem Sitz riss. Bei der energischen Bewegung klimperten ihre Ohrringe zu beiden Seiten ihres Kopfes.

»Komm schon«, befahl sie. »Du musst Ausschau halten.«

»Phoebe, das ist eine schlechte Idee.« Silas schob seine Brille hoch und sah zu dem einen halben Block entfernten Wohngebäude. »Ich kann nicht glauben, dass wir die letzten paar Tage herumgefahren sind, um zu observieren. Ich dachte wirklich, du wärst an Architektur interessiert!« Er versuchte, sich zu behaupten. »Orion ist leichtfertig, wenn er dich dazu anstiftet.«

»Er stiftet mich zu gar nichts an. Ich habe es angeboten.« Phoebe verschränkte die Hände, ihre Seidenhandschuhe glitten übereinander. »Bitte, bitte, bitte, komm mit. Ich hätte solche Angst, wenn ich allein in eine Wohnung einbrechen würde.«

Nach so vielen Tagen ergebnislosen Herumfahrens hatte Phoebe akzeptiert, dass es keine Möglichkeit gab, ihre Mission auf diese Weise auszuführen. Es war Zeit, dass sie sich die Hände schmutzig machte. Sie hatte Orion versprochen, dass sie Informationen für ihn finden würde.

»Kann ich dich nicht davon überzeugen, stattdessen an einem anderen Ausflug teilzunehmen?«, bettelte Silas. »Ich kaufe dir Kuchen. Oder Gebäck? Du magst Gebäck.«

»Nein! Wir müssen das hier machen.« Phoebe öffnete ihre verschränkten Hände und umklammerte stattdessen ihre Röcke. »Willst du, dass ich flehe?«

»Phoebe …«

»Dann hilft mir, ich werde gleich hier mitten auf der Straße auf die Knie gehen und dann wirst du für meine Tugend verantwortlich sein …«

»Na gut, na gut«, beeilte Silas sich zu sagen, unfähig, ihrer Theatralik Widerstand zu leisten. Zwei rote Flecken erschienen auf seinen Wangen. »Gehen wir.«

Phoebe strahlte, ihr Verhalten wechselte innerhalb einer Sekunde zu Glückseligkeit. Der Eingang des Wohngebäudes gegenüber des »Peach Lily Palace« versteckte sich zwischen einem Schuhladen und einem Tanzstudio und führte eine schmale Treppe hinauf. Sie näherten sich vorsichtig der Tür, doch niemand hielt Ausschau oder Wache. Phoebe nahm an, dass man das in dieser Gegend erwarten konnte. Sie trappelte die Treppe hoch, Silas folgte dichtauf. Auf dem ersten Absatz war ein alter Mann – ein weiterer Bewohner –, der neben einer Metallwanne hockte und seine Schuhe polierte.

»Hallo«, sagte Phoebe, als sie vor ihm stehen blieb. »Gibt es hier eine Liza … äh …« Sie brach ab und zerbrach sich den Kopf darüber, wie Lizas vollständiger Name lautete. Orion hatte ihn ihr gesagt.

»Jelisaweta Romanowna«, flüsterte Silas ihr ins Ohr.

»Jelisaweta Romanowna!«, wiederholte Phoebe. Sie warf Silas einen schnellen dankbaren Blick zu. »Gibt es hier eine Jelisaweta Romanowna?«

»Das Iwanowa-Mädchen?«, ächzte der Mann. »Oben. Die ganze Zeit so verdammt laut.«

»Danke.« Phoebe ging um den Mann herum und stieg weiter hinauf. Als Silas ihr nicht sofort folgte, drehte sie sich um und bedeutete ihm, sich zu beeilen. Zögerlich schob er sich ebenfalls an dem Mann vorbei und nahm zwei Stufen auf einmal, um aufzuholen.

»Phoebe«, sagte er. »Was, wenn sie zu Hause ist?«

»Unwahrscheinlich. Sobald die Stadtpolizei entdeckt hat, dass sie nicht in ihrer Zelle war, haben sie sicher regelmäßig ihre Wohnung kontrolliert, um zu sehen, ob sie sie hier erwischen. Sie würde es nicht riskieren, zurückzukommen. Tatsächlich ...« Als Phoebe zu der Tür im zweiten Stock kam – der einzigen Tür im zweiten Stock –, streckte sie die behandschuhten Hände aus und drückte die Klinke hinab. Sie ließ sich leicht bewegen. »Habe ich gewettet, dass sie auch nicht abschließen würden, nachdem sie sich umgesehen haben.«

Silas wirkte zunehmend besorgt. »Ich dachte, du sagtest, Orion hätte dich hergeschickt, um Liza zu finden.«

»Hat er. Aber ich glaube, dass es bessere Wege gibt, um an Antworten zu gelangen.«

Phoebe stupste die Tür auf und betrat die Wohnung. Zuerst fiel ihr der schäbige Bodenbelag auf, der beim Eintreten quietschte, als hätten die Bretter einst einen Wasserschaden erlitten. Die Wände wirkten stückig und dick, mit jedem neuen Bewohner immer und immer wieder übermalt. Hinter ihr zuckte Silas bei jedem Schritt zusammen, den sie sich von der Tür entfernten, und sah aus, als wollte er wegen sich selbst die Polizei rufen.

»Halt Wache, bitte«, wies Phoebe ihn an. Sie durchstöberte das kleine Zimmer bereits, überflog mit den Augen die Regale und das Fach über dem Bett. »Schrei, wenn du jemanden kommen hörst.«

Silas tat wie geheißen und stand an der Tür Wache, obwohl sein ganzer Körper vor Nervosität zuckte. Sich selbst überlassen strich Phoebe mit einem Finger über Lizas Schreibtisch. Ein Tintenfass. Eine Gedichtsammlung. Ein sich wölbender Bilderrahmen, der keine Fotografie enthielt, sondern stattdessen ein russisches Magazin mit einem Titel, den Phoebe nicht lesen konnte.

Sie nahm ihn in die Hand. »Wie seltsam ...«

»Komm schon, stell das weg.«

Phoebe wirbelte mit einem Schrei herum. An der Tür fuhr Silas ebenfalls herum, durch das Geräusch aufgeschreckt. Liza stand im Raum, die Arme verschränkt.

»Silas, ich sagte, du sollst die Tür bewachen!«, kreischte Phoebe.

»Habe ich!«, rief er. »Ich stand genau hier!«

Phoebe ging einen Schritt rückwärts, ihre Beine stießen gegen den Schreibtisch. Ihre weit aufgerissenen Augen lagen auf Liza. »O mein Gott, du bist ein Geist.«

Liza brach in Gelächter aus. »Nein.« Sie zeigte auf den Schrank. »Ich war da drin. Ihr solltet eure Gesichter sehen.«

Da die Schranktür offen stand, konnte Phoebe einen Blick auf darin verstreute Kissen und Papiere erhaschen, wo Liza es sich offensichtlich bequem gemacht hatte. Sie konnte unmöglich ständig darin sein, doch es bot ihr ein Versteck, sollten wieder Polizisten in der Wohnung herumschnüffeln.

Langsam kehrte Phoebes Herzschlag zu Normalgeschwindigkeit zurück. An der Tür sah Silas immer noch aus, als bräuchte er ärztliche Hilfe. Seine Augen blieben auf sie gerichtet, flehten still, dass sie sich zurückzogen, obwohl er wusste, dass Phoebe sich weigern würde, wenn er tatsächlich etwas davon laut aussprechen würde. Klugerweise blieb er stumm.

»Du hast zu viel Spaß daran«, schnauzte Phoebe in Lizas Richtung.

Liza wedelte mit den Fingern. »Stell das weg. Schickt dein Bruder dich?«

Phoebe stellte den Bilderrahmen weg. Sie runzelte die Stirn. »Warum sagt das jeder? Vielleicht bin ich einfach eine Wichtigtuerin.«

»Vielleicht solltest du von deinen Wichtigtuerinnen-Albernheiten richtig Gebrauch machen, anstatt bei Leuten wie mir herumzuschnüffeln.« Liza sprang auf ihr Bett und setzte sich in den Schneidersitz. »Wu Xielian, schließ bitte die Tür.«

Silas zögerte nicht eine Sekunde. Er schloss die Tür, beide Hände dagegengestützt, selbst nachdem man ein Klicken hörte.

Liza streckte sich auf den Laken aus. Sie sah aus wie ein Seestern, ihre Haare bildeten eine zusätzliche Gliedmaße, die gerade nach oben abstand. »Ich nehme an, ihr seid hier für einen Fortschrittsbericht. Ich bin die ganze Woche in verschiedene

Verbindungsstationen gegangen und habe ihre Informationen durchsucht. Bisher nichts Nennenswertes, doch es gibt noch eine größere Örtlichkeit.«

Phoebe war ein bisschen verblüfft. Sie hatte nicht erwartet, dass Liza so einfach kommunizieren würde.

An der Tür räusperte Silas sich. Er fragte: »Se Zhong Road?«

Es klickte. Liza versuchte, aus Silas schlau zu werden. Soweit man ihr erzählt hatte, war er ein Agent auf ihrer Seite, und doch sah es aus, als hätte er sich gegenüber seinen Vorgesetzten über all diese Vorfälle unter den Nationalisten bedeckt gehalten.

»In der Tat«, sagte Liza. Sie hüpfte erneut auf der Matratze, purzelte zur Seite hinunter und kam wieder auf die Füße. »Du bist damit vertraut?«

Silas schien die Falle zu wittern. Sein Blick huschte zu Phoebe, gefangen zwischen zwei Handlungsmöglichkeiten: entweder vorgeben, dass Phoebe von seinem angeblichen Verrat wusste, oder besorgt wirken, dass Phoebe gleich etwas bemerken könnte. Er entschied sich für keines von beidem. Er behielt eine neutrale Miene bei.

»Ich würde nicht sagen, vertraut damit. Ich habe Dinge gehört.«

»Das funktioniert also gut.« Liza griff unter ihr Bett und nahm etwas in die Hand. »Wollt ihr zwei helfen?«

Phoebe und Silas starrten sie beide an, unfähig, zu glauben, was sie hörten.

»Wirklich?«, fragte Phoebe im selben Moment, in dem Silas sagte: »Auf keinen Fall.«

Phoebe wandte sich Silas zu, ihr Blick flehend. »Silas …«

»Hör auf.« Er hielt die Hand hoch, um sich vor ihren großen Augen abzuschirmen. »Wir unterstützen das nicht!«

»Ich muss wissen, was mit Dao Feng passiert ist!« Sie eilte zu ihm und packte seine Handgelenke. »Wir müssen wissen, ob es ein interner Anschlag war. Wir müssen wissen, warum mein Bruder angegriffen wurde. Er ist in Gefahr! Wie können wir uns zurücklehnen und nichts tun?«

»Wir tun nicht nichts.« Silas gestikulierte in Lizas Richtung. »Eine fähige Agentin arbeitet daran.«

Liza grinste glücklich, als sie das Kompliment entgegennahm.

»Silas«, jammerte Phoebe.

»Phoebe!«

Liza prustete neben ihnen, murmelte etwas darüber, dass sie froh war, nie einen Zank unter Liebenden haben zu müssen. Als er sie hörte, wurde Silas noch röter als zuvor.

»Wir müssen«, beharrte Phoebe wieder und ignorierte Liza. »Bitte?«

Eine Sekunde verging. Silas arbeitete sich durch einen großen inneren Konflikt.

»Na gut«, seufzte er endlich. »Aber nur, weil du es allein machen wirst, wenn ich mich weigere.« Er wandte sich an Liza. »Was sollen wir machen. Wache stehen?«

»O nein.« Mit einer schwungvollen Geste offenbarte Liza, was sie in der Hand hielt – eine Streichholzschachtel –, dann warf sie sie Silas zu. »Ihr kümmert euch um die Sprengkörper.«

33

Alisa hatte den beiden nervigen Nationalisten – oder eher, den zwei nervigen ... Wasauchimmer – gesagt, dass sie sich dort treffen sollten, da sie es für zu verdächtig hielt, wenn sie alle gleichzeitig aus ihrem Gebäude kamen. Dadurch hätte sie Zeit, die Sprengkörper zu holen.

Tatsächlich holte sie nur Feuerwerkskörper, doch sie liebte nichts mehr, als Leute zu täuschen und ihnen einen kleinen Schreck einzujagen.

Alisa sah dem Zeiger ihrer alten Taschenuhr eine ganze Minute lang zu, dann schlüpfte sie aus dem Gebäude und verschmolz mit der Menge auf der Thibet Road. Sie ergriff ihre Vorsichtsmaßnahmen. Während sie einen Karren voller Steckrüben betrachtete, zog sie eine Jacke aus ihrer Tasche und schlüpfte mit einem Arm hinein. Als sie ein paar Münzen weiterreichte, um eine Tomate zu kaufen, packte sie mit derselben Bewegung den anderen Ärmel und änderte die Farbe ihrer obersten Kleidungsschicht. Sobald sie sich umdrehte, glitt ihre Tasche ihren Arm hinab und landete mit einem schweren Pochen auf dem Boden. Alisa täuschte ein müdes Seufzen vor und griff nach unten, um unter dem Vorwand, ihre Tasche aufzuheben, ihre Hand zu verbergen, die sie erneut hineinsteckte und einen Hut herauszog, der mit falschen Haaren versehen war. Sie neigte den Kopf vor, all ihre blonden Locken fielen durch die Schwerkraft nach vorn, ließen sich leicht auf einmal auffangen und unter den Hut stopfen, bevor sie sich wieder aufrichtete.

Alisa drehte sich um und betrachtete ihr Spiegelbild im Schaufenster einer Apotheke. Wenn irgendjemand sie beobachtete, hatte derjenige sie gerade aus den Augen verloren. Vielleicht sollte sie ihre Haare schwarz färben und tatsächlich zu einem Bob schneiden. Allerdings kam die Frisur in diesem Jahrzehnt aus der Mode. Bedauerlich.

»Wie viel?«

Der Junge auf dem Plastikstuhl riss den Kopf hoch, überrascht von Alisas plötzlicher Nachfrage. Sie hatte sich von hinten genähert, um die geschäftigen Rikschas zu meiden, die über die Kreuzung der Fuzhou Road und der Shandong Road rumpelten. Auf dem Gehweg gleich vor der »Tai He Apotheke« hatte der Junge einen Stand aufgestellt, um bemalte Spielzeugpferde zu verkaufen, die er an Fußgänger verhökerte, die an der Kreuzungsecke vorbeikamen.

»Welches?«, fragte er und deutete auf die Pferde.

Alisa schüttelte den Kopf. »Ich will die Feuerwerkskörper.«

»Schschsch!«, zischte der Junge sofort und sah sich um. Warum tat er so überrascht? Jeder wusste, dass er dafür berüchtigt war, Fuzhou Roads Sprengkörper-Junge zu sein. Die Spielzeugpferde waren nur ein Vorwand. »Willst du, dass die Polizei kommt?«

Angefressen zog der Junge einen schwarzen Beutel hinter dem Stand hervor und öffnete ihn, damit Alisa einen Blick hineinwerfen konnte. »Ich habe heute nur noch ein paar übrig. Nimm sie oder geh.«

Sie reichte ihm einen Packen Geld. »Genug?«

»Ha. Wird schon reichen, wenn du nicht wieder rumschreist.«

Sie tauschten Ware gegen Geld und Alisa ging weiter, wobei sie den Beutel an ihre Brust drückte. Sie bewegte sich nach Osten, folgte den Hauptstraßen, wo die Menschenmengen sich sammelten. Je weiter sie ging, umso dünner wurden die Straßen, der Straßenbelag wurde uneben und der Geruch nasser Wäsche wehte ihr um die Nase.

Alisa hielt vor einem gewöhnlich wirkenden Bordell an. Obwohl das Erdgeschoss dem angegebenen Zweck diente, waren die oberen Stockwerke auch eine Verbindungsstation der Kommunisten, wo sie untertauchen konnten, um zu vermeiden, von der Kuomintang erwischt zu werden.

Phoebe und Silas warteten bereits, standen um die Ecke und sahen in eine Zeitung. Sie ging zu ihnen und reichte ihnen die Tasche.

»Wartet fünf Minuten, dann zündet sie an«, wies sie sie an. »Erregt zuerst ihre Aufmerksamkeit, dann lockt sie ein Stück weg. In den oberen Stockwerken dieser Einrichtung arbeiten nur sechs Leute ... die müssen abgelenkt sein.«

»Das ist die unausgegorenste Missionsaufgabe, die man mir je gegeben hat«, murmelte Silas. Er schaute in den Beutel.

Alisa schnalzte mit der Zunge. »Solange es funktioniert. Bereit?«

Sie wartete nicht, es interessierte sie nicht wirklich. Wenn sie helfen wollten, sollten sie wirklich anpassungsfähig sein.

Schnellen Schrittes durchquerte sie das Erdgeschoss des Gebäudes und stieg die in der Nähe der Küche versteckte Treppe hinauf. Es gab einen Empfangstresen, um Besucher zu begrüßen, die in die oberen Stockwerke kamen, und Alisa setzte ein Lächeln auf.

»Ich habe eine Verabredung mit Rabbit«, sagte sie. Es gab keinen Agenten mit dem Decknamen Rabbit. Es war nur eine Phrase, um zu beweisen, dass sie hier willkommen war. Sie lehnte sich auf den Empfangstresen. »Ich nehme nicht an, dass Sie Kontakt mit jemandem herstellen könnten?«

Die Frau hinter dem Tisch sah auf einen Kalender und überprüfte, ob sie heute jemanden erwartete. Überraschungsbesuche bei Verbindungsstationen waren selten und daher verdächtig.

»Ich weiß nicht, inwieweit ich Ihnen helfen ...«

Der erste Knallkörper ging los. Auf den oberen Stockwerken klang es wie Schüsse und die Rezeptionistin sprang auf und bat Alisa, zu warten.

Eine Tür öffnete sich am Ende des Flurs.

»Was ist das?«, schnauzte ein herauseilender Mann. Ihm folgten zwei weitere, ihre Gesichter ebenso gehetzt. Es gab einen zweiten Stock über ihnen, daher nahm Alisa an, dass sich die anderen beiden Agenten dort befanden. Unten wurden die Knallkörper lauter. Wenn dies ein Angriff war, hatte eine Evakuierung oberste Priorität. Sie sah zu, wie die Rezeptionistin als Erste die Treppe hinuntereilte, dann die drei Männer, die unbedingt herausfinden wollten, was den Lärm verursachte.

Sobald Alisa auf dem Stockwerk allein war, flitzte sie in eines der Büros. Sie suchte nach nichts Bestimmtem, daher verschwendete sie keine Zeit damit, die gestapelten Kisten oder Akten zu durchsuchen. Stattdessen eilte sie zum Schreibtisch – der das halbe Büro einnahm – und überflog schnell seinen Inhalt. Rosalind hatte darauf beharrt, dass die Kommunisten hinter ihr und Orion Hong her gewesen waren. Dass sie sich möglicherweise die Akte von ihr zurückgeholt hatten, dass sie danach möglicherweise ihren Betreuer angegriffen hatten.

»Wie soll ich Informationen darüber beschaffen, ob wir Nationalisten verfolgen, ohne geradeheraus zu fragen?« murmelte Alisa.

Nichts stach ihr ins Auge. Die Zeit lief.

Dann sah sie das Telefon, das an einer Seite des Tisches aufgehängt war, und ihr kam eine Idee. Vielleicht konnte sie geradeheraus fragen. Es war ja nicht so, als handelte es sich um echte Kriegspläne draußen auf dem Land. Der Vertraulichkeitsgrad innerhalb ihres eigenen Netzwerks konnte nicht so hoch sein.

Alisa hob das Telefon ab. Sobald die Telefonistin antwortete, sprach sie mit tieferer Stimme.

»Entschuldigen Sie. Mein letzter Anruf brach ab und dann wurde ich zu wichtigen Geschäften gerufen. Könnten Sie mich zu der letzten Verbindung durchstellen?«

»Einen Moment, bitte.«

Die Telefonistin schien an der Bitte nichts ungewöhnlich zu finden. Es passierte oft genug, dass Verbindungen abbrachen.

Am anderen Ende der Leitung klickte es. Ein paar Sekunden Stille, dann bellte eine barsche Stimme: »Wéi?«

Alisa versuchte hektisch, sie zuzuordnen. Sie war sich sicher, dass es niemand war, mit dem sie persönlich gesprochen hatte. Hatte sie die Stimme bereits im Radio gehört? War es jemand Hochrangiges?

»Wéi? Ich kann Sie nicht hören. Sprechen Sie lauter!«

Sie entschied sich für einen Schuss ins Blaue.

»Äh … hallo. Was ist unser nächster Schritt bei der Verfolgung dieser Nationalistenagenten?«

Die Antwort kam sofort. Wer auch immer der Letzte war, der über diese Verbindung angerufen worden war, er bemerkte nicht einmal Alisas furchtbare Imitation dessen, wie sie glaubte, dass Männer mittleren Alters beim Sprechen klangen.

»Kam meine Nachricht nicht durch? Wir schwenken um auf Observation. Es ist zu gefährlich. Keine Verfolgung mehr, nach dem Misserfolg letztes Mal. Zerstören Sie das Memo. Die Aufgabe wird nun im Verborgenen ausgeführt.«

Klick. Der Mann hatte aufgelegt. Alisa legte schnell den Hörer weg, ihr Herz raste. *Keine Verfolgung mehr, nach dem Misserfolg letztes Mal.* Dann waren es die Kommunisten. Sie waren wirklich hinter Rosalind und Orion her, außer es gab in der Stadt zufällig noch andere Nationalisten, die verfolgt wurden.

Doch … *Wir schwenken um auf Observation. Es ist zu gefährlich.* Was hatte das zu bedeuten? Was war so gefährlich an Rosalind und Orion?

Alisa spitzte die Ohren in Richtung Fenster und lauschte. Die Knallkörper waren verklungen. Das Gebäude würde bald zum Normalbetrieb zurückkehren.

»Warte«, flüsterte Alisa. Sie nahm eine der Akten vom Schreibtisch.

```
       Memo: 4 Bao Shang Road
(Kontakt hergestellt unter dem Vorwand, Kuomin-
tangagenten zu sein. Nicht erneut kontaktieren,
           Subjekt ist argwöhnisch.)
```

Sie klappte sie auf.

```
          Transkribiert von ███████████
»Ich habe alles durch mein Fenster geschehen
sehen. Ich wohne im fünften Stock, so hoch oben,
      guter Blickwinkel in die Gassen hinten.
Spät nachts, ████████████████████████████
████████████████████████████████████████
████████████████████████████████████████
████████████████████████████████████████
████████████████████████████████████████
████████████████████████████████████████
Ich bezweifle es nicht. Es war übernatürlich.«
```

Alisa schob die Akte wieder so hin, wie sie sie gefunden hatte. Sie zensierten diese Memos so stark, weil die Agenten, die sie lasen, bereits wussten, worum es ging, und so die Chancen geringer standen, dass ein spionierendes Augenpaar Details entdeckte, wie es Alisas Ziel gewesen war.

»Nummer vier, Bao Shang Road«, prägte Alisa sich ein. Bevor der rechtmäßige Besitzer des Büros zurückkehren konnte, eilte sie hinaus und kehrte zum Empfangstresen zurück, als hätte sie die ganze Zeit dort gewartet. Die Rezeptionistin kam als Erste die Treppe herauf.

Alisa krallte die Hände ineinander. »Ist alles in Ordnung?«

»Nur ein paar Unruhestifter«, antwortete die Rezeptionistin. »Brauchen Sie etwas?«

Die anderen drei betraten ebenfalls das Stockwerk und flüsterten miteinander. Einer nach dem anderen verschwanden sie wieder in ihren Büros, Türen schlossen sich mit einer Reihe dumpfer Schläge. Niemand rief etwas Misstrauisches. Niemand schrie Anschuldigungen, dass jemand die Verbindungsstation durchwühlt hätte.

Alisa nickte. »Ich brauche eine Adresse für den aktiven Einsatz in Taicang.«

»Hey.«

Sobald Alisa von hinten rief, sah sie, wie Phoebe und Silas zwei Meter in die Luft sprangen, wobei Silas beinahe von der Restauranttreppe gefallen wäre, auf der er hockte. Als er sich eilig aufrichtete, schlug seine Hand gegen eine Laterne, die über ihm hing, und riss sie von ihrem Haken. Obwohl Alisa eine Warnung rief, war es Phoebe, die sie geschmeidig auffing, bevor sie auf dem Boden aufschlagen konnte, wobei sie die Flamme darin rettete.

»Du hast viel zu viel Spaß daran«, schnauzte Silas. »Warst du erfolgreich?«

Alisa setzte sich ebenfalls auf die Stufen. Das Restaurant war geschlossen, entweder war es bankrott gegangen oder es war gerade keine Öffnungszeit. Phoebe hängte die Laterne wieder auf.

»Teilweise«, antwortete Alisa vorsichtig. »Ich glaube, sie sind hinter Orion und Ros... Janie her.« Alisa hustete und tarnte den Ausrutscher als ein seltsames Geräusch in ihrer Kehle. »Aber ... aus irgendeinem Grund haben sie beschlossen, sie nicht weiter zu verfolgen.«

»Und die anderen Gegenstände, die Janie wollte?«, fragte Phoebe. »Die Akte? Den Betreuer?«

Alisa schüttelte den Kopf. »Ich weiß es nicht. Ich grabe wohl weiter.«

Silas wirkte verwirrt. Phoebe schnitt eine Grimasse und wickelte sich ihre Halskette um den Finger.

»Ich verstehe es nicht«, sagte sie. »Aber vielleicht liegt das nur an mir.«

»Nein, es liegt nicht nur an dir«, versicherte Silas ihr. »Das klingt in meinen Ohren nicht richtig.«

Alisa zuckte mit den Schultern. »Ich sage euch nur, was ich gefunden habe.«

»Und da war sonst nichts?«

Alisa überlegte, ob sie ihnen von dem Memo erzählen sollte. Doch an der Information war ohnehin nichts Besonderes. Sie konnte genauso gut zuerst selbst nachforschen und Rosalind die Informationen dann direkt geben, sollten sie sachdienlich sein.

»Nichts.« Alisa dehnte ihren Nacken, dann machte sie auf dem Absatz kehrt, um zu gehen. »Oh«, sie blickte über die Schulter zurück, »und ich habe euch das besorgt: 240 Hei Long Road, Taicang.«

»Was ist das?«, rief Phoebe ihr hinterher.

»Euer anderer Bruder«, antwortete Alisa. »Falls ihr ihn je braucht.«

Stunden später kam Rosalind ins Schwitzen, während sie körperlich anstrengenderen Aktivitäten nachging als in den ganzen letzten Wochen: ihren *Qipao* zuzuknöpfen. Orion war wieder in die örtliche Zentrale gerufen worden. Die Wohnung gehörte ganz ihr. Als sie nach Hause kam und einen *Qipao* fand, der an ihre Tür geliefert worden war, dachte sie, dass sie ihn vor dem Empfang im »Cathay Hotel« genauso gut anprobieren konnte. Die meisten ihrer schönen Kleider hatten sich über die Jahre abgenutzt – wenn nicht durch Verschleiß, dann durch Blutflecken.

»Wie viele Knöpfe kann ein Kleidungsstück haben?«, murmelte Rosalind. Sie warf einen finsteren Blick in den Küchenspiegel und brachte ihn ins Schwanken, als ihr Ellbogen gegen die vergoldete Seite stieß. Die Knöpfe waren aus keinem bestimmten Grund winzig. Das war wohl ihre eigene Schuld. Ihre Eitelkeit hatte gesiegt, als sie den *Qipao* angepasst bekommen hatte, während Seagreen außer Gefecht gewesen war. Im Auswahlverfahren hatte sie den körperbetontesten gewählt, mit hohem Kragen und ärmellos. Tiefgrüner Stoff und von Hand gestickte gelbe Blumen. Der Schnitt wurde von einer Reihe kleiner Knöpfe am Rücken zusammengehalten.

Der letzte Knopf ging durchs Loch. Rosalind atmete voller Erleichterung aus. Ihre Arme waren beinahe taub, als sie sie an die Seiten sinken ließ.

Dann blickte sie nach unten und sah die Halskette, die sie ebenfalls anprobieren sollte, und fluchte laut. Zur selben Zeit öffnete sich die Wohnungstür und Orion trat ein.

»Worüber fluchst du …«

Er hielt inne. Starrte. Starrte weiter.

Rosalind warf wieder einen Blick in den Spiegel. »Ist mir ein zusätzlicher Kopf gewachsen? Was schaust du so?«

»Ich … nichts, nichts.« Orion schüttelte sich aus seiner Trance. Er wickelte seinen schwarzen Schal vom Hals und warf ihn auf den Couchtisch. »Hast du … ist dein … bist du …« Er räusperte sich. Die Worte schienen ihm entschlüpft zu sein und Rosalind hob eine Braue.

»Brauchst du Hilfe?«, brachte Orion schließlich hervor und nickte zu der Kette.

»Bitte.« Rosalind hielt die Kette hoch und Orion trat hinter sie, ihre Finger verfingen sich kurz, als sie die Perlen weitergab.

Er griff nach vorn und zog die Kette um ihren Hals zurecht. »Ich muss unbedingt etwas fragen«, begann er feierlich. »Hast du dich nur für mich so hübsch angezogen? Wenn du mir früher Bescheid gegeben hättest, hätte ich eine Reservierung zum Abendessen gemacht, um den Anlass zu feiern.«

Rosalind schnaubte. Obwohl sie den Humor in Orions Tonfall hören konnte, wäre sie nicht überrascht gewesen, wenn er es zumindest halb ernst gemeint hätte. »Ich probiere den *Qipao* für Freitag an. Der Tag, an dem ich mich aufbrezle, um mit dir Essen zu gehen, ist der Tag, an dem mein Verstand ausgesetzt hat.«

Orion unterdrückte ein Lachen und presste die Lippen aufeinander. »Oh?« Er öffnete den Verschluss der Halskette. »Dann war das also eine Hochstaplerin bei unserem Hochzeitsessen?«

»Ja, eine angeheuerte Schauspielerin«, gab Rosalind trocken zurück. »Ich habe zu viele Verdauungsprobleme, wenn du zugegen bist. Der Stress, den du bei mir verursachst, schlägt mir auf den Magen.«

Orion machte den Verschluss fest. Die Perlen hingen hübsch um ihren Kragen, nicht zu weit oben, nicht zu weit unten. Rosalind blickte lang in den Spiegel, suchte an sich nach einem Detail, das verbessert werden musste. Als sie nichts fand, brummte sie zustimmend. Hinter ihrer Schulter blieb auch Orion reglos stehen.

»Wir haben wirklich eine Gelegenheit verpasst, weißt du«, sagte er. Seine Finger streckten sich nach den Säumen ihres ärmellosen *Qipaos* aus, strichen über die Spitze dort. Sie unterdrückte ein Schaudern. »Hätten wir Seagreen nur als Verlobte betreten, hätten wir die Zeremonie ebenfalls vortäuschen und alle einladen können.«

Rosalind überdachte die Idee. Ihr Spiegelbild neigte den Kopf, als sie das tat. Die Mundwinkel zu beiden Seiten des Glases fielen nach unten.

»*Shuǐxiān*«, sagte sie plötzlich.

Orion blinzelte. »Was war das?«

»Osterglocken«, wiederholte Rosalind auf Englisch, falls er sie nicht verstand. Die chinesische Sprache hatte keinen genauen Namen für die Blume – die wörtliche Übersetzung war »Wassergöttin«, weil die gelbweißen Blüten angeblich böse Geister vertrieben. »Ich hätte gern Osterglocken in meinem Strauß gehabt.«

Einst hatte sie von solchen Dingen geträumt. Eine Hochzeit nach westlichem Vorbild, nur eine Handvoll Leute in den Kirchenbänken verteilt, die Luft roch nach Sommerwärme und einer Blumenwiese.

Doch das war nicht mehr ihre Zukunft. Wenn sie auf eine Blumenwiese träfe, dann wäre es ein Schlachtfeld, der Boden mit Rot getränkt und blutrote Blütenblätter wüchsen dort.

»Warum Osterglocken?«, fragte Orion.

Rosalind zögerte. Es war schwer, das laut auszusprechen. Doch sie wollte ehrlich antworten. »Ich … nun ja, ich sah sie in den Hochzeitsfotografien meiner Mutter.«

Sie war ohne die Erlaubnis ihres Vaters über das Album gestolpert, hatte es in der hintersten Ecke seines Büros gefunden, als sie nach seinen Wareneingangsbelegen gesucht hatte. Der Einband war nichtssagend gewesen, keine Beschreibung oder Zeichen. Doch als sie es geöffnet hatte, hatte sie ihre Eltern gesehen, die sich angrinsten und selbst in der Verschwommenheit der gealterten Fotografie so glücklich wirkten.

Sie hatte immer gewusst, dass ihr Vater ihre Geburt gehasst hatte. Gehasst hatte, wie ihre und die Ankunft ihrer Schwestern in dieser Welt ihm seine Frau genommen hatte. Trotzdem war es seltsam gewesen, die Bestätigung zu sehen; seltsam, einen in der Zeit eingefrorenen Moment zu sehen, der ihn zeigte, wie sie ihn nie zuvor gesehen hatte. Einem Teil von ihr war es egal, ob sie je wieder mit ihrem Vater sprach. Ein anderer Teil von ihr trug die Fantasie in sich, am Ende wertgeschätzt zu werden. Dass er mit Schrecken erwachte und erkannte, dass seine Kinder noch da waren, sich immer noch jeden Tag ans Überleben klammerten und Hilfe brauchten.

»Du sprichst nicht oft von deiner Vergangenheit, Janie Mead.«

Rosalind zuckte mit den Schultern. »Worüber soll ich reden? Es sind Schatten und Dunkelheit.«

»Du weißt mehr als genug über mich, nachdem meine ganze Vergangenheit in den Zeitungen breitgetreten wurde.« Seine Stimme war leise geworden. Ohne dass sie ihn bitten musste, hatte Orion begonnen, ihr beim Abnehmen der Halskette zu helfen, da ihre Anprobe vorbei war. »Gib mir zumindest ein paar Brocken. Was war dein Lieblingsessen als Kind?«

Rosalind überdachte die Frage nur eine Sekunde. Die Wohnung war plötzlich zugig, sandte einen Schauer ihren Rücken hinab. »Croissants.«

»Wie Französisch.«

»Unser Französischlehrer kaufte sie für uns.« Keine Lüge. Er hatte sie wirklich gekauft – in Paris.

»Unser?«, wiederholte Orion. Er hob den Kopf, fing für eine flüchtige Sekunde im Spiegel ihren Blick auf, bevor er sich wieder dem Verschluss der Kette zuwandte. »Du hast Geschwister?«

»Schwestern. Eine ist tot. Die andere weit weg.«

Ein leises Ausatmen hinter ihr. »Das tut mir leid.«

Rosalind hatte schon seit einer Weile keinen Kummer mehr über Kathleen gefühlt. Die echte Kathleen, diejenige, die keine fünfzehn geworden war, bevor die Grippe ihr das Leben genommen hatte. Rosalinds Trauer war inzwischen gedämpft, tauchte nur auf, wenn alle Jubeljahre die Erinnerung an das Krankenhauszimmer aufkam. Sie sah sich selbst Celias Hand umklammern, wenn die Ärzte hineineilten; sah sie zwei – zu verängstigt und zitternd und sich fragend, was passieren würde. Wenn sie ehrlich war, trauerte sie am meisten darum, wie das Leben gewesen war, als Kathleen noch gelebt hatte.

»Es ist schon in Ordnung«, war alles, was sie laut aussprach. »Wozu ist Familie da, wenn nicht, um uns zu lieben und uns dann das Herz zu brechen?«

Die Halskette löste sich. Orion legte sie auf den Küchentisch neben ihnen, jede Perle klimperte auf die Holzoberfläche hinab. Wenn es um echten Kummer ging, dachte Rosalind nicht an Kathleen.

Sie dachte an Juliette.

Das letzte Bild, das sie von ihrer Cousine hatte, war in jenem Unterschlupf, nachdem die Revolution ausgebrochen war. Rosalind hatte sich in einer Welt aus Schmerz befunden, die Strafe ihrer Familie noch frisch und roh, die Peitschenstriemen auf ihrem Rücken noch blutig. Sie hatte es an der Welt auslassen wollen. Sie hatte es allen übel nehmen wollen, die sie liebte – nur um etwas anderes als Hilflosigkeit zu fühlen.

Ist dies das letzte Mal, dass ich dich sehen werde?, hatte sie ihre Cousine gefragt. Ein einzelner Moment der Verletzlichkeit brach durch ihre Trance.

Ich weiß es nicht, hatte Juliette geantwortet, leise und ernst wie die Stillen in ihren Gräbern. Wäre Rosalind noch einen Moment länger geblieben, wären Tränen aus ihren Augen geströmt. Sie war gegangen, ohne zurückzublicken.

Sie hätte zurückblicken sollen. Nur einmal.

»Du bist die Älteste deiner Schwestern.«

Rosalind drehte sich um, um Orion gegenüberzustehen, drückte ihren Rücken gegen den Spiegel und fühlte, wie das Seidenfutter des *Qipao* über die erhabenen Kanten ihrer Narben strich. Orion stellte dieses Mal keine Frage. Er machte eine Feststellung.

»Woher wusstest du das?«

»Du erinnerst mich manchmal an Oliver.« Orion wirkte erfreut, dass er recht hatte. »Die Ernsthaftigkeit. Die Welt auf deinen Schultern.«

In diesem Moment fand ein verblassender Sonnenstrahl seinen Weg durch das Fenster. Er brach sich in der metallenen Bratpfanne und plötzlich war die Küche so hell wie goldenes Rampenlicht. Rosalind und Orion kniffen beide die Augen zusammen, doch unterbrachen ihre Unterhaltung nicht. Etwas Unerklärliches hatte sich bereits wie eine Schutzschicht um sie gelegt, tröstlich und sicher.

Selbst wenn sie gegen das blendende Gold die Augen schloss, könnte sie das Bild vor ihr in Gedanken neu erschaffen, nicht ein Detail würde fehlen. Die Küche mit ihren sauberen Tischen. Die Wände in blassgrün. Orion, der sie anblickte, Wimpern halb gesenkt, dunkel, als wären sie mit Ruß bestäubt. Es war völlig ungerecht, wie schön er in jedem Licht war. Als wäre er mit dem Maßband erschaffen worden, jede Proportion perfekt und unerbittlich.

Sie fragte sich, ob er wusste, wer Olivers Missionspartnerin war. Ob er Celia je im Einsatz gesehen hatte und ob er die Verbindung herstellen würde, wenn die beiden vor ihm stünden.

»Vermisst du ihn?«, fragte Rosalind.

Orion riss die Augen auf, die dunklen Wimpern hoben sich.

»Natürlich.« Er wusste genau, von wem sie sprach, ohne eine Sekunde zu zögern. »Ich hasse ihn dafür, dass er gegangen ist. Das hält mich jedoch nicht davon ab, ihn zu vermissen. Es ist dasselbe mit meiner Mutter. Aber egal, wie sehr ich mich zerreiße, um zu verstehen, warum sie gegangen sind, es bringt sie nicht zurück.«

Rosalind spürte, wie ihr Herz sich zusammenzog. Sie zupfte eine Nadel aus ihren Haaren. »Du musst dich nicht erklären.« Die schwere Haarmasse stürzte ihren Rücken hinab. »Du fühlst, was du fühlst. Ansonsten treibst du dich in den Wahnsinn.«

»Ah.« Orion steckte die Hände in die Taschen. »Da ist noch etwas, das verrät, dass du die Älteste bist. Die Weisheit.«

Rosalind schüttelte den Kopf. Sie war ohnehin nur um ein paar Minuten die Älteste. Da war kaum Zeit, so viel Weisheit zu sammeln. Trotzdem war es nett, dieses Etikett zugewiesen zu bekommen. Es war nett, einmal jemand Weltgewandtes und Wissendes zu sein, anstelle von närrisch und verantwortungslos und leicht hereinzulegen.

Schließlich stieß Rosalind sich vom Wandspiegel ab und ging davon, ließ die Blase zerplatzen, die sich um sie gebildet hatte.

»Ich habe heute eine unglaubliche Information aufgetan«, rief sie, als sie das Schlafzimmer betrat und die Tür halb offen ließ, damit Orion sie hören konnte. Sie bemerkte nicht, dass ihre Unterhaltung beinahe zu einem Murmeln geworden war, bis sie wieder normale Lautstärke annahm.

»Wie das?«

»Ich habe Seagreens Ein- und Ausgangsprotokolle durchgesehen, als der Angestellte in der Poststelle nicht aufgepasst hat.« Es war viel einfacher, all die Knöpfe an ihrem Rücken zu öffnen, als sie zu schließen. Einer nach dem anderen lösten sie sich, sobald sie fest daran zog. »Es gibt eine Sendung, die stets ins Büro geschickt wird, adressiert direkt an Deoka. Eine Kiste. Angeblich enthält sie unsere wöchentlichen Ausgaben. Ist das nicht merkwürdig? Er muss sich wohl kaum mit niederen Aufgaben beschäftigen, wie die Qualität jeder Ausgabe zu überprüfen.«

Rosalind trat aus ihrem angepassten *Qipao* und rollte die Schultern, als Blut in all die Gegenden floss, aus denen es herausgezwängt worden war. Mit einer schnellen Überprüfung ihres Kleiderschranks zog sie einen anderen *Qipao* heraus. Dieser war viel lässiger, eher dafür geeignet, auf der Straße herumzuspazieren.

»Du sagst angeblich«, rief Orion aus dem Wohnzimmer. »Was glaubst du, befindet sich tatsächlich darin?«

»Warum finden wir es nicht heraus?« Rosalind zog sich schnell um, dann schnappte sie sich ein Paar Ohrringe von ihrem Schminktisch. Sie schob die Tür ganz auf und stand auf der Schwelle, als sie die Saphire durch ihre Ohrläppchen schob. »286 Burkill Road. Dorthin werden die Pakete geschickt. Die Kisten könnten Anweisungen enthalten. Sie könnten Mordwaffen enthalten. Sie könnten Korrespondenz enthalten. Was es auch ist, sie schicken etwas an wechselnde Orte. Und was könnte verdächtiger sein, als Arbeitsmittel vom Arbeitsplatz zu entfernen? Wenn wir Beweise dafür finden wollen, dass Deoka der Drahtzieher hinter den Terrormorden ist, dann muss hier etwas Wichtiges zu finden sein.«

Orion verrenkte sich den Hals. Er hatte sich auf die Couch gesetzt, während Rosalind sich umzog.

»Wann bist du nach Hause gekommen?«, fragte er plötzlich.

Hatte er nicht gehört, was sie gerade gesagt hatte? Dies könnte ihre ganze Mission abschließen und er fragte stattdessen, wann sie ausgestempelt hatte.

»Fünf Uhr dreißig?«, rief sie. »Was hat das denn damit zu tun?«

»Du hast gewartet.« Er stand auf. »Du hast darauf gewartet, dass ich zurückkomme. Du hättest mit Leichtigkeit einen Umweg zur Burkill Road machen können, nachdem du Seagreen verlassen hast.«

Sie konnte Orion Hong nicht folgen. Wenn er sie nicht rügte, weil sie ihm nicht genug erzählte, war er überrascht, dass sie ihn wie einen vertrauten Partner behandelte.

»Du hast recht«, sagte sie und wandte sich zur Tür. »Ich hätte schon vor einer Ewigkeit gehen sollen. Warum habe ich mir die Mühe gemacht, auf dich zu warten …«

Ohne sich vom Fleck zu bewegen, packte Orion ihren Arm, als sie vorbeikam, und hielt sie auf.

»Das war keine Kritik.« Er lächelte. »Ich bin nur angenehm überrascht.«

Vielleicht hätte Rosalind ebenfalls etwas überrascht über sich sein sollen. Es war ihr überhaupt nicht in den Sinn gekommen, nicht auf seine Ankunft zu warten. Sie hatte gewusst, dass er bald zurückkehren würde, daher war es nur vernünftig.

»Dein Leben ist mein, wie meines dein ist«, sagte sie sehr ernst. »Wir sind durch Pflicht verbunden, nicht durch eine Ehe. Ich werde diesen Fehler nicht zweimal machen.«

Orions Lächeln hatte sich in ein breites Grinsen verwandelt. Sie wusste nicht, was so amüsant daran war. Gefiel ihm die Idee ihres einvernehmlichen Todes? Sie hatte immer gewusst, dass er ein bisschen seltsam war.

»Draußen ist es kalt, Geliebte. Ich hole dir einen Mantel«, sagte Orion und wandte sich zum Schlafzimmer. »Burkill Road, wir kommen.«

34

Die Tram bewegte sich langsam, schob sich im Schneckentempo über die Gleise. Sie fuhren auf die Nanjing Road, was bedeutete, dass auf allen Seiten Geschäftigkeit herrschte. Rikschaläufer und Fußgänger drängten sich nach Belieben auf die Straßen und ängstigten sogar den hartgesottensten Tramführer. Rosalind blickte aus dem Fenster und beäugte die Straße vor ihnen. Männer in Geschäftsanzügen lasen im verblassenden Sonnenlicht ihre Zeitungen; ältere Frauen mit ihren Einkaufskörben; Taschendiebe bewegten sich mit blitzschnellen Fingern durch die Menge.

Gewerbe würde zu Wohnungen, sobald die Nanjing Road in die Burkill Road überging. Sincere und Wing On tauchten vor ihnen auf wie zwei große Drachen, die ihren Schatz bewachten, Einkäufer schoben sich durch die Türen der Kaufhäuser wie ihre schützenden Handlanger.

Von der Seite legte Orion plötzlich einen Arm um Rosalinds Schulter. »Ich glaube, wir werden verfolgt.«

Rosalind reagierte nicht sichtbar. »Wir sind in einer Tram, Schatz.«

»Okay, lass es mich anders formulieren. Ein Passagier behält uns für meinen Geschmack ein bisschen zu genau im Auge. Der Mann, der die *Shanghai News* liest. Er stieg mit uns ein.«

Vorsichtig blickte Rosalind auf, um sich umzusehen. Es gab zwei lange Sitzreihen, eine auf jeder Seite der Tram, daher erblickte sie den Mann ihnen gegenüber sofort. Er drückte sich an die Box des Fahrzeugführers, bedeckte die Hälfte seines Gesicht mit der Zeitung. Als ihr Blick zu lang auf ihm ruhte, schaute er auf, ihre Blicke trafen sich für einen Sekundenbruchteil, bevor er sich wieder seiner Zeitung zuwandte. Er war Chinese, in einen westlichen Anzug gekleidet. Sofern sie nicht beschlossen, geradeheraus zu fragen, konnten sie unmöglich sagen, ob er Deokas Mann, ein Kommunistenagent oder von einer mysteriösen dritten Partei war.

Die Tram hielt und ließ neue Passagiere zusteigen.

Rosalind sagte: »Auf mein Zeichen steigen wir aus.«

»Wir sind noch drei Haltestellen entfernt.«

»Willst du, dass man uns bis zu unserem Zielort folgt?«

Orion schnitt eine Grimasse. »Richtig.«

Wenn Deoka ihn geschickt hatte, flog ihre Tarnung nur ein paar Schritte vor dem Ziel auf. Sie waren so nahe dran. Rosalind wartete, beäugte den letzten Passagier, der sich in die Tram quetschte. Vorn zog der Fahrer an der Klingel, gab den Fußgängern vor ihm eine Warnung.

»Jetzt. Geh links.«

Plötzlich standen Orion und Rosalind auf, nahmen unterschiedliche Ausgänge und schoben sich an den neu zugestiegenen Passagieren vorbei. Rosalinds Füße setzten hart auf dem Gehweg auf. Eine Sekunde später kam Orion vorn aus der Tram.

Die Tram torkelte davon. Der Mann, der die *Shanghai News* las, hatte nicht schnell genug reagiert, um ihnen nach draußen zu folgen.

»Und ich dachte, wir könnten abends nett ausgehen«, sagte Orion.

Rosalind lief los. Sie waren nicht weit von ihrem Ziel entfernt, zumindest nicht weit genug, dass es gerechtfertigt wäre, eine andere Tram zu nehmen. »Beginnst du all deine Verabredungen damit, einen Verfolger abzuschütteln?«

»Ich lasse mich sofort scheiden, wenn das deine Idee von Spaß ist.«

Rosalinds Mundwinkel zuckten. »Pass auf, wo du hintrittst.«

Orion wäre trotz ihrer Warnung beinahe über die Tramgleise gestolpert. Sie brach in Gelächter aus. Orion schenkte ihr halbherzig einen finsteren Blick. Den Rest des Wegs achteten die beiden wachsam auf weitere Verfolger, doch die Nacht brach herein und durch die Dunkelheit war es leicht, mit der Menge zu verschmelzen.

Schließlich kamen sie auf die Burkill Road und das hektische Geschäftstreiben ließ nach. Rosalind und Orion betrachteten die Hausnummern und zählten nach oben. 278 ... 280 ... 282 ...

»Kommt dir dieser Ort bekannt vor?«, fragte Rosalind leise.

Orion schüttelte den Kopf. »Ich bin hier noch nie gewesen.«

Da war die Adresse: 286 Burkill Road. Es war ein einzelnes Wohnhaus, anders als die Läden zu beiden Seiten. Rosalind hätte es vielleicht für ein Hotel gehalten, wenn nicht die Haustür gewesen wäre, schwer und Unheil verkündend. Dann vielleicht ein Wohnkomplex, die Einheiten drinnen aufgeteilt. Sie ging näher heran und winkte Orion weiter. Für den Fall, dass sie verdächtig wirkten, weil sie herumlungerten, blickte sie übertrieben lange in die Salonfenster nebenan und gab vor, nach jemandem zu suchen.

»Was machen wir jetzt?«, murmelte Orion. »Es überwachen?«

Die Haustür von 286 Burkill Road öffnete sich. Eine Frau trat heraus, eine Handtasche baumelte an ihrem Arm. Rosalind drehte sich schnell um, damit sie einen besseren Blick auf sie erhaschte, doch die Frau war eine Fremde.

»Warum gehen wir nicht einfach hinein?«

»Was?«, fragte Orion, als hätte er sie vielleicht falsch verstanden. »Warum würdest du so etwas sagen?«

Rosalind streckte wortlos die Hand aus und bedeutete Orion, sie zu nehmen. Sie musste ihm hoch anrechnen, dass er trotz seiner Widerrede nicht zögerte. Ihre Finger verschränkten sich miteinander, bevor Rosalind ihn weiterzog und die drei Stufen zur Tür hinaufstieg. Sie ließ ihm keine Zeit, den Plan anzuzweifeln.

Rosalind schlüpfte durch die Haustür und brachte sie ins Gebäude.

Drinnen war es dunkel, eine Glühbirne hing von der Decke. Eine Treppe zu ihrer Linken führte nur bis in den ersten Stock, daher war schwer zu sagen, wie der Rest des Gebäudes aussah. Rosalinds Schuhe waren beim Eintreten in einen runden Teppich eingesunken und weiter hinten stand ein kleiner Tisch mit einem Telefon. Dies wirkte nicht wie ein Gebäudeflur, der sich in abgetrennte Wohneinheiten aufteilte. Es wirkte wie das Foyer eines Hauses.

Plötzlich öffnete sich zur Seite hin eine Tür und ein Mann trat ins Foyer. Obwohl er tief in Gedanken versunken war und etwas vor sich hin murmelte, erstarrte er, sobald er Rosalind und Orion sah. Er starrte sie an. Sie starrten zurück. Als er sprach, war es Japanisch.

Rosalind drückte schnell Orions Hand, spornte ihn zum Handeln an. Er reagierte schnell, antwortete dem Mann mit einem Lächeln und gestikulierte zu Rosalind, als erklärte er, dass sie hier etwas hatte sehen wollen. Rosalind gab sich alle Mühe, so auszusehen, als folgte sie der Unterhaltung. Das Licht flackerte, wurde noch trüber. Es war sehr wahrscheinlich, dass sie als Japaner durchgehen konnten.

Doch der Tonfall des Mannes wurde mürrisch. Orion ließ ihre Hand los. Er versuchte, den Mann zu beruhigen, ihn zu beschwichtigen ...

Rosalind griff blitzschnell nach unten, holte ein dünnes Blasrohr aus dem Saum ihres *Qipao* und steckte es in den Mund. Bevor Orion bemerkt hatte, dass der Mann nach etwas in seiner Gesäßtasche griff, landete ihr Pfeil in seiner Brust. Der Mann hielt inne, sah nach unten.

Er brach mit einem dumpfen Schlag auf dem Boden zusammen.

»Was hat er gesagt?«, fragte Rosalind. Sie ließ das Blasrohr neben ihn fallen.

Orion brauchte einen Moment, um seine Gedanken zu sortieren. Er starrte den Mann an, blinzelte einmal, zweimal, bevor er vorstürzte, um seinen Puls zu überprüfen und ihn umzudrehen. Mit der Hand hatte er eine Pistole umklammert, beinahe vollständig gezogen. Orion war Sekunden davon entfernt gewesen, erschossen zu werden.

»Dass dies kein Ort für Besucher ist. Komm. Lass uns nachsehen, was er versteckt.«

Orion eilte ins Nebenzimmer und sah sich gründlich um, bevor er Rosalind bedeutete, ebenfalls einzutreten. Drinnen verschloss er die Tür hinter ihnen, Rosalind brauchte einen Moment, damit ihre Augen sich an die Dunkelheit gewöhnten und sie die Formen und Umrisse in dem mit Kerzen beleuchteten Büro sehen konnte. Dicke Samtvorhänge waren vor die Fenster gezogen worden und sperrten die Nacht aus. Etwas Feuchtes lag in der Luft, trotz des aufgeräumten Tisches und der sauber gestrichenen Wände. Als könnte jeden Moment Wasser durch die Decke sickern.

»Ich sehe mehr Kisten«, stellte Rosalind fest. Sie waren in einer Ecke aufgestapelt, identisch mit denen in Deokas Büro. Als Rosalind näher herantrat, fokussierten ihre Augen und sie fand ein ähnliches Versandetikett darauf, obwohl diese mit Botschafter Deokas Namen als Absender versehen waren.

Rosalind sah sich nach etwas um, mit dem sie den Kistendeckel abhebeln könnte. »Ich werde sie öffnen«, sagte sie. »Das könnte unsere einzige Chance sein, zu sehen, was sich darin befindet.« Doch auf den ersten Blick schien vom Schreibtisch alles entfernt worden zu sein, was sie hätte verwenden können, und es befand sich sonst nichts in Reichweite. Orion zuckte mit den Schultern, klopfte seine Taschen ab und fand nichts.

»Ich kann dir eine Waffe anbieten, wenn du sie aufschießen willst.«

Die Wände schienen allein bei dem Gedanken an einer in diesem Stadtteil abgefeuerten Kugel zu erzittern. Wahrscheinlich würde die stickige Luft Feuer fangen. Ohne eine andere Möglichkeit zog Rosalind eine Nadel aus ihren Haaren, steckte das scharfe Ende in einen Schlitz am Kistendeckel und drückte sie nach unten.

»Irgendwelche Fortschritte?«, fragte Orion zwei Minuten später.

»Ein bisschen Hilfe wäre nett«, murmelte Rosalind und wischte sich eine dünne Schweißschicht von der Stirn. »Ich nehme an, dass sie für gewöhnlich keine dünnen Nadeln nehmen, um die Kisten …«

Gerade als sie dem Metall einen festen Stoß gab, klopfte es donnernd an der Tür. Rosalind zuckte so erschrocken zusammen, dass sie den Griff um die Haarnadel verlor. Obwohl das endlich die Kiste aufhebelte und den Deckel anhob, schnappte die Nadel mit einer abrupten, unkontrollierten Bewegung nach hinten und zog einen kurzen roten Kratzer über ihren Arm.

»*Tā mā de*«, murmelte Rosalind. Ihre Haarnadel fiel zu Boden.

»Du hast es geschafft«, sagte Orion.

Sie hatte sich dabei gerade selbst vergiftet, doch sie nahm an, dass das ein Problem war, um das sie sich kümmern konnte, wenn es einsetzte. Die Tür wackelte, drückte gegen das Schloss. Eine Stimme rief eine Frage. Als weder Rosalind noch Orion antworteten, wurden aus der einen Stimme mehrere, die das Foyer füllten. Da sie einen bewusstlosen Mann draußen zurückgelassen hatten, war es nur eine Frage der Zeit, bis die anderen Bewohner des Gebäudes wussten, dass es ein Problem gab.

Rosalind verkrampfte sich und durchsuchte schnell die Kiste. Ihnen lief die Zeit davon. Die oberste Lage bildete eine Ausgabe von Seagreens Zeitung. Sie schob sie eilig aus dem Weg und offenbarte eine Drei-mal-drei-Sammlung von Glasphiolen.

Phiolen?

»Janie«, sagte Orion sogleich. »Halt eine davon ans Licht.«

Rosalind zog eine heraus und brachte sie näher an die flackernde Kerze. Sie war zur Hälfte mit einer Flüssigkeit gefüllt, widerwärtig grün. Oben war sie mit einem Metallgehäuse verschlossen, doch die Art, die leicht zerbrochen wäre, wenn Rosalind einen Finger hindurchgestochen hätte.

Oder eine Spritzennadel.

»Du klingst, als hättest du das schon mal gesehen«, merkte sie an.

»Habe ich. In Haidis Handtasche.«

»Haidis Handtasche …« Rosalind war gezwungen, ihre Überraschung zu unterdrücken, als die Tür erneut erbebte. Sie schob die Phiole in ihren Ärmel, dann packte sie den Kistendeckel mit dem daran angebrachten Versandetikett. Dies wäre ihr Beweis. Sobald sie herausgefunden hatte, was all diese Phiolen waren.

»Komm«, sagte sie zu Orion. »Das Fenster.«

»Warte.« Orion hatte den Kopf geneigt und konzentrierte sich auf die Stimmen. Einen Moment später blinzelte er überrascht und merkte an. »Die Leute im Foyer … es sind Soldaten. Jemand gibt Befehle. Es kling militärisch.«

Rosalind schnappte sich ihre Haarnadel vom Boden, dann riss sie die Vorhänge zur Seite und öffnete das Fenster in die Nacht hinaus.

»Klettern.«

Die Tür bäumte sich in ihren Angeln auf. Rosalind stieg zuerst hinaus, schwang die Beine über das Fensterbrett und landete geschmeidig in der Gasse. Sie überprüfte ihren Arm. Der rote Kratzer heilte nicht. Er konnte es nicht, solange nichts dem Gift entgegenwirkte.

»Los!«

Nachdem sie ihn nochmals gerufen hatte, kletterte Orion durch das Fenster, seine Schuhe trafen auf dem Gassenboden auf, als zeitgleich die Tür zum Büro aufbrach. Rosalind zerrte ihn gerade noch außer Sichtweite. Die zwei rannten los, bevor die Soldaten drinnen sie sehen konnte.

»Die Hauptstraße ist da lang«, sagte Orion und blickte zurück.

Rosalind schüttelte den Kopf. »Sie sind uns zu dicht auf den Fersen und die Hauptstraße ist zu breit. Sie werden uns sehen. Nebenwege könnten sie verwirren.«

Orion widersprach nicht. Solange sie das Labyrinth unkartierter Gassen und Gehwege zwischen Wohnhäusern durchstreifen konnten, würden sie Avenue Road erreichen und eine viel bessere Chance haben, ihre Verfolger abzuhängen. Nachdem sie an einer alten Frau vorbeigekommen waren, die ihre Blumen goss, und dreimal scharf rechts abgebogen waren, wurden Orion und Rosalind einige Sekunden später durch die lauten, verärgerten Einwände der Frau davor gewarnt, dass ihre Verfolger sich ebenfalls in die Nebengassen begeben und wahrscheinlich ihre Pflanzen umgeworfen hatten.

»Warum verstecken sich kaiserliche Soldaten in einem Wohnhaus im International Settlement?«, zischte Orion. Er stellte die Frage nicht wirklich – sie wussten es. Wenn man einen Plan hegte, um einen Einmarsch vorzubereiten, brauchte man seine Soldaten in der Nähe für einen Überraschungsangriff.

»Ich nehme an, sie haben überall in der Stadt geheime Standorte.«

Schüsse hallten durch die Gassen. Rosalind und Orion zuckten beide zusammen, ihr schwerer Atem sichtbar in der kühlen Nachtluft.

»Hier entlang.« Orion zog sie nach links, dann unter einem Steintor hindurch, anschließend an zwei Wohnhäusern vorbei. Die Straße stieg steiler an, der Belag wurde glatter. Der Weg hätte zu einem Ausgang führen, auf die Hauptstraße hinausbluten sollen.

Doch sie rannten geradewegs in eine weitere gebogene Gasse und erreichten eine Sackgasse.

»Scheiße«, zischte Orion. Er ließ den Kopf weiter, weiter, weiter nach hinten fallen, suchte die Wand ab. Nur eine Laterne um die Ecke beleuchtete ihre Umgebung. »Ist das zu hoch zum Klettern?«

»Viel zu hoch«, erwiderte Rosalind, ihre Kehle eng. Sie wusste nicht, ob ihr zunehmender Schwindel von dem verzweifelten Sprint herrührte oder von den Giften, die schnell in ihren Körper eindrangen. Sie würde den Kistendeckel zurücklassen müssen, den sie hielt. Ihn irgendwo zur Seite werfen und sich ahnungslos geben müssen, wenn die Soldaten sie einholten. Immerhin hatten die Soldaten sie nicht gesehen. Vielleicht könnten Rosalind und Orion es herunterspielen. Den Anschein erwecken, als gäben sie so unwahrscheinliche Kandidaten für Eindringlinge ab, die in eine verdeckte Militäreinrichtung eindringen könnten, dass der Gedanke viel zu lachhaft wäre. Sie waren nur ein Paar auf einem Nachtspaziergang.

Rosalind sah sich um. Nur gab es nichts, wo sie den Beweis verstecken konnten, kein einziger Müllsack, kein verlassenes Möbelstück. Von allen Gassen, die sauber gehalten wurden, musste es diese sein.

Orion schien zu derselben Erkenntnis gelangt zu sein. »Wir müssen das verstecken.«

»Wo?«, verlange Rosalind zu wissen, ihre Ohren brüllten voller Lärm, als sie das Diebesgut in ihren Händen schüttelte. Auch ihr Arm hatte angefangen, zu schmerzen, wo sie sich gekratzt hatte.

»Vielleicht können wir es zusammenfalten?«

»Es ist Holz, Orion. Wie willst du Holz falten?«

Orion machte ein Geräusch, das klang wie ein pfeifender Teekessel. »Können wir es in Stücke zerbrechen?«

Rosalind schenkte ihm einen ungläubigen Blick. »Es ist Holz!«

Man würde sie in weniger als zehn Sekunden erwischen. Man würde sie erwischen und dann zur Exekution davonschleppen.

»Können wir es werfen?«, schlug er als Nächstes vor.

»Über die Mauer? Hast du den Verstand verloren …«

Plötzlich sah Rosalind wieder das Stück Kiste an. Es war nicht schwer genug, um es über die Mauer zu werfen, weil es zu dünn war.

Es war dünn.

»Orion«, sagte sie.

Orion war so von Panik überflutet, dass er die unheimliche Ruhe nicht bemerkte, die sie überkam. Das Aufkommen einer Idee – so absurd, dass sie allein ihrem vergifteten Verstand die Schuld dafür gab – entzündete ein Streichholz und fing Flammen.

»Was?«, kreischte er beinahe.

Sie drückte ihm das Kistenstück gegen die Brust, dann drückte sie sich gegen ihn und legte die Hände um seinen Hals. Gerade, als die Soldaten in die Gasse kamen, stellte sie sich auf die Zehenspitzen und küsste ihn, wobei sie das Beweismaterial, das sie überführt hätte, zwischen ihren Körpern versteckte.

Sie wusste nicht, ob das Gift oder Adrenalin das Summen verursachte, das von ihrem Nacken zu ihren Fingerspitzen floss. Sie wusste nur, dass etwas anders war als das letzte Mal, dass Elektrizität floss, als ihre Lippen sich berührten, als hätte sie in eine Steckdose gefasst. Schwach hörte sie, dass die Soldaten etwas riefen, das sich wie eine Entwarnung auf Japanisch anhörte, dann verklangen ihre Schritte, als sie die nächste Gasse überprüften. Doch weiterhin hielt etwas sie fest, hielt sie davon ab, sich zurückzuziehen, als Orion seine Hände um ihre Taille legte und sie fester an sich drückte.

Rosalind zog sich langsam zurück, mehrere verzögerte Herzschläge, nachdem die Gefahr vorüber war. In ihrem Kopf drehte es sich.

Das Gift, versicherte sie sich. Nicht Orion. Definitiv nicht Orion. Definitiv nicht seine dunklen Augen, groß und sprunghaft, während sie der Gegenstand seines erstaunten Starrens war. Das Kistenstück begann, zwischen ihnen herauszurutschen. Rosalind packte es mit unbeholfenen Händen, bevor es zu Boden fallen konnte.

»Hey«, sagte sie atemlos. »Tu mir einen Gefallen.«

Orion blinzelte einmal. »Alles.«

»Fang mich auf.«

Er hatte kaum eine Sekunde Zeit, die Anweisung zu verarbeiten, bevor Rosalind in seinen Armen zusammenbrach und bewusstlos wurde.

35

Eine besorgte Nachbarin überquerte den Innenhof, als Orion durch die Haustür eilte und Janie in seinen Armen verlagerte, damit sie nicht durchgeschüttelt wurde. Von allen Zeitpunkten, in denen er eine Nachbarin treffen konnte, der er noch nie begegnet war, musste das Universum diesen wählen?

»Keine Sorge!«, rief er und wich der Nachbarin aus. »Das ist meine Ehefrau. Sie hat bei einem Bankett nur zu viel getrunken.«

Er eilte davon, auf dem kürzesten Weg zu Lao Laos Wohnung. Er wusste, dass Janies Zustand ernst sein musste, denn wenn sie auch nur annähernd bei Bewusstsein gewesen wäre, hätte sie ihn dafür zurechtgewiesen, dass er es klingen ließ, als vertrüge sie keinen Alkohol.

»Lao Lao!«, rief er vor ihrer Tür. »Bist du zu Hause?«

Keine Antwort. Orion biss die Zähne zusammen und marschierte stattdessen zur Treppe – zumindest hatte er die Schlüssel zu Janies Wohnung. Obwohl es ein kleiner Kampf war, der eine leichte Anpassung nötig machte, schob er schon bald die Tür auf, warf Schlüssel, Tasche und Kistenstück auf die Couch und manövrierte Janie vorsichtig ins Schlafzimmer. Er legte sie so sanft er konnte aufs Bett.

Janie wirkte zu blass. Das machte ihm Angst.

»Was soll dieser Tumult?«

Eine vertraute Stimme dröhnte durch die Wohnungstür, krächzend und müde. Orion eilte hinaus, schlitterte ins Wohnzimmer und sah Lao Lao draußen in ihrem Nachthemd vor der Tür stehen.

»Lao Lao«, keuchte er. »Ich nehme nicht an, dass du Gegengifte hast?«

Sobald Janie in seine Arme gefallen war, hatte er sie rasch nach Wunden untersucht, hektisch nach dem gesucht, was sie ausgeschaltet hatte. Nach einer panischen Minute fand er den roten Kratzer, dann erinnerte er sich daran, dass sie gesagt hatte, ihre Haarnadeln seien vergiftet. Verdammt waren Janie und ihr stilles Tragen der Last.

»Gegengift?«, wiederholte Lao Lao erstaunt.

»Sie atmet«, fuhr Orion fort. Er tigerte durch den Raum. »Es ist oberflächlich und wird nicht schlimmer, also habe ich sie nicht ins Krankenhaus gebracht. Ich will nicht riskieren, unsere Tarnung in Gefahr zu bringen, aber ich will auch nicht riskieren, dass sie stirbt …«

»Wodurch wurde sie verletzt?«

Orion blieb stehen. Atmete flatternd ein. »Durch ihre eigene Haarnadel.«

»Ah. Ich sollte unten etwas haben. Sprich mit ihr, *bǎobèi*. Stell sicher, dass sie weiteratmet.« So ruhig wie es nur Lao Lao bleiben konnte, machte sie auf ihren Hausschuhen kehrt und stieg die Treppe hinab. Orion blieb im dunklen Wohnzimmer zurück und fragte sich, ob die alte Frau den Ernst der Situation begriffen hatte.

»Mit ihr reden?«, rief er ihr hinterher. »Sie ist bewusstlos!«

Lao Lao war bereits in ihrer eigenen Wohnung und wühlte dort lautstark herum. Orion hatte keine andere Wahl, als ins Schlafzimmer zurückzueilen und sich neben Janie zu hocken, um ihre Atmung zu überwachen. Es war ihm nicht schwergefallen, sie durch die Stadt zu tragen. Er war kaum außer Atem. Das Einzige, das gelitten hatte, war sein Puls, der in die Höhe schoss.

»Bitte jag mir keine Angst ein«, murmelte Orion. Ein dünner Schweißfilm blieb auf seiner Stirn. Er hatte Janie Mead noch nie so gesehen: die Augen geschlossen, von der Welt zurückgezogen. So lange er sie kannte, schien sie nicht abschalten zu können. Sie wirkte, als wäre sie mit den Augen weit offen geboren worden, scharfsinnig und aufmerksam.

Es fühlte sich an, als wurde er Zeuge von etwas, das er nicht sehen sollte – doch er wollte nicht wegsehen. Der Dieb aus der Geschichte, der einen Blick in die dunklen und Unheil verkündenden Höhlen erhascht hatte, nur um einen schimmernden Schatz zu finden anstelle von Schrecken. Es war nicht vorgesehen, dass er ihn für sich beanspruchte.

Er wollte ihn trotzdem.

Orion strich über Janies Gesicht, schob ihre Haare aus dem Weg. In seiner Brust war eine Enge, die sich vom Brustkorb bis in seine Kehle ausbreitete. Er glaubte, dass er vielleicht Kopfschmerzen bekam, doch als er nach oben und nach unten sah, um den Druck hinter seinen Augen zu testen, fühlte er sich vollkommen in Ordnung. Es war nicht sein Kopf, es waren sein Fleisch und seine Eingeweide, sein rohes Herz, das klopfte und klopfte.

»Ich habe jede Erinnerung meines Lebens in zwei Kategorien aufgeteilt, Janie Mead«, sagte er, laut als könnte sie ihn hören. Seine Berührung strich von ihrer Wange zu ihrem Kinn. »Bevor meine Familie zerbrach und nachdem meine Familie zerbrach. Wie ich lebte, als meine Welt sich ganz anfühlte, und wie ich jetzt lebe, um diese Brüche zu kitten.«

Orion seufzte. Janie erwiderte einen flachen Atemzug. Er griff nach ihrer Hand, umfasste ihre brennend heißen Finger mit seinen Händen.

»Du warst meine erste Hoffnung, dass es da noch etwas anderes geben könnte.« Sie war kein Überbleibsel aus seinem früheren Leben, das eine tollkühne Version seiner selbst erwartete. Sie war kein Werkzeug seines Lebens danach, das er für eine Aufgabe ausnutzen und dann wegwerfen konnte. »Eine dritte Kategorie von Erinnerungen. Eine Zukunft getrennt von der Vergangenheit. Ich habe Jahre damit verbracht, zu glauben, wenn ich nur das Richtige tue, kann ich dahin zurückkehren, wie es war. Aber vielleicht will ich das gar nicht mehr.«

Vielleicht wollte er, dass sie ihn über den Verkehrslärm hinweg auslachte. Vielleicht wollte er, dass sie ihn mit einem Rasiermesser in der Hand bedrohte. Sie konnten weiterhin nationale Missionen unter einer gemeinsamen Tarnung ausführen, weil sie gut zusammenarbeiteten, nicht weil er den Helden spielen und etwas beweisen musste. Er wollte sie nicht jetzt verlieren.

»Warum rede ich mit dir, wenn du mich gar nicht hören kannst? Du bist eine beängstigende Kraft, Geliebte. Wenn du wegen eines armseligen Gifts vergehst, werde ich dir das ihm Jenseits nie verzeihen.«

»Nicht … armselig.«

Orion schreckte auf, sein Rücken wurde schnurgerade. Er hatte sich ihre Antwort nicht eingebildet. Ihre Lippen hatten sich bewegt.

»Geliebte, bist du wach?«

Janie schnaubte. Es klang angestrengt, als müsste sie jedes bisschen Energie in ihrem Körper abrufen, um das Geräusch zu erzeugen. Ihre Augen blieben geschlossen. »Schwindelig.«

Lao Lao kehrte endlich zurück, ihre Hausschuhe klackten über den Wohnzimmerboden. Sie platzte ins Schlafzimmer und begann Janie dafür auszuschimpfen, dass sie sich vergiftet hatte, als hätte sie es mit Absicht getan. Orion hatte zu viel Angst vor der alten Frau, um etwas anderes zu tun, als ihr aus dem Weg zu gehen, als sie sich dem Bett näherte und Janies Mund öffnete, um ihr etwas die Kehle hinabzuschütten.

Sie hustete einmal, erstickte beinahe an der Flüssigkeit. Lao Lao nahm den Becher weg und tupfte zufrieden mit einem feuchten Lappen Janies Gesicht ab.

»Sie kommt wieder vollkommen in Ordnung«, sagte die alte Frau, schlurfte vom Bett weg und reichte Orion den feuchten Lappen. »Ich komme bei Morgenanbruch wieder. Lass sie jetzt ruhen. Sie ist es nicht gewohnt. Ich gehe auch wieder schlafen.«

Ohne auf eine Antwort zu warten, verließ Lao Lao das Schlafzimmer und die Wohnung. Orion wrang den Lappen in den Händen und näherte sich Janie wieder, um ihn ihr behutsam auf den Hals zu legen. Ihre Atmung hatte sich schon verbessert. In ihren Wangen war mehr Farbe.

»Bist du wach?«, fragte er zögerlich.

»*Pas vraiment*«, erwiderte Janie. Sie murmelte auf Französisch, eine Seite des Gesichts in ihren Kissen vergraben. Sie schien nicht bemerkt zu haben, dass sie die Sprache gewechselt hatte.

Orion stand herum. Er wusste plötzlich nicht mehr, was er mit seinen Armen anstellen sollte. Plötzlich vergaß er, wie normale Leute standen.

»In Ordnung«, beschloss er schließlich mit leiser Stimme. »Ich lasse dich in Ruhe …«

Gerade als er sich von der Bettkante entfernte, schoss ihre Hand vor und packte schwach sein Handgelenk.

»Bleib«, flüsterte sie.

Orion starrte auf ihren Griff. Er war nicht sicher, ob er sie richtig verstanden hatte.

»Bleib«, sagte sie wieder, dieses Mal klarer. »Bitte. Ich will nicht allein sein.«

»Na gut.« Zögerlich setzte er sich aufs Bett »Ich kann bleiben.«

»Erzähl mir«, brachte Janie langsam heraus. »Erzähl mir mehr.«

»Mehr?«

»Deine Familie.« Sie machte eine Pause. »Du.«

Er dachte, dass die Enge in seiner Brust sich vielleicht lösen würde, nun da Janie sich erholte, doch sie wurde nur noch schlimmer. Und er wusste es – er zupfte an dem Faden, der von seinem zuckenden Herzen herabhing, und folgte ihm zu seiner Quelle.

»Tja.« Er versuchte, es zu unterdrücken. Janie Mead war ein Mädchen mit so vielen Geheimnissen. Wenn er diesem Faden folgte, dann zu seinem eigenen gebrochenen Herzen. Selbst wenn er seinen Griff darum nicht freigab. Obwohl er sich weigerte, seinen Griff darum freizugeben. »Es begann alles an einem heißen Augustabend, als ich geboren wurde …«

*

Rosalind war einmal zuvor während ihrer Ausbildung vergiftet worden – auch noch absichtlich, damit Dao Feng sie instruieren konnte, wie sie damit umzugehen hatte. Diese frühere Erfahrung war alles, was sie davon abhielt, in Panik zu verfallen, als sie mit einem Ruck erwachte und sich daran zu erinnern versuchte, dass es normal war, verwirrt zu sein. Dass nichts falsch daran war, dass sie ihre Umgebung nicht sofort zuordnen konnte.

Für jemanden, der nie schlief, war es eine verwirrende Erfahrung, in einen Stillstand gezwungen zu werden.

Rosalind öffnete ihre verschlafenen Augen weiter, versuchte eine Bestandsaufnahme zu machen. Sie lag auf ihrem linken Arm – so viel war sicher, als sie das Kribbeln ihrer erwachenden Gliedmaße fühlte. Was den anderen betraf …

Er lag über einem Oberkörper. Ein warmer Körper, die Brust hob und senkte sich in gleichmäßigem Rhythmus.

Rosalind erstarrte. Mehrere Sekunden lang wagte sie nicht, sich zu bewegen, aus Angst, Orion zu wecken, sodass er sie ineinander verschlungen sehen würde. Doch dann kam ihr der letzte schwache Hauch einer Erinnerung, bevor Lao Laos Gegengift sie wieder in die Bewusstlosigkeit gezerrt hatte, und sie hätte schwören können, dass sie nach ihm gegriffen hatte, als sie beide noch wach gewesen waren.

Herrgott. Das war so peinlich.

Sie hob benebelt den Kopf. Durch das Fenster erhaschte sie einen Blick auf einen violett angehauchten Himmel, was keinen Sinn ergab, denn das würde bedeuten, dass ein ganzer Tag vergangen war …

»Orion«, keuchte Rosalind und schüttelte ihn grob. Er schrak hoch, seine Augen weit aufgerissen. »Orion, wie spät ist es?«

»Hey, hey …«

Rosalind warf sich zur Seite, fest entschlossen, aufzuspringen, obwohl ihr schwindelig war. Doch sobald sie sich aufsetzte, reagierte Orion blitzschnell, packte ihre Schulter und drückte sie wieder in die Kissen.

Sie begann sofort, sich erneut aufzurichten. »Wir müssen los.«

»Janie.« Er schlang einen Arm um ihre andere Schulter und rang mit ihr, um sie unten sie halten.

»Warum bist du so gelassen?«, rief sie. »Der ganze Tag ist vergangen ...«

»Wirst du wohl einen Moment warten?«, forderte Orion bestimmt. Bevor sie ihn weiter bekämpfen konnte, kletterte er allen Ernstes auf sie und hielt ihre Handgelenke über dem Kopf fest. »Siehst du, zu was du mich zwingst.«

Rosalind blinzelte. Ihr Herz schlug ihr bis zum Hals.

»Na ja, sei nicht dramatisch.« Sie versuchte, ihre Handgelenke herabzuziehen. Sein Griff war felsenfest. Normalerweise hätte sie ihn verspottet, doch die Erinnerung daran, wie sie ihr Gesicht an seine Brust drückte, war noch warm in ihren Gedanken und sie musste feststellen, dass sie stattdessen nervös schluckte. »Du hättest es auch nett sagen können.«

»Das macht keinen Spaß. Wirst du dich benehmen, wenn ich dich loslasse?«

»Benehmen?«, wiederholte Rosalind. Sie teilte einmal das Bett mit einem Mann und er glaubte, ihr sagen zu können, was sie zu tun hatte. Die Macht stieg ihm zu Kopf. »Zuallererst werde ich meinen Schädel gegen deinen donnern, wenn du mich nicht in drei Sekunden loslässt. Zudem müssen wir auf unserer Arbeitsstelle eine Tarnung wahren und draußen dämmert es ...«

»Janie. Alles in Ordnung. Ich habe angerufen und gesagt, dass du krank wärst. Menschen werden krank.« Er grinste, wartete erkennbar drei Sekunden, bevor er mit seiner Stirn gegen ihre stupste. »Bitte donnere deinen Kopf nicht gegen meinen. Ich benehme mich jetzt.«

Mit einem Hüpfer ließ Orion sie los und legte sich auf seine Seite des Betts. Rosalind setzte sich auf und beäugte ihn misstrauisch. »Oh.«

Da sie nun beide wach waren und Rosalind sich beruhigt hatte, wurde Orions Miene ernst. »Wie fühlst du dich?«

»Als wäre ich von einem Panzer überrollt worden.« Ihre Muskeln schmerzten. Ihre Organe schmerzten. Sie sollte aufhören, ihr Gift so stark zu machen. Wenn bereits ein Tag vergangen war, dann käme Silas bald für eine Nachbesprechung des Einsatzes. Sie musste sich frisch machen und sich wieder aufrappeln. Sie wäre wahrscheinlich weniger jämmerlich gewesen, wenn sie tatsächlich von einem Panzer überrollt worden wäre.

»Du hast mir einen Schrecken eingejagt.« Orion glitt aus dem Bett und fuhr sich mit der Hand durch die Haare. Er duckte sich, um in ihren Schminkspiegel zu sehen, schaute sein Spiegelbild an, während er sprach, doch seine Augen waren unfokussiert, als er seinen zerknitterten Kragen löste – als täte er es nur, um sich abwenden zu können. »Einen sehr großen Schrecken, Janie. Bitte tu das nie wieder.«

Rosalinds Lippen öffneten sich. Sie wusste nicht, was sie darauf antworten sollte. Wie konnte sie versprechen, nie wieder in Gefahr zu sein? Sie waren nationale Agenten. Das war Teil ihrer Stellenbeschreibung.

»Immerhin …« Sie schüttelte ihren Ärmel und die gestohlene Phiole fiel heraus. Als sie sie auf den Nachttisch stellte, wanderte ihr Blick ins Wohnzimmer, wo Orion das Kistenstück auf eines der Sofakissen geworfen hatte. »Wir sind dem Ende einen Schritt näher.«

»Ja.« Orion wirkte nicht besonders glücklich mit der Rechtfertigung. Er hatte einen seltsamen Ausdruck auf dem Gesicht. »Das sind wir wohl.«

Er schloss den obersten Knopf. Bevor Rosalind ihn aufhalten konnte, sagte er: »Ich werde Lao Lao holen, damit sie noch mal nach dir sieht. Gib mir eine Minute«, und verließ den Raum.

Die Wohnungstür öffnete und schloss sich. Rosalind schwang mit einem Stirnrunzeln die Beine aus dem Bett.

»Warum benimmst du dich so merkwürdig?«, fragte sie das leere Schlafzimmer.

36

Obwohl man ihr nicht von dem abendlichen Treffen mit Silas erzählt hatte, tauchte Phoebe zehn Minuten vorher bei der Wohnung auf.

Orion hätte ihr beinahe die Tür vor der Nase zugeknallt.

»Liebste Schwester, warum kannst du nicht zu Hause bleiben?«

Phoebe ignorierte seine Frage. Sie sah sich um. »Wo ist *sǎozi*?«

»Janie ist unten und holt Essen von der Vermieterin.« Er seufzte, als Phoebe hereinkam, und schloss zögerlich die Tür hinter ihr. »Jetzt muss sie wohl zusätzliches Essen holen für deinen großen Mund.«

»Mein Mund hat genau die richtige Größe«, konterte Phoebe. »Ich habe eine Frage, zu der ich deine Meinung hören will. Hat Silas dir gegenüber Priest erwähnt?«

Was für eine seltsame Frage. Eine für die er offengestanden im Moment keinen Kopf hatte. Doch weil er ein guter großer Bruder war, ging Orion widerwillig zur Couch, ließ sich darauffallen und durchforstete seine Erinnerungen. Natürlich hatte Silas Priest erwähnt. Er arbeitete unter einer komplizierten Identität als Dreifachagent, während er weiterhin Arbeit für die Nationalisten und ihre Hilfsmission zu den Chemiemorden erledigte. Er hatte Orion hin und wieder kleine Berichte gegeben – Kontakt gesichert, Kommunikation eingeleitet, Signale ausgetauscht.

Orion sah seine Schwester misstrauisch an. Er wusste, wie sie handelte. Er wusste nicht, ob er Angst haben sollte, weil sie fragte, oder ob er sich darauf vorbereiten sollte, sich fremdzuschämen.

»Nicht wirklich«, sagte er.

»Na ja.« Phoebe, die auf der Armlehne des Sofas saß, rümpfte die Nase. »Wusstest du, dass Silas überzeugt ist, dass Priest eine Frau ist?«

Orion legte seine Füße auf den Couchtisch. »Oh, *mèimei*, erzähl mir nicht, dass du eifersüchtig wirst.«

Phoebe schob seine Füße vom Tisch. »Er liebt mich, seit wir Kinder waren. Mich. Nicht diese Priest.«

Trotz Phoebes üblicher Oberflächlichkeit war diese Haltung kaum überraschend. Sie konnte sich so lange ahnungslos geben, wie sie wollte, solange Silas ihr folgte. Sie würde trotzdem jedes Mal, wenn sie einen Witz machte, Silas ansehen, um sicherzugehen, dass er lachte. Würde trotzdem seine Reaktion vor der aller anderen überprüfen, wenn sie etwas Schreckliches sagte, in der Hoffnung, ihn dabei zu ertappen, wie er die Augen verdrehte, und ihn damit aufziehen zu können.

»Erstens«, sagte Orion und hielt einen Finger hoch. »Meine Güte, Phoebe, das ist ungesund. Zweitens«, er hielt einen weiteren Finger hoch, »soweit du weißt, könnte Priest eine alte Oma sein.«

Seine Schwester kochte. »Es geht nicht darum, wer sie tatsächlich ist. Es geht darum, dass er wählt ...«

»Du hast dich viel zu sehr daran gewöhnt, ein Jahrzehnt lang seine ungeteilte Aufmerksamkeit zu bekommen«, unterbrach Orion sie und setzte seine Älterer-Bruder-Stimme ein. »Eigentlich hast du dich viel zu sehr daran gewöhnt, ihn abzutun, also musst du jetzt mit den Konsequenzen leben.«

Phoebe sah nicht aus, als wollte sie mit den Konsequenzen leben. Sie sah vielmehr so aus, als wollte sie ihn dafür schlagen, dass er das gesagt hatte.

»Wehe, du belehrst mich.«

»Du hast diese Unterhaltung angefangen, als du nach meiner Meinung gefragt hast. Weißt du was ...« Orion strich sich mit der Hand über das Gesicht und zwang sich, ruhig zu bleiben. »Vergiss es. Führ diese Unterhaltung mit mir weiter, wenn du bereit bist für einen Weckruf. Hast du durch Liza irgendetwas über Janie herausgefunden?«

Innerhalb einer Sekunde wurde das höhnische Lächeln auf Phoebes Gesicht zu Eifer. Ihre Beziehung war immer so gewesen, selbst in ihrer Kindheit. Sie hatten einen Schreiwettbewerb gehabt, hatten einander Todesdrohungen an den Kopf geworfen, weil Phoebe auf Orions Buch getreten war, als sie hereinkam. Und in der nächsten Minute hatte Orion gefragt, ob Phoebe mit ihm im Laden an der Ecke eine Milch trinken wollte. Die meiste Zeit des Jahres ohne elterliche Aufsicht, waren sie einander engste Verbündete und ärgste Feinde. So nah, wie sie sich nur sein konnten, weil sie eine Zwei-Personen-Familie darstellten, standen sie sich als Gegner gegenüber, wenn ihre Mutter für dürftige zwei Wochen zu Besuch gekommen und Orion gezwungen war, zurückzustecken, weil man ihn angewiesen hatte, dass Phoebe die Zeit mehr brauchte, da sie jünger war und die Erdung brauchte.

Auch er war jung gewesen. Auch er hatte seine Mutter gebraucht.

Ihm hätte wirklich schon früher der Verdacht kommen sollen, dass ihre Familie zerrüttet war. Irgendwie hatte es einen totalen Zusammenbruch gebraucht, bevor ihm die Erkenntnis gekommen war.

»Noch nicht«, sagte Phoebe und lenkte seine Aufmerksamkeit wieder auf die Gegenwart. »Aber ich folge einer Quelle, die ich in Lizas Wohnung entdeckt habe.

Schritte kamen die Treppe herauf. Schnell machte Orion eine Geste, als würde er seine Lippen verschließen. Die beiden waren darauf vorbereitet, das Thema zu wechseln.

Als Janie hereinkam, ein Glastablett in den Händen, blieb sie im Türrahmen stehen. Ihr Gesicht war immer noch etwas blass von der Vergiftung am vorangegangenen Abend, doch sie bewegte sich problemlos und Lao Lao hatte ihr Entwarnung gegeben. Bevor Janie ihrer Verwirrung über Phoebes plötzliche Anwesenheit in ihrem Wohnzimmer Ausdruck verleihen konnte, schoss Phoebe auf sie zu, die Hände ausgestreckt, um mit dem Essen zu helfen.

»Hallo«, säuselte Phoebe. »Lass mich dir damit zur Hand gehen.«

Rosalind war mitten in eine Unterhaltung geplatzt. Sie spürte es an dem Gefühl gesteigerter Aufmerksamkeit im Raum, in der Art, wie gerade Orions Rücken aufgerichtet war und Phoebe ein Lächeln bereithielt, als sie die Tür öffnete. Sie wusste nicht, worüber genau die beiden gesprochen hatten, kurz bevor sie eingetreten war, doch sie musste kein Genie sein, um zu ahnen, dass das Gespräch von ihr gehandelt haben musste.

Sie legte vier Paare Essstäbchen auf den Couchtisch. Einen Moment später klopfte es an die Wohnungstür und Silas kam herein.

»Ich dachte schon, sie würden mich nie gehen lassen«, sagte er. »Ich war so viele Tage wach, dass ihr mich entschuldigen müsst, wenn ich anfange, mit der Wand zu reden.«

»Ich verspreche dir, zu viel Schlaf macht niemanden in diesem Raum zurechnungsfähiger«, erwiderte Rosalind.

»Haben sie dich nicht heute Morgen von der forensischen Ermittlung entschuldigt?«, fügte Orion hinzu und rutschte auf dem Sofa, damit Rosalind sich setzen konnte.

Silas ließ sich auf den Platz gegenüber fallen. Phoebe blieb auf der Armlehne hocken. »Ja und dann nach Jiangsu beordert, um einen anderen Agenten zu treffen, der meine Kontaktdaten hatte. Er war verwirrt, weil er so lange nichts von Dao Feng gehört hat. Er wusste nicht einmal, dass Dao Feng nicht aktiv ist.«

Rosalind verkrampfte sich und schob das Essen weiter in die Tischmitte. Sie hob ihre Stäbchen. Ihr Griff fühlte sich schwach an, egal wie fest sie mit den Fingern zudrückte. »Ich nehme an, die Kommunikation bricht nicht ab, wenn dein Betreuer von dem Auftrag abgezogen wird.«

Immerhin gab es einen Grund dafür, dass die Geheimabteilung dem Großteil der Partei unbekannt war. Je weniger davon wussten, umso weniger würden ihnen bei ihren Missionen Vorgaben machen. Je weniger davon wussten, umso weniger Opfer konnten gefoltert werden, wenn eine Person gefangen wurde und über die ihr bekannten Informationen nicht den Mund halten konnte.

»Warum wollte der andere Agent dich treffen?«, fragte Orion, sofort einen misstrauischen Unterton in der Stimme.

»Es ging um seine Mission«, antwortete Silas. »Ich hatte immer ein Auge auf seinen Fortschritt, falls etwas davon für uns von Nutzen sein könnte.« Er bot Phoebe einen Teller an und sie nahm ihn behutsam entgegen. »Der Deckname des Agenten ist Gold Bar und er stellt gerade Kontakt mit einem verdeckten Waffenring her, der durch Shanghai verläuft. Ihre Basis ist draußen in Zhouzhuang, aber irgendwie schmuggeln ihre Leute Waffen jeglicher Art in die Stadt.«

Zhouzhuang. Rosalind lehnte sich zurück. War dorthin nicht Jiemins Brief adressiert gewesen? Warum schien diese Stadt neuerdings überall aufzutauchen? Sie bedeutete Phoebe, sich Stäbchen zu nehmen.

»In Shanghai herrscht aktuell Waffenknappheit«, erklärte Orion.

Silas nickte. »Und genau deswegen steht es mit uns in Verbindung. Sobald Seagreens Terrorzelle enttarnt ist, besteht eine kleine Chance, dass wir die Kaiserliche Japanische Armee bekämpfen müssen, während wir Festnahmen durchführen. Die Kuomintang muss für den schlimmsten Fall bewaffnet sein. Unser schnellster Markt ist im Moment dieser verdeckte Ring.«

Orion stieß einen fragenden Laut aus. Als Rosalind ihn anblickte, runzelte er die Stirn.

»Die meisten anderen Versorgungsketten führen zu den Ausländern«, sagte er. »Könnten wir nicht die benutzen?«

»Mein Freund …«, erwiderte Silas. »Kapitalismus und höhere Preise sagen Nein.«

»Du klingst wie ein Kommunist«, murmelte Rosalind nicht unfreundlich.

Silas zuckte mit den Schultern. »Deshalb haben wir diesen verdeckten Ring überhaupt erst auf dem Schirm. Die Mission war, sie auszuschalten, weil sie die Kommunisten mit Waffen versorgen, nur brauchen wir die auch.«

»Und sie sind bereit, zu liefern?« Das klang nicht richtig. »Auf welcher Seite stehen sie?«

»Auf keiner. Sie sind Anti-Japaner und Anti-Imperialisten. Sie geben beiden Parteien, was sie brauchen, indem sie Lieferanten außerhalb der Stadt mit Orten in Shanghai vernetzen. Nur der Himmel weiß, woher sie so viele Verbindungen zum Schwarzmarkt haben. Diese Art von Geschäft braucht normalerweise Jahre des *guānxi*-Aufbaus, auch von innerhalb der Stadt.«

Rosalind lehnte sich auf den Ellbogen und stieß dabei beinahe Orions Bein an. Er war so tief in Gedanken, dass er nicht protestierte. Wie seltsam. Wie hatte ein Ring, der aus Mitten-im-Nirgendwo-Zhouzhuang agierte, die Verbindungen, um sich durch Shanghais Schwarzmarkt zu bewegen? Seit die White Flowers sich aufgelöst hatten und die Scarlet Gang von der Politik verschluckt worden war, bestand der Schwarzmarkt aus alten Scarlets und Ausländern, ehemaligen White Flowers und Geschäftsmännern, die behaupteten, noch nie von den früheren Banden der Stadt gehört zu haben, damit die Kuomintang sie nicht ausschaltete.

Silas fuhr fort: »Wie auch immer, Gold Bar enthüllte, dass er Fortschritt gemacht und mit den Köpfen des Rings Verbindung aufgenommen hat. Sie sind bereit, zu liefern. Bis wir also bei Seagreen Verhaftungen durchführen, sollte unsere Seite für einen reibungslosen Ablauf gerüstet sein.«

»Wer sind sie?«, fragte Rosalind und konzentrierte sich damit auf den nebensächlichen Teil von Silas' Informationen. »Die Leute, die den Schmuggel anführen.«

»Ein verheiratetes Paar. Das ist alles, was wir wissen.« Mit einer Grimasse kaute Silas sein Essen langsamer. »Gold Bar versuchte, in ihre Operationsbasis zu gelangen, und hätte sich beinahe ein Messer im Gesicht eingefangen. Wir lassen sie besser in Ruhe, außer wenn wir sie wirklich ausschalten müssen. Leute auf dem Land sind furchteinflößend.«

Plötzlich stellte er seinen Teller weg und klopfte seine Jacke ab. »Da wir gerade von furchteinflößenden Dingen sprechen ...« Silas zog etwas aus seiner Tasche. Sofort sprangen Rosalind und Orion auf und schubsten Phoebe dabei so heftig, dass sie beinahe ihr Essen verschüttet hätte.

»Woher hast du das?«, verlangte Orion zu wissen.

Silas legte die Glasphiole auf den Tisch, seine Augen wurden groß hinter seiner Brille. Die grüne Flüssigkeit darin schimmerte unter dem Deckenlicht.

»Ich fand es in der Gasse mit den Leichen«, antwortete er überrascht. »Ich hätte es sofort übergeben, wenn wir einen Betreuer hätten, aber ...« Er verstummte und sah Phoebe an. Phoebe zuckte nur mit den Schultern und bedeutete ihm, dass sie nicht wusste, warum die beiden so reagiert hatten. »Weißt du, was das ist?«

Es wurde still im Raum. Auf der einen Seite: Silas und Phoebe, die verwirrt starrten. Auf der anderen Seite: Rosalind und Orion, die einen Blick wechselten und zu demselben Schluss kamen.

»Das ist die Mordwaffe«, sagte Rosalind, als hätte sie es immer gewusst. Als hätte der Gedanke nicht erst vor ein paar Sekunden Form angenommen. »Das wird den Opfern injiziert. Seagreen schickt es raus.«

»Was bedeutet, dass Haidi unsere Hauptverdächtige für die Morde ist«, ergänzte Orion.

Nachdem Silas und Phoebe gegangen waren, verbrachte Rosalind lange Zeit auf dem Sofa, starrte auf die grüne Phiole in ihrer Hand. Sie hatte das Deckenlicht ausgeschaltet, da sie plante, ins Schlafzimmer zu gehen. Doch dann hatte das Gebräu wieder ihr Interesse geweckt und sie war näher getreten, um es zu begutachten, drehte die Phiole hin und her im durch das Fenster hereinfallenden Mondlicht. Sie hatte seltsamerweise Lust, die Flüssigkeit an sich selbst anzuwenden. Nur, um zu sehen, was passierte, nur, um seine Wirksamkeit zu testen. Doch das war Selbstmord, da das Gebräu dieselbe Verheerung in ihrem Körper anrichten konnte wie das Gift. Obwohl sie sich zurückhielt, ließ sie die Phiole nicht los.

»Geht es dir gut?«

Orion gesellte sich zu ihr aufs Sofa. Seine Ärmel waren aufgerollt, weil er in der Küche das Geschirr gespült hatte. Er schüttelte die Hände, um sie zu trocknen, spritzte Wassertropfen überallhin. Rosalinds Blick huschte kurz hinüber, um zu sehen, was auf ihr landete, doch kehrte beinahe sofort zu der Phiole zurück.

»Ich denke nur nach«, sagte sie. »Ich habe einst etwas Ähnliches in der Hand gehalten.«

»Eine tödliche chemische Mixtur?« Seine Brauen zogen sich zusammen.

»Nein.« Sie hörte Dimitris Stimme so klar, als stünde er im Raum: *Um die Welt zu regieren, müssen wir bereit sein, sie zu zerstören. Bist du nicht bereit, Roza? Für mich?* »Erinnerst du dich an die Epidemie vor ein paar Jahren? Als der Wahnsinn sich auf den Straßen ausbreitete und die Menschen begann, sich selbst die Kehle herauszureißen?«

»Wie könnte ich das vergessen?« Orion setzte sich aufrechter hin. »Das war um die Zeit, als wir zurückkehrten. Ich habe Phoebe verboten, rauszugehen.«

Rosalind legte die Phiole auf den Couchtisch. Sie hatte gerade sprechen wollen, ohne nachzudenken. Hatte sagen wollen, dass sie bei dem Wahnsinn die Hände im Spiel gehabt hatte, dass ihr Geliebter die zweite Welle verursacht hatte, nachdem er die Krankheit von den Ausländern geerbt hatte. Doch die Stadt kannte diese Erzählung gut, wusste davon, dass Juliette Cai Paul Dexter erschossen hatte, um den ersten Wahnsinn aufzuhalten, wusste, dass beide Banden zusammengearbeitet hatten, als Dimitri Voronin übernahm. Wenn sie ihre Rolle eingestand, dann wäre sie nicht mehr Janie Mead – sie wäre die tragische und furchtbare Geschichte von Fortunas Entstehung.

»Es erinnert mich daran«, sagte Rosalind leise. »Wieder zieht seltsame Wissenschaft durch die Stadt.«

Bevor Orion antworten konnte, klopfte es an der Tür und beide schreckten auf. Sie erwarteten niemanden.

Orion stand auf, um an die Tür zu gehen, und legte einen Finger an die Lippen. Rosalind verhielt sich ruhig. Die Tür öffnete sich einen kleinen Spalt.

»Ist dies der Mu-Wohnsitz?«

Beim Anblick des Zeitungsjungen entspannte Orion sich sichtbar und schob die Tür weiter auf. Der Junge hielt einen Obstkorb in den Händen und hatte Schwierigkeiten, auf den Beinen zu bleiben, weil der Korb halb so groß wie er und vollgestopft war mit widerlich großen Durianfrüchten.

»Ja«, antwortete Rosalind vom Sofa. »Schatz, hilf ihm bitte, ja?«

Der Junge atmete erleichtert auf und schüttelte die Arme aus, als Orion ihm den Korb abnahm. Er salutierte und eilte davon, ließ Orion zurück, der an den Früchten schnupperte, einen Ausdruck vollkommener Verwirrung auf dem Gesicht, als er die Tür wieder zutrat.

»Wer sendet uns Stinkfrüchte?«, fragte er. »Soll das eine Beleidigung sein? So wie die Viktorianer mit Blumen kommunizierten?«

Rosalind bedeutete ihm, den Korb auf den Tisch zu stellen. »Oder«, sagte sie, blickte hinein und entdeckte die Nachricht, »darin befindet sich echte Kommunikation.«

Sie zog einen Zettel heraus, glatt und cremefarben, mit schwarzer Tinte verschmiert. Nachdem sie ihn kurz überflogen hatte, drehte sie ihn um, damit Orion ihn ebenfalls sehen konnte:

High Tide —

Hier spricht euer neuer Betreuer.
Meldet euch morgen um 08:00 am
Rui Lebensmittelmarkt, an der Avenue Edward VII.
Haltet nach dem gelben Hut Ausschau.

»Dao Fengs Ersatz«, sagte Orion überrascht. Er blickte auf den Rest des Korbs hinab und suchte nach einer weiteren Nachricht, vielleicht von Dao Feng selbst, doch es war nichts zu finden.

»Wir werden alles mitbringen, was wir bisher haben.« Rosalind sah zur Seite. Das Kistenteil ruhte immer noch auf dem Kissen. »Es wird Zeit, dass wir diese Mission abschließen.«

»Ja.« Orions Stimme klang hohl. »Ich denke schon.«

Sein Tonfall erregte Rosalinds Aufmerksamkeit, doch er wandte sich ab, bevor sie seinen Blick sehen konnte, hob den Korb an und schleppte ihn in die Küche. Rosalind starrte ihm verwirrt hinterher.

In der Küche ertönte ein lautes Poltern – der Korb, der auf die Ablage gestellt wurde. Dann rief Orions Stimme:

»Ich habe eine Frage.«

Rosalind runzelte die Stirn und rief: »Sprich weiter.«

Orion kehrte zurück, lehnte sich mit den Händen in den Hosentaschen in den Türrahmen. »Wie alt bist du?«

Es kostete Rosalind jedes bisschen Selbstbeherrschung, sich nicht zu verkrampfen. Warum fragte er?

»Neunzehn«, sagte sie. »Ich dachte, das wüsstest du.«

»Tue ich auch. Ich habe mich nur gefragt, ob ich es falsch in Erinnerung habe.«

Er verstummte. Es gab einen Grund für seine Erkundigung. Er musste auf etwas gestoßen sein.

Aber wäre es so schlimm, wenn er es wüsste?, flüsterte eine kleine Stimme.

»Mein Geburtstag war Anfang September«, erklärte Rosalind. Es würde glaubwürdiger erscheinen, sie wie ein gewöhnliches Mädchen wirken lassen. »Am achten nach dem westlichen Kalender.« Sie hielt inne. »Warum? Sehe ich älter aus?«

Orion lächelte, studierte sie aus der Ferne. Ein Moment verging, bevor er antwortete.

»Nein.« In seiner Stimme schwang ein Hauch Unglauben mit. Als wüsste er nicht, wie. Als könnte er es nicht verstehen. »Nein, tust du nicht.«

»Vorsicht.« Rosalind berührte ihre Augenwinkel, tupfte vorsichtig mit den Fingern herum. »Du machst mich verlegen, wegen meiner Falten.«

»Du wärst auch mit Falten schön.«

Ihr schnürte es die Luft ab. Sie würde nie welche bekommen. Sie würde ewig so bleiben, dann vom Wind weggeweht werden, wenn ihr Körper beschloss, aufzugeben, wie er es schon einmal getan hatte.

»Ah, welch ein Kompliment.« Rosalind legte die Hände auf ihre Brust, täuschte eine Ohnmacht vor. »Du hast ins Schwarze getroffen. Jetzt werde ich ewig in deiner Schuld stehen.«

Orion schüttelte gutmütig den Kopf.

»Willst du etwas wissen?«, fragte er. Er ging mit ein paar schnellen Schritten ans Fenster, wo die Fensterläden noch weit offen standen. Rosalind erhob sich und trat zu ihm, um zu sehen, was er betrachtete. Es war weder die Straße noch eines der Autos, die in der Nähe geparkt waren. Orions Blick ging hinauf zum Himmel.

Rosalind verrenkte sich den Hals, um einen besseren Blick zu bekommen, doch sie konnte nicht sagen, was seine Aufmerksamkeit gefangen hielt. Bis er nach ihrem Kinn griff und ihren Kopf ein wenig nach links drehte. Auf den tintigen Himmelsstoff geklekst, gerade richtig gelegen, um von ihrem Fenster aus sichtbar zu sein, schienen drei markante Sterne heller als der Rest.

»*Shen*«, identifizierte Rosalind das Sternbild auf Chinesisch. »Es ist eines der Häuser des Weißen Tigers.«

»Denk stattdessen europäisch. Wie nennen sie es?«

Rosalind ging die Astronomielektionen ihrer Kindheit durch. Es musste Orion aufgefallen sein, als ihr ein Licht aufging, denn seine Mundwinkel zuckten.

»Orion«, sagte sie. »Es heißt Orion.«

Er nickte, den Blick immer noch auf das Sternbild gerichtet. Als ihm die ständig sture Locke in die Augen fiel, wollte Rosalind sie wegschieben. Sie zwang ihre Hand, an ihrer Seite zu bleiben.

»Bevor ich High Tide war«, begann Orion, »war ich Huntsman. Sie waren nicht besonders kreativ bei der Auswahl ihrer Decknamen. Ich fand es ein bisschen witzig.«

Erzähl es ihm, dachte sie plötzlich. *Ich war Fortuna. Ich war keine Spionin. Ich war eine Attentäterin.*

Ihr Geständnis blieb unausgesprochen. Sie konnte sich nicht durchringen, die Worte zu formen.

»Wenn die Nationalisten schon sonst nichts haben, haben sie zumindest Sinn für Humor«, sagte sie.

»Komiker, jede und jeder von ihnen.« Orion strich seine Haare zurück, bevor Rosalind es tun konnte. »Aber sie arbeiteten intensiv an der Entwicklung meiner Identität. Sie verschmolz fast vollständig mit meiner echten Persönlichkeit, sodass niemand mich ernst nahm und meine Zielpersonen nicht bemerkten, dass sie Informationen preisgaben, während sie glaubten, nur umworben zu werden.«

Rosalind dachte an die Französin. »Ja, du scheinst sehr gut darin zu sein.«

»Die besten Spione sehen nicht aus wie Spione«, erwiderte Orion mit einem boshaften Funkeln in den Augen. Doch die Boshaftigkeit verschwand langsam, als er sich vom Fenster abwandte und sie stattdessen voller Ernst betrachtete.

Ein Moment der Stille verging.

»Es gefiel dir, nicht wahr?«, fragte Rosalind. »Ein Spion zu sein, meine ich.«

Sie wusste nicht, woher die Frage kam. Vielleicht war sie aus der Überraschung entstanden, dass eine Arbeit, zu deren Ausführung er sich um seiner Familie willen gezwungen hatte, kein verzweifeltes Unterfangen war. Rosalind war nicht wie er. Auch wenn sie wusste, dass ihre Identität als Fortuna ihr ein Ziel gab, das sie nirgendwo sonst fand, konnte sie diesen Teil von sich selbst nicht ausstehen. Die unsterbliche, unaufhaltsame Attentäterin, vor der die Menschen zitternd auf die Knie fielen. Sie wollte nur ein Mädchen sein, das die Welt verdiente.

»Das tat ich wohl.« Orion überdachte die Angelegenheit. »Allerdings bin ich mir nicht sicher, ob ich zu dieser Tarnung zurückkehren will.«

»Warum nicht?«

Er stupste ihren Ellbogen mit seinem an. »Weil ich High Tide ein wenig lieb gewonnen habe.«

Das stimmte: Sie waren jetzt weder Huntsman noch Fortuna. Sie waren High Tide. Rosalinds Grübelei ließ nach. An ihre Stelle trat ein Hauch Belustigung.

»High Tide lieb gewonnen?«, wiederholte sie mit neckender Stimme. »Hast du mich lieb gewonnen, Hong Liwen?«

»Ja.« Seine Antwort kam mühelos. Er klang nicht, als würde er sie ebenfalls necken. »Das habe ich.«

Sie blickte auf. Das hatte sie nicht erwartet. Sie hatte nicht bemerkt, dass sie gefährlich nahe beieinanderstanden. Das Fenster umgab ihre Schultern mit Mondlicht, zwei silberne Silhouetten, alle Kanten verwischt.

»Oh?«

Orion kam ihr näher. »Geliebte…«

Nichts folgte. Er hatte es gesagt, nur um sie anzusprechen. Wann hatte er damit angefangen? Als verstünde er es als Kosewort anstelle eines Witzes oder einer Tarnung vor Zeugen?

Eine Welle der Panik brandete in ihre Venen.

»Gute Nacht«, platzte es aus Rosalind heraus. Sie machte einen großen Schritt rückwärts und brach den Zauber. Obwohl die Chancen gering standen, dass einer von ihnen müde war, da sie erst vor ein paar Stunden aufgewacht waren, drehte Rosalind sich um und nutzte die Ausrede, um davonzueilen und ihre Schlafzimmertür hinter sich zu schließen, bevor sie Orions Reaktion wahrnehmen konnte.

Sie drückte sich gegen die Tür. Ihr Herz schlug zu schnell. Schweiß stand auf ihrer Stirn.

»Hör auf damit«, zischte sie. »Das passiert nicht.«

Doch sie konnte sich nicht anlügen. Da war es: das Abstürzen ihres Magens, als schwebte sie über dem Abgrund eines Kliffs, Sekunden davon entfernt, zu fallen. Das Summen in ihren Fingerspitzen, als verlöre sie Blut, das ohne Unterlass aus ihrem Körper floss.

Vielleicht waren es die Überreste des Gifts. Rosalind ging vor ihren Schminkspiegel, überprüfte, ob ihre Pupillen geweitet waren, streckte die Zunge heraus, um die Farbe zu sehen. Sie versuchte sogar, in ihre Gehörgänge zu sehen, doch alles zeigte dasselbe Ergebnis: Sie war gesund. Nichts war mehr in ihrem Körper. Dieses Mal konnte sie ihre Reaktion nicht auf ein Gift schieben.

»*Putain de merde.*« Rosalind legte die Hände auf den Schminktisch. Hatte Schwierigkeiten, zu Atem zu kommen, als sei sie Hunderte Kilometer gerannt, um hierherzugelangen.

»Du magst ihn nicht«, warnte sie ihr Spiegelbild streng. »Das tust du nicht.«

Lügnerin, erwiderte ihr Spiegelbild.

Sie sollte sich wieder vergiften.

37

Silas saß bereits auf dem Lebensmittelmarkt, als Rosalind und Orion am nächsten Morgen eintrafen. Eine Schüssel Wan Tans dampfte vor ihm. Er war abgelenkt, starrte in die Gegend, doch nahm Haltung an, sobald Rosalind auf der anderen Seite des Tisches auftauchte. Sie legte das Kistenteil neben ihre Füße.

»Schön, dich hier zu sehen, Kumpel«, grüßte Orion ihn und legte eine Hand auf Silas' Schulter, bevor er sich neben Rosalind setzte.

Sie fühlte seine Gegenwart, als wäre jeder Zentimeter ihrer linken Seite elektrisiert. Sie gab sich alle Mühe, es zu ignorieren.

»Wo ist unser neuer Betreuer?«, fragte Rosalind. Silas sah sich um. Orion nahm den Löffel seines Freundes und stahl eines seiner Wan Tans.

»Ich bin früh gekommen. Habe noch niemanden gesehen. Vielleicht wartet er, um zu überprüfen, ob man uns gefolgt ist, bevor er sich nähert.« Silas runzelte die Stirn und scheuchte Orion weg, bevor er ein zweites Wan Tan stehlen konnte. »Bisher keine gelben Hüte in der Nähe.«

Rosalind legte das Kinn in die Hand. Sie blickte zu einer Gestalt drei Tische weiter. »Dafür ist da Jiemin.«

Als ob er seinen Namen gehört hätte, drehte Jiemin sich auf seinem Holzstuhl um, wischte sich den Mund mit einer Serviette ab und winkte. Rosalind und Orion winkten zurück, während Silas die Augen zusammenkniff und starrte, als Jiemin weiteraß.

»Wer ist das?«

»Ein Kollege von Seagreen«, antwortete Orion. »Wir haben ihn nicht auf unseren Listen.«

Silas starrte noch immer.

»Erkennst du ihn von irgendwoher?«, fragte Rosalind. Vielleicht hätten sie nicht so schnell entscheiden sollen, dass er unschuldig war.

»Na ja, nein. Ich wundere mich nur, warum ein gelber Hut aus seiner Tasche hängt.«

Rosalind erstarrte. Wie auch Orion. Die zwei fuhren schnell herum, um Jiemin erneut zu beobachten. Er stand auf, warf seine Serviette auf seinen leeren Teller, begutachtete seine Handrücken, nachdem er sie saubergewischt hatte. *Sicher geht er und kommt nur in unsere Richtung, um sich kurz zu verabschieden,* dachte Rosalind.

Stattdessen setzte Jiemin sich auf den Stuhl neben Silas und sagte: »Schön, dich persönlich zu treffen, Sheperd.« Er nickte Orion zu, dann Rosalind. »High Tide.«

Am Tisch wurde es still. Orion ließ den Löffel fallen. Er klapperte laut auf dem Zementboden, selbst über das Geplauder hinweg, das sie auf dem Lebensmittelmarkt umgab. Mehrere Tische sahen herüber, um herauszufinden, was die Aufregung sollte, doch wandten sich nach einem Blick wieder ihrem Frühstück zu.

»Du?«, rief Orion. Währenddessen beugte Rosalind sich nach unten, um den Löffel aufzuheben und ihren offen stehenden Mund zu schließen, bevor sie wieder aufrecht saß. »Warum solltest du es sein?«

Jiemin zuckte mit den Schultern. »Warum fragt ihr nicht nach Formalitäten und Logistik? Mein Vater ist jemand Wichtiges in der Kuomintang.«

»So wie meiner!«

Rosalind streckte die Hand aus und tätschelte Orions Arm, bevor er so laut wurde, dass die Leute einen Tisch weiter ihn hören konnten. Die Finger ihrer anderen Hand waren so fest um den Löffel geschlungen, dass ihre Knöchel weiß wurden.

»Ich weiß, wer dein Vater ist«, sagte Jiemin monoton. »Das ist nicht dasselbe, glaub mir.«

»Ihr lasst also beide Vetternwirtschaft für euch arbeiten.« Rosalind versuchte, nicht die Zähne zusammenzubeißen. »Das beantwortet immer noch nicht die Frage, warum ein Achtzehnjähriger als unser Betreuer eingeteilt wurde.«

Jiemin schien sich an ihrem abschätzigen Tonfall nicht zu stören. Er gab vor, die vollkommene Verblüffung auf Silas' Gesicht nicht zu bemerken.

»Ich wurde ein Jahr vor euch beiden eingesetzt, also beschlossen sie, dass ich lange genug an der Aufgabe arbeite, um sie anzuleiten.« Jiemin zog den gelben Hut aus seiner Tasche und ließ ihn auf den Tisch fallen. Das Logo eines Restaurants im International Settlement war darauf gestickt. »Was glaubt ihr, wie wir bestätigen konnten, dass die Terrormorde überhaupt von Seagreen Press ausgingen? Ich infiltrierte zuerst japanische Gesellschaftskreise und fand die Anweisungen, die Deoka geschickt wurden. Anweisungen darüber, eine Lagerhalle außerhalb der Stadt zu arrangieren und mit der Verteilung einer unbekannten chemischen Mixtur zu beginnen. Die nächste Aufgabe war, zu bestätigen, dass die chemischen Mixturen mit den Morden in Verbindung standen, die in der Stadt begonnen hatten.«

»Wie lange werden diese Morde also schon verübt?«, fragte Rosalind. »Und warum wurden wir eingeschleust, wenn du seit über einem Jahr an der Aufgabe dran bist?«

Jiemin faltete die Hände und sah Rosalind an. Mehrere Sekunden lang blieb er stumm – reglos hielt er ihren Blick – und allein dadurch wusste Rosalind: Er kannte ihre wahre Identität.

»Ihr zwei habt Talente, die ich nicht habe«, antwortete Jiemin schließlich, als die Stille sich zu lang hinzog. Er nickte Orion zu. »Vor allem, da ich nicht verstehen kann, was sie auf Japanisch sagen. Es ging schneller, mehr Agenten zu rekrutieren und zu schicken, als mich die Sprache kurzfristig lernen und etwas missverstehen zu lassen.«

»Du kannst mir unmöglich erzählen, dass du in dem Jahr, in dem du dort warst, keine fertigen Listen hattest«, sagte Orion. »Zumindest hattest du Verdächtige ...«

»Ja, es ist wahrscheinlich, dass ich bereits alle aufgeschrieben habe, die ihr habt«, unterbrach Jiemin ihn. »Doch das war nie der Sinn des Ganzen. Das war die erste Aufgabe und ihr musstet euch eingewöhnen, um den nächsten Teil herauszufinden. Das Warum. Was nützt es uns, Verhaftungen vorzunehmen, wenn wir immer noch nicht wissen, warum sie unsere Leute mit Chemikalien töten? Es wird nur wieder von vorn beginnen, wenn wir den Ursprung nicht finden können.«

Orion sah weg, fluchte frustriert. Während seiner Erklärung war Jiemins Tonfall monoton gewesen, beinahe gelangweilt. Hätte irgendjemand sie aus der Ferne beobachtet, hätte er nie erraten, dass dieser Junge ihr Betreuer – ihr Vorgesetzter – sein sollte, so gelassen und melancholisch, wie er aussah. Er wirkte eher wie einer der Restaurantkellner, unterbezahlt, der sich davonstahl und mit Kunden an einem Tisch saß.

»Dao Feng hätte das gleich zu Anfang sagen sollen«, stellte Rosalind fest. Sie gab sich sehr, sehr viel Mühe, ebenfalls ruhig zu sprechen.

Jiemin legte die Ellbogen auf den Tisch. »Um die Wahrheit zu sagen, ich weiß nicht, warum er es nicht tat. Als sie mir die Auftragsakte gaben, sah ich mir seine Anweisungen an. Er hätte das alles vorlegen sollen: die Schuldigen bei Seagreen Press verhaften, den Mörder aufspüren und eine Erklärung für die Tötungsart finden.«

Rosalind hatte die ganze Zeit von dieser Eigentümlichkeit gewusst. Es hatte an ihr genagt, hatte sie gestört, während sie das Missionsziel durchdachte. Doch sie hatte es beiseitegeschoben, weil sie annahm, dass Dao Feng die Aufgaben vorgegeben hätte, wenn sie wirklich wichtig wären. Nun sollte sie glauben, dass ihre bisherige Arbeit unnötig, ihre wahre Mission aufgehalten worden war. Sie hatten Wochen damit verschwendet, Informationen zu finden, die Jiemin im Laufe eines Jahres bereits zusammengesucht hatte. Worauf hatte Dao Feng es abgesehen? Was wusste er, was sie nicht wussten?

Und warum war Jiemin ebenfalls nicht eingeweiht, obwohl er als ihr Betreuer übernahm?

»Vielleicht dachte Dao Feng, dass es überwältigend wäre«, schlug Silas vor. »Dass Janie und Liwen eine Eingewöhnungszeit brauchten.«

»Vielleicht«, wiederholte Rosalind, doch sie klang kein bisschen überzeugt. »Na ja, wir werden den Rest wohl bald zusammenhaben. Zheng Haidi ist die wahrscheinlichste Verdächtige für die Morde. Wir müssen sie nur fangen.«

Jiemin stieß einen Laut aus. »Haidi? Die Sekretärin Haidi?«

Rosalind runzelte die Stirn. »Ja. Unterschätz sie nicht, nur weil sie dumm wirkt. Sie trug die Mordwaffe mit sich herum. Ich wette, die hast du noch nicht in die Hände bekommen, oder?«

»Das habe ich nicht«, bestätigte Jiemin.

»Hier.« Sie griff unter den Tisch. Auf ihrem Weg hierüber hatte Orion eine schwarze Plastiktüte hervorgekramt, in die sie das Kistenteil gesteckt hatten, zusammen mit der Phiole, die Silas eingesammelt hatte, und der Phiole, die Rosalind aus der Burkill Road mitgenommen hatte. »Zwei Phiolen der Mordwaffe sowie ein konkreter Beweis für Deokas Lieferungen. Als wir sie zuletzt sahen, waren die restlichen Kisten in einem Wohnhaus in 286 Burkill Road. Wenn wir schnell genug vorgehen, könnten wir die verdeckte kaiserliche Basis fangen, bevor sie weiterziehen.«

Jiemin nahm die Tüte wortlos entgegen. »Erteilen Sie nun Anweisungen, Miss Mead?«

»Ja«, sagte Rosalind bestimmt. »Der Empfang im ›Cathay Hotel‹ … lasst uns die Mission dann abschließen.«

Orion und Silas fuhren beide gleichzeitig zu ihr herum, wirkten entgeistert.

»Machst du Witze?«, wollte Silas wissen.

»Hast du unseren großartigen Betreuer nicht gehört?«, fügte Orion hinzu. Man musste ihm zugutehalten, dass er nur einen winzigen Hauch Spott mitschwingen ließ. »Er brauchte ein Jahr, um an diesen Punkt zu gelangen. Wie sollen wir bis Freitag fertig werden, wenn es so lang gedauert hat, an alles andere zu kommen?«

Doch Rosalind blieb entschieden bei der Idee. Sie hatte letzte Nacht sorgfältig darüber nachgedacht, als sie nichts Besseres zu tun gehabt hatte, als in ihrem Schlafzimmer auf und ab zu gehen und ihren Verstand nicht abschweifen zu lassen.

»Das ist unsere beste Chance«, sagte sie. »Jiemin, bestehst du weiterhin darauf, an dem Empfang nicht teilzunehmen?«

Jiemin nickte. »Es werden andere Botschafter der kaiserlichen Truppen anwesend sein, die von weiteren Niederlassungen in Shanghai dazugeholt werden. Zu viele Menschen in dieser Stadt erkennen mich von vergangenen Missionen. Wenn ich auftauche, werde ich das als Nationalist tun müssen, nicht als Angestellter bei Seagreen.«

»Gut.« Rosalind bekam einen steifen Hals. »Dann werden Orion und ich verdeckt anwesend sein. Wir können uns rückversichern, dass alle Schuldigen anwesend sind, bevor die Nationalisten hereinstürmen, um Verhaftungen durchzuführen. Wann werden wir wieder die Chance bekommen, alle unsere Verdächtigen an einem Ort versammelt zu haben? Niemand kann im Voraus erfahren, was bevorsteht, und flüchten. Wenn wir zugleich die Burkill Road stürmen, können wir einen Schlussstrich ziehen: Verdächtige und Chemikalien, alles in einem.«

Es war bei Weitem keine klarer Abschluss, doch niemand am Tisch hatte die Kraft, ihr zu widersprechen.

»Na schön«, sagte Jiemin. »Dann habt ihr bis Freitag, um das letztendliche Ziel der Morde herauszufinden.« Er stand auf. »Ich werde das in unseren Kanälen verbreiten. Wir folgen Miss Meads Plan. Der Empfang im Cathay soll es sein.«

Ohne ein weiteres Wort verabschiedete sich ihr Betreuer mit einem Winken und wandte sich zum Gehen.

»Wir sehen uns bei der Arbeit«, murmelte Orion Jiemins Rücken hinterher.

Alisa verließ das Gebäude durch das Fenster im Flur des ersten Stocks, sprang vom Sims und landete zwischen den Müllsäcken in der Hintergasse.

»Widerlich«, murmelte sie leise und rappelte sich auf. Sie wusste nicht, ob ihr Status als Flüchtige ernst genug war, dass es nötig war, aus Fenstern zu springen, vor allem, wenn sie bedachte, wie faul die Stadtpolizei war. Doch sie konnte nicht vorsichtig genug sein. Das Licht des späten Morgens stach in ihren Augen, als sie aus der Gasse trat. Eine schwüle Feuchtigkeit lag in der Luft.

Es war ein neuer Tag voller Ermittlungen. Obwohl ihre Ermittlungen betreffend tatsächlich nicht mehr viele Wege übrig blieben. Wenn Rosalind die Aufgabe besser erledigt haben wollte, hätte sie wirklich ihre eigene Schwester fragen sollen. Celia war ranghöher und hatte sogar einen noch ranghöheren Agenten um den Finger gewickelt. Doch da Alisa die Aufgabe bekommen hatte, konnte sie wenigstens das letzte ungelöste Problem noch klären.

Etwas Übernatürliches, das eine alte Dame gesehen hatte. Etwas, das damit zusammenhing, warum die Kommunisten ein paar Nationalisten hinterherjagen würden.

Sie traf in der Bao Shang Road ein. Die schmale Straße war dunstig vor Rauch, trotz des strahlend blauen Himmels. Alisa stürmte die Treppe des Gebäudes hoch, an dessen Vorderseite eine verblasste 4 befestigt war, stieg hinauf und bog ab und stieg hinauf und bog ab, bis ihr schwindelig wurde. Das Memo hatte vom sechsten Stock gesprochen. Sie war darauf vorbereitet gewesen, an Türen zu klopfen, bis sie bei der richtigen Wohnung landete, doch als sie die sechs Treppen hinaufgestiegen war, stand eine der Türen bereits offen.

»Hallo?«, rief Alisa. Sie stupste die Tür an, wie um zu testen, ob sie sich nur einbildete, dass sie offen stand. Mit einem lauten Knarzen öffnete sie sich noch weiter. »Die Kuomintang schickt mich. Wir waren vor einer Weile hier, um ihre Aussage aufzunehmen? Ich bin zurückgekommen ...« Alisa trat ein. Sofort wurde sie von einem grellen Lichtblitz geblendet. »Herrgott!«

»Ah, du musst stillhalten, *shǎ gūniáng*. Sonst wird es verwackelt.«

Alisa blinzelte energisch und versuchte, die blinden Flecken in ihrem Sichtfeld loszuwerden. Langsam materialisierte sich der Anblick vor ihr: eine malerische Wohnung, eine alte Frau in einem Rollstuhl am Fenster. Die Frau hielt eine Schachtel in der Hand, in der Alisa – mit etwas mehr energischem Blinzeln – schließlich eine tragbare Kamera erkannte.

»Wie konnte ich nur so gedankenlos sein und nicht stillhalten?« Alisa blinzelte ein letztes Mal fest, um die übrigen Flecken loszuwerden. Sie lächelte und weigerte sich, von einer freundlichen Begrüßung abzulassen. »Bitte vergeben Sie mir, doch als meine Vorgesetzten mich herschickten, gaben sie mir keinen Namen, nur eine Adresse.«

Die alte Frau schob ihren Stuhl vom Fenster weg und richtete die Räder stattdessen zum Sofa hin aus. Sie winkte Alisa herüber. Zögerlich schlurfte Alisa der Frau hinterher und setzte sich, hockte auf der Kante der Sofakissen.

»Das liegt wahrscheinlich daran, dass sie das erste Mal nicht nach meinem Namen gefragt haben«, erwiderte die alte Frau. »Ich bin Mrs. Guo. Bist du Russin?«

»Ja«, erwiderte Alisa. »Mein Name ist …« Sie hielt inne. Es wäre nicht gut, Liza zu verwenden, falls ihre Tarnung bei Seagreen aufflog. Obwohl sie annahm, dass sie sich um größere Probleme Sorgen machen müsste, sollte Kuomintang die Kommunisten erwischen, die sich in der Stadt als sie ausgaben, um Informationen zu erlangen. »Roza.«

Entschuldige, Rosalind.

Die alte Frau musterte sie von oben bis unten. »Und die Kuomintang vertraut dir? Sie klopften an meine Tür, nachdem sie meine Geschichte von einer Nachbarin gehört hatten. Ich frage mich wirklich, wie viele Leute sie an allen Ecken und Enden rekrutiert haben.«

»Oh, ich bin nur eine niederrangige Assistentin«, log sie. »Aber hören Sie sich mein Chinesisch an … es ist so gut, dass sie mich anstellen mussten.«

Mrs. Guo überdachte die Angelegenheit. Alisa hielt den Atem an und fragte sich, ob es einfach zu weit hergeholt klang, dass eine Russin in die Ränge der Kuomintang aufgenommen wurde.

»Du hast eine recht vorzügliche Art zu sprechen«, beschloss die alte Frau.

Alisa grinste. Sie holte einen Notizblock hervor, balancierte ihren Stift über dem Papier. »Ich werde heute nicht viel ihrer Zeit in Anspruch nehmen. Ich bestätige nur die Aussage, die Sie vor einer Weile gemacht haben.«

»Nimm so viel Zeit in Anspruch, wie du willst«, sagte Mrs. Guo und lehnte sich in ihrem Stuhl zurück. »Meine Kinder besuchen mich nicht und ich kann nicht mehr nach unten gehen, um Mah-Jongg zu spielen.«

Alisa sah sich um. »Bekommen Sie genug zu essen? Wollen Sie, dass ich Ihnen etwas hole?«

Mrs. Guo wirkte belustigt. »Ah, mach dir um mich keine Sorgen. Das Einzige, unter dem ich leide, ist ausgesprochene Langeweile.«

»Hoffentlich langweile ich Sie hiermit nicht.« Alisa gab vor, eine andere Seite des Notizblocks zu konsultieren, obwohl er vollkommen leer war. »Ich muss bestätigen, was Sie durch das Fenster gesehen haben. Sie sagten, es sei … übernatürlich gewesen? Einige Leute haben Schwierigkeiten, das zu verstehen, wissen Sie, also wären Details gern gesehen.«

Mrs. Guo starrte sie an. »Details? Wie viel mehr Details brauchen sie denn, außer dass sich ein Serienmörder in der Gasse vor meinem Fenster aufhielt.«

Serienmörder? Alisas Augen weiteten sich, bevor sie die Reaktion unterdrücken konnte. Glücklicherweise rollte Mrs. Guo gerade davon und hielt an einem Tisch in der angrenzenden Küche, wo sie einen Stapel Magazine durchsuchte, die auf der Tischplatte lagen, daher sah sie Alisas Schock nicht. Hatte dies am Ende doch mit Rosalinds Mission zu tun?

»Alles, an das Sie sich erinnern können, wäre wundervoll«, sagte Alisa gelassen.

»Ich war natürlich auch schockiert. Die Zeitungen schreiben jeden Tag über diese Morde. Leiche in dieser Straße gefunden. Leiche in jener Straße gefunden. Löcher in ihren Armen. Gesichter vor Schreck verzogen. Ich warne meine Tochter davor, rauszugehen, und trotzdem geht sie jeden Abend aus, um in einer dummen *wǔtīng* zu tanzen.«

»Woher wussten Sie, dass es die Chemikalienmorde waren und nicht ein gewöhnlicher Krimineller?«, fragte Alisa und kratzte mit dem Stift über das Papier. »Leute werden in diesen Gegenden ständig wegen nichtiger Gründe angegriffen.«

»Ich nehme nicht an, dass andere Kleinkriminelle ihre Opfer mit Spritzen stechen.«

Alisa drückte den Stift fester. »Also haben Sie die Spritze gesehen?«

»Besser als das.« Mrs. Guo fand endlich, wonach sie suchte, und hielt einen Streifen fotografischen Films hoch. »Hier. Ich habe deinen Vorgesetzten bereits die Fotografie gegeben, die die furchtbare Szene zeigte, aber Informationen gehen wohl leicht verloren. Ich habe bereits Kopien von allem anderen, also wenn du den originalen *dǐpiàn* brauchst …«

Alisa zögerte nicht, bevor sie sich den Streifen schnappte. Sie hielt die Negative ins Licht und versuchte, Flecken und Formen zu unterscheiden. Auch wenn es einfach war, die fragliche Fotografie in der Mitte zu identifizieren – sie schien von oben aufgenommen worden zu sein und durch ein Fenster, mit zwei Gestalten am unteren Bildrand –, machten es die winzige Größe des Negativs und die umgekehrten Farben unmöglich, Details zu erkennen. Sie musste es zuerst noch mal als Fotografie in anständiger Größe ausdrucken.

»Haben sie noch niemanden verhaftet?«, fragte Mrs. Guo nun und kam wieder ins Wohnzimmer.

»Sie arbeiten daran.« Alisa wedelte mit dem Streifen. »Danke hierfür. Das ist sehr hilfreich.«

Alisa verabschiedete sich von Mrs. Guo, verließ die Wohnung und schloss die Tür behutsam hinter sich. Warum gaben die

Kommunisten sich hiermit ab? Was wussten die in den höheren Rängen, das sie nicht wusste? Wenn diese Bilder einen Hinweis auf den Mörder gaben, könnten die Nationalisten sie verwenden, um Seagreen Press auffliegen zu lassen. Ihre Vorgesetzten hätten die Information weitergeben sollen. War der Krieg so wichtig? War der Krieg wichtiger, als Leben zu retten?

Alisa trat aus dem Gebäude und ging eilig voran. Sie bog in die nächste Straße ein und eilte zu dem nächsten russischen Eckladen, den sie sah.

Sie hielt den Streifen Negative hoch sowie einen Batzen Bargeld und trat an den Tresen.

»Haben Sie eine Dunkelkammer?«

Orion geriet in einen Hinterhalt, als er während seiner Mittagspause vor einem Stand seine Teigtaschen zahlte.

»Du wirst es nicht glauben.«

Glücklicherweise erkannte er die Stimme sofort und obwohl man ihm aufgelauert hatte, verschüttete er nicht vor Angst seine große Tüte mit Teigtaschen. Gott sei Dank. Das wäre ziemlich peinlich gewesen.

»Tu mir einen Gefallen, *mèimei*«, sagte Orion. Er zählte geduldig seine Münzen, um sicherzustellen, dass er den richtigen Betrag hatte. »Nimm die zwei *dòuhuā*.«

Phoebe schniefte und nahm der Standbesitzerin die zwei Becher mit Tofupudding ab. »Kann ich einen haben?«

»Ja, du kannst meinen haben. Lass den anderen in Ruhe, ansonsten wird meine Frau mich anschreien.«

Sie gingen zu einem Tisch am Straßenrand. Phoebe war darauf konzentriert, das Essen nicht zu verschütten. Sie fackelte nicht herum, bevor sie einen Löffel aus der Besteckschachtel in der Mitte des Tisches nahm und sich auf den Pudding stürzte. Orion stellte die Tüte mit den Teigtaschen ab und machte sich Sorgen über den Enthusiasmus seiner Schwester wegen des Imbisses. Fütterte Ah Dou sie ausreichend?

»Also, was werde ich nicht glauben?«, fragte er nach.

Phoebe legte ihren Löffel weg, als erinnerte sie sich daran, warum sie hier war. »Erinnerst du dich daran, wie ich einen Blick in das Innere von Liza Iwanowas Wohnung erhascht habe?« Phoebe sah sich um, um sicherzugehen, dass niemand zusah, dann griff sie in ihre Tasche und zog ein Magazin heraus, das sie vor Orion legte. Die Titelseite war pastellrosa und zeigte eine Frau in einem Gartenstuhl, die zum Himmel aufsah. Das war alles, was Orion erkennen konnte. Der Text war auf Russisch geschrieben.

»Hast du das aus ihrer Wohnung mitgenommen?«, fragte er besorgt.

»Nein! Für wie verantwortungslos hältst du mich eigentlich?« Phoebe blies sich ihren Pony aus den Augen. »Liza hat ihre eingerahmt. Das fand ich seltsam. Also bin ich zu jedem Zeitschriftenladen in Shanghai gegangen, um noch eine Ausgabe zu finden. Habe die Titelseite oft genug beschrieben und schließlich wusste eine Frau in Zhabei, wovon ich sprach. Sie grub es für mich im Hinterzimmer aus.«

Seine Schwester nahm sich noch einen Löffel voll. »Ich muss eigentlich los … ich muss einen Schuhausverkauf bei ›Sincere‹ erwischen. Blätter zu dem Eselsohr, das ich weiter hinten gemacht habe. Du wirst nichts Wesentliches lesen können, aber sie haben die Namen auf Englisch und Bilder abgedruckt. Ich habe keine Ahnung, was ich damit anfangen soll. Ich gehe davon aus, dass du eine bessere Idee haben wirst.«

Mit einem Klimpern ihres Löffels gegen den Becher stand Phoebe auf. Dann, weil sie stets darauf bestand, eine Nervensäge zu sein, warf sie einen Blick in die Tüte mit den Teigtaschen und nahm sich eine, bevor sie ging.

»Gib nicht zu viel aus!«, rief Orion ihr hinterher.

»Sag mir nicht, was ich tun soll!«, erwiderte sie.

Als er allein am Tisch saß, drehte Orion das Magazin um und schlug die Seite auf, die Phoebe gekennzeichnet hatte. Das Titelbild hatte die Ausgabe wirken lassen, als konzentrierte sie sich auf

Wohnwelten. Daher war er überrascht, als die Seite, die er aufblätterte, nach einer Todesanzeige aussah.

Roma Montagow. Geboren 15. Juli 1907.

»Der Erbe der White Flowers?«, murmelte Orion und schielte auf das Bild hinunter. Warum druckte diese Zeitschrift seine Todesanzeige? Er blätterte zur nächsten Seite.

Juliette Cai. Geboren 15. Oktober 1907.

Mit diesen beiden Namen zusammen ergab plötzlich alles Sinn. Orion blätterte schneller. Diese Seiten waren alle Todesanzeigen für Bandenmitglieder. Das Magazin musste zum Gedenken publiziert worden sein, kurz nachdem die Revolution die Banden ausgelöscht hatte.

Dimitri Voronin. Geboren 2. Januar 1906.

Tyler Cai. Geboren 25. März 1907.

Kathleen Lang. Geboren 8. September 1907.

Kathleen Lang? Orions Hand hielt inne, seine Brauen zogen sich zusammen. Er wusste von Kathleen Lang – die meisten Leute in dieser Stadt kannten die Namen der gefallenen Scarlet-Gang-Elite. Doch dieses Bild ... war eine jüngere Celia, Olivers Missionspartnerin. Orion hatte sie mehrere Male im Einsatz getroffen. Jedes Mal, wenn Oliver sich freundlich hatte geben wollen, war Celia gezwungen gewesen, ihn wegzuschleifen, bevor Orion ihn hatte schlagen können.

Das ergab keinen Sinn. Außer ...

»O mein Gott«, flüsterte er. Wenn Celia einst Kathleen Lang gewesen war, dann wusste er, wer Janie war. Die Verbindung hätte sich ihm ansonsten nicht erschlossen – warum auch? Doch als sie vor ihm lag ... die Ähnlichkeit zwischen Celia und Janie war nicht zu leugnen. Er blätterte zur letzten Todesanzeige um.

Rosalind Lang. Geboren 8. September 1907.

Und da war Janie und sah genau gleich aus.

Er hatte immer den Verdacht gehegt, dass Janie Mead nicht existierte. Doch dies war etwas ganz anderes. Er hatte angenommen, dass sie irgendein Mädchen aus der Stadt war. Vielleicht mit einer verzwickten Vergangenheit, vielleicht woanders erzogen als Amerika. Doch Rosalind Lang ...

Orion schloss das Magazin mit einer erstaunten Endgültigkeit. Ein in der Nähe stehender Polizist blies in seine Pfeife, das Geräusch scharf und stechend. Es schreckte Orion nicht auf. Selbst als die Welt um ihn herum kreischte und vorbeihastete, blieb er stocksteif sitzen, taumelte aufgrund der Bombe, die ihm vor die Füße gefallen war.

38

Nach Feierabend wurde Seagreen Press von innen heraus düster, wie ein Herrenhaus auf der anderen Seite der Hügel anstelle eines stämmigen Bürogebäudes in der Französischen Konzession.

Rosalind hätte bereits ausstempeln sollen, doch sie blieb an ihrem Schreibtisch und kritzelte auf Rechnungen herum. Sie hatte den ganzen Tag nicht viel mit Orion gesprochen, war darauf bedacht, geschäftig zu wirken, falls jemand sie beobachtete. Sie hatte ihn weggescheucht, als er sich ihr gegen fünf genähert hatte, und hatte ihm gesagt, dass sie noch nicht gehen können, weil sie schrecklich beschäftigt sei. Tatsächlich hatte sie einen Plan in der Hinterhand. Sobald sie gewartet hatte, bis der Rest ihrer Kollegen gegangen war, würde Rosalind zuschlagen.

Jiemin verließ seinen Schreibtisch um fünf Uhr dreißig. Er warf ihr einen misstrauischen Blick zu, versuchte damit zu fragen, was sie vorhatte, doch Rosalind bot ihm nur einen spielerischen Salut und kehrte zu ihrer Arbeit zurück. Bald war nicht nur die Hälfte der Lichter ausgeschaltet, die Abteilung selbst wurde dämmrig, wodurch der gedruckte Text vor ihr schwerer zu lesen war. Es spielte keine Rolle. Zwanzig Minuten später verließ die letzte Frau ihren Tisch und ließ die Abteilung leer zurück. Rosalind musste nicht mehr so aussehen, als arbeitete sie.

Sie griff nach ihrer Tasche.

Überraschenderweise sah Orion nicht auf, als sie zu seiner Arbeitsnische hinüberging. Sie hatte erwartet, dass er ungeduldig wäre und bereit, aufzubrechen, doch er bemerkte nicht einmal, dass sie sich näherte, bis sie ihm eine Hand auf die Schulter legte. Er erschrak.

Rosalind runzelte die Stirn. »Geht es dir gut?«

»Ja«, beeilte Orion sich zu sagen. »Bereit, zu gehen?«

Sie nickte. Das Gebäude war vollkommen still geworden.

»Ich habe gewartet, bis alle gegangen sind, damit ich die Versandprotokolle aus dem Postraum holen kann«, sagte Rosalind, als sie die Treppe hinabstiegen. »Kannst du dich auch bei Haidis Tisch umsehen? Ich glaube nicht, dass sie dort etwas Belastendes aufbewahren würde, aber wir sollten trotzdem an alles denken.«

Orion antwortete nicht.

»Orion«, forderte sie ihn auf.

Er nahm die letzten drei Stufen auf einmal. Kurz wirkte er verwirrt, als erwachte er aus einem Traum, nur um festzustellen, dass er sich bereits bewegte. Dann sagte er: »Ja, das kann ich machen«, und ging steif zum Empfangstresen.

Was stimmt nicht mit ihm?

Rosalind schüttelte ihre Verwirrung ab und eilte zum Postraum. Die Tür öffnete sich problemlos. Es gab keinen Grund, die verschiedenen Pakete zu schützen, die hier über Nacht aufbewahrt wurden, daher befand sich kein Schloss an der Tür, was Rosalinds Aufgabe leichter machte. Sie kroch in der Dunkelheit an den Regalen entlang, nur der Schein der Straßenlaternen beleuchtete ihre Suche.

Sie glaubte, Tejas in diesem Gang herumwühlen gesehen zu haben. Wo war es?

Rosalinds Blick fiel auf eine Schachtel, die unter einem der am weitesten entfernten Regale hervorlugte. Die Laschen waren noch offen. Als sie die Schachtel herauszog und hineinblickte, fand sie ein schwarzes Klemmbrett darin.

»Aha, Erfolg«, murmelte sie und schlug die aktuelle Seite auf. Es gab ein paar neue Einträge – und einen von früher an diesem Tag, der eine Kiste auflistete, die in die Burkill Road hinausging.

Rosalind ging die Zahlen im Kopf durch. Die Sendung könnte morgen bei der Adresse ankommen. Was auch bedeutete, dass es morgen einen weiteren Anschlag geben könnte.

Sie zog das gesamte Protokoll aus dem Klemmbrett, rollte es zusammen und schob es in ihre Tasche, bevor sie sich auf die Zehenspitzen erhob und das leere Klemmbrett auf einem der Schränke versteckte.

Rosalind schlüpfte aus dem Postraum. Orion durchsuchte immer noch den Empfangstresen, als sie leise hinübertapste.

»Etwas gefunden?«

»Nur eine Menge Süßigkeitenverpackungen«, berichtete Orion. »Ich glaube nicht ...«

Ein Aufblitzen von Scheinwerfern streifte die Fenster im Erdgeschoss und unterbrach Orion mitten im Satz. Das Kreischen einer Autobremse folgte sofort, dann schlugen Türen zu. Jemand kam zurück ins Büro.

»Versteck dich!«, zischte Rosalind.

»Hier.« Orion packte ihr Handgelenk und zog sie beide hinter den Tresen, wo sie sich unter den schweren Tisch duckten. Die Vorderseite des Tisches reichte bis zum Boden – niemand, der vorbeiging, würde Rosalind und Orion sehen, außer er ging herum und sah von Haidis Stuhl aus hinab.

Eine einzelne Person betrat das Gebäude. Rosalind wagte nicht, zu atmen, ihre Hand war in Orions Hemd zur Faust geballt. Sein Arm war um ihre Taille geschlungen, er hielt sie reglos in ihrem engen Unterschlupf. Sie wusste nicht, ob ihr eigenes Herz gegen ihren Brustkorb hämmerte oder ob sich Orions Panik auf sie übertrug. Der Raum unter dem Tisch war eng genug, dass sie halb auf ihm lag, obwohl es an diesem Punkt nichts Neues mehr war, dass sie zwei ineinander verschlungen waren.

Wenn man sie nach Feierabend hier fand, gab es kaum eine Ausrede, warum sie sich so verdächtig benahmen, warum die Lichter aus waren, als wäre das Gebäude geschlossen. Sie mussten sehr, sehr still sein.

Der spätabendliche Besucher ging langsam die Treppe hoch. Sein schwerer Schritt war geduldig. Es musste jemand Hochrangiges sein – Deoka oder jemand seiner Statur –, ansonsten hätte er keinen Zugang, um durch das Eingangstor zu fahren, nachdem die Wachen nach Hause gegangen waren.

»Sollen wir gehen?«, flüsterte Rosalind, als der Besucher in eines der oberen Stockwerke verschwand.

»Was, wenn jemand im Auto sitzt?«, flüsterte Orion zurück.

»Wir müssen uns den Weg nach draußen freilügen.« Rosalind spitzte die Ohren und versuchte einzuschätzen, ob sich auf dem Schotterplatz draußen etwas bewegte. »Es ist gefährlicher, abzuwarten. Jetzt zu gehen ist kaum verdächtig. In einer Stunde zu gehen ist äußerst verdächtig.«

»Verdächtig ist immer noch verdächtig.«

»Wir haben keine andere Wahl!«

Orion suchte ihren Blick. Sie stritten flüsternd über die Angelegenheit, als debattierten sie über unterschiedliche Seiten, doch sie wussten beide, dass es unerlässlich war, hinauszuschlüpfen, ohne erwischt zu werden. Sie waren so nahe daran, den Auftrag abzuschließen.

»In Ordnung«, sagte Orion. »Wenn jemand im Auto wartet, habe ich eine Ausrede, die wir vorbringen können.«

Rosalind sah in die Dunkelheit außerhalb des Tischs. Sie glaubte, im Stockwerk über ihnen jemanden herumgehen zu hören. Sie versuchte, ihren Griff um Orions Hemd zu lockern, legte ihre Hand stattdessen flach auf seine Brust. Sein Herz schlug so schnell, dass sie es gegen ihre Handfläche trommeln spürte.

»Welche?«, fragte sie und wandte sich ihm wieder zu. Etwas Gefährliches blitzte zwischen ihren Augen auf. Vielleicht hätte Rosalind in diesem Moment genau wissen sollen, was Orions großartiger Plan vorsah.

Er lehnte sich vor und küsste sie.

Es war kein keuscher Kuss für ein Publikum. Eine seiner Hände fest um ihre Taille und die andere in ihre Haare geschoben, wo sie die Haarnadeln löste und ihren Zopf öffnete. Es war ihr Körper, der sich näher an ihn presste, ein magnetischer Sog, der ihr befahl, sich zu bewegen, ihre Arme um seinen Hals zu schlingen.

Ihr Mund öffnete sich mit einem Keuchen und Orion nahm die Einladung an. Seine Lippen bewegten sich gegen ihre wie eine Verzauberung, als würde die Welt enden und dies wäre sein Gnadenstoß. Inmitten dieser Raserei konnte sie keinen einzigen zusammenhängenden Gedanken bilden, doch das war ihr egal. In dem brennenden Feuer lag Verdammnis und sie wollte sich geradewegs hineinwerfen.

Orion zog sich abrupt zurück, schnappte nach Luft. Rosalind war so verwirrt, dass sie ihn nur anstarren konnte und ebenso große Schwierigkeiten hatte, tief einzuatmen. Ihr Lippenstift war auf seiner Oberlippe verschmiert. Ohne nachzudenken, streckte sie die Hand aus, um ihn abzuwischen. Doch er packte ihr Handgelenk, brennend heiße Finger legten sich um ihre brennend heiße Haut.

»Das brauchen wir«, hauchte er.

Natürlich. Denn das war Teil des Plans. Theater.

»Gehen wir«, brachte sie hervor.

Sie kletterten unter dem Tisch hervor, ohne einen einzigen zerknitterten Kragen zu richten. Rosalind drückte ihre Tasche an sich und Orion nahm ihre Hand. Als sie die Eingangstreppe hinabeilten, strahlten die Scheinwerfer des vor dem Gebäude geparkten Autos sie an.

Die zwei blieben stehen. Der Chauffeur öffnete die Tür, sein Gesichtsausdruck finster.

»Was ...«

»Tut uns so leid«, unterbrach Orion den Mann, bevor er mehr sagen konnte. Selbst ohne seine Miene zu sehen, konnte sie das Grinsen in seiner Stimme hören. »Wir hatten nicht bemerkt, wie spät es geworden ist. Wir stören keine Sicherheitsmaßnahmen, oder?«

Der finstere Gesichtsausdruck des Chauffeurs verschwand und wurde von Ärger ersetzt. Er wedelte mit der Hand und stieg wieder in sein Auto. »Bitte verlasst das Gelände, wenn ihr so weit seid.«

»Wir gehen Ihnen aus dem Weg!«, rief Rosalind leichthin.

Sie wirbelten herum. Eilten über das Gelände. Rosalind glaubte nicht, dass einer von ihnen ausatmete, bis sie durch das Eingangstor, außer Sicht des Gebäudes und weit entfernt von dem sie beobachtenden Chauffeur waren.

»Geht es dir gut?«, fragte Orion. Seine Stimme war sanft.

Rosalind stoppte ihn und gab sich Mühe, ihren Lippenstift von seinem Mund zu entfernen. Er sah zu, wie sie mit dem Finger über seine Unterlippe fuhr. Sie wusste nicht, ob er das leichte Zittern ihrer Hand bemerkte.

»Natürlich«, sagte sie. »Immerhin sind wir ausgezeichnete Spione.«

Die Luft war kühl, als sie zur Wohnung zurückgingen, was gegen die Röte in Rosalinds Wangen half. Sie warf Orion immer wieder verstohlene Blicke zu, er warf ihr verstohlene Blicke zu und die zwei sahen sich wortlos an, bevor sie sich wieder der Straße zuwandten und beschlossen, schweigend weiterzugehen.

Als Rosalind die Tür in den Innenhof aufstieß, blieb sie abrupt stehen.

»Silas?«

Silas drehte sich um. Er stand mit Lao Lao vor ihrer Wohnung, in ein Gespräch vertieft.

»Warte, was?«, platzte Silas plötzlich heraus, als Rosalind und Orion näher kamen. »Ich dachte, ihr wärt bereits oben.«

»Oben … in unserer Wohnung?«, fragte Orion. »Warum würdest du das glauben?«

»Weil Lao Lao sagte, dass ihr da wärt. Lao Lao erzählte Phoebe, dass ihr Bruder drinnen warten würde, um mit ihr allein zu sprechen. Rief uns rüber und alles.«

Der Innenhof wurde totenstill. Phoebe war drinnen und sprach mit ihrem Bruder?

»Oliver«, fauchte Orion und rannte die Treppe hoch.

»O Gott«, murmelte Rosalind. »Lao Lao, wusstest du Bescheid?«

»Ich dachte, es wäre Liwen«, rief sie. »Er sagte, er habe seine Schlüssel verloren, also habe ich ihn reingelassen. Dann wollte er seine Schwester herrufen, also habe ich die Anrufe gemacht.«

Oliver Hong hatte es sich zu Nutzen gemacht, wie ähnlich sie sich sahen und klangen. Rosalind hob den Rock ihres *Qipao* an und eilte hinter Orion die Treppe hinauf, zwei Stufen auf einmal nehmend.

»Ich komme gleich!«, rief Silas. Lao Lao scheuchte ihn in ihre Wohnung und bot ihm Essen an, um ihn aus dem Familiendrama oben herauszuhalten – und damit er unter echten Kommunisten seine Tarnung als Dreifachagent nicht aufs Spiel setzte. Als Rosalind in ihre eigene Wohnung schlitterte, kam sie gerade recht, um zu sehen, wie Orion auf seinen Bruder losging, ihm an die Kehle ging.

»Hey, hey!«, schrie Rosalind.

Phoebe stand auf und schob sich zwischen sie. An Olivers Seite packte eine Frau mit einer schnellen Bewegung seinen Arm und sprach ihm wütend ins Ohr.

Celia.

Kurzzeitig war Rosalind so erleichtert, ihre Schwester zu sehen, dass sie nur dastand und sie anstarrte. Celia war gesund. Ihre Haare waren im Nacken zu einem kleinen Knoten gebunden, ihre Haut leuchtete warm und ihre Augen strahlten. Dann sprang Orion wieder vor und versuchte, Phoebe zu umgehen, und Rosalind zwang sich, weiterzugehen, die Arme um ihn zu legen und ihn wegzuziehen.

»Wenn du wegen Brudermordes festgenommen wirst, werde ich dich nicht auf Kaution rausholen«, zischte sie.

»Manchmal ist ein kleiner Brudermord in Ordnung«, erwiderte Orion.

Drüben bei der Couch neigte Oliver den Kopf zur Seite. Er sah wirklich aus wie eine exakte Kopie Orions, abgesehen von den

Schatten unter seinen Augen und einer tief sitzenden Wut, die sich in seinen Schultern zeigte. Er wirkte auch mehr wie ein unentwegt selbstgefälliger Gauner, denn wo Orion sein gutes Aussehen unwichtig war, trug Oliver es stolz zur Schau.

»Das meinst du nicht so«, sagte Oliver. »Ich habe Phoebe sehr vermisst. Ich wollte mich nur mit ihr treffen.«

Phoebe warf ihm einen Blick zu, beleidigt, weil er sie da hineinzog.

Rosalind trat vor. Sie ließ Orion los mit einem stillen Gebet, dass sie es hoffentlich nicht bereuen würde.

»Setz dich«, wies sie Oliver an. »Du bist als Gast in unserem Haus, benimm dich also wenigstens höflich.« Sie nickte Celia zu und gab vor, sie nicht zu kennen. »Du ebenfalls.«

Celia setzte sich ohne Widerrede. Oliver trat dagegen herausfordernd einen Schritt vor. »Es war nie meine Absicht, unhöflich zu sein.« Er streckte die Hand aus. »Du ...«

»... fasst meine Frau nicht an«, beendete Orion den Satz für ihn und schlug seine Hand weg. »Setz dich.«

Celia suchte Rosalinds Blick, sie zog die Brauen hoch. *Ehefrau?*, formte sie mit den Lippen.

Rosalind schüttelte den Kopf. *Frag nicht.*

»Na gut, ich setze mich.« Oliver trat zurück und ließ sich neben Celia fallen. Phoebe, die ihn beobachtete, schlich sich näher an die Armlehne heran, blickte hin und her. »Und ihr habt uns erwischt. So nett es ist, mit Phoebe zu sprechen, wir sind hier, um euch eine Warnung zukommen zu lassen. Sie betrifft eure Aufgabe.«

»Als würden wir deine Warnung ernst nehmen«, spottete Orion.

»Nein, es ist wirklich ziemlich ernst«, sagte Celia. Es war das erste Mal, dass sie sprach. Orions Aufmerksamkeit richtete sich auf sie, seine Augen wurden einen Hauch schmaler, bevor sie zu Rosalind sahen. Es kostete sie jedes bisschen Selbstbeherrschung, sich keine Sorgen zu machen. Konnte er die Ähnlichkeit sehen?

»Um was geht es?«, fragte Rosalind ruhig.

»Habt ihr eine Karte?«

Die Bitte kam plötzlich, doch Rosalind stand trotzdem auf, tappte ins Schlafzimmer und durchsuchte die Regale. Sie war erfreut, ihre Schwester zu sehen, doch das war trotzdem sehr ungewöhnlich und konnte nur Ärger bedeuten. Rosalind kehrte mit einer älteren Karte zurück, die die Stadt und den äußeren Stadtrand zeigte, koloriert und skizziert, wo die Französische Konzession und das International Settlement begannen und endeten. Als sie sie auf den Wohnzimmertisch legte, lehnte Phoebe sich vor und half ihr, zwei der Ecken unten zu halten. Celia, einen Stift in der Hand, lehnte sich über die Karte und zeichnete einen Kreis in die obere linke Ecke.

»Da draußen befindet sich eine Lagerhalle, von der aus Ausgaben von Seagreen Press verschickt werden.«

»Lagerhalle 34«, fügte Rosalind sofort hinzu. »Die habe ich ebenfalls verfolgt. Von dort kommen die Phiolen.«

Nun runzelte auch Oliver die Stirn und löste sich aus den Sofakissen, um der Karte näher zu sein. »Die Phiolen?«

»Die chemischen Injektionen, die Menschen überall in Shanghai töten«, stellte Orion klar. Selbst ohne sich umzudrehen, wusste Rosalind, dass er die Augen in Richtung seines Bruders verdrehte. »Du weißt schon, der geplante Terroranschlag, den das japanische Kaiserreich inszeniert. Auf den sich die Regierung nicht konzentrieren kann, weil wir gleichzeitig damit beschäftigt sind, einen Bürgerkrieg zu führen …«

»Orion, *qīn'ài de*, bitte sei still«, unterbrach Rosalind ihn.

Orion presste die Lippen zusammen. Phoebe tätschelte beruhigend seinen Arm.

Celia zeichnete mit ihrem Stift eine weitere Linie auf die Karte. »Ich konnte mir beim besten Willen keinen Reim darauf machen, warum die Lagerhalle Zeitungsdrucke aus den Fabriken holen und gleich wieder verpacken würde. Zudem konnte ich von vornherein nicht verstehen, was eine ausländische Zeitung aus Shanghai so weit oberhalb der Stadt zu suchen hat.«

»Wir haben vor einiger Zeit auch in Lagerhalle 34 herumgeschnüffelt«, fügte Oliver hinzu. »Sie wirkte wie eine Mischung aus Labor und Lagerraum. Überall Kisten. Bechergläser und Reagenzgläser auf den Tischen. Nach einer hitzigen Diskussion auf der Fahrt hierher kamen wir zu einer Schlussfolgerung.«

»Diese Zeitungen sind Tarnung, um die Sendungen durch den Postverkehr zu schleusen«, endete Celia ihre Ausführungen. »Seagreen Press schreiben ihre Ausgaben nur, damit sie, was auch immer in Lagerhalle 34 hergestellt wird, nach Shanghai einschleusen können.«

Mit einem Seufzen näherte sich auch Orion endlich dem Wohnzimmertisch, fand einen Platz neben Rosalind und setzte sich auf den Boden.

»Das meiste davon wussten wir bereits«, sagte er müde. »Wir arbeiteten an der anderen Hälfte der Versorgungskette. Sie kommen aus der Lagerhalle, erreichen Seagreen und dann schickt Seagreen sie zu einem Haus im International Settlement, wo jemand anderes sie nimmt und damit Leute ermordet. Die Nationalisten haben bereits die Beweise. Wir haben uns entschieden, morgen unsere Festnahmen zu machen.«

Es wurde still im Raum. Celia und Oliver tauschten einen Blick.

»Was?«, verlangte Rosalind zu wissen.

»Die Lagerhalle wird von Nationalistensoldaten betrieben«, sagte Celia langsam.

»Was?«, fragte Orion. »Das ist lächerlich. Es handelt sich um einen Plan ausländischer Imperialisten.«

Oliver breitete die Hände aus. »Ein Plan ausländischer Imperialisten, die mit Abtrünnigen der Kuomintang zusammenarbeiten, wie es scheint.«

»Du …«

»Bleib sitzen«, befahl Rosalind Orion, bevor er aufstehen konnte. Sie wandte sich an Oliver. »Dir muss klar sein, wie unglaublich das klingt. Ein ganzer Lagerhausbetrieb kann nicht von einem *hanjian* geleitet werden. Dazu braucht es eine Miliz. Wie könnte etwas so Großes von der Kuomintang unbemerkt bleiben?«

Doch Zweifel sickerten in Rosalinds Gedanken und ihr wurde kalt. Sie dachte an alles, auf das sie noch keine Antwort hatte. Die gestohlene Akte. Der Angriff auf Dao Feng. Jedes bisschen Chaos auf ihrer Seite. Hatte die ganze Zeit jemand gegen sie gearbeitet?

Rosalind hielt inne. »Genau genommen ... warte mal.« Sie wandte sich Celia zu. »Weißt du, warum die Kommunisten versucht haben, uns zu entführen?«

Celia fuhr zurück. »Wie bitte?«

»Ich habe ihre Akte abgeschrieben. Es befanden sich drei Decknamen darin – Lion, Gray und Archer –, von denen behauptet wurde, dass sie Doppelagenten eurer Partei seien, die vorgaben, Nationalisten zu sein.«

Rosalind beobachtete nicht ihre Schwester. Sie beobachtete Oliver, wartete auf den kleinsten Ausrutscher, der andeutete, dass er etwas darüber wusste.

Sie fuhr fort: »Kurz darauf wurde sie mir gestohlen, mein Betreuer beinahe getötet und ein Wagen voll eurer Agenten war hinter uns her, versuchte uns mit Seilen zu fangen. Ich habe Alisa geschickt, um herumzuschnüffeln, aber sie muss mir noch Bericht erstatten.«

Eine Sekunde verging.

»Alisa?«, wiederholten Orion und Phoebe gleichzeitig. Rosalind erstarrte. *Merde.*

»Liza«, verbesserte Rosalind sich. »Das war ein Versprecher.«

»Nein, du sagtest Alisa.« Ein Gedanke ließ Orions Augen groß werden. »Alisa Montagowa?«

Dies war ein Desaster. Sie hatte geglaubt, die Fäden ihrer Vergangenheit sorgfältig aufgewickelt und entwirrt, sie abgelegt zu haben, wohin sie gehörten, doch stattdessen wurden sie lebendig – wie eine Python, die sie mit ihren eigenen Lügen erwürgen wollte.

»Das sind sehr ähnliche Namen«, beharrte Rosalind.

Orion verschränkte die Arme. Er glaubte ihr offensichtlich nicht, doch er beschloss, die Sache nicht weiter zu verfolgen, und sah auf die Karte vor ihnen.

»Zwischen all dem besteht eine Verbindung«, sagte Orion. »Ansonsten würde Dao Feng jetzt nicht komatös im Krankenhaus liegen.«

»Ich sehe wirklich keine Verbindung«, hielt Oliver dagegen.

Orions Hände ballten sich zu Fäusten. »Dich habe ich nicht gefragt …«

»Ich habe trotzdem meine Meinung geäußert.« Oliver stand auf. »Celia, wir müssen gehen. Wir haben genug herumgetrödelt.«

»Warte. Ihr seid gerade erst gekommen«, bat Phoebe und ließ die Karte los. Das Papier rollte sich zusammen, nahm wieder seine zylindrische Form an und fiel vom Tisch. Rosalind wäre beinahe darauf getreten, als sie ebenfalls aufsprang.

»Entschuldige, *xiǎomèi*.« Oliver zupfte an einer von Phoebes Ringellocken, als er auf direktem Weg zur Tür ging. »Bitte deinen *èrgē*, mir nicht mit dem Tod zu drohen, dann komme ich vielleicht öfter zu Besuch. Celia, Liebling?«

Celia nickte, um ihm zu bedeuten, dass sie mitkam. Als Rosalind ihrer Schwester instinktiv folgte, legte Celia eine Hand auf Rosalinds Ellbogen und lehnte sich für ein kurzes Flüstern vor. Sie wechselte ins Russische, damit Orion und Phoebe sie nicht verstehen konnten.

»Du musst vorsichtig sein. Etwas Schreckliches geht hier vor. Ich weiß, dass die Nationalisten dich auf diese Aufgabe angesetzt haben, aber sie stecken irgendwie mit drin, auch wenn ich bis jetzt noch nicht herausgefunden habe, auf welche Art und Weise genau.« Celia zog sich zurück. Sie sah Rosalind an, als wollte sie mehr sagen, doch sie wurden beobachtet. Daher drückte Celia nur sanft ihren Ellbogen, übermittelte ihre Sorge in dieser einen Geste. »Sei vorsichtig.«

Damit eilte ihre Schwester davon, verschwand mit Oliver durch die Tür. Rosalind fühlte, wie die Nachtluft durch den offenen Eingang hereinströmte.

»Warum schickst du ihn immer weg?«

Phoebes Stimme überraschte Rosalind. Sie trat von der Tür zurück und fand das Mädchen in der Mitte des Wohnzimmers, wo sie die Arme um sich geschlungen dastand.

»Ich schicke ihn nicht weg«, erwiderte Orion. Er klang erschöpft. »Das tut die Stadt. Ich kann ihn nicht davon abhalten, in einem Krieg für die andere Seite zu arbeiten.«

Phoebe zog die Schulter hoch, schien sich auf einen ganzen Sermon vorzubereiten. Doch dann atmete sie aus, wie ein Ballon, dem die Luft ausging, und trat zur Tür.

»Ich bitte Silas, mich nach Hause zu bringen. Gute Nacht.«

Die Tür schloss sich. Rosalind und Orion blieben im Wohnzimmer zurück, der Raum fühlte sich plötzlich leer an. Rosalind streckte in einer freundschaftlichen Geste die Hand nach Orion aus, was er erwiderte, indem er ihr Handgelenk nahm und sie stattdessen in eine Umarmung zog.

»Es ist in Ordnung«, sagte sie sofort, legte ihren Kopf unter sein Kinn und atmete tief ein. Sie hatte diese Fronten ebenfalls satt. Überall waren Barrieren aufgerichtet, die sie von ihrer eigenen Schwester fernhielten. Sie hatten ihre Seiten gewählt. Ein naiver und sorgloser Teil von ihr wünschte, es gäbe keine Seiten.

Sie wusste, warum sich Seiten bildeten. Veränderung. Revolution. Zusammenbruch.

»Ich habe es satt«, flüsterte Orion.

Rosalind hielt ihn fester. »Morgen wird es vorbei sein.«

Sie spürte, dass er den Kopf schüttelte. Es war ein Kopfschütteln, um zu sagen: *Nein, das wird es nicht*. Morgen konnten die Verhaftungen gemacht werden, morgen konnten eine Terrorzelle und eine imperialistische Verschwörung entlarvt werden, doch der Krieg wäre nicht vorbei. Die Seiten blieben.

Orion zog sich zurück. »Glaubst du ihnen? Bezüglich der Nationalisten?«

»Ich weiß es nicht.« Rosalind legte stirnrunzelnd den Kopf in den Nacken. Sie wusste, dass Celia sie nie anlügen würde, unabhängig von den Umständen. Die Frage war nur, ob Celia die richtigen Informationen erhalten hatte. Diese Verschwörungen wurden von Leuten erdacht, die Kostüme wechselten, wann immer es ihnen passte – so viel wussten sie bereits. »Wir können nur vorsichtig sein. Es wird sich morgen auf die eine oder andere Weise zuspitzen.«

Orion nickte. Sie machte sich Gedanken darüber, ob er nach Celia fragen würde. Ob er neugierig wäre, warum Celia ihr vertraut war. Doch das tat er nicht. Alles Unausgesprochene zwischen ihnen würde eine weitere Nacht lang unausgesprochen bleiben. Er zog sie nur wieder an sich und schlang die Arme um sie.

Oliver fuhr in die Nacht hinaus, sein Fuß drückte fester und fester auf das Gaspedal.

»Fahr langsamer«, schimpfte Celia. Er war aufgeregt. Seine zerstörerischen Tendenzen schlugen voll durch, wenn er tief in Gedanken war.

»Hier draußen ist niemand«, erwiderte Oliver und drückte noch fester auf das Pedal.

»Großartige Logik. Wenn wir eine Bodenwelle treffen und davongeschleudert werden, sterben wenigstens nur wir.«

Obwohl er es niemals zugegeben hätte, brachte der Vorwurf in Celias Stimme Oliver dazu, ein bisschen langsamer zu fahren. Celia trommelte mit den Fingern auf ihr Bein und sah zu, wie die Bäume draußen vorbeischossen.

»Oliver, was weißt du über Priest?«

»Priest?«, wiederholte er überrascht. Er wandte für einen kurzen Moment die Augen von der Straße ab, um ihren Blick zu erwidern. »Priest hat hiermit nichts zu tun.«

»Beantworte meine Frage.«

»Ich meine es ernst. Buchstäblich keine einzige Verbindung …«

»Aber was weißt du?«, fragte Celia erneut. »Es reicht! Dieses Zurückhalten von Informationen hilft niemandem! Wenn wir erwischt werden, sind wir ohnehin tot, also kannst du es mir genauso gut sagen.«

Das Auto wurde noch langsamer. Obwohl sie sicherlich immer noch mit gefährlicher Geschwindigkeit fuhren, spürte Celia, wie Oliver den Fuß weiter und weiter vom Gaspedal nahm, erschüttert von ihrem Gefühlsausbruch.

»Es hilft schon«, sagte Oliver. »Es hilft mir, nachts zu schlafen, wenn ich weiß, dass die Kuomintang dich nicht für Informationen foltern kann, die ich dir gegeben habe. Dass ich dich nicht in noch größere Gefahr gebracht habe, obwohl ich es besser wusste.« Sein Kiefer verspannte sich. Er versuchte, den Blick nicht von der Straße abzuwenden. »Na gut. Audrey hatte recht. Ich kontrolliere Priest. Jede meiner Fahrten nach Shanghai dient dazu, Kontakt aufzunehmen und Informationen weiterzugeben. Mehr kann ich nicht sagen. Mehr werde ich nicht sagen.«

Celia stieß wütend den Atem durch die Nase aus. »Ich steige aus dem Auto aus.«

»Mach dich nicht lächerlich.«

Sie streckte die Hand nach dem Türgriff aus. Oliver legte einen Arm über sie und trat gleichzeitig auf die Bremse, hielt sie in ihrem Sitz fest, bevor sie die Tür aufreißen und sich verletzen konnte. »Nicht! Nicht, okay?«

Das Auto kam mit einem Kreischen abrupt zum Stehen und verstummte. Langsam nahm Oliver seinen Arm weg, als er erkannte, dass Celia nicht davonlaufen würde. Sie sah ihn nur erwartungsvoll an – wartete, wartete.

»Hör mal, hier ist ein Kompromiss«, sagte Oliver sehr vorsichtig. Er fuhr das Auto an den Straßenrand und parkte ordnungsgemäß, obwohl um diese Zeit niemand sonst diese Straßen nutzte. »Ich glaube, ich weiß, warum unsere Agenten hinter Rosalind und Orion her waren.«

Celia blinzelte. »Was?« Diese plötzliche Kehrtwende hatte sie nicht erwartet. »Warum hast du ihnen das dann nicht gesagt?«

»Weil wir uns im Krieg befinden. Es könnte auf unsere eigenen Agenten zurückfallen. Wie soll ich unseren Vorgesetzten berichten, dass ich unsere Feinde vorgewarnt habe?«

»Sie sind nicht unsere Feinde. Sie sind unsere Familie«, zischte Celia.

Oliver sah sie von der Seite her an. »So wie die Leute auf dem Land. So wie jeder vergessene Arbeiter und Fabrikangestellte. Ich kann nicht auf eine Revolution drängen und sie gleichzeitig zurückhalten.«

Gott. Er würde bis zum Schluss der Sache treu bleiben. Das wusste sie. Natürlich tat sie das. Sie liebte und hasste ihn dafür.

»Warum bist du so?«, brachte sie durch zusammengebissene Zähne hervor und drehte ihren Körper so, dass sie ihn direkt ansehen konnte.

Oliver ahmte ihre Bewegung nach. »Wie?«

Celia bewegte sich nicht. Bevor sie sich davon abhalten konnte, blickte sie auf Olivers Mund, nur Zentimeter entfernt. Plötzlich verschwand in einer Massenflucht jeder Gedanke aus ihrem Kopf und jeder Einwand aus ihrem Mund. Sie dachte an nichts, außer seine Nähe. Wie er sich ihr näherte, immer näher kam. Sie könnte ihren Verstand durch ihr Herz ersetzen. Es wäre so einfach.

Dann flüsterte sie: »Nicht.«

Oliver hielt inne. Er zog sich nicht zurück. Er blieb, wo er war, nur ein Atemzug trennte sie voneinander.

»Es tut mir leid«, murmelte er.

»Nein, entschuldige dich nicht …« Celia brach mit einem frustrierten Laut ab und zog sich als Erste zurück, wandte das Gesicht stattdessen dem Armaturenbrett zu. »Wir können das nicht tun. Nicht mit unseren Pflichten.«

»Unseren Pflichten?«, wiederholte Oliver. Etwas war anders an dem nächsten Blinzeln seiner dunklen Augen. Celia brauchte eine Weile, um zu erkennen, dass sein Blick vollkommen ungeschützt war. Wo Oliver Hong normalerweise stoisch war, hatte er seine Fassade fallen und sie seine Verwirrung und Unruhe sehen lassen. »Liebling, wir arbeiten für die Nation, aber sie kontrolliert uns nicht.«

Celia schüttelte den Kopf. Früher oder später würden sie in Schwierigkeiten geraten. Früher oder später würde die Regierung sie gefangen nehmen, einsperren, foltern. Das war etwas, das jeder Agent auf ihrer Seite wusste. Der Krieg war lang. Sie hatten sich dazu verpflichtet, ihn zu führen.

»Du weißt nicht, was du von mir verlangst«, flüsterte sie. »Ich habe gesehen, was Liebe anrichtet. Sie ist mächtig. Sie ist selbstsüchtig. Sie wird uns vom Schlachtfeld ablenken und das können wir nicht zulassen.«

Sie würde sich einen Weg heraus bahnen. Sie würde den Tod zu etwas Schrecklichem machen und wer würde dann ein Soldat sein wollen, der in den Krieg zog? Wer würde riskieren, die Welt zu verlassen, wenn man etwas so Schönes in Händen hielt?

Orion runzelte angespannt die Stirn, als ginge er eine Vielzahl an Antworten gleichzeitig durch. Aus der Nacht draußen drang fast kein Licht ins Auto, abgesehen von den Sternen über ihnen. Trotzdem sah sie in der Dunkelheit jedes Runzeln seiner Brauen und jedes Zucken seiner Lippen.

»Da ist ein kleiner Fehler in deiner Logik.«

Celia blinzelte, die Hände im Schloss umklammert. »Welcher?«

Oliver seufzte. Es klang, als sagte er: *Liebling*. Es klang, als sagte er: *Wieso kommen wir so langsam voran?*

»Du kannst mich nicht bitten, dich nicht zu lieben, indem du mich fernhältst. Ich werde dich trotzdem lieben.«

Mit einem Ruck sprang das Auto wieder an, der Motor nahm erneut sein lautes Summen auf. Celia starrte geradeaus, ihr Verstand kam mit quietschenden Bremsen zum Erliegen. Sie hätte vollkommen vergessen, wie man atmete, wenn Oliver nicht wieder auf die Straße und über einen großen Stein gefahren wäre, der sie in ihrem Sitz herumwarf, ihren Instinkt zwang, zu übernehmen und das Einatmen-Ausatmen neu zu starten.

»Wie wir gerade sagten«, fuhr Oliver gelassen fort, als hätte er ihr nicht gerade das unglaublichste Geständnis gemacht, »es wird gemunkelt, dass die Kuomintang einer Waffe auf der Spur ist. Sie haben nicht besonders viele aktive verdeckte Missionen, noch weniger in Shanghai selbst. Was es auch ist, unsere Agenten wollen es zuerst. Ich denke, es ist dieselbe Mission wie Rosalinds und Orions.«

Celia versuchte, sich wieder auf ihre Aufgabe zu konzentrieren. Es war beinahe unmöglich, doch sie gab ihr Bestes, wobei sie sich dazu entschloss, Olivers Blick im Rückspiegel zu begegnen, anstatt direkt. Seine Miene war ausdruckslos, sogar leer. Die Reserviertheit war zurück.

»Was bedeutet das?«, fragte sie. Ihre Stimme klang zu kratzig, also räusperte sie sich. »Sie waren hinter Rosalind her, um an eine Waffe zu kommen? Oder sind sie hinter ihr als Waffe her?«

Ihre schnelle Heilung. Ihre Unfähigkeit, zu schlafen oder zu altern. Rosalinds zweite Identität als Fortuna war bei beiden Parteien berüchtigt, auch wenn die meisten sie für einen Mythos hielten.

Oliver schüttelte den Kopf. »Unsere Agenten wissen, dass niemand ihre Kräfte versteht. Also wären sie nicht so dumm, so viele Jahre später etwas zu versuchen. Sie sind nicht wegen ihrer Talente als Fortuna hinter ihr her.«

»Wonach suchen sie dann?« Was wäre sonst noch eine Waffe? Abgesehen von Schusswaffen und Messern und Gift, was gab es da noch?

»Ich weiß es nicht«, erwiderte Oliver. »Ganz ehrlich. Es ist nicht unsere Mission, nur eine, in die wir uns einmischen, also werden nur sehr wenige Informationen nach unten weitergeleitet, weil man eine undichte Stelle fürchtet.«

Celia stand kurz davor, zu verstehen, was vor sich ging. Sie konnte es fühlen, wie ein Rettungsboot, das in der Ferne trieb.

»Aber du glaubst, dass unsere Leute hinter Rosalind und Orion her waren, weil sie diejenigen sind, die ihr nahe kommen? Das Einzige, dem sie nahe kommen, sind die Verhaftungen von Imperialisten und *hanjian*.« Celia hielt inne. »Und wahrscheinlich Lagerhalle 34.«

Nun machte es klick. Verstreute Teile des Großen und Ganzen schoben sich näher an ihren eigentlichen Platz.

Vor ihnen teilte sich der Feldweg. Oliver nahm die rechte Abzweigung. Als er abbog, zögerte er.

»Was ist los?«, fragte Celia sofort nach.

Er ließ das Lenkrad in die Ausgangsposition zurückgleiten und wartete, bis der Wagen weiterfuhr, bevor er sprach. »Da war etwas in dieser Lagerhalle. Es erinnerte mich an die alten Laborkästen meiner Mutter, die sie uns zum Spielen auf den Tisch stellte, wenn wir uns beschwerten, dass uns langweilig war. Es fühlte sich an, als würden sie da draußen zum Spaß Mixturen zusammenbrauen. Was ist so toll an einer chemischen Tötungsmixtur? Man kann Leute auch töten, indem man ihnen Luft in die Venen spritzt.«

Celia sank zurück. Ein Gedanke kam ihr so schnell, dass es sich anfühlte, als hätte man ihr eine Ohrfeige verpasst. »Was, wenn es nicht ums Töten geht?«

»Was meinst du?« Oliver bog links ab, brachte sie auf einen schmaleren Feldweg. Sie verließen Shanghais äußere Stadtgrenzen. »Also geht es wirklich um Spiel und Spaß?«

»Nein«, sagte Celia. Die Materialien in Lagerhalle 34. Die Metallplatte, die aussah wie ein Operationstisch, abgesehen von den Schnallen, die an den Seiten herabhingen. Und Rosalind: Rosalind, die ins Leben zurückkehrte, als Lourens ihr eine Nadel in den Arm stach. »Was, wenn sie Experimente durchführen, und ihre Zielpersonen zu töten ist nur eine Nebenwirkung? Was, wenn diese Tode überall in Shanghai nicht daher kommen, dass sie eine chemische Waffe anwenden ... was, wenn sie versuchen, eine zu perfektionieren?«

39

»Gib diese Information sofort an Rosalind weiter«, sagte Celia, als Alisa das Telefon abnahm, nachdem man sie zu ihrer nächsten Verbindungsstation gerufen hatte. »Ich habe Oliver versprochen, dass ich mich nicht einmischen würde, aber ich kann sie zumindest warnen. Ihre Mission ist keine Terrorzelle. Sie töten keine Menschen für eine Ausrede, um in Shanghai einzumarschieren. Sie benutzen Menschen als Versuchskaninchen und töten sie, um eine Chemiewaffe zu perfektionieren.«

Überall in der Stadt und außerhalb davon begann der Freitag mit dem Geräusch von Kriegstrommeln. Alisa hatte den Anruf erst am späten Nachmittag erhalten und sie musste zum Eckladen zurückkehren, um ihre Bilder abzuholen. Sie nahm an, dass sie genauso gut die Bilder holen konnte, bevor sie Rosalind suchte, dann konnte sie alles auf einmal präsentieren.

»Hallo.«

Das Mädchen hinter dem Schalter tippte auf einen Umschlag, der bereits bei den Stadtführern und Minzdrops wartete. »Für dich.«

Alisa nahm den Umschlag und riss ihn sofort auf. Der Inhalt war nicht dick: nur fünf Fotografien, ausgedruckt von den fünf Negativen auf dem Filmstreifen. Sie drehte die ersten beiden um. Ein an die Wand gelehnter Blumenstrauß. Mrs. Guo, die die Linse mit einem lächerlichen Gesichtsausdruck auf den Badezimmerspiegel richtete, was Alisa zum Lachen brachte.

Sie schob die Fotos von einer Hand in die andere, trennte sie in Stapel aus gesehenen und ungesehenen. Doch als sie zur nächsten

Fotografie kam, ließ sie alle gleichzeitig fallen, verteilte sie auf dem Fußboden des Ladens.

»Ach herrje«, sagte das Mädchen hinter dem Tresen. Sie machte sich nicht die Mühe, ihr beim Aufheben zu helfen. Alisa stand ebenfalls reglos da, ihr Mund stand offen. Plötzlich hatte sie Angst, dass der Wind das Foto davonwehen könnte, ließ sich auf die Knie fallen und grabschte danach, wischte die Oberfläche ab, als könnte das vielleicht auslöschen, was das Bild zeigte.

»Du?«

Orion hatte einen Anruf erhalten, mit dem man ihn bat, erneut zum örtlichen Kuomintang-Hauptquartier zu kommen. Als der Arbeitstag endete, begab sich Rosalind also allein in die Burkill Road.

»Ich treffe dich dort, wenn wir unser Treffen früher beenden als erwartet«, hatte er im Pausenraum geflüstert. »Solltest du in dem Zeitfenster, in dem sie handeln könnte, Haidi sehen, konfrontier sie nicht.«

»Ich weiß, ich weiß. Ich halte nur Ausschau«, versicherte Rosalind ihm.

Der Empfang im »Cathay Hotel« war in drei Stunden. Sie hatten keine Zeit zu verlieren, wenn es darum ging, ihre letzten Informationen zu sammeln. Rosalind machte sich ohnehin keine Sorgen darüber, allein zu handeln. Sie konnte nicht ernstlich verletzt werden – solange man ihr keine Nadeln in den Arm rammte. Obwohl sie nicht die beste Kämpferin war, konnte man sie doch nur schwer überwältigen.

Die Sonne begann, gemächlich unterzugehen, tauchte den Himmel in orange Wasserfarbe. Eine nach der anderen Laterne erwachte auf den Straßen summend zum Leben.

Während Rosalind ging, setzte sie jeden Schritt bewusst. Sie trug keine Tasche bei sich, wodurch sie mehr Bewegungsfreiheit hatte. Da war nur Gift – auf die Nadeln in ihren Haaren gestrichen, in den Falten ihres Rocks versteckt, in den Hohlräumen ihrer Schuhe befestigt.

Sie wartete, bis eine Tram vorbeigefahren war. Jedes Läuten ihrer Glocke zählte die Toten in der Stadt und markierte die Gefallenen, die für immer namenlos blieben.

Es dauerte nicht lange, in die Burkill Road zu gelangen. Es dauerte nicht lange, den Gehweg entlangzuschleichen, sich nahe an den Ladenfronten und Kneipenstühlen zu halten, bis sie sich dem Wohnhaus näherte, sich einen Weg auf die Rückseite suchte und einmal im Kreis ging, jeden sichtbaren Ausgang auskundschaftete. Es gab ein paar niedrige Fenster. Eine Hintertür, versteckt hinter einem großen Haufen Müllsäcke. Sie wettete, dass der Mörder diese Tür verwenden würde, um hinein- und hinauszugelangen, daher hastete Rosalind zu einem anderen Gebäude, weiter die Gasse hinunter, und versteckte sich hinter einem seiner Aufgänge in Sichtweite der Tür.

Sie wartete. Sie beobachtete. Die Sonne ging unter. Der Himmel wurde dunkel. Und als bei 286 Burkill Road eine einzelne Glühbirne anging, sah sie eine Bewegung in der Gasse. Eine Gestalt kam blitzschnell aus der Hintertür.

Rosalind sprang auf. Sie hatte Haidis Gesicht nicht gesehen – nicht weil sie nicht hingesehen hatte, sondern weil die Gestalt, die gerade aus der Tür gekommen war, ihre Gesichtszüge bedeckt hatte, eingewickelt in schwarzen Stoff.

Rosalind nahm sofort die Verfolgung auf: nicht für einen Kampf, sondern um besser sehen zu können. Die Gassen waren relativ leer und durch ihre Flucht mit Orion waren sie ihr bereits vertraut. Obwohl sie der Gestalt auf den Fersen blieb, wusste sie, dass sie Abstand halten musste, um sicherzugehen, dass die Gestalt nicht hörte, dass sie sie verfolgte. Ein paarmal schien die Gestalt nach vorn zu stürmen und beim dritten Mal fiel Rosalind beinahe zu weit zurück, erhaschte gerade noch einen Blick auf sie, als sie rechts abbog. Rosalind sah kurz in die Gasse vor ihr und nahm dann einen anderen Weg, da sie wusste, dass die Gassen zusammenlaufen würden.

»Komm schon, komm schon«, murmelte sie leise und zog eine ihrer Haarnadeln heraus. Vergessen war, nur Ausschau zu halten:

Sie war jetzt zu nah dran. Sie schlitterte in die neue Gasse – die Gestalt war bereits einige Schritte entfernt, bog an der nächsten Ecke ab. Obwohl sie sich schnell bewegte, hatte sie es nicht eilig. Es war methodisch. Es passierte auf eine Art, die andeutete, dass sie immer noch nicht bemerkt hatte, dass Rosalind ihr folgte.

Sie hörte etwas krachen. Ein Blumentopf? Eine Wäscheleine? Rosalind bog mit klopfendem Herzen und erhobener Waffe um die Ecke. Vor ihr stand die Gestalt und hielt einen Mann fest, der verschlissene Kleidung trug.

»Haidi, stopp«, brüllte sie und verriet damit ihre Anwesenheit. »Tritt zurück.«

Doch Haidi ... wenn es überhaupt Haidi war, nahm ihren Befehl nicht wahr. Eine Flut des Zweifels ließ Rosalinds Hand erstarren. Rosalind bezeugte, wie sie einen Mord beging. War ihr das egal? Hatte sie nicht wenigstens Angst – würde sie versuchen, Rosalind zu bekämpfen, oder weglaufen?

»Hey!«

Die Mörderin versenkte die Spritze in dem Mann auf dem Boden und drückte zu.

Mit einer zornigen Bewegung stürmte Rosalind endlich vor, prallte gegen die Mörderin und brachte sie aus der Balance. Sie versuchte, den Mann auf die Füße zu ziehen, sobald die Mörderin vorübergehend zur Seite geschoben war, doch er zuckte und krampfte bereits, wodurch es unmöglich wurde, gut zuzupacken.

»Keine Sorge«, keuchte Rosalind. »Keine Sorge. Halten Sie durch ...«

Eine Hand packte ihren Arm und warf sie zurück. Die Haarnadel fiel aus ihrem Griff. Sie prallte hart gegen die Wand, hinterließ beinahe eine Delle im Putz.

Ihr war schwindelig. Plötzlich bereute sie jede Entscheidung, die sie allein hierhergeführt hatte.

Der Mann auf dem Boden bewegte sich nicht mehr. Die maskierte Gestalt drehte sich um, bewegte sich langsam und bedacht. Rosalind keuchte, um wieder zu Atem zu kommen, und griff in ihre Haare, um noch eine Nadel herauszuziehen. Gerade als die Mörderin sich auf sie zubewegte, griff sie an, trat ihr die Spritze aus der Hand und hakte das Bein um ihren Knöchel, als sie wieder auf die Beine kam, verließ sich dabei auf die Wucht des Schwungs. Es funktionierte – oder zumindest funktionierte es halbwegs, warf die Gestalt auf den Rücken, während Rosalind zu Boden rollte und wieder Kampfhaltung annahm. Als sie sich erholte, war sie jedoch viel schneller. Ihr Angriff hatte sie dazu verleitet, ein Messer aus ihrer Kleidung zu ziehen. Dann sauste ihr Arm schnell nieder. Rosalind blockte einmal ab, dann noch mal, rollte sich ab, um auszuweichen. Sie stützte sich auf die Knie, in einem Winkel, von dem aus sie hochgreifen konnte …

… und zog ihr den Stoff vom Gesicht.

Obwohl das ein günstiger Moment gewesen wäre, um sich zur Seite zu werfen und dem nächsten Messerangriff auszuweichen, bewegte Rosalind sich nicht.

»O mein Gott«, flüsterte sie und ließ die Haarnadel fallen.

40

So läuft es ab.

Der Ruf geht durch die Stadt. Kommunikation ist einfach, wenn die Straßen bevölkert und mit elektrischen Leitungen durchzogen sind: Schick einen Boten, tätige einen Anruf. Die Technik ist egal, nur das auslösende Wort ist wichtig. *Oubliez.* Vergiss.

Dann bewegt sich der Mörder. Manchmal ist es schwierig, davonzukommen. Die Verwirrung ist so konditioniert, dass sie nur einsetzt, wenn er allein ist. Dazu brauchte es eine unglaubliche Menge an Programmierung. Oder an Experimenten. Nur wenn er allein ist, wird er sich umziehen und zum selben Ort eilen. Er wurde sehr genau angewiesen, welche Routen er nehmen soll, um nicht entdeckt zu werden. Er ist talentiert, daher lässt sich ihm diese Arbeit leicht eintrichtern. Kein freier Gedanke nötig – nur Muskelgedächtnis.

Anweisung Nummer eins: Nimm die Phiole und die Spritze. Es ist jedes Mal eine neue. Leicht verändert, basierend auf den Ergebnissen des letzten Verlaufs.

Anweisung Nummer zwei: Finde die erstbeste Person, die allein ist, und verabreiche ihr das Gebräu. In den vorangegangenen Monaten gab es bestimmte Straßen, die sich für einen Anschlag besser eigneten, bestimmte Gegenden, in die er zuerst ging. Das würde die Wahrscheinlichkeit verringern, von einem wachsamen Blick aus dem Fenster oder einem neugierigen Fußgänger auf besser gepflegten Straßen gesehen zu werden. Inzwischen ist das unwichtig. Inzwischen drängt die Zeit und jeder Teil der Stadt ist erlaubt.

Die letzte Lieferung sollte der letzte Durchgang sein. Als die Charge übergeben wurde, änderten sich die Anweisungen nochmals: Verwende alle sechs aus der Charge. Sicherlich muss eine funktionieren. Bring die Leichen zusammen, falls sie es nicht tun. Entferne dich nicht zu weit von zu Hause. Erwecke keinen Verdacht.

Es funktionierte nicht so, wie sie es wollten. Noch eine Charge. Noch ein Durchgang.

Der Mörder findet den Mann und stößt die Nadel hinein.

»Haidi, stopp! Tritt zurück.«

Wer? Der Mörder sieht auf, da ist ein kampfbereites Mädchen in der Gasse, ihre Augen funkeln. Es gibt auch Anweisungen hierzu. Trag eine Waffe bei dir. Schalte jeden aus, der sich einmischt. Leiste dabei ganze Arbeit.

Ein Hieb, noch einer.

Immerhin ist nichts hiervon echt. Nur zu erledigende Aufgaben. Nur zu befolgende Anweisungen.

Es wird nicht lange dauern, bevor ein tödlicher Treffer gelingen wird. Dieses Mädchen ist nicht voll ausgebildet. Dieses Mädchen ist unvorsichtig mit ihren Hieben und abrupt in ihren Bewegungen, schiebt ihre Hand grundlos vor und hält dann inne, als sie an dem Stoff zieht, der das Gesicht des Mörders verdeckt.

Doch sieht sie nicht vertraut aus?, denkt der Mörder. *Kenne ich sie nicht?*

Da: Nutz die Blöße.

Ich kenne sie.

Das Messer saust mit der scharfen Spitze voran auf sie zu.

Geliebte. Süßer Liebling.

»O mein Gott«, flüstert das Mädchen. »Orion?«

Und Sekunden, bevor er aus seiner Trance erwacht, stößt er ihr das Messer in den Bauch.

Rosalind spürte, wie die Klinge ihren Bauch mit einem reißenden Gefühl verließ und sich beißende Qualen durch ihre Mitte ausbreiteten. Sie drückte die Hände auf die Wunde, tiefrotes Blut sickerte durch die Linien ihrer Finger. Sobald Orion die Klinge herauszog, schien sich an seinem Verhalten etwas zu ändern. Seine Augen wurden groß, seine Lippen öffneten sich erstaunt. Als er auf seine eigenen Hände sah, wirkte er entsetzt, dass sie mit Rot bedeckt waren.

»Janie?«, krächzte er und ließ das Messer fallen. Es klapperte auf dem Betonboden. »Was ... was tue ich ...«

»Bleib zurück«, warnte sie ihn. »Jesus!« Es war immer der Bauch, der grundlos so stark blutete. Sie stützte sich mit dem Arm an der Wand ab, bedeckt mit kaltem Schweiß. Man sollte meinen, da sie von allem heilen konnte, hätte sie kein Problem damit, Verletzungen einzustecken. Doch jedes Mal war traumatischer als das vorige. Jedes Mal war ein Risiko, das sie daran erinnerte, wie es sich anfühlte, an der Schwelle des Todes zu stehen. Sie war nicht dasselbe Mädchen, das das erste Mal gestorben war. Sie wollte das nicht mehr.

»Ich wollte nicht ...« Orion trat einen Schritt vor.

»Ich meine es ernst«, befahl Rosalind ihm. Ihr Bauch flickte sich wieder zusammen, doch nicht schnell genug. Sie hatte keine Möglichkeit, davonzukommen, falls er sie erreichte. Noch immer rann ihr Blut durch die Finger, floss aus der Wunde. Ihr war schwindlig, ihre Haut war fiebrig. »Komm nicht näher.«

»Du bist verletzt.«

»Halt ...«

Plötzlich brach Orion auf der Stelle zusammen, als fühlte er sich dazu verpflichtet, ihren Anweisungen aufs Wort Folge zu leisten. Einen Augenblick später nahm Rosalind Alisa Montagowa wahr, die hinter ihm stand und ein Blasrohr in der Hand hielt, die Augen weit aufgerissen.

»Ich hoffe wirklich, dass das die richtige Entscheidung war«, sagte sie. »Ein leichtes Beruhigungsmittel ... keine Sorge. Was ist passiert?«

Rosalind schnappte nach Luft. Die Stichwunde begann, sich zusammenzuziehen, sich von innen heraus zu versiegeln. Sie war so beunruhigt, dass sie sich jeden Moment hätte übergeben können, doch sie schaffte es trotzdem, dass ihre Stimme ruhig klang, als sie Alisa antwortete.

»Ich habe ihn auf frischer Tat ertappt. Er ist der Mörder.«

Langsam ging Alisa zu Orion und stupste ihn leicht an, um sicherzugehen, dass er wirklich bewusstlos war. »Das wusste ich tatsächlich schon. Hier.« Sie reichte Rosalind eine Fotografie. Wenn Zweifel bestanden und es sich hierbei um ein einmaliges Missverständnis handeln könnte, verflog jede Chance darauf, als Rosalind auf das Bild schielte und es näher an die Glühbirne hielt, die an der Wand flackerte. Es war Orion. Es war Orion mitten in der Bewegung, eine Spritze in der Hand, während eine Frau auf dem feuchten Gassenboden lag.

Rosalind fluchte leise. Ihr Bauch hatte die Heilung beinahe beendet. Sekunden später stieß sie den Finger durch das Loch in der Mitte ihres *Qipao* und fand glatte Haut vor, wenn auch klebrig vor Blut.

»Ich verstehe das nicht.«

»Ich schon«, sagte Alisa. »Celia hat angerufen. Sie will, dass du weißt, dass es in dieser ganzen Sache nie um Terrormorde ging. Es sind Experimente. Die Chemikalien sind nicht für Morde gedacht. Sie schaffen eine prototypische Waffe. Jede Phiole ist eine Art Formel, die noch nicht perfektioniert wurde. Also testen sie und testen, bis …«

Ein Stöhnen drang aus der Gasse. Rosalind verspannte sich und zog mit blutigen Fingern eine weitere Nadel aus ihren Haaren, doch es war nicht Orion, der sich bewegt hatte. Es war der Mann, dem er die Spritze gegeben hatte.

»Ist er am Leben?«, rief Rosalind und eilte an die Seite des Mannes. »Können Sie mich hören?«

Der Mann röchelte. »Wo bin ich? Wer bist du?«

Rosalind hob den Kopf, suchte wieder Alisa. »Kannst du ihn ins Krankenhaus bringen?«

»Ich denke schon«, antwortete sie zögerlich und trippelte hinüber. Sie half Rosalind, ihn hochzuheben, dann nahm sie den

Großteil seines Gewichts auf sich, als der Mann schwankte, unfähig, allein auf den Beinen zu bleiben. »Was machst du mit ...«

»Ich lasse mir etwas einfallen«, unterbrach Rosalind sie, da sie wusste, was Alisa fragen würde. »Erzähl niemandem davon. Sag nichts. Wir bewegen uns auf vollkommen unbekanntem Territorium und ich muss mir zuerst unsere Schritte überlegen.«

»Du spielst ein gefährliches Spiel«, murmelte Alisa, doch widersprach nicht. Mit so viel Unterstützung, wie sie dem Verletzten bieten konnte, humpelten sie in Richtung der Hauptstraße davon.

Rosalind, allein in der Gasse zurückgelassen, drehte sich zu einer der Eingangstüren herum. Sie klopfte laut, trat dann zurück und wartete. Ein großer Mann mit einem Lappen in der Tasche kam an die Tür und wischte sich Schmiere von den Fingern.

»Geht es dir gut?«, fragte er, als er das Blut auf ihrer Kleidung sah.

»Oh, mir geht es großartig«, antwortete Rosalind. »Könnten Sie etwas für mich anheben? Ich werde sie fürstlich entlohnen.«

Rosalind hatte Orion mithilfe des Fremden in seinem bewusstlosen Zustand nach Hause gebracht, wobei sie die ganze Zeit etwas darüber plapperte, dass ihr Ehemann schlafwandle und was für ein großes Ärgernis das sei, da sie doch gerade dabei sei, Hühner für das Essen zu schlachten. Sobald der Mann die Wohnung verlassen hatte, wahrscheinlich verwirrt darüber, wo die Hühner waren, hatte Rosalind Orion an den Küchenstuhl gefesselt und in die Mitte des Schlafzimmers gestellt, wo nichts in der Nähe stand, das er nutzen konnte, um sich damit zu befreien, bevor Rosalind zurückkam.

Sie hatte vor, kurz zu verschwinden. Doch dann – weil das Universum darauf bestand, lästig zu werden – klopfte es an der Tür und Lao Laos Stimme rief, dass sie einen Anruf hatte.

Verdammt, dachte sie hektisch. Silas. Er würde einen Bericht darüber wollen, ob sie eine bestätigte Sichtung von Haidi hatten.

»Wie sieht es aus, High Tide?«, fragte Silas, sobald sie den Hörer an ihr Ohr hielt. »Ist alles erledigt?«

Rosalind konnte einen Moment lang nicht antworten. Sie stand da und packte das Telefon fester. Orion musste für seine Verbrechen zur Rechenschaft gezogen werden. Er war der Mörder. Das war sogar noch schlimmer, als *hanjian* zu sein. Das Blut unschuldiger Zivilisten klebte buchstäblich an seinen Händen.

»Janie?«, fragte Silas nach. »Bist du da?«

»Ich bin da. Ja. Wir haben Haidi gesehen. Sie ist die Mörderin.«

Rosalind Lang war immer eine recht gute Lügnerin gewesen. Vielleicht würde sie diese Lektion nie lernen. Lüg zuerst, werde dir über den Rest später klar. Auf ihrer Brust lastete ein fürchterliches Gewicht, als sie Silas den Rest erzählte – die Morde waren Experimente, die Tode Nebenwirkungen –, das noch schwerer wurde, als sie das Telefon weglegte und aus Lao Laos Wohnung eilte, um eine Riksha herbeizurufen. Die Zeit lief ihr davon. Die Nacht wurde dunkler.

Als sie aus der Riksha kletterte, hielt Rosalind die Spritze fest in der Hand. Jene, die Orion in der Gasse hatte fallen lassen. Ein Rest grüne Flüssigkeit befand sich noch darin. Ihr hätte einleuchten sollen, dass sie Tests durchführen sollten, sobald sie die Phiole aus der Burkill Road gestohlen hatte. Dann noch mal, als Silas ihnen eine weitere Phiole aus der Gasse hinter Seagreen gebracht hatte. Stattdessen hatten sie beide Jiemin überreicht. Die Nationalisten würden wahrscheinlich nichts weiter tun, als sie in irgendeine Schublade zu werfen.

Warum war ihr nicht klar gewesen, dass es wichtig sein könnte, den genauen Inhalt der Chemikalien zu kennen?

Rosalind schob sich in Chenghuangmiao durch die Menge, suchte sich einen Weg zur Jiuqu-Brücke und fand in der Nähe ein vertrautes Restaurant. Sie hatte den ruinierten *Qipao* ausgezogen und trug stattdessen etwas Rotes, um der alten Zeiten willen. Sie war oft durch diese Gegend gekommen. Sie hatte ihren Anteil an Schrecklichem, Schönem, Qualvollem bezeugt. Hier hatte man ihr die Nachricht über ihre Unsterblichkeit überbracht.

Rosalind betrat das Restaurant und stieg die Treppe zu den alten, unterirdisch versteckten Scarlet-Laboren hinab. Sie sahen noch so aus, wie sie sie das letzte Mal gesehen hatte: die hohen Fenster, durch die die Füße der Passanten zu sehen waren, die Böden klebrig von Verschüttetem, in den Ecken türmte sich Ausrüstung.

Ein Wissenschaftler war zugegen und sah auf, als sie das Labor betrat. Rosalinds Schultern verspannten sich. Sie hatte gehofft, dass es niemand wäre, den sie kannte. Doch es war Hu Dai, ausgerechnet der Wissenschaftler, der ihr ihre Diagnose mitgeteilt hatte. Sie erinnerte sich daran, wie er sein nettes, älteres Gesicht vor Verwirrung verzogen und seine Schlussfolgerung überbracht hatte, als glaubte er selbst nicht daran, obwohl der Beweis direkt vor ihm lag.

Ihre Zellen sind vollkommen verändert. Sie kehren zu einem Ausgangspunkt zurück, sobald sie verletzt wurden. Sie zerfallen überhaupt nicht. Sie werden neu geboren, anstatt zu sterben.

»Hallo.« Rosalind reichte ihm die Spritze. Sie fragte sich, ob Hu Dai sie erkannte. Inzwischen waren vier Jahre vergangen. Er musste seither Hunderte von Leuten das Labor betreten und verlassen gesehen haben. »Bitte sagen Sie mir, was das ist.«

»Was …«

»Ich flehe Sie an«, sagte Rosalind. »Ich habe keine Zeit, es zu erklären. Bitte sagen Sie mir, ob Sie die Substanz darin schon einmal gesehen haben.«

»Ich wollte nur nach deinem Namen fragen«, erwiderte der Wissenschaftler freundlich. Es gab keine Anzeichen dafür, dass er sich daran erinnerte, wer sie war. Er nahm die Spritze entgegen und öffnete sie, gab die Flüssigkeit in ein Becherglas. »Ich bin Hu Dai. Und du bist?«

Rosalind wischte sich die Hände am Rock ihres *Qipao* ab, doch er nahm den kalten Schweiß nicht auf. Durch die Seide fühlte sich ihre Haut nur aufgerissen an.

»Nicht wichtig«, sagte Rosalind. Janie Mead schien keine Tarnung zu sein, in die sie noch mal schlüpfen wollte. Sie hatte stets schlecht gepasst, doch nun fühlte es sich an, als würde sie nasse

Kleidung wieder anziehen, nachdem sie vom Regen überrascht worden war. Rosalind hätte lieber ihre wahre Identität preisgegeben als erneut die falsche anzunehmen.

Sie beobachtete, wie Hu Dai den Inhalt des Becherglases in drei Petrischalen aufteilte, in die er eine Reihe verschiedener Mixturen schüttete. Minuten vergingen, in denen er arbeitete. Metall klimperte gegen Glas, als er die Chemikalien verrührte.

»Was sehen Sie?«, fragte sie ungeduldig.

Eine lange Pause. Hu Dai runzelte die Stirn.

»So wie es reagiert, hast du mir eine Mischung aus etwas gegeben«, sagte er endlich. »In so kurzer Zeit kann ich dir nicht sagen, um was es sich handelt, aber ich kann eine Vermutung über die Effekte anstellen: Begünstigung des Blutflusses. Kraftstimulanzien. Kreatin-Überproduktion.«

Doch Alisa hatte gesagt, dass es eine Waffe war. Wie viele dieser Resultate konnten als Waffe eingesetzt werden? Es klang nur, als würde die Chemikalie seine Opfer in angehende Athleten verwandeln.

»Es wird mit Tötungsvorsatz verwendet«, sagte Rosalind leise. »Befindet sich auch Gift darin?«

»Gift?«, wiederholte Hu Dai überrascht. »Ich sehe kein Gift. Lass es mich unter einem Mikroskop betrachten.« Er nahm eine der Petrischalen. »Es braucht kein Gift, um etwas tödlich zu machen. Jede Substanz kann in großen Mengen töten. Auch etwas Gutes in großen Mengen wird töten.«

Rosalind lehnte sich gegen einen der Arbeitstische. Hu Dai legte die Augen auf das Mikroskop. Er fummelte an einem Hebel herum. Augenblicke später fuhr er erschrocken zurück.

»Was ist passiert?«, wollte Rosalind wissen.

»Ich habe das schon einmal gesehen.« Er gab einen Tropfen von etwas in die Schale. Es zischte und beruhigte sich dann. Hu Dai lehnte sich ein zweites Mal zum Mikroskop vor. Er nickte, als wäre das Ergebnis zu erwarten gewesen.

Dann sah er auf und erwiderte Rosalinds Blick, Erkennen lag in seiner Miene.

»Lang Shalin. Ich hatte nicht geglaubt, dass ich dich noch mal hier sehen würde.«

Rosalinds Magen sackte ab. Vielleicht hatte das Messer, als es in ihren Bauch geschnitten hatte, ihre Organe voneinander gelöst und nun drängten sie sich lose in ihrem Oberkörper.

»Wie haben Sie mich so plötzlich erkannt?«, fragte sie. »Der Gedanke kam Ihnen nicht, als ich hereinkam.«

»Nun …« Hu Dai wies mit dem Daumen auf das Becherglas und auf die hellgelbe Mixtur, die das Glas noch verfärbte. »Ich glaube, du hast mir gerade gebracht, was dich unsterblich machte.«

Jiemin ließ den Whiskey in seinem Becher kreisen, abgelenkt von der Musik, die aus einer Ecke der Hotellobby hereinwehte. Er ignorierte die Prominenten, die vorbeigingen, die Politiker, die ihm ein Nicken schenkten, selbst die Kinder, die nur zur Begrüßung winken wollten. Aufgrund der Art des Ortes – ein Treffpunkt für die Wohlhabenden in Shanghais Gesellschaft – würde es Belästigungen im Überfluss geben, während er an der Bar saß. Doch in der Stadt gab es keinen anderen Ort, der seine Türen bewachte und jeden Besucher vermerkte. Der Ort war sicherer als irgendein anderer in Shanghai.

Abschließende Aussage: Die Tode haben mit einem Experiment der Japaner zu tun, um einen Verbesserungswirkstoff zu schaffen – möglicherweise, um ihren Soldaten ähnliche Fähigkeiten zur Heilung zu geben wie Fortuna. Die Morde sind unbeabsichtigte Nebenwirkungen, keine direkte Anstiftung zum Terror.

High Tide bestätigt, Zheng Haidi ist die verantwortliche Agentin. Andere schuldige Komplizen auf dem dieser Nachricht angefügten Blatt enthalten. Verhaftungen erfolgen heute Abend. Schalten Zelle aus, bevor der finale Wirkstoff an Soldaten weitergegeben wird. Erlaubnis fortzufahren?

Shepherd

»Noch ein Glas?«

Jiemin sah langsam auf, dann schüttelte er den Kopf in Richtung der Barfrau. Er hatte die Nachricht verbrannt, sobald er sie gelesen hatte, doch Silas' Worte waren noch immer in seine Gedanken eingebrannt, mit Leichtigkeit verinnerlicht und auf Befehl abrufbar.

Hinweise auf Haidi?, hatte Jiemin erwidert.

Die Antwortnachricht kam schnell.

Negativ. Nur eine Sichtung. High Tide rät, Augen auf alle Verdächtigen auf Verhaftungsliste zu haben, um ihre Anwesenheit heute Abend sicherzustellen. Erlaubnis fortzufahren?

Jiemin hatte darüber nachgedacht. Er hatte die Tasse Kaffee vor sich geschwenkt, während er diese Nachrichten austauschte, und den Kellnerinnen mit seinem traurigen Stirnrunzeln Sorgen bereitet. Er war hier kein Stammgast, daher konnten sie nicht wissen, dass das einfach sein normaler Gesichtsausdruck war.

Schließlich hatte er seine Antwort verfasst und das Café verlassen, um sie abzugeben.

Fahrt fort. Ich werde sichergehen, dass Verdächtige im Auge behalten werden.

Obwohl er der Mission grünes Licht gegeben hatte, fühlte sich für Jiemin immer noch etwas falsch an. Wie hatten sie herausgefunden, dass es sich hierbei um Experimente handelte, ohne an konkrete Beweise zu kommen, dass es sich um Haidi handelte? Woher hatten sie diese Information?

Jiemin schlüpfte aus der Hotelbar und ging den kurzen Weg durch die Eingangshalle zu den Aufzügen. Der Hotelpage, der bereits begierig herumlungerte, fragte, ob er etwas brauche, doch Jiemin ging weiter und schüttelte nur den Kopf. Eine Flut suchte dieses Land heim, brandete mit Feuer und Artillerie in eine Stadt nach der anderen – und diese zwei zivilen Lager weigerten sich, zusammenzuarbeiten und eine lebensrettende Arche zu besteigen. Vielleicht würden sie ein Paar sehr merkwürdiger Bestien abgeben, wenn sie nebeneinanderher gingen, doch das war immer noch besser, als gestrandete, ertrunkene Narren zu bleiben.

Jiemin ging weiter, bis er sich dem Telefon näherte, das mit einem Kabel in der Wand verbunden war und auf einem kleinen Bronzetisch zur Schau gestellt wurde, dekoriert mit einem weißen Spitzentuch. Als die Telefonistin die Verbindung dorthin lenkte, wo er sie brauchte, verschwendete er keine Zeit, bevor er Bericht erstattete.

»Ich überwache die Situation, für die Sie zuständig sind. Etwas stimmt nicht. Können Sie mir Informationen von der anderen Seite beschaffen?«

Alisa schwitzte vor Anstrengung, als sie den Mann endlich ins Krankenhaus gebracht hatte. Sie hatte die Rikscha angewiesen, in die Französische Konzession zu fahren, da sie sich für eine Einrichtung unter ausländischem Geld entschieden hatte, anstelle der unterbesetzten und überlaufenen Krankenhäuser in chinesischem Verwaltungsgebiet. Trotz ihrer Bemühungen war das Wartezimmer im Guangci-Krankenhaus immer noch recht voll.

Sobald die Krankenschwester den Mann auf eine Bahre verfrachtet hatte, taumelte Alisa rückwärts und sank mit einem tiefen Ausatmen auf einen Stuhl.

»Familiennotfall?«

Alisa blickte die alte Frau neben sich an. Sie strickte, während sie auf den Plastikstühlen wartete.

»Etwas in der Art«, antwortete Alisa. Ihr hektischer Puls begann sich zu beruhigen. Der schwer in der Luft hängende Geruch nach antiseptischem Reiniger überwältigte ihre Sinne.

»Sie lassen Familie normalerweise zu den Patienten rein. Du musst nicht hier draußen warten«, sagte die alte Frau.

Alisa sah die Krankenschwester und die Bahre den Korridor hinab verschwinden. »Ja, Sie haben recht. Ich glaube, ich werde ein Auge auf alles haben.«

Sie trat an der strickenden Frau vorbei. Ein Kribbeln schoss ihren Nacken hoch. Es gab keinen Grund, dem Opfer noch weiter zu folgen, nicht, wenn sie ihm nur helfen sollte. Doch ein neugieriger Teil von ihr wollte hören, was die Ärzte sagten. Sie wollte wissen, warum er im Gegensatz zu den anderen überlebt hatte und ob das etwas bedeutete.

Waren die chemischen Experimente beendet?

Hatten sie endlich perfektioniert, was sie wollten?

Alisas Schuhe blieben lautlos, als sie den Korridor hinabging und die Schwester suchte. Sie schien sich in Luft aufgelöst zu haben, denn als sie ans Ende des Korridors gelangte, war dort niemand. Ein paar Sekunden lang drehte und drehte Alisa sich, da sie glaubte, einfach etwas zu übersehen.

Nichts. Wohin waren sie verschwunden?

Sie ging die Räume ab, steckte den Kopf in offene Türen und drückte ihr Gesicht gegen die Scheiben der geschlossenen. Vielleicht hatte die Krankenschwester die Bahre unglaublich schnell geschoben. Vielleicht hatte sie die Bahre in der kurzen Zeit, die Alisa im Wartezimmer verbracht hatte, jemandem übergeben.

Doch selbst nachdem Alisa alle Zimmer im Flügel überprüft hatte, fand sie den Mann, den sie hereingebracht hatte, nicht. In seinem Zustand konnte er ja nicht einfach davongegangen sein.

Alisa eilte zurück ins Wartezimmer und zum Empfang. Sie ignorierte die Schlange, ging direkt nach vorn und klatschte die Hände auf die Tischplatte.

»Ich glaube, ein Patient wird vermisst«, sagte sie auf Französisch.

Die Rezeptionistin wandte ihre Aufmerksamkeit Alisa zu. Neben ihr läutete ein Telefon.

»Noch einer?«, platzte sie heraus. »*Mon Dieu* … gib mir eine Sekunde. Hallo?«

Da das Telefon ihre Aufmerksamkeit erforderte, bemerkte die Rezeptionistin nicht, dass Alisa überrascht zurückschreckte und ihre Augen sich weiteten. Was meinte sie mit »noch einer«? Wer war noch verschwunden?

Alisa wartete nicht auf eine Erklärung, da sie wusste, dass die Rezeptionistin wahrscheinlich nicht mehr sagen würde. Sie ging weiter ins Krankenhaus, überflog den Übersichtsplan und prägte sich ein, wo die Flügel abgingen. Die feinen Härchen auf ihren Armen standen kerzengerade nach oben. Sie glaubte nicht, dass sie es sich nur einbildete: Augen beobachteten sie – beobachteten sie aus allen Richtungen, um zu sehen, was sie als Nächstes tun würde. Wessen Augen? Welche Fraktion? Japaner, die darauf warteten, den ersten Überlebenden ihrer chemischen Experimente zu begutachten? Kommunisten, die eingreifen wollten? Oder Nationalisten, die einfach ihre Verhaftung vorbereiteten?

Im ersten Stock folgte Alisa dem weißen Treppengeländer und suchte hektisch, bis sie ein Schiebefenster mit zwei Krankenschwestern dahinter fand. Sie beobachtete, wie eine Patientin ans Fenster trat und nach einem Rechnungsbeleg fragte. Das musste das Verwaltungsbüro des Krankenhauses sein. Sie zögerte nicht, sprang um die Ecke, schlüpfte durch die Bürotür und schlich zu den Regalen, bevor die zwei Schwestern am anderen Ende des Raums sie bemerken konnten. Alisa hätte sich keine Sorgen machen müssen. Sobald die Patientin verschwand, waren die Krankenschwestern ohnehin zu vertieft in ihre Unterhaltung und schlossen das Fenster, um weiterzuplaudern. Alisa ging die Regale durch und öffnete Akten entlassener Patienten, die zur Bearbeitung hiergelassen wurden.

»Komm schon«, murmelte Alisa – an sich selbst gerichtet, an die Papiere, die sie überflog, an das Krankenhaus selbst. »Antworten. Gebt mir Antworten.«

»Die Rezeption sagt, wir haben noch einen«, sprach eine der Krankenschwestern währenddessen. »Der Patient wurde aber erst ein paar Minuten vorher aufgenommen, also könnten wir ihn aus unseren Aufzeichnungen löschen und so tun, als wäre er nie hier gewesen.«

Alisa erstarrte, duckte sich tiefer zwischen die Regale und lauschte.

»Das löst nicht das Problem mit dem Ersten. Er war zu wichtig. Bald werden die Nationalisten hier herumschnüffeln.«

»Mir tut derjenige nicht leid, der den Anruf machen muss. Wie haben wir einen Patienten verloren? Als wäre er aufgestanden und davongegangen.«

»Er lag im Koma und sein Körper kämpfte gegen das Gift an. Wir würden es wissen, wenn er aufgestanden und davongegangen wäre.«

Wer?, fragte Alisa stumm. *Von wem sprecht ihr?*

»Man kann nie wissen. Nationalisten, was? Ich habe gehört, er könnte Teil ihres Geheimdienstes gewesen sein. Dao Feng, Alter achtunddreißig.«

»O scheiße«, sagte Alisa laut.

Sie ging einen Schritt rückwärts und schlüpfte aus dem Büro.

41

Rosalind spürte die Veränderung im Raum, als Orion aus seiner Bewusstlosigkeit erwachte. Ihre Kehle schnürte sich zu, wand sich vor Schmerzen, als hätte die Luft Sägezähne bekommen. Oder vielleicht war das ein Symptom davon, Orion anzusehen, wie er die Augen aufzwang, wie er den Kopf langsam hob und vollkommen verwirrt blinzelte.

»Es geht dir gut«, war das Erste, das Orion keuchte. »Es ... es geht dir gut?«

»Nicht dank dir. Du hast mich erstochen.«

»Das wollte ich nicht!« Als Orion aufstehen wollte, zerrte er kräftig an seinen Fesseln und fiel dann zurück. Er wirkte überrascht, dass er an einen Stuhl gefesselt war. »Ich erinnere mich nicht daran, warum ich in der Gasse war. Ich weiß nicht ... Was hatte ich in der Hand?«

Rosalind öffnete den Mund, doch Orion war noch nicht fertig: »Habe ich dich erstochen? Wie bist du geheilt?«

»Ja, du hast mich erstochen«, fauchte Rosalind. »Sieh dir deine Hände an, Orion!«

Er sah hin. Ein kurzes Keuchen entwich ihm, seine Energie verpuffte. Seine Hände waren in seinem Schoß gefesselt, gaben ihm einen guten Blick auf das dort verschmierte getrocknete Blut, die Überreste seiner Gewalt. »*Tā mā de*. Ich verstehe das nicht.«

»Welchen Teil davon?«

»Alles. Dich. Mich.«

Rosalind ging ein Stück durch den Raum. Sie hatte eine der Lampen beim Bett eingeschaltet und die anderen Lichter aus gelassen. Wofür brauchte sie überhaupt so viel Beleuchtung? Ihr würde es nur schwerer fallen, Orions flehenden Gesichtsausdruck anzusehen.

»Du bist derjenige, der überall in Shanghai Menschen tötete, Orion. Ich gehe nicht davon aus, dass du versuchen wirst, das abzustreiten.«

»Ich bin …«

Er wollte es abstreiten. Sie konnte die Anstrengung hören, die hektische Suche nach einer Erklärung. Doch das konnte er nicht, da sich der Beweis hellrot in seinen Handflächen befand. Rosalind zog die Fotografie hervor, die Alisa ihr gegeben hatte, und hielt sie ihm vor die Nase.

»Streite es ab«, befahl sie. »Streite es ab, Orion.«

Eine gefühlte Ewigkeit starrte Orion nur das Bild an. Wenn es möglich gewesen wäre, Papier allein mit einem Blick zu durchdringen, hätte er ein Dutzend Löcher in der Fotografie hinterlassen.

»Das kann ich nicht«, sagte er schließlich. »Irgendwie kann ich es nicht. Aber ich …« Seine Stimme verklang, schwach und verwirrt. »Ich weiß nicht, warum. Ich habe keine Erinnerung an dieses Foto. Ich habe keine Erinnerung daran, dass ich versucht habe, dich zu verletzen. Ich erinnere mich nur daran, dass ich in Richtung des Hauptquartiers ging. Ich dachte daran, dass ich zurückeilen muss. Und dann … dann …«

Fehlende Zeit. Kontrollverlust. Selektives Bewusstsein. Es war die älteste Erklärung aus dem Lehrbuch. Die ihn von der Schuld befreite – jedoch nur, wenn sie der Wahrheit entsprach.

Rosalind nahm die Fotografie und legte sie auf ihren Schreibtisch. Sie hielt bereits eine weitere Zeitung bereit, eine Ausgabe einer von Shanghais lokalen Druckereien. Sie hatten vor zwei Wochen eine Kolumne gebracht, in der jeder den Chemiemorden zugeschriebene Tod aufgelistet war. Die sogar so weit ging, eine

Karte neben der Liste darzustellen, auf der der Fundort jeder Leiche eingezeichnet war.

»Zhang Hua Road am 16. September«, las sie laut vor. »Was hast du in jener Nacht gemacht? Warst du in der Nähe?«

Das Verhör war harsch genug, dass Orion sie nur anstarrte, unfähig, zu antworten.

»Was hast du gemacht?«, verlangte sie wieder zu wissen.

»Ich weiß es nicht«, keuchte Orion. »Ich weiß nicht …«

»Lu Ka Peng Road am 12. September.« Rosalind fuhr mit dem Finger die Liste hoch, gnadenlos. »Wo warst du in der Nacht? Zeng Tang Road am 24. August. Wo warst du? Und am 19. August? 8. August? 22. Juli? Jesus, Orion, weißt du, wie lang diese Liste ist?«

Er wusste es. Er war ihr Missionspartner und kannte jede Komponente dieser Mission genauso gut wie sie.

»Ich kann mich nicht erinnern«, beharrte Orion. Er presste die Augen zu, dann zwang er sie wieder auf. »Ich versuche es, das tue ich. Aber nach diesen Erinnerungen zu greifen ist, wie nach Nebel zu greifen. Ich erinnere mich nur daran, auf das örtliche Hauptquartier zugegangen zu sein. Dann nichts. Nichts, bis spätabends, als ich zurückkam.«

Rosalind verschränkte die Arme, umklammerte sich selbst so fest, dass es wehtat. Dies könnte großes Theater sein. Es gab fähige Darsteller zuhauf in der Stadt, die Schwäche mit tränenden Augen und flehenden Blicken vortäuschten, während sie planten, wo sie als Nächstes zuschlagen würden. Sie konnte ihm nicht vertrauen. Einmal ausgetrickst zu werden war eine Tragödie, ein Schlag des unbarmherzigen Universums, das seine Opfer willkürlich wählte. Zweimal ausgetrickst zu werden war Dummheit, ihre Schuld, weil sie ihre Lektion nicht beim ersten Mal gelernt hatte.

Vor vier Jahren hätte sie Dimitri jederzeit ausliefern können. Stattdessen hatte sie sich wieder und wieder von ihm täuschen lassen, bis die in Flammen stehende Stadt ihn endlich verjagt hatte, und dann – erst dann – war sie zur Besinnung gekommen.

Sie konnte nicht erneut zusehen, wie die Stadt brannte.

»Du musst zugeben, wie schwer es ist, das zu glauben«, sagte Rosalind verkrampft.

»Ich weiß nicht, wie ich dich sonst dazu bringen soll, mir zu glauben.«

Orion starrte auf seine Hände. Er drehte sie um, auf der anderen Seite war nur noch mehr Blut. Rosalind dachte daran, ihm ein feuchtes Handtuch anzubieten, doch ein Teil von ihr wollte das hier bezeugen. Sie musste es sehen, musste jede winzige Veränderung in seinem Gesichtsausdruck sehen, wartete darauf, dass die Grausamkeit durchbrach.

»Du behauptest, dass du keine Erinnerung hast an jedes Mal, das du in die Burkill Road gingst, eine Phiole nahmst und eine Person auf der Straße getötet hast«, sagte Rosalind. Jedes laut ausgesprochene Wort klang ungeheuerlicher als das vorige. »Dass du keine Ahnung hattest von deinen eigenen Handlungen, obwohl wir gegen dich ermittelten.« Ihre Stimme erhob sich zu einem Crescendo. »Wie soll ich dir jemals glauben?«

Orion ballte die Hände. Doch das half nicht, das Blut aus seinem Sichtfeld verschwinden zu lassen, mit dem er bis zu den Handgelenken beschmiert war.

»Deswegen.«

Und dann, in einer geschmeidigen Bewegung, die beinahe mühelos wirkte, riss Orion sich von seinen Fesseln los und stand auf. Rosalind sprang rückwärts und warf sich auf die Pistole auf dem Schreibtisch. Sie zögerte nicht, entsicherte die Waffe und richtete sie nach vorn.

Orion hatte das Seil nicht gelockert. Seine Fesseln lagen als zerfasertes Geflecht am Boden, ein Stück vom anderen gerissen. Er hatte sich mit roher Gewalt losgerissen.

Rosalinds Atem entwich mit einem Mal.

Ich kann eine Vermutung über die Effekte anstellen, hatte der Wissenschaftler gesagt. *Begünstigung des Blutflusses. Kraftstimulanzien. Kreatin-Überproduktion.*

»Du bist ebenfalls ein Experiment.«

Orion konnte verwundet werden – das hatte sie selbst bezeugt. Er war nicht wie sie. Doch wenn sie ihn als Mörder einsetzten, musste er ebenfalls außergewöhnlich sein. Er war stark. Schnell. Hatte sie ihn nicht schon kämpfen gesehen? Hatte sie nicht gesehen, wie leicht es ihm fiel?

»Ein Experiment?«, fragte Orion. Er ging einen Schritt in ihre Richtung. Er folgte immer noch seinem eingeschlagenen Weg. Absolute Ahnungslosigkeit und Unwissenheit.

Rosalind legte beide Hände um die Waffe. Innerhalb eines Moments wurde es ihr klar. Sie wusste, wozu Lagerhalle 34 diente: eine perfekte Verbindung zwischen dem, was sie und Orion getrennt voneinander tun konnten. Vereinte man übernatürliche Heilungskräfte und übernatürliche Stärke in einer Person, wurde diese zu einer wandelnden Waffe, vollkommen unzerstörbar im Kampf.

Wer hatte Orion diese Fähigkeit gegeben?

Er trat noch einen Schritt vor. Rosalinds Finger legte sich fester um den Abzug.

»Komm keinen Schritt näher«, warnte sie ihn.

»Hör mir zu. Ich hätte mich von diesen Fesseln befreien können, sobald ich aufwachte.« Trotz ihrer Warnung kam er immer noch näher. »Das habe ich nicht. Ich habe kein Interesse daran, dich zu verletzen.«

Rosalind stieß ein kaltes Lachen aus. »Doch darum geht es nicht, oder?« Stimmen aus der Vergangenheit schlichen sich an sie heran, flüsterten ihr zornig ins Ohr. »Nur weil du mich nicht verletzen würdest, bedeutet das nicht, dass du nicht andere verletzt hast. Ich bedeute nichts.«

»Ich habe kein Interesse daran, irgendwen zu verletzen. Ich kann das hier selbst kaum glauben.«

»Bleib stehen«, schnauzte Rosalind ihn an. »Ich werde schießen. Glaub nicht, dass ich es nicht tun werde.«

»Rosalind. Bitte.«

Sie hätte beinahe die Waffe fallen lassen.

»Was hast du gerade gesagt?«

Als Orion in Reichweite kam, entriss er ihr die Waffe nicht. Er machte den letzten Schritt, um den Abstand zwischen ihnen zu verringern, dann drückte seine Brust gegen den Lauf, der dunkle Stahl der Pistole harmonierte mit den Kleidern, die er trug.

»Ich habe deinen Namen verwendet«, sagte er. »Ich weiß, wer du bist.«

Seit wann?

»Und was soll damit sein?«, erwiderte Rosalind zittrig. Sie konnte sich nicht darauf versteifen. »Das ändert gar nichts, wenn es darum geht, dass du …«

»Ich bitte um dein Vertrauen. Was ich auch zu verantworten habe, ich werde es wiedergutmachen. Was ich auch getan habe, ich werde dafür büßen. Doch du musst mir zuerst vertrauen. Ich brauche dich auf meiner Seite. Wir müssen ein Team sein. Ich kann das nicht ohne dich tun.«

»Du musst mich für eine Närrin halten.« Ihre Worte waren hart, beißend, mitleidslos. »Ich habe keinen Grund, dir zu vertrauen.«

Orion schloss die Hand um die Pistole. Rosalind stellte sich auf einen Kampf ein, ihre Arme blockten ab, doch der Angriff kam nicht. Stattdessen war Orion sanft, verschob ihre Hand, sodass sie genau in die Mitte seiner Brust zielte.

»Dann erschieß mich.«

Rosalind blinzelte. Seine Finger legten sich fest um ihre, drängten sie ermutigend voran.

»Nimm mir mein Leben und lass mich für alles, was ich getan habe, büßen«, sagte er.

»Es reicht. Hab zumindest den Anstand, keine Spielchen zu spielen …«

»Das ist kein Spiel für mich«, unterbrach Orion sie. »Ich würde lieber durch deine Hand sterben, als dich glauben lassen, dass ich ein Verräter bin. Mir wäre eine schnelle Kugel lieber, als dass wir auf zwei Seiten eines qualvollen Kampfes stehen.«

Kurz blitzte Licht durch das Fenster und deutete darauf hin, dass draußen ein Auto vorgefahren war. Keiner von beiden achtete darauf.

Rosalinds Griff war unsicher geworden. Wenn Orion beschloss, sie jetzt zu entwaffnen, wäre er erfolgreich. Er tat es nicht. Er wartete. »Dann erschieß mich. Erschieß mich jetzt, wenn du mir nicht glaubst«, sagte er und ließ sie die Waffe auf sein wild pochendes Herz drücken.

»Warum lässt du das zu?« Selbst in Rosalinds Ohren klang es flehend wie: *Bitte, es reicht.* »Auf welchen Trick arbeitest du hin?«

Orion atmete aus. »Es gibt keinen Trick. Ich lasse es zu, weil ich dich liebe.«

Ihr Verstand setzte aus. Jede Zelle ihres Körpers schrie nach Luft. *Wir haben das hier schon mal durchgemacht,* sagten sie. *Wir haben das hier schon mal gehört.*
Einst gegebene Versprechen, nie gehalten. *Roza, wir können weglaufen. Roza, es wird egal sein, was deine Familie sagt. Roza, es ist kein Verrat, wenn du ihnen ohnehin nie wichtig warst. Niemandem bist du so wichtig wie mir.*

Doch sie war Dimitri Voronin nie wichtig gewesen. Inwiefern war das hier anders? Es fiel ihr bereits schwer genug, nichts von etwas zu unterscheiden. Alles, was sie je gekannt hatte, war Liebe, die als Waffe eingesetzt wurde. Liebe als Täuschung, um ihre Wachsamkeit zu verringern.

»Glaubst du, dass ich dich nicht erschießen werde?«, knurrte sie. »Wen willst du täuschen? Wir waren nie echt.«

Orion schüttelte den Kopf. In seinem Blick lag verheerende Erschütterung, seine Augen wurden dunkel, als er sie ansah … sie beinahe, beinahe austrickste …

»Für mich schon«, flüsterte er. »Du hattest mich beschuldigt, ein Schürzenjäger zu sein, und plötzlich wollte ich dir beweisen, dass du falschlagst. Du wolltest Osterglocken bei deiner Hochzeit und plötzlich wollte ich derjenige sein, der neben dir am Altar steht und sieht, wie du sie hältst. Ich wollte, dass es echt ist. Ich wollte, dass alles echt ist.«

Es war so verlockend, ihm zu glauben, ihre Überzeugung aufzugeben und sich darauf einzulassen. Allerdings hatte sie ihm schon einmal geglaubt – doch wohin hatte sie das geführt. Sie wussten immer genau, was sie sagen mussten, und sie wurde immer für dumm verkauft. Sie fühlte ihren Finger auf dem Abzug zucken. Sie könnte schießen. Sie wusste, dass sie es könnte.

»Ich habe dich in eine Ecke gedrängt, Orion. Ich glaube, du würdest dir jede Lüge ausdenken, um zu entkommen.«

»Hältst du mich für so einen guten Schauspieler?«, erwiderte Orion leise. »Ich habe noch nie zuvor jemandem gesagt, dass ich sie oder ihn liebe. Nicht so. Nur dir.«

Gott. Rosalind sollte schießen. Doch so vieles wirbelte ihr durch den Kopf, ließ sie zweifelnd erstarren. Orion schien zu erkennen, dass sein Leben nicht in unmittelbarer Gefahr schwebte, denn er bewegte sich langsam, legte seine Finger auf ihre Arme, hielt sie nur mit dem größten Anstand. Er lehnte sich vor, obwohl er wusste, dass sein Leben in ihren Händen lag, obwohl er wusste, dass sie jeden Moment abdrücken könnte.

Zeit verrann zwischen ihnen wie auf einer Windschutzscheibe gefangenes Wasser: zögerlich, unterbrochen wartete es darauf, wieder in Bewegung geschubst zu werden.

Draußen erklangen Stimmen. Der Doppelstrahl eines Scheinwerfers leuchtete erneut auf.

»Janie! Orion! Seid ihr bereit, aufzubrechen?«

Der Empfang im »Cathay Hotel«. Die Verhaftungen.

Mit einem kaum hörbaren zornigen Fluch zog Rosalind ihre Pistole weg und trat einen Schritt von Orion zurück.

»Wir führen das ein andermal fort«, sagte sie. Tief in ihrem Innern glaubte sie ihm vielleicht schon. Es wäre dumm, ihn an der Mission teilhaben zu lassen, wenn sie ihn für einen Verräter hielt. Doch ihr Herz war ein verschrecktes, jämmerliches Ding und weigerte sich, zu seiner Entscheidung zu stehen. »Glaub nicht, dass ich dich davonkommen lasse. Zieh dich um.«

»Die sind für euch«, sagte Phoebe, als Orion und Rosalind auf den Rücksitz von Silas' Auto kletterten, und streckte den Arm vom Beifahrersitz aus nach hinten.

»Um Himmels willen, Phoebe, wieso bist du hier?«

Orion griff nach vorn. Phoebe reichte ihm zwei dünne Drähte, beide zu Kreisen gebogen.

»Ich bin eure Augen vor dem Hotel«, antwortete sie und schwenkte ihren eigenen Draht. »Ihr werdet mir Bericht erstatten mit der neusten Technik, die noch nicht auf dem Markt ist. Hat Jiemin mir gegeben.«

»Jiemin hat sie mir gegeben«, verbesserte Silas sie. Er sah in den Rückspiegel. »Orion, geht es dir gut?«

»Mir geht es gut«, antwortete Orion schnell, zu schnell. Sein Gesicht war sichtbar blass. Rosalind hatte den Vorteil, dass Kosmetika ihren Schock verbargen und ihre Wangen röteten, doch es gab nichts, um Orions Verzweiflung zu verbergen. »Wie benutzen wir die?«

»Steck dir das Ende ins Ohr und wickle den Draht um deine Ohrmuschel. Er sollte dünn genug sein, um unbemerkt zu bleiben.«

Rosalind tat wie geheißen. »Und du kannst uns hierdurch hören?«

Phoebe zuckte zusammen und zog den Draht aus ihrem Ohr. »Au, das war laut. Ja. Ja, das kann ich definitiv.«

Silas blickte weiterhin neugierig in den Rückspiegel, während er das Auto aus der Parklücke lenkte. Das Fahrzeug ruckelte, als es sich auf der Straße einfädelte und über eine Unebenheit fuhr. Rosalind strich mit den Händen über ihren Rock und versuchte, nicht zu schwer zu atmen. Sie hatte den dunkelgrünen *Qipao* angezogen, den sie für diesen Anlass gekauft hatte. Obwohl sie den Kragen gelockert hatte und den obersten Knopf offen ließ, bis sie ihr Ziel erreichten, fühlte sich ihr Hals wie zugeschnürt an, als zöge der Stoff sich immer enger und enger zusammen.

»Nimm eine Waffe mit«, wies Orion sie leise von der Seite her an.

Auf den Vordersitzen waren Silas und Phoebe tief in eine Diskussion darüber vertieft, ob sie an einer roten Ampel rechts hätten abbiegen sollen. Phoebe hatte ihren Draht in der Hand anstatt im Ohr.

»Ins Hotel?«

»Ja.« Orion zog etwas aus seinem Ärmel. Rosalind hätte ihn beinahe geschlagen, als sie sah, was es war.

»Das Messer, mit dem du mich erstochen hast? Lieber nicht.«

»Rosalind.« Sie wünschte, er würde aufhören, ihren richtigen Namen zu verwenden. Er klang zu echt aus seinem Mund. Zu intim. »Nimm es. Für den Fall ... für den Fall, dass ich dich verletze.«

»Und dann was? Ersteche ich dich im Gegenzug?«

»Ja«, antwortete Orion gelassen. »Du hältst mich auf, wenn mich etwas überkommt. Wenn ich mich nicht unter Kontrolle halten kann.«

Er hatte sich schnell das Blut von den Händen gewaschen, als Silas draußen gehupt hatte. Während Rosalind ihre Haare hochgesteckt hatte, hatte sie ihn beobachtet. Hatte die Panik und das Entsetzen beobachtet, das Schrubben und hektische Abwaschen. *Er schauspielert,* wollte sie beharren. Es war weniger kompliziert, anzunehmen, dass alle hinter ihr her waren, als dass sie ebenfalls Opfer waren. Das gab ihr einen Grund, der Welt kalt gegenüberzustehen, und sie war so lange kalt gewesen.

»Du kannst dich selbst aufhalten, da bin ich mir sicher«, sagte Rosalind monoton. Sie hatte seine Pistole zurückgelassen, hatte sie nirgendwo an ihrem Körper verstecken können. Sie würde mit ihren vergifteten Haarnadeln auskommen müssen. »Du hast es zuvor geschafft.«

»Ich weiß nicht, wie. Es ist einfach passiert.« Orion wandte sich zu seinem Fenster um. »Und du wurdest trotzdem verletzt.«

Rosalind verstummte. Sie sah aus ihrem eigenen Fenster, hatte nichts zu sagen. Ihre Umgebung blutete und verschwamm ineinander, auf ihrem Weg verschmolz jeder Lichtstrahl mit dem nächsten. Casinos und Varietés siedelten ihren Betrieb nach draußen um: Tische und Stände unter Straßenlaternen, Glücksspieler hielten ihre Karten und strichen ein Zündholz nach dem anderen an für eine endlose Reihe Zigaretten. Als das Auto langsamer wurde, um an einer Ampel eine Reihe Rikschas durchzulassen, lehnte Rosalind sich gegen die Scheibe und fragte sich, wie gut die Kartenspieler bei Nacht das Blatt sehen konnten, das ihnen ausgeteilt wurde.

Die Ampel wurde grün. Am Tisch brach man in lärmendes Gelächter aus, das Geräusch wurde schwächer und schwächer, als sie davonfuhren.

»Hier wären wir.«

Silas fuhr in eine Lücke zwischen zwei Autos. Der Huangpu war gleich vor ihnen mit seinen angedockten Schiffen und geschäftigen Rampen. Ohne unnötiges Geschwafel stieg Rosalind aus dem Auto und wandte sich von der Brise ab.

»Halte Ausschau nach Autos, die zur vollen Stunde davonfahren wollen«, hörte sie Orion zu Silas sagen. Dann schloss sich auch seine Tür und die zwei standen auf der Straße, ihre Haltung steif, ihre Mienen unbehaglich.

»Muss ich flehen?«

Rosalind blinzelte. »Was?«

Bevor sie ihn aufhalten konnte, nahm Orion die Sache selbst in die Hand und ging auf ein Knie, sodass er sich auf Höhe ihrer Hüfte befand. Die Messerscheide hatte ein Band, das er um ihr Bein legte und so schnell festmachte, dass Rosalind kaum protestieren konnte. Es wäre leicht erreichbar durch den Schlitz ihres *Qipao*, doch das bedeutete, es wäre auch leicht sichtbar, also schob Orion es höher und ließ es an ihrem Oberschenkel zuschnappen.

Orion blickte auf mit einem unausgesprochenen: *Das war doch gar nicht so schwer, oder?*

»Da«, sagte er. Seine Hände waren noch immer um das Band geschlungen, saßen wie ein zweites Holster. »Fühlst du dich dadurch nicht sicher?«

»Kaum«, sagte sie. Sie tippte gegen den Draht in ihrem Ohr. »Phoebe, kannst du uns hören?«

»Laut und deutlich.« Ihre Stimme drang aus dem Auto. Sie erklang direkt in Rosalinds Ohr und auch in Orions, seinem Zucken nach zu urteilen.

Orion erhob sich und hielt ihr den Arm hin. »Los geht's.«

42

Das »Cathay Hotel« war ein schimmerndes Gebilde, das genau dahin geplumpst war, wo die Nanjing Road auf den Bund traf. Ein bedrohliches Doppelhaus, das inmitten des Getümmels mit Blick auf den Huangpu am höchsten aufragte, direkt am Ende der Reihe gelegen. Sein Dach ähnelte der Waffe einer Riesin: kupferummantelt und direkt auf die Sterne gerichtet, ließ es das Hotel noch höher wirken, als es bereits war.

Rosalind verrenkte sich den Hals, um nach oben zu sehen. Eine Windbö umwehte sie heftig, verstärkt durch ihre Nähe zum Wasser. Mit einer Hand auf Orions Ellbogen, ihre Finger um den Stoff seiner Anzugjacke gelegt, suchte sie Trost in seiner Nähe – trotz des Drahtseilakts, den sie vollführten. Vertraute Gesichter kamen in Sicht, Kollegen und Vorgesetzte winkten vom Hoteleingang herab.

»Phoebe, wie liegen wir in der Zeit?«, fragte Rosalind leise.

»Verstärkung ist für Schlag zehn geplant«, berichtete Phoebe. Ihre Stimme war zuckersüß, trotz der statischen Unterbrechungen. »Jetzt ist es viertel vor zehn.«

Rosalinds Griff wurde fester. Ein paar Gebäude weiter stand die Turmuhr des Zollhauses still und unheilvoll. Sie schlug jede Stunde – ein prachtvoller, volltönender Klang, der sich über den Bund legte –, was bedeutete, sie würde schlagen, wenn die Nationalisten hereinstürmten. Eine letzte Warnung würde jedes Ohr im Umkreis heimsuchen. Sie hatte noch nicht entschieden, was sie tun würde, wenn die Verhaftungen begannen. Orion stellen? Ihn beschützen?

Celias Stimme erklang in ihrem Kopf, wieder und wieder. *Die Lagerhalle wird von Nationalistensoldaten betrieben.*
Eine Aufgabe nach der anderen, entschied Rosalind.
Sie zog Orion weiter.
Sie betraten das »Cathay Hotel« durch die östliche Eingangshalle. Glanz strahlte von der Außenseite des Gebäudes wieder, doch es war noch wirkungsvoller, wenn man durch die Türen trat: Luxuriöse Teppiche unter ihren Füßen versuchten, sie im Ganzen zu verschlucken. Gewölbte Decken reckten sich in die Höhe. Ein schwerer Kronleuchter baumelte zwischen zwei Marmortreppen, eine zur Linken und eine zur Rechten, um in den größten Bankettsaal hinaufzuführen. Sofas säumten die goldenen Wände, besetzt mit lachenden Frauen und betrunkenen Männern, von denen niemand Rosalind vertraut war. Sie konnte nur annehmen, dass auch noch andere Gäste unterwegs waren. Im »Sassoon House«, in dem das »Cathay Hotel« sich befand, war immer etwas los.
»Hier entlang, Schatz«, forderte Orion sie auf. Er schob sie nach rechts, sobald sie die Treppe hochgestiegen waren, doch auch er klang nicht, als wäre er sich sicher. Das Atrium leuchtete hoch und luxuriös. Obwohl Rosalind schon früher an Veranstaltungen und Abendessen im »Cathay Hotel« teilgenommen hatte, wirkte es heute Abend wie eine andere Welt, da so viele Leute anwesend waren und herumstanden.
Als sie in den größten Bankettsaal traten, war klar, dass sie das pulsierende Herz des Empfangs gefunden hatten. Kellner warteten zu beiden Seiten der zwei Türen, balancierten Champagner auf silbernen Tabletts und verbeugten sich jedes Mal, wenn jemand eine Flöte nahm. Rosalind nahm eine und schnupperte vorsichtig daran. Es gab keine Anzeichen dafür, dass sie vergiftet war, doch wer konnte das schon sagen?
»Da ist Botschafter Deoka«, flüsterte Rosalind. Sie lehnte ihr Kinn auf Orions Schulter unter dem Deckmantel der Zuneigung – das erlaubte ihm einen besseren Blick auf die Bühne, als er sich umdrehte und die Arme um sie legte.

Sie würde sich nicht in die Berührung lehnen, würde sich darin nicht entspannen.

Sie würde es nicht.

Deoka stand neben einer Bodenvase, die beinahe so groß war wie er selbst und mit einer Auswahl an Blumen blühte, die in alle Richtungen floss. Er sprach mit einigen Männern in Anzügen, stellte vor und schüttelte Hände.

»Zwölf andere im Raum«, berichtete Orion Phoebe.

»Ein weiteres Auto ist draußen angekommen«, erwiderte Phoebe. »Eure Liste enthält insgesamt sechzehn.«

Rosalind begutachtete die Anwesenden um sie herum. »Es sind dreizehn im Raum«, verbesserte sie ihn. »Du hast Hasumi Misuzu in der Ecke übersehen.«

Die Kuomintang hätten die Steckbriefe jeder Person auf der Liste, die Orion und Rosalind ihnen gegeben hatten. Solange sie heute Abend anwesend waren, würde es den Soldaten nicht schwerfallen, ihre Gesichter den Bildern zuzuordnen und die nötigen Verhaftungen durchzuführen.

»Ich kann den Rest dieses Stockwerks durchgehen, wenn du die kleineren Räume oben machen willst«, sagte Orion. Mehr Gäste verteilten sich jenseits des anderen Eingangs, auf der Seite, wo eine Jazzband ihr Set begann. Die Musiker zählten herunter, dann wirbelten die ersten Töne eines Saxofons durch den Raum und zogen Paare zum Tanzen auf die freigegebene Fläche.

»Bleib hier.« Rosalind löste ihren Arm. »Ich mache beide Durchgänge.«

»Ist alles in Ordnung?«, fragte Phoebe durch den Draht.

»Bestens«, erwiderte Rosalind gelassen. »Wir müssen nur die ganze Zeit Deoka im Auge behalten. Richtig, Orion?«

Er nickte steif. Solange er von Leuten umgeben war, bestand die Hoffnung, dass er nichts Abscheuliches tun würde – egal ob bewusst oder unbewusst. Rosalind schenkte ihm einen strengen Blick und wandte sich dann dem Ausgang des Bankettsaals zu. Sie folgte den vergoldeten Fluren nach draußen, vorbei an verspiegelten Dekorationen. Ein- oder zweimal glaubte sie, hinter sich ein Flüstern zu hören, doch als sie sich umdrehte, war da niemand, nur die Geräusche, die seltsam von der Decke widerhallten.

An der Gebäudeseite befand sich ein Aufzug, doch Rosalind nahm die altmodische Treppe, nutzte die Handläufe, um sich die steilen Stufen hochzuhieven. Die Räume, in die sie den Kopf steckte, waren größtenteils leer. Sie waren heute Abend offen, sodass Gäste hinein- und hinausschlendern konnten, doch der Großteil der Feierlichkeiten schien unten stattzufinden. Rosalind sah keines der Gesichter, nach dem sie suchte. Als sie aus der Indian Suite kam, stieß sie mit jemandem zusammen und entschuldigte sich, bevor sie ihr Gesicht erkennen konnte.

»Alis...« Rosalind unterbrach sich, bevor sie den Ausruf beenden konnte, und riss den Draht heraus. Sie legte die Hand über die Enden und hoffte, dass das ihre Stimme für Phoebe dämpfen würde.

»Was machst du hier?«

»Ich behalte deine Aufgabe im Auge, was sonst?«, gab Alisa zurück. Sie trug eine Kellnerinnenuniform und balancierte ein Tablett auf der Hand. »Was ist los? Warum ist Orion hier?«

Rosalind zog eine Grimasse und winkte Alisa, ihr den Flur hinunter zu folgen, damit sie die restlichen Räume überprüfen konnten.

»Er behauptet«, sie spähte in die French Suite, wo sie nur einen Geschäftsmann erblickte, wahrscheinlich ein Hotelgast, »dass er keine Erinnerung an das hat, was er getan hat.«

»Oh. Ich nehme an, das ergibt Sinn.«

»Was?« Rosalind war so überrascht, dass sie kurz ihren Draht losließ, bevor sie die Enden wieder umklammerte. Sie gingen weiter. »Wie kannst du das einfach so akzeptieren?«

»Weil er kein Motiv hat«, erwiderte Alisa und öffnete die letzte Tür entlang des Flurs, bevor Rosalind es tun konnte. »Orion Hong hat keine Macht, wenn die Japaner einmarschieren. Er wird nicht in ihren Rängen aufsteigen. Er hat auch keine Männer unter sich, die er in ein Bataillon verwandeln kann, wenn er als *hanjian* kooperiert. Außer er versteckt einen anderen Lebenswunsch, von dem du nichts weißt?«

»Er könnte bewusst die Entscheidung treffen, für jemanden zu arbeiten«, hielt Rosalind dagegen. Sie sahen beide in den letzten Raum. Leer.

»Warum dann selbst ermitteln?«

»Um uns in die Irre zu führen.«

»Warum uns dann nicht von Anfang an in die Irre führen? Warum die Vorwürfe nicht einer anderen Firma anhängen? Warum eure Ermittlung nicht von den Chemikalien abbringen?«

Gerade als Rosalind Alisa widersprechen wollte, weil sie zu gut von ihm dachte, brüllte jemand von hinten: »Mrs. Mu!« Alisa duckte sich sofort und gab vor, Rosalind zu folgen, machte sich unsichtbar, als Yōko an Rosalinds Seite kam.

»Um zehn soll es eine Rede geben«, sagte Yōko. »Gehen Sie jetzt runter?«

»Ja«, erwiderte Rosalind. »Nach Ihnen.«

Sie stiegen die Treppe am Ende des Flurs hinab. Alisa folgte ein paar Schritte hinter ihnen. Yōko hielt an, als sie ins Hauptatrium zurückkehrten, sie überprüfte ihren Lippenstift in der glatten Goldoberfläche der Wand.

Rosalind wollte sich gerade entschuldigen, da sie keine Notwendigkeit darin sah, in Yōkos Nähe zu bleiben, da sie nicht auf ihren Listen war, als das Mädchen sagte: »Wissen Sie, ich hatte so ein Gefühl, dass Sie mich nicht mögen. Aber das glaube ich von vielen Leuten. Ich weiß, dass mich unmöglich die ganze Welt hassen kann, oder?«

Rosalind schrak überrascht auf. Der Dolch an ihrem Oberschenkel fühlte sich plötzlich schwer an. Als hätte sein Gewicht sich verdoppelt, zöge seine Scheide hinab und wäre im Begriff, sich von ihrem Bein zu lösen und auf den Boden zu fallen.

»Wie kommen Sie darauf?«, fragte sie.

Yōko zuckte mit den Schultern, ihre Unterlippe stand vor. Die Bewegung ließ sie jung wirken, viel zu jung, um für eine Firma wie Seagreen zu arbeiten.

Das Mädchen kannte den Unterschied zwischen persönlichem Hass und der brennenden Abneigung nicht, die Rosalind für das Reich empfand, das Yōko geschickt hatte. Obwohl sie keine Schuld traf, würde sie die Hitze trotz allem fühlen.

»Ich mag Sie gern«, sagte Rosalind einfach.

Yōko strahlte, ließ ihre finstere Stimmung innerhalb eines Wimpernschlags hinter sich. Als sie in den Saal zurückkehrten, verabschiedete sie sich mit einem Winken und ging zu Tarō in eine Ecke. Alisa kam wieder von hinten heran und sagte: »Du warst viel netter, als ich es gewesen wäre.«

»Warum jemanden blenden, der im Dunkeln tappt?«, flüsterte Rosalind. Sie erinnerte sie an sie selbst: die Naivität, die Sorge, die ausschließlich von innen kam. Auch sie hatte einst geglaubt, dass sie allein gegen die Welt stand. Dass nicht gemocht zu werden daher kam, dass sie etwas getan hatte, nicht von den Umständen, die die Menschen teilten, ihnen Positionen auf der Bühne der Stadt zuwiesen.

»Für den Fall, dass sie stattdessen ins Licht findet«, erwiderte Alisa. Sie hielt inne und sah nach unten, um zu überprüfen, dass Rosalind noch immer ihren Draht umklammerte. »Da ist noch etwas: Euer Betreuer ist verschwunden.«

Rosalind fuhr herum. »Verschwunden?«

»Er ist nicht in seinem Krankenhauszimmer. Ob er weggeschafft wurde oder aus eigenem freien Willen gegangen ist, muss noch festgestellt werden. Der Mann, den wir in der Gasse gerettet haben, ist ebenfalls weg. Hat sich in Luft aufgelöst. Wir wissen nicht, wo er ist.«

Dao Feng war verschwunden. Die Nationalisten kamen bald am Hotel an. Rosalind konnte kaum ihre eigenen Gedanken hören, so wild rauschte das Blut in ihren Ohren. Sie schüttelte den Kopf und versuchte, das Dröhnen zu dämpfen.

»Ich melde es nach den Verhaftungen. Gib mir einen Moment.«
Rosalind steckte sich den Draht wieder ins Ohr.

»… das sind alle im Gebäude. Janie, um Himmels willen, kannst du mich inzwischen hören?«

»Ich höre dich«, antwortete Rosalind. Sie erblickte Orion, der an dem Tisch stand, an dem sie ihn zurückgelassen hatte. »Was habe ich verpasst?«

»Der Sinn von raffinierter Technologie besteht darin, sie zu benutzen! Warum hast du ihn herausgenommen? Wie auch immer. Sechzehn von sechzehn sind anwesend. Verhalte dich unauffällig, bis die Verstärkung eintrifft.«

»Verstanden.«

Rosalind verabschiedete sich mit einem Nicken von Alisa und kehrte dann an Orions Seite zurück. Fünf Minuten vor zehn. Auf der Bühne wechselte die Jazzband in ein neues Set und stellte eine Frau ans Mikrofon. Einen kurzen Moment kreischte die Rückkopplung durch die Lautsprecher, dann verstummten sie und die Frau schmachtete ein amerikanisches Lied ins Mikrofon. Es war oft im Varieté der Scarlets gesungen worden. Rosalind hätte damals beinahe eine Choreografie für die auffällige Melodie erstellt, bevor sie entschieden hatte, dass das Lied zu lang war und eher zu wiegenden und langsameren Bewegungen passte.

Sie beobachtete, wie die Gäste nahe der Bühne zu den Klängen der Musik tanzten. Beobachtete, wie sie unter den Armen ihrer Partner hindurchwirbelten und die Köpfe senkten, Augen friedlich geschlossen.

»Tanzt du mit mir?« Orion streckte die Hand aus.

Rosalind zögerte. »Das ist keine …«

»Tanz, Janie!«, flötete ihr Phoebes Stimme ins Ohr. »Benimm dich nicht verdächtig.«

»Ich benehme mich nicht verdächtig«, zischte Rosalind, doch sie nahm trotzdem Orions Hand. Ein elektrischer Schlag schoss durch ihre Finger, als sie sich berührten.

Die Musik verstummte für einen langen Moment. Orion zog sie näher an sich, die Arme um ihre Taille gelegt. Rosalinds Haltung war steif, ihr Gesicht abgewandt.

»Wenn du so weitermachst, werden die Leute es bemerken«, hauchte er.

»Ich mache doch gar nichts«, erwiderte Rosalind verkrampft.

»Ganz genau.«

Sie schenkte ihm einen finsteren Blick. Er hob den Arm und führte sie in eine Drehung.

»Antworte ehrlich«, sagte Rosalind, als sie sich wieder gegenüberstanden und ihre Hände auf seiner Brust landeten. »Nehmen wir an, ich glaube dir. Nehmen wir an, dass du mir die Wahrheit gesagt hast. Wer hat dich dazu gezwungen? Wer erteilt dir Anweisungen und löscht deine Erinnerung aus?«

»Wovon spricht sie?«, hörte sie Phoebe durch den Draht murmeln. Die volle Stunde näherte sich rasant. Sie hatte keine Zeit, sich darüber Sorgen zu machen, dass Phoebe ihre Situation verstand.

»Ich muss zugeben, dass ich mir bisher noch nicht den Kopf darüber zerbrochen habe«, antwortete Orion. »Zuerst musste ich damit zurechtkommen, die Sache anzuerkennen, und dann versuchte ich, jede Gedächtnislücke durchzugehen, die ich habe …«

»Halte mich nicht hin, Orion.« Rosalind berührte seine Wange. Sie hatte es bedrohlich gemeint, ihn drängen wollen, nachzudenken, doch sie überraschte sich selbst, als ihre Berührung sanft war, sein Gesicht mit der Zärtlichkeit einer sich quälenden Geliebten umfing. »Wer könnte es sein?«

Er atmete unglücklich aus. »Es muss jemand auf unserer Seite sein. Sonst sehe ich keine Möglichkeit. Ansonsten verstehe ich nicht, warum der Anruf aus dem Hauptquartier kommt.«

Rosalind sah zur Bühne hoch. Die Rückkopplung kreischte wieder durch das Mikrofon, als die Sängerin die Ständerhöhe anpasste, ihr Lied beendete und einem der ausländischen Investoren bei Seagreen Platz machte. Er winkte den Musikern, dass sie ihre Instrumente dämpfen sollten, ein breites Grinsen auf dem Gesicht, als er den Bankettsaal begrüßte.

»Wem vertrauen wir jetzt?«, flüsterte Rosalind.

»Janie Mead, wovon sprichst du?«, kam aus ihrem Ohrstöpsel.

Der Investor rief Deoka auf die Bühne, als die Glocke durch den Raum läutete. Deoka hob sein Glas zu einer Runde Applaus, während die Turmuhr auf dem Zollhaus über den Bund dröhnte und endlich die neue Stunde verkündete.

Die Nationalisten zögerten keine Sekunde. Rosalind hörte zuerst das Poltern von Schritten. Dann einen alarmierten Schrei – jemand, der draußen im Atrium umgestoßen wurde –, bevor das Quietschen von Schuhen durch die Korridore hallte und Soldaten hereinstürmten, sich im Raum auffächerten und die Wände säumten, Gewehre auf alle Anwesenden gerichtet.

»Alle aufgepasst.« Es war Jiemin, der die Operation anleitete. Er hatte eine Uniform angezogen, das Armeegrün stach auf seiner blassen Haut hervor. Sie war gut geschneidert, jede seiner Bewegungen angepasst, als er das Megafon an den Mund hob. »Niemand verlässt diesen Raum, bis wir alle Verdächtigen abgeführt haben, die wegen Anstiftung zum Terror innerhalb der Stadt verhaftet sind.«

Der Raum erschauderte vor Angst. Die meisten von ihnen mussten sich keine Sorgen machen. Diejenigen, die bereits wussten, dass sie schuldig waren, versuchten zu den Ausgängen zu gelangen. Doch dort warteten Soldaten und schoben sie zurück, sobald sie zu entkommen versuchten. Botschafter Deoka stand regungslos. Er sah aus wie ein im Scheinwerferlicht gefangenes Tier, das versuchte, sich nicht zu bewegen, in der Hoffnung, dass man es nicht entdeckte.

Ein weiterer Soldat, der neben Jiemin stand, überblickte den Raum, ein Klemmbrett in der Hand anstelle einer Waffe. Als sein Blick auf Rosalind und Orion fiel, nickte er beiden zu, um zu zeigen, dass er sie als Agenten in dieser Mission erkannt hatte. Er bewegte sich durch den Raum, blätterte eine Seite auf seinem

Klemmbrett um, verglich Anwesende mit ausgedruckten Fotografien jeder Person, hinter der sie her waren. Als er bei Haidi ankam, bedeutete er zwei Soldaten, ihre Tasche auszuschütteln.

Drei grüne Phiolen rollten heraus. Rosalind beobachtete die Szene mit angehaltenem Atem.

»Die sind nicht gefährlich«, kreischte Haidi. »Die sind für mich. Ich sterbe ohne sie!«

Rosalind runzelte die Stirn. Orions Hand drückte ihre fester. Sie würde *sterben*?

»Oh, ich weiß.« Jiemin hob eine der Phiolen auf. Am anderen Ende des Raums wuchs Rosalinds Besorgnis stetig. Was meinte er damit, dass er es wusste? »Ach Ming, schnapp dir die zusätzliche Angeklagte, ja?«

Auf sein Kommando hin ging einer der Soldaten zu einem weit entfernten Tisch und packte eine Kellnerin am Oberarm. Sie schrie ungehalten auf, ihr Hut schlug mit einem leisen Klopfen auf dem Boden auf. Alisa. Warum schnappten sie sich Alisa?

»Alisa Montagowa«, sagte Jiemin. Nun da sich Stille über den Bankettsaal gelegt hatte, hallte seine Stimme schroff wider. »Sie sind als Staatsfeindin verhaftet, um das Wohl der Nation zu schützen.«

Geflüster erklang von Ecke zu Ecke, die anderen Zeugen konnten kaum Mithalten mit der Abfolge der Ereignisse. »Montagow«, wurde von Mund zu Mund gemurmelt. Die Stadt hatte diesen Namen schon eine Weile nicht mehr gehört.

Rosalind schritt vor, Gänsehaut kribbelte auf ihren Armen. »Jiemin«, sagte sie. »Was machst du? Sie hat mit der Mission nichts zu tun.«

»Das ist mir bewusst«, erwiderte Jiemin. Er hatte stets ein ruhiges und langsames Gemüt gehabt, doch nun zeigte es sich auf beängstigende Weise. Jede Anweisung aus seinem Mund klang völlig gefühllos. »Doch es ist von Nutzen, alle Geschäfte auf einmal abzuschließen, nicht wahr? Du kommst auch gerade zum richtigen Zeitpunkt.«

Rosalind blinzelte. »Was?«

Jiemin bedeutete den zwei Soldaten neben sich, vorzutreten. Er winkte einen zu ihr, den anderen zu Orion.

»Hong Liwen und Lang Shalin, ihr seid verhaftet wegen Mordes, Verschwörung und Landesverrat. Wen glaubt ihr, zum Narren halten zu können?«

43

Hong Liwen und Lang Shalin«, übertrug der Draht. »Ihr beide seid verhaftet wegen Mordes, Verschwörung und Landesverrat.«

Dann nichts mehr.

»Hallo?«, fragte Phoebe nach. Sie klopfte gegen den Draht, doch das tat ihr nur im Ohr weh. »Orion? Janie? Könnt ihr mich hören?«

»Was ist passiert?«, wollte Silas wissen.

Phoebe riss ihren Draht heraus und stieß einen lauten Schrei aus. Sie hatte natürlich bemerkt, dass zwischen Orion und Janie etwas Merkwürdiges in der Luft lag. Nachdem sie ihrem Bruder die Zeitschrift gegeben hatte, hatte sie gedacht, es läge nur daran, dass er die wahre Identität seiner Frau herausgefunden hatte. Welche anderen Arten von Mord betrieben sie in ihrer Freizeit? Und warum hatte sie nichts davon gewusst?

»Phoebe!« Silas nahm ihr den Draht aus der Hand, bevor sie ihn in Stücke reißen konnte. »Was ist passiert?«

»Sie melden sich nicht mehr.« Phoebes Stimme bebte vor lauter Unglaube. »Jiemin hat sie gerade wegen Mordes und Verschwörung verhaftet.«

Silas starrte sie an. »Hast du dich verhört?«

»Wie kann man sich bei Mord und Verschwörung verhören?«

Die Straßen vor ihnen wurden von Militärfahrzeugen blockiert, die das »Cathay Hotel« absperrten und sicherstellten, dass keiner der Anwesenden unbemerkt aus dem Gebäude entkommen konnte.

Soldaten säumten die Straße, standen wie Wachposten unter den mondbeschienenen Wolken. Silas' Auto parkte gerade außerhalb der Frontlinie.

»Janie Mead ist nicht ihr echter Name.« Phoebe drückte sich so nahe sie konnte an die Windschutzscheibe und überblickte die Szene. Sie starrte, ohne zu blinzeln, bis ihre Sicht zu verschwimmen begann und die Nacht zu einem großen kaleidoskopischen Klecks verschmolz. »Ihr echter Name ist Rosalind Lang.«

Silas steckte sich den Draht ins Ohr. Er tippte ein paarmal dagegen, als bräuchte es nur ein paar Stupser, damit der Ton wieder funktionierte. Es nützte nichts. Die Soldaten mussten die beiden zugehörigen Drähte konfisziert haben.

»Das ist unmöglich.« Silas versuchte sachlich zu klingen. Doch auch er war verunsichert, gab sich Mühe, in einem Rennen aufzuschließen, währenddessen man ihnen ein ganzes Stück der Rennbahn unter den Füßen weggeschnitten hatte. »Die Rosalind Lang der Scarlet Gang? Sie wäre erwachsen. Aber eigentlich sagt man, sie sei tot.«

Phoebe schloss ihre brennenden Augen, klopfte sich mit den Knöcheln gegen die Stirn. *Denk nach, denk nach,* sagte sie sich.

»Wie viel ihrer Darstellung dir gegenüber war vollkommen gefälscht?«, fragte sie nüchtern. »Die Morde in Shanghai als chemisches Experiment. Haidi als die Verantwortliche für die Tode.«

Silas zögerte. »Es muss ein Fehler ...«

»Es gibt keinen Fehler!«, rief Phoebe. »Beide wurden verhaftet, weil sie Teil des Plans sind! Sie sind keine Agenten mehr ... sie sind Verdächtige!«

Silas verstummte. Er nahm die Brille ab und rieb seinen Nasenrücken.

»Unmöglich«, murmelte er wieder. »Janie gab uns die Auflösung. Welchen Grund hätte sie, zu lügen?«

Phoebe ging in Gedanken die letzten paar Minuten dessen durch, was sie über den Draht gehört hatte. Was hatte Janie – Rosalind – zu Orion gesagt? Phoebe hatte geglaubt, sie hätte sich verhört, die Geräusche waren schwächlich durchgekommen, während der Draht Rosalinds Flüstern eingefangen hatte.

Nehmen wir an, ich glaube dir. Nehmen wir an, dass du mir die Wahrheit gesagt hast. Wer hat dich dazu gezwungen? Wer erteilt dir Anweisungen und löscht deine Erinnerung aus?

»Sie schützt ihn«, sagte Phoebe laut.

»Janie schützt Orion?«

Phoebe erinnerte sich an einen kalten Wintertag vor mehreren Jahren.

Der Boden draußen schälte sich und war trocken, das Haus drinnen wurde vom brausenden Kamin gewärmt. Sie hatte sich auf dem Sofa zusammengerollt, ihre Bücher durchgeblättert, als Orion nach unten kam. Er wirkte benommen. Das war irgendwann nach seinem ersten Arbeitsmonat bei der Kuomintang, als er wegen seiner Kopfschmerzen vorübergehend ans Haus gefesselt war. Er war gestürzt, zumindest hatte er das erzählt, nachdem er mit einem Eisbeutel auf dem Kopf ins Haus gehumpelt kam.

Doch auch um seinen Hals waren so viele böse Prellungen. Und jedes Mal, wenn Phoebe ihn bat, zu erzählen, wie der Sturz passiert war, verkniff er konzentriert das Gesicht und gab dieselben Details wieder, erzählte, dass er auf die Schläfe gefallen sei.

»Ich bin in ein paar Tagen zurück«, sagte er auf der untersten Treppenstufe. »Ich habe Arbeit, um die ich mich kümmern muss.«

»Kann ich mitkommen?«, fragte Phoebe sofort. »Ich will mitkommen.«

»Hierfür wirst du nicht gebraucht, Feiyi.« Orion winkte nicht wie üblich. Als er ging, entdeckte sie noch eine Prellung in seinem Nacken und dachte nur: Wieso bestehst du darauf, dass du gefallen bist? Du siehst aus, als wurdest du zusammengeschlagen. Wiederholt.

Im Auto schob Phoebe sich den Daumen in den Mund und biss fest auf den Nagel. Welche Frage hatte Rosalind ihm drinnen gestellt? *Wer löscht deine Erinnerung aus?*

»Orion ist derjenige, den sie für die Morde verändert haben«, schloss Phoebe mit Gewissheit. Sie lehnte sich in ihren Sitz zurück, legte die Hände in den Schoß und stellte die Füße flach auf den Boden. »Gehen wir. Wir müssen herausfinden, wohin man sie bringt. Wir müssen sie da herausholen.«

44

Rosalind ging in der Zelle auf und ab, stampfte auf den Boden, als könnte sie mit dem Fuß durchbrechen. Auch aus den anderen Zellen, in die man den Rest von Seagreens schuldigen Angestellten gesteckt hatte, hörte sie Poltern. Botschafter Deoka befand sich in der Zelle gegenüber und sah Rosalind durch die Stäbe neugierig an.

»Ich wusste immer, dass an Ihnen etwas faul war.«

»Halten Sie die Klappe«, fauchte Rosalind sofort.

»Als ich Miss Zheng schickte, um das Bild aus 1926 zu untersuchen, hatte ich den Verdacht, dass Sie nur über Ihr Alter lügen. Wer hätte ahnen können, dass es eine ganz andere Identität war? Lang Shalin, ehemalige Scarlet, zu einer einfachen Büroarbeiterin degradiert. Sind Sie deshalb nicht wütend auf Ihre Regierung?«

Rosalind donnerte die Faust gegen die Stäbe. Es dröhnte laut, schepperte vibrierend, was die ganze Zelle erbeben ließ. Schnell zupfte Orion an ihrem Ellbogen, zog sie zurück. Was es ihnen auch bringen mochte, die Soldaten hatten beschlossen, sie und Orion in dieselbe Zelle zu stecken, in der Annahme, dass es zwischen ihnen keinen Ärger gäbe.

»Geh nicht darauf ein«, flüsterte Orion.

»Wie könnte ich das nicht?«, erwiderte Rosalind. Sie rang mit ihm, wandte sich wieder Deoka zu. »Hielten Sie sich für schlau, als Sie uns in der Tram den Verfolger hinterherschickten? Die Akte zurückstahlen?«

Deoka sah sie gelassen an. Wenn man ihm eine Schreibmaschine in die Zelle gestellt hätte, hätte er die freie Zeit wohl dazu genutzt, Arbeit zu erledigen. »Ich habe keine Ahnung, wovon Sie sprechen. Wieder sollten Sie einen Blick auf Ihre eigene Regierung richten. Eine tolle Spionin sind Sie.«

Bevor Rosalind durch die Stäbe schreien konnte, hob Orion sie hoch und verfrachtete sie in die andere Ecke der Zelle. Sie ließ sich anheben, zu entnervt, um zu kämpfen. Dort stand eine Pritsche und sie warf sich darauf, ihr Rücken steif und in Habachtstellung.

Deoka hatte auf gewisse Weise recht. Es gab so viele Lügen an jeder Ecke, dass Rosalind kein Vertrauen in ihre eigene Regierung hatte.

»Dao Feng ist verschwunden.«

Sie ließ die Information ohne Einleitung fallen. Orion brauchte mehrere lange Sekunden, um ihre Worte zu registrieren, und noch mehr Sekunden, um sicherzugehen, dass er sie richtig verstanden hatte. Langsam ließ er sich ebenfalls auf die Pritsche sinken und beobachtete ihre Reaktion, als er neben ihr saß. Er schien darauf vorbereitet zu sein, jeden Moment aufzuspringen, falls sie protestierte. Das tat sie nicht, also blieb er.

»Verschwunden ... aus seinem Krankenhausbett?«

»Falls er überhaupt je ein Krankenhausbett brauchte.«

Orion zog die Knie an, die Arme daraufgelegt. »Willst du sagen ...?«

»Ich weiß nicht, was ich sagen will.« Rosalind wackelte mit dem Fuß. »Ich versuche mein Bestes, es von oben zu betrachten. Ich versuche mir vorzustellen, was ich sagen würde, wenn das hier jemand anderem passieren würde und ich selbst keinen Anteil daran hätte.«

Sie blickte nach unten, starrte auf die Hände in ihrem Schoß. Als Orion die Knie ausstreckte, sich bequemer hinsetzte, ahmte er ihre Haltung genau nach – sie beiden auf der Pritsche, Beine vor sich ausgestreckt. Langsam schob Rosalind ihre Hand einen Zentimeter hinüber, dann noch einen. Als er seinen kleinen Finger um ihren schlang, erwiderte sie die Geste und hielt ihre Hände nah beieinander.

»Dao Feng ist unser Betreuer«, sagte sie leise. »Es gibt keine Einschränkungen, wenn es darum geht, unsere Missionen von neugierigen Augen zu schützen und unsere Erinnerung danach auszulöschen. Sein Angriff war anders als alle anderen. Er bildete mich in Giften aus. Er würde besser als jeder andere in der Stadt wissen, wie er sich glaubhaft selbst verletzen und unbeschadet überleben könnte.«

»Aber wir hätten ihn nie wegen etwas verdächtigt«, sagte Orion. »Warum sich überhaupt selbst verletzen?«

Das war die große Frage. Rosalind hatte keine Hypothese. Auch Orion brütete über seinen Gedanken, seine Brauen zusammengezogen. Inmitten seines Grübelns zog er an ihren verschränkten kleinen Fingern, drehte Rosalinds Hand um und ließ seine Handfläche vollständig hineingleiten.

»Ich muss fragen«, begann Orion zögerlich. »Bedeutet das, dass du mir glaubst?«

Am anderen Ende der Arrestzellen schrie jemand laut, forderte etwas von den Wachen. Die Nationalisten hatten nur zwei Uniformierte drinnen platziert – der Großteil von ihnen wurde woanders benötigt, um die Burkill Road zu durchsuchen und in Lagerhalle 34 zu gelangen und die Herstellung dessen zu stoppen, was auch immer sie dort schufen.

»Es sind schon seltsamere Dinge geschehen«, erwiderte Rosalind. »Ich kann eine Stichwunde in Sekundenschnelle heilen. Jemand hat dir eine Gehirnwäsche verpasst. Das ist die Welt, in der wir leben.«

Orion seufzte. Seine Hand ergriff ihre fester. »Natürlich würdest du selbst um fünf vor zwölf noch so pragmatisch darüber denken. Lady Fortuna, wie bist du entstanden?«

»Nur Fortuna«, verbesserte Rosalind ihn. Sie lehnte ihren Kopf gegen die Wand, der kalte Druck des Steins kühlte ihren Körper. »Weißt du, in welchem Jahr ich geboren wurde?«

»Ja, 1907«, antwortete Orion blitzschnell. Leicht beschämt fügte er eine Sekunde später hinzu: »Ich habe es in deiner Todesanzeige gelesen.«

Rosalind pustete ihre losen Haare nach oben. Sie hatte so viele Todesanzeigen überall in der Stadt. Würden sich nach Jiemins Verkündung heute Abend Gerüchte verbreiten? Würde Shanghai erneut wissen, dass sie in ihrer Mitte lebte?

»Und doch blieb ich neunzehn Jahre alt«, sagte sie. »Es liegt nicht daran, dass ich mich weigere, erwachsen zu werden: Mein Körper steht still, mein Verstand ist darin eingesperrt. Ich habe so viele schreckliche Dinge getan, Orion. Ich habe der falschen Person vertraut. Die Stadt flog in die Luft, meine Familie zerbrach und zur Strafe kam der Tod zu mir.« Sie wagte, ihn anzublicken. Er lauschte ihr andächtig. »Aber meine Schwester rettete mich. Sie kannte jemanden, der helfen konnte, als ich fiebrig und krank war. Er spritzte mir etwas in den Arm, das mich wieder ins Leben zurückbrachte. Jetzt kann ich nicht altern. Ich kann mit monströser Geschwindigkeit heilen.«

Manchmal dachte Rosalind, sie könnte das invasive Material noch spüren, das vor vier Jahren durch ihre Venen gerauscht war. Ein brennendes Gefühl floss mit ihren Blutkörperchen als ihre ergänzende Lebenskraft.

»Es war, wie zu brennen, nicht wahr?«, fragte Orion, als hätte er ihre Gedanken gelesen. »Als bahnte es sich einen Weg, um alles zu verschlingen, das es berührte, und unterwegs deinen Körper neu zu erschaffen.«

Rosalind blinzelte. Sie hatte nicht erwartet, dass er das Gefühl so treffend beschreiben würde. »Ja. Genau.«

»Manchmal träume ich von diesem Gefühl.« Orion strich mit dem Daumen über die weiche Haut ihres Handgelenks. »Ich glaube, für mich fühlte es sich auch so an.«

Doch er konnte sich nicht erinnern. Er konnte so einfach aus dicken Seilen ausbrechen, als wären es Schnüre. Wahrscheinlich könnte er ein Loch durch Stein schlagen, wenn er sich genug Mühe gab.

Doch er konnte nicht sagen, wie er so geworden war. Zumindest hatte Rosalind ihre merkwürdigen Fähigkeiten erhalten, als man sich bemüht hatte, ihr Leben zu retten. Es schien, als wäre Orion verändert worden, damit jemand anderes ihn benutzen konnte.

Wut tobte in ihrem Magen. Wer auch immer ihm das angetan hatte – wer diese verdammten Experimente geschaffen hatte –, Rosalind würde ihn dafür büßen lassen. Für all die Tode und dann für dieses eine furchtbare Verbrechen.

Orions Mundwinkel verzogen sich plötzlich zu einem Lächeln. Der Anblick war bizarr, während Rosalind so finstere Gedanken hatte.

»Was?«, fragte sie.

»Nichts.« Ein Augenblick verstrich. »Du bist also eine ehemalige Revuetänzerin, hm?«

Rosalind verdrehte die Augen. Natürlich. Sie konnte sich darauf verlassen, dass er anfangen würde, Witze zu reißen, während sie in eine Zelle gesperrt waren.

»Nein, ich werde nicht für dich tanzen.«

Sein Lächeln wurde breiter. »Das hast du bereits, erinnerst du dich?«

»Das zählt nicht. Ich hatte mich verkleidet.«

»Wenn du das sagst.« Er strich wieder mit dem Daumen über ihr Handgelenk. Das schien ihm zu gefallen. »Ich weiß eine Menge über Revuetänzerinnen.«

»Oh, glaub mir, das weiß ich«, sagte Rosalind.

Der vage Lärm am anderen Ende der Zellen verklang endlich. Die Stille hielt keine drei Sekunden an, bevor ein erschreckend lautes Klappern zu hören war. Sofort beeilte Rosalind sich, Haltung anzunehmen, und sprang auf. Orion tat es ihr gleich und wartete darauf, was das Geräusch war. Sie beobachteten den Soldaten, der neben der Tür stand, argwöhnisch sein Gewehr umklammerte und sich in Bewegung setzte, um dem Laut nachzugehen. Sobald er aus ihrem Sichtfeld war, hörte man einen Schrei und ein schweres Plumpsen.

Rosalind und Orion blickten sich an.

»Was war das?«, zischte Rosalind.

»Das war ich. Keine Sorge.«

Die Stimme war vertraut. Tatsächlich hätte keiner von beiden überrascht sein sollen, als Alisa vor ihrer Zelle auftauchte und herumtänzelte, als sei sie hier zu Hause.

»Was?«, fragte Orion. »Wie bist du rausgekommen?«

»Was für eine Frage ist das?«, erwiderte Alisa. Sie hielt einen ganzen Schlüsselbund in der Hand und ging ihn durch, während sie versuchte, den richtigen Schlüssel zu finden, um Rosalind und Orion zu befreien. Aus der anderen Zelle beobachtete Deoka sie mit einer Mischung aus Entsetzen und Faszination. »Ich kann überall rauskommen. Ich bin Alisa Nikolajewna Montagowa.«

Rosalind stemmte die Hände in die Hüfte. Alisa steckte einen Schlüssel ins Schloss und drehte ihn.

»Na gut«, gab Alisa zu. »Ich habe den Soldaten so lange geärgert, dass er sich durch die Stäbe auf mich stürzte, und dann stahl ich seine Schlüssel. Wenn es funktioniert, funktioniert es.« Sie schwang die Zellentür auf. »Kommt schon. Bevor der Rest von Seagreen ebenfalls versucht, sich zu befreien.«

Rosalind hatte draußen einen ausgewachsenen Kampf erwartet. Stattdessen hatte nur eine Handvoll Nationalistensoldaten die Station bewacht – und sie waren alle tot.

»Ist das dein Werk?«, fragte sie erstaunt, drehte einen der Männer um und fand eine einzelne Schusswunde in seinem Hals. Das Blut um ihn herum war nicht weit gesickert. Die Pfütze beschränkte sich auf einen großzügigen roten Fleck.

»Wann hätte ich die Zeit dazu gehabt?«, fragte Alisa. »Natürlich nicht. Mein Plan war, dass Orion alle in der Station abwehrt.«

Orion runzelte die Stirn, ein stummer Protest darüber, dafür eingesetzt zu werden, ihnen gewaltsam einen Weg nach draußen zu bahnen. Doch hier war keine Menschenseele, die abgewehrt werden musste. Es sah aus, als hätte bereits ein Kampf stattgefunden und doch hatte sich niemand zu den Arrestzellen durchgedrängt. Warum all das? Wer hatte das getan?

Eine Seitentür schlug zu. Die drei fuhren herum. Rosalind entdeckte ihr beschlagnahmtes Messer, das auf einem Schreibtisch lag, schnappte es sich und zog es sofort aus der Scheide.

Doch keine Verstärkung der Nationalisten kam in die Station – es war Phoebe.

Sie blieb abrupt stehen. »Was ... ist hier passiert?«

»Was machst du hier?«, wollte Orion wissen. Er eilte hinüber und zog sie in eine Umarmung. »Du allein bist dafür verantwortlich, dass ich einen Stressausschlag bekomme.«

Phoebe schnitt eine Grimasse und wand sich aus seinem Griff. »Ich komme, um zu helfen. Silas hat sich in jedes Netzwerk eingeschaltet, das ihm einen Bericht darüber geben konnte, was sich in der Mission abspielte. Sie haben in der Burkill Road eine Razzia durchgeführt, aber niemand geht zu Lagerhalle 34. Der Antrag wurde irgendwo entlang der Befehlskette blockiert.«

Es wurde immer deutlicher. Jemand im Innern, jemand mit genug Einfluss auf die Angelegenheiten der Geheimabteilung, stand in enger Zusammenarbeit mit dem Plan.

»Wie wolltest du helfen?«, rief Orion. »Indem du allein in die Station marschierst?«

»Silas hätte das Licht abgeschaltet!«, beharrte Phoebe. Sie gestikulierte in Alisas Richtung. »Wir haben es schon mal gemacht, oder nicht?«

»Das war eine kommunale Station! Das hier hätte so gefährlich sein können, wenn ...«

Orion sah sich um. Er verstummte, immer noch verwirrt über die Frage, was hier genau passiert war. Es sah nach der Arbeit eines Attentäters aus. Doch entgegen der allgemeinen Auffassung gab es nur eine begrenzte Anzahl von Attentätern in der Stadt.

»Lagerhalle 34«, sagte Rosalind laut. »Orion, wir müssen los.«

Wenn die chemischen Experimente an dem Mann, der überlebt hatte, endlich ein Erfolg gewesen waren, dann waren sie bereit, es zu verteilen. Ein Gebräu, das einen Menschen so stark machte wie Orion und so unzerstörbar wie Rosalind. Sie mussten es aufhalten. Sie konnten nicht zulassen, dass es sich verbreitete.

Orion nickte. »Beeilen wir uns.«

Draußen, in einer Nische nahe der Polizeistation, fummelte Silas am Schaltkasten herum und wirkte unerhört überrascht, als er sie auf sich zukommen sah.

»Ich habe noch nicht einmal die ...«

»Du musst Phoebe hier wegbringen«, befahl Orion.

»Was!«, kreischte Phoebe. »Ich habe euch rausgeholt!«

Alisa verzog das Gesicht, doch beteiligte sich nicht an dem Streit. Das musste sie nicht.

»Alisa Montagowa hat uns rausgeholt. Weil sie eine Agentin ist. Weil wir alle ausgebildet sind. Du bringst dich in Gefahr, Phoebe.«

»Aber ...« Phoebe presste die Lippen zusammen, suchte ... suchte verzweifelt ... nach einem Argument.

»Bitte«, flehte Orion. »Du hast durch den Draht alles gehört. Du hast gehört, wofür ich festgenommen wurde. Meine Erinnerung wird gelöscht. Ich werde kontrolliert. Wenn ich mich nicht zurückhalten kann, wenn es wieder passiert, dann will ich dich nicht in meiner Nähe haben. Ich habe bereits jemanden verletzt, den ich liebe. Ich werde nicht riskieren, auch dich zu verletzen.«

Rosalind fühlte den Schmerz in ihrem Magen wie eine körperliche Empfindung. Als öffnete sich ihre frühere Wunde wieder, riss von innen heraus. Währenddessen ging Phoebe einen zittrigen Schritt rückwärts. Sie wirkte nicht glücklich. Doch was sollte sie dagegen einwenden?

Silas reichte Orion die Autoschlüssel. »Ich werde Jiemin erneut kontaktieren«, sagte er. »Mir eine bessere Erklärung holen, darüber, was mit unseren Einsatzkräften vor sich geht, und versuchen, ihn zu überzeugen, Leute zu dieser Lagerhalle rauszuschicken. Wie hat er überhaupt von dir erfahren?«

»Wie zur Hölle soll ich das wissen«, murmelte Orion mit gequältem Gesichtsausdruck »Bisher hätte ich nichts gewusst, wenn nicht ...«

Orion verstummte, sah Rosalind an. Er versuchte nicht, seinen Kummer zu verbergen. Er wollte, dass sie wusste, wie sehr es ihm leidtat, sie verletzt zu haben. Dass er wusste, dass er sie möglicherweise wieder verletzen würde und wünschte, sie könnte es aussitzen wie Phoebe, anstatt es zu riskieren.

Rosalind öffnete die Autotür und glitt auf den Beifahrersitz. Es war nicht realistisch, sie fernzuhalten. Dies war ihrer beider Mission. High Tide war ihre gemeinsame Einheit, untrennbar. Einer ohne die andere war unvorstellbar.

»Alisa«, rief sie. »Kommst du auch?«

Alisa ließ sich auf den Rücksitz gleiten. »Natürlich. Dumme Frage.«

45

Orion folgte den dunklen Straßen vorsichtig, die Augen ständig in Bewegung, um sicherzugehen, dass sie keine falsche Abzweigung nahmen. Er hatte kein Vertrauen mehr in sich selbst. Jede Entscheidung war von Zweifel geplagt und dann hatte er plötzlich Angst, dass der Gedanke nicht seinem eigenen Verstand entsprang.

Er bemerkte nicht, dass seine Hände am Lenkrad zitterten, bis Rosalind seinen Ellbogen berührte und ihre beruhigende Gegenwart anbot. Ein Atlas lag aufgeschlagen in ihrem Schoß. Es war einfach, das Stück Land zu identifizieren, wo Lagerhalle 34 sich befinden sollte. Nun ging es nur noch darum, dorthin zu gelangen.

»Bieg da vorn ab.«

Die Stadt war gespenstisch still außerhalb der Stadtgrenzen. Orions Blick fiel auf ein Haus in der Ferne. Dann erneut, als sie daran vorbeifuhren und er erkannte, dass es kein Haus war, sondern eine verlassene Mühle.

»Wir müssen entscheiden, wie wir vorgehen werden«, sagte Rosalind, als die Bäume entlang der Straße dichter wurden. »Falls wir Dao Feng dort finden …«

Sie verstummte. Konnten sie ihn wie einen Verräter behandeln? Konnten sie alles über ihn vergessen und sich darauf konzentrieren, ihn auszuschalten, selbst wenn das bedeutete, ihm das Leben zu nehmen?

»Was erwartest du denn, dort zu finden?«, meldete Alisa sich von hinten zu Wort.

»Schwer zu sagen«, erwiderte Rosalind. »Aber jemand hat unsere Streitkräfte aus einem bestimmten Grund aufgehalten. Die Waffe ist fertig. Die letzte Testperson hat überlebt. Koste es, was es wolle, wir können es nicht fortbestehen lassen.«

Orion packte das Lenkrad fester. Er konnte die Angst fühlen, die seinem Atem Eis einflößte und mit jedem Ausatmen ins Auto rauschte. Was würde die Stadt heimsuchen? Wenn sie mit ihm allein so viel Chaos anrichten konnten, was wären dann die Konsequenzen einer Armee, eines Bataillons, einer ganzen Militärmacht?

Alisa beugte sich plötzlich vor und steckte den Kopf zwischen den Vordersitzen hindurch.

»Vor uns befindet sich ein Militärfahrzeug.«

Orion ging vom Gas und hielt den Atem an, während sie vorbeifuhren. Doch das andere Fahrzeug war nicht besetzt. Nicht gekennzeichnet.

»Jemand ist hier«, riet Rosalind. »Oder mehrere.«

Orion wollte nicht weiterfahren. Er wollte das Lenkrad herumreißen und sie vom Kurs abbringen, weg von der Lagerhalle. Leider war das keine Option.

Die Lagerhalle kam in Sicht. Orion stoppte den Wagen, bevor sie zu nahe herankommen konnten. Sein Herz pochte heftig in seinem Brustkorb. Der Anblick war ihm auf unbestimmte Art vertraut. Sobald er versuchte, seine Erinnerung zu erforschen, fest entschlossen, aufzudecken, ob er schon einmal hier gewesen war, spürte er einen körperlichen Schmerz, der ihm den Zugang verweigerte.

Ein anderes Fahrzeug parkte vor der Lagerhalle.

»Lasst sie mich zuerst überprüfen«, sagte Alisa, die bereits ihre Tür öffnete. »Es könnte meine Seite sein.«

»Was?«, erwiderte Rosalind schnell und drückte ihre eigene Tür auf, um Alisa aufzuhalten. »Warum sollte sie das sein?«

»Meine Vorgesetzten hatten fotografische Beweise der Morde, erinnerst du dich? Ich möchte wetten, dass sie schon eine Weile hiervon gewusst haben – von allem, einschließlich des endgültigen Ziels.« Alisa hielt inne. Sie sah Orion an. »Nach ihrem misslungenen Entführungsversuch müssen sie beschlossen haben, dass es sich als nützlicher erweisen könnte, zu warten, bis die Experimente tatsächlich erfolgreich waren, und dann zur Quelle zu eilen, um die Waffe zu stehlen.«

Vielleicht war er anfällig dafür, der anderen Seite gegenüber bittere Gefühle zu hegen, nachdem sein Bruder übergelaufen war. Doch Orion fühlte eine tiefe, finstere Abneigung gegen diese Vorgesetzten. Sie hatten Bescheid gewusst und ihn nicht aufgehalten. Sie hatten Bescheid gewusst und beschlossen, ihn zu ihrem eigenen Vorteil zu überwachen, anstatt ihn aufzuhalten. *Gott*. Hatte Oliver Bescheid gewusst?

»Was stimmt nicht mit ihnen?«, murmelte er.

»Das ist Kriegsführung«, sagte Alisa, wenn auch zögerlich. »Natürlich wollen sie diese Waffe. Natürlich würden sie sich rücksichtslos benehmen, um sie sich für das höhere Wohl zu sichern.«

Es würde den Verlauf des Krieges verändern. Orion streckte die Hände im Schoß. Neben ihm schloss Rosalind den Straßenatlas mit einem dumpfen Knall. Sie konnten es sich problemlos vorstellen. Soldaten, die einen Mann durch den Raum werfen konnten, die nicht schliefen, nicht alterten und keine Fleischwunden erlitten. Der Sieg wäre zum Greifen nah.

»Bleibt hier, bis ich die Umgebung überprüft habe«, wies Alisa sie an. Sie schloss ihre Tür. »Nur für den Fall. Ich werde schreien, wenn sich herausstellt, dass es stattdessen Leute sind, gegen die wir kämpfen müssen.«

Sie ging davon, bevor Orion oder Rosalind zustimmen konnten. Es war nicht so, als müsste sie sie um Erlaubnis bitten. Im Auto wurde es still. Rosalind warf den Atlas auf den Boden.

»Das ergibt Sinn«, sagte sie leise. »Auf allen Seiten. Warum sie diese Waffe unbedingt haben wollen. Macht ist wichtiger als alles andere. Man kann nicht für die eigenen Werte kämpfen, wenn man nicht zuerst Macht besitzt.«

Orion lehnte sich in seinem Sitz zurück und fuhr sich mit den Fingern durch die Haare. Jeder war so verzweifelt auf Macht aus – warum hatten sie sie also zuerst ihm gegeben? Er wollte sie nicht. Diese Bastarde hätten sie behalten sollen. Ihre eigene Drecksarbeit verrichten sollen.

»Ich will mit all dem nichts zu tun haben«, beschloss er. »Ich will ein Heilmittel.«

»Vielleicht finden wir eines.« Rosalind starrte geistesabwesend geradeaus. »Vielleicht müssen wir nicht ewig so bleiben und als nationale Werkzeuge behandelt werden. Vielleicht können wir einfach Menschen sein.«

Gerade als Orion fragen wollte, ob sie wirklich an diesen Gedanken glaubte, blickte sie ihn an und er musste nicht mehr fragen. In dieser einen Bewegung wechselte sie von abwesend zu zielstrebig, rief eine Entschlossenheit hervor, die ihm durch und durch ging, so einfach, wie andere Leute lächelten. Orion hatte noch nie jemanden wie sie getroffen.

»Beantworte mir etwas«, sagte er, obwohl er das Gefühl hatte, die Antwort bereits zu kennen. »Warum lässt du zu, dass du jetzt ein Werkzeug bist? Warum gehst du nicht einfach weg?«

Rosalind schürzte die Lippen. Sein Blick folgte der Bewegung nach unten. Sie bemerkte es nicht.

»Weil ich noch nicht genug getan habe. Mir wurde Macht gegeben, um sie zu benutzen. Also werde ich sie benutzen, bis dafür kein Bedarf mehr besteht.«

»Dann wirst du nicht ruhen, bis die Stadt friedlich und geheilt ist?« Er wandte sich in seinem Sitz um, zog ein Knie an, damit er sich ihr zuwenden konnte. »Shanghai wird niemals heilen, Geliebte. Es ist gebrochen, wie jeder Ort auf seine Weise.«

»Ich verbringe jede Nacht schlaflos. Wenn man genug Zeit damit verbringt, eine zerschmetterte Glasvase zusammenzukleben, hat man am Ende wieder eine Vase.«

Orion konnte nicht aufhören, sie anzusehen. Diese entschlossenen Augen und die Haltung ihrer Brauen. Künstler würden sich überschlagen, um ein solches Gesicht auf ihre Kriegsposter zu malen. Wenn man ihre Miene lebendig genug wiedergab, würde der Anblick reichen, um die Welt in den Krieg zu führen.

»Aber Shanghai ist keine Glasvase«, sagte er sanft. »Es ist eine Stadt.«

Rosalind seufzte und überprüfte die Nacht draußen. Bisher kein Signal von Alisa. Die nächste Minute verbrachten sie in zaghaftem Schweigen, nicht weil es nichts mehr zu sagen gegeben hätte, sondern weil zu viel gesagt worden und ein Moment Pause nötig war.

»Wenn du die Wahrheit wissen willst, ich war nicht immer so.« Rosalind lehnte sich gegen das Armaturenbrett, die Hände unter dem Kinn und die Ellbogen zu beiden Seiten abgespreizt. Ihre Stimme bebte leicht. »Ich kümmerte mich nicht genug um meine Familie, um die Stadt, um die Welt. Dann ließ ich jemanden, den ich liebte, alles zerstören, und das war das Schlimmste, was ich je getan habe.« Sie hielt inne. Als sie den Kopf zur Seite legte, erhellte blauweißes Mondlicht ihre hohen Wangenknochen und ließ sie aussehen, als leuchtete sie von innen. »Ist es nicht merkwürdig, wie wir uns auf Chinesisch entschuldigen? In jeder anderen Sprache ist es eine Version von ›Entschuldigung‹ oder Leid. Aber ›duì bù qǐ‹ ... Wir sagen, dass wir dem nicht gewachsen sind. Entschuldige, dass ich nicht getan habe, was erwartet wurde. Entschuldigung, dass ich dich enttäuscht habe. Entschuldige, dass du erwartet hast, dass ich dich vor Schaden bewahren würde, und ich es nicht getan habe ... ich habe es nicht getan.«

»Rosalind«, sagte Orion. Er musste zugeben: Seit er ihren wahren Namen erfahren hatte, war er besessen von dessen Klang auf seiner Zunge. Er passte viel besser zu ihr als Janie Mead. »Du willst damit nicht sagen, dass du die ganze Stadt vor Schaden bewahren willst. Du wirst dein ganzes Leben damit verbringen, es zu versuchen, und trotzdem versagen. Es gibt einen Grund dafür, dass *duì bù qǐ duì bù qǐ* ist. Wir sind nur menschlich. Wir werden nie dem gewachsen sein, was alles sein könnte.«

Rosalind schenkte ihm ein kleines Lächeln, sie wirkte beinahe verwirrt. »Mit genug Zeit …«

»Nein. Du kannst die Welt nicht retten. Du kannst versuchen, eine Sache zu retten, wenn es sein muss, aber es reicht aus, wenn diese Sache du bist.«

Rosalind blickte wieder durch die Windschutzscheibe. Immer noch nichts von Alisa.

»Du siehst immer wieder auf deine Hände, weißt du das?«

Oh? Diese plötzliche Wendung der Unterhaltung hatte er nicht erwartet.

»In der Wohnung, in den Arrestzellen und auf dem Weg hierher«, fuhr sie fort. »Alle paar Minuten siehst du sie an und Panik huscht über dein Gesicht. Deshalb wusste ich, dass ich dir glauben kann. Ein anderer Liebhaber von mir schämte sich nie, wenn er mich verletzte. Aber von dir fühle ich eine Welle der Scham nach der anderen ausgehen.«

Orion blinzelte. Sie hatte gesagt »ein anderer Liebhaber von mir«. Bedeutete das, dass auch Orion einer war? Er wollte das – er wollte es so sehr. Und doch hatte er einen Schaden angerichtet, den er nicht einmal ganz verstehen konnte. Er wusste nicht, was er getan hatte. Wie sollte er da wissen, was er bereuen sollte?

»Es … tut mir leid«, sagte er instinktiv.

Rosalind nahm seufzend ihre Niederlage hin. Er hatte sich erneut dafür entschuldigt, die Frustration ausgelöst zu haben, doch dann streckte sie die Hand aus und legte sie an seine Wange.

»Dein Leben ist mein, wie meines dein ist.« Dies war ein Echo ihrer Feststellung von vor ein paar Tagen, doch jetzt hatte sie ein anderes Kaliber. »Wenn ich verspreche, mich selbst zu retten, kannst du versprechen, dir selbst zu vergeben? Können wir einen Handel eingehen?«

Das kann ich nicht, dachte er, doch die Worte blieben ihm im Hals stecken. Sie betrachtete ihn mit so viel Ernst, dass er es nicht ertragen konnte, sie zu enttäuschen.

»Ich werde es versuchen«, antwortete er stattdessen. Er würde versprechen, bis ans Ende der Welt zu wandern und die Stelle zu finden, an der der Himmel begann, wenn es bedeutete, dass sie ihre Hand dort ließ. Wenn es bedeutete, dass er den Rest seiner rasenden Sorgen übertönen konnte, wenn er sich auf den Klang ihrer Stimme konzentrierte. Er war darüber hinaus, sie lieb zu gewinnen. Sie war die Heilige, deren Führung er folgte, der Polarstern seines Herzens.

»Gut«, sagte Rosalind. Dann lehnte sie sich vor und küsste ihn, als hätte er ein Gelübde abgelegt, als leistete sie ihren eigenen Eid, und Orion hätte sich darin verlieren können.

Trotz der im Umkreis geparkten Autos war der Bereich um Lagerhalle 34 still, frei von Aktivität. Alisas Stiefel schritten über trockene Blätter, während sie das Grundstück in einem kleinen Kreis umrundete. Ihre eigenen Schritte waren die einzigen menschlichen Geräusche, die sie wahrnahm. Als sie zur Vorderseite der Lagerhalle kam, rief sie nicht zuerst nach Rosalind und Orion – sie schob die Tür langsam auf und wartete auf eine Reaktion.

Doch da war keine Bewegung. Da war nur Dunkelheit.

Alisa betrat die Lagerhalle, wobei sie sich Mühe gab, so leise wie möglich zu sein. Sie suchte nicht nach dem Lichtschalter; sie orientierte sich im Mondlicht, ließ ihre Augen sich daran gewöhnen, während dunkle Formen Gestalt annahmen. Da waren die erwarteten Kisten und Schachteln, die mit Ausrüstung und verschütteten Flüssigkeiten bedeckten Tische. Waren sie einfach vor allen anderen bei Lagerhalle 34 angekommen? Da der Großteil von Seagreen verhaftet worden war, war die Kommunikation der Verschwörung vielleicht einfach unterbrochen.

Alisa hielt inne und beäugte die Tür auf der anderen Seite der Lagerhalle. Sie suchte sich einen Weg hinüber und drückte die Klinke nach unten.

Doch sobald sie die Tür einen Zentimeter öffnete, schlug sie von innen zu. Ein Kreischen durchdrang die Lagerhalle, so laut, dass Alisa sich die Hände auf die Ohren presste und herumfuhr. Ein Alarm? Was war das?

Etwas flackerte am Rand ihres Sichtfelds. Als Alisa hektisch neben den Regalen und Kisten Ausschau hielt, wurde ihr klar, dass es Formen gab, die sich recht gut an die Bodenbretter angepasst hatten.

»Oje«, sagte sie laut.

Die Lagerhalle war nicht leer.

Soldaten säumten die Wände in enger Aufstellung, alle schlafend. Alisa zählte nicht weniger als zwanzig. Einige von ihnen trugen die Uniform der Kaiserlich Japanischen Armee, andere die Farben der Kuomintang, irgendwie als Schulterschluss vermischt.

Einer von ihnen verlagerte das Gewicht. Ein anderer wandte sich um.

Sie erwachten.

Aus dem Nichts begann die Lagerhalle mit dem fortwährenden Geräusch eines Alarms zu kreischen. Rosalind riss den Blick von der Karte los, die sie wieder aufgehoben hatte, und beeilte sich, die Tür zu öffnen. Alisa war nicht zurückgekehrt. Etwas musste schiefgegangen sein.

»Sei vorsichtig«, warnte Orion, der sich genauso schnell bewegte. Sie umrundeten das Auto, ohne den Blick von der Lagerhalle zu nehmen. »Wir wissen nicht, mit was wir es aufnehmen müssen.«

Um sie herum heulte der Wind wie ein Rudel Wölfe, die Böen fuhren mit geisterhaften Fingern durch Rosalinds Haare. Sie zog zwei Haarnadeln heraus, ließ die Locken von ihren Schultern gleiten und hinter ihr her fliegen. Orion ging voran, stürzte sich zuerst in die Lagerhalle. Rosalind umklammerte die Haarnadeln fest – scharfe Enden nach vorn –, bevor sie ihm folgte.

Alisa war nirgendwo zu sehen. Stattdessen trafen sie auf japanische Soldaten, die in der Mitte der Halle Wache standen und sich Rosalind und Orion zuwandten, sobald sie ihr Eindringen hörten.

Zumindest waren sie unbewaffnet.

Orion sagte etwas auf Japanisch. Es funktionierte nicht. Sie stürmten vor.

»Rosalind, beweg dich!«

Sofort sprangen die beiden in verschiedene Richtungen, blockten den Versuch der Soldaten ab, sie festzunageln. Rosalind duckte sich, um dem ersten Wischen eines Arms auszuweichen, der auf sie zukam, doch für den zweiten war sie nicht schnell genug. Sobald der Soldat sie schubste, um sie aus dem Gleichgewicht zu bringen, knallte sie zu Boden, ihr Ellbogen krachte unschön gegen den Betonboden.

»Sie sind nicht verändert«, rief Orion herüber. »Aber ...«

Er verstummte, zu abgelenkt davon, sich zu verteidigen, obwohl Rosalind wusste, was er sagen würde. Diese Soldaten – ihre Blicke waren gespenstisch leer, ungerührt, wie Orion es gewesen war, als sie ihn in der Gasse angetroffen hatte. Sie waren verändert, wenn auch nur ihr Verstand.

Hier war sie und glaubte, sie hätten solches Glück, dass die Soldaten keine Waffen trugen. Stattdessen machte man sie zu Waffen. Ausgelöscht und neu gebaut, unmenschlich gemacht, ganz nach den Absichten einer größeren Macht. Es war reines Glück, dass die letzte Lieferung des Experiments entweder noch nicht in Lagerhalle 34 angekommen oder noch nicht umgesetzt worden war, ansonsten wäre dies kein Kampf – es wäre sofortige Vernichtung.

Sie beobachtete, wie Orion seine Pistole zog und zwei der Soldaten erschoss. Sie zuckten kaum zusammen, bevor sie zu Boden gingen.

Rosalind atmete keuchend ein. Dies war also nun das Schlachtfeld. Dies war, wie Gefechte bald aussehen würden: Spielzeug, das herumgeschoben wurde, jedes Leben so entbehrlich wie Räucherpapier.

Rosalind wirbelte die Haarnadel in ihrer Hand und stach die gesamte Länge in die Wade des nächsten Soldaten. Einen Moment lang reagierte er nicht. Einen Moment lang glaubte sie, die Wissenschaftler könnten einen Weg gefunden haben, um zu umgehen, dass diese Soldaten so verändert waren, dass sie auch gegen Gifte immun waren.

Dann brach er zusammen.

Ein paar Schritte weiter hatte Orion seine Pistole fallen gelassen, ihm waren die Kugeln ausgegangen. Drei Soldaten umstellten ihn und Rosalind zögerte nicht. Sie warf sich vor. Erstach einen, duckte sich unter dem Angriff des anderen hindurch. Als Orion den dritten packte, schrie sie: »Halt ihn fest!«

Orion erstarrte mit festem Halt um die Unterarme des Soldaten. Rosalind stach ihm die vergiftete Nadel in den Magen. Sobald Orion ihn losgelassen hatte, wiederholten sie dieselbe Taktik bei dem anderen.

»Wir haben Zeit«, sagte Rosalind atemlos. »Die erfolgreiche Charge wurde bei ihnen noch nicht angewendet…«

»Pass auf!«

Einer der Soldaten warf sie zu Boden. Bevor sie sich erholen konnte, trat er sie hart in den Bauch und Rosalind rollte sich zusammen, reglos durch den Angriff. Obwohl Rosalind keine Prellungen bekam, tat es trotzdem weh.

Der Soldat hob erneut den Fuß. Gerade als er wieder zutreten wollte, wahrscheinlich, um ihre Lungen plattzudrücken, taumelte er rückwärts. Ein schweres *Dunk* hallte durch die Lagerhalle.

Orion hatte eine Kiste nach ihm geworfen. Er stürzte vor und hob eine weitere hoch, doch anstatt sie zu werfen, schwang er den Arm und ließ sie gegen den Kopf des Soldaten krachen, während er fauchte: »Finger«, er holte erneut aus, »weg«, ein weiterer harter Schlag, »von«, die Kiste zerbrach in zwei Teile, »meiner Frau.«

Der Soldat fiel zu Boden. Orion wischte sich einen kleinen Blutspritzer aus dem Gesicht. Zwei Soldaten rückten vor.

Es war eine furchtbare Schlacht. Viel zu viel passierte auf einmal und sie waren zahlenmäßig heillos unterlegen. Als ein weiterer Soldat sich näherte, bevor sie sich hochziehen konnte, wurde Rosalind gerade noch von einer unscharfen Bewegung gerettet, die aus den Deckenbalken fiel. Sie brauchte einen Moment, um zu erkennen, dass es sich um Alisa handelte: Sie fiel auf die Schultern des Soldaten und streckte die Arme aus, um seinen Nacken mit einem Übelkeit erregenden Knacken herumzudrehen.

Mit derselben Bewegung purzelte sie von ihm herunter und landete hart auf den Knien, bevor sie sich aufrichtete.

»Igitt, ich fühle mich wie mein Bruder«, sagte sie und schüttelte ihre Hände aus. Sie sah Rosalind an, die endlich wieder auf die Beine gekommen war. »Es werden mehr kommen – sie haben tatenlos gewartet.«

Wie aufs Stichwort drang Lärm aus einer der Ecken der Lagerhalle. Rosalind starrte beunruhigt mit zusammengekniffenen Augen in die Dunkelheit. Sie hatte es nicht einmal bemerkt.

»Wir müssen gehen. Wir sind in der Unterzahl.«

»In dem Raum da drüben ist jemand«, entgegnete Alisa. »Ich glaube, wir sind in eine aktive Operation hineingeplatzt. Etwas beginnt.«

Doch dies war kein Kampf, dem sie gewachsen waren. Sie konnten es weiter versuchen oder fliehen. Und wenn das Opfer für den Versuch ihr Leben war …

Ein Schuss hallte durch die Lagerhalle. Rosalind fuhr herum, die Augen weit aufgerissen. Sie hatte gedacht, Orion wären die Kugeln ausgegangen. Woher kam er dann?

Ein weiterer Schuss schaltete den zweiten Soldaten aus, mit dem Orion gekämpft hatte. Obwohl ohne das Deckenlicht kaum etwas zu erkennen war, stand Rosalind nahe genug, um das klaffende Loch in der Brust des Soldaten zu sehen.

Die Kugeln kamen von draußen, abgefeuert durch die offene Tür der Lagerhalle. Wieder. Und wieder. Jede landete mit tödlicher Zielgenauigkeit.

»Priest«, sagte Alisa ungläubig. »Die Kommunisten sind hier.«

Rosalind verlor vor Erstaunen beinahe das Gleichgewicht. Warum schaltete Priest die japanischen Soldaten aus, aber ließ sie und Orion unverletzt? Und wo war der Rest der Kommunistenagenten, wenn ihr Scharfschütze sich draußen befand?

Kaum eine Sekunde verging zwischen den Schüssen. Die letzte Kugel fand ihr Ziel, schaltete den letzten Soldaten aus, der eine Bedrohung darstellte.

Stille legte sich über die Lagerhalle. Sie waren von Leichen umgeben. Orion stürzte eilig zu Hallentür und sah in die Nacht hinaus, doch seiner Miene nach zu urteilen, konnte er nicht sehen, woher die Kugeln gekommen waren.

»Warum würde Priest uns helfen?«, fragte er.

Rosalind kam ein Gedanke. Die Nationalistenstation mit all den getöteten Soldaten, damit sie ohne Probleme entkommen konnten. War das ebenfalls Priest gewesen?

»Wir haben keine Zeit, das herauszufinden.« Auf der Rückseite der Halle erblickte Rosalind die Tür, von der Alisa gesprochen hatte. Als Rosalind darauf zu ging, rief Alisa eine Warnung, brüllte: »Ich habe dir gesagt, jemand ist …«

Rosalind stieß die Tür auf. Sie schenkte Alisa einen fragenden Blick.

»Was zur Hölle …?«, murmelte Alisa ungläubig und eilte herüber.

Niemand war im Raum, doch es gab einen Hinterausgang, der in die Nacht hinausführte. Wenn Alisa zuvor jemanden hier drinnen gehört hatte, dann war dieser jemand geflohen. Nur eine Kiste war zurückgeblieben, der Inhalt in der Eile halb auf den Tisch geschüttet.

Rosalind ging direkt darauf zu und zog die Zeitungen heraus, die zu den Phiolen hineingestopft worden waren. Zwischen den raueren Zeitungsseiten befanden sich Blätter weißen linierten Papiers, auf denen in sorgsamer Handschrift Formeln und Gleichungen niedergeschrieben waren. Sie hatte sich nicht tief in die Kiste gewühlt, die sie in der Burkill Road geöffnet hatten, doch sie fragte sich, ob dort dasselbe zu finden gewesen wäre. Weitergegebene Fortschritte.

Rosalind hob eine Phiole hoch. Das Glas war beißend kalt in ihrer Hand. Hinter ihr hörte sie Orion langsam in den Raum treten, sich vorsichtig nähern.

War dies eine alte Charge? Oder war es dieselbe Version, die man zur Burkill Road geschickt hatte – die genau das tat, was sie sollte?

Ich will mit all dem nichts zu tun haben. Ich will ein Heilmittel.

»Alisa«, rief Rosalind. Als Alisa an ihre Seite kam, gab sie ihr eine der Phiolen. »Kannst du das zu Celia bringen?«

Alisa zog die Augenbrauen hoch, nahm die Phiole jedoch entgegen. »Warum braucht Celia die?«

»Tut sie nicht.« Rosalind straffte die Schultern. Orion beobachtete sie. »Ich zerstöre den Rest. Aber wenn wir davon ausgehen, dass das ihr letzter Experimentversuch ist ... müssen wir vielleicht eine sichern. Um ein Heilmittel herzustellen. Sie ist die einzige Person, der ich zutraue, auf so etwas aufzupassen.«

»Was ...«

Alisa salutierte gespielt und unterbrach, was auch immer Orion sagen wollte. »Kann ich machen. Ich sehe euch in Shanghai.«

Sie rannte aus dem Raum und verließ die Lagerhalle durch den Eingang. Orion wandte sich Rosalind zu. Obwohl ihm etwas auf dem Herzen liegen musste, hörte Rosalind ihm nicht zu: Sie machte sich an die Arbeit und zog die Papiere aus der Kiste – Schlagzeilen und Formeln – und begann, sie zu zerreißen, riss die Papiere in der Mitte durch, dann wieder, bis sie unleserliche Papierflocken waren.

»Warte, Rosalind«, sagte er plötzlich. Bevor Rosalind die Papiere in noch kleinere Schneeflocken zerreißen konnte, griff er nach einem Fetzen und hielt ihn vor seine Augen. Es gab nur wenig Licht zum Lesen. Es gab nur wenig Licht, um zu sehen, dass Orion erblasste, doch Rosalind sah es trotzdem.

»Was ist los?«, fragte sie.

Ohne Vorwarnung flog die Hintertür auf.

Rosalind griff nach dem Messer an ihrem Bein, zog es schnell heraus. Sie wusste nicht, wen sie erwartet hatte. Ein Teil von ihr hatte Todesangst, dass Dao Feng hereinkommen könnte.

Sie wusste nicht, ob sie verwirrt oder erleichtert sein sollte, dass er es nicht war.

Es war eine Frau.

»Rosalind«, sagte Orion plötzlich. »Steck das Messer weg.«

Sie runzelte die Stirn. »Was?«

»Steck es bitte weg«, sagte er erneut, dieses Mal leiser. Erschütterung lag in seiner Stimme. »Das ... das ist meine Mutter.«

46

»Deine Mutter?«, vergewisserte Rosalind sich. Sie senkte das Messer nicht.

Die Frau, die durch die Tür trat, war sittsam gekleidet, ihr langer Bleistiftrock reichte bis über ihre Knie und eine runde Brille saß auf ihrer Nase. Ihre schwarzen Haare waren zu einem tiefen Knoten zusammengebunden, ein zögerliches Lächeln lag auf ihren Lippen. Obwohl ihr Gesicht bei näherer Betrachtung vom Alter faltig war, wirkte sie aus der Ferne jugendlich, wäre problemlos als die neuste Lehrassistentin an der örtlichen Universität durchgegangen.

Rosalind wusste nicht, was sie von Lady Hong erwartet hatte, doch nicht das. Die Zeitungen hatten sie als eine in sich zusammenschrumpfende ehemalige Buchhalterin beschrieben, die bei den ersten Anzeichen von Ärger zurückgeschreckt war, sich dafür entschieden hatte, davonzuschleichen und ihre Familie im Stich zu lassen. Entweder jemand, dem das Rückgrat fehlte und der die Ruhe dem öffentlichen Interesse vorgezogen hatte, oder jemand, der zu viel Nationalstolz hatte, um sich mit verräterischem Verhalten abzugeben. Egal welchen Weg sie wählten, es passierte stets mit einem Hauch wilder Emotionen.

Diese Lady Hong, die vor ihnen stand, wirkte gepflegt. Gelassen.

Die einzige Unstimmigkeit war der Schmutz an ihren hübschen Schuhen. Mit Schlamm bedeckt, als hätte sie sich in den Wald geschlagen, doch ...

»Liwen«, sagte seine Mutter. »Ich dachte mir, dass du es bist. Ich habe das Auto erkannt.«

Rosalinds freie Hand schoss vor, um Orions Ellbogen zu packen, als er auf seine Mutter zugehen wollte. Er drehte sich abrupt um, verwirrt darüber, dass sie ihn aufhielt. Im perfekten Gegensatz zu seiner Verwunderung war Rosalind eiskalt.

»Dies ist auch nicht meine Idealvorstellung davon, meine Schwiegermutter kennenzulernen. Aber was machen Sie hier, Lady Hong?«

Spannung breitete sich im Raum aus. Lady Hong hatte offensichtlich die Flucht ergreifen wollen, dann hatte sie erkannt, dass Orion hier war, und war zurückgekehrt.

So schön es war, sich eine wohlverdiente Mutter-Sohn-Wiedervereinigung vorzustellen, war Orion Hong wertvoll – eine lebende Waffe. Und jemand hatte ihn dazu gemacht.

Lady Hong zögerte bei der Frage. Während dieser Pause blickte Rosalind wieder zu den zerrissenen Papieren in Orions Händen und sie sah sich das Gekritzel genauer an. Er hatte es sich wahrscheinlich vor ein paar Sekunden zusammengereimt. Sein vorübergehendes Hochgefühl schob die Schlussfolgerung beiseite, versuchte, sie zu verdrängen. Doch er hatte die Handschrift erkannt. Er wusste, wer hinter diesem Plan steckte.

»Nun gut, versuchen wir es mit einer einfacheren Frage«, sagte Rosalind. »Was war für Sie drin? Geld? Macht?«

»Rosalind«, flüsterte Orion, doch sein Vorwurf war halbherzig. Er wusste so gut wie sie, in welcher Situation sie sich befanden.

Lady Hong zog die Schultern zurück. »Ich war eine Wissenschaftlerin in Cambridge, bevor ich heiratete. Wusstest du das?« Sie kam näher. Rosalind zog Orion fest am Arm und sie beide einen Schritt rückwärts. »Natürlich wusstest du das nicht. Die Zeitungen erwähnten es nie. Die Oberschicht mochte es nicht, wenn ich davon sprach. Die Nationalisten fragten liebend gern nach meiner Expertise, als sie ein paar Experimente machten. Doch sobald wir etwas Potenzial erreichten, legten die Obersten ihr Veto ein und das war's dann. Vergessen war, was ich hätte finden können.«

Orions Atem ging flach. Rosalind versuchte wieder, sie rückwärts zu ziehen und gleichzeitig nach der Kiste mit den Phiolen zu greifen. Obwohl sie es schaffte, trotz des Messers in ihrer Hand die Kiste zu packen, hielt sie an, bevor sie einen weiteren Schritt gehen konnte. Orion leistete Widerstand.

»Rosalind, warte«, sagte er.

»Worauf? Deine Mutter hat dir das angetan.«

Lady Hong zupfte an ihren Ärmeln. Sie wirkte enttäuscht, als wäre dies eine Veranstaltung, die schieflief, und nicht der Höhepunkt einer Ermittlung in einer Terrorzelle. Als stünde sie nicht im Mittelpunkt des Ganzen.

»Miss Lang, ziehen Sie keine voreiligen Schlüsse«, sagte sie.

Rosalind drückte die Kiste fester an ihre Brust. Also kannte seine Mutter ihre Identität. Seine Mutter hatte wer weiß wie lange ein Auge auf sie gehabt.

»Ich glaube nicht, dass sie auch nur im Entferntesten voreilig sind«, erwiderte Rosalind. »Ich denke, die Nationalisten haben Sie hergeholt, um Experimente durchzuführen, als der Bürgerkrieg begann. Soldaten erschaffen, die schneller, stärker, tödlicher sind. Soldaten erschaffen, die auf dem Schlachtfeld gewinnen.«

Sie erinnerte sich an den Ausdruck auf Dao Fengs Gesicht, als sie ihn nach einer Mission angeschrien hatte, weil sie in ihren frühen Tagen als Fortuna über den Tod eines unschuldigen Forschers gewütet hatte. Behauptet hatte, sie würde nicht für ihren Krieg arbeiten. Besorgnis war auf seinem Gesicht erschienen, dann hatte er ihre Schulter getätschelt und sie dazu gedrängt, ruhig zu bleiben und sich daran zu erinnern, dass sie auf derselben Seite standen. Dass er wusste, dass sie aus eigenem Antrieb handelte, dass es in Ordnung war, wenn sie nicht so töten wollte.

Du bist nicht nur unsere Waffe, Lang Shalin. Du bist eine Agentin.

»Sie haben Sie ausgebremst, nicht wahr? Haben Ihre Nachforschungen beendet. Sie hielten sie für unmoralisch. Sie verwandelten echte Menschen in Waffen.«

Lady Hongs Miene verfinsterte sich. »Das war dumm. Wir waren einem Durchbruch so nah.«

Endlich fügten sich die Teile zusammen. Eines nach dem anderen.

»Die Nationalisten entzogen Ihnen die Mittel«, fuhr Rosalind fort. »Doch Sie waren nicht bereit, aufzugeben. Also gingen Sie zu den Japanern, nahmen deren Mittel an und gaben ihnen im Austausch Ihre Forschung. Sie führten Ihr Experiment an Ihrem eigenen Sohn durch. Wusste General Hong Bescheid? Oder ließen Sie ihn einfach den Kopf hinhalten, als er wegen der Überreste Ihrer Papierspur angeklagt wurde, *hanjian* zu sein?«

Unter ihrer Berührung war Orion vollkommen versteinert. Rosalind hatte einen Schuss ins Blaue abgegeben, doch durch Lady Hongs eisiges Schweigen wusste sie, dass sie sich auf dem richtigen Weg befand. Nationalistensoldaten und japanische Soldaten betrieben diese Lagerhalle gleichermaßen, die Augen ausdruckslos.

Rosalind fuhr fort: »Oder war es eine Zusammenarbeit? Gaben Sie ihm jederzeit Anweisungen, ließen ihn die Anrufe machen, um Ihren Sohn für die Drecksarbeit zu rufen?«

Lady Hong blieb zuerst weiterhin stumm. Dann sagte sie: »Ich werde mich nicht einem Kind erklären.«

Orion hatte endlich genug gehört. Genug, um sich einen Teil des Ganzen zusammenzureimen. Genug, um ihm alle Hoffnung zu rauben, die zum Leben erwacht war, als seine Mutter in der Tür aufgetaucht war. »Nicht einmal deinem eigenen Kind?«

Auf dem Tisch neben ihnen lagen ein Tablett, eine Pipette und ein Bunsenbrenner. Der Brenner war bereits mit dem überirdischen Gashebel verbunden. Rosalind schätzte grob die Distanz ein.

»Dein Vater und ich haben einen sehr gut durchdachten Plan ausgearbeitet«, sagte Lady Hong angespannt. »Vielleicht ist er nicht glücklich damit, wie langsam er voranschritt, doch wir sind uns unserer Endziele bewusst. Die Kuomintang kann uns nicht mehr finanzieren. Das japanische Kaiserreich schon. Wir tun das auch für dich, Liwen. Für uns als Familie.«

»Wie tut ihr das für mich?«, verlangte Orion zu wissen. Ein spöttisches Lächeln lag auf seinem Gesicht, doch er konnte nicht die Trauer verbergen, die sich ebenfalls dort zeigte. »Ihr habt euch zurückgelehnt und zugesehen, wie ich Leute ermordete. Ist eure Forschung so viel wichtiger? Ist es so viel wichtiger, dass Vater eine größere Armee bekommt? Ihr habt mich gegen mich selbst ermitteln lassen.«

Rosalind bewegte sich ein paar Zentimeter nach links. Als Lady Hong erneut sprach, gab sie vor, Orions Fragen nicht gehört zu haben, nur seine letzte Anschuldigung.

»Es hätte nie so weit kommen sollen. Ich habe deinem Vater gesagt, dass er deine Operation unterbinden solle. Er behauptete, er habe nicht die Macht, um die Geheimabteilung zu beeinflussen. Er hat deine Beteiligung an der Geheimabteilung stets missbilligt.«

Orions Kiefer spannte sich an. Er schüttelte den Kopf, auch wenn die Geste in erster Linie wirkte, als gäbe er sich geschlagen.

»Ich dachte, du wärst tot. Du hast mich verlassen …«

»Ich war immer in der Nähe«, unterbrach Lady Hong ihn nachdrücklich. »Ich behalte dich und Phoebe im Auge. Der Himmel weiß, wie schwierig das ist, da du und deine Schwester so gut darin seid, Verfolger abzuschütteln. Verjagt sie, ohne guten Grund.«

Während ihr niemand Beachtung schenkte, bewegte Rosalind sich noch ein Stück nach links.

»Wie in aller Welt hätte ich wissen können, dass du uns von Männern mit leerem Blick verfolgen lässt?«, fragte Orion währenddessen. »Du hast unser Leben verlassen. Und jetzt finde ich heraus, dass ich dich alle paar Wochen gesehen habe, damit du meine Erinnerungen auslöschen konntest? Was stimmt nicht mit dir?«

»Hör mir zu«, sagte Lady Hong. Sie klang, als würde sie vor einem Hörsaal eine Vorlesung halten. Sie zeigte keine Reue für das, was sie tat. Keine Reue für das, was sie einer feindlichen Nation versprach, um die Erste zu sein, die eine wissenschaftliche Entdeckung machte. »Du trägst einen sehr frühen Stamm in dir. Ich habe ihn dir nur gegeben, weil er weniger gefährlich war … bevor wir die Forschung für Heilung starteten. Der menschliche Körper erneuert sich nicht gern selbst. All unsere Verluste stammten daher, dass der menschliche Körper sich nicht gerne selbst erneuert.«

Verlust. Als wären die Versuchskaninchen, die sie von der Straße holte, Soldaten und keine Mordopfer. Als konzentriere sie sich nicht darauf, Leute aus dem chinesischen Verwaltungsbezirk zu wählen, da sie wusste, dass es dort wenig Kontrolle gab und dass niemand sich die Mühe machen würde, nachzuforschen.

»Aber du musst ihn weiter nehmen«, fuhr Lady Hong fort. »Deine Kopfschmerzen sind eine Nebenwirkung. Ohne eine neue Dosis des alten Stamms alle paar Wochen werden sie schlimmer und schlimmer, bevor sie dich das Leben kosten. Es dauerte etwas, bis wir das herausgefunden haben. Es dauerte etwas, bis wir herausgefunden haben, dass wir die Nebenwirkungen nur dauerhaft beheben können«, sie nickte zu der Kiste unter Rosalinds Arm, »wenn wir dir die Endversion geben. Wie ich gesagt habe. Alles, was ich mache, mache ich auch für dich.«

Haidis Schrei halte durch Rosalinds Gedanken. Ihre Verzweiflung im Bankettsaal. *Die sind nicht gefährlich. Die sind für mich. Ich sterbe ohne sie!*

Noch ein Experiment. Eine spätere Charge.

»Das ist …« Orion brach ab, unfähig, weiterzustreiten. Seine Trauer war Bitterkeit gewichen. Seine Augen, zuvor noch groß und erschrocken, waren jetzt vor Feindseligkeit schmal. Rosalind wollte die Hand nach ihm ausstrecken und ihn besänftigen, doch sie wusste, dass er damit allein zurechtkommen musste. Seine Mutter mochte behaupten, dass sie das alles für ihn tat, doch wenn sie gar nicht erst an ihm experimentiert hätte, wäre sein Leben nicht in Gefahr.

»Lass mich raten«, sagte er. »Wenn ich die Endversion nehme, werde ich so hirnlos wie diese Soldaten da draußen.«

»Nein, das ist ein vollkommen anderer Stamm«, entgegnete Lady Hong. Rosalind hätte beinahe laut aufgelacht. Sie klang so verdammt gleichgültig, behandelte das Thema, als wäre es keine große Sache. Orion hatte offensichtlich eine Version dieser Hirnlosigkeit, wenn sie ihn durch die Stadt schicken konnten, ohne dass er sich daran erinnerte.

Rosalind musste ein Geräusch gemacht haben, trotz ihrer Bemühungen. Lady Hong blickte zu ihr. Zu der Kiste.

»Miss Lang«, sagte sie, »um Liwens willen, händigen Sie das aus.«

Rosalind trat folgsam einen Schritt vor.

»Rosalind!«, zischte Orion warnend.

Sie drehte sich um und sah ihn an. *Dein Leben ist mein Leben.*

Und sie konnte es nicht allein retten.

Rosalind warf die Kiste auf den Boden. Die Glasphiolen zerschmetterten alle zugleich. Kleine Scherben vermischten sich mit hellgrüner Flüssigkeit, die in alle Richtungen rann. Bevor Lady Hong reagieren konnte, stürzte Rosalind sich auf den Bunsenbrenner und stieß mit dem Fuß gegen das Pedal unter dem Tisch. Eine stechend blaue Flamme erwachte zum Leben.

»Ich werde Vaterlandsverrätern nicht helfen«, sagte sie kalt. Sie ließ den Brenner fallen. Mit einem Knall gingen Holzkiste, Zeitungen und grüne Flüssigkeit in flackerndes Feuer auf, das alles verschlang, was ihm in die Quere kam.

Das Entsetzen stand Lady Hong ins Gesicht geschrieben. Es war zu spät, um irgendetwas davon zu retten. Sie konnte nur zusehen, wie alles verbrannte.

Ihr Blick schoss hoch und traf Rosalinds. »Du weißt nicht, was du getan hast.«

»Ich weiß genau, was ich getan habe«, erwiderte Rosalind und bevor sie es sich anders überlegen konnte, richtete sie das Messer in ihrer Hand neu aus und holte zum Schlag aus.

Sie stach daneben – um Haaresbreite.

Lady Hong warf sich nach hinten, ihre Lippen verzogen sich, als der Bogen, den das Messer beschrieb, an ihrer Nase vorbeizischte. Nun legte sich Wut über ihren verkniffenen Mund und verdrängte ihre vorherige Ruhe.

»Lady Fortuna, Sie spielen falsch«, sagte sie verächtlich. »Doch das kann ich auch. *Oubliez.*«

Rosalind versuchte erneut, zuzustechen, doch sie konnte nicht verhindern, dass sie über den Wechsel ins Französische die Stirn runzelte. *Vergesst? Vergesst was?*

Plötzlich schloss sich Orions Hand um ihren Oberarm und schubste sie rückwärts. Der Angriff war kraftvoll genug, dass er Rosalind gegen die gegenüberliegende Wand krachen ließ. Ihre Schulter knackte laut. Das Messer fiel zu Boden. Sie hatte nur eine Sekunde Zeit, um Luft zu holen. In der nächsten Sekunde hob Orion sie wieder hoch.

Nein.

»Orion«, keuchte sie. Da war nichts in seinem Blick. Kein Erkennen oder Humor, kein Sinn für irgendetwas, abgesehen von einem leeren, getrübten Blick. »Orion, nicht –« Rosalind wich seiner Faust aus. »Reiß dich zusammen!«

Er zielte niedrig. Sie fühlte, wie ihre Schulter wieder einrenkte und zu heilen begann, was ihr die Kraft gab, sein Handgelenk abzufangen, es hochzudrücken und den Fuß hinter sein Knie zu wuchten, als sein Körper sich wand, um der Bewegung zu folgen. Obwohl Orion stolperte, warf er sich bewusst nach vorn, drehte den Fuß herum, sobald er genug von seiner Balance wiedererlangt hatte, um Rosalind aus dem Gleichgewicht zu bringen.

Sie krachte zu Boden. Fluchte böse vor sich hin. Sie würde diesen Kampf verlieren. Es machte keinen Unterschied, wie schnell sie heilen konnte. Orion war zu stark, um sich abhalten zu lassen.

Sein Schatten ragte über ihr auf. Bevor sie sich wegrollen konnte, hatte er sie festgenagelt, Hände um ihre Kehle. Rosalind spannte den Kiefer an, um dem Druck etwas entgegenzusetzen, drückte so hart sie konnte, um seine Finger loszureißen, doch es war, als würde sie gegen Stahl kämpfen.

»Orion«, keuchte sie.

Sein Griff zog sich zusammen.

»Orion, Orion.« Der Hauch eines Erkennens regte sich in seinen Augen. »Ich bin es. Ich bin es.«

Orions Hände lockerten sich kaum merklich. Obwohl sein Gesichtsausdruck noch immer leer war, lag etwas darin. Etwas, das versuchte, sich an die Oberfläche zu kämpfen.

Rosalind tat das Einzige, das sie tun konnte. Sie streckte den Arm aus, ihre Finger strichen gerade so über die Klinge des Messers – sie streckte sich, streckte sich und gerade als ihre Sicht vollkommen schwarz wurde, schaffte sie es, den Griff zu packen und die Klinge in Orions Schulter zu stoßen.

Orion zuckte mit einem Keuchen zusammen und ließ sie los.

Ohne zu zögern, befreite Rosalind sich, kam auf die Beine und schnappte nach Luft, während sie sich von ihm entfernte. Sie erwartete, dass er sofort wieder angriff, doch das Messer hatte seinen veränderten Zustand beeinflusst. Kleine Blutströpfchen rannen von seiner Schulter auf den Boden.

»Orion?«, versuchte sie es behutsam.

»Geh«, knurrte er. Rosalind fuhr zurück, zu Tode erschrocken. Auf der anderen Seite des Raums hatte Lady Hong ihre Pistole gezogen, da sie sah, dass der Kampf unterbrochen war. Rosalind schenkte seiner Mutter kaum Beachtung, trotz der Bedrohung, die sie darstellte. Ihre Aufmerksamkeit galt allein Orion.

Er ließ das Blut rinnen. Seine Hände waren fest in den Boden gedrückt, auf dem Beton abgestützt. Er sah aus wie eine besiegte Gottheit, deren menschliche Hülle sie kaum halten konnte, Kopf gebeugt und auf den Knien, die Handflächen zum Gebet gesenkt.

»Rosalind«, stieß er hervor. »Geh. Bitte.« Und er war es. Er war eine Gottheit, die flehte. »Rosalind, geh! Geh!«

»Hong Liwen, steh sofort auf«, befahl Lady Hong und zielte mit ihrer Pistole auf Rosalind. Ohne einen Moment zu zögern, drückte sie ab.

Die Kugel drang tief ein. Rosalind hatte nicht einmal daran gedacht, sich zu bewegen. Sie riss die Hände hoch, um sie auf ihren Bauch zu drücken, in schierem Unglauben, weil sie gerade erschossen worden war. Sie war völlig orientierungslos. Orion schrie: »Geh! Bitte, geh!«. Lady Hong zielte erneut. Rosalind konnte sich nicht einmal denken hören wegen der Benommenheit, nachdem er sie beinahe erwürgt hatte, und nun die Hälfte ihrer Eingeweide kurz davor war, herauszufallen.

Sie konnte Orion nicht hierlassen. Der Schmerz in ihrem Magen war qualvoll. Die Entscheidung, die vor ihr lag, war noch schlimmer.

Lady Hong schoss erneut. Eine weitere Kugel bohrte sich weiter oben in Rosalinds Rippen, blühte in dunklem, dunklem Rot auf.

»Geh! Rosalind, geh!«

Das musste sie. Sie konnte eine Schusswunde heilen. Doch wenn Lady Hong noch höher zielte, konnte sie ihren Kopf nicht heilen, wenn er weggeschossen wurde.

Es tat mehr weh, wegzugehen, als sich die Kugeln einzufangen. Doch Rosalind stolperte zur Hintertür, taumelte in die Nacht hinaus – gerade als eine dritte Kugel ihr hinterherjagte, stattdessen den Türrahmen traf und Holzsplitter in alle Richtungen spritzten.

Obwohl Rosalind rannte, konnte sie nicht anders, als zurückzublicken. Lady Hong schritt stattdessen zu Orion, warf die Pistole beiseite.

Steh auf, wollte sie brüllen. Sie wollte schreien, jede Waffe schwingen, die sie je zu führen gelernt hatte, und in den Kampf ziehen. Doch wenn Orion so benutzt wurde, hatte sie ihm nichts entgegenzusetzen – und er war nicht derjenige, den sie verletzen wollte.

Lady Hong hatte etwas aus ihrer Tasche geholt. Orion kniete noch immer, zitterte weiterhin, während er versuchte, sich davon abzuhalten, Rosalind hinterherzujagen.

Eine Spritze tauchte auf. Orion weigerte sich, aufzusehen. Diese war nicht grün. Sie war mit roter Flüssigkeit gefüllt.

Rosalind rannte nicht weiter. »Orion, komm schon, komm schon ...«

Seine Mutter stieß die Spritze in seinen Hals. Sie drückte den Kolben hinunter. Orion riss den Kopf hoch. Vielleicht schrie Rosalind entsetzt auf, doch sie nahm es nicht wahr. Wenn ihre größte Angst Wirklichkeit geworden war, dann hatte man ihm gerade gespritzt, was die Gedanken der anderen Soldaten ausgelöscht hatte. Welche Anweisung Lady Hong ihm auch als Nächstes gab, Rosalind hörte sie nicht, da sie auf dem Absatz kehrtmachte und zwischen die Bäume rannte, nach Luft schnappte. Sie fühlte, wie ihr Körper pochte, Blut pumpte heftig um die Kugeln in ihr.

Sie konnte nicht anhalten. Selbst als sie in einem unebenen Teil des Unterholzes stolperte, auf ihre Knie fiel, sammelte sie ihre restliche Kraft und war in Sekundenschnelle wieder auf den Beinen, hastete tiefer in den Wald.

Weiter und weiter rannte sie.

Denn wenn Orion sie fand, würde er sie töten.

47

Alisa erreichte den Aufgang des Fotografieladens und blickte um sich, um sicherzugehen, dass sie am richtigen Ort war: 240 Hei Long Road. Hier war es.

Sie ging um das Gebäude herum zur Hintertür und trommelte laut mit beiden Fäusten dagegen. Es war ihr egal, ob die Nachbarn sie hörten; an spätabendlichen Besuchern war nichts übermäßig verdächtig. »Celia! Celia, ich bin es!«

Drinnen wurde aufgeschlossen. Als die Tür sich öffnete, wartete nicht Celia, sondern Oliver Hong.

»Hallo«, grüßte Oliver sie und neigte neugierig den Kopf zur Seite. In seinen Armen lag eine Katze, die schnurrte, als er ihren kleinen Kopf kraulte. »Wer bist du?«

»Wo ist Celia?«, fragte Alisa stattdessen.

»Ich bin hier.« Als er Celias Stimme hörte, rückte Oliver zur Seite und machte ihr im Türrahmen Platz. Celia trug bereits einen Morgenmantel und wirkte entsetzt, als sie herauskam. »Alisa, was machst du so weit außerhalb der Stadt?«

Alisas Finger schlossen sich fester um die Phiole in ihrer Tasche. Sie wollte sie herausziehen, doch dann zögerte sie, ihr Blick huschte zu Oliver. Mit einem Mal kam ihr alles in den Sinn, was sie über ihn wusste: all die Verluste, die er im Einsatz verursacht hatte, all die Menschen, die Angst hatten vor dem, wozu er fähig war. Wenn die Gerüchte stimmten, flüsterten sogar einige, dass er Priests Betreuer sei.

»Rosalind bat mich, dir etwas zu geben«, sagte Alisa vorsichtig. »Aber dir ... nur dir. Sie vertraut niemandem sonst.«

Celia blinzelte, dann wechselte sie einen Blick mit Oliver. Der unausgesprochene Teil dieser Aussage war klar. Alisa würde Celia nichts geben, wenn das bedeutete, dass Oliver es ebenfalls in die Finger bekommen könnte.

»Alisa, es ist in Ordnung«, sagte sie. »Wenn du mir vertraust, kannst du auch Oliver vertrauen.«

Langsam ließ Alisa die Phiole los, sodass sie wieder sicher in ihrer Tasche landete. Was für eine seltsame Idee. Vertrauen gab es nicht als Pauschalangebot. Dass Oliver Celia gut behandelte, bedeutete nicht, dass dieselbe Freundlichkeit allen galt.

Alisa wandte sich Oliver zu. »Wusstest du Bescheid? Dass man deinen Bruder zu einem Mörder gemacht hat?«

Dass Oliver überrascht war, erkannte sie nur an dem Miauen, mit dem sich die Katze beschwerte. Sein Griff hatte sich fester um das kleine Tier gelegt. »Wie bitte?«

»Du musst gewusst haben, dass etwas nicht stimmte«, fuhr Alisa ruhig fort. »Auch wenn du den genauen Grund nicht kanntest, musst du gewusst haben, dass es einen gab, da unsere Leute hinter deinem eigenen Bruder her waren. Du hattest die Macht, herauszufinden, warum. Warum hast du es nicht getan? Warum hast du es nicht zu Ende verfolgt? Warum hast du nicht immer weiter oben angeklopft, bis dir jemand etwas über Lagerhalle 34 sagen konnte?«

Oliver ließ sich einen Moment Zeit, ihre Anschuldigungen sacken zu lassen. Sie hatte gesprochen, als wäre jeder Satz ein unerwarteter Schlag, und da sie nun geendet hatte, war es Zeit für seinen Angriff.

»Alisa, nicht wahr? Wovon sprichst du?«

Er schien nicht einmal angreifen zu wollen.

»Orion Hong wurde einer Gehirnwäsche unterzogen, damit er die Morde in Shanghai beging!«, sagte Alisa lauter. Um Rosalinds willen war sie plötzlich zornig. »Und wir *wussten* davon. Irgendeine Abteilung saß wer weiß wie lange auf fotografischen Beweisen, nur damit wir das fertige Experiment stehlen konnten. Wie konntest du das zulassen? Warum hast du es dir nicht zusammengereimt?«

Alisa wusste, sie hatte zu sehr mit Anschuldigungen um sich geworfen. Sie konnte nicht erwarten, dass Oliver Hong in die Zukunft sah. Trotzdem hätte er ein schrecklicher, mächtiger Agent sein sollen. Wozu war das gut, wenn man es nicht nutzte?

Als Oliver und Celia nichts erwiderten, trat Alisa einen Schritt zurück. Celia presste eine Hand auf ihren Mund, während sie die Information aufnahm. Oliver behielt sorgsam einen neutralen Gesichtsausdruck bei.

»Warum war es dir nicht wichtig genug, um es herauszufinden?«, endete Alisa mit der Frage, die sie sich schon die ganze Zeit gestellt hatte.

»Das war es«, erwiderte Oliver endlich. »Nur in die gottverdammt falsche Richtung.«

Celia blinzelte. Sie senkte die Hand. »Was?«

»Schon bei unserem allerersten Besuch erkannte ich die Arbeit meiner eigenen Mutter in Lagerhalle 34«, sagte er, jedes Wort direkt auf das vorige folgend, als könnte er es nur in einem Atemzug sagen. Sie hatten das Ende der Fahnenstange erreicht: Kein Geheimnis hatte mehr Bedeutung. »Es musste irgendeine Art von Operation der Nationalisten sein ... es bestand kein Zweifel daran. Doch ich wollte sie nicht in einen Kampf verwickeln, also hielt ich mich heraus. Ich habe es nie auch nur gemeldet. Ich war so darauf bedacht, sie in Ruhe zu lassen, dass ich mir nicht vorstellen konnte, dass Orion darin verwickelt sein könnte. Dass sie Orion wehtat, ihrem eigenen Sohn.«

Alisa wusste nicht, was sie glauben sollte.

Das musste sie auch nicht. Sie war hier fertig.

Alisa machte auf dem Absatz kehrt und rannte los. Sie hörte, wie Celia hinter ihr herrief, doch sie ignorierte sie. Sie ignorierte alles, außer der Welt um sie herum, dem Heulen der Nacht und dem Rascheln der Bäume, als sie sich einen Weg durch den Wald suchte.

Als Alisa wieder in ihre Tasche griff, war die Glasphiole so kalt geworden, dass sie in ihre Handfläche stach. Sie durfte sie nicht verlieren. Sie wurde langsamer und nahm die Phiole heraus, ließ ihren Atem sich normalisieren.

Die Nationalisten wollten sie. Die Kommunisten würden dafür töten. Die Japaner würden beide damit besiegen. Ihr Bruder hatte so viel geopfert, weil er die Stadt verändern wollte, und Alisa würde immer nur darauf hinarbeiten, dass das Wirklichkeit wurde. Und im Moment verdiente keine Seite ihre Treue, wenn sie dasselbe Gerangel um die Macht veranstalteten, das die Stadt erneut entzweibrach.

Alisa sah zum Mond auf, erlangte ihren Orientierungssinn wieder. Rosalind traute ihr zu, die Phiole zu schützen, und Alisa würde sie schützen. Sobald sie von der Bildfläche verschwand, würde niemand sie finden können.

Das war ein Versprechen.

48

Der Mörder hat keinen Namen. Er hat nie einen Namen gehabt.

Das sagt ihm seine Erinnerung. Die dunkle Straße eilt vor ihm her und er starrt mit leerem Blick nach draußen, zählt die vorbeifliegenden Straßenlaternen. Jemand fährt das Auto – seine Mutter. So viel weiß er. Doch er sollte sie nicht mehr als seine Mutter betrachten.

Dies ist seine Führung: diejenige, auf die er hören und die er um jeden Preis beschützen muss. Nichts sonst ist wichtig. Er sollte keine eigenen Triebe zulassen. Er wird keine eigenen Triebe zulassen. Er hört nur zu, befolgt nur Befehle.

Das Auto bremst plötzlich ab. In der Ferne sieht er mehrere Lichtpunkte, die größer und größer werden. Die Scheinwerfer anderer Fahrzeuge, die sich schnell nähern.

»Raus.« Seine Meisterin lässt eine Pistole in seinen Schoß fallen. »Wehr sie ab.«

Der Mörder steigt aus. Als die anderen Autos anhalten, ergießt sich eine Heerschar an Soldaten auf die Straße, das Weiß und Blau des Nationalistensymbols ist in ihre Hüte gestickt und ihre Divisionsnummern sind auf ihre olivgrünen Brusttaschen geklatscht.

Es ist schwer, im Dunkeln Gesichter zu erkennen. Es ist überhaupt schwer, Gesichter zu erkennen. Alle Personen vor ihm ähneln sich vage – Gesichtszüge verwischt und unklar.

Er stürmt vor. Er hebt seine Pistole und beginnt, zu schießen, und es dauert geraume Zeit, bis die Soldaten ihn bekämpfen.

Was sie tun oder wer ihm seine Waffen entreißt, ist unwichtig. Er packt einen Arm, der ihm nahe kommt, und bricht ihn, zieht an dem Griff um seinen Hals und wirft den Kämpfer zu Boden, so leicht, wie er ein zerknülltes Stück Papier wegschleudern würde.

Nichts ermüdet ihn.

Als das Auto von hinten heranfährt und hält, ist die Miene seiner Führung leer, während sie auf den Schaden starrt, der angerichtet wurde.

»Das reicht. Steig ein.«

Der Rest der Soldaten versucht keinen Angriff mehr. Sie treten vorsichtig beiseite, lassen ihn davongehen. Sie beobachten, wie er in das Auto steigt und mit einem Knallen die Tür schließt. Dieser Mörder – dieser gedankenlose Mörder – fragt sich, ob er jemanden schreien hört, einen Namen schreien hört. Vielleicht weiß er, wer es ist. Vielleicht weiß er, wessen Name in die Nacht geschrien wird. Doch es zischt alles davon, bevor es seine Ohren erreicht, bevor er erkennen kann, was die Worte sagen.

Das Auto fährt davon.

49

Rosalind wurde immer wieder bewusstlos. Ihr Kopf lehnte an einem Baum.

Sie heilte schrecklich langsam und der Blutverlust machte ihr zu schaffen. Die Kugeln wurden nicht ausgestoßen. Sie waren aus einem seltsamen Material und hatten sich zu tief eingebettet. Es musste Absicht gewesen sein, wenn sie bedachte, wie gut Lady Hong ihre Heilung verstand. Ihr Körper wusste nicht, was er tun sollte. Als am Rand ihres Gesichtsfelds ein Licht aufblitzte, dachte sie schon, es wäre eine Halluzination, bis Stimmen in ihre Ohren drangen. Mit trübem Blick sah Rosalind auf, suchte durch die Formen und die Verschwommenheit, bevor ein vertrautes Gesicht vor ihr auftauchte.

»Jiemin?«, fragte sie.

»Bist du verletzt?«, wollte er wissen. Mehr Stimmen umgaben sie nun: Nationalistensoldaten, die sich zwischen den Bäumen aufteilten, um die Gegend zu überprüfen. »Ich dachte, du könntest heilen.«

»Kugeln. Sie verheilen nicht gut. Zieh mich hoch.« Rosalind streckte die Hände aus und Jiemin stellte sie auf die Beine. Für kurze Zeit verdunkelte sich ihre Sicht, als sie stand, und sie wäre beinahe wieder gefallen, bevor Jiemin sie auffing.

»Du warst unvorsichtig«, fauchte Jiemin. »Ich war General Hong auf den Fersen, sobald er versuchte, unseren Antrag auf das Betreten von Lagerhalle 34 zu blockieren. Ich steckte Hong Liwen in eine Zelle, gerade um ihn der Kontrolle seines Vaters zu entziehen.«

»Es war nicht nur sein Vater.« Rosalind blinzelte energisch, um ihr Augenlicht wiederzuerlangen. »Es war auch seine Mutter. Wenn er nicht aufgetaucht wäre, hätte sie die Phiolen in der Lagerhalle genommen. Aber ich habe sie zerstört.« Eine Welle der Wut breitete sich in ihrer Brust aus. Plötzlich schubste sie Jiemin, obwohl sie schwach war. »Warum hast du nichts zu mir gesagt? Warum uns so überraschen?«

Jiemin versuchte, sie weiterzuziehen, beäugte argwöhnisch das Blut, das noch immer aus ihren Wunden pumpte.

»Weil ich eine Quelle angezapft habe, die ich nicht anzapfen sollte«, antwortete er schroff. »Eine Quelle, die jeden Teil der Stadt abhört, einschließlich der Kommunisten. Ich konnte nicht sagen, woher ich die Informationen hatte. Ich konnte nicht erklären, woher ich wusste, dass Orion der Mörder war, bevor irgendjemand sonst auf unserer Seite es wusste, also musste ich schnell handeln und allen anderen zuvorkommen. Aber du musstest losziehen und dein eigenes kleines Ding drehen.«

Rosalind kam strauchelnd zum Stehen. Es war sinnlos, jetzt darüber zu streiten. Was geschehen war, konnte nicht ungeschehen gemacht werden. Sie musste nachdenken. Sie brauchte einen Plan.

»Orion wurde mitgenommen.«

»Ich weiß«, sagte Jiemin. »Ich bin ihm auf dem Weg hierher begegnet. Er hat die Hälfte meiner Leute umgebracht. Er steht unter einer Art Bann.«

Rosalind entzog ihren Arm Jiemins Griff. Sie wäre beinahe umgekippt, als sie auf eigenen Beinen stand, doch sie musste ihm gegenüberstehen, sie musste es verstehen ...

»Wir müssen ihm folgen«, hauchte sie. »Seine Mutter kontrolliert ihn, aber wenn wir Streitkräfte der Nationalisten nehmen ...«

»Das können wir nicht.«

»Doch! Wir müssen nur ...«

»Du hörst mir nicht zu. Es ist vorbei. Das ist nicht unsere Mission.«

Rosalind taumelte rückwärts. »Wie kannst du das sagen?«, zischte sie. »Wie können wir ihn im Stich lassen?«

»Hör mir zu.«

Jiemin packte ihre Schultern und schüttelte sie. Die Bewegung verschlimmerte ihre Schmerzen, brachte jeden ihrer Sinne auf Hochtouren, doch sie begrüßte es. Sie konnte alles fühlen, alles.

»Hong Liwens Erinnerungen wurden ausgelöscht. Er ist eine Belastung und eine Bedrohung. Wir müssen Schadensbegrenzung betreiben, wo wir können.«

Rosalind fuhr zurück. Ihr Kopf drehte sich. »Du bist herzlos«, schnauzte sie ihn an. »Ich werde ihm allein folgen. Ich werde …«

Doch bevor sie den Satz beenden konnte, fiel sie gegen ihren Willen auf die Knie, fühlte unterhalb der Taille nichts mehr. Benebelt streckte sie die Hände vor sich aus. Sie waren glitschig vor Blut, sodass es aussah, als trüge sie ein Paar scharlachroter Handschuhe.

»Lang Shalin!«

Obwohl Jiemin vorstürzte, war er nicht schnell genug, um sie aufzufangen, bevor sie ins Gras fiel. Sie spürte, wie der weiche Boden sich in ihre Schläfe drückte, und in diesem Moment war sie bereit, sich davon verschlucken zu lassen.

Ihre Augen schlossen sich flatternd.

50

Die Welt kehrte nicht langsam zurück, sie kam mit einem plötzlichen Sprung wieder, als wäre ihr Gehirn mit dem Umlegen eines Schalters angesprungen. Rosalind versuchte sofort, sich aufzurichten, da sie fürchtete, in Gefahr zu sein. Doch jemand an ihrer Seite drückte sie wieder nach unten.

Es gab keine Gefahr. Dies war ein Krankenhaus.

Sie lag in einem Krankenhausbett.

Nach dieser ersten Erkenntnis registrierte Rosalind ihre Umgebung Stück für Stück. Glatte weiße Wände. Nachmittägliches Licht. Ein intravenöser Schlauch senkte sich zu ihrer Armbeuge hinab. Celia saß in einem Stuhl an ihrem Bett.

»Zieh den nicht heraus«, warnte ihre Schwester sofort.

Rosalinds Finger hatten sich bereits um den Schlauch gelegt und zogen daran. Die Nadel glitt heraus. Die Miniaturwunde schloss sich.

Celia seufzte. »Ich habe es versucht. Wie fühlst du dich?«

»Völlig in Ordnung.« Rosalind zog sich im Bett hoch. Der Schmerz war verschwunden. Sie mussten sie operiert haben, um die Kugeln zu entfernen, und sobald diese verschwunden waren, wusste ihr Körper, wie er seine Wunden zu heilen hatte. Verbände umwickelten ihre Mitte, ragten unter dem dünnen Hemd hervor, doch darunter befanden sich keine Verletzungen.

»Also, was willst du zuerst hören?«, fragte Celia. »Was du alles verpasst hast, während du in Narkose warst, oder wie ich hier sitzen kann, ohne von deinen Nationalisten verhaftet zu werden?«

»Ersteres«, sagte Rosalind und ließ ihre Arme auf die Bettdecke fallen. »Das Zweite weiß ich bereits: Du bist raffiniert.«

Celia zog eine Braue hoch und lehnte sich in ihrem Stuhl zurück. Sie trug einen *Qipao* und hatte die Haare zu aufwendigen Zöpfen hochgesteckt, zwei Reihen Schmuck hingen um ihren Hals, unter ihrem üblichen Jadeanhänger. Sie hatte das Krankenhaus als Teil der Oberschicht betreten, nicht als Agentin der Kommunistenpartei.

»Ich vermisse dich immer, aber deinen Sinn für Humor vermisse ich nicht.«

»Wer sagt, dass ich versuche, witzig zu sein? Ich meine es ernst.«

Celia schüttelte den Kopf, ein amüsiertes Kichern entkam ihr. Mehrere Augenblicke lang blieb sie stumm, sammelte ihre Gedanken. »Ich hörte von Lagerhalle 34. Die ganze Zusammenfassung. Anscheinend hatten wir Agenten in der Nähe, doch als sie sahen, was vorging, mischten sie sich nicht in das Gefecht ein.«

Rosalind hatte immer noch nicht ganz verstanden, was passiert war. Priest war ebenfalls dort gewesen und hatte ihnen geholfen – zählte das nicht als Einmischung in das Gefecht?

»Woher wussten sie, dass sie gehen mussten?«, fragte sie.

»Das … das ist die andere Sache, die ich dir erzählen muss.«

Celia zog die Beine an, stemmte sie gegen die Seite des Betts, sodass sie die Arme auf die Knie legen konnte. Sie blickte auf die Tür des Krankenhauszimmers, stellte sicher, dass niemand in Hörweite herumlungerte.

»Einer unserer Doppelagenten ist öffentlich in unsere Ränge übergelaufen. Er hat seine vorige Verbindung mit der Kuomintang aufgegeben.«

Rosalind setzte sich auf. Dieses Mal hielt Celia nicht inne.

»Er wäre beinahe entdeckt worden. Die Kuomintang hatte von einer Akte gehört, die die Decknamen dreier verdeckter Kommunisten in ihren Rängen enthielt. Sobald unterschiedliche Abteilungen Leute aussandten, um die Information abzufangen, und die Akte in Bewegung kam, wäre es nur eine Frage der Zeit gewesen, bis er und zwei seiner Männer entlarvt wurden, weil sie miteinander kommunizierten, obwohl sie sich eigentlich nicht kennen sollten. Er täuschte schon früh seine Arbeitsunfähigkeit vor, um sicherzugehen, dass er davonkam.«

»Nein«, flüsterte Rosalind. Obwohl ihre Gedanken vor schierem Unverständnis wild herumwirbelten, wusste sie, dass es so sein musste. Sie hatte jene Akte auf seine Anweisungen hin gestohlen. Es waren nie Informationen über Priest gewesen. Es war seine eigene Identität, die beinahe enttarnt worden wäre.

Celia nickte. »Vertrau mir, wenn ich davon gewusst hätte, als du mir von der Akte erzähltest, hätte ich es dir damals gesagt. Doch es war zu weit oben in der Befehlskette, um mich früher zu erreichen. Dao Feng war Lion. Zwei Agenten in der Zhejiang Geheimabteilung waren Gray und Archer. Sobald ihre unausweichliche Enttarnung bestätigt war, gab es keine Möglichkeit, die verdeckte Arbeit fortzuführen. In derselben Nacht, in der Dao Feng einen Angriff vortäuschte, sandte er Gray und Archer eine Warnung, damit sie zusammenpackten und verschwanden, bevor die Kuomintang sie einholen konnte.«

Rosalind ließ den Kopf in die Hände fallen. Das war grausam. Diese warnenden Nachrichten – sie hatte sie verschickt. Sie hatte sie in den Postkasten geworfen, da sie ohne Hintergedanken bereitwillig alles geglaubt hatte, was Dao Feng ihr erzählt hatte. War sie bis in alle Ewigkeit zu dieser Geschichte verdammt? War jeder, den sie liebte, darauf aus, sie zu hintergehen?

Sie dachte an jeden Moment mit Dao Feng zurück. Jeden Rat, den er ihr gegeben hatte, jede Lektion, die er ihr vermittelt hatte. Wie viel von Dao Fengs Zuwendung war aufrichtig gewesen? Jedes Mal, wenn sie glaubte, ihre alten Wunden versiegelt zu haben, kam ein weiterer großartiger Schauspieler, nahm die Maske ab und schlitzte sie wieder auf.

Sie atmete langsam aus, fuhr mit den Händen über ihre Wangen. Ihr eigener Betreuer war ein Doppelagent gewesen. Sie hatte eine Schwester auf der anderen Seite. Die Nationalisten würden ihr nie wieder vertrauen – zur Hölle, sie würde sich nicht einmal mehr selbst vertrauen. Jenseits des pochenden Verrats, der an ihrem Herzen zerrte, war sie beinahe wütend. Dao Feng hätte es ihr sagen können. Er wusste, dass sie den Nationalisten gegenüber keine besondere Treue empfand.

Warum hatte er sie nicht mitgenommen? Rosalind schob ihre Gefühle beiseite. Nun da sie wach war, gab es Wichtigeres zu tun.

»Celia, Orions Mutter hat ihn mitgenommen. Steckte ihm eine Spritze in den Hals und löschte ihn aus …«, flüsterte sie.

Celia wirkte, als bedaurete sie es. »Ich weiß.« Sie lehnte sich nach rechts und griff nach etwas unter dem Nachttisch. Langsam ließ Celia die Zeitung vor sie gleiten, hielt sie so, dass Rosalind den Text lesen konnte.

```
    Lang Shalin am Leben.
    Hong Liwen hanjian.
```

Die Zwischenüberschrift wurde in großer Schrift fortgesetzt. Rosalind überflog die Seite, sah »nahmen Tarnungen bei Seagreen Press an« und »Hong Buyao wegen Zusammenarbeit mit den Japanern verhaftet«, doch sie konnte nicht mehr lesen. Sie schob die Zeitung weg. Dann stieß sie einen Fluch aus.

»Oh, es wird schlimmer«, sagte Celia. Auf dem Nachttisch wartete eine weitere Zeitung. Diese schob Celia nicht einmal zaghaft herüber. Sie ließ sie geradewegs in Rosalinds Schoß gleiten.

```
       Ist Lang Shalin die
     berüchtigte Lady Fortuna?
```

Rosalind atmete langsam aus. »Guter Gott.«

»Ich habe ähnlich reagiert.« Celia nahm die Zeitung weg. »Verschwende nicht deine Zeit damit, dir darüber Sorgen zu machen, dass die Kuomintang dir nicht mehr vertrauen wird, weil dein Betreuer den Falschen treu ist. Sie können dich nicht mehr als Agentin einsetzen. Deine Identität wurde ganz Shanghai offenbart. Es würde mich nicht überraschen, wenn jemand aus ihren eigenen Reihen sie offenbart hat, nur um dich außer Gefecht zu setzen.«

Rosalind spürte, wie sich der Schrei in ihrer Kehle aufbaute. Und weiter und weiter und weiter aufbaute.

»Orion ist nicht *hanjian*«, flüsterte sie. Von all den Details, die auf die Titelseite einer Zeitung gepflastert waren, war es das, was sie am meisten störte.

Celia sagte nichts. Sie ließ Rosalind in ihrer Wut schmoren.

»Noch etwas«, fügte ihre Schwester hinzu, als ein Augenblick vergangen war. »Alisa ist verschwunden.«

Was? Rosalind setzte sich aufrechter hin. »Ist sie in Gefahr?«

»Ich glaube nicht. Sie kam, um mir etwas zu geben, aber … dann rannte sie davon. Ich kann nicht verstehen, warum.«

Rosalind konnte es ebenso wenig. Wenn sie bedachte, wie Lady Hong auf die Kiste reagiert hatte, die Rosalind zerstört hatte, befand sich die einzige Version des erfolgreichen chemischen Experiments nun in Alisas Händen. Vielleicht würde die Kaiserlich Japanische Armee Anstrengungen unternehmen, um es nachzuahmen, doch das würde beträchtliche Zeit dauern.

»Es geht ihr bestimmt gut«, sagte Rosalind. Sie wusste nicht, ob sie Celia besänftigte oder sich selbst. »Sie weiß, was sie tut.«

Es klopfte an der Tür, obwohl keine Schwester hereinkam. Celia sprang schnell auf die Beine und drückte Rosalinds Hand.

»Ich muss los.«

»Schon?« Rosalind klang wie ein bockiges Kind. Es war ihr egal. Es war beinahe bizarr – obwohl sie beide zur selben Zeit zur Welt gekommen waren, hatte Rosalind sich immer als die Älteste gesehen. Nur sah Celia jetzt viel älter aus. Wie eine echte Erwachsene, die sich ihres Platzes in der Welt sicher war. Wohingegen Rosalind … Rosalind wusste nicht, ob sie den jemals finden würde.

»Ich kann dich später wieder besuchen. Das war meine Fünf-Minuten-Warnung, bevor deine Nationalisten in dein Zimmer kommen, zur Nachbesprechung deines Einsatzes.« Celia versuchte sich an einem Lächeln. »Mach in der Zwischenzeit keinen Ärger, verstanden?«

»Wann bist du die ältere Schwester geworden?«, grummelte Rosalind.

Celia verstärkte noch einmal ihren Griff, dann ließ sie los. »Als ich älter wurde als du«, antwortete sie leise. »*Au revoir*, Rosalind. Pass auf dich auf.«

»Mach's gut«, flüsterte Rosalind ihrer Schwester hinterher, ein Stechen im Herzen, als Celia sich umdrehte, um durch die Glasscheibe in der Tür zu winken. Sie blinzelte die Tränen weg, dann kletterte sie aus dem Bett. Obwohl sie geheilt war, war sie erschöpft, ihre Beine schwer, als sie zum Fenster ging.

Shanghai tummelte sich draußen. Das Krankenhaus lag auf einem Hügel, was bedeutete, dass sie die Dächer der anderen niedrigeren Flügel sehen konnte. Jenseits dieser Dächer befanden sich der Vorderhof und der Rest der Straße. Lachende Kinder ließen ihre Gummibälle hüpfen, alte Männer verkauften frittierte Spieße, Frauen verteilten Flugblätter für eine Varieté-Vorstellung.

Rosalind drückte die Finger an ihre Schläfe, versuchte die Anspannung dort wegzustreichen. Ein Holzspielzeug rollte auf die Straße. Als ein kleines Kind hinterherlief, riss seine Mutter es am Kragen zurück. In ihrem fernen Krankenhauszimmer konnte Rosalind nicht hören, was die Mutter sagte, doch ihr erhobener Zeigefinger sprach Bände.

Gott. Rosalind liebte die Stadt, die sie vor sich sah. Wie eine Erleuchtung drang das Gefühl mit einem Mal in sie ein, so kraftvoll, dass sie daran hätte ersticken können. Sie könnte sich wegdrehen und vorgeben, dass es etwas anderes war. Und doch existierte diese Liebe, stets geduldig.

All ihre Liebe schien auf die gleiche Art und Weise aufzutauchen. Es war nicht so, dass sie an einem Tag abwesend war und am nächsten da. Sie würde einziehen, ohne dass sie es bemerkte, und mehr und mehr Platz für sich einnehmen. Und sie würde gar nicht wissen, dass in ihrem Herzen ein neuer Bewohner war, bis sie sich fragte, woher all diese Möbel kamen, und die Liebe ihr ein strahlendes Lächeln schenkte, um sie zu begrüßen.

Hinter Rosalinds Augen baute sich ein dumpfer Druck auf, als sie sich vom Fenster abwandte, zu überwältigt, um die Szenerie draußen weiter zu betrachten. Sie brauchte einen Plan. Sie musste das in Ordnung bringen.

Weil sie ihn verlassen hatte. Sie hatte ihm gesagt, dass sein Leben ihres war, und dann hatte sie ihn verlassen.

Wieder klopfte es an der Tür. Dieses Mal steckte eine Schwester den Kopf herein.

»Lang Shalin?«

Rosalind würde sich daran gewöhnen müssen: ihr echter Name wieder in der Öffentlichkeit. Sie nickte müde.

Die Krankenschwester hielt ihr einen Zettel entgegen. »Jemand hat für Sie angerufen, während Sie operiert wurden, daher hat der Anrufer eine Nachricht hinterlassen.«

Rosalind griff nach dem Zettel, ihre Brauen zogen sich zusammen. Wer würde sie anrufen, während sie operiert wurde? Ihre Vorgesetzten wären auf dem Weg, um persönlich mit ihr zu sprechen. Sie mussten ihr wohl kaum vorher eine Nachricht hinterlassen.

»Danke.« Das Papier zerknitterte in ihrer Hand. Die Ecken waren braun, wahrscheinlich feucht von verschüttetem Tee, und bereits getrocknet in der Zeit, die die Nachricht gebraucht hatte, um sie zu erreichen.

Die Schwester schloss die Tür und ließ Rosalind allein, um die Nachricht zu öffnen und sie einmal und dann noch einmal zu überfliegen.

Sie packte fester zu, zerknitterte die Tinte. Das war unwichtig. Die Worte hatten sich ihr sofort ins Gedächtnis gebrannt. Vor dem Fenster bewegte die Stadt sich weiter, schob Akteure jeder Fraktion in ihre verschiedenen Ecken und alle strebten, strebten,

strebten nach einem Leben für den Kampf. Vor Rosalind breitete sich ihre Absicht aus wie ein frisch gepflasterter Weg, auf dem sich ihre nächsten Schritte abzeichneten.

Ich kann dir helfen, ihn zurückzuholen.
Finde mich in Zhouzhuang.
– JM.

»JM«, sagte Rosalind in den leeren Raum. »Wer zur Hölle bist du?«

Epilog

Phoebe Hong trat mit schwingender Handtasche durch die Tore des Waisenhauses. Sie hielt die Schultern gerade und stolz, ihre Haltung blieb wachsam. Sie hatte die ganze Woche lang Mitgefühl und schiefe Blicke abgewehrt und ertrug das keine Sekunde länger. Das passierte wohl, wenn die eigenen Eltern sich als Vaterlandsverräter herausstellten und ihren Bruder mitschleiften. Sie wusste nicht, ob die Leute sie ansahen, weil sie Mitleid mit ihr hatten oder sie verdächtigten, die Nächste zu sein.

»*Jiějiě!*«

Ein Kleinkind rannte auf sie zu, ein Glas Marmelade mit den Händen umklammernd. Es schenkte Phoebe ein zahnloses Grinsen. »Kannst du das für mich aufmachen?«

Phoebe ging in die Hocke und erwiderte das Lächeln, während sie ihre Handtasche ins Gras stellte. Sie nahm Nunu die Marmelade ab und gab vor, gegen den Deckel anzukämpfen.

»Uuuh, das ist schwer. Weiß Schwester Su, dass du die Marmeladenschränke durchwühlst?«

Nunu hob ihre pummeligen Fäustchen und führte auf dem Rasen einen kleinen Tanz auf. »Neeeeiiiin! Verpetz mich nicht!«

Phoebe unterdrückte ein Lachen und öffnete das Marmeladenglas. »Okay, okay. Hier ist deine Marmelade.«

Mit einem Kichern nahm Nunu die Marmelade und rannte davon, ging um den Rasen und setzte sich auf den Spielplatz. Die Morgensonne war hell, trotz der Kälte, und Phoebe hatte Schwierigkeiten, die Augen in Richtung des Waisenhauses zu öffnen, wo die Buntglasfenster ein Dutzend Farben reflektierten. Trotz seines malerischen Äußeren war das Waisenhaus riesig und bot auf der Rückseite mehrere Gästezimmer.

Phoebe hob ihre Tasche auf, ging ins Gebäude und schloss die schweren Holztüren hinter sich. Drinnen staubte Schwester Su die Bänke ab, während sie ein Auge auf die Kinder hatte, die um einen Plastiktisch spielten. Phoebe winkte der Nonne zu und begrüßte sie.

»Ich hatte dich nicht so bald hier erwartet«, sagte Schwester Su, als Phoebe sich näherte. »Ich habe von deinem Bruder gehört.«

Phoebe atmete ein. Als Silas ihr in jener Nacht erzählt hatte, was passiert war, nachdem er am nächsten Tag die Informationen von der Kuomintang eingeholt hatte, hatte er Haltung angenommen, als hätte er erwartet, dass sie zusammenbrechen würde. Zu seiner Überraschung war Phoebe ruhig geblieben. Ihr Bruder war weder ein Mysterium geworden, noch hatte er sich in unmittelbarer Gefahr befunden. Sie wussten genau, was los war, und sie wussten, dass ihre Mutter ihn nicht verletzen würde. Die Spione der Kuomintang konnten weiterhin seine Bewegungen nachverfolgen, während Lady Hong ihn mitschleifte und sich mit der japanischen Mobilmachung von Basis zu Basis bewegte. Das Problem war, dass sie im Kampf auf ihn treffen könnten. Sich in eine Rettungsaktion einzuschalten, ohne dabei ihr eigenes Leben zu verlieren, schien gegenwärtig unmöglich.

»Er wird in Ordnung kommen«, sagte Phoebe bestimmt. Sie glaubte daran. Er war stark. »Kann ich bleiben?«

Schwester Su schürzte die Lippen, blickte kurz zu den Hinterzimmern. »Ich denke schon. Musst du dich im Moment um nichts anders kümmern?«

Sie wusste, was Schwester Su fragte. »Nicht im Moment, nein.«

Nach einem nachgiebigen Nicken der Nonne ging Phoebe weiter durch das Waisenhaus, kam in die Küche und stellte ihre Tasche ab. Hier gab es eine Hintertür, die sich zum Garten hin öffnete, wo ein Reifen von einem dicken Ast schwang. Draußen hörte sie die Blätter rascheln, als sie die Schränke durchging und sich auf die Zehenspitzen stellte, um eine Teekanne herauszuholen. Die Wolken verdichteten sich schnell, während sie sich in der Küche umsah. Bis sie eine Dose mit getrockneten Chrysanthemenblüten gefunden und zwei Häufchen für ihren Tee herausgelöffelt hatte, war die Sonne fast vollständig bedeckt und ihre Umgebung wurde trostlos.

»Hm«, sagte Phoebe und verrenkte sich am Fenster den Hals, während das Wasser auf dem Herd aufkochte. Vielleicht würde es später aufklaren.

Das Wasser war fertig. Sie füllte die Teekanne und stellte sie mit zwei Teetassen auf den Tisch. Gerade als sie hörte, dass die Tür am Ende des Flurs geöffnet wurde, glitt Phoebe auf einen der Stühle, schenkte Tee ein und sah zu, wie die gelbliche Flüssigkeit herumwirbelte.

Als Dao Feng in die Küche kam, wirkte er nicht überrascht, sie zu sehen. Er setzte sich nur und nahm die Teetasse, die sie für ihn hingestellt hatte.

»Hallo«, sagte Phoebe.

»Schön, dich hier zu sehen«, erwiderte Dao Feng. Er trank einen Schluck Tee.

Phoebe betrachtete ihre Nägel. »Ich musste meine Fragen irgendwie stellen. Ich gehe davon aus, dass Sie sich vollständig erholt haben.«

»In der Tat, Miss Hong. Sind Sie gekommen, um sich nach meiner Gesundheit zu erkundigen? Wie nett von Ihnen.«

Offensichtlich nicht. Ohne weiteres Geplauder fragte Phoebe: »Wussten Sie, dass Orion die Morde beging, als Sie ihn schickten, um zu ermitteln?«

»Natürlich nicht.« Dao Fengs Antwort kam schnell. »Wir würden unsere Zeit nicht auf solche Weise verschwenden.«

»Wann haben Sie es herausgefunden?«

»Mittendrin. Dann war es schon zu spät, ihn von der Mission abzuziehen, ohne bei den Nationalisten Misstrauen zu erregen.

Es war einfach, ihn zu benutzen. Geduldig zu warten und zu sehen, ob wir am Ende Nutzen aus ihm ziehen könnten.«

Phoebe umklammerte die Teetasse fester. Es war bizarr, dass dies geschäftlich sein sollte, nichts Persönliches, doch war in der Politik nicht alles persönlich? Um was ging es in der Politik, wenn nicht um die einzelnen Leute, die sie angeblich repräsentierte?

»Es hat nicht funktioniert, also haben Sie keine gute Arbeit geleistet«, sagte Phoebe. »Und mussten Sie sich auch noch vergiften? Hätten Sie sich nicht einfach verstecken können? So dramatisch.«

»Ich versteckte mich in aller Öffentlichkeit, Miss Hong.« Er trank noch einen Schluck Tee. »Wenn ich tatsächlich verschwunden wäre, hätte man gegen mich ermittelt. Das hätte den beiden anderen keinerlei Zeit gelassen, ihre Angelegenheiten in Ordnung zu bringen und sich ebenfalls zurückzuziehen. Niemand denkt daran, gegen einen Mann zu ermitteln, der sich an der Schwelle des Todes befindet. Niemand sieht in seine Richtung.«

Phoebe lehnte sich zurück, ihre Finger klopften auf den Tisch. Bei jeder Bewegung fühlte sie ihre Ohrringe herumschwingen, die Perlen strichen über ihre Haut. All ihre unpraktischen Schmuckstücke verursachten ständig klimpernde Geräusche, störten die ansonsten stille Küche.

»Mein Urteil bleibt bestehen. Ich sah Sie fallen. Dramatisch.«

Dao Feng richtete sich in seinem Stuhl auf. Er ging in Gedanken zu jenem Abend zurück, versuchte diese neue Information zu enträtseln. Er musste einen Blick auf sie erhascht haben, als sie vorgehuscht war, um zu sehen, was zur Hölle er in seinen Arm gesteckt hatte. Sie war schnell geflohen, als jemand in die Gasse gerannt kam, von Dao Fengs vorgetäuschtem Schrei herbeigerufen.

»Sie waren das«, stellte Dao Feng fest, als hätte er eines seiner eigenen inneren Mysterien gelöst. »Sie haben Lang Shalin die Akte abgenommen. Sie lungerten in jener Nacht noch herum.«

»Ich musste einen Blick auf das werfen, was die Akte besagte. Ich hatte Gerüchte gehört. Musste sicherstellen, dass all meine Angelegenheiten geklärt waren. Anders als Ihre.«

Nun verstand Dao Feng. Er ließ seine Teetasse los, hatte ausgetrunken, Befriedigung erschien auf seinem Gesicht, als er den Zusammenhang endlich herstellte. Wenn er sich zuvor Sorgen darüber gemacht hatte, warum sie in der Küche saß, warum sie mit diesem Waisenhaus als Basis vertraut war, tat er es jetzt nicht mehr. »Hong Feiyi, Sie sind sehr viel klüger, als Sie sich geben. Wissen Sie das?«

Phoebe lächelte. Es war anders als ihr übliches Lächeln, eher dezent und zurückhaltend anstelle des strahlenden Grinsens, das überwältigen sollte. »Das höre ich oft.«

Dao Feng streckte ihr die Hand entgegen. Phoebe erwiderte seinen enthusiastischen Handschlag. Als er erneut sprach, war seine Stimme mit Wärme erfüllt.

»Es ist mir eine Freude, Sie persönlich zu treffen, Priest.«

Anmerkungen der Autorin

Die Schwierigkeit, eine in der Vergangenheit verankerte Geschichte wiederzugeben, liegt darin, dass die Autorin immer die Macht des Rückblicks hat, doch die Charaktere sehen nicht das große Ganze der Jahre oder Jahrzehnte, die noch kommen. Wo zieht man die Grenze, wenn man der Genauigkeit halber Informationen ausspart, sie aber trotzdem den modernen Leserinnen und Lesern liefern sollte? Wie viel können wir um der Erzählung willen durchwinken?

Die Eingangsszene von *Welch trügerisches Glück* ist den Geschichtsbüchern als Mukden-Zwischenfall bekannt. Am 18. September 1931 wurde auf der von den Japanern kontrollierten Südmandschurischen Eisenbahn eine kleine Explosion ausgelöst. Der Schaden war jedoch so gering, dass der Zug kurz danach über die Stelle fuhr und zehn Minuten später ohne Probleme in Shenyang – oder Mukden – eintraf. Trotzdem hatte die Explosion ihren Zweck erfüllt. Die Nationalisten waren mit einer Vereinigungskampagne durch China gezogen (*Welch grausames Ende* zeigte ihren Erfolg in der Einnahme Shanghais 1927). Die Japaner spürten die Bedrohung, dass sie die Mandschurei verlieren könnten, wenn die chinesischen Nationalisten das Land einnahmen, vor allem da die Mandschurei entscheidend war in der Verteidigung der japanischen Kolonisation Koreas. In ihrem Bestreben, das Gebiet zu halten, verursachten Vertreter der japanischen Truppen eine Explosion für einen vorgetäuschten chinesischen Angriff. Am nächsten Tag griffen japanische Truppen unter dem Vorwand eines Vergeltungsschlags die chinesische

Garnison bei Beidaying an und besetzten erfolgreich Shenyang. In den nächsten Monaten sollten sie mit diesem Vorgehen alle bedeutenden Städte in Chinas Nordosten besetzen.

Der Völkerbund sollte im Oktober 1932 seinen Lytton-Report vorstellen, um Japan zum Angreifer zu erklären, der unrechtmäßig in die Mandschurei eingedrungen war. Bis diese Haltung auf der internationalen Bühne angenommen wurde, hatte Japan bereits seine Kontrolle gefestigt. Gerüchte innerhalb Chinas darüber, dass der Zwischenfall geplant gewesen war, sollten erst viel später bestätigt werden, als Ermittler entschieden, dass japanische Armeeoffiziere die Explosion ohne Genehmigung ihrer Regierung verursacht hatten. In Kapitel sechs von *Welch trügerisches Glück* ahnt Rosalind aufgrund ihrer eigenen Beobachtungen, dass die Chinesen nicht verantwortlich waren, da ich mich entschieden habe, den Leserinnen und Lesern geschichtliche Informationen zu geben, bevor die Charaktere sich realistisch gesehen sicher sein konnten. In jedem Buch, das ich schreibe, will ich vor allem, dass die Leserinnen und Leser wissen, dass die Geschichte keine Aneinanderreihung von Fakten und Daten ist, sondern eine Erzählung, die dazwischen verfasst wird. In gleichem Maße ist meine geschichtsbasierte Erzählung nicht als vollständige Wiedergabe der damaligen Zeit oder als genaue Abbildung aller Ereignisse gedacht – denn das wäre nicht möglich und das ist nicht, was ich in diesem Roman tun will. Umfangreiche Nachforschung ist mir wichtig, um sicherzugehen, dass meine Geschichte der Atmosphäre und dem Klima Shanghais in den 1930ern treu bleibt. Doch letzten Endes werden die geschichtlichen Vorfälle in *Welch trügerisches Glück* dazu genutzt, Imperialismus, Nationalismus und bis heute anhaltende kulturelle transgenerationale Weitergabe von Trauma zu ergründen, nicht einen übergreifenden Lehrbuchbericht der Zeit zu schreiben. Wie bei meiner vorigen Dilogie kann ich nur wärmstens empfehlen, dass ihr euch als Nächstes an Quellen aus der Sachliteratur wendet, wenn ihr euch für die Vorgänge interessiert, die in diesem Buch vorkommen.

Shanghai in den 1930ern war nicht nur eine angespannte Zeit drohender japanischer Invasion, sondern auch eine Zeit einheimischen Bürgerkriegs, der sich ins nächste Jahrzehnt fortsetzen sollte. Es gab echte Spione auf jeder Seite und die Geheimabteilung in diesem Buch basiert lose auf der geheimen Abteilung für Spezielle Angelegenheiten innerhalb der Juntong (军统), die, gegründet um 1932, der früheste Geheimdienst der Kuomintang war. Natürlich sind alle Operationen, Attentate und Ereignisse eine Ausgeburt meiner Fantasie, genau wie die Existenz von übermenschlichen chemischen Mixturen, um die alle Fraktionen kämpfen. Doch selbst wenn ich auf Vermutungen beruhende Bestandteile in geschichtliche Kulissen einfüge, ist meine Absicht immer, tief in die Spannungen und Nuancen vorzudringen, die tatsächlich existierten.

»Peach Lily Palace« basiert auf dem echten »Peach Blossom Palace« (桃花宫), das 1928 an der Thibet Road gebaut wurde. Angeblich die neuste und glamouröseste chinesische Tanzhalle unter den vielen betriebenen und für Shanghais intellektuelle und künstlerische Kreise den Varietés im westlichen Stil nachempfunden. Die meisten der erwähnten Straßennamen waren echte Orte, wie auch die großen Warenhäuser Wing On und Sincere. Seagreen Press war meine Erfindung. Doch Zeitungen waren ausgesprochen wichtig während dieser Zeit der Propaganda in der Stadt – sowohl chinesische als auch ausländische – und um der westlichen Öffentlichkeit Nachrichten aus Übersee zu bringen. Dem wollte ich meine Ehrerbietung erweisen in einer Zeit, in der die Verbreitung politischer Nachrichten entscheidend ist.

Bis die Fortsetzung zu *Welch trügerisches Glück* erscheint, werde ich diesen Moment nutzen, um Literatur zu empfehlen, die tatsächlich im Shanghai der 1930er geschrieben wurde, falls jemand besonders fasziniert ist von der Atmosphäre. Die Geschichten von Mu Shiying (穆時英) sind einige meiner Lieblinge, einschließlich »The Man Who Was Treated as a Plaything«, »Shanghai Fox-trot« und »Craven A«. Und ja, Orions und Rosalinds Decknamen bei Seagreen basieren auf seinem Nachnamen. Ich bin so raffiniert.

Danksagungen

Um ehrlich zu sein, kann ich gar nicht glauben, dass ich den Danksagungen-Teil dieses Buches erreicht habe, nach dem langen Weg, den ich gehen musste, um hierherzugelangen – sowohl innerhalb dieser Seiten als auch außerhalb von ihnen. Eine neue Reihe zu schreiben ist schwer, denn sie wird zwangsläufig anders sein als die erste Reihe, die meine Arbeit Leserinnen und Lesern vorstellte. Eine neue Reihe zu schreiben, die auch noch ein Spinoff besagter erster Reihe ist, ist sogar noch schwieriger, wenn es darum geht, neuen, unbekannten Inhalt mit alten, vertrauen Elementen auszugleichen. Also danke, Leserinnen und Leser, ob ihr beschlossen habt, dass ihr in dieser Welt bleiben wollt, oder ob ihr beschlossen habt, an diesem Einstiegspunkt dazuzukommen. Dieses Buch gäbe es ohne euch nicht.

Ich schrieb dieses Buch auch während des Chaos, das der Hochschulabschluss und der Umzug nach New York bedeuteten, also wäre es ohne die Hilfe meines Verlagsteams nicht in einem Stück erschienen. Den größten, größten Dank: meiner Agentin Laura Crockett, die pure Magie hervorbringt, um meine Tage im Verlagswesen so reibungslos wie möglich laufen zu lassen. An Uwe Stender und Brent Taylor und jeden bei TriadaUS. Meiner Herausgeberin Sarah McCabe, die dieses Buch völlig veränderte, von seinem frühsten dürren Zustand zu dem wohlgenährten Endprodukt. Meiner Verlegerin Cassie Malmo. An Justin Chanda und allen bei Magret K. McElderry Books, einschließlich Karen Wojtyla, Anne Zafian, Bridget Madsen, Elizabeth Blake-Linn, Michael McCartney, Lauren Hoffman, Caitlin Sweeny, Lisa Quach, Perla

Gil, Remi Moon, Ashley Mitchell, Saleena Nival, Emily Ritter, Amy Lavigne, Lisa Moraleda, Nicole Russo, Christina Pecorale und ihrem Verkaufsteam und Michelle Leo und ihrem Bildungs-/Büchereiteam. Dem wundervollen Team drüben bei Simon & Schuster Canada. An Molly Powell, Kate Keehan, Callie Robertson und dem unglaublichen Team bei Hodder. Dem fantastischen Team bei Hacette Aotearoa New Zealand. Und den vielen anderen Superstar-Teams, die *Welch trügerisches Glück* übersetzen und in anderen Sprachen daran arbeiten.

Natürlich muss ein riesiges Dankeschön an meine Eltern und meine Familie und meine Freunde gehen. Ein besonderer Gruß an die D.A.C.U. und an meine Kiwis – Ilene Lei, Jenny Jiang, Tracy Chen, Vivian Qiu –, durch die sich New York wie zu Hause anfühlt. Ich wäre den ganzen Tag hier, wenn ich mehr Namen nennen würde, also betone ich nochmals meinen Dank an alle in den Danksagungen meiner beiden ersten Bücher.

Gigantischer Dank an Buchhändlerinnen und Buchhändler, Büchereiangestellte, Lehrerinnen und Lehrer und all die vielen Fürsprecherinnen und Fürsprecher, die Bücher für junge Erwachsene in die Hände ihres Zielpublikums legen. Dieses Buch kann nur dorthin gelangen, wo es hinsoll, mithilfe dieser Heldinnen und Helden und ich bin auf ewig dankbar für ihre harte Arbeit.

Und schließlich, ich weiß, dass ich gleich zu Anfang den Leserinnen und Lesern gedankt habe, aber ein zusätzlicher besonderer Dank an euch, die in ihrer Unterstützung immer so großzügig waren. Das schließt alle Bloggerinnen und Blogger, jeden Fan-Account, jede Instagram-Nutzerin und jeden Instagram-Nutzer, die und der Bilder meines Buchs postet, jeden TikTok-Nutzer und jede TikTok-Nutzerin, der und die vor der Kamera über meinem Buch weint/schreit/tobt, und allgemein alle, die mich anfeuern, ein. Meine Geschichten werden wertvoller durch euch.

Oh, wartet, noch einer – mein ewiger Dank geht an Taylor Swift, weil sie die perfekten Soundtracks zur Verfügung stellte, während ich dieses Buch und jedes Buch entwarf.